Tammara Webber

Einfach. Für Dich.

Buch

Landon Lucas Maxfield teilt sein Leben in vorher und nachher ein: vor dem Tod seiner Mutter, als er zwölf war, und danach. Seitdem hat er nicht mehr erfahren, was Glück bedeutet – bis er am College Jacqueline begegnet. Sie nimmt ihn auf den ersten Blick gefangen. Und er ahnt bald, dass er sich verliebt. Doch Landon ist Tutor, Jacqueline Studentin – und eine Beziehung zwischen ihnen ist nicht nur verboten, sondern könnte das Ende seiner Zukunftspläne bedeuten. Aber wenn sie sich ansehen, sprühen die Funken. Und kann etwas falsch sein, was sich so gut und richtig anfühlt?

Autorin

Tammara Webber liebt Happy Ends, von denen es im wahren Leben einfach nie genug gibt. Die Publikationsgeschichte ihres Romans *Einfach. Liebe.* hat allerdings ein glückliches Ende: Tammara Webber veröffentlichte den Roman zunächst selbst im Internet – es wurde prompt ein New-York-Times-Bestseller. Zehntausende begeisterter Leser machten Verlage in den USA und anderen Ländern darauf aufmerksam, die sich die Rechte sicherten. Seitdem ist Tammara Webber auch international erfolgreich.
Besuchen Sie Tammara Webber auch auf www.facebook.com und www.tammarawebber.com

Von Tammara Webber bei Blanvalet bereits erschienen:
Einfach. Liebe. (38216)

Besuchen Sie uns auch auf www.facebook.com/blanvalet und www.twitter.com/BlanvaletVerlag.

Tammara Webber

EINFACH. FÜR DICH.

Roman

Aus dem Amerikanischen
von Veronika Dünninger

blanvalet

Die amerikanische Originalausgabe erschien 2014 unter dem Titel »Breakable« bei Berkley Books, New York.

MIX
Papier aus verantwortungsvollen Quellen
FSC® C014496

Verlagsgruppe Random House FSC® N001967
Das für dieses Buch verwendete FSC®-zertifizierte Papier *Holmen Book Cream* liefert Holmen Paper, Hallstavik, Schweden.

1. Auflage
Erstausgabe Mai 2015 bei Blanvalet, einem Unternehmen der Verlagsgruppe Random House GmbH, München

Umschlaggestaltung und -motiv: www.buerosued.de
Redaktion: Sabine Thiele
ES · Herstellung: sam
Satz: Uhl + Massopust, Aalen
Druck und Einband: GGP Media GmbH, Pößneck
Printed in Germany
ISBN: 978-3-7341-0150-2

www.blanvalet.de

Für GWK

Als ich ein Kind war,
habe ich mich manchmal gefragt,
ob du mein Schutzengel warst.
Jetzt bin ich älter und weiß,
dass du es bist.

1

LANDON

Vor acht Jahren

Schreiend fuhr ich aus dem Schlaf hoch.

»Schwester!«, schrie jemand. »Schwester!« Ein Gesicht beugte sich über mich. Cindy Heller, Moms beste Freundin. »Landon, Schatz – es ist alles gut. Du bist in Sicherheit. Schscht, du bist in Sicherheit.«

In Sicherheit? Wo? Ich spürte ihre kühlen Fingerspitzen auf meinem Arm und versuchte mich zu konzentrieren, während sich ihre geröteten Augen mit Tränen füllten. Sie biss sich so fest auf die Unterlippe, dass diese bebte und alle Farbe aus ihr wich. Ihr ganzes Gesicht war zerknittert, wie Papier, das fest zusammengeknüllt und dann wieder glatt gestrichen wurde.

Ihr Ehemann Charles tauchte neben ihr auf und drückte sie an sich. Sie ließ sich schwer gegen ihn sinken, als wäre sie ohne seine Stütze einfach umgekippt.

Seine Hand lag warm auf meiner und ergriff sie dann. »Du bist in Sicherheit, mein Sohn. Dein Dad ist auf dem Weg hierher.« Seine Stimme klang krächzend, und seine Augen waren ebenfalls rot unterlaufen. »Er wird bald hier sein.«

Eine Schwester tauchte mit einer riesigen Spritze auf der anderen Seite des Betts auf, aber bevor ich zurückzucken konnte, steckte sie sie schon in einen Beutel, der an einem Metallständer hing, nicht in meinen Arm. Ein durchsichtiger Schlauch schlängelte sich vom unteren Ende des Beutels hinunter. Ich wusste, dass er an mir befestigt war, als ich die Wirkung dessen, was sie mir eben injiziert hatte, spürte, als hätte man mich mit einer Betäubungspistole angeschossen.

Pistole.

Mom.

»Mom!«, sagte ich, aber mein Mund gehorchte mir nicht, und die Augen wollten mir immer wieder zufallen. »Mom! Mom!«

Cindy konnte sich nicht hart genug auf die Lippe beißen, um einen Schluchzer zu unterdrücken. Tränen liefen ihr über die Wangen. Ich spürte ihre Berührung nicht mehr. Sie lehnte sich an die Brust ihres Ehemanns und schlug die Hände vor den Mund – zu spät, um noch einen Schluchzer zu ersticken.

Der Druck von Charles' Hand ließ allmählich nach, während alles immer verschwommener wurde. »Landon, schlaf jetzt. Dein Vater wird hier sein, sobald er kann. Ich bin hier. Ich lasse dich nicht allein.«

Sein Gesicht wurde immer undeutlicher, bis es schließlich völlig verschwand und mir die Augen zufielen.

Mom!, schrie ich in Gedanken, *Mom! Mom … Mom …*

Aber ich wusste bereits, dass sie mich nicht hören konnte, selbst wenn meine Stimme so laut wie ein Düsentriebwerk war.

In einem Hörsaal mit 189 Studenten ist es ungewöhnlich, dass einer von ihnen gleich am ersten Tag auffällt. Wenn einer so früh aus der Herde hervorsticht, hat das im Allgemeinen irgendeinen negativen Grund. Zum Beispiel, dumme Fragen zu stellen. Oder während der Vorlesung zu reden – und den bösen Blick des Professors nicht zu bemerken. Übermäßiger Körpergeruch. Hörbares Schnarchen.

Oder mein persönliches Grauen: ein hochnäsiger Schnösel zu sein.

Daher war ich nicht allzu überrascht, als mir genau so ein Typ in der ersten Woche des Herbstsemesters ins Auge sprang. Der typische ehemalige Leitwolf auf seiner Highschool – der es gewohnt war, dass die Speichellecker seinen Speichel leckten. Der es noch immer erwartete, noch immer bekam. Mitglied einer Studentenverbindung. Lässige, aber kostspielige Kleidung, teure Frisur, selbstgefälliges Lächeln, perfekte Zähne und die erforderliche niedliche Freundin. Vermutliche Hauptfächer: Wirtschaft, Politikwissenschaft, Finanzwesen.

Er ärgerte mich auf Anhieb. Ich war voreingenommen, na klar – aber meine Meinung zählte schließlich nicht. Er hörte im Unterricht aufmerksam zu und stellte kompetente Fragen, daher würde er vermutlich keine Tutorstunden benötigen. Aber es war nicht ausgeschlossen, dass er trotzdem zu den Übungen erscheinen würde, die ich dreimal die Woche für Dr. Heller abhielt. Die aufgewecktesten Studenten machten oft den Großteil der Gruppe aus.

Im ersten Semester, in dem ich Ergänzungskurse anbot – im letzten Herbst –, hörte ich bei Hellers Vorlesungen genau zu. Ich hatte seinen Kurs mit einer Eins abgeschlossen, aber das war ein Jahr her, und Wirtschaft ist kein stagnierendes Gebiet. Ich wollte nicht, dass ein Student mir in einer Tutorübung eine Frage stellte, die ich nicht beantworten konnte. Im dritten Semester – meinem vierten, in dem ich in dem Kurs saß – brauchte ich ihn eigentlich nicht mehr, aber die Anwesenheit im Unterricht war ein Teil des Tutorjobs, und es war leicht verdientes Geld.

Und so saß ich nun in der letzten Reihe und langweilte mich zu Tode, erledigte Aufgaben aus meinen anderen Seminaren und skizzierte Design-Projektideen, während ich mit einem Ohr zuhörte, um für die Übungen auf dem Laufenden zu bleiben. Ich ignorierte entschlossen meine sinnlose Abneigung gegen den eingebildeten Studenten im zweiten Studienjahr, der mit seinem Accessoire von Freundin mitten im Hörsaal saß.

Gegen Ende dieser ersten Woche schweifte meine Aufmerksamkeit zu ihr ab.

Seit meiner Kindheit war Zeichnen eine tröstliche Ablenkung für mich und manchmal eine Flucht. Meine Mutter war Künstlerin, und ich weiß nicht, ob sie erkannte, dass ich ein natürliches Talent dafür besaß, oder ob es eine erlernte Fähigkeit war, die auf ihrer frühen Ermutigung und meinem ständigen Üben beruhte. Ich weiß nur, dass ich, als ich fünf oder sechs war, meinen Bezug zur Welt am liebsten mit Papier und Bleistift fand. Meine persönliche Form von Meditation.

Auf dem College wurden die meisten meiner Zeichnungen eher mechanischer oder architektonischer Art – vermutlich unvermeidlich angesichts meines Ingenieurstudiums. Aber selbst in meiner Freizeit zeichnete ich kaum noch Körper oder Gesichter. Ich verspürte wenig Drang danach.

Bis ich sie sah.

Wenn sie den Hörsaal betraten oder verließen, hielt ihr Freund manchmal ihre Hand. Aber es sah immer aus, als würde er eine Leine halten, nicht die Hand eines Mädchens, das ihm etwas bedeutete. Vor der Vorlesung redete er über Football, Politik, Musik und Details der Studentenverbindung wie zum Beispiel das Aufnahmeverfahren oder bevorstehende Partys mit anderen Typen, die so waren wie er, und Typen, die so sein wollten wie er. Mädchen, die in der Nähe standen, warfen ihm von der Seite Blicke zu, die er absichtlich übersah.

Und irgendwie, während er mit allem und jedem um sich herum, nur nicht mit *ihr,* beschäftigt war, konnte ich selbst auf einmal nichts anderes mehr sehen. Sie war schön, na klar, aber auf einer Universität mit dreißigtausend Studenten war das kaum bemerkenswert. Wenn ich nicht diesen anfänglichen Groll gegen ihren Freund gehegt hätte, wäre sie mir vielleicht gar nicht aufgefallen.

Sobald mir bewusst wurde, wie oft mein Blick über sie glitt, kämpfte ich gegen den Drang an – vergeblich. Nichts im Raum war so interessant wie dieses Mädchen. Vor allem faszinierten mich ihre Hände. Insbesondere ihre Finger.

Im Unterricht saß sie neben ihm, ein lockeres Lächeln im Gesicht, während sie sich manchmal leise mit ihm oder anderen in der Nähe unterhielt. Sie sah nicht unglücklich aus, aber ihr Blick war bisweilen fast leer, als wäre sie in Gedanken irgendwo anders. Aber in diesen

Momenten gaben ihre Hände – ihre *Finger* – eine Vorstellung.

Anfangs dachte ich, sie hätte eine nervöse Angewohnheit, so wie Hellers Tochter, Carlie, die seit dem Tag ihrer Geburt ständig in Bewegung war. Carlie klopfte in einem fort mit einem Fingernagel oder einem Fuß, wippte mit einem Knie, redete. Zur Ruhe kam sie meines Wissens nur, wenn sie Francis, meinen Kater, streichelte.

Aber dieses Mädchen klopfte nicht rastlos mit den Fingern. Ihre Bewegungen waren methodisch. Synchronisiert. Da ich weit genug links von ihr saß, um ihr Profil mustern zu können, sah ich ihr Kinn wippen, so sanft, dass es fast unmerklich war – und irgendwann begriff ich, dass sie, wenn ihre Miene abwesend und ihre Finger in Bewegung waren, Musik hörte. Sie *spielte* Musik.

Es war das Zauberhafteste, was ich je irgendjemanden hatte tun sehen.

Nach Hellers Sitzplan – den ich zusammen mit dem Rest meiner Tutor-Hilfsmaterialien für dieses Semester erhalten hatte – war der Name des Schnösels Kennedy, vorausgesetzt, ich hatte seine krakelige Handschrift korrekt entziffert. Ich saß in meiner Wohnung auf dem Sofa und studierte den Plan. »Das gibt's doch nicht«, murmelte ich, als ich ihren Namen in ordentlichen Druckbuchstaben in dem Kästchen neben seinem las: Jackie.

Jackie und *Kennedy*?

Er konnte doch nicht wegen ihres Namens mit ihr zusammen sein, oder? So seicht konnte niemand sein.

Ich dachte zurück an diesen Morgen. Nach Ende der Vorlesung hatte er ihr seine Hausaufgabe gereicht und gesagt: »Hey, Schatz – nimmst du das mit nach vorn?

Danke.« Mit einem selbstgerechten Grinsen wandte er sich ab, um irgendeine Debatte darüber fortzuführen, was als Schikane gelten sollte und was nicht, während sie seinen Aufsatz auf ihren eigenen legte. Sie verdrehte die Augen und wandte sich um, um die Stufen zum vorderen Teil des Hörsaals hinunterzugehen.

Oh, doch, so seicht könnte er auf jeden Fall sein.

Ich glitt mit einem Finger über ihren Namen. Jeder von ihr geschriebene Buchstabe war abgerundet, feminin. Selbst das »i« war leicht gekrümmt, mit einem nach rechts auslaufenden Schweif. Aber der Punkt über dem »i« war ein Punkt. Kein offener Kreis. Kein kleines *Herz*. Und dann war da dieses Augenrollen nach seinem *Hey, Schatz*. Vielleicht war sie doch nicht hoffnungslos in seinem Netz gefangen.

Was zum Teufel dachte ich mir eigentlich? Dieses Mädchen war eine Studentin in einem Kurs, dessen Tutor ich war. Sie war tabu, zumindest für den Rest dieses Semesters. Was eine verdammt lange Zeit war, wenn man bedachte, dass eben erst die zweite Woche begonnen hatte.

Und ganz abgesehen davon, dass ich sie nicht anrühren durfte, selbst wenn sie ungebunden wäre … sie *war* nicht ungebunden.

Ich fragte mich, wie lange die beiden wohl schon zusammen waren. Laut Teilnehmerliste waren sie beide im zweiten Studienjahr. Im schlimmsten Fall waren sie seit einem Jahr ein Paar.

Daher tat ich, was jeder normale Stalker tun würde. Ich suchte sie im Internet und fand ein geschlossenes Profil von ihr. *Verdammt*.

Aber seines stand weit offen.

Kennedy Moore. In einer Beziehung mit Jackie Wallace. Kein Jahrestag verzeichnet, aber es waren Fotos von ihr getaggt – nicht nur aus dem vergangenen Jahr, sondern auch aus der Zeit davor. Ich arbeitete mich rückwärts durch, während ich ohne guten Grund immer gereizter wurde.

Der Sommer vor dem College. Highschool-Abschlussfeier. Schulball. Skiurlaub über die Frühjahrsferien. Eine Überraschungsparty zu ihrem achtzehnten Geburtstag. Eine Totalaufnahme eines Orchesters mit mehr Musikern, als meine ganze Highschool Schüler hatte. Eine Nahaufnahme von ihr in diesem Orchesterkostüm und mit einer Weihnachtsmannmütze – aber ohne Instrument in den Händen, sodass ich nicht herausfinden konnte, was sie spielte.

Thanksgiving mit seiner Familie. Die beiden, wie sie mit Freunden auf dem Footballfeld einer Highschool herumalberten, die nach reichem Vorort roch. Die Sommerferien *davor*. Der Elftklässler-Ball. Noch ein Weihnachten.

Das früheste Foto von ihr mit ihm war vor knapp drei Jahren bei einem Herbstkarneval entstanden.

Sie waren seit drei Jahren zusammen. *Drei Jahre*. Es überstieg meine Vorstellungskraft.

Ein Jaulen an meiner Wohnungstür signalisierte Francis' Rückkehr von irgendwelchem Ärger, den er sich zwischen Abendessen und Schlafen eingehandelt hatte. Wie jeder artige gezähmte Gefährte legte ich meinen Laptop beiseite, um ihn hereinzulassen. Als ich die Tür öffnete, saß er auf der Fußmatte und leckte sich eine Pfote.

»Na komm schon«, sagte ich. »Ich habe nicht vor, die ganze Nachbarschaft zu kühlen.«

Er rappelte sich hoch, streckte sich träge und huschte in die Wohnung, als ich ihm eben die Tür vor der Nase zuschlagen wollte. Kurz bevor sie ins Schloss fiel, hörte ich jemanden »Lucas!« rufen und riss sie noch einmal auf.

Carlie stand auf der Holztreppe, die zu meiner Wohnung über der Garage der Hellers führte. Es war spät. Im letzten Frühjahr hatte sie eine unangenehme Schwärmerei für mich entwickelt. Ich dachte, sie hätte sie seit Monaten überwunden, nachdem ich so getan hatte, als würde ich ihre langen Blicke und ihr übertriebenes Kichern gar nicht bemerken. Ich kannte sie seit dem Tag ihrer Geburt, daher waren sie und ihre Brüder wie Cousins oder Geschwister für mich, vor allem angesichts der Tatsache, dass ich keines von beidem hatte. Außerdem war sie fünf Jahre jünger als ich – im Grunde noch ein Kind. Ich wollte sie nicht verletzen.

Ich trat in den Türrahmen. »Hey, Carlie. Solltest du nicht im Bett sein?«

Sie rümpfte die Nase und verzog beleidigt das Gesicht. »Ich bin sechzehn, nicht *sechs*. Mein Gott.« Als sie die oberste Stufe erreichte und in den Halbkreis aus Licht über dem kleinen Treppenabsatz trat, bemerkte ich, dass sie einen Teller in der Hand hielt. »Ich habe Kekse gebacken. Ich dachte, vielleicht willst du welche.«

»Cool. Danke.« Ich nahm den Teller entgegen, ging aber nicht wieder in die Wohnung.

Sie scharrte mit einem Fuß und steckte die Hände in die Gesäßtaschen ihrer Shorts. »Lucas?«

»Ja?«, sagte ich, während ich dachte: *Oh, Scheiße.*

»Wirst du eigentlich je … eine Freundin haben? Oder hast du eine und bringst sie nur nicht mit hierher? Oder gibt es, du weißt schon, irgendetwas anderes, was du noch nicht … *enthüllt* hast …?«

Ich verbiss mir das Lachen. »Falls du mich fragen willst, ob ich mich als schwul outen muss – die Antwort ist Nein. Das hätte ich längst getan.« Diese Frage war seltsamerweise weitaus leichter zu beantworten als die andere.

»Das dachte ich mir schon. Ich meine, es macht dir irgendwie nichts aus anzuecken.«

Ich zog eine Augenbraue hoch. »Wegen des Lippenrings?«

Sie nickte. »Und der Tätowierungen.« Ihre Augen weiteten sich, als ihr bewusst wurde, was sie soeben gesagt hatte. »Ich meine – natürlich, dafür hast du deine Gründe. Die meisten …« Sie schloss die Augen. »Gott, ich bin so dumm. Entschuldige …«

»Schon gut, Carlie.« Meine Zähne kratzten über das dünne Metallstück in meiner Unterlippe, und ich versuchte angestrengt, nicht auf die Tattoos zu starren, die sich um meine Handgelenke schlängelten. »Danke für die Kekse.«

Sie stieß einen tiefen Seufzer aus. »Ja. Kein Problem. Gute Nacht, Lucas.«

Freundin-Frage umgangen. Ich seufzte ebenfalls. »Gute Nacht.«

Carlie war die Einzige der Hellers, die sich immer daran erinnerte, mich Lucas zu nennen. Als ich vor drei Jahren zu Hause auszog, um aufs College zu gehen, wollte ich alles ändern, angefangen mit meinem Namen. Meine Mutter hatte mir ihren Mädchennamen – Lucas – als mittleren Namen gegeben. Ich nahm an, dass viele Leute unter ihrem mittleren Namen bekannt waren, und ein zusätzlicher Vorteil war, dass kein juristisches Verfahren nötig war, um ihn zu verwenden.

Mein Dad weigerte sich, mich Lucas zu nennen, aber das war mir im Grunde egal. Ich wohnte nicht mehr bei ihm, und wenn ich nach Hause kam, redeten wir kaum. Carlies Eltern und ihre beiden Brüder erinnerten sich sporadisch – aber sie versuchten es immerhin. Schließlich war ich über achtzehn Jahre lang als Landon bekannt gewesen, daher ging ich im Allgemeinen darüber hinweg, ohne sie zu berichtigen. Alte Gewohnheiten und so.

Aber von diesem Zeitpunkt an war ich für alle neuen Leute Lucas. Ich wollte Landon endgültig verschwinden lassen. Als hätte er nie existiert.

Ich hätte wissen müssen, dass es nicht so leicht sein würde.

2

LANDON

Seit dem Kindergarten war ich auf eine kleine Privatschule am Rand von Washington D.C. gegangen. Wir trugen Uniformen: die Mädchen weiße Blusen mit Perlknöpfen, karierte Faltenröcke und Strickjacken, die Jungen gestärkte weiße Oxfordhemden, gebügelte Hosen und Blazer. Unsere Lieblingslehrer drückten bei unerlaubten Schals und bunten Schnürsenkeln ein Auge zu und sahen über ausgezogene Strickjacken und Blazer hinweg. Die strengeren Lehrer beschlagnahmten Schmuggelware und verdrehten die Augen, wenn wir entgegenhielten, Hanfarmbänder und Glitzerstirnbänder seien ein Ausdruck individueller Freiheit.

Victor Evans wurde im letzten Frühjahr vom Unterricht ausgeschlossen, als er sich weigerte, ein Bottega-Veneta-Hundehalsband abzunehmen, mit der Begründung, es zu tragen sei sein Recht nach dem Ersten Zusatzartikel der Verfassung und würde streng genommen nicht gegen die Vorschriften verstoßen. Danach griff die Verwaltung hart durch.

Oberflächlich betrachtet, sahen wir alle gleich aus, aber in den zwei Wochen, die ich nicht zur Schule ging, hatte ich mich unter der Haut – dort, wo Veränderungen etwas ausmachen – völlig verwandelt. Ich war einer Prüfung unterzogen worden, und ich hatte sie nicht bestanden. Ich hatte ein Versprechen gegeben, das ich nicht hielt. Es spielte keine Rolle, ob ich nach außen hin noch immer derselbe war. Ich war nicht länger einer von ihnen.

Ich durfte den Stoff, den ich versäumt hatte, nachholen, als hätte ich wegen einer schweren Grippe gefehlt, aber das war noch längst nicht alles an persönlichen Rücksichtnahmen.

Lehrer, die mir früher zu viel abverlangt hatten, klopften mir jetzt auf die Schulter und sagten bei neuen Klassenarbeiten, ich solle mir Zeit lassen. Sie gaben mir ein unverdientes »Ausreichend« für beschissen geschriebene Aufsätze, zusätzliche Zeit für unvollständige Laborarbeiten und automatische Wiederholungsangebote für vermasselte Prüfungen.

Und dann waren da noch meine Klassenkameraden – von denen mich einige kannten, seit wir fünf waren. Alle murmelten ihr Beileid, aber keiner wusste, was er danach sagen sollte. Niemand bat mich um Hilfe bei den Algebra-Hausaufgaben oder lud mich zu sich nach Hause ein, um Videospiele zu spielen. Die anderen Jungen schubsten mir nicht die Bücher von meinem Tisch, wenn ich nicht hinsah, und schikanierten mich nicht, wenn mein Lieblingsfootballteam von den Redskins eingeseift wurde. Sexuelle Witze brachen mitten im Satz ab, wenn ich hinzutrat.

Jeder beobachtete mich – im Unterricht, im Flur, auf Versammlungen, beim Mittagessen. Sie tuschelten hinter vorgehaltener Hand und starrten mich kopfschüttelnd an, als könnte ich nicht sehen, wie sie es taten. Als wäre ich eine Wachsfigur meines früheren Selbst – lebensecht, aber unheimlich.

Niemand sah mir in die Augen. Als wäre es vielleicht ansteckend, eine tote Mutter zu haben.

An einem übermäßig warmen Tag krempelte ich mir während Mr. Fergusons Unterricht in amerikanischer Geschichte die Ärmel hoch, ohne zu überlegen. Ich hörte das verräterische Flüstern, das von einem zum nächsten wanderte, zu spät.

»Seine *Handgelenke*?«, zischelte Susie Gamin, bevor jemand ihr sagte, sie solle still sein.

Die Ärmel wieder herunterzukrempeln und die Manschetten zuzuknöpfen änderte nichts. Einmal entfesselt, waren die Worte wie eine Lawine rollender Steine. Unaufhaltsam.

Am nächsten Tag trug ich am linken Handgelenk eine Uhr mit einem breiten Armband, obwohl es an meiner noch immer wunden Haut scheuerte. Um mein rechtes Handgelenk wickelte ich mir eine Reihe Silikonarmbänder, die im letzten Frühjahr vom Schulleiter ausnahmslos verboten worden waren. Sie wurden ein Bestandteil meiner täglichen Uniform.

Niemand zwang mich, sie abzunehmen. Niemand erwähnte sie. Aber jeder starrte sie an, bestrebt, einen Blick auf das zu erhaschen, was darunter war.

Dinge, mit denen ich aufhörte:

1. *Eishockey*: Ich begann Eishockey zu spielen, als ich sechs war, kurz nachdem ich mit Dad zu meinem ersten Capitals-Spiel gegangen war. Mom war nicht begeistert, aber sie duldete es – vielleicht weil es etwas

war, was meinen Dad und mich verband. Vielleicht auch, weil ich einfach so gern spielte.
Obwohl ich in jeder anderen Situation Rechtshänder war, passierte irgendetwas, wenn ich meine Schlittschuhe zuschnürte und meine Linksaußen-Position einnahm. Wenn ich einen Puck ins Ziel schoss, war ich beidhändig. Zwischen zwei Atemzügen wechselte ich die Position, um einen Puck aus der Ecke zu holen, oder jagte Gegnern einen Schrecken ein, indem ich mitten im Spiel die Hände wechselte und Treffer versenkte, bevor sie sichs versahen. Meine Auswahlmannschaft gewann nicht jedes Mal, aber im letzten Jahr schafften wir es immerhin in die Finals. Als ich in die achte Klasse kam, war ich überzeugt, dass wir in diesem Jahr die Championship-Trophäe nach Hause holen würden. Als wäre es das Wichtigste, was mir je passieren könnte.

2. *Teilnahme am Unterricht*: Ich hob nicht mehr die Hand. Ich wurde nie wieder aufgerufen. Ziemlich schlichtes Ende.
3. *Schlafen*: Ich schlief noch immer, irgendwie. Aber ich wachte oft auf. Ich hatte Albträume, aber keine der üblichen. Meistens fiel ich. Vom Himmel. Von einem Gebäude, einer Brücke, einer Klippe. Mit erfolglos rudernden Armen und strampelnden Beinen. Manchmal träumte ich von Bären und Haien und fleischfressenden Dinosauriern. Manchmal vom Ertrinken. Eines blieb dabei konstant: Ich war immer allein.

An heißen Tagen vermisste ich es, den Strand genau vor meiner Haustür zu haben. Selbst wenn die Luft von Feuchtigkeit gesättigt und der Strand grasig und ungleichmäßig war, hatten wir dort immer den Golf, und kühle Wellen klatschten gegen die Küste wie ein einladendes Murmeln.

In den vergangenen drei Jahren hatte ich vier Stunden landeinwärts gelebt. Wenn ich das Bedürfnis verspürte, in ein Gewässer zu tauchen, hatte ich zweierlei zur Wahl: den Swimmingpool der Hellers oder den See. Beides bot nur wenig Einsamkeit.

Der See war ständig überfüllt von Städtern und Touristen, und Carlies Freundinnen hingen noch immer fast täglich am Haus der Hellers herum und rekelten sich in den Liegestühlen am Pool, wie sie es schon den ganzen Sommer über getan hatten. Das Allerletzte, was ich brauchte, war ein Haufen eindeutig minderjähriger Mädchen, die versuchten, meine Aufmerksamkeit auf sich zu ziehen, nur weil ich der einzige männliche Nicht-Dad in der näheren Umgebung war. Cole war den ganzen Sommer über das Objekt ihres Interesses gewesen, sehr zur Empörung seiner Schwester. Aber er war vor zwei Wochen abgefahren, um an der Duke University in die Fußstapfen seiner Mom zu treten, und Caleb war erst elf – für sie alle ebenso jung, wie sie es für mich waren.

Sie konnten den Zusammenhang nicht erkennen.

Da ich in den letzten paar Jahren immer blasser geworden war, traten meine Tätowierungen jetzt umso deutlicher hervor. Ich hatte mit den komplexen Mustern begonnen, die sich um meine Handgelenke schlängelten, und sie waren zu Ärmeln geworden, die hauptsächlich aus meinen eigenen Designs bestanden. Zusammen mit der gepiercten Lippe und den langen dunklen Haaren ähnelte ich jetzt eher einem Typen, der bei depressiver Musik und Düsterkeit aufblühte, als dem Strandjungen, der ich war, als ich mir die Tattoos und die Piercings ursprünglich zulegte.

Auf der Highschool trug ich jede Menge Piercings – einen Ohrstecker, einen kleinen Metallstift durch eine Augenbraue und einen Brustwarzenring – zusätzlich zu dem Lippenring. Dad hasste sie, und die Schulleiterin meiner Kleinstadt-Highschool behauptete, sie wären allesamt Zeichen von abnormem Verhalten und einer antisozialen Veranlagung. Ich machte mir nicht die Mühe, darauf etwas zu erwidern.

Sobald ich zu Hause auszog, entfernte ich alle bis auf den Lippenring – das auffälligste.

Ich nahm an, dass Heller mich fragen würde: *Warum hast du ausgerechnet* den *gelassen?* Aber das tat er nie. Vielleicht wusste er die Antwort, auch ohne dass ich sie laut aussprach – dass ich eindeutig verkorkst und alles andere als bemüht war, mich *einzufügen*. Für gewöhnliche Leute signalisierte mein Lippenpiercing das Gegenteil von Ansprechbarkeit. Es war eine selbst errichtete Barriere, und es diente als Warnung, dass Schmerz mich nicht abschrecken würde – dass ich ihn sogar begrüßte.

Die Vorlesungen waren seit zwei Wochen im Gange. Wider besseren Wissen – oder was davon noch übrig war – studierte ich Jackie Wallace. Ihr braunes Haar fiel in sanften Wellen mehrere Zentimeter weit über ihre

Schultern, es sei denn, sie drehte es mit einem Haarband oder einer Spange zu einem Knoten ein oder kämmte es zu einem Pferdeschwanz nach hinten, mit dem sie ungefähr so alt wie Carlie aussah. Sie hatte große blaue Augen – ein ungetrübtes Wildblumenblau. Augenbrauen, die sich tief furchten, wenn sie verärgert war oder sich konzentrierte, und sanft gebogen waren, wenn sie im Ruhezustand war – sodass ich mich fragte, was sie taten, wenn sie überrascht war. Durchschnittlich groß. Schlank, aber dennoch kurvenreich.

Ihre Fingernägel waren kurz und unlackiert. Ich sah sie nie darauf kauen, daher nahm ich an, dass sie sie absichtlich abfeilte, um die Symphonien in ihrem Kopf besser dirigieren zu können und es ihren Händen zu ermöglichen, die instrumentalen Bewegungen zu simulieren. Am liebsten hätte ich mir Kopfhörer aufgesetzt und diese bei ihr eingestöpselt, um so herauszufinden, was sie hörte, wenn ihre Finger sich bewegten. Ich wollte sogar wissen, was für ein Instrument sie spielte – als ob ich den Unterschied zwischen einem Cello und einer Viola heraushören könnte.

Es gibt diesen weit verbreiteten Irrtum, dass man, wenn man künstlerisch veranlagt ist, alles auf eine künstlerische und kreative Weise angeht. Das gilt für manche – wie zum Beispiel meine Mutter –, aber nicht für alle. Als ich jünger war, wunderten sich die Leute, dass ich kein Instrument spielte und nicht malte oder Gedichte schrieb. Aber ich war immer nur in einer Hinsicht künstlerisch. *Zeichnen*. Das ist alles. Selbst meine Tattoos sind das Ergebnis von Papier-und-Bleistift-Skizzen, die von meinem Notizbuch auf die Tinte des Tattookünstlers übertragen wurden, die unter meine Haut injiziert ist.

Nachdem ich ein geisttötendes Kapitel über Sensorkalibrierung für Messlabore verdaut hatte, stopfte ich mein Lehrbuch wieder in den Rucksack und zückte meinen Skizzenblock. Hellers Vorlesung dauerte noch eine Viertelstunde. Mein Blick schweifte hinüber zu Jackie Wallace, die ein paar Reihen weiter unten saß, das Kinn in die Hand gestützt. Ohne bewusste Absicht begann meine Hand, sie zu skizzieren. Die ersten geschwungenen Linien waren da, noch bevor ich wusste, was ich tat. Ihre Finger in Bewegung konnte ich innerhalb der Grenzen eines Blatts Papier nicht festhalten, daher zeichnete ich sie dabei, wie sie der Vorlesung zuhörte – oder so tat, als ob.

»Diejenigen von Ihnen, die keinen Abschluss in Wirtschaft als Hauptfach anstreben, fragen sich vielleicht: ›Warum soll ich meine Zeit damit verschwenden, Wirtschaft zu studieren?‹«, sagte Heller. Ich seufzte. Ich wusste, was als Nächstes kommen würde. Ich kannte seine ganze Routine in- und auswendig. »Weil Sie, wenn Sie sich arbeitslos melden, *wenigstens wissen werden, warum.*«

Wie zu erwarten, erhob sich hier und da ein Stöhnen aus seinem unfreiwilligen Publikum. Ich gebe zu, ich verkniff mir ein Augenrollen, da ich diesen Kalauer seit vier Semestern kannte. Aber Jackie lächelte, ihr Mundwinkel war von meinem Platz weiter hinten eben noch zu sehen, zusammen mit ihrer leicht nach oben geschwungenen Wange.

Aha. Sie mochte also abgedroschene Witze.

Und ihr Freund war einer der Stöhner.

Meine erste Tutorsitzung des Semesters fand an diesem Nachmittag statt. In der zweiten Woche sind die meisten Studenten noch erfüllt vom Optimismus des Semesterbeginns, selbst wenn sie bereits hinterherhinken. Es war gut möglich, dass sich heute nur eine Handvoll Studenten bei mir blicken lassen würde – oder gar keiner.

In meinem allerersten Semester als Hellers Tutor erschien am ersten Tag nur eine einzige Person – die Mitbewohnerin einer Studentin, die ich zwei Wochen zuvor abgeschleppt hatte. Ich erinnerte mich kaum noch an das Mädchen, mit dem ich ein paar Stunden im Bett verbracht hatte, aber die Mitbewohnerin erkannte ich auf Anhieb, da über ihrem Bett eine riesige Pinnwand voller exhibitionistischer Selfies hing. Sie hatten uns … abgelenkt. Als würden wir von halb nackten Zuschauern beobachtet werden. Im denkbar unpassendsten Moment fragte ich mich unwillkürlich, was sie am Elternwochenende machte. Hängte sie Poster der periodischen Elemente und von Albert Einstein darüber?

Und so zeichnete ich in meiner allerersten Tutorsitzung Diagramme an eine weiße Kunststofftafel, während ich *einer* Studentin den Unterschied zwischen einem Nachfragerückgang und einer Abnahme der Nachfrage erklärte. Einer Studentin, die nichts davon ahnte, dass ich sie in ihrer Oben-ohne-Selfie-Galerie gesehen hatte. Ich konnte ihr während der ganzen Stunde nicht in die Augen – oder sonst irgendwohin – sehen, was verdammt unangenehm war, da sie der einzige andere Mensch im Raum war.

Heute waren vier Studenten zu meiner Tutorübung erschienen, die sich alle wunderten, dass sie die einzigen Teilnehmer aus einem solch riesigen Kurs waren. Keiner von ihnen war Kennedy Moore oder Jackie Wallace. Ich war erleichtert und enttäuscht zugleich – und ich hatte kein Recht, auch nur eines von beidem zu empfinden.

»Das ist jetzt das dritte Semester, in dem ich für Dr. Heller als Tutor arbeite«, wandte ich mich an sie. Vier Augenpaare beobachteten mich verzückt von ihren Plätzen in der ersten Reihe in dem winzigen Kursraum. »Letztes Jahr hat jeder Student, der für die Dauer des gesamten Semesters zwei- bis dreimal die Woche an den ergänzenden Übungen teilgenommen hat, den Kurs mit einer Eins oder Zwei abgeschlossen.«

Augen weiteten sich beeindruckt. Ganz offensichtlich war ich ein Wundertäter.

Und die Wahrheit? Die regelmäßigen Teilnehmer der Tutorübungen waren im Allgemeinen die Überflieger – Studenten, die eine Vorlesung nur wegen einer Notoperation oder eines Todesfalls versäumten. Sie lasen die aufgegebenen Texte und machten die freiwilligen Tests am Ende eines Kapitels. Sie reichten Hausaufgaben für Zusatzpunkte ein. Bildung stand für sie an erster Stelle, und die meisten von ihnen hätten den Kurs vielleicht auch ohne mich glänzend bestanden.

Aber die statistischen Daten gaben mir Jobsicherheit, daher verwendete ich sie.

Jede Woche verbrachte ich mindestens fünfzehn Stunden mit der Vorlesung, Tutorübungen, dem Erstellen von Arbeitsblättern und individueller Förderung, entweder auf dem Campus oder per E-Mail. Mit diesen Stunden hatte ich ein Viertel meiner Studiengebühren abgedeckt. Hellers Tutor zu sein war nicht ganz so einträglich wie Job Nummer eins – Parkplatzwächter für die Campuspolizei – oder Job Nummer zwei – am Tresen des Campus-Starbucks –, aber es war mit weitaus weniger Stress verbunden.

Na ja.

Bis ich sie sah.

3

LANDON

Dad schien gar nicht zu bemerken, dass ich mit dem Eishockey aufgehört hatte. Er sah nicht, wie ich mich von meinen Freunden abkapselte und mein soziales Leben zusammenbrach. Er hatte nur deshalb dafür gesorgt, dass ich jeden Tag mit einem Wagen von der Schule abgeholt wurde, weil ich am ersten Schultag nach Moms Tod neben ihm auf dem Beifahrersitz innehielt, um zu fragen, wie ich nach Hause kommen würde.

Seine Augen waren hinter seiner Ray-Ban-Sonnenbrille verborgen, daher musste ich den Schmerz nicht mit ansehen, der ihn jedes Mal durchzuckte, wenn ihm bewusst wurde, dass Mom nicht mehr da war und daher keines der Dinge tun konnte, die sie bislang immer getan hatte. Dinge, die *jemand* an ihrer Stelle tun musste. Wie zum Beispiel, mich von meiner Privatschule abzuholen, da mein Zuhause eine zwanzigminütige Autofahrt entfernt war – oder eine Fahrt mit der Metro, mit der ich noch nie allein gefahren war, gefolgt von einem Fußweg über mehrere Blocks.

Es lag mir auf den Lippen, ihm zu sagen: *Ich werde einfach die Metro nehmen – ich bin dreizehn, ich schaffe das schon*, als er antwortete: »Ich… ich werde einen Wagen rufen, der dich nach Hause bringt. Du hast um drei Uhr Schluss?«

»Halb vier«, antwortete ich, während ich meinen Rucksack schulterte und ausstieg. Wut stieg in mir auf. Ich spürte, wie ich tief in meinem Inneren zu zerbrechen drohte, und ich kämpfte mit aller Kraft dagegen an.

Morgens war es noch immer kühl, wenn auch noch nicht kalt genug, um den eigenen Atem zu sehen. Einige Kinder hingen bereits vor der Schule herum und warteten auf das erste Läuten der Schulglocke, während andere aus den Wagen ihrer Eltern stiegen. Niemand hatte es eilig hineinzugehen. Köpfe schnellten herum und beobachteten mich. Auch Eltern – keiner von ihnen fuhr von der Bordsteinkante los. Alle verlangsamten ihr Tempo – in der Schwebe, die Augen auf mich geheftet. Ich spürte ihre Blicke auf mir wie Dutzende winziger Scheinwerfer.

»Landon?«

Ich wandte mich zu meinem Vater um, hoffte irrationalerweise, er würde mir sagen, ich solle einfach wieder in den Wagen steigen. Dass er mich wieder nach Hause bringen oder mich mit in die Arbeit nehmen würde. Alles, außer mich hier zurückzulassen.

Ich wollte nicht hier sein. Ich wollte das nicht tun müssen.

»Hast du deinen Hausschlüssel?«

Ich nickte.

»Ich lasse dich um halb vier mit einem Wagen abholen. Ich werde früh zu Hause sein. Halb sechs, spätestens.« Sein Kiefer verhärtete sich. »Schließ die Tür ab, wenn du nach Hause kommst.« *Und überprüf die Fenster.*

Ich nickte noch einmal und schloss die Beifahrertür. Er sah mich durch die Scheibe an, und dieser verrückte Wunsch, er möge mich nicht hier zurücklassen, sprang wieder hoch und packte mich an der Kehle. Dad hob eine Hand und fuhr weg.

Daher erinnerte ich ihn nie an das Eishockeytraining. Ich ging einfach nicht mehr hin.

Als mein Trainer mich schließlich anrief, erklärte ich ihm, ich würde aufhören. Er gab mir zu verstehen, an früheren Routinen festzuhalten würde gut für mich sein. Sagte, ich könnte in meinem eigenen Tempo wieder anfangen, mich neu aufbauen. Erklärte, das Team sei bereit, mich zu unterstützen – ein paar der Jungs hätten darüber diskutiert, die Initialen meiner Mom auf unsere Helme zu kleben oder auf die Ärmel unserer Trikots nähen zu lassen. Ich saß wie versteinert am anderen Ende der Leitung und wartete darauf, dass er begriff, dass ich nicht mit ihm diskutieren würde, aber ich legte auch nicht auf.

Ich weiß nicht, ob Dad weiterhin bezahlte oder ob sie aufhörten, ihm Rechnungen zu schicken, und es war mir auch egal.

Es gab da dieses Mädchen, das ich mochte, davor. (Alles war jetzt entweder *davor* oder *danach*.) Das Davor-Mädchen hieß Yesenia. Ich hatte sie seit dem letzten Tag der siebten Klasse nicht mehr gesehen, aber wir hatten uns im Laufe des Sommers hin und wieder eine SMS geschickt und waren Online-Freunde, hatten kryptische Social-Media-Kommentare getauscht, was irgendwie so ist, als würde man in Zeichensprache flirten. *Cooles Foto. Haha toll. Schöne Augen*. Dieser letzte Kommentar war von ihr, einer von einem Dutzend Kommentaren zu einem Foto, das Mom an Grandpas Strand von mir aufgenommen hatte, auf dem ich bei Sonnenuntergang in der Brandung stand.

Ihr Kommentar war der einzige, der mir etwas bedeutete. Und es war auch das Mutigste, was einer von uns je zu dem anderen sagte.

Im Laufe des Sommers war ich gewachsen. Das war etwas Gutes, denn Yesenia und ich waren in der siebten Klasse gleich groß gewesen, und mit Mädchen und der Größe ist das so eine Sache – sie wollen hohe Absätze tragen und dabei nicht größer sein als der Typ. Ich hatte acht Zentimeter zugelegt und hoffte auf mehr. Dad war über einen Meter achtzig groß. Keiner meiner Großväter war es.

Yesenia, einzige Tochter eines Botschafters aus El Salvador, war schön und dunkel, mit kurzen, seidigen schwarzen Haaren und riesigen braunen Augen, die mich über Klassenzimmer und Mittagstische hinweg beobachteten. Sie wohnte in einem eleganten Stadthaus abseits des Dupont Circle. Zwei Wochen zuvor hatte ich Mom überredet, mich allein mit der Metro zu ihr fahren zu lassen, aber ich hatte noch nicht den Mut gefasst, Yesenia zu fragen, ob ich vorbeikommen könnte.

In jener zweiten Schulwoche gelang es mir, sie ohne ihren Schwarm von Freundinnen abzupassen – ein seltenes Vorkommnis bei dreizehnjährigen Mädchen. »Hey, willst du am Samstag ausgehen und einen Film ansehen?« Ich platzte mit der Einladung heraus, und sie sah blinzelnd zu mir hoch. Ich hoffte, dass sie diese acht Zentimeter bemerkte. Sie war das größte Mädchen in unserer Klasse. Ein paar Typen mussten zu *ihr* aufsehen. »Mit mir?«, stellte ich klar, als sie nicht sofort antwortete.

»Ähm …« Sie spielte nervös mit den Büchern in ihren Armen, während mein Herz *verdammt, verdammt, verdammt* hämmerte, bis sie sagte: »Ich darf eigentlich noch nicht mit Jungen ausgehen.«

Hm. Jetzt war es an mir, nervös herumzuspielen.

»Aber vielleicht … könntest du vorbeikommen und bei mir zu Hause einen Film ansehen?« Sie war zögerlich – als ob sie dachte, dass ich sie vielleicht abweisen würde.

Ich fühlte mich, als wäre ich kopfüber in kaltes Wasser getaucht, wieder herausgezerrt und dann geküsst worden, aber ich nickte nur, entschlossen, mich gleichgültig zu geben. Dann hatte ich eben ein Mädchen gefragt, ob sie mit mir ausgehen wollte. Und wenn schon. »Ja, na klar. Ich schicke dir eine SMS.«

Ihre Freundinnen tauchten am Ende des Flurs auf, riefen ihr zu und beäugten mich voller Neugier. »Hi, Landon«, sagte eine von ihnen.

Ich erwiderte ihren Gruß mit einem Lächeln und wandte mich dann ab, die Hände in den Hosentaschen vergraben, während ich lautlos *ja, ja, JA* murmelte, als hätte ich eben einen Puck genau am gepolsterten Knie des Torhüters vorbei im Tor versenkt. Bis Samstag waren es nur noch fünf Tage.

Vierundzwanzig Stunden später hatte sich mein Leben in das *Danach* verwandelt.

»Du. Bist. Ein. *Arschloch!*«

Ich presste die Lippen zu einer schmalen Linie zusammen, während ich angestrengt versuchte, mir die Antwort zu verkneifen, die mir durch den Kopf schoss: *Wow. Das habe ich ja noch nie gehört.*

Ich füllte weiter den Strafzettel aus, mit dem ich zum Glück fast fertig war.

Ich habe Mitleid mit Leuten, deren Parkuhr abläuft, bevor sie zurück zu ihrem Wagen kommen, oder wenn jemand auf einem zugegebenermaßen zweideutig gekennzeichneten Stellplatz parkt. *Kein* Mitleid habe ich mit einer Studentin, die genau unter einem NUR-FÜR-LEHRPERSONAL-Schild parkt.

Als sie begriff, dass ihr Auftreten und ihre vorhersehbare Beleidigung für mich kein Grund waren, mit dem Schreiben aufzuhören oder auch nur aufzusehen, versuchte sie es mit einer anderen Taktik. »Komm schon, *bitte*? Ich war doch nur zehn Minuten oder so da drinnen! Ich schwöre es!«

Klar doch.

Ich riss den Strafzettel ab und streckte ihn ihr hin. Sie verschränkte die Arme und funkelte mich wütend an. Schulterzuckend steckte ich den Strafzettel in einen Umschlag und klemmte diesen hinter ihren Scheibenwischer.

Als ich mich abwandte, um wieder auf das Cart zu steigen, mit dem ich auf dem Campus von einem Parkplatz zum nächsten fahre, brüllte sie: »Du arschgesichtiger *Huren*sohn!«

Das hingegen ist etwas Neues. Gut gebrüllt, Miss Himmelblauer Mini-Cooper.

Oh, Mann, ich war mir nicht sicher, ob man mich gut genug bezahlte, um mich für Beleidigungen dieser Art zu entschädigen. Ich machte das mit Sicherheit nicht aus *Prestigegründen*. Für diese Arbeit steckte ich mir die Haare unter eine polyesterbeschichtete, marineblaue Mütze, unter der meine Kopfhaut glühte, wenn ich an heißen Tagen zu lange draußen in der Sonne stand, was ungefähr siebzig Prozent des Jahres der Fall war. Ich ersetzte den Lippenring für die Dauer meiner Schichten mit einem durchsichtigen Retainer; der Stichkanal war zum Glück seit Jahren verheilt. Ich trug eine Uniform, die genau das Gegenteil von allem anderen in meinem Kleiderschrank war.

Zugegeben, auf diese Weise erkannte mich kein Student, dem ich je einen Strafzettel ausstellte – manchmal sogar Leute, die in einem Kurs genau neben mir saßen –, während ich ihm gerade den Tag verdarb.

»Entschuldigung! Juu-huu!«

Das ist die Art Zuruf, die im Allgemeinen von irgendjemandes Oma kommt – aber nein, es war mein Thermodynamik-Professor vom letzten Frühjahr. *Verdammt*. Ich steckte den Strafzettelblock ein und betete, er möge nicht Mr. Brandneuer Mercedes sein, dem ich eben einen Strafzettel dafür verpasst hatte, dass er am hinteren Ende des Parkplatzes über zwei Stellplätze hinweg parkte. Ich hätte nicht vermutet, dass Dr. Aziz ein solches Arschloch sein könnte – aber hinter dem Lenkrad eines Wagens benahmen sich die Leute seltsam. Ihre Persönlichkeiten konnten sich von stabilen, geistig gesunden Bürgern in unberechenbare Verkehrsrowdys verwandeln.

Ich nahm Haltung an. »Ja, Sir?«

»Ich brauche Starthilfe!« Er keuchte, als wäre er soeben über ein Footballfeld gesprintet.

»Oh. Na klar. Steigen Sie ein. Wo steht Ihr Wagen?« Ich ignorierte die Frau in dem Mini-Cooper, die mir den Stinkefinger zeigte, während sie mit quietschenden Reifen an uns vorbeifuhr.

Auch wenn er keinen Kommentar dazu abgab, war Dr. Aziz nicht ganz so abgehärtet gegen diese für mich nur allzu alltägliche Geste. Mit hochgezogenen Brauen stieg er auf den Beifahrersitz und hielt sich mit beiden Händen fest, nachdem er vergeblich nach dem nicht vorhandenen Gurt gegriffen hatte. »Zwei Reihen weiter.« Er zeigte in die Richtung. »Der grüne Taurus.«

Ich verlangsamte mein Tempo, damit er nicht durch die offene Seite des Carts hinausgeschleudert wurde, bevor ich am Ende der Reihe wendete. Mir ging der Gedanke durch den Kopf, dass man meiner üblichen antisozialen Inkarnation vermutlich nicht mitten auf einem Parkplatz den Mittelfinger entgegengestreckt hätte. Ich war eine wandelnde Zielscheibe, die in diesem verdammten Kostüm über den Campus patrouillierte.

Sobald ich seinen Wagen flottgemacht hatte, nahm ich die Kabel ab und klappte die Motorhaube zu. »Vergessen Sie nicht, die Batterie aufladen oder ersetzen zu lassen – mit dieser Kiste bekommen Sie Starthilfe, aber keine Aufladung.« Ich wusste, dass mein Professor für Ingenieurwissenschaften diesen Ratschlag nicht benötigte … aber ich nahm an, dass ich nicht zu erkennen war.

Irrtum.

»Ja, ja, Mr. Maxfield, ich denke, inzwischen kenne ich mich mit Selbstaufladung gut genug aus.« Er lachte, wobei er noch immer ein wenig keuchte. »Diese Begegnung ist ein glücklicher Zufall, denke ich. Ich bin erst heute Morgen in Gedanken meine ehemaligen Studenten durchgegangen. Ich werde eine Handvoll von ihnen kontaktieren und sie einladen, sich um ein Forschungsprojekt zu bewerben, das im nächsten Semester beginnt. Unser Ziel ist die Entwicklung strapazierfähiger weicher Materialien, um diejenigen zu ersetzen, die normalerweise durch thermodynamische Kräfte beschädigt werden – wie zum Beispiel diejenigen, die bei der Arzneimittelgabe und der Gewebekonstruktion Verwendung finden.«

Ich wusste alles über Dr. Aziz' geplantes Forschungsprojekt – es war beim Tau-Beta-Pi-Treffen im letzten Monat lebhaft diskutiert worden, mit der Art Begeisterung, die nur ein Haufen streberhafter Ingenieurstudenten in einer Honor Society aufbringen kann.

»Sie sind im Abschlussjahr, nehme ich an?«

Ich zog die Augenbrauen hoch und nickte, aber ich war zu verblüfft, um etwas zu erwidern.

»Hmm. Wir sind in erster Linie an Studenten im vorletzten Studienjahr interessiert, da sie noch etwas länger hier sein werden.« Er kicherte in sich hinein, dann schürzte er die Lippen und musterte mich. »Trotzdem, das Gründungsteam eines Projekts ist von entscheidender Bedeutung, und ich denke, Sie könnten eine Bereicherung sein, falls Sie interessiert sind. Die Position würde in Ihrem Studienbuch als Sonder-Projektkurs aufgeführt werden, und wir haben Fördermittel zugewiesen bekommen, sodass wir den letztlich Ausgewählten ein kleines Stipendium bieten können.«

Ach du heilige Scheiße. Ich riss mich aus meinem benommenen Zustand. »Ich bin interessiert.«

»Gut, gut. Schicken Sie mir heute Abend eine E-Mail, und ich werde die offizielle Bewerbung weiterleiten. Ich bin verpflichtet, Bewerber davon in Kenntnis zu setzen, dass Stellen im Team nicht garantiert sind. Sie werden sehr begehrt sein, nehme ich an.« Er scherzte nicht. Einige meiner Kommilitonen würden ernsthaft in Erwägung ziehen, mich vor ein fahrendes Auto zu schubsen, um sich eine dieser Stellen zu sichern. »Aber …« Er lächelte verschwörerisch. »Ich denke, Sie wären ein Top-Kandidat.«

Als Heller in seinem Kurs die erste Prüfung abhielt, war ich an dem Tag von der Teilnahme befreit. Anstatt auszuschlafen, wie es jeder normale Student tun würde, hatte ich mich idiotischerweise für eine zusätzliche Schicht bei der Campuspolizei eingetragen. Es war, als wüsste ich nicht mehr, wie man sich entspannte und nichts tat. Zwischen bezahlten Jobs, ehrenamtlichen Jobs und meinem Studium arbeitete ich die ganze verdammte Zeit.

Gegen sieben Uhr morgens öffnete der Himmel die Schleusen und überflutete die Gegend mit einem Überraschungsgewitter, genau im richtigen Moment, um den Sonnenaufgang zu vereiteln, daher schnorrte ich bei Heller eine Mitfahrgelegenheit zum Campus, anstatt unterwegs auf meiner Sportster hoffnungslos durchnässt zu werden. Nachdem ich Heller geholfen hatte, einen Karton Bücher von seinem Wagen zu seinem Büro zu schleppen, und wir uns auf einen Zeitpunkt geeinigt hatten, zu dem wir beide Feierabend machen würden, steuerte ich auf den Seitenausgang zu.

Die Sonne war in den wenigen Minuten, die ich in dem Gebäude verbracht hatte, herausgekommen und gewährte uns einen kurzen Aufschub vom Regen, auch wenn von den Bäumen und Dachvorsprüngen noch immer dicke Tropfen auf die Studenten fielen, die durch Pfützen liefen und über kleine Rinnsale hüpften. Die tiefen, grauen Wolken, die sich sichtbar über uns zusammenbrauten, verrieten mir, dass der plötzliche Sonnenschein höchstens fünf Minuten anhalten würde, und ich hoffte, es vor dem nächsten Wolkenbruch zum Gebäude der Campuspolizei zu schaffen.

Wenn der Regen andauerte – und allen Wetterprognosen zufolge würde er das tun –, würde ich dort im Büro festsitzen, Telefonanrufe entgegennehmen und stapelweise Akten in den Schrankwänden der Abteilung ablegen, anstatt Strafzettel zu verteilen. Lieutenant Fairfield war mit seiner Ablage *immer* im Rückstand. Ich war halb überzeugt, dass er *nie* irgendetwas ablegte. Er wartete einfach auf verregnete Tage, um diese geisttötende Aufgabe mir aufzuhalsen. Seltsamerweise schlug ich mich lieber mit aufgebrachten Studenten, Verwaltungsangestellten und Professoren herum, als den ganzen Tag im Büro festzusitzen.

Und ich werde Jackie Wallace heute überhaupt nicht zu Gesicht bekommen.

Ich zwang mein Gehirn, den Mund zu halten, setzte meine Sonnenbrille auf und hielt einem Mädchentrio die Tür auf, das mich einfach ignorierte und sich weiter unterhielt, als wäre ich ein Diener oder ein Roboter, eigens dort aufgestellt, um ihnen die Tür zu öffnen. *Diese verdammte Uniform.*

Dann sah ich *sie*, wie sie in Gummistiefeln mit einem gelben Gänseblümchenmuster durch Wasserpfützen platschte. Ich stand wie eine Statue da und hielt die Tür noch immer angelehnt, obwohl sie mehrere Meter entfernt war und mich – oder sonst irgendjemanden in ihrer Nähe – nicht bemerkt hatte. Ich wusste, dass sie das Gebäude durch diese Tür betreten würde. Sie hatte in ungefähr einer Minute eine Prüfung in Wirtschaft. Ein Kennedy Moore war nirgends in Sicht.

Ihre Büchertasche drohte an ihrem Arm herunterzurutschen, und sie riss die Schulter hoch, während sie mit einem störrischen Regenschirm kämpfte, der zu ihren Stiefeln passte. Ihre erregte Körpersprache und die Tatsache, dass sie noch nie unpünktlich – oder ohne ihren Freund – zur Vorlesung erschienen war, verrieten mir, dass sie heute Morgen spät dran war. Ihr Schirm ließ sich nicht zusammenklappen. »*Verdammt*«, murmelte sie und schüttelte ihn fest, während sie immer wieder auf den Einzugsknopf drückte.

Er klappte in der Sekunde zusammen, bevor sie den Kopf hob und mich sah, wie ich die Tür aufhielt.

Ihre Haare waren feucht. Sie trug kein Make-up, aber die Enden ihrer Wimpern waren spitz verklebt – sie war auf dem Weg von ihrem Wohnheim oder Wagen eindeutig vom Regen überrascht worden. Ihre nasse Haut, ihre Nähe und der Atemzug, als ich in ihre schönen Augen sah – das alles brachte mich fast aus dem Gleichgewicht. Sie roch nach Geißblatt – ein Duft, den ich gut kannte. Meine Mutter hatte das kleine Cottage in unserem Garten, das sie in ein Künstlerstudio umgewandelt hatte, auf einer Seite ganz von Geißblatt zuwuchern lassen. Jeden Sommer erfüllten die trompetenförmigen Blüten das Innere des Häuschens mit ihrem süßen Duft, vor allem wenn Mom die Fenster weit aufriss. Während sie an Projekten für Herbstausstellungen in Galerien arbeitete, saß ich ihr gegenüber an der zerkratzten Tischplatte und zeichnete Figuren eines Videospiels oder Käfer oder die inneren Bestandteile irgendeines funktionsunfähigen Haushaltsgeräts, das ich mit Dads Erlaubnis auseinandernehmen durfte.

Ein erstauntes Lächeln breitete sich über Jackies Gesicht aus, als sie zu mir hochsah, und ersetzte den mürrischen Blick, den sie ihrem launischen Regenschirm zugeworfen hatte. »Danke«, sagte sie und duckte sich durch die offene Tür.

»Gern geschehen«, erwiderte ich, aber sie eilte bereits weiter. Zu dem Kurs, dessen Tutor ich war. Zu diesem Freund, der sie nicht verdient hatte.

Ich hatte mir schon sehr lange nicht mehr gestattet, etwas so Unmögliches zu wollen.

4

LANDON

Stunden nachdem Dad mich aus dem Krankenhaus nach Hause gebracht hatte, flippte er völlig aus. Mit einem Kartonmesser riss er den blutbefleckten Teppichboden aus dem Zimmer, bis hin zum Rohfußboden. Ohne eine Maske über Augen oder Nase schaltete er die Schleifmaschine an und schliff den Boden ab, bis sich das Holz in der Mitte des Zimmers wie eine Schüssel vertiefte. Sägemehl wehte wie Rauch durch den Türrahmen hinaus und hüllte das Zimmer und alles darin ein, einschließlich meines Dads.

Ich saß in der Diele, mit dem Rücken an die Wand gelehnt, und hielt mir die Ohren zu. Ich war das Geräusch seiner Trauer und Wut leid, seine heiseren Tränen und lauten Schreie, die sich mit der ohrenbetäubenden Schleifmaschine vermischten – alles davon sinnlos, da nichts davon sie wiederbringen würde. Als der Motor verstummte, kroch ich zum Türrahmen und spähte ins Zimmer. Dad kniete auf dem Boden, weinend und hustend vor dem verhassten Fleck, der zwar schwächer, aber unter der jetzt stillen Schleifmaschine noch immer sichtbar war.

Am Tag ihrer Beerdigung wachte ich zum Geräusch

seiner Schritte vor meiner Tür auf. Mein Zimmer war kurz vor der Morgendämmerung noch dunkel, und ich lag reglos da, fast ohne zu atmen, und erkannte das Quietschen von Kleiderbügeln, die zusammengeschoben wurden, und das Schleifen von Schubladen, die geöffnet und geschlossen wurden, bevor Dad an meinem Zimmer vorbei und wieder zurückging, immer und immer wieder. Eine Stunde später fiel die Tür zu ihrem gemeinsamen Schlafzimmer zu.

Er war in das kleine Gästezimmer im Erdgeschoss gezogen. In einer stillschweigenden Übereinkunft betrat keiner von uns danach je wieder ihr verschlossenes und gespenstisches Schlafzimmer.

Cindy kam oft vorbei, um nach Dad und mir zu sehen, um uns Essen zu bringen oder aufzuräumen. Meistens wurde sie dabei von Charles begleitet oder von Cole – der immer das Falsche sagte, auch wenn es genau dasselbe war wie bei allen anderen.

»Das mit deiner Mom tut mir leid«, hatte er gestern Abend gesagt, als wir nebeneinander auf meinem Bett saßen, Game-Controller in den Händen.

Ich nickte, während ich auf den Bildschirm starrte, auf dem wir ein Dragsterrennen durch irgendeine berühmte Straße – ich konnte mich nicht mehr an den Namen erinnern – fuhren, wobei wir Mülltonnen, Bäume, andere Wagen und hin und wieder einen glücklosen animierten Fußgänger niedermähten. Ich versuchte, die Leute nicht zu überfahren. Cole hingegen schien genau auf sie zu zielen, vor allem wenn seine kleine Schwester Carlie in der Nähe war, da sie jedes Mal ausflippte, wenn er es tat.

»Du hast ein *Kind* angefahren! Du hast eben *absichtlich*

ein *Kind* angefahren!«, sagte sie, wenn sein Wagen über die Bordsteinkante schoss und einen Skateboardfahrer rammte.

Ich verzieh Cole, dass er die Leute absichtlich überfuhr, und auch, dass er dasselbe sagte wie alle anderen, denn schließlich war er erst zehn, und er behandelte mich so wie immer. Er war der Einzige, den ich kannte, der das tat.

Stimmengemurmel lockte mich eines Samstagmorgens aus meinem Zimmer und die Treppe hinunter. Cindy und Dad saßen am Küchentisch, zwischen sich Kaffeebecher in den Händen. Ihre Stimmen hallten durch die Küche und drangen bis in die Diele, so leise sie auch waren. Ich wusste, dass sie über mich diskutierten, noch bevor ich hörte, was sie sagten.

»Ray, er braucht eine Therapie.«

Cindy witzelte immer, sie würde ihre beiden Schwestern liebend gern gegen meine Mom tauschen, die ihre »wahre« Schwester sei. Wie eine aufdringliche Tante, die mich schon mein ganzes Leben kannte, behandelte sie mich immer, als sei meine Erziehung zum Teil ihre Aufgabe.

Dad antwortete lange nichts, und dann sagte er: »Landon hat eine blühende Fantasie – das weißt du selbst. Er zeichnet die ganze verdammte Zeit. Ich glaube nicht, dass ein paar Skizzen ein Grund sind, weshalb ein *Seelenklempner* …«

»Ray, ich habe dein Kind, *ihr* Kind, beobachtet, seit er zum ersten Mal einen Bleistift in die Hand genommen hat. Natürlich ist mir klar, wie er sich künstlerisch ausdrückt. Aber ich sage dir, das hier ist … etwas anderes. Es ist beunruhigend, brutal …«

»Was zum Teufel hast du denn erwartet?«, zischte er, und jetzt war es an ihr zu verstummen. Er seufzte. »Entschuldige, Cin. Aber … wir werden auf unsere eigene Weise damit umgehen. Wir wollen nicht darüber reden. Wenn ich an jene Nacht denke …« Seine Stimme brach. »Ich werde ihn nicht zwingen, darüber zu reden.«

Ich hörte, was er nicht sagte. Dass er nicht hören wollte, was ich über jene Nacht zu sagen hatte.

Aber er hatte recht. Ich wollte nicht darüber reden.

»Er zieht sich zurück, Ray. Er spricht kaum noch.« Ihre Stimme war von Tränen erstickt.

»Er ist *dreizehn*. Wortkargheit ist ganz normal für einen Dreizehnjährigen.«

»Wenn er schon vorher so gewesen wäre, würde ich dir ja recht geben. Aber das war er nicht. Er war fröhlich und redselig. Ihn mit Rose zusammen zu sehen gab mir immer die Hoffnung, dass meine Söhne noch immer mit mir reden und lachen und mich zum Abschied küssen werden, wenn sie Teenager sind. Das ist kein normales Verhalten für *Landon* – ob dreizehn oder nicht.«

Mein Vater seufzte wieder. »Seine Mutter ist tot. Wie kann er da je wieder normal sein?«

Sie schniefte, und ich wusste, dass sie leise zu weinen begonnen hatte.

»Ich kann nicht länger darüber diskutieren«, sagte er. »Ich weiß deine und Charles' Hilfe zu schätzen … aber ich kann einfach nicht …«

»Wie wär's, wenn ich einen Therapeuten für ihn finde? Wie wär's, wenn ich ihn übernehme, und du musst gar nichts damit zu tun haben, es sei denn, du willst …«

»*Nein*. Noch … nicht. Lass ihm Zeit.«

»Aber …«

»*Cindy.*« Das war sein *Es-reicht*-Ton. Ich kannte das alles nur zu gut. Wenn ich von meinen Eltern irgendetwas wollte, was sie mir nicht erlaubten, war es immer Dad, der das endgültige Nein aussprach, in diesem Ton. *Landon*, und dazu diese mürrische Miene. Jede Diskussion war dann sinnlos.

Noch bevor ich geboren wurde, fingen die Maxfields und die Hellers an, Thanksgiving zusammen zu feiern. Das taten sie jedes Jahr – während Postdoktorandenstellen an entgegengesetzten Küsten des Landes und nach Charles' Annahme einer Assistenzprofessur in Georgetown und der Entscheidung meines Vaters, seinen Doktortitel zu nehmen und für die Regierung anstatt irgendeine Universität zu arbeiten. Nachdem ich zur Welt gekommen war, behielten sie die Tradition bei und ließen sich zwanzig Minuten voneinander entfernt in Arlington und Alexandria nieder – beides innerhalb des Autobahnrings.

In diesem Jahr waren wir an der Reihe, die Gastgeber zu sein. Stattdessen fuhren mein Dad und ich zu ihnen nach Hause, beide schweigsam, während wir die idiotischen Weihnachtslieder im Radio hasserfüllt über uns ergehen ließen. Keiner von uns stellte einen anderen Sender ein.

Meine Mutter liebte Feiertage – ohne Ausnahme. Für sie war keiner von zu viel Hype oder Kommerz verdorben. Sie backte im Februar herzförmige Kekse, staunte über das Feuerwerk im Juli und sang bei den Weihnachtsliedern mit, sobald sie gespielt wurden, egal wie viele Wochen es bis zum 25. Dezember noch waren. Nie wieder würde ich ihre Stimme hören. Mein Magen verkrampfte sich, und mein Kiefer spannte sich an. Mein ganzer Körper protestierte gegen die Mahlzeit, die wir bald einnehmen würden. Ohne sie.

Ich saß auf dem Beifahrersitz, einen gekauften Kürbiskuchen auf dem Schoß und einen Becher Schlagsahne in einer Tüte zu meinen Füßen. Wir hatten die Ränder der Kruste verbrannt, und Dad hatte die geschwärzten Stellen abgekratzt, sodass der Kuchen aussah, als wären Eichhörnchen bei uns zu Hause eingebrochen und hätten an ihm geknabbert. Es musste der erbärmlichste Beitrag sein, den die Maxfields je zu einem Thanksgiving-Dinner leisteten.

Ich war so schlau, diesen Gedanken für mich zu behalten.

Die Mahlzeit war erträglich, aber freudlos und ziemlich still, bis Caleb – der fast vier war und Besteck noch als optional betrachtete – den Finger durch die Schlagsahne und die Kürbisfüllung zog und ihn dann ableckte.

»Caleb – *Gabel*«, sagte Cindy sanft zum vierten oder fünften Mal, seit wir mit dem Essen begonnen hatten. Sie verdrehte die Augen, als Cole es ihm nachmachte. »*Cole*«, sagte sie etwas weniger sanft. Ich musste unwillkürlich lächeln, als beide Brüder sich ihre verschmierten Finger in den Mund steckten. Carlie schnaubte vor Lachen.

»Was denn?«, fragte Cole seine Mutter in gespielter Unschuld, während er Schlagsahne von seinem Finger leckte, ohne sich zu entschuldigen.

Caleb ahmte kichernd seinen älteren Bruder nach. »Ja – was denn?« Dann sah er sich aus irgendeinem Grund am Tisch um, nahm seinen klebrigen Finger aus dem Mund und lispelte: »Wo ist Rose?« Alle erstarrten, und seine Augen füllten sich mit Tränen. »Wo ist *Rose*?«, wimmerte er, als hätte er soeben begriffen, dass ein Mensch, von dem die Eltern sagen, er sei in den Himmel gekommen, niemals wiederkommen wird.

Das ganze Essen in meinem verräterischen Magen kam mir mit einem Mal hoch. Ich sprang von meinem Stuhl auf und stürzte auf die Gästetoilette, heimgesucht von den Erinnerungen an jene Nacht. Den Geräuschen, die ich niemals vergessen würde. Den Schreien, die ich vergeblich ausstieß, bis ich nichts mehr tun konnte, als ihren Namen zu krächzen, bis die Tränen aufhörten, da ich einfach keine mehr hervorbringen konnte. Der nutzlose Sohn, der ich gewesen war, als sie mich brauchte.

Ich erbrach alles, was ich gegessen hatte, und würgte dann schluchzend, als nichts mehr in meinem Magen war.

Einen Monat später kündigte Dad seinen Job, verkaufte unser Haus und zog mit mir an die Golfküste, in das Haus meines Großvaters – den letzten Ort, an dem er je wieder leben wollte.

LUCAS

Ich aß ungefähr einmal die Woche mit den Hellers zu Abend – wenn Charles grillte oder Cindy eine riesige Schale Lasagne machte. Die Hellers versuchten immer, mir das Gefühl zu geben dazuzugehören, als wäre ich einer von ihnen. Für ein oder zwei Stunden konnte ich so tun, als wäre ich ihr Sohn, ihr großer Bruder.

Dann kehrte ich in die Wirklichkeit zurück, in der ich

keine Verbindung zu irgendjemandem hatte, bis auf einen Mann, der Hunderte von Meilen entfernt lebte und mir nicht in die Augen sehen konnte, weil ich eine Erinnerung an die Nacht war, in der er den einzigen Menschen verlor, den er je geliebt hatte.

Ich konnte kochen, aber ich beschränkte mich stets auf eine Basisauswahl an Mahlzeiten, die ich hauptsächlich von meinem Großvater gelernt hatte. Er war ein schlichter Mann mit einem schlichten Geschmack, und eine Zeit lang wollte ich nichts lieber, als so zu sein wie er.

Bei den Mahlzeiten mit den Hellers machte ich mich immer auf die unvermeidlichen, halb verschleierten Fragen gefasst, die vor allem von Cindy kamen – subtile Verhörmethoden, die ihre Tochter in letzter Zeit übernommen hatte. Ich fragte mich, ob Carlie im letzten Monat damit beauftragt worden war herauszufinden, ob ich heimlich schwul oder nur dauerhaft ohne Freundin war. Sie war die Tochter ihrer Mutter – mischte sich ein, wenn sie glaubte, gebraucht zu werden, und das allzu oft unangenehm nah am Ziel.

Ich konnte es den beiden nicht verdenken, dass sie versuchten, mich aus der Reserve zu locken, aber im Allgemeinen hatte ich nur wenig, falls überhaupt etwas, zu erzählen. Ich studierte, und ich arbeitete. Manchmal fuhr ich in die Stadt, um eine Band aus der Gegend zu hören. Ich besuchte die monatlichen Tau-Beta-Pi-Treffen. Ich studierte und arbeitete noch etwas mehr.

Ich würde einen Teufel tun und Jackie Wallace zur Sprache bringen, Charles' – und meine – Studentin, die inzwischen nicht mehr nur im Kurs meine Aufmerksamkeit fesselte, sondern sich in meine bewussten und unbewussten Fantasien geschlichen hatte.

An diesem Morgen begann mein Wecker mitten in einem Traum von ihr zu schrillen. Einem lebhaften, detaillierten, eindeutig unmoralischen Traum.

Sie wusste nicht, wer ich war, aber das hielt meinen Verstand nicht davon ab, sich vorzustellen, dass sie es tat. Es hielt die schmerzliche Enttäuschung nicht ab, die sich einstellte, als ich vollständig wach wurde und mich erinnerte, was echt war – und was nicht.

Ich kam absichtlich zu spät zum Wirtschaftskurs, rutschte auf meinen Platz, zückte meinen Programmiertext und zwang mich, einen Abschnitt zu Übertragungsfunktionen zu lesen (und dann noch einmal und noch einmal), damit ich nicht sehen konnte, wie sie sich eine Haarsträhne hinters Ohr steckte oder mit den Fingern in einem erkennbaren Rhythmus über ihren Schenkel strich, der mich zunehmend in den Wahnsinn trieb.

Es gab eindeutig nichts in meinem Leben, das es als Gesprächsthema an den Abendessentisch schaffen würde.

Bei meinem Eintreffen stellte ich fest, dass ich nicht auf der Tagesordnung stand, was mir sehr recht war, bis ich den Grund dafür erfuhr. Carlie, die trotz ihres herzhaften Appetits schon immer spindeldürr gewesen war, stocherte mit der Gabel auf ihrem Teller herum und aß fast nichts. Cindy machte für sie jedes Mal eine kleine Extraportion mit fleischloser Lasagne, aus Respekt vor der Weigerung ihrer Tochter, »irgendetwas mit einem Gesicht« zu essen. Es war Carlies Lieblingsessen, doch heute rührte sie es nicht an.

Ihre Eltern tauschten einen besorgten Blick, und ich fragte mich, was zum Teufel eigentlich los war.

»Wie war das Volleyballtraining, Carlie? Ist noch immer die Rede davon, in die Uniauswahl aufzusteigen?«, fragte Heller in einem *Alles-in-bester-Ordnung*-Ton.

Carlies Augen füllten sich mit Tränen. »Ich bin fertig«, sagte sie, schob ihr kaum angerührtes Essen halbherzig beiseite und stürzte davon. Ihre Zimmertür knallte zu, aber das dünne Holz konnte ihr Schluchzen nicht fernhalten.

»Diesem Dreckskerl würde ich am liebsten den Arsch versohlen«, knurrte ihr Vater.

Calebs Augen weiteten sich. Er wurde ständig ermahnt, nicht *Arsch* zu sagen.

»Ich verstehe deine Gefühle, glaub mir, aber was würde das nützen?« Cindy stellte ihren Teller auf dem Granittresen ab und wandte sich zur Treppe, die zum Zimmer ihrer Tochter führte.

»Damit würde ich mich verdammt viel besser fühlen«, murmelte Heller.

Carlies herzzerreißendes Wimmern wurde lauter, als Cindy oben die Tür öffnete, und wir drei zuckten zusammen.

»Eine Trennung?«, vermutete ich. Hier ging es offensichtlich nicht um Volleyball. Ich hatte keine Ahnung gehabt, dass sie mit jemandem ging, es sei denn – »Der Homecoming-Typ?«

Er nickte. »Hat ihr wegen einer ihrer Freundinnen den Laufpass gegeben, ausgerechnet. Ihr Herz ist doppelt gebrochen.«

Dieses selbstgefällige kleine Arschloch. Ich war ihm nur ein einziges Mal begegnet – als er vorbeikam, um Carlie zur Party abzuholen. Als er ihr eine Orchidee aufs Handgelenk schob und für Bilder posierte, schien er so großspurig neben ihrer naiven, ungekünstelten Art, dass er mich zwangsläufig an Kennedy Moore erinnerte … sodass ich wieder an Jackie Wallace denken musste. *Verdammt.*

»Brutal«, bemerkte Caleb, den Mund voller Nudeln. »Ich werde dir beim Arschversohlen helfen, Dad. Wir können ihm die *Eier* doppelt brechen.«

Heller räusperte sich. »Lass das nicht deine Mutter hören, sonst versohlt sie uns beiden den Arsch.« Seine Worte waren eine sanfte Ermahnung, aber er ballte solidarisch eine Faust, und Caleb kicherte und schlug mit seiner dagegen.

Ich hatte Eifersucht immer so definiert, dass man etwas begehrte, das jemand anders besaß. Ich zum Beispiel wollte Kennedy Moores Freundin haben. Es gab sie nur einmal. Wenn sie meine war, würde sie nicht seine sein.

Daher wusste ich nicht, wie ich dieses Gefühl nennen sollte, das ich verspürte, wenn ich Charles mit seinen Söhnen oder mit Carlie sah. Eine Art Eifersucht, nehme ich an. Aber sie alle teilten ihn als ihren Vater, und sie teilten auch ihre Mutter. Wenn ich als ein Heller-Kind geboren worden wäre, hätte keiner von ihnen deswegen einen Elternteil verloren.

Sie nahmen mir meine Beziehung zu ihren Eltern nie übel, und dafür war ich dankbarer, als ich ausdrücken konnte. Sooft wir alle auch taten, als würde ich zu ihrer Familie gehören, war Cindy nicht meine Mutter, und Charles war nicht mein Vater. Keiner von ihnen konnte den Platz derer einnehmen, die ich nicht mehr hatte, sosehr sie sich auch bemühten, diese Lücken auszufüllen.

Oben hatte sich das Schluchzen inzwischen beruhigt. Ein kaum hörbares Schniefen war das Einzige, was wir zwischen Cindys mitfühlendem Murmeln und den gedämpften Antworten ihrer Tochter hören konnten. Caleb kicherte über eine weitere von Charles' Ansichten zu Carlies Ex – der gut daran tun würde, sich nie wieder in der Nähe der Heller-Männer blicken zu lassen, wenn er seine Eier intakt behalten wollte.

Ich trug meinen Teller zur Spüle, während ich den Neid, den zu fühlen ich kein Recht hatte, mit der einzigen Waffe zerdrückte, die ich zur Hand hatte – meiner Scham.

Du bist der Mann im Haus, solange ich nicht da bin. Pass gut auf deine Mutter auf.

Ich habe es nie irgendjemandem vorgehalten, Teil einer Gruppe sein zu wollen. Dass ich selbst Studentenverbindungen und andere Campus-Organisationen mied – Ausnahme: die mit Networking-Potenzial für Nerds –, hieß nicht, dass andere Leute genauso empfanden, und das war auch völlig in Ordnung.

Trotzdem, manche Leute auf dem Campus konnten sich morgens offenbar nicht anziehen, ohne dass ihre Verbindungszugehörigkeit auf irgendein Kleidungsstück genäht oder geklebt war. Das Mädchen, das vor der Vorlesung mit Kennedy Moore redete, war genau so eine. Sie war bildhübsch – aber jedes Mal, wenn ich sie sah, trug sie ein T-Shirt, eine Trainingshose, Shorts, eine Jacke oder *Schuhe*, auf denen die Buchstaben ihrer Studentinnenverbindung möglichst auffällig prangten. Und natürlich, heute war es eine beschriftete Baseballmütze, durch die sie ihren dünnen Pferdeschwanz gezogen hatte. Sie beugte sich vor, um irgendetwas zu ihm zu sagen, und legte ihm dabei eine Hand auf den Unterarm, und er warf einen Blick hinüber zu ein paar Kommilitonen, die in der Nähe beieinanderstanden. Sein Blick glitt genau über mich hinweg – und auch über alle anderen, daher nahm ich an, dass er nach Jackie Ausschau hielt. Er entdeckte sie, kurz nachdem ich es getan hatte. Sie stand mit dem Rücken zu ihm und lachte am anderen Ende des Flurs mit einer Freundin, außer Hörweite.

Er nahm die Hand des ZTA-Mädchens von seinem Arm, hielt sie aber auf eine Weise fest, die nicht mehr schicklich war. Ich hatte dieses Mädchen schon einmal mit Jackie reden sehen. Sie waren vielleicht keine engen Freundinnen – aber sie musste wissen, dass sich das, was sie tat, nicht gehörte. Als ich näher trat, war ihre Unterhaltung zu verstehen.

»Ich bitte dich, Ivy«, sagte Moore, während er noch einmal einen Blick hinüber zu Jackie warf, »du weißt doch, dass ich eine Freundin habe.« In seiner Stimme lag ein Anflug von Bedauern. *Bedauern*. Dieser *Scheißkerl*.

Das Mädchen sah kurz zu Jackie und wieder zurück, bevor sie vor ihm die Augen aufschlug. »Ich wünschte, du hättest keine.«

Sowenig ich von dem Typen auch hielt und sosehr ich auch glaubte, dass er das Mädchen nicht wert war, das mir nicht aus dem Kopf ging, hoffte ich doch, dass er mich überraschen und irgendetwas sagen würde, um dem ungezogenen *Wunsch* dieses Mädchens eine klare Abfuhr zu erteilen.

Aber nein. Er musterte sie von Kopf bis Fuß und murmelte: »Du weißt schon, dass du zu süß für mich bist. Ich könnte irgendwie schwach werden.«

Ihre Augen sprühten Funken. »Mmm. Versprochen?«

Ich wandte mich abrupt ab, ging in den Hörsaal und warf meinen Rucksack auf den Boden. *Geht mich nichts an*. Ich ballte immer wieder die Fäuste, mit denen ich auf ihn einhämmern wollte. Wie konnte dieser verdammte Glückspilz mit einem Mädchen wie Jackie zusammen sein und sich trotzdem mit einer anderen treffen, geschweige denn eine solche Andeutung fallen lassen?

Fünf Minuten später betraten er und Jackie gemeinsam den Hörsaal. Er hatte ihr eine Hand ins Kreuz gelegt, während sie die Stufen zu ihren Plätzen hochgingen. Ivy rutschte ein Dutzend Plätze weiter und eine Reihe über ihnen auf ihren Stuhl, den Blick noch immer auf Moore geheftet. Als Jackie sich abwandte, um ihr Lehrbuch hervorzuholen, wandte er den Kopf und lächelte über seine Schulter. Ivys Miene verwandelte sich rasch zu einem zuckersüßen Lächeln, als sich ihre Blicke trafen.

Ich wandte mich wieder dem Skizzenblock auf der Tischplatte vor mir zu und nahm den Bleistift von meinem Ohr. Während ich die Skizze eines Typen schraffierte, den ich heute Morgen auf der Hauptstraße auf seinem Skateboard fahren sah, versuchte ich angestrengt, an die eine Wahrheit zu glauben, die ich kannte: Es stand mir nicht zu, Jackie Wallace' Herz gegen verräterische Freundinnen oder treulose Freunde zu verteidigen oder es vor ihnen zu beschützen. Nichts von ihr ging mich irgendetwas an.

Ich blätterte ein paar Seiten zurück zu der zweiten Zeichnung von ihr, die ich an jenem verregneten Tag während der Schicht angefertigt hatte, in der ich mit der Ablage beschäftigt war. Ich hatte ihr leises *Danke* den ganzen Vormittag über in meinem Kopf gehört, hatte mich an ihr Lächeln erinnert und ihr Gesicht nicht mehr aus meinen Gedanken vertreiben können, bis ich sie zu

Papier gebracht hatte. Und selbst dann konnte ich den Blick ihrer strahlend blauen Augen, so nah, oder die freundliche Miene nicht vergessen, die ich so selten von Studenten bekam, wenn ich diese gottverdammte Uniform trug.

Ich blätterte wieder vor zu dem unvollendeten Skater, aber Minuten später beging ich den Fehler, über die Reihen hinunter zu dem Platz zu sehen, an dem sie drei Tage die Woche saß, ohne zu ahnen, dass ich sie beobachtete. Ohne etwas von meinem ständigen inneren Kampf dagegen zu wissen. Oder von mir.

Ihre Finger strichen metrisch über eine Seite ihres Beins – eins-zwei-drei, eins-zwei-drei –, und ich stellte mir vor, wie ich, wenn ich neben ihr sitzen würde, meine Handfläche öffnen und sie die Musik, die sie hörte, auf meine Haut zeichnen lassen würde.

Dann streckte Moore einen Arm aus und legte seine Hand auf ihre, brachte sie zum Stillstand. *Hör auf,* hauchte er. *Entschuldigung,* hauchte sie verlegen zurück und rollte ihre Hand in ihrem Schoß zusammen.

Ich biss die Zähne zusammen und konzentrierte mich darauf, langsam durch die Nase zu atmen. *Dieser dumme, dumme Dreckskerl.* Es war ein Glück, dass ich heute Abend eine Sparring-Session im Dojang hatte. Ich musste auf irgendetwas einschlagen. Hart.

5

LANDON

Es war seltsam, dass mein Großvater und mein Dad sich nicht gut verstanden, denn sie waren wie ein und dieselbe Person, mit dreißig Jahren Abstand geboren. Das war mir nie aufgefallen, bevor wir bei Grandpa einzogen. Vielleicht war der Grund der, dass Dad alles ihm Mögliche getan hatte, um der Person zu entkommen, die er einmal gewesen war oder die er hätte sein können. Er war hier aufgewachsen, in diesem Haus, an diesem Strand, aber er hatte nicht den schleppenden Akzent meines Großvaters – oder sonst irgendeinen Akzent. Als hätte er daran gearbeitet, ihn loszuwerden.

Grandpa ging mit vierzehn von der Schule ab, um bei seinem Vater auf dem Fischerboot zu arbeiten, aber mein Vater schloss die Highschool ab, zog mit achtzehn zu Hause aus, um aufs College zu gehen, und blieb dort, bis er seinen Doktor in Wirtschaftswissenschaften in der Tasche hatte. Die Leute in der Stadt schienen Dad zu kennen, aber er hatte seit über zwanzig Jahren nicht mehr hier gelebt, und wenn wir zu Besuch kamen, traf er sich mit niemandem. Diese Leute hielten jetzt Abstand zu ihm – und er zu ihnen –, während er seine Tage mit Grandpa auf dem Boot verbrachte. Ich stellte mir die beiden dort draußen vor, wie sie den ganzen Tag kein Wort miteinander wechselten, und ich fragte mich, ob Dad und ich eines Tages genauso sein würden. Ob wir vielleicht schon genauso waren.

Er hatte seine guten Anzüge weggegeben, bevor wir umzogen – alle bis auf einen. Wir ließen unsere Möbel und elektronischen Geräte, Kochtöpfe und Geschirr und seine Bibliothek mit Büchern über Finanzwesen, Wirtschaft und Buchhaltung zurück. Ich brachte die meisten meiner Kleidungsstücke mit, außerdem meine Videospiele, ein paar Bücher und all meine Skizzenblöcke – alles, was ich von meinen Sachen behalten wollte, aber nicht mehr, als in den Wagen passte. Cindy verstaute alle Alben und gerahmten Fotos in Kartons und wickelte Moms Gemälde mit reichlich Klebeband in Packpapier. Sie und Charles nahmen ein paar der Bilder mit zu sich nach Hause.

Früher hatten wir Grandpa immer nur im Sommer besucht. Ich hatte in einem Schlafsack auf der überdachten Veranda geschlafen oder auf dem schäbigen, muffigen Sofa in seinem Wohnzimmer – das im Grunde das einzige Zimmer des Hauses war, abgesehen von der Küche, zwei Schlafzimmern und einem Bad. Ich dachte eigentlich gar nicht darüber nach, wo ich schlafen würde, bis wir zwei Tage vor Weihnachten dort ankamen.

Ein knapp einen Meter hoher künstlicher Weihnachtsbaum stand auf einem wackeligen Tisch vor einem Eckfenster, so jämmerlich und unfestlich wie nur möglich. Bunte, nicht blinkende Glühbirnen waren an ihm befestigt. Der einzige Schmuck waren ein paar echte Zuckerstangen, die, noch immer in ihrer Zellophanverpackung, über Zweigen hingen, ein Dutzend glänzende, mit Glitter überzogene silberne Glöckchen und acht mit Filz umrahmte Schulfotos von mir, vom Kindergarten bis zur siebten Klasse.

Es gab keinen Stern. Keinen Engel. Überhaupt nichts an der Spitze des Baums. Keine Geschenke darunter. Nur den Plastikständer, der schmucklos auf dem Holz stand.

Unsere Bäume waren immer groß und frisch gewesen, ausgewählt auf einer Weihnachtsbaumfarm zwanzig Meilen außerhalb der Stadt. Mom und Dad ließen mich immer den Baum aussuchen, und dann bezahlte Dad den Baumfarmer, bevor er ihn fällte und auf unser Autodach schnallte. Dort hing er dann vorn über die Windschutzscheibe und ragte hinten heraus wie eine aufs Dach montierte Rakete. Letztes Jahr war der Baum, den ich auswählte, so groß, dass Dad bis an die Spitze der Leiter steigen musste, um die obersten Zweige mit funkelnden weißen Lichtern zu verzieren und den Stern anzubringen.

Die Weihnachtsbaumdecke, die Mom verwendete, sah aus wie ein Wandteppich – mit einer Goldborte verziert und golddurchwirkten Worten wie *Noël* und *Frohe Weihnachten* und *Ho Ho Ho* bestickt. Darauf lagen immer jede Menge Geschenke, und auf den meisten von ihnen stand *Landon*.

Ich war verwöhnt, und auch wenn mir diese Tatsache irgendwie bewusst war, schien es nicht wichtig zu sein, da jedes Kind, das ich kannte, ebenso verwöhnt war.

Grandpa nahm mir einen Koffer aus der Hand und wandte sich ab, um in die Küche zu gehen. Das war der Augenblick, in dem ich mich fragte, wo mein Zimmer sein würde.

Er öffnete die Tür zur Vorratskammer. Nur dass darin die unteren Regale entfernt und eine Doppelmatratze und ein Bettgestell, das von Wand zu Wand reichte, irgendwie hineingezwängt worden waren. Von der Decke hing eine Lampe an einer Kette – eine dieser Lampen mit drei Glühbirnen, die normalerweise über einem Küchentisch hängen. Mir wurde bewusst, dass sie tatsächlich über dem Küchentisch hing, als ich das letzte Mal hier war, Monate zuvor. Die kompakteste, schmalste Kommode der Welt war in die vordere Ecke gezwängt worden. Ich musste die Tür der Vorratskammer schließen, um eine der Schubladen öffnen zu können. Ein Fenster gab es nicht.

Ich war zu Harry Potter geworden. Nur dass ich dreizehn war und nicht zaubern konnte und mein Schicksal, was immer es war, keinen tieferen Sinn für mich bereithielt.

»Richte es dir schön her, oder lass es bleiben – ganz wie du willst. Es ist ja nur zum Schlafen und um dein Zeug unterzubringen. Du musst nicht hier drinnen bleiben.« Leute, die so alt waren wie Grandpa, vergaßen natürlich vieles. Wenn er sich an die Zeit erinnert hätte, als er ein Teenager war, dann hätte er gewusst, dass wir in unseren Zimmern lebten.

Grandpa war ein Vernunftmensch, sagte Mom immer. »Er ist wie dein Dad. Sie sehen die Welt in Schwarz-Weiß.«

»Warum sind sie immer sauer aufeinander?«, fragte ich.

»Sie sind eigentlich nicht sauer – sie sind sich nur nicht einig, was weiß und was schwarz ist. Das Problem ist, sie streiten sich um irgendetwas dazwischen.«

Dad glaubte, dass Grandpa enttäuscht von ihm war, weil er weggegangen war, anstatt auf dem Boot zu arbeiten. Ich selbst war mir da nicht so sicher. Vielleicht wollte Grandpa einfach tun dürfen, was *er* mit *seinem* Leben tun wollte, anstatt dafür verurteilt zu werden, dass er nicht gebildet genug war – nicht gut genug.

»Das heißt, sie streiten sich um das graue Zeug?«

»Ja, aber eher um … die Farben. Die Grautöne auf Schwarz-Weiß-Fotos sind im wirklichen Leben die bunten Dinge – das grüne Gras, ein rosa Schal, eine gelbe Rose. Ich glaube, manchmal verstehen sie nicht, wie viel in der Mitte liegt. Wie viel niemals schwarz oder weiß sein wird.« Sie lächelte. »Vielleicht sind sie ja künstlerisch zurückgeblieben. So wie ich mathematisch zurückgeblieben bin. Verstehst du?«

Ich nickte. Aber ich kam mit beidem klar, daher verstand ich es eigentlich nicht.

Ich lag auf meinem neuen Bett und starrte zu den künstlichen Flammen der drei Glühbirnen an der einzigen Lampe in meinem mikroskopisch kleinen Zimmer hoch. Der Lichtschalter war an einer Schnur befestigt, die neben der Tür an der Wand herunterhing. Die Lampe und die Arme waren aus einer Art oxidiertem Messing, aber so korrodiert, dass ich nicht sagen konnte, wie es eigentlich aussehen sollte. Vielleicht hatte das Metall früher einmal geglänzt – vor fünfzig Jahren oder so. Vermutlich war Messing nicht dafür gemacht, so nah am Meer zu sein und nie poliert zu werden.

Ich streckte die Arme nach beiden Seiten aus und berührte die Wände, dann streckte ich sie nach hinten aus und berührte die dritte Wand. Die vierte Wand war hauptsächlich die Tür der Vorratskammer, mit einem winzigen Stück Wand an den Seiten und darüber.

Ich kniete mich hin und tastete über eines der flachen Regale, die Grandpa an der Wand belassen hatte, und nahm meinen iPod von seinem neuen Zuhause neben einem Stapel mit meinen Skizzenblöcken. Vor ein paar Monaten standen auf diesen Regalen noch Eingemachtes und Konserven und Kartons mit Müsli und Nudeln und Käse. Neben der Tür stand immer ein Korb mit Kartoffeln, die Grandpa Knollen nannte, und daneben ein Korb mit Zwiebeln, die ich noch immer riechen konnte, obwohl sie irgendwo anders hingeräumt worden waren – in eine Schublade in der Küche wahrscheinlich.

Ich stöpselte meine Kopfhörer ein und wählte eine Playlist einer neuen Band aus, die ich entdeckt hatte, kurz bevor wir Alexandria verließen. Es war eine lokale Band, die auf einem der Collegesender ein bisschen Sendezeit bekam. Ich dachte, ich würde sie vielleicht einmal live sehen. Das hatte sich jetzt erledigt, es sei denn, sie wurden richtig berühmt und gingen auf Tournee. Aber selbst dann würden sie niemals hierherkommen. Niemand kam hierher.

Ich war mir nicht sicher, was aus den Kartons mit Weihnachtsschmuck und Dekorationen geworden war, die Mom jedes Jahr aus dem Abstellraum im Keller hochgeschleppt hatte – den Lichterketten, den drehbaren grünen Girlanden, den Weihnachtsstrümpfen aus Samt und dem Adventskalender mit den winzigen Fenstern zum Aufklappen.

Ich hatte keine Geschenke erwartet, aber Grandpa überreichte mir ein Taschenmesser mit Perlgriff und einer Klinge, die länger war als mein Mittelfinger. Es sah alt, aber gepflegt und verdammt scharf aus. Dad, der nicht daran gedacht hatte, ein Geschenk für mich zu kaufen, drückte mir ein paar Geldscheine in die Hand, die ich in meine Brieftasche steckte, ohne sie anzusehen. »Danke«, sagte ich zu jedem von ihnen, und dann holte Grandpa ein uraltes Waffeleisen aus einem niedrigen und eine Packung Waffelmischung und eine Plastikflasche mit Ahornsirup aus einem hohen Schrank.

Erstes Weihnachten ohne Mom, überstanden.

Ich war seit dem Sommer noch ein bisschen gewachsen, hatte mir aber noch keine neuen Anziehsachen gekauft. Ich war nicht mehr beim Friseur gewesen. Ehrlich gesagt hatte ich irgendwie vergessen, wie ich aussah – bis zu dem ersten Tag, an dem ich auf eine neue Schule gehen musste.

In dieser Stadt gab es eine Grundschule, eine Mittelschule und eine Highschool, alle an derselben Adresse. Ein bisschen wie meine Privatschule zu Hause – oder wo ich früher einmal zu Hause war. Die meisten Kinder hier kannten sich fast ihr halbes, wenn nicht sogar ihr ganzes Leben, genau wie wir damals. Neuzugängen wurde mit Misstrauen begegnet, bis sie Freunde fanden oder zu Außenseitern wurden. Das wusste ich, aber trotzdem dachte ich nicht darüber nach, inwiefern es für mich gelten würde, bis es so war.

Meine T-Shirts passten noch ganz okay, meine Jeans hingegen nicht. Meine Schuhe drückten an den Zehen. Aus meiner North-Face-Jacke war ich herausgewachsen, und die Ärmel meiner Kapuzenpullis waren alle zu kurz. Ich zog sie über die Arme herunter, bis sich die

Strickmanschetten wie allzu breite Münder dehnten und so blieben.

Ich trug meine Uhr mit dem breiten Armband und meine Gummiarmbänder jeden Tag. Ich war froh, dass sie hier nicht verboten waren, denn meine Lehrer kamen rasch zu dem Schluss, dass ich ein Unruhestifter war. Für das introvertierte und möglicherweise labile neue Kind mit den schlecht sitzenden Kleidern, zu langen Haaren und dem fehlenden Bedürfnis, am Unterricht teilzunehmen, würden sie bei keiner der Vorschriften ein Auge zudrücken.

Die meisten anderen Kinder waren sich mit den Lehrern einig.

Im Unterricht nahm ich stets den Platz ein, den der Lehrer mir zuwies, und tat so wenig wie möglich. In den Fluren hielt ich mich dicht an die Reihen mit Schließfächern, den Blick auf den Boden geheftet, und ignorierte alle Beleidigungen und »versehentlichen« Schubser. Manchmal stellte ich mir vor, wie ich reagierte. Ich erinnerte mich an die Rangeleien und Rempeleien, die wir früher auf dem Eis hatten – wie wir einen Gegner blitzschnell mit dem Gesicht in die Acrylwand drückten, wenn er einen Teamkameraden verletzt oder zu viel Blödsinn gequatscht hatte. Jetzt, ohne Schlittschuhe oder spiegelglattes Eis unter meinen Füßen, hätte ich Nasen einschlagen und Schultern aus Gelenken reißen können, bevor die meisten dieser Typen überhaupt wussten, wie ihnen geschah.

Aber dann würden sie wissen, dass es mir nicht scheißegal war, was sie mit mir machten. Daher ließ ich es sein.

Beim Mittagessen wurde ich an den Außenseitertisch

verbannt, zusammen mit zwei Typen aus meiner Klasse, Rick und Boyce, und einem Mädchen aus der siebten Klasse, Pearl, die sich auf ihren Platz fallen ließ und las, hinter einer zotteligen dunklen Mähne und einer Brille versteckt. Keiner von ihnen war geneigt, mit mir zu reden, aber sie schleuderten mir auch kein Essen oder hasserfüllte Kommentare entgegen, daher aß ich mein Mittagessen so schweigsam, wie ich für den Rest jedes Tages war, und zückte dann meinen Skizzenblock und beugte mich darüber. Ich hatte gelernt, meinen Rucksack den ganzen Tag bei mir zu behalten. Schließfächer waren nicht sicher, auch wenn jeder ermahnt wurde, seine Zahlenkombination für sich zu behalten. Die angeblich vertraulichen Codes dieser Einbauschlösser hatten sich längst unter der Schülerschaft herumgesprochen.

An meinem vierzehnten Geburtstag hatte ich es zwei Wochen an der neuen Schule ausgehalten und noch vier Monate vor mir. Im nächsten Herbst würde ich auf die Highschool kommen. Ich machte mir keine Illusionen, dass es dort besser sein würde. Manchmal stand ich auf Grandpas verwitterter Veranda hinter dem Haus, starrte aufs Wasser hinaus und fragte mich, wie lange es wohl dauerte, bis man ertrank, und wie es sich anfühlen würde.

Wie schon an Weihnachten wachte ich mit der Überzeugung auf, dass es keine Geschenke geben würde. Ich war mir nicht sicher, ob Dad oder Grandpa überhaupt an meinen Geburtstag dachten, und ich würde einen Teufel tun und sie daran erinnern.

Als ich die Tür meiner Vorratskammer öffnete, wurde ich von dem Geruch von bratendem Schweinefleisch und Zimt begrüßt. Im Allgemeinen hatten Dad und

Grandpa das Haus bereits verlassen, wenn ich morgens aufstand. Dann schlüpfte ich aus meinem Kokon, machte mich in dem einen Badezimmer fertig, das wir uns alle teilten, und ging zu Fuß zur Schule. Der Januar war kühl hier, aber längst nicht so kalt, wie ich es gewohnt war. Grandpa lachte, als ich ihn fragte, ob es je schneite. »Alle Jubeljahre einmal«, sagte er. »Rechne lieber nicht damit.«

Ich vermisste den Wechsel der Jahreszeiten und die weiße Schneedecke vor dem Fenster, aber ich würde es nicht vermissen, durch sie zu stapfen, wenn der Reiz des Neuen vorbei war, oder den beißenden Wind, der durch meine Kleider pfiff, sodass meine Augen tränten, damit die Augäpfel nicht einfroren.

Dad war schon fort, aber Grandpa war in der Küche und legte Würstchen und Arme Ritter auf zwei Teller. Im Allgemeinen aß ich kaltes Müsli oder machte mir eine Portion Haferbrei in der Mikrowelle warm, daher zögerte ich nur kurz, um ein verschlafenes *Danke* zu murmeln, bevor ich mir eine Gabel schnappte und hungrig zu essen begann.

»Ich dachte, wir könnten heute vielleicht zum Wohlfahrtsladen fahren«, sagte er, und ich sah auf, den Mund voller Toast und Sirup. »In dieser kurzen Hose siehst du aus wie eine Vogelscheuche. Es sei denn, das ist irgendeine Art neue Mode deiner Generation. Ich bin bei den ganzen Trends nicht auf dem Laufenden.« Er stellte seinen Teller gegenüber von meinem ab und zog eine Augenbraue hoch, während er wartete.

Ich schüttelte zur Antwort den Kopf, während ich überlegte, was für ein Tag heute war. Donnerstag. »Aber … was ist mit der Schule?«

Er machte eine wegwerfende Handbewegung. »Pah. Die können einen Tag ohne dich auskommen.« *Sie könnten jeden Tag ohne mich auskommen.* »Ich melde dich krank. Wir haben ein paar Geburtstagseinkäufe zu erledigen.« Wir verdrückten schweigend ein paar Happen, bevor er hinzufügte: »Ich nehme nicht an, dass du für einen Geburtstagshaarschnitt zu haben bist?«

Ich schüttelte wieder den Kopf, während ich gegen das Lächeln ankämpfte, das an meinen Mundwinkeln zupfte.

Er stieß einen langen, leidgeprüften Seufzer aus. »Dachte ich mir schon.« Er fuhr sich mit einer Hand über seine kurzen, silbergrauen Stoppeln und ergänzte: »Wenn ich deine Haare hätte, würde ich sie vermutlich auch zur Schau stellen.«

Ich kam mit mehreren abgewetzten Jeans und Cargohosen, zwei Paar schmuddeliger Turnschuhe, einem Paar völlig ramponierter Westernstiefel und einem verwaschenen schwarzen Kapuzenpulli nach Hause. Nichts kostete mehr als fünf Dollar. Alles passte.

Dad war gekommen und gegangen, während wir unterwegs waren, und hatte ein kleines Kästchen auf meinem Bett hinterlassen, das ein Dutzend hochwertiger Kohlestifte in unterschiedlichen Härtegraden, zwei Radiergummis, einen Schleifklotz und einen Spitzer enthielt. Ich erkannte das Kästchen; es hatte Mom gehört. Darunter lag ein neuer Skizzenblock mit fein perforierten Seiten, die Art, die Mom mir für Zeichnungen gab, die ich heraustrennen und vorzeigen wollte.

Ich nahm meinen abgegriffenen Skizzenblock aus meinem Rucksack und schlug die Seite mit der Zeichnung einer Möwe auf, die auf dem Rumpf von Grandpas Boot saß. Ich verbrachte den Rest meines Geburtstags damit, die Stifte auszuprobieren, die schlichte Skizze zu überarbeiten und zu schattieren, bis die Möwe ein wenig unheimlich aussah – eher wie der Rabe in einem Gedicht von Edgar Allan Poe, das wir im vergangenen Herbst im Englischunterricht gelesen hatten, in der ersten Woche, in der ich wieder zur Schule ging.

Der Rabe hatte einen Typen gequält, der wegen des Todes von jemandem, den er liebte, den Verstand verlor. Wir sollten einen kurzen Aufsatz schreiben, in dem wir das Gedicht analysierten, aber mein Lehrer starrte auf einen Punkt genau zwischen meinen Augen und gab mir die Erlaubnis, etwas anderes auszuwählen, obwohl ich nicht darum gebeten hatte, von der Aufgabe entbunden zu werden.

Ich wählte ein Emily-Dickinson-Gedicht über die Balance, die das Leben zwischen guten und schlechten Dingen hält. Ich hatte dreizehn Jahre gute Dinge gehabt. Ich fragte mich, ob ich die dreizehn Jahre schlechte Dinge überleben würde, die erforderlich waren, um dafür zu bezahlen.

LUCAS

Nach der ersten oder zweiten Woche eines beliebigen Semesters nimmt die Anwesenheit im Unterricht insgesamt ab, vor allem in großen Einführungskursen wie Geschichte oder Wirtschaft. In diesem Semester war es nicht anders. Wenn es keinen angekündigten Kurztest oder eine Prüfung gab, war der Hörsaal ein ständig wechselndes Muster aus freien Plätzen. Aber Jackie und ihr Freund schwänzten, wie ich widerstrebend zugeben musste, die Vorlesung nie. Nicht ein einziges Mal in den ersten acht Wochen.

Daher war Jackies erstes Fernbleiben bemerkenswert und das zweite – bei der Vorlesung unmittelbar danach – bedeutungsvoll.

Während einer Hausaufgabenpause überprüfte ich Kennedy Moores Social-Media-Status, der jetzt lautete: *Single*. Jackies Profil existierte nicht mehr – oder sie hatte es vorübergehend deaktiviert.

Ach du heilige Scheiße. *Sie hatten sich getrennt*.

Ich fühlte mich wie ein Schuft, weil ich vor Freude darüber fast einen Luftsprung machte, aber die Schuldgefühle hielten mich nicht davon ab, noch einen Schritt weiter zu spekulieren: Sie hatte aufgehört, zur Vorlesung zu kommen. Vielleicht hatte sie vor, Wirtschaft abzubrechen … was hieß, dass sie keine Studentin mehr in dem Kurs sein würde, dessen Tutor ich war.

Als sie zum dritten Mal fehlte, flirtete Moore offen mit den Mädchen, die in den letzten Wochen um ihn herumscharwenzelt waren. In der Woche darauf versäumte Jackie die Zwischenprüfung. Ich wartete auf ein Status-Update im System, das mir sagte, dass sie den Kurs offiziell abgebrochen hatte, aber das passierte nie. Wenn sie bis zum Monatsende vergaß, sich abzumelden, würde sie am Ende des Semesters ein »Nicht bestanden« bekommen.

Ich wusste verdammt gut, dass ich nicht für sie verantwortlich war und mich die Sache nichts anging … aber ich wollte nicht, dass sie durchfiel, zusätzlich zu dem, was dieser Schnösel ihr angetan hatte, indem er ihre drei Jahre währende Beziehung beendete. Aber nachdem ich über eine Woche lang jedes Mädchen auf dem Campus, das Jackie Wallace auch nur entfernt ähnelte, kurz angesehen und wieder verworfen hatte, begann ich allmählich zu glauben, dass ich sie niemals wiedersehen würde.

Francis warf mir einen überraschten Blick zu, als ich seinen Allerwertesten von meinem klingelnden Telefon hob.

Es war Joseph, einer der Vollzeit-Hausmeister an der Universität, der mir mit Gelegenheitsjobs auf dem Campus hin und wieder ein kleines Zusatzeinkommen verschaffte – im Allgemeinen legale Vertragsarbeit, manchmal auch schwarz auf die Hand. Ich war nicht wählerisch; ich nahm beides gern an. »Hey, Mann.«

»Maaaann … bist du heute Abend beschäftigt?« *Bekifft.*

Ich schüttelte den Kopf. Joseph liebte seine weichen Drogen, vor allem nach einer beschissenen Woche, in der er sich mit einigen der eher herablassenden Akademiker, gestressten Verwaltungsangestellten oder Vorgesetzten in ihrem eigenen Machtrausch herumschlagen musste.

»Bin nur am Lernen. Was gibt's?«

Francis nutzte die Gelegenheit, um seinen flauschigen Zwanzig-Pfund-Körper auf mein Lehrbuch und die Hälfte meiner Vorlesungsnotizen fallen zu lassen. Ich gab ihm einen halbherzigen Schubs, und er fegte zur Rache meinen Stift vom Sofa.

»An einem Freitagabend? Mann, du *musst* mit diesem Scheiß aufhören.« Das hörte ich oft von Joseph. Er wusste, dass ich mich nicht ändern würde – er hatte einfach das Gefühl, mich von Zeit zu Zeit ermahnen zu müssen. »Wann wirst du endlich anfangen, ein bisschen zu *leben*?«

»Sobald ich meinen Abschluss in der Tasche habe, Mann«, versprach ich. »Sobald ich meinen Abschluss habe.«

Mit einem schweren Seufzer kam er auf den Grund seines Anrufs zu sprechen. »Ich habe ein kleines … Angebot für dich.«

Falls ich einen besten Freund hatte, war es vermutlich Joseph. Das Seltsamste an unserer Freundschaft war die Tatsache, dass wir nur zwei Dinge gemeinsam hatten. Erstens unseren fast identischen Musikgeschmack und zweitens eine Vorliebe dafür, die verschiedenen Bereiche unseres Lebens getrennt zu halten, was wir beide mit derselben Zwanghaftigkeit taten.

Nachdem er mich im letzten Frühjahr bei mehreren Konzerten allein gesehen hatte, war er auf mich zugekommen und hatte die Hand ausgestreckt. »Hey, Mann – Joseph Dill. Arbeitest du nicht auf dem Campus?«

»Ja.« Während wir uns die Hand gaben, versuchte ich ihn einzuordnen. Er war kein Kommilitone aus dem Ingenieurstudium, aber er schien ein bisschen jung, um ein Professor zu sein. Einer der etwas älteren Studenten aus einem von Hellers Kursen vielleicht?

»Campus-Cop, richtig?« Sein Ton war nicht verächtlich, aber es war auch kein Kompliment.

Ich verfluchte diesen Job zum tausendsten Mal, aber immerhin brachten mir diese zehn Wochenstunden genug ein, um fast die Hälfte meiner Studiengebühren abzudecken. »Oh, äh – eigentlich nicht«, sagte ich. »Ich stelle nur Strafzettel wegen Falschparkens aus. Es ist ein

Studentenjob. Aber diese idiotische Uniform muss ich trotzdem tragen.«

»Ah.« Er nickte, während er mich abschätzte. »Das heißt … du bist ein Student.«

Obwohl wir dasselbe kleine Reich bevölkern, hat das Wartungspersonal der Gebäude und Außenanlagen im Allgemeinen keinen Umgang mit Studenten. Nach einer fast unmerklichen Pause zeigte er auf sich und überschritt damit jene unsichtbare Grenze. »Gebäudewartung.« Er lächelte. »Dachte, ich gebe dir ein Bier aus und frage dich, warum ein paar heiße Typen wie wir eigentlich allein zu Konzerten gehen?«

Ich lächelte, aber dann schoss mir der Gedanke durch den Kopf, dass Joseph vielleicht an mehr als nur Smalltalk interessiert war, denn mein Schwulen-Radar schrillte.

»Du bist doch volljährig, oder?«, fragte er.

»Äh, ja …« Ich hob mein rot umwickeltes Handgelenk, während ich mir sagte, dass es nicht anders sein würde, als einem Mädchen eine Abfuhr zu erteilen, wenn ich nicht interessiert oder in der Stimmung war – etwas, was ich in den letzten drei Jahren oft genug getan hatte.

»Cool.« Nachdem er zwei Bier bezahlt hatte, reichte er mir eines davon und stieß mit mir an, bevor er einen langen Schluck nahm.

Ich bedankte mich zögernd, wollte ihn nicht abblitzen lassen, bevor er eine Frage gestellt hatte.

Er kratzte an dem Etikett seiner Flasche, bis er zu einer Art Schlussfolgerung kam. »Weißt du, mein Freund steht mehr auf Musicals. Aber scheiß drauf, ich würde mich lieber von ausgehungerten Zombies jagen lassen, als je wieder *Rent* über mich ergehen zu lassen. Er hat nie ein Problem damit, einen Kumpel zu finden, der mit ihm zu diesem Scheiß geht, Gott sei Dank. Ich selbst habe mit meinem Musikgeschmack in unserem Freundeskreis nicht dasselbe Glück, weißt du?« Dann beäugte er mich, wartete entweder auf Zustimmung oder eine voreingenommene Reaktion.

Ich lächelte erleichtert bei dem Gedanken an diesen Typen, der tatsächlich so aussah, als würde er sich in einer Bikerbar wohler fühlen als in einer Broadway-Show. Gleich danach drängte jedoch eine vergrabene Erinnerung an die Oberfläche – mein Vater, wie er bei einer der Ausstellungen meiner Mom verlegen neben ihr stand und sich an einer Champagnerflöte festhielt. Dad war ein Scotch/rocks-Typ, der sich gern Sport im Fernsehen ansah, kein Kunstliebhaber. Aber er liebte und unterstützte meine Mom.

»Ich *weiß* es nicht wirklich, aber ich kann es mir *vorstellen*«, sagte ich.

Josephs Mund verzog sich zu einem halben Lächeln, und seitdem waren wir Freunde.

»Okay«, sagte ich jetzt. »Lass dein Angebot hören.«

»Du, äh, kennst dich doch damit aus, Klimaanlagen zu reparieren, oder?«

»Ja?« Ich hatte in meinem letzten Highschooljahr für Hendrickson Electric & AC gearbeitet, hatte dem alten Mr. H. bei Hunderten von Hausbesuchen und Wartungsarbeiten assistiert – aber ich war nie dafür verantwortlich gewesen, eine Störung zu diagnostizieren. Nachdem ich ein Jahr bei ihm gearbeitet hatte, witzelte er, ich hätte gerade genug gelernt, um gefährlich zu sein, was mein Maß an Fachkenntnis treffend zusammenfasste.

»Die Sache ist die – ich habe eben einen Anruf nach

Dienstschluss bekommen, um die Klimaanlage in einem der Verbindungshäuser zu reparieren. Und Mann, ich habe total vergessen, dass ich dieses Wochenende Bereitschaft habe … und ich bin *bekifft*.«

Ich grinste. »Was du nicht sagst.«

»Ja … Ich sollte auf keinen Fall schwere Maschinen bedienen. Wie zum Beispiel meinen Truck.«

»Da hast du zweifellos recht.«

»Daher dachte ich, *du* könntest den Job übernehmen, und ich bezahle dich dafür – ich bekomme für diesen Scheiß Überstunden. Auf die Weise werde ich nicht stoned bei der Arbeit erwischt, du machst ein bisschen Geld nebenbei, und alle sind zufrieden.«

Zu einem Verbindungshaus zu fahren und ein Problem an einer größeren Anlage zu beheben, von der ich vielleicht nicht genug Ahnung hatte, um sie zu reparieren, war nicht unbedingt besser, als allein in meiner Wohnung zu sitzen. »Äh. Ich habe das Werkzeug und die Ausrüstung nicht …«

»Komm vorbei, nimm meinen Truck – in der Kiste ist alles, was du brauchst. Diese Idioten werden dich nicht nach einem Ausweis oder irgendwas fragen. Sie wollen nur eine Reparatur ihrer Klimaanlage. Warum das ein Notfall sein soll, ist mir ein Rätsel. Draußen sind vierundzwanzig Grad. Vermutlich eine Party oder so.«

Ich seufzte. Ich wollte nicht, dass Joseph zugedröhnt Auto fuhr oder gefeuert wurde, weil er high und paranoid eine Reparatur auf dem Campus vornahm. Außerdem konnte ich ein bisschen Geld nebenbei immer gebrauchen. »Okay, Mann. Wann?«

»Äh. Jetzt?«

Zu dem Täuschungsmanöver gehörte es, eines von

Josephs offiziellen Hausmeisterhemden zu tragen – mit seinem Namen in marineblauen Buchstaben in dem weißen Rechteck auf der linken Seite meiner Brust.

»Vermutlich brauchen sie Freon oder eine Kabelreparatur.« Er klopfte mir auf die Schulter und drückte mir die Schlüssel zu seinem Truck in die Hand. »Ruf mich an, wenn du überfragt bist. Ich bin stoned, nicht bewusstlos.«

Er hatte mit allem recht – die Typen bauten für eine Party auf, und keiner zuckte mit der Wimper, als ich in einem seiner Hemden aufkreuzte. Irgendein Typ öffnete die Tür und zeigte mir, dass eine Neueinstellung des Thermostats nichts an der Temperatur im Haus änderte. Zum Glück hatte Joseph auch recht damit, dass es nur ein einfaches Kabelproblem war. Diese Anlage war an die zwanzig Jahre alt und würde bald ersetzt werden müssen – aber noch nicht jetzt.

»Oh, Mann – *cool*.« D. J., der Vizepräsident der Verbindung, riss den Kopf zurück, schloss die Augen und atmete erleichtert aus. »Wir haben für diese Party einen Riesenhaufen Knete ausgegeben. Morgen soll es ja schön sein, aber in der Gegend hier kann man nie wissen.«

»Stimmt.« Ich packte das Werkzeug in die Kiste.

»Danke fürs Vorbeikommen, Joseph.« Ich stutzte kurz, bis ich begriff, dass er mit *mir* redete.

»Oh, na klar.«

An der Tür bot er mir einen zusammengefalteten Zwanziger an.

Ich winkte ab. »Kein Problem, Mann. Gehört alles zum Job.« Der echte Joseph bezahlte mir fünfzig Dollar für eine Stunde Arbeit, und mir war schon mulmig genug, weil ich den Job überhaupt angenommen hatte.

D. J.s Augenbrauen furchten sich für einen Moment, vermutlich war er es nicht gewohnt, dass ein einfacher Arbeiter ein angebotenes Trinkgeld ablehnte. »Okay, na ja – wenn du morgen Abend frei hast, da geben wir diese Halloweenparty.«

Was du nicht sagst, dachte ich. Das ganze Haus war mit künstlichen Spinnennetzen und schwarzen Lichtern geschmückt, und alle Möbel waren an die Wände geschoben worden, um Platz zum Tanzen oder geselligen Beisammensein in der Mitte des Hauptraums zu schaffen.

»Streng genommen ist es nur für Studenten, aber du bist ja eindeutig nicht alt, und es ist keine exklusive Party für Verbindungsstudenten, also komm vorbei, wenn du noch nichts vorhast.«

Ich verbiss mir mühsam ein Grinsen. »Ja, na klar. Danke …« *Aber danke, nein.*

Dann hob ich den Kopf und sah Kennedy Moore auf der anderen Seite des Raums, wo er mit irgendeinem Typen redete. Und in dem Augenblick kapierte ich es – es war *seine* Verbindung. Jackie könnte auf dieser Party sein, selbst wenn sie sich getrennt hatten.

Na ja, verdammt. Dann würde ich wohl doch zu einer Verbindungsparty gehen.

Ich entdeckte Jackie, sobald sie zur Tür hereinkam. Selbst im Dunkeln und in dem Gewühl von Leuten verlor ich sie in der Menge nie lange aus den Augen. Sie war in Rot gekleidet. Glänzendes, funkelndes Rot. Auf dem Kopf trug sie einen Haarreif mit zwei spitzen roten Hörnern. Ein dünner, gespaltener Schweif war an der Rückseite ihres Rocks befestigt und wippte hinter ihr her, wenn sie ging oder tanzte.

Ihre Beine waren glatt und nackt und schienen länger als sonst. Nach den Gesetzen der Geometrie waren ihr kurzer Rock und ihre unglaublich hohen roten Stöckelschuhe für diesen Effekt verantwortlich, aber selbst noch so viel Mathematik hätte meine heftige Reaktion darauf, sie wiederzusehen, nicht schmälern können – vor allem in einem solch atemberaubend heißen Kostüm. Aber ich war nicht der Einzige, den ihr Outfit faszinierte – was dadurch bewiesen wurde, wie viele Typen sie zum Tanzen aufforderten. Entweder wusste sie es nicht, oder es war ihr egal, denn in neun von zehn Fällen schüttelte sie den Kopf.

Sie und ihr Ex – und inzwischen war ich mir sicher, dass das der Fall war – blieben auf Abstand, als wären sie elektrisch geladen. Er hielt auf einer Seite des Saals Hof, und sie gab sich auf der anderen alle Mühe, ihn zu ignorieren.

Ich überlegte mir und verwarf ungefähr zwei Dutzend Anmachsprüche.

Hey, ich habe dich im Wirtschaftskurs beobachtet, den du – wie mir aufgefallen ist – seit ein paar Wochen nicht mehr besuchst. Ich hoffe, du hast vor, den Kurs abzubrechen, denn dann werde ich nicht gegen die Campusregeln, geschweige denn meine persönliche Ethik verstoßen, wenn ich dich frage, ob du mit mir ausgehen willst. Brillant. Und überhaupt nicht widerlich.

Ich glaube, Rot ist soeben meine Lieblingsfarbe geworden. Lahm.

Ich kann dir die Quadratwurzel einer beliebigen Nummer in zehn Sekunden nennen. Also, wie ist deine Nummer? Igitt.

Ich wollte noch nie so unbedingt in die Hölle kommen. Nein.

Ist es heiß hier drinnen, oder bist das nur du? Oh, Gott, *nein.*

Ein Pärchen auf der Tanzfläche amüsierte alle anderen mit einer übertriebenen, beschwipsten Twerking-Tanzvorführung – es war das einzige Mal, dass ich Jackie in der Stunde, die ich sie beobachtete, lächeln sah. Meine Sicht auf sie wurde verdeckt, als ein Mädchen mit Katzenohren und aufgemalten Schnurrhaaren genau vor mir stehen blieb und mich über den Rand ihres Bechers hinweg beäugte. Als ich eine Augenbraue hochzog, sagte sie: »Bist du nicht in meinem Wirtschaftskurs?«

Einer der beiden Twerking-Tänzer rempelte sie an, sodass ihr das Getränk ins Gesicht schwappte. Sie machte einen Satz nach vorn, und ich hielt sie am Arm fest, damit sie nicht zu Boden ging. Sie schnellte herum und kreischte das Twerker-Mädchen an: »Pass doch auf, du *Schlampe*« – obwohl es der Typ war, der sie angerempelt hatte.

Als sie sich wieder zu mir umwandte, schwand das hässliche Grinsen. Sie lächelte niedlich, als wären die letzten zehn Sekunden gar nicht passiert. Unheimlich.

»Was habe ich eben gesagt?« Sie rückte noch etwas näher an mich heran, und ich ließ ihren Arm los. »Ach ja. Wirtschaft. Bei Wie-heißt-er-gleich-wieder …« Sie schnippte ein paarmal mit den Fingern, während sie sich zu erinnern versuchte, und ich sah über ihren Kopf hinweg auf Jackie, die mit einem Typen in einem langen, dunklen Umhang tanzte. Er lachte über irgendetwas, das sie sagte, und bleckte dabei seine weißen Plastik-Fangzähne. Heute Abend waren mindestens ein Dutzend Vampire anwesend.

»Mr. Keller?«, sagte das Wirtschaftsmädchen.

»Dr. Heller«, berichtigte ich sie.

Sie lächelte. »Ja, genau der.« Sie stach mir mit einem metallicsilbernen Fingernagel in die Brust. »Du sitzt in der letzten Reihe. Hörst nicht zu. Ts, ts, ts.«

Wow. Ich muss hier weg. »Um genau zu sein, bin ich der Ergänzungslehrer für diesen Kurs.«

»Der w-was wer?«

Ich sah zu Boden und kniff die Lippen zusammen. *Mein Gott.* »Der Tutor.«

»Ohhh…« Dann nannte sie mir ihren Namen, den ich prompt vergaß, und begann einen abfälligen Monolog über das Mädchen, das sie eben angerempelt hatte. Ich kannte keine von beiden, und ich interessierte mich nicht die Bohne für ihre Blutfehde, bei der es entweder um einen Typen oder ein Paar Schuhe gehen musste – in meinem *Mir-doch-scheißegal*-Zustand konnte ich nicht sagen, was von beidem.

Als ich Jackie wieder ausfindig machte, hatte sie sich ihre Tasche über die Schulter geworfen und ging zur Hintertür hinaus auf den Betonparkplatz, den sich mehrere der Verbindungshäuser teilten. Ich war in der Hoffnung, sie zu sehen, zu dieser Party gegangen, aber es stand mir nicht zu, ihr so nachzustellen. Ein Glück, dass ich sie nicht zum Tanzen aufgefordert oder angesprochen hatte. Jetzt konnte ich gehen, ohne dass irgendein Schaden entstanden war. Ihr einfach zur Tür hinaus folgen und nach Hause fahren.

Nur dass ich mein Motorrad in eine kleine Lücke zwischen zwei Wagen vor dem Haus gezwängt hatte. Es gab keinen Grund für mich, *hinten* hinauszugehen.

Der Vampirtyp hatte ebenfalls die Hintertür beobachtet. Er warf seinen Umhang über einen Stuhl, spuckte die

Plastik-Fangzähne aus und steckte sie in seine Hemdtasche. Als er das Haus gleich nach Jackie verließ, schien er es nicht eilig zu haben, aber er trödelte auch nicht herum – als müsste er irgendwo sein. Oder irgendjemanden treffen.

6

LANDON

Auf dem Holzklotz auf dem Pult stand *Mrs. Sally Ingram* – ein schwarzer Schriftzug, der in eine polierte Messingplatte eingelassen war. Der Name klang durchaus sympathisch, und bei der obligatorischen Orientierungsversammlung letzte Woche schien sie aus der Ferne auch nett zu sein. *Nett* war das Erste, was meine Highschool-Schulleiterin zu sein schien und nicht war.

Ich hockte auf einem harten Vinylstuhl vor ihrem massiven Schreibtisch. Die Oberfläche war eine solide Holzplatte, die eigens dafür gemacht schien, dass sich niemand leicht darüberstürzen konnte. Ich konnte mir nicht vorstellen, wie man einen Schreibtisch dieser Größe überhaupt in dieses Büro geschafft hatte. Er musste in Teilen zerlegt hereingebracht worden sein, denn durch die Tür hatte er mit Sicherheit nicht gepasst.

Mrs. Ingram blätterte in einer aufgeschlagenen Akte und sichtete Papiere, als würde ich gar nicht dort sitzen und darauf warten zu erfahren, weshalb ich an meinem ersten Tag auf der Highschool ins Büro der Schulleiterin zitiert wurde. Ihre Brille saß auf ihrer Nasenspitze, genau wie bei Dad, wenn er las oder die Buchhaltung aktualisierte – das einzige Zugeständnis an seine frühere

Laufbahn, das ich bei ihm gesehen hatte, seit wir vor achtzehn Monaten hierhergezogen waren.

Anfangs gab es oft Streit und Vorwürfe – mein Vater sparte nicht mit Kritik an Grandpas Mangel an Geschäftssinn oder seiner Planung oder Buchhaltung bei dem Fischereibetrieb, der ihn seit Jahrzehnten ernährte … was genau Grandpas Argumentation war. Schließlich kamen sie zu einer Art Übereinkunft, und mein Vater übernahm die finanziellen Aspekte des Unternehmens. Während er Zahlen in die Hauptbücher schrieb oder sie auf seinen Laptop übertrug, stieß Dad hin und wieder noch immer einen leisen Fluch aus oder riss sich die Brille von der Nase und kniff sich in den Nasenrücken, als könnte seine Frustration ein Nasenbluten hervorrufen. Aber er hatte das »Büro« auf Vordermann gebracht – einen Küchenschrank, der zwischen Wohnbereich und Küche in die Diele gezwängt war (und der jetzt Geschäftsbücher anstelle von Geschirr enthielt), und den eingebauten Küchentisch, über dem eine einzelne Glühbirne an einem Kabel hing. Kein Vergleich zu Dads Büro in Washington oder seinem Home-Office in Alexandria.

Mrs. Ingram räusperte sich, nahm ihre Brille ab und starrte mich an. Ihre Augen waren dunkel und eng zusammenstehend. Ich hätte sie als Drachen gezeichnet – wachsame Reptilaugen, die ihre Beute abschätzten und mit Blicken am Boden fixierten, während sie sie mit stillem Spott zur Flucht herausforderten. Das war mein erster Schultag. Ich konnte noch gar nichts getan haben, um sie auf die Palme zu bringen. Nicht dass ich je versuchte, irgendjemanden auf die Palme zu bringen. Ich wollte einfach nur in Ruhe gelassen werden, und die meiste Zeit gelang mir das auch.

»Landon *Maxfield*.« Sie sprach meinen Nachnamen aus, als wäre er irgendetwas Schleimiges, und ich konnte es nicht lassen, trotzig die Augen zusammenzukneifen. Maxfield war der Name meines Großvaters, und ich mochte es nicht, wenn irgendjemand ihn beleidigte. Sie stützte sich auf die Ellenbogen und legte die Fingerspitzen aneinander. »Ich habe von dir gehört, und ich dachte, wir sollten uns kennenlernen, da du jetzt in *meinem* Haus bist.«

Ich blinzelte. Sie hatte *von mir gehört* – von wem? Und was hatte man gesagt?

»Dein unglücklicher akademischer Start an dieser vorbildlichen Schule eilt dir voraus, verstehst du.« Sie klopfte die Fingerspitzen aneinander, als würden wir nur ein einfaches, konstruktives Einführungsgespräch führen. »Und als Leiterin dieser Schule habe ich es mir zur Gewohnheit gemacht, mein Augenmerk auf alle potenziellen … Unzulänglichkeiten zu richten, bevor sich diese Schwächen auf den Rest der Schülerschaft übertragen. Ein bisschen vorbeugende Schadensbegrenzung, wenn man so will. Verstehst du.« Sie schenkte mir ein spöttisches Lächeln, die Lippen fest zusammengepresst, die Mundwinkel kaum nach oben gezogen.

Ich bezweifelte, dass sie von mir erwartete, ihr auch nur in einem einzigen Punkt zu folgen. Aber ihr herablassender Wortschatz konnte es mit meiner bisherigen Erziehung oder den belesenen Eltern, die mich großgezogen hatten, nicht aufnehmen. Ich wünschte, ich wüsste nicht, was sie dachte. Mein Herzschlag hämmerte in meinen Ohren, und ich bohrte die Fingernägel in meine Handflächen, um wütende Tränen aufzuhalten, bevor sie sich überhaupt sammelten. Mit glasigen Augen würde ich nur schwach aussehen.

»Sie meinen … ich werde die anderen Schüler anstecken.« Meine Stimme klang rau, verriet die Emotion, die ich zu unterdrücken versuchte, aber sie schien es gar nicht zu bemerken. Sie war zu verblüfft.

Ihre Augen weiteten sich, aber irgendwie änderte das nichts an ihrem wachsamen Ausdruck. Sie war die unheimlichste Frau, der ich je begegnet war. Sie legte die Hände flach auf den Schreibtisch. »Nun, wir wollen nicht vorgreifen. Ich will nur sicherstellen, dass du den Begriff der *Nulltoleranz* verstehst, Landon Maxfield.« Meine Backenzähne knirschten aufeinander. Sie stand auf, daher erhob ich mich ebenfalls. Ich wollte nicht, dass sie auf mich hinunterstarrte. »Befolge einfach die Vorschriften, solange du in meinem Haus bist … ansonsten wirst du hochkant hinausfliegen, Mister.«

Mein erster Tag auf der Highschool, und mir wird mit Schulausschluss gedroht?

Ich entschied, ihr keine weiteren Informationen darüber zu geben, was ich befolgen könnte oder nicht. Sie war der Typ, der zuerst schoss und später Fragen stellte. Falls überhaupt. Ich nickte kurz, und sie entließ mich.

Es war 339 Tage her, seit meine Mutter gestorben war.

Es fühlte sich an wie Jahre. Wie Stunden.

LUCAS

Ich stand reglos da, den Blick auf den Hinterausgang geheftet, während mein Gewissen und eine Besessenheit, die ich offenbar nicht in den Griff bekam, einen erbitterten Kampf in meinem Kopf austrugen.

Das hier könnte meine einzige Chance sein, je mit Jackie Wallace zu reden. Ich hatte sie – auf dem Campus oder außerhalb davon – kein einziges Mal gesehen, seit sie nicht mehr zur Vorlesung kam.

Aber was zum Teufel würde ich zu ihr sagen?

Und dann war da noch dieser Typ, der ihr nach draußen gefolgt war. Sie kannte ihn offensichtlich. Vielleicht hatten sie beschlossen, sich draußen zu treffen, geschützt vor neugierigen Blicken. Oder er hatte ebenfalls auf eine Chance bei ihr gewartet, und im Gegensatz zu mir ergriff er sie – anstatt seine Zeit mit sinnlosen inneren Auseinandersetzungen zu verschwenden.

Vielleicht hatte sie einfach entschieden, früher zu gehen, und er ebenfalls, ohne dass es irgendeinen Zusammenhang zwischen ihnen gab.

Oder vielleicht verschwendete ich kostbare Sekunden damit, nichts zu tun.

Der Jugendliche in mir empörte sich zunehmend über mein Zögern. *Stell diesen Becher mit ranzigem Scheiß hin, folge ihr nach draußen und* sag *etwas – egal was, verdammt.*

Erster Gedanke – ich könnte ihr sagen, dass ich der Tutor in ihrem Kurs war und dass mir auffiel, dass sie ein paar Termine versäumt hatte, darunter die Zwischenprüfung, den Kurs aber nicht offiziell abgebrochen hatte. *Genau nachdem du ihr auf einen dunklen Parkplatz nachgelaufen bist.* Ich würde von Glück reden können, wenn sie mir nicht zuerst ein Knie in die Eier rammte und später Fragen stellte.

Aber der letzte Termin, um den Kurs offiziell abzuwählen, war in drei Tagen. Ich konnte sie vor einem »Nicht bestanden« in ihrem Studienbuch bewahren, wenn schon nichts sonst. Ich stemmte meinen Arsch von der Wand und brach die vermeintliche Unterhaltung mit der weinerlichen, halb besoffenen Tussi mitten in ihrer Schimpfkanonade ab.

Während ich schnurstracks auf die Hintertür zusteuerte und hinausging, sagte ich mir, dass ich, wenn Jackie Wallace und dieser Idiot von einem Vampir in ein Gespräch – oder Schlimmeres – vertieft waren, einfach in einem Bogen ums Haus nach vorn gehen, auf mein Motorrad steigen und vergessen würde, dass sie je existiert hatte.

Ja, na klar. Diese ganzen kleinen Details, die du in den letzten neun Wochen analysiert und in dein Gehirn eingebrannt hast, werden sich einfach in Luft auflösen. Fall erledigt.

Halt den Mund.

Ein paar Sekunden befürchtete ich schon, ich hätte sie verloren. Ein Gewitter lag in der Luft, und der Wind blies die Wolkendecke, die sich zusammenbraute, herüber und warf dunkle Schatten auf Bereiche, die jetzt nur noch selten und kurz erhellt wurden. Aber dann entdeckte ich sie an ihrem schimmernden Handy. Sie schrieb eine SMS, während sie sich zwischen den Autos und Trucks am hinteren Ende des Parkplatzes hindurchschlängelte. Ihr Vampirfreund war zwischen uns beiden, und er sah auf jeden Fall so aus, als würde er sie beschatten. Aber er rief ihr nicht zu, um sie auf sich aufmerksam zu machen, dieser Vollidiot. Er würde ihr einen Mordsschreck einjagen, wenn er einfach aus heiterem Himmel auftauchte.

Ich holte einmal tief Luft, ging die Stufen hinunter und langsam in ihre Richtung, bereit, auf dem Absatz kehrtzumachen.

Die Wahrscheinlichkeit, dass ich diesen ganzen Abend gleich bereuen würde? Fünfundneunzig Prozent.

In der allerhintersten Reihe schloss sie die Tür zu einem glänzenden dunklen Truck auf. Interessant. Ich hätte sie nicht so eingeschätzt, dass sie einen Pick-up fuhr. Vielleicht einen kleinen Sportwagen oder einen praktischen Kombi. Ihr Bekannter trat von hinten an sie heran, und dann verschwanden beide auf der anderen Seite der offenen Tür. Ich konnte keinen der beiden deutlich erkennen, und ich hatte *null* Bedürfnis, mit anzusehen, wie sie sich gegenseitig die Mandeln untersuchten.

Zeit kehrtzumachen. Nur – die Tatsache, dass er ihr nie zugerufen hatte, ließ mir keine Ruhe. Bestenfalls hielt er es für witzig, Frauen auf verlassenen Parkplätzen einen Schrecken einzujagen. Schlimmstenfalls …

Sie schrie auf. Einmal, abrupt unterbrochen.

Ich blieb wie angewurzelt stehen. Und dann rannte ich los.

In den vergangenen drei oder vier Jahren hatte ich meiner Wut selten freien Lauf gelassen, da ich die möglichen Folgen davon nur zu gut kannte. Aber als ich seinen Körper auf ihrem sah, über den Sitz ihres Trucks geworfen, und hörte, wie sie ihn schluchzend anflehte aufzuhören, da rastete ich aus. Selbst noch so viel Selbstbeherrschung hätte das Ergebnis nicht verhindert – vorausgesetzt ich wäre geneigt gewesen, mich zu beruhigen.

Was ich nicht war.

Ich packte ihn mit beiden Händen an seinem Hemd und zerrte ihn aus dem Truck. Er war betrunken, gerade so viel, dass Idioten denken: *Ich bin cool. Ich kann noch Auto fahren – kein Problem.* Nur so viel, um hier und da ein Wort zu lallen. Um in einem Kampf gegen jemanden, der wusste, was er tat, ineffektiv zu sein.

Ich wusste, was ich tat.

Ich würde ihn umbringen und über die Folgen später nachdenken. Das war eine Tatsache. Er war ein toter Mann.

Meine ersten beiden Faustschläge kamen völlig überraschend für ihn. Sein Kopf schnellte nach hinten, während er einfach nur dastand, verblüfft davon, wie der Jäger binnen zweier Herzschläge zum Gejagten werden konnte.

Kämpf mit mir, du Arschloch. Na los. Verdammt, kämpf mit mir.

Schließlich schwang er eine Faust, verfehlte meinen Kopf jedoch um einen knappen halben Meter und verlor als Folge davon das Gleichgewicht. Ich verpasste ihm noch zwei Faustschläge. Meine Arme wurden warm von dem Adrenalin, das durch meinen Blutkreislauf pulsierte. Ein Streifen Mondlicht erhellte die Szene für einen Sekundenbruchteil in Schwarz-Weiß. Blut quoll dem Kerl aus der Nase, dunkel und erfreulicherweise reichlich. *Blute, Arschloch.*

Er wischte sich mit dem Unterarm den Mund ab und starrte auf das Ergebnis. Dann brüllte er kurz auf, zog den Kopf ein und ging auf mich los.

Aufwärtshaken mit der Rechten, genau unter sein Kinn. Linken Ellenbogen an den Kopf. Er knallte mit offenem Mund gegen den Truck und prallte wieder davon ab – der Alkohol hatte ihn zu dumm gemacht, um zu Boden zu gehen oder wegzulaufen. Er taumelte auf mich zu, und ich packte ihn bei den Schultern und rammte ihm mit voller Wucht ein Knie gegen den Kiefer.

Er konnte von Glück reden. Ich hätte ihm stattdessen die Luftröhre zerquetschen können. Er ging zu Boden, die Arme über den Kopf gestreckt, die Knie bis zur Brust angezogen.

Steh auf. Steh auf. Steh auf. Ich wollte mich gerade vorbeugen, um ihn hochzuzerren und wieder auf ihn einzutrommeln, als ein leises Geräusch den Schleier meiner Wut durchdrang.

Ich sah auf und spähte in den Truck, wo Jackie an der anderen Tür kauerte. Ihre Brust hob und senkte sich mit kurzen, flachen Atemzügen.

Sie war wie ein verängstigtes, wildes Tier, das vor ihm zurückgewichen war. Vielleicht auch vor mir. Ich wusste, dass es unmöglich war, das Tempo ihres Herzschlags zu spüren, ihre Panik zu riechen, aber ich schwöre, ich tat beides. Meine Fäuste waren mit dem Blut ihres Angreifers besudelt. Ich wischte mir die Handrücken an der Jeans ab und trat langsam, vorsichtig, auf die Tür zu – keine plötzlichen Bewegungen.

Ihre Augen weiteten sich, aber ansonsten bewegte sie sich nicht.

»Geht's dir gut?« Das waren die ersten Worte, die ich je an dieses Mädchen richtete, das ich beobachtet und skizziert hatte, nach dem ich mich gesehnt und von dem ich geträumt hatte. Sie antwortete nicht, nickte nicht einmal. Schock – sie war im Begriff, einen Schock zu erleiden.

Ganz langsam nahm ich mein Handy aus meiner Hosentasche. »Ich wähle den Notruf.« Noch immer keine Reaktion. Bevor ich wählte, fragte ich sie, ob sie ärztliche Hilfe oder nur die Polizei brauchte. Ich wusste nicht, was er ihr in den Sekunden, die ich benötigte, um über den Parkplatz zu sprinten, angetan hatte. Er hatte seine Jeans noch an, auch wenn der Reißverschluss geöffnet war – aber er hatte Hände. Noch ein roter Nebel drohte sich zu senken. Ich wollte ihn *tot* sehen, nicht nur wimmernd und blutend zu meinen Füßen.

»Ruf niemanden«, sagte sie. Ihre Stimme war so sanft und leise, dass ich die Worte kaum verstehen konnte.

Ich dachte, sie wollte keinen Krankenwagen. Aber nein, sie stellte klar, dass sie nicht wollte, dass ich die *Polizei* rief.

Ungläubig fragte ich: »Täusche ich mich, oder hat dieser Typ eben versucht, dich zu *vergewaltigen*, und du sagst mir, ich soll *nicht* die Polizei rufen?« Sie zuckte zusammen, und ich wollte sie am liebsten aus diesem Truck zerren und schütteln. »Oder habe ich bei irgendetwas gestört, wobei ich nicht hätte stören sollen?«

Zum Teufel mit meiner Wut. Zum Teufel damit. WARUM habe ich das gesagt?

Ihre Augen wurden glasig von Tränen, und ich wollte mir am liebsten mit der Faust auf den Mund schlagen. Ich zwang mich, meinen Atem zu verlangsamen. Ich musste mich beruhigen. Ihr zuliebe. *Ihr zuliebe.*

Kopfschüttelnd sagte sie mir, sie wolle einfach nur nach Hause. Mein Gehirn ging einhundert Gründe durch, weshalb ich etwas dagegen einwenden sollte, aber ich war lange genug auf dem Campus, um zu wissen, wie es ablaufen würde. Die Verbindung würde die Reihen um ihn schließen. Irgendjemand würde schwören, dass sie freiwillig mitgegangen war. Sie war eine zurückgewiesene Frau, die versuchte, der Verbindung ihres Ex zu schaden. Sie war eine Lügnerin, ein Luder, eine Schlampe. Die Verwaltung würde nicht wollen, dass es über den Campus hinausdrang. Es war ihm nicht gelungen, daher würde ein Wort gegen das andere stehen.

Eine kleine Verwarnung für ihn. Gesellschaftliche Ächtung für sie.

Ich würde als Zeuge aussagen … aber ich hatte eine Jugendstrafe wegen Körperverletzung, und ich hatte diesen Typen auf dem Boden eben zu Brei geschlagen. Ein gerissener Anwalt würde erreichen, dass ich dafür festgenommen wurde, dass ich *ihn* angegriffen hatte, und alles in Misskredit bringen, was ich beitragen könnte.

Das Stück Scheiße auf dem Boden rollte sich fluchend herum, und ich ließ die Schultern kreisen und atmete in langsamen Zügen – ein, aus, ein, aus –, um mich zu überzeugen, dass ich besser nicht mit dem Absatz meines extrem harten Stiefels auf seinen Kopf eintrat. Er hatte noch nicht genug geblutet, um das Monster in mir zu befriedigen.

Es hätte nicht viel gefehlt.

Sie atmete in einem Rhythmus mit mir, und ich konzentrierte mich auf ihre sanften Atemzüge. Sie zitterte, aber sie weinte nicht, noch nicht. Wenn sie anfangen sollte, dann würde ich nicht wissen, was ich tun sollte.

»Na schön. Ich fahre dich«, sagte ich.

Sofort antwortete sie, sie würde selbst fahren.

Wie viele Schocks konnte ich an einem Abend verkraften? Offenbar war ich im Begriff, es herauszufinden.

Als ob ich sie fahren lassen würde. *Na klar*. Ich streckte eine Hand aus und schnappte mir ihre Schlüssel vom Boden des Trucks. Ihre Tasche lag auf der Seite, ihr Inhalt war verstreut – zweifellos umgestoßen, als dieser Dreckskerl sie mit dem Gesicht voran in den Truck stieß.

Ach. Du. Heilige. Scheiße. Ich hatte mir noch nie so sehr gewünscht, dass jemand aufsprang und auf mich losging. Ich wollte eine Ausrede – egal welche –, um sein Leben zu beenden.

Sie rutschte näher herüber und streckte die Hand nach ihren Schlüsseln aus. Ich starrte auf ihre schlanken Finger. Die Finger, die ich wochenlang aus der Ferne beobachtet hatte. Sie zitterten.

»Ich kann dich nicht fahren lassen«, sagte ich.

Das verwirrte sie. Ich zählte meine Gründe auf: die unübersehbare Tatsache, dass sie zitterte – die allein schon Grund genug war. Ich war mir nicht sicher, ob sie unverletzt war. Und ich gab zu bedenken, dass sie vermutlich getrunken hatte, auch wenn ich weder einen Becher noch eine Flasche in ihrer Hand gesehen hatte.

»Habe ich nicht«, sagte sie empört und mit gefurchten Brauen. »Ich bin die offizielle Fahrerin.«

Ich hätte nicht über meine Schulter zurücksehen und sie fragen sollen, wen genau sie fahren sollte. Ich hätte sie nicht dafür tadeln sollen, dass sie allein über den Parkplatz gelaufen war, ohne auf ihre Umgebung zu achten – auch wenn das alles stimmte. Und ich hätte mit Sicherheit nicht andeuten sollen, dass sie verantwortungslos gehandelt hatte, womit ich ihr im Grunde sagte, dass sie selbst für den Überfall verantwortlich war.

Ich wusste, wer der Schuldige war. Er lag in einem blutigen Haufen zu meinen Füßen und stöhnte, als ob uns das irgendetwas kümmern sollte.

»Soll das heißen, es ist mein Fehler, dass er mich überfallen hat?«, keuchte sie wütend. »Es ist also meine Schuld, dass ich nicht mal von einem Haus zum Auto gehen kann, ohne dass einer von euch versucht, mich zu *vergewaltigen*?«

Einer von euch.

»›*Einer von euch?*‹ Du wirfst mich mit diesem Stück Scheiße in einen Topf?« Ich zeigte auf den Typen, den ich zu Boden geschleudert hatte. Meine Empörung blubberte an die Oberfläche wie eine chemische Reaktion, prompt und unablässig. »Ich bin *alles andere* als er.« Ich hörte meine Worte, feindselig und abwehrend. Während ich sie ausspie, huschte ihr Blick über meinen Mund – und den Ring in meiner Lippe. Ich sah die Angst, die sie hinunterzuschlucken versuchte, bevor ich es begriff.

Meine Wut galt nicht ihr. Ihre Angst sollte nicht mir gelten. Aber ich löste sie aus.

Mit ausgestreckter Hand bat sie noch einmal um ihre Schlüssel. Ihre Stimme brach mitten im Satz – aber sie starrte mir entschlossen in die Augen. Ich staunte über ihren Mut angesichts dieses Abends. Und hier stand ich, noch ein Mann, der versuchte, sie zu etwas zu drängen, was sie nicht tun wollte.

Einer von euch.

Sie lag falsch, aber nicht völlig. Das Gefühl, das mich bei dieser Erkenntnis durchströmte, war nicht angenehm.

»Wohnst du auf dem Campus?«, fragte ich, wobei ich die Sanftheit, die dieses Mädchen verdient hatte, wieder in meine Stimme legte. Es war ihre Entscheidung, nicht meine. Sie zu retten gab mir nicht das Recht, ihr Vorschriften zu machen. Sie konnte ohne mich über den Campus fahren, auch wenn es mir lieber war, wenn sie es nicht tat. »Dann lass dich von mir heimbringen«, versuchte ich sie zu überzeugen. »Ich kann danach zu Fuß zurückgehen und nach Hause fahren.«

Erleichterung durchflutete mich, als sie sich mit einem Nicken fügte. Sie sammelte ihre persönlichen Habseligkeiten vom Boden des Trucks ein, und ich half ihr, alles wieder in ihre Tasche zu stopfen. Ich überspielte einen ungerechtfertigten Anflug von Eifersucht, als ich ihr eine Kondompackung reichte.

Als hätte ich ihr einen Skorpion hingehalten, nicht ein harmloses Zellophanquadrat, zog sie ihre Hand zurück und sagte, es sei nicht ihres.

Das hieß, er hatte seine Tat so weit vorausgeplant, dass er versuchte, keine Beweisspuren zu hinterlassen?

Dreh dich nicht um. Sieh ihn nicht an.

Ich ignorierte die Warnung meines Verstandes und warf einen Blick hinter mich, um mich zu vergewissern, dass er noch immer auf dem Boden lag. Das war der Fall. Vielleicht murmelte ich irgendetwas über seine Absicht, Beweisspuren zu verschleiern, und dass ich wünschte, sie hätte mich die Polizei rufen lassen, denn eine solche Absicht konnte auf eine im vollen Bewusstsein erfolgte Tatplanung hindeuten. Ich bin mir nicht sicher, ob ich es laut aussprach. Falls ja, erwiderte sie jedenfalls nichts darauf. Ich stopfte das Kondom in meine Hosentasche, während ich mich fragte, ob es durch einen Aktenvernichter passen würde, denn dieses Experiment würde ich daheim versuchen.

In meiner Fantasie würde er es in dem Augenblick tragen.

Ich stieg in ihren Truck, schloss die Tür und drehte den Schlüssel in der Zündung. »Bist du sicher, dass ich nicht die Polizei rufen soll?«, fragte ich, auch wenn ich entschlossen war, die Entscheidung ihr zu überlassen.

Sie starrte durch die Windschutzscheibe auf die Rückseite des Hauses und die Party, die darin im Gange war, und schwieg lange. »Ganz sicher«, sagte sie schließlich.

Ich nickte und fuhr rückwärts aus der Parklücke. Die Scheinwerfer beleuchteten den Schaden, den ich ihrem Angreifer zugefügt hatte. Es war nicht annähernd genug. Ich zwang mich weiterzufahren. Lieber hätte ich ihn platt gewalzt.

Es war Jahre her, seit zuletzt ein solches Ausmaß an Gewalt in meinem Blut brodelte.

Ich starrte auf die Straße vor mir und gab mich betont gelassen, um mich zu beruhigen, was nach einer Weile erfahrungsgemäß auch funktionieren würde. An der Kreuzung angekommen, fragte ich sie nach dem Namen ihres Wohnheims und bog dann rechts ab, als sie ihn mir nannte. Ihre Stimme war schwächer und zitterte, jetzt, wo die Gefahr vorbei war.

Ich ließ ihr so viel Privatsphäre wie möglich, behielt sie aber von der Seite im Auge, während sie angestrengt versuchte, sich zu sammeln. Sie hatte die Arme um sich geschlungen, als sei ihr kalt, obwohl die Nacht für Oktober ungewöhnlich mild war. Ein bisschen warm sogar. Sie schauderte in Wellen, ihr Körper schüttelte das Bedürfnis ab, sich zu verteidigen, während ihr Verstand der Erniedrigung, die sie eben erlitten hatte, nicht entkommen konnte.

Ich wollte eine Hand durchs Führerhaus ausstrecken und sie berühren. Aber ich tat es nicht.

Es hätte so viel schlimmer kommen können.

Doch das würde ich nie, aber auch nie zu ihr sagen.

Auf dem Parkplatz ihres Wohnheims stellte ich den Truck ab und verriegelte ihn, reichte ihr die Schlüssel und ging mit ihr zum Seiteneingang. Ich zwang mich, meine Hände bei mir zu behalten. Ich wollte sie trösten, aber die Berührung eines Fremden war das Letzte, was sie jetzt brauchte. Auch wenn sie mir – auf eine einzigartige und faszinierende Weise – vertraut war, war ich für sie ein Fremder.

Sie wusste nicht einmal meinen Namen.

An der Tür fragte ich sie nach ihrem Ausweis. Ich nahm an, dass sie Schwierigkeiten haben würde, die Karte durchzuziehen, so, wie sie am ganzen Leib zitterte. Ich fragte mich, ob ich sie bis zu ihrem Zimmer begleiten sollte, oder ob sie das als Bedrohung empfinden würde. Es war ein Wunder, dass sie sich selbst gestattet hatte, mir so weit zu vertrauen.

Dann stöhnte sie auf, als sie mir die Karte reichte, den Blick auf meine Knöchel gerichtet. »Oh, Gott. Du blutest ja.«

»Nein. Ist hauptsächlich sein Blut«, sagte ich. *Als ob das ein Trost wäre.* Mein Gott.

Ich zog die Karte durch und gab sie ihr wieder, während ich auf ihr Gesicht hinunterstarrte, das unter dem Oberlicht des Eingangsbereichs jetzt deutlich zu erkennen war. Meine Augen berührten, was meinen Fingern verboten war, glitten über die sichtbaren Spuren ihrer Tränen, die verschmierte Mascara unter ihren Augen. Ich wollte mit den Daumen die gequälten Furchen auf ihrer Stirn glätten, wollte sie in die Arme schließen und ihr Gesicht an meine Brust drücken, sie mit meinem Herzschlag besänftigen.

»Bist du sicher, dass es dir gut geht?«, fragte ich, und ihre Augen wurden prompt feucht. Meine Hände ballten sich an den Seiten zu Fäusten. *Fass sie nicht an.*

»Ja. Es geht mir gut«, sagte sie und wandte den Blick von mir ab. Was für eine schlechte Lügnerin sie doch war.

Sie würde einer Freundin erzählen, was passiert war. Einer Mitbewohnerin vielleicht. Jemandem, den sie kannte und dem sie vertraute. Ich konnte das nicht sein, und ich wusste es. Ich hatte meinen Zweck erfüllt, und ich wünschte nur, ich hätte es besser getan. Schneller. Ich würde für immer sauer auf mich sein, wegen meines anfänglichen Zögerns, ihr heute Abend zu folgen.

Ich fragte sie, ob ich jemanden für sie anrufen könne, und sie schüttelte den Kopf, nein, und schlüpfte an mir vorbei, wobei sie jeden Körperkontakt vermied – selbst das Streifen von Stoff. Ein weiterer Beweis meines anonymen Status.

Ich sah ihr nach, wie sie zur Treppe ging. Ihre Absätze klapperten über den Fliesenboden, und der glitzernde, gespaltene Schweif wippte absurd hinter ihr her, egal, wie steif sie sich jetzt bewegte. Die Hörner ihres Kostüms waren längst verschwunden.

»Jackie?«, sagte ich vorsichtig, um sie nicht zu erschrecken. Sie wandte sich um, eine Hand auf dem Geländer, und wartete. »Es war nicht deine Schuld.«

Sie biss sich auf die Lippe, nahm sich zusammen und nickte einmal kurz, bevor sie das Geländer umklammerte und die Treppe hochrannte. Ich wandte mich um und ging weg, überzeugt, dass diese fünf Worte das Letzte waren, was ich je zu Jackie Wallace sagen würde.

Als letzte Worte waren sie gut.

7

LANDON

Boyce Wynn, ehemaliger Tischgenosse am Außenseitertisch der Mittelschule, war meine Nemesis geworden. Wenn ich ihm das gesagt hätte, hätte er keine Ahnung gehabt, was ich damit meinte, und hätte mich ein Weichei genannt und/oder damit gedroht, mich fertigzumachen. Mit anderen Worten, dasselbe wie das, was passierte, als ich nichts zu ihm sagte.

Anders als Erwachsene manchmal gern behaupten, gibt man Schikanierern – falls man sie nicht besiegen kann – ein Gefühl von Macht, wenn man auf sie reagiert, denn dann wissen sie, dass sie dir nicht egal sind. Ich hatte nicht die Absicht, das zu tun. Schulleiterin Ingram hatte mir mit ihrer *Nulltoleranz* gedroht, und Wynn konnte mich vermutlich *tatsächlich* fertigmachen – *und* dafür sorgen, dass ich von der Schule ausgeschlossen wurde. Er war groß und gemein und stapfte durch die Gegend wie einer der Oberschüler, die sich mit ihm abfanden, da er angeblich Zugang zu Drogen, Alkohol und gestohlenen Autoteilen hatte. Außerdem drohte er *ihnen* nicht. Er legte sich nur mit denen an, die er als kleiner oder schwächer ansah.

Wie zum Beispiel mich.

Im Speisesaal der Highschool gab es keinen Außenseitertisch, daher musste ich spontan entscheiden, wo ich sitzen wollte, zwei Sekunden nachdem ich mein Essen bezahlt hatte. Ein falscher Schritt konnte fatal sein.

An beschissenen Tagen aßen die Aussätzigen draußen im Schulhof, aber wenn es draußen schön war, blieben wir drinnen und überließen die sonnigen Tische und Bänke auf dem Hof Typen wie Clark Richards, dem jüngsten Sohn eines Bauunternehmers, den mein Großvater hasste, und Mädchen wie Melody Dover, Clarks beliebter blonder Freundin.

Allerdings gab es in dieser Gegend nicht viele beschissene Tage – Regen oder starke Winde, hin und wieder drohte Hagel oder ein Tornado. Ansonsten war es warm und sonnig, sogar im Winter … was hieß, dass ich die meisten Mittagspausen drinnen verbrachte. Die sichersten Plätze waren die freien Enden von Tischen, an denen niemand saß, der mäßig beliebt oder so ähnlich wie Wynn war.

Aber das hielt sie nicht davon ab, dich zu finden, wenn sie auf Unterhaltung aus waren.

Beispiel 1: Es ist verblüffend einfach für jemanden, ein Lunchtablett über einen Cafeteriatisch zu schleudern – es krachend auf den Boden zu fegen und Essen in alle Richtungen zu schleudern –, ohne den Schritt zu verlangsamen oder sich so zu benehmen, als hätte man irgendetwas damit zu tun.

Irgendwann nahm ich mir in der Essensschlange in Folie gewickelte, verdächtig haltbar gemachte Sandwiches und eine Flasche Wasser anstatt ein Tablett mit warmem Essen.

Beispiel 2: Wer immer Umkleidekabinen erfunden hat – wo mehrere Schließfachreihen aus solidem Metall und Beton alles, was hinten geschieht, vor den Augen des Trainers verbergen –, war ein Schwachkopf. Dank eines Hinterhalts verlor ich ein paar Secondhand-Chucks und meine Vintage-Camo-Cargohose. Da ich nicht so bescheuert war, die Arschlöcher zu identifizieren, sah die Lösung des Trainers so aus, dass ich mir aus der Tonne mit Fundsachen etwas zum Anziehen aussuchen durfte – die einen Geruch verströmte, als wäre auf ihrem Boden irgendetwas gestorben und würde jetzt vor sich hin verwesen.

In der letzten Unterrichtsstunde stank ich wie die Pest, und jedes Mädchen in meiner Nähe rümpfte die Nase und schob seinen Tisch möglichst weit von mir weg, während die Typen brillante Bemerkungen machten wie zum Beispiel: »Du *stinkst*, Maxfield. Sag deinem Hundehalter, er soll dich ab und zu abspritzen.« Und so weiter.

Daheim riss ich sofort die Sachen vom Leib und warf alles auf den Scheiterhaufen hinter dem Haus, nachdem ich kochend heiß geduscht hatte.

Ich borgte mir fünf Dollar von Dad und bat Grandpa, mit mir noch einmal zum Wohlfahrtsladen zu fahren, wo ich ein Paar fast neue Vans in meiner Größe aufstöberte. Sie waren mit sieben Dollar ausgezeichnet.

»Ich weiß, wo du wohnst«, sagte Grandpa, während er mir die restlichen zwei Dollar gab.

Ich hörte auf, mich zum Sportunterricht umzuziehen, womit ich mir jedes Mal Minuspunkte einhandelte, bis Trainer Peterson begriff, dass es nichts nützte, mich zu bestrafen.

Aber ich hatte drei Kurse mit Wynn – Sport, Weltgeografie und die Autowerkstatt.

»Waschen!«, dröhnte Mr. Silvas Donnerstimme über den Lärm von betriebsbereiten Motoren, Werkzeugmaschinen, Countrymusik und Gesprächen über Autos und Autoteile, Mädchen und Mädchenteile hinweg.

Das meiste, das die Typen sagten, war harmlos. Selbst wenn die ganze Stadt voller Moms damit drohte, unsere Münder mit der Lava-Scheuerseife auszuspülen, mit der wir das klebrige Öl und Schmierfett von unseren Händen und Armen schrubbten, war es im Allgemeinen nur Gerede.

Aber manchmal fühlten sich diese Worte nicht nur wie Sprüche oder Redensarten an, sondern wie Erinnerungen und Albträume, während ich mein Bestes tat, um beides zu vermeiden. Meine Hände ballten sich zu ölverschmierten Fäusten, während ich vor den Waschbecken in der Schlange stand und den Wortwechsel hinter mir mit anhören musste, bei dem Boyce Wynn eine größere Rolle spielte.

»Mann, ihre Titten sind wie zwei saftige *Wassermelonen*.« Sein gedehnter Tonfall kroch an meinem Nacken hoch, und ich stellte mir die Gesten vor, die er ganz sicher dazu machte.

»Ja, der würde ich's besorgen«, sagte sein Freund, und sie lachten beide. »Aber sie macht die Beine nicht breit.«

»*Trotzdem*, Thompson. *Trotzdem*. Ich würde ihr schon beibringen, die Beine breit zu machen.«

Ich starrte stur vor mich hin, während mein Blickfeld an den Rändern verschwamm.

»Na klaaaar. Träum weiter, Arschloch. Die würde weißem Abschaum wie dir nicht mal guten Tag sagen.«

»Wozu denn guten Tag? Gute Nacht, Mann. Im Schutz der Dunkelheit wird sie um mehr betteln.«

Sein Freund lachte. »Mann, im Ernst, sie würde dich abblitzen lassen. Außerdem, *so* heiß ist sie nun auch wieder nicht.«

»Oh, Mann, bist du verrückt? Ich würde sie so schnell vergewaltigen, dass …«

Bevor ich wusste, was ich tat, schnellte ich herum, und meine geballte Faust landete genau in Wynns Mundwinkel. Er riss den Kopf bei dem Aufprall ein wenig zurück, und seine Augen weiteten sich vor Entsetzen. Instinktiv wusste ich, dass ich an diesem Punkt besser aufhören sollte, aber auf einmal stand ein Kreis von Jungen um uns, die riefen: »Schlagt euch! Schlagt euch!«, und meine Gliedmaßen erstarrten, während Wynn sich mit seinem ganzen Körper vorbeugte, drauf und dran, mich in den Zementboden zu hämmern.

Bevor einer von uns sich bewegen konnte, packte Silva uns beide an den Oberarmen, trennte uns und hielt uns fest. »Was zum *Teufel* glaubt ihr Schwachköpfe eigentlich, dass ihr da tut? Versucht ihr etwa, rausgeworfen zu werden?«

Ich wandte den Blick nicht von Wynn ab, und er starrte mit mörderischem Blick zu mir zurück. Ein Blutrinnsal glänzte an einem seiner Mundwinkel.

»Was hast du gemacht, Wynn?«, knurrte Silva und schüttelte ihn. Unser Werkstattlehrer war zweihundertfünfzig Pfund schwer und *stocksauer*.

Wynns Augen, die mich noch immer zornig anfunkelten, verengten sich, als hätte er auf einmal seine Rachegefühle entdeckt. Er zuckte mit seiner freien Schulter, gab sich gleichgültig. »Nichts, Mr. Silva. Alles okay.«

Silvas Blick schnellte zu mir herum, und Wynn hob langsam seine freie Hand, um sich mit einem Knöchel das Blut aus dem Gesicht zu wischen. Das brodelnde Adrenalin jagte einen Schauder durch meinen Körper.

»Und du – Maxfield? Ist das auch deine Geschichte? Was war hier los?«

Ich schüttelte kurz den Kopf und wiederholte Wynns Worte. »Nichts. Alles okay.«

Silva knirschte mit den Zähnen und verdrehte die Augen zu der Wellblechdecke, als würde Gott sie vielleicht zurückschieben und ihm sagen, was er mit uns anfangen sollte.

Er zerrte noch einmal an unseren Armen, härter diesmal, sodass er sie fast aus den Gelenken riss. »In – meiner – Werkstatt – *wird sich nicht geprügelt.* Haben wir uns verstanden, Männer?« Er spie das Wort *Männer* aus, als seien wir alles andere als das.

Wir nickten, aber er ließ unsere Arme nicht los. »Muss ich mit Bud darüber reden, dass du Ärger gemacht hast?«, wandte er sich an Wynn, der den Kopf schüttelte, die Augen weit aufgerissen. Wer immer *Bud* war, sein Name flößte dem Typen Angst ein, der fast der ganzen Schülerschaft Angst einflößte.

Die Glocke läutete, und unsere Zuschauer drängelten verspätet zu den überdimensionalen Aluminiumwaschbecken. Silva ließ uns los, aber er rührte sich nicht vom Fleck, verschränkte seine muskulösen Arme vor seiner fleischigen Brust und starrte uns Löcher in die Hinterköpfe, während wir uns abschrubbten. Ich schnappte mir meinen Rucksack aus dem Regal und eilte auf die Seitentür zu, während Wynn mit zwei Freunden den Vorderausgang nahm.

Meine Flucht war nur vorübergehend. So viel wusste ich.

In dem Bemühen, ihre Schüler zu quälen, verkündete meine Weltgeografielehrerin ein Teamprojekt, sobald wir aus den Winterferien zurückkamen – in denen sich jeder, der über Weihnachten in der Stadt geblieben war, über eine noch nie dagewesene fünfzehn Zentimeter dicke Schneedecke gefreut hatte, die den Strand und die Palmen, Resorthotels und Fischerboote einhüllte.

In Alexandria dagegen begann der Winter vor Weihnachten und dauerte bis in den März hinein – mit plötzlichen Schauern, Eisregen und gelegentlichem Schnee, der auf den Ecken von Parkplätzen zu Haufen aufgetürmt wurde und sich von weiß zu grau verfärbte, wenn er liegen blieb, um zu schmelzen, anstatt auf Lastwagen verladen und weggebracht zu werden. Spätestens im Februar war es jeder leid, Frost von Windschutzscheiben zu kratzen, Gehsteige und Auffahrten freizuschaufeln, war es leid, zu dem Rumpeln von Streufahrzeugen oder Schneepflügen aufzuwachen, war die ständige nasse Kälte leid.

Hier war Schnee allenfalls eine hauchdünne Decke. Jede messbare Menge flößte Ehrfurcht ein. Fünfzehn Zentimeter galten als ein *Wunder*. Die Leute liefen kopfschüttelnd und staunend durch die Gegend. Eltern schickten ihre Kinder vors Haus, um Schneemänner zu bauen und Schneeengel zu machen, mit Socken an den Händen, da niemand Fingerhandschuhe oder Fäustlinge besaß.

»In Anbetracht unseres ›Weihnachtswunders‹ werden wir *wunderbare* Teams bilden, um die Folgen des Klimawandels für die Umwelt und die Menschen zu untersuchen.« Mrs. Dumonts Ton war bei Weitem zu fröhlich für die zweite Stunde des ersten Schultags nach den Ferien. Keiner wollte da sein, und selbst noch so viel Begeisterung würde nach zwei Wochen Ausschlafen und Faulenzen nichts an unserer Meinung ändern. »Um zu zeigen, wie sich die Menschen an unerwartete Veränderungen anpassen, werden wir alle einen Zettel aus dem Hut ziehen und Zweiergruppen bilden.« Sie strahlte, als würde das Wissen, dass unsere Partner vom Schicksal bestimmt wurden, die Aufgabe verbessern.

Wir stöhnten einstimmig auf. Sie ließ sich nicht beirren und hielt eine umgedrehte Baseballmütze mit dem Schulmaskottchen – Überraschung, es war ein Fisch – Melody Dover hin, die einen Zettel herausnahm und die Mütze an das Mädchen hinter ihr weiterreichte. Vom letzten Platz in Melodys Reihe aus sah ich zu, wie die Mütze näher kam. Ich zog ein F.

Als die Mütze in der letzte Reihe angekommen war, rief Dumont über den Lärm der Stimmen hinweg: »Und jetzt – findet eure Partner und setzt euch entsprechend um! Ihr werdet in den nächsten drei Wochen neben diesem Partner sitzen, und am Ende des Semesters werden wir unsere Projekte der ganzen Klasse vorstellen!«

Sie machen wohl Witze. Ich sollte nur ein einziges Mal ein Referat vor der Klasse halten, im letzten Frühjahr – für das ich mir null Punkte geben ließ. Mündliche Referate nervten, wenn man sie selbst halten musste, und es nervte, anderen dabei zuzusehen.

Ich spielte mit dem Gedanken, einfach aufzustehen und zur Tür hinauszugehen. Dann hörte ich: »Okay, welche entzückende Dame hat ein F?« von der anderen Seite des Raums, und ich konnte mich nicht mehr rühren.

Boyce. Wynn.

Oh. *Verdammt.*

Er stand auf und begann, anderen Schülern ihre Zettel aus den Händen zu reißen, um herauszufinden, wer sein Partner war. »Hast du ein F? Wer zum Teufel hat ein F?«

»*Boyce Wynn*«, sagte Mrs. Dumont mit finsterer Miene.

Er zuckte die Schultern. »Ich kann meinen Partner nicht finden, Mrs. Dumont.« Sein Blick fiel auf Melody, die leicht spöttisch grinste. »Bist du das?« Er riss ihr ihren Zettel aus der Hand, während sie protestierte.

»*Nein.*« Sie holte sich den Zettel wieder und reckte das Kinn. »Ich habe *Clark.*«

Ihr Freund saß bereits neben ihr. Sie mussten sich nicht einmal von ihren Plätzen in der ersten Reihe umsetzen, um zusammenzuarbeiten. Das hieß, ich hatte den verdammten Boyce Wynn am Hals, während sich für den privilegierten Clark Richards und seine *heiße Freundin* nichts änderte. Natürlich.

»Oh, *nein nein nein* – so geht das nicht.« Mrs. Dumont stürzte hinüber, den Blick auf Melody gerichtet. »Du kannst kein Team mit deinem … äh, Freund bilden. Ich will, dass wir alle eine Veränderung in Kultur und Umgebung erfahren! Relokative Diffusion in Aktion!« Während die drei zu ergründen versuchten, was genau sie damit meinte, schnappte sie sich Boyce' und Melodys Zettel und vertauschte sie. »So. Also, Clark, setz dich schon mal zu Boyce. Ich werde die Projektaufgaben gleich austeilen!« Offenbar glaubte sie, sie könnte Clark damit darüber hinwegtrösten, dass er seine heiße Freundin durch einen bulligen Schikanierer als Partner ersetzen musste.

»Was zum …« Er verzog das Gesicht und presste die Kiefer zusammen. »Warum können Mel und ich nicht zusammenarbeiten?«

Mrs. Dumont lächelte gütig und tätschelte seine Schulter. »Nun, wer hat F?«, rief sie, ohne auf seine Frage einzugehen.

Ich hob meine Hand wortlos ein paar Zentimeter über meinen Tisch. Vier Augenpaare fanden mich. Nur Mrs. Dumont lächelte. »Komm nach vorn, Landon. Du kannst in den nächsten drei Wochen Clarks Platz einnehmen.«

Nach seiner Miene zu urteilen hätte sie genauso gut sagen können: »Du kannst in den nächsten drei Wochen Clarks Freundin vögeln.«

»Gottverdammtes Pech, Richards«, knurrte Boyce. Er durchbohrte mich mit Blicken, ohne mit der Wimper zu zucken. Unfreiwillig in ein Zweierteam mit der Freundin eines anderen Typen gesteckt zu werden war irgendwie noch ein Schlag gegen mich.

Ich schulterte meinen Rucksack und ging den Gang hoch, wobei ich mich fühlte, als wäre ich zu einer tödlichen Spritze verurteilt worden, nicht zu einem Projekt mit einem Mädchen, von dem ich schon mindestens einmal fantasiert hatte. Während Dumont die Projektaufgaben verteilte, zückte Melody einen Spiralblock und begann, unsere Aufgabengebiete aufzuteilen – *Melody* links, *Landon* rechts, beides unterstrichen. Sie zog mit dem Bleistift eine dicke Linie durch die Mitte, wofür sie den Rand ihres Lehrbuchs zu Hilfe nahm.

»Ich mache die Karten«, bot ich leise an.

Sie presste die Lippen zusammen und hielt sich kerzengerade, sichtlich verärgert. Na toll.

Sie begann, *Karten* unter meinen Namen zu schreiben, dann brach sie mittendrin ab und richtete ihre großen, hellgrünen Augen auf mich. »Kannst du denn … zeichnen? Ich kann sie nämlich machen, wenn nicht.«

Ich fixierte sie mit einem ebenso starren Blick. »Ja.«

Als ich mich nicht näher äußerte, verdrehte sie die Augen und murmelte: »Na schön. Ich sollte zusehen, dass ich hier eine anständige Note kriege.«

Wir tauschten unsere Telefonnummern und Adressen aus, auch wenn sie klarstellte, dass sie nicht die Absicht hatte, mit mir zusammen einen Fuß aus dem Schulgebäude oder in ihr Elternhaus zu setzen. Die protzige Villa der Dovers stand nicht weit entfernt von Grandpas Haus unten am Strand. »Ach ja. *Maxfield*. Clark hat gesagt…« Sie verstummte, vermutlich angesichts meiner ausdruckslosen Miene.

Clark war der Sohn von John Richards, dem größten Bauunternehmer von Wohnungetümen und Ferienwohnungen in unserer Stadt. Er lag meinem Großvater ständig in den Ohren, er solle sein exklusives Strandgrundstück verkaufen. Vor ein paar Jahren, sagte Grandpa, spitzte sich die Lage zu, als Richards versuchte, bei der Stadt eine Zwangsenteignung durchzusetzen, mit der Behauptung, Grandpas »Hütte« sei ein Schandfleck und sein Fischereibetrieb eine Fassade. Grandpa erklärte ihm in der Stadtratssitzung, er könne ihn kreuzweise. Die Einschüchterungsversuche hatten abgenommen, seit Dad sich um die finanziellen Angelegenheiten des Fischereibetriebs Maxfield kümmerte, aber die Feindseligkeit war so groß wie eh und je.

Melody räusperte sich sanft. »Ähm. Okay, ruf mich heute Abend an, wenn ich vom Tanzkurs zurück bin.«

Tanzkurs. Was trugen Mädchen wie Melody zu so etwas? Spontane Bilder schlängelten sich in meine Fantasie. Ich spielte mit einem der Gummibänder an meinem Handgelenk. »Okay.«

»So um acht?«

»Okay«, wiederholte ich.

Sie verdrehte die Augen. Wieder. Die Glocke läutete, und Melody sprang von ihrem Platz auf, um das Klassenzimmer mit Clark zusammen zu verlassen, der mich mit zusammengekniffenen Augen anstarrte, einen Arm um ihre Schultern gelegt. Boyce folgte genau hinter ihm und schubste mich nach hinten gegen den Tisch. »Freak«, sagte er. »Richards lässt dich vermutlich umbringen, wenn du sie anfasst.«

Ich hatte überhaupt nicht vorgehabt, sie anzufassen. Komisch, wie diese Drohung den Wunsch danach in mir weckte.

LUCAS

Ich nehme an, mein Gehirn führte in den vier Stunden Schlaf, die ich schließlich bekam, einen Neustart durch, denn auf einmal fiel mir diese eine Sache wieder ein, an die ich mich seit Samstagabend nicht mehr erinnern konnte.

Wenn Jackie den Kurs nicht offiziell abbrach, würde sie ihn mit »Nicht bestanden« abschließen, und sie hatte noch genau einen Tag, an dem sie das tun konnte.

Die Wahrscheinlichkeit, dass ich sie ausgerechnet *heute* wiederfinden würde, war gering. Ich hatte nur eine Wahl – ich konnte ihr als Tutor eine E-Mail schicken – eine höfliche, kurze Erinnerung an den Termin für Kursabbrecher. *Liebe Studentin: Vielleicht möchten Sie sich um diese dringende Angelegenheit kümmern – zwinker, zwinker.*

Es war mir egal, dass niemand sonst auf dem Campus eine solche individuelle ernste Warnung bekommen würde. Die Verwaltung hielt nichts davon, allzu viele spezielle Mahnungen zu verschicken, erst recht nicht, was den Abbruch von Kursen betraf. Sie zogen es vor, sie auf Webseiten mit den Anforderungen des Instituts einzufügen oder irgendwo versteckt in den Anmeldeunterlagen, die jeder durchscrollt, ohne sie zu lesen, kurz bevor er auf den Zustimmen-Button klickt.

Die allgemeine Einstellung: Studenten sind selbst für ihre Stundenplanmanöver zuständig. Weil sie Erwachsene sind. Streng genommen.

Miss Wallace,
ich bin der Tutor für Dr. Hellers Einführungskurs Wirtschaft, den Sie offenbar nicht mehr besuchen – nach der Anwesenheitsliste und der Tatsache zu schließen, dass Sie zur Zwischenprüfung letzte Woche nicht erschienen sind. Als dieser wollte ich Sie erinnern, dass Studenten bei Nichtteilnahme nicht automatisch als Abbrecher gelten, sondern den Rücktritt vom Kurs selbst in die Wege leiten müssen. Formulare für Kursabbrecher und entsprechende Anleitungen sind online verfügbar; ich habe die Links unten angehängt.
Bitte beachten Sie, dass der letzte Termin für Kursabbrecher MORGEN ist.
L. Maxfield

Ich drückte auf *Speichern* und klappte meinen Laptop zu. Ich hatte vor, die Mail später abzuschicken, nachdem ich die Links angehängt hatte. Ich musste vor der Vorlesung noch kurz bei Starbucks vorbeischauen, um eine Kopie meines erneuerten Gesundheitszeugnisses abzugeben, sonst durfte ich heute Nachmittag meine Schicht nicht antreten. Vermutlich hatte Jackie heute Vormittag auch andere Vorlesungen. Ich hatte Zeit.

»Hey, Lucas«, sagte Gwen, während sie etwas gemahlenen Kaffee von dem Granittresen wischte. Gwen hatte ein Montagmorgen-Lächeln, das niemand, den ich kannte, nachahmen konnte – schon gar nicht unsere Kollegin Eve, die so gut wie nie lächelte. »Du springst noch immer heute Nachmittag für mich ein, oder?«

Ich nickte und nahm mir einen Becher Kaffee. »Sobald ich von meiner Tutorübung komme. Sie endet um zwei.«

»Du bist ein solcher Schatz!«, strahlte sie und folgte mir in den hinteren Bereich. »Ich bin rechtzeitig wieder da, damit du in dein Labor kannst.«

Ich lächelte unwillkürlich, während ich die Fotokopie in meine Akte steckte und für meinen Manager eine entsprechende Notiz hinterlegte.

»Wir müssen eine Freundin für dich finden«, sagte Gwen aus heiterem Himmel. Ich verschluckte mich fast an meinem Kaffee, und Gwen klopfte mir auf den Rücken.

»Äh…«, stammelte ich, als ich wieder sprechen konnte. »Danke, aber ich komme schon klar.«

Sie zog eine ihrer hellen Augenbrauen hoch, womit sie mir ohne Worte sagte, was sie von dieser Aussage hielt. »Du bist ein guter Typ, Lucas.« Ich musste irgendeine ungläubige Miene gemacht haben, denn sie schüttelte den Kopf. »Glaub mir. Ich bin eine absolute Expertin dafür, Idioten an Land zu ziehen, und du bist keiner.«

Kennedy Moore stand wie üblich im Mittelpunkt der Aufmerksamkeit und lachte, ohne zu ahnen, was seine

Exfreundin, mit der er *drei Jahre* zusammen gewesen war, zwei Tage zuvor durchgemacht hatte. Ich fragte mich, ob er vielleicht sogar mit dem Typen befreundet war, an den ich nicht einmal denken konnte, ohne in meinem Kopf Taekwondo-Übungen machen zu müssen, um mich zu beruhigen.

Ich rutschte auf meinen Platz in der letzten Reihe und zückte ein Lehrbuch, um mich auf einen Kurztest in meinem Elf-Uhr-Kurs vorzubereiten. Während ich darauf wartete, dass Heller eintraf, damit Moore und seine Kumpel sich endlich setzten und den Mund hielten, skizzierte ich irgendetwas Gewalttätiges an den Rand meines Textes. Ich fragte mich oft, was die Leute, die meine benutzten Lehrbücher später bekamen, wohl dachten, wenn sie eine Seite mit einer meiner Kritzeleien aufschlugen. Im Allgemeinen waren es nur Designs – das Produkt einer momentanen Tagträumerei. Manchmal waren es persönliche Illustrationen des Textes. Selten – sehr selten – beinhalteten sie Gesichter oder Körperteile.

Heller betrat den Hörsaal durch die vordere Tür und riss mich aus meiner sinnlosen Grübelei. Seit Jackie nicht mehr kam, war die Vorlesung unglaublich langweilig geworden. Ich kannte den Stoff in- und auswendig. Ich kannte Hellers sämtliche Witze und humorvollen Anekdoten. Diese persönlichen Einschübe, die er in seine Vorlesungen einbaute, machten ihn zu einem fantastischen Dozenten, aber trotzdem – dreimal war für die meisten davon genug, und viermal grenzte an Folter.

»Wenn dann alle Platz nehmen würden, könnten wir anfangen«, sagte er. Von meinem Aussichtspunkt in der letzten Reihe aus sah ich, wie sich alle setzten, aber er wandte sich mit seiner Feststellung eindeutig an eine bestimmte Person …

O Gott. Ich starrte in die Richtung.

Jackie – mit geröteten Wangen, die Augen weit aufgerissen und auf Heller gerichtet – stand ein paar Schritte von mir entfernt an der Hintertür des Hörsaals. Auf einmal, als wäre sie von hinten geschubst worden, stürzte sie drei Reihen hinunter und rutschte auf den einzigen freien Platz – abgesehen von dem neben mir. Der näher gewesen wäre.

Vielleicht hatte sie ihn nicht gesehen. Oder mich.

Vielleicht doch.

Was tat sie hier?

Ein Glück, dass ich diese Vorlesung bereits dreimal gehört hatte und sie auswendig kannte, denn ich konnte mich auf kein Wort von dem konzentrieren, was Heller während der nächsten fünfzig Minuten sagte. Es war alles *bla bla bla* und irgendwelche geschwungenen Linien an der Tafel. Jackie schien es nicht besser zu ergehen, auch wenn ich annahm, dass ihre Unaufmerksamkeit völlig andere Gründe hatte als den Schock, den ihr Anblick mir versetzt hatte. Offenbar konnte sie den Kopf nicht heben, ohne den Hinterkopf ihres Ex zu sehen, sodass sie entweder auf die Tafel starrte – egal, ob Heller in dem Moment Diagramme darauf zeichnete oder nicht – oder auf die leere Seite in ihrem Spiralblock, die während der gesamten Vorlesung unbeschrieben blieb.

Sie war da, um den Kurs abzubrechen, dachte ich und entspannte mich endlich. Das war es – sie wählte den Kurs offiziell ab. Sie war zu spät gekommen, um vor Beginn der Vorlesung mit Heller zu sprechen, daher blieb sie jetzt, um seine Unterschrift auf dem Formular für

Kursabbrecher zu bekommen. Sie bestärkte mich in dieser Schlussfolgerung, als sie nach der Vorlesung die Stufen hinunterstieg (sobald ihr Ex den Mittelgang hinuntergegangen war – ohne sie auch nur zur Kenntnis zu nehmen). Nach einem leisen Wortwechsel mit Heller wartete sie, bis er mit zwei anderen Studenten gesprochen hatte, und folgte ihm dann zur Tür hinaus.

Ich hätte erleichtert sein sollen. Keine Notwendigkeit, weitere Verantwortung für sie zu übernehmen. Keine Notwendigkeit, diese Mail abzuschicken, die ich heute Morgen abgefasst hatte.

Keine Notwendigkeit, sie je wiederzusehen.

Warum dann diese Überzeugung, dass ich etwas Unersetzliches aufgeben würde, wenn ich sie aus meinem Leben verschwinden ließ?

Die Antwort war nur eine weitere Frage. Was hatte ich für eine Wahl?

Genau wie auf der Halloweenparty sah ich sie, sobald sie hereinkam und sich am Ende meiner Schlange anstellte. Sie war eine unsichtbare Kraft, die an irgendetwas zerrte, das in mir gleichermaßen verborgen war. Ich dachte an das Magnetfeld, das wir zwischen uns geschaffen hatten, und fragte mich, ob sie seine Anziehung spüren würde, während sie näher kam. Vielleicht war ich der Einzige von uns, der sie spürte.

Sie war mit dem hübschen Rotschopf da, an den ich mich undeutlich von der Party erinnerte, zu der sie zusammen gekommen waren – Jackie in ihrem leuchtend roten Teufelskostüm und ihre Freundin als Wolf verkleidet, mit Fellohren und einem buschigen Schwanz und dem unerlässlichen hautengen Turnanzug – und einer

Großmutterbrille auf der Nasenspitze. Was ich nicht kapierte, bis ein hochgewachsener, hemdloser Typ in Jeans und einem roten Kapuzenumhang hinübersprintete, sie hochnahm und auf die Tanzfläche trug.

Wenn es regnete, zogen es die Studenten vor, den Campus zwischen den Vorlesungen nicht zu verlassen, und dann war das Starbucks im Studentenwerk belagert. Die Schlange verlief um zwei Auslagen und durch den winzigen Essbereich, wo jeder Platz besetzt war, bis in den Flur. Der Ansturm ebbte einfach nicht ab. Ich hatte keine Zeit, um abgelenkt zu sein, aber ich war es dennoch, während ich zusah, wie Jackie und ihre Freundin langsam, Schritt für Schritt, weiter vorrückten.

Ihre Freundin beugte sich aus der Schlange vor, um zu sehen, wie viele Leute noch vor ihnen standen, und entschied, dass es zu lange dauern würde. Ich dachte, sie würden beide gehen, aber dann umarmte sie Jackie und verließ allein den Laden.

Jackie hatte mich noch nicht bemerkt. Ihr leerer Blick schweifte über die anderen Kunden, oder sie starrte aus dem hinteren Fenster. Ihr Mund war eine schmale Linie, ihre nachdenkliche Miene ein Kontrast zu dem Lächeln in meinem Skizzenblock an jenem verregneten Tag. Während ich sie ansah, wurde mir schwer ums Herz, als wäre dieses Organ jetzt mit ihrem emotionalen Zustand verbunden, anstatt sich um seine Hauptaufgabe zu kümmern – mich am Leben zu erhalten. Sie sah auf ihr Handy und scrollte ein, zwei Minuten lang Nachrichten oder irgendeine Webseite durch, bevor sie wieder ziellos vor sich hinstarrte. Sie rückte hinter einem hochgewachsenen Typen weiter vor, der ihr die Sicht auf mich nahm, wofür ich dankbar war. Ich wusste instinktiv, dass sie, wenn sie jetzt den Blick hob und mich sah, kehrtmachen und auf den Ausgang zusteuern würde.

Schließlich gab der Typ vor ihr seine Bestellung auf, bezahlte und ging zum Abholbereich.

»Nächster«, sagte ich sanft, womit ich sie aus ihrem Grübeln riss.

Ihre Lippen teilten sich, aber was immer sie sagen wollte, blieb unausgesprochen. Röte überzog ihre Wangen. Ich sah ihr fest in die Augen, die – wie mir jetzt auffiel, als ich sie von Nahem anstarrte – ein wenig blutunterlaufen waren, als hätte sie kürzlich geweint. Dr. Heller hatte sie doch sicher nicht zum Weinen gebracht? Ich wusste, dass er knallhart sein konnte, wenn es sein musste, aber ich konnte mir trotzdem nicht vorstellen, dass er dieses Mädchen zum Weinen brachte, weil sie einen Kurs abbrechen wollte.

Mein Herz verkrampfte sich wieder, voller Mitgefühl für sie. Ich würde in ihren Augen für immer mit jenem Abend in Verbindung stehen. Nichts würde etwas an dieser Tatsache ändern. Ich machte ihr Angst, oder ich erinnerte sie an jenen Abend – wie auch immer, sie wollte davor fliehen. Wie könnte ich ihr das je vorwerfen?

Das Mädchen, das hinter ihr in der Schlange stand, räusperte sich ungeduldig.

»Willst du bestellen?«, holte ich sie mit meiner Frage in die Wirklichkeit zurück, dorthin, wo wir waren. *Es ist vorbei*. Ich wünschte, sie könnte meine Gedanken lesen. *Er ist nicht hier. Wir sind nicht dort*.

Dann sagte sie, was sie trinken wollte. Ihre Stimme war ein verzerrtes Murmeln, das ich irgendwie trotzdem verstand. Ich schrieb die Bestellung auf ihren Becher, zusammen mit ihrem Namen, und reichte ihn an Eve weiter. Mir fiel ein, dass ich sie am späten Samstagabend *Jackie* genannt hatte – als ich keinen Grund hatte, ihren Namen zu kennen, aber jetzt gab es keinen Anlass, so zu tun, als wüsste ich ihn nicht.

Als ich aufsah, starrte sie auf meine rechte Hand – die noch immer mit einer dünnen Mullbinde umwickelt war. Das meiste Blut am Samstagabend war tatsächlich seines gewesen – aber nicht alles. Sobald ich nach Hause kam und mich wusch, konnte ich an der aufgeplatzten, abgeschürften Haut an den Knöcheln beider Hände sehen, wie hart ich auf ihn eingeschlagen hatte. Diese Verletzungen waren befriedigend. Ein Beweis dafür, dass ich mich nicht zurückgehalten hatte. Kein Wunder, dass er zu Boden gegangen und liegen geblieben war.

Ich tippte den Betrag in die Kasse ein, und sie reichte mir ihre Karte – die, mit der ich ihr die Tür zu ihrem Wohnheim geöffnet hatte. Das lächelnde Mädchen unter dem Schutzlaminat passte nicht zu dem, was ich in den letzten paar Tagen in ihrem Gesicht gesehen hatte.

»Geht's dir heute gut?«, fragte ich. Die verschlüsselte Bedeutung entging mir, bis die Worte zwischen uns standen. *Verdammt.*

»Es geht mir gut«, sagte sie. Ihre Stimme klang noch immer unsicher.

Als sie die Karte und den Beleg entgegennahm, streiften meine Finger wie von selbst über ihre. Sie riss ihre Hand zurück, als hätte sie sich verbrannt, und ich erinnerte mich, wie sie am Samstagabend darauf geachtet hatte, dass wir uns nicht berührten, als sie an mir vorbei in ihr Wohnheim ging.

Hatte sie diese Angst vor Körperkontakt jetzt nur bei mir oder bei jedem Typen?

Ich wollte derjenige sein, der sie entspannte und beruhigte, der ihr den Respekt und die Sanftheit entgegenbrachte, die sie in der Gewalt des Möchtegern-Vergewaltigers oder, offen gestanden, ihres Ex nicht bekommen hatte.

Ich würde niemals dieser Mann für sie sein, und ich war ein absoluter Vollidiot, mich danach zu verzehren.

»Danke«, sagte sie mit verwirrter, misstrauischer Miene.

Das Mädchen hinter ihr beugte sich zu nah vor, gab über Jackies Schulter ihre Bestellung auf, obwohl ich sie noch gar nicht dazu aufgefordert hatte, und Jackie zuckte vor dem physischen Kontakt zurück. Ich schluckte eine scharfe Antwort an die ungeduldige Tussi hinunter und nahm die Bestellung entgegen. Ich rief mir in Erinnerung, dass ich in der Arbeit war, dass wir verdammt viel zu tun hatten und dass ich, so gern ich diese ganzen Leute auch verscheuchen wollte, es einfach nicht tun konnte.

Unsere Blicke trafen sich noch einmal, bevor sie von dem Gewühl am anderen Ende des Baristatresens verschluckt wurde, wo Eve mit manischer Geschwindigkeit ein Getränk nach dem anderen hervorzauberte, mit einem zornigen Blick für jeden, der sich über die Wartezeit beschwerte. Als Jackie ihr Getränk in die Hand nahm, ging sie, ohne noch einmal zurückzusehen, und ich begann mich zu fragen, wie oft ich sie noch aus den Augen verlieren würde, in der Gewissheit, dass es das letzte Mal war.

8

LANDON

Der Tag fing schon beschissen an, und danach ging es nur noch bergab. Ich war auf halbem Weg zur Schule, als der schwüle Morgen in ein unangekündigtes Gewitter umschlug. In einem Augenblick fühlten sich meine Kleider wie warme, feuchte Lumpen in der dampfigen Luft an, und im nächsten rollte eine Wolkenwand heran und überschüttete meinen erbärmlichen Arsch auf dem Rest des Schulwegs mit Regen.

Als ich durch die Doppeltür in die Schule stürzte, verfluchte ich mich dafür, dass ich nicht sofort, als es zu regnen begann, umgekehrt und wieder nach Hause gegangen war. Ich hätte nicht durchnässter sein können, wenn ich voll bekleidet ins Meer gesprungen wäre. Meine Haarspitzen mutierten zu offenen Wasserhähnen, deren Rinnsale vom Saum meines durchtränkten Kapuzenpullis und von meiner Jeans in meine Vans strömten. Sie quietschten und gluckten, während ich den Flur hinunterstapfte.

Ich gab die Schuld an meinem schlechten Urteilsvermögen und, ja, meinem *Bedürfnis* (zum ersten Mal seit eineinhalb Jahren!), zur Schule zu gehen, Melody Dover.

In den ersten beiden Wochen unseres Projekts hatten

wir nur im Unterricht zusammengearbeitet. Und mit *zusammen* meine ich, dass wir nebeneinandersaßen. Wir wechselten kaum ein Wort, nicht dass ich dafür ausschließlich sie verantwortlich machen konnte.

Ich besaß ein Handy, aber keinen Computer, daher hatte sie unter ihren Namen mit Bleistift *PowerPoint* geschrieben. Wir lasen – jeder für sich – Texte über Klimamuster und geografische Verteilung, und ich begann Karten zu zeichnen, während sie das Internet nach Bildern durchforstete. Schließlich mussten wir uns zusammensetzen, um damit anzufangen, unsere individuellen Abschnitte zusammenzufügen, den schriftlichen Teil zu bearbeiten und die Präsentation vorzubereiten.

Gestern Abend hatte sie mich widerstrebend zu sich nach Hause eingeladen. Ich duschte und zog mich um, bevor ich mich auf den Weg über den Strand machte. Der peitschende Golfwind war kalt und trocken, zerzauste meine noch feuchten Haare und rollte sie zu kleinen Schmachtlocken. Er blätterte die Seiten des Zeichenblocks auf, den ich für meine topografischen Skizzen verwendet hatte, und drohte ihn zu zerfetzen und meine ganze Arbeit ins Meer zu fegen. Ich wickelte mich fester in meinen Kapuzenpulli, die Arme über dem Zeichenblock verschränkt, die Hände in den Taschen vergraben. Ich hasste Mrs. Dumont und Melody Dover und diesen Idioten, der entschieden hatte, dass Geografie Bestandteil des Lehrplans für die neunte Klasse sein sollte.

Melody öffnete die Tür in einem pinkfarbenen Jogginganzug und flauschigen weißen Socken.

»Hey. Willst du eine Cola oder irgendwas?« Ohne eine Antwort abzuwarten, drückte sie die Tür hinter mir zu und ging ins Hausinnere.

Ich folgte ihr, während ich über das Wort PINK nachgrübelte, das quer über ihren Hintern geschrieben stand. Ich zog eine Augenbraue hoch angesichts der überflüssigen Beschriftung, während ich ihre schlanken Hüften beäugte, die sanft wippten und mich weiterzogen, bis ich sah, dass wir eine helle Küche betreten hatten, die ungefähr so groß war wie das ganze Haus meines Großvaters. Sie bückte sich, um zwei kalte Limonaden aus dem unteren Fach eines riesigen Kühlschranks zu nehmen, und ich blieb abrupt stehen und starrte sie an. PINK war mein neues Lieblingswort.

Sie führte mich zu dem Granittresen, reichte mir eine Limonade und ließ sich mit ihrem perfekten Hintern auf einen mit Leder bezogenen Barhocker fallen. Sie drehte ihren Laptop zu mir herum und zeigte auf den Hocker neben ihrem, und ich setzte mich und versuchte innerlich umzuschalten. Geografie erschien mir auf einmal noch weniger verlockend als bisher. Ich hatte es nicht für möglich gehalten.

Sie sagte Worte, die ich nicht verstand. Der Wind musste mein Gehirn durcheinandergebracht haben. Der Wind, oder das Wort *pink*. »Landon?«

»Hm?«

»Zeig mal deine Karten.« Ihr Tonfall verriet, dass sie alles andere als begeistert von der Aussicht war. Ich schlug die erste Karte in meinem Skizzenblock auf, und ihr blieb der Mund offen stehen. »O mein Gott.«

»Was denn?«

Ihre Wimpern flatterten hoch und dann wieder herunter, während sie die Seite umblätterte. »Wow. Du … du bist ein Künstler?«

Ich zuckte die Schultern und atmete erleichtert aus.

Sie blätterte noch eine Seite um. »O mein Gott«, sagte sie noch einmal »Die sind ja *umwerfend*. Sind diese Figuren winzig kleine Leute? Und Bäume? Wow.« Sie blätterte langsam die restlichen Skizzen durch, bis sie zu einer weißen Seite kam. Dann tat sie etwas, das ich nicht von ihr erwartet hatte. Sie kehrte zurück zum Anfang des Skizzenblocks und schlug ihn auf.

Ich streckte die Hand danach aus, wollte ihn ihr nicht unsanft entreißen, aber ich wollte auch nicht, dass sie die Skizzen sah, die ich noch nie irgendjemandem gezeigt hatte. »Ähm, das ist alles an Karten …«

Ihr Mund war wieder leicht geöffnet, und sie schüttelte sanft den Kopf, als könne sie nicht glauben, was sie sah. Ich spürte, wie mir die Hitze in die Wangen stieg, als sie mit einem Finger über die detaillierte Skizze einer Möwe glitt, die ihr Gefieder putzte, und dann über eine von Grandpa, wie er in seinem Lieblingssessel schlief.

Ich legte meine Hand zurück in den Schoß und wartete, während sie jede Zeichnung genau betrachtete, bis sie wieder bei der ersten Karte angekommen war.

»Du solltest mich zeichnen.«

Ich blinzelte und räusperte mich, und sie errötete leicht.

»Äh. Na klar.«

»Wer ist denn da?«, ertönte auf einmal die Stimme einer Frau, und wir zuckten beide zusammen. Wir lösten uns mit einem Ruck voneinander, und ich fiel fast von meinem Barhocker.

Melody versteifte sich, aber ihr Ton war völlig ausdruckslos. »Mom, das ist Landon – er ist mein Partner bei diesem Geografieprojekt.«

Der Blick ihrer Mutter glitt über mich, und ich dachte

an meine recycelten Kleider, meine zotteligen Haare, die billige Uhr mit dem Lederarmband an einem Handgelenk und das verwaschene graue Halstuch, das ich um das andere gewickelt hatte. »Oh?« Sie zog eine Augenbraue hoch, während sie ihre Augen, die ebenso hellgrün waren wie die ihrer Tochter, wieder auf Melody richtete. »Ich dachte, Clark wäre in deinem Geografiekurs.«

»Mrs. Dumont hat die Partner einander zugewiesen.« Ein Hauch von Trotz. Und eine Entschuldigung – *es ist nicht meine Schuld oder Entscheidung, dass wir zusammenarbeiten müssen.*

»Hmm«, sagte ihre Mutter. »Nun ja. Gebt mir Bescheid, wenn ihr irgendetwas braucht. Ich bin in meinem Büro über dem Flur.« Sie wandte sich um und verschwand durch eine Tür, die wir vom Küchentresen aus sehen konnten.

Melody verdrehte die Augen – aber diesmal nicht meinetwegen. »Ich schwöre bei Gott, sie geht mir so auf den Geist. Eltern nerven.«

Ich lächelte, und sie lächelte zurück, und mein Herz setzte einen Takt aus. *Verdammt*. So hübsch. So weit außerhalb meiner Liga. So sehr die Freundin eines anderen Typen.

Wir arbeiteten zwei Stunden an dem Projekt, während der sie sich fünf SMS-Nachrichten mit Clark schrieb und von zwei Freundinnen angerufen wurde. Und alle fünfzehn bis zwanzig Minuten wurden wir von ihrer Mutter ausspioniert. Schließlich brachte sie mich zur Tür. Sie sah über ihre Schulter, während ich den Reißverschluss meines Kapuzenpullis hochzog. »Dann … komme ich vielleicht nächstes Mal zu dir?« Ihre Stimme war leise. *Dieser* Trotz sollte ein Geheimnis zwischen uns sein.

»Dort kann Mom nicht alle fünf Minuten bei uns hereinschauen. Es sei denn, deine Mom ist noch schlimmer? Was ich für ausgeschlossen halte.«

Ich schluckte schwer und schüttelte den Kopf. »Nein. Ich meine, *ja*, du kannst vorbeikommen.«

Hatte ich Melody Dover eben zu mir nach Hause eingeladen – wo ich nicht einmal ein richtiges Zimmer hatte? War ich völlig durchgeknallt? Ja und *ja*. Aber jetzt konnte ich es nicht mehr zurücknehmen. Und die Vorstellung von ihr in meinem Zimmer – das im Grunde nur ein Bett und sonst nichts war – wollte mir nicht mehr aus dem Kopf gehen.

An diesem Morgen sprang ich aus dem Bett, sobald der erste Weckton meines Handys schrillte. Der plötzliche Sturm beschleunigte meine ohnehin schon eiligen Schritte, als ich das Haus verließ, daher war ich viel zu früh da – zehn Minuten vor dem ersten Läuten. Schüler durften das Gebäude im Allgemeinen erst dann betreten, aber es regnete. Sie konnten nicht verlangen, dass wir draußen warteten.

Meine Schuhe quietschten auf dem Linoleumboden und hallten in den fast leeren Fluren wider, und ich wusste, ohne mich umzusehen, dass ich vermutlich eine Spur wässriger Fußabdrücke hinterließ. Meine entschlossenen Schritte waren so laut, dass ich niemanden hinter mir herankommen hörte, und ich war so abgelenkt von meinen Gedanken an die zweite Stunde – Geografie –, dass meine gewohnten Selbsterhaltungsinstinkte gedämpft waren.

»Bist du ins Meer gehüpft, Maxfield, oder hast du dir nur in die Hose gemacht?«

Ich blieb nicht stehen und wandte mich nicht um, aber

ich rannte auch nicht weg. Tollwütige Tiere und machthungrige Arschlöcher neigen dazu, das zu jagen, was vor ihnen flieht.

Er hielt mich an meinem Rucksack fest, und ich wäre fast aus den Riemen geschlüpft und weitergegangen, aber irgendetwas in mir sträubte sich dagegen, mich so unterwürfig zu verhalten. Ich schnellte herum, um ihm ins Gesicht zu sehen, und natürlich, er war von zwei Freunden flankiert. Er war fast ebenso durchnässt wie ich.

»Was willst du, Wynn?« Ich klang gelassener, als ich mich fühlte. Mein Herz hämmerte, aber ich zitterte nicht sichtlich.

»Was ich will?« Er trat näher, den Riemen meines Rucksacks noch immer in seiner Faust. Die Muskeln in seinem Nacken traten hervor, und seine Nasenlöcher blähten sich wie bei einem Bullen, der im Begriff ist anzugreifen. »Ich will, dass du für diese kleine Nummer in der Autowerkstatt bezahlst. Ich will, dass du Schmerzen leidest und blutest und weinst wie das kleine Weichei, das du bist.«

Ich kniff die Augen zusammen. *Verdammt*. »Zum Bluten wirst du mich vielleicht bringen können, aber niemals zum Weinen. Weinen ist etwas für Feiglinge, die ohne die Hilfe ihrer *Weicheier* nicht kämpfen können.« Ich wies mit einem Kinn auf seine Kumpel, und sie gingen in Kampfhaltung. Einer von ihnen knurrte.

Dann kam eine Lehrerin um die Ecke. Sie verlangsamte ihr Tempo ein wenig, als würde sie die Details der Szene aus der Ferne abschätzen, bevor sie beurteilte, was da los war.

Wynn ließ meinen Rucksackriemen los und grinste

spöttisch. »Ich habe ein Auge auf dich, Arschgesicht. Es wird nicht immer jemand in der Nähe sein, der dich vor der Abreibung bewahrt, die du verdient hast.« Er rempelte mich an der Schulter an, als er an mir vorbeiging.

LUCAS

Ich sah nach meinen E-Mails, ohne irgendetwas Wichtiges zu erwarten. Eigentlich hatte ich vor, den Entwurf an Jackie zu löschen, da er nicht mehr aktuell war. Was ich tatsächlich tat – aber nicht aus dem erwarteten Grund.

Zwei E-Mails stachen aus dem halben Dutzend anderer hervor, als wären sie mit einem Markierstift angestrichen. Eine war von Heller – Betreff: Jacqueline Wallace. Die andere … war von JWallace.

Ich öffnete Hellers zuerst.

Landon,
die oben erwähnte Studentin ist derzeit in dem Wirtschaftskurs eingeschrieben, dessen Tutor du bist. Sie hat die Vorlesungen ein paar Wochen lang versäumt, darunter bedauerlicherweise die Zwischenprüfung. Sie beabsichtigt, ihre Note zu retten, und zu diesem Zweck gestatte ich ihr, die Zwischenprüfungsnote durch ein Forschungsprojekt (Informationen im Anhang) zu ersetzen. Ich habe ihr deine E-Mail-Adresse gegeben und ihr gesagt, dass sie dich kontaktieren muss, bevor sie damit anfängt. Bevor dein Gerechtigkeitsempfinden überreagiert, lass dir sagen, dass das Projekt weitaus mehr Arbeit erfordern wird als die versäumte Prüfung, daher kommt sie nicht leicht davon. (Und

ich auch nicht, da ich das verdammte Ding benoten muss, wenn sie fertig ist. Aber offenbar hat sie etwas Ähnliches erlitten wie Carlies Kummer vor einer Weile, und nachdem ich zugesehen habe, wie meine Tochter einen leichten Hang zur Selbstzerstörung entwickelt hat, bevor sie endlich wieder an die Oberfläche gekommen ist, habe ich meine Sympathien für emotional aufgewühlte Studentinnen neu entdeckt.)

Ich nehme an, sie wird eine Einzelbetreuung benötigen, um den neuen Stoff vor der dritten Prüfung aufzuholen. Wenn sie nicht tut, was ich von ihr verlangt habe, wird sie einfach die Note bekommen, die sie sich bis zum Ende des Semesters verdient hat. Ich bitte dich, ihr im Rahmen deiner Tutorpflichten behilflich zu sein, aber sie muss die Arbeit allein anfertigen.

Hoffen wir, dass sie ihrer akademischen Laufbahn künftig den Vorrang vor irgendeinem idiotischen Jungen einräumen wird.

CH

Ich las mir Hellers E-Mail noch einmal durch. Und noch einmal.

Sie und Moore hatten sich *tatsächlich* getrennt, aber sie hatte den Kurs *nicht* abgebrochen.

Sie war nicht mehr Moores Freundin, aber sie war *noch immer* meine Studentin.

Sie hatte fast Reißaus genommen, als sie mich heute Nachmittag im Starbucks hinter dem Tresen sah – was nicht heißen musste, dass sie ahnte, dass der Typ, der ihren Angreifer am Samstagabend zu Brei geschlagen hatte, auch der Tutor in ihrem Wirtschaftskurs war. Meine E-Mail-Adresse war ein zweideutiges LMaxfield.

»*Dreckskerl*«, sagte ich zu Francis, was er mit einem Gähnen und einem Miauen quittierte.

Es sollte mir egal sein. *Es sollte mir egal sein.*

Aber das war es nicht.

Lieber Mr. Maxfield,

Dr. Heller hat mir gesagt, dass ich Sie wegen eines Forschungsprojekts in Makroökonomie kontaktieren soll, das ich für ihn erarbeiten soll. Ich habe nach einer unerwarteten Trennung die Vorlesungen zwei Wochen lang versäumt, wovon auch die Zwischenprüfung betroffen war. Ich weiß, das ist keine Entschuldigung dafür, den Unterricht zu schwänzen. Ich werde mein Bestes tun, um das Projekt erfolgreich abzuschließen und den neuen Stoff so rasch wie möglich aufzuholen.

Bitte lassen Sie mich wissen, wann Sie zur Verfügung stehen und welche zusätzlichen Informationen Sie von mir benötigen.

Mit bestem Dank,

Jacqueline Wallace

Ich schrieb sofort zurück und teilte ihr mit, dass ich die Gründe, weshalb sie den Unterricht verpasst hatte, nicht wissen müsse, und schlug vor, wann und wo wir uns treffen könnten.

Wie meine Antwort nicht hätte sein sollen: (1) Sie ließ mich wie ein Arschloch klingen. Ein unsensibles, arrogantes Arschloch. (2) Das sich einen Dreck darum scherte, dass ihr Herz von einem tatsächlichen Arschloch gebrochen worden war. (3) Sie war mit *LM* unterzeichnet. (4) Sie ließ mich wie ein Arschloch klingen.

Ich klappte meinen Laptop zu und ging in der Wohnung auf und ab, wobei ich mir einen dreckigen Blick von meinem Kater einfing, der vermutlich nie Probleme mit Mädchen hatte – da er akzeptierte, dass er ein selbstbestimmtes Arschloch war, das sich weigerte, sich emotional zu binden. Diesen Zustand strebte ich an, seit ich sechzehn war, und ich dachte, ich sei eine Art Experte dafür.

Ich blieb unvermittelt stehen, als ich erkannte, dass ich halb in den Kaninchenbau gerutscht war, bevor ich überhaupt wusste, dass ich fiel. Ich begehrte Jackie nicht nur. Ich *sorgte* mich um sie. Ich wollte diesen Typen am Samstagabend vernichten – ich wollte auf ihn einprügeln, bis er nie wieder aufstand, und wenn sie nicht diesen Laut ausgestoßen hätte, dann hätte ich es vielleicht getan.

Verdammte Scheiße.

Ich setzte mich und klappte meinen Laptop wieder auf. Minuten später traf eine neue Nachricht ein.

Ich hatte sie verärgert. So viel war klar. Sie schrieb mir, dass sie an der Mittelschule Musik unterrichtete, sagte aber nicht, was genau. Dann schrieb sie: Ich bin sicher, ich kann den regulären Kursstoff allein aufholen. Sie unterzeichnete mit *Jacqueline*, nicht mit *Jackie*.

Ich schlüpfte in Shorts und ein T-Shirt, während ich jede Nuance ihrer Nachricht immer wieder neu deutete und nach einer Gelegenheit suchte, einer Möglichkeit, das Ruder herumzureißen. Meine Gedanken waren in Aufruhr, während ich meine Joggingschuhe zuschnürte und die Treppe hinunterstürmte. Ich würde auf den Boden unter meinen Füßen eintrommeln, bis ich sie mir entweder aus dem Kopf geschlagen oder eine Lösung gefunden hatte.

Ich konnte ihr nicht per E-Mail sagen, dass ich der Typ vom Samstagabend war, vor dem sie Angst hatte. Aber sie brauchte mich, um in Wirtschaft zu bestehen. Sie würde es natürlich wissen, sobald wir uns trafen. Meine einzige Hoffnung war, sie als Kurstutor zu überzeugen, dass sie mir vertrauen konnte.

Ich wechselte bei meiner Anrede von *Miss Wallace* zu *Jacqueline*, bevor ich eine Uhrzeit für unser Treffen vorschlug und ein Postskriptum hinzufügte: Worin geben Sie denn Musikstunden?

Ihre nächste E-Mail war ein Schlag ins Gesicht, denn sie begann mit *Landon*. Das musste sie von Heller haben. Niemand sonst auf dem Campus sprach mich mit dem Namen an, den ich abgelegt hatte, als ich mit achtzehn zu Hause auszog. *Scheiße*.

Ich konzentrierte mich auf den Rest ihrer Nachricht, in dem ich erfuhr, dass sie Kontrabass spielte und unterrichtete. Bei dem Gedanken, dass ihre magischen Finger einem Instrument Musik entlockten, das ungefähr so groß war wie ich, spannte sich mein Körper an.

Ich musste noch einmal joggen gehen und weitaus kälter duschen, als ich es eben getan hatte.

Nachdem ich festgestellt hatte, dass unsere Terminkalender sich nicht leicht aufeinander abstimmen ließen, und um sie nicht völlig zu verscheuchen – das sagte ich mir zumindest –, bot ich ihr an, ihr die Informationen per E-Mail zu schicken und unsere Tutorsitzungen vorläufig online abzuhalten.

Ich sagte ihr nicht, dass ich als Lucas bekannt war, nicht als Landon. Ich sagte ihr nicht, dass ich sie seit über zwei Monaten heimlich beobachtete. Ich sagte ihr nicht, dass ich der Typ war, der Zeuge des Überfalls geworden war, den sie besser bald vergessen sollte, und auch derjenige, der ihm ein Ende bereitet hatte. Ich sagte ihr nicht, dass ich der Typ war, bei dessen Berührung sie zusammenzuckte – selbst über einen Starbucks-Tresen hinweg, zwei Tage später.

In den nächsten paar Tagen kommunizierten wir per E-Mail. Ich schickte ihr die Unterlagen von Heller und erläuterte ein paar Dinge, bei denen er für einen Erstsemester ein bisschen viel Fachjargon verwendet hatte. Wir witzelten über Tauschhandelssysteme auf dem College, wo Bier die Währung ist, um Freunden beim Umzug zu helfen. Ich begann mich auf ihren Namen in meinem Posteingang zu freuen: JWallace – und dann kam der Mittwochmorgen, und die Wirklichkeit schlug um mich herum ein, hart und genau aufs Ziel.

9

LANDON

Ich würde allein sein, wenn Melody vorbeikam, denn Dad und Grandpa hatten einen Termin in der Stadt mit Grandpas Buchhalter, den Dad als Schwindler und Betrüger bezeichnete. Wenn er ihn nicht noch schlimmer beleidigte.

»Ich bin schon zu Bob gegangen, als du noch in den Windeln gelegen hast«, knurrte Grandpa an diesem Morgen.

»Dann hatte er ja schon mehrere Jahrzehnte Zeit, um von deinen Gewinnen seinen Anteil abzuschöpfen«, gab Dad zurück. »Es ist Zeit, ihm den Geldhahn zuzudrehen.«

»Ich werde nichts dergleichen tun! Wenn du dageblieben wärst, dann würdest du vielleicht wissen, dass die meisten Leute nicht die Art Verbrecher sind, die man in *Washington* trifft.« In Grandpas Augen war Washington ein »wimmelndes Nest dubioser Geschäftemacher«, und die Tatsache, dass sein Sohn beschlossen hatte, dort zu leben und zu arbeiten, hatte auf ihn abgefärbt. Ich blieb nicht, um Dads Antwort abzuwarten. Diese Auseinandersetzung hatte ich bereits gehört. Viele Male.

Ich schnappte mir einen Eiweißriegel und schlürfte etwas Orangensaft aus der Packung, während die beiden zu sehr damit beschäftigt waren, sich gegenseitig zu überbieten, um es zu bemerken. Dann machte ich mich auf den Weg zur Schule. Als ich fast da war, verlangsamte ich meine Schritte, um mich nach Wynn oder seinen Schlägerkumpeln umzusehen und um die Straße zu überqueren. Vor der Grundschule sprang ein kleiner Junge aus dem Pick-up seiner Mom, verfehlte jedoch die Bordsteinkante, stolperte und fiel flach aufs Gesicht. Sein Kopf prallte vom Gehsteig ab, während seine Mutter seinen Namen schrie. Ich rannte schnurstracks hinüber, ließ mich auf ein Knie fallen und raffte ihn hoch, während er für den Heulanfall, in den er gleich ausbrechen würde, schon einmal nach Luft schnappte. Aus seiner Nase quoll Blut, und die Nasenspitze war aufgeschürft, aber er sah mehr oder weniger unversehrt aus, in Anbetracht der Umstände. Keine Platzwunde auf der Stirn. Keine Zähne auf dem Boden.

»O mein Gott, Tyler, o mein Gott!«, rief seine Mutter und stürzte auf ihn zu, die Augen weit aufgerissen. Sie zerrte Taschentücher aus ihrer Handtasche und presste ihm eines davon fest auf die Nase, was den verzögerten Heulanfall auslöste, auf den ich mich schon gefasst gemacht hatte. Die Lungen des Kindes funktionierten auf jeden Fall einwandfrei.

»So viel Blut! Oh, Gott – ich hätte näher heranfahren sollen!«, sagte sie zitternd und weinend, während ihr die Tränen übers Gesicht strömten.

»Ähm, ich glaube, er könnte sich die Nase gebrochen haben – Sie sollten vielleicht nicht zu hart auf den Nasenrücken pressen.«

Mit zitternden Händen riss sie das Taschentuch weg. »A-aber das Blut …«

Ich schnappte mir ein paar Taschentücher von ihr und drückte sie dem Jungen unter die Nase. »Halt das so fest, Kumpel.« Er starrte mich an, aber er gehorchte, während sein Schluchzen allmählich verebbte. »Keine Sorge. Ich habe mir selbst vor ein paar Jahren die Nase gebrochen, beim Eishockey. Der Ring war rot von Blut, und meine Mom hätte fast einen Herzinfarkt bekommen, aber mir ist nichts passiert. Ist halb so schlimm.«

Der Junge streckte die Arme nach seiner Mutter aus, und sie drückte ihn fest an sich.

»Danke«, sagte sie. »Deine Mutter sollte wirklich stolz auf dich sein. Nicht viele Jungen in deinem Alter hätten das getan.«

Ich nickte und stand auf, während ich murmelte: »Kein Problem.«

Der Rest des Tages verlief eher ereignislos. Er bestand hauptsächlich daraus, dass ich Boyce Wynn aus dem Weg ging und Melody Dover im Klassenzimmer bewusst nicht anstarrte, obwohl sie mir zuflüsterte, sie würde nach der Schule bei mir zu Hause vorbeikommen. Zögernd wegen des Flüsterns und der Geheimnistuerei – wir waren schließlich Projektpartner – warf ich einen Blick auf ihren Freund. Er funkelte mich durchs Klassenzimmer zornig an, und Wynn grinste, als wüsste er irgendetwas, das ich nicht wusste. Keine Miene, die ich bei ihm sehen wollte.

Um kurz vor vier klopfte Melody an meine Haustür.

Ich ließ sie herein, nervös, da ich mir schon vorstellen konnte, wie sie das Haus ansehen würde, das der Dad ihres Freundes eine Hütte und einen Schandfleck und noch Schlimmeres genannt hatte. Ihre Eltern dachten vermutlich genauso. Und ihre Freundinnen.

Ich hatte meine Projektunterlagen auf dem Küchentisch ausgebreitet, in der Hoffnung, dass sie mich nicht nach meinem Zimmer fragen würde – aber dieser Plan schlug fehl. »Und wo ist dein Zimmer?«, fragte sie, sobald ich ihr eine Limonade angeboten hatte und sie mir in die Küche gefolgt war, um sie zu holen. *Scheiße*, dachte ich, öffnete die Tür der Vorratskammer und machte mich auf die Blamage gefasst.

»Wow!« Ihre Augen weiteten sich. »Das ist so *klein*! Und … gemütlich …«

Sie sprang auf meine Bettkante, und mein Herz hämmerte. *Melody Dover sitzt auf meinem Bett*. Ihr Blick glitt über meine Schulbücher und Romane, die aufgestapelt in den Regalen lagen. Sie wandte sich um, um die gegenüberliegende Wand zu begutachten, die zur Hälfte mit Zeichnungen bedeckt war – ähnlich wie die, die sie ein paar Abende zuvor durchgeblättert hatte, aber besser.

»Das ist einfach absolut cool. Es ist wie so eine … Künstlerhöhle.« Sie lächelte. »Können wir hier drinnen arbeiten?« Ohne meine Antwort abzuwarten, nahm sie ihre Laptoptasche ab und kroch auf das Kopfende des Betts zu.

»Äh, na klar …«

Als Dad und Grandpa nach Hause kamen, saßen wir nebeneinander, an einen Berg von Kissen gelehnt, und arbeiteten am Literaturverzeichnis. Sie stritten sich, als hätten sie genau dort wieder angefangen, wo ich sie an diesem Morgen verlassen hatte, wie ein angehaltener Film. Mein Gesicht glühte, als beide genau vor meiner

Tür stehen blieben und mit denselben schockierten Mienen zu uns hereinschauten. Eine halbe Ewigkeit lang sprach keiner der beiden ein Wort.

»Ich mache das Abendessen«, sagte Grandpa schließlich und wandte sich ab. Dad knurrte und entfernte sich in die entgegengesetzte Richtung.

Melodys blasse Augen wanderten von dem leeren Türrahmen zu mir. »Und deine Mom …?«

Ich schüttelte den Kopf. »Sie … sie ist gestorben.«

»Oh. Das ist ja furchtbar. Erst kürzlich? Ist das der Grund, weshalb ihr hierhergezogen seid?«

Ich nickte, nicht gewillt, es genauer auszuführen oder Blickkontakt aufzunehmen oder überhaupt etwas zu sagen. Ich ballte die Hände im Schoß zu Fäusten. *Bitte frag nicht.*

Ich fuhr vor Schreck fast aus der Haut, als sie ihre Hand auf meinen Arm legte, genau über den Armbändern, die ich an diesem Tag trug. Ihre Finger glitten über meinen Handrücken. »Das tut mir leid.«

Sie entschuldigte sich dafür, dass ich meine Mutter verloren hatte, wie es alle anderen getan hatten. Ich konnte nicht sagen: *schon gut*. Denn das war es nicht, das würde es niemals sein.

Aber ich konnte nicht über den Verlust meiner Mutter nachdenken, während Melodys Hand sanft auf meiner ruhte. Ihre Fingernägel waren in einem schimmernden Metallicblau lackiert, wie ein Sportwagen. Ich konnte an nichts anderes denken als daran, wo ihre Hand ruhte – und an ihre Nähe zu anderen, hellwachen Teilen von mir. Sie krümmte die Finger und strich mit den Nägeln über meinen Handrücken, und ein paar Zentimeter weiter reagierte mein Körper heftig und wurde hart. Ich betete, sie möge es nicht sehen. Ich hatte Angst davor, mich zu bewegen.

»Sie bleibt zum Abendessen?«, fragte Grandpa von der Tür aus, und wir zuckten beide zusammen und rissen unsere Hände voneinander los. Der Laptop wippte auf ihrem Schoß.

»Oh, nein, danke. Ich muss bald nach Hause.« Ihr Gesicht war ebenso gerötet wie meines.

Dann schrieb ihr Freund ihr eine SMS und fragte, wo sie sei, und sie log und sagte, sie sei daheim.

»Das mit deiner Mom tut mir wirklich leid, Landon.« Sie beugte sich vor und küsste mich auf die Wange, und mein ganzer Körper fing Feuer. Es war unangenehm und wundervoll zugleich, und es lähmte mich wie ein vergifteter Pfeil und erfüllte mich mit einer flammenden Glut. Ich konnte nicht mehr klar denken. Sie rutschte vor bis ans Ende meines Betts und packte ihre Sachen. Ich folgte ihr schweigend zur Haustür, ihren Kuss wie ein Brandmal auf meiner Wange.

Der Kampf war schnell und schmutzig und unbeobachtet von irgendwelchen Lehrern. Es regnete in der Mittagspause, und ich war nicht in der Stimmung, mich nach draußen verbannen zu lassen, daher hatte ich die hirnrissige Idee, im Computerraum der Bibliothek herumzuhängen und mir die PowerPoint-Unterlagen anzusehen, die Melody zusammengestellt hatte. Unsere Präsentation war in zwei Tagen.

Ich bog um eine Ecke, und da war er – mit einem Hilfstrupp, dem auch Clark Richards angehörte. Wynns oberster Schwachkopf, Rick Thompson, fungierte als Späher.

»Hey, Maxfield. Zeit, deine Schulden zu begleichen«, sagte Wynn so emotionslos, als hätte er eben den Wetterbericht verlesen. Dann flog seine Faust in mein Gesicht, fast in Zeitlupe, aber das waren meine Bewegungen auch. Ich konnte nicht schnell genug zurücktaumeln, um dem Schlag auszuweichen, und er traf mich genau am Kiefer. Meine Zähne rasselten, und ein Feuerwerk explodierte hinter meinen Augen.

Ich torkelte nach hinten, und er setzte mir nach. »Du Vollidiot hast mich in der Werkstatt geschlagen, du verdammter Scheißkerl. Diese Nummer war *nicht cool.* Versuch's doch jetzt mal, wo ich dich im Auge habe.«

Ich hatte Glück und konnte den nächsten Faustschlag abblocken, aber als er mir einen Arm um den Hals schlang und mich in den Schwitzkasten nahm, wusste ich, dass er den verfehlten Schlag nachholen würde. Ich riss mich aus seiner Umklammerung los, schnellte herum und rammte ihm meine rechte Faust gegen das Kinn und meine linke in die Niere, entschlossen, ihm diese Revanche nicht leicht zu machen. Er ging erneut auf mich los, und ich steckte wieder tief in der Scheiße. Er verpasste mir eine Ohrfeige und dann einen Faustschlag in den Magen.

»Was'n los, Mamajunge? Du durchgeknallter, hoffnungsloser Spinner.« Meine Ohren dröhnten, und seine Hänseleien wurden fast unverständlich, aber er spie sie weiter aus, als würde er nach irgendeinem Alarmknopf bei mir suchen. »Hat Daddy dir nie beigebracht zu kämpfen, hä? Ist er genau so ein Weichei wie du?« Ich konnte mich nicht in die richtige Position drehen, um ihn zu umklammern oder einen Treffer zu landen, und ich wusste schon gar nicht mehr, wie viele er mir verpasst hatte. »Vielleicht braucht deine Mama einen echten Kerl. Vielleicht sollte ich ihr einen kleinen Besuch abstatten.«

Und da war es.

Mit einem Aufschrei riss ich die Arme auseinander und befreite mich aus seiner Umklammerung, verhakte einen Fuß hinter Wynns Knöchel und schleuderte ihn ausgestreckt auf den Boden. Ich stürzte mich auf ihn, hielt mich gar nicht erst damit auf, ihn am Boden festzunageln, und begann mit beiden Fäusten immer wieder auf ihn einzuschlagen. Ich konnte nichts sehen, Geräusche nur noch gedämpft wahrnehmen. Ich spürte nur noch Wut, und sie erstickte alles andere. Immer wieder hieb ich ihm ins Gesicht und seitlich gegen den Kopf, bis meine Fäuste allmählich taub wurden. Ich wollte ihn am liebsten flach hämmern, aber sein harter Schädel verhinderte das. Ich packte ihn an den Haaren und rammte seinen Hinterkopf in den Boden.

Mit einem Aufschrei warf er mich ab, wild mit den Armen rudernd. Ein Auge war bereits violett und halb geschlossen. Schwer keuchend rollte ich mich herum und rappelte mich hoch, aber bevor ich mich erneut auf ihn stürzen konnte, zischelte Thompson: »*Lehrer!*«

Unser Kampf hatte ein Publikum bekommen, wie ich erst jetzt bemerkte. Mitschüler umringten uns, versperrten unbeabsichtigt die Sicht auf uns. Wir standen beide da und beäugten einander, richteten uns langsam auf, die Hände angespannt an den Seiten.

»Was zum Teufel ist hier los?«, sagte Mrs. Powell, während sie sich einen Weg durch das Gedränge bahnte. »Sich zu prügeln ist ein Vergehen, das mit Schulausschluss bestraft werden kann!«

Mr. Zamora teilte die Menge der Zuschauer und stellte sich hinter Mrs. Powell, während Wynn, dessen Gesicht so übel zugerichtet aussah, wie sich meines anfühlte, mit ausdrucksloser Miene sagte: »Wir haben uns nicht geprügelt.«

Zamora kniff die Augen zusammen und zeigte den Flur hinunter. »Ins Büro der Schulleiterin. *Jetzt.*«

Ich versuchte mir Sorgen wegen des drohenden Schulausschlusses zu machen, aber ich konnte es nicht. Ehrlich gesagt musste ich jedes bisschen Selbstbeherrschung, das ich besaß, zusammennehmen, um ruhig zum Büro zu gehen, anstatt mich erneut auf Wynn zu stürzen und Kleinholz aus ihm zu machen.

Minuten später begann mein ganzer Körper zu schmerzen. Mein Gesicht tat weh. Meine Ohren dröhnten. Mein Unterleib fühlte sich an, als hätte ich vier Stunden am Stück Crunches gemacht. Mein Sehvermögen war verschwommen wegen des Bluts in meinem Auge, das allmählich wieder klar wurde, als ich blinzelte. Ich kämpfte gegen ein Gefühl von Übelkeit an, während Ingram uns von der anderen Seite ihres riesigen Schreibtischs aus anstarrte, auf dem nicht eine einzige Akte oder Notiz einer Sekretärin in Unordnung zu sein wagte. Nach außen hin schien der Junge neben mir gleichgültig gegenüber der Bedrohung, die ein paar Meter von uns entfernt saß, aber seine Hände bohrten sich in die Armlehnen seines Stuhls.

»An dieser Schule verfolgen wir eine Nulltoleranzpolitik gegenüber Schlägereien.« Sie hielt inne, ließ die Worte wirken. Meine klammen, blutverschmierten Hände pressten sich in meine Schenkel, umklammerten sie hart und ermahnten mich, den Mund zu halten. »Ich nehme an, euch beiden ist diese Politik bekannt?«

Ich nickte. Der Schwachkopf neben mir zuckte nur die Schultern.

»Boyce? Hast du gerade zur Antwort auf meine höfliche Frage die Schultern gezuckt? Vielleicht muss ich sie für dich in … verständlicheren Worten formulieren?«

»Nein, danke.« Oh, Mann. Dieser Typ war ja ein noch größerer Idiot, als ich gedacht hatte.

Ingrams Augen verengten sich noch mehr – was ich nicht für möglich gehalten hatte. »*Wie* bitte?«

»*Nein, Ma'am*«, murmelte er.

»*Nein, Ma'am,* ich habe nicht gerade gesehen, wie du die Schultern gezuckt hast, oder *Nein, Ma'am,* dir ist diese Politik nicht bekannt?«, fragte sie, obwohl sie genau wusste, was er meinte. Sie versuchte nur, ihn dazu zu bringen, irgendetwas zu sagen oder zu tun, wofür sie ihn rauswerfen konnte.

»*Nein, Ma'am,* Sie müssen sie für mich nicht in verständlicheren Worten formulieren. Und *Ja, Ma'am,* ich verstehe Ihre Politik. Aber ich habe mich nicht geprügelt.«

Ich musste meine ganze Kraft zusammennehmen, damit mir nicht der Mund offen stehen blieb. Wenn er dachte, er würde allein den Kopf für diesen Scheiß hinhalten, dann hatte er sich gründlich getäuscht. Ich wollte sein blaues Auge am liebsten um ein zweites ergänzen, aber meine Intuition warnte mich rechtzeitig, dass ich für eine solche Reaktion auf jeden Fall rausgeworfen werden würde – genau das, was dieses Biest schon das ganze Jahr wollte.

Ihr Mund verzog sich zu einer gekräuselten Linie, als hätte sie auf eine Zitrone gebissen. »Du hast dich nicht … geprügelt.« Ihr verächtlicher Ton enthielt eine deutliche

Warnung. Irgendwie wusste ich, dass Wynn sie nicht beachten würde. »Woher dann das ganze Blut und die blauen Flecken?« Sie beugte sich vor, während sich ihre Lippen zu einem Anflug eines *Erwischt*-Grinsens verzogen.

»Ich bin die Treppe hinuntergefallen.«

Ihr durchdringender Blick sollte ihn erstarren lassen. »Du lebst in einem *Wohnwagen*.«

»Ich habe nicht gesagt, dass ich zu Hause war.«

Ihr Blick schnellte zu mir herüber. »Und du?«

»Er ist auch die Treppe hinuntergefallen.« *Himmelherrgott noch mal*, wie Grandpa sagen würde – Wynn antwortete für uns beide. Ich war aufgeschmissen. »Das sind wir beide. Es war irre. Bin mir ziemlich sicher, dass es inzwischen auf YouTube ist.«

Sie wandte den Blick nicht von mir ab. »Landon? Möchtest du mir vielleicht die *Wahrheit* sagen?«

Egal, was ich von Wynn hielt, Ingram war nicht auf meiner Seite, und ich wusste es. Ich holte einmal tief Luft. »Ich glaube, wir wurden geschubst.«

Ihre Augen loderten auf. »Von *wem*?«

»Ich weiß nicht. Sie waren hinter uns.«

Ein langes Schweigen folgte, während sie allmählich begriff, dass keiner von uns gewillt war, den anderen *ihr* ans Messer zu liefern. »Von euch beiden …« – sie hielt einen Moment inne, um ihren ohnehin schon kantigen Kiefer zu verhärten – »… wird erwartet, dass ihr euch an *meine Vorschriften* haltet, solange ihr in *meinem Haus* seid. Wenn ich auch nur einen einzigen Lehrer finde, der bezeugt, wie einer von euch mit der Faust zugeschlagen hat, werde ich eure beiden erbärmlichen, schlecht erzogenen Ärsche zurück auf die Straße befördern, ohne auch nur eine Sekunde zu zögern. Haben wir uns verstanden, oder muss ich euch mir noch einmal zur Brust nehmen?«

Ich biss mir auf die Innenseite meiner Wange, um nicht laut aufzulachen, denn zum einen hatte ich keinen Zweifel, dass sie nichts lieber tun wollte, als uns beide loszuwerden – was alles andere als witzig war –, und zum anderen war meine Lippe an zwei Stellen aufgeplatzt und würde höllisch wehtun, wenn ich auch nur grinste. Aber eine Frau in mittleren Jahren, die uns fragte: *Muss ich euch mir noch einmal zur Brust nehmen?* Was zum Teufel?

Wynn befingerte sein Kinn und sagte: »Das kommt mir irgendwie bekannt vor … Haben Sie sich schon mal überlegt, es auf ein Merkblatt zu schreiben?«

Ich lachte hinter vorgehaltener Hand, während ich mich vor Schmerzen krümmte. *Dieser Scheißkerl.* Mein Herz hämmerte so hart wie in dem Augenblick, in dem ich ihm die Faust zum ersten Mal ins Gesicht rammte.

Ihr Gesicht wurde fleckig, und mein einziger Gedanke war, dass der Drache im Begriff war, Feuer zu speien. »*Verschwindet.* Ich werde eure Eltern verständigen. Ihr werdet beide für eine Woche suspendiert. Nehmt im Vorraum Platz, bis ihr aufgerufen werdet. *Und ihr sagt kein Wort.*«

»Scheiße«, murmelte Wynn leise.

Zum Glück hörte sie ihn nicht über mein *Ja, Ma'am.*

Wir sprangen auf, verließen ihr Büro und lümmelten uns davor auf harte Wartestühle, die nicht sehr hilfreich für meinen wunden Rücken waren. Ich hoffte, dass Wynn noch schlimmer litt als ich. Wir saßen genau vor dem Empfangstresen des Hauptbüros, mit einem freien Stuhl zwischen uns.

Ich wusste nicht, was Dad tun oder sagen würde. Er redete ja sowieso schon kaum mit mir.

»Maxfield?«

Überraschung, Überraschung. Wynn widersetzte sich ihrer Anweisung, noch bevor die erste Minute um war. Ich ignorierte ihn.

»Tut mir leid, was ich gesagt habe. Du weißt schon, das mit deiner Mutter.« Als müsste es näher erläutert werden.

Ich kratzte an einem getrockneten Blutfleck auf meiner Jeans, während ich mich fragte, ob es seines oder meines war.

»Es war idiotisch von mir, das zu sagen.«

Ich sah verwirrt zu ihm hoch. »Ja. Das war es.«

LUCAS

Beinahe fühlte ich mich als zwei verschiedene Personen, zumindest was Jacqueline betraf. Ich war der Typ, der seit Wochen fasziniert von ihr war und der sich bedauerlicherweise ihre Angst eingehandelt hatte, indem er sie vor einem Überfall rettete, und ich war der Typ, der genau das Gegenteil einer Bedrohung war – der per E-Mail witzige Bemerkungen und Geschichten mit ihr austauschte, während er ihr half, den Vorlesungsstoff aufzuholen.

Einerseits wollte ich sie gern wissen lassen, dass ich sowohl der Kurstutor als auch der Typ vom Samstagabend war. Aber vor allem wünschte ich, ich könnte insgesamt jemand anders sein. Jemand, dem nicht eine – in anderen Fällen durchaus sinnvolle – moralische Grenze gesetzt war, und jemand, der nicht mit dem vielleicht schlimmsten Abend ihres Lebens in Verbindung stand.

Anstatt den Hörsaal zu betreten, als ich eintraf, lehnte ich mich auf der anderen Seite des Flurs an die Wand und wartete darauf, dass sie auftauchte. Unbeabsichtigt und unfreiwillig wurde ich so Zeuge eines Geplänkels zwischen Kennedy Moore und Ivy. Sie lehnten an der Wand genau vor der Tür und tauschten ihre Telefonnummern und Bilder für die Kontakte. Sie kicherte die ganze Zeit. Durch *so* eine Art Mädchen wollte dieser Typ *Jacqueline* ersetzen? Es gab jede Menge intelligenter Frauen auf diesem Campus, darunter auch Verbindungsstudentinnen, falls das sein Ding war – aber dieses Mädchen?

Nein.

Ich wandte den Blick ab, und in diesem Moment entdeckte ich Jacqueline, die mitten im Flur stand und die beiden beobachtete. Nach ihrer reglosen Haltung und der stillen Verletztheit in ihrer Miene zu urteilen waren ihre Gründe, zwei Wochen lang die Vorlesung zu schwänzen, allzu klar. Er hatte nicht nur ohne Vorwarnung ihre Beziehung beendet, er verlor auch keine Zeit, um sich dem nächsten Mädchen zuzuwenden. Nur ein Masochist würde das mit eigenen Augen ansehen wollen.

Dann rempelte irgendein unbeholfener Idiot sie an, und ich löste mich von der Wand, während ihr Rucksack über ihren Arm hinunterrutschte und auf den Boden aufschlug. Sie richtete sich auf und bückte sich dann in dem Moment, als ich ihn aufhob. Sie sah hoch in meine Augen, und ich wollte nichts mehr, als sie vor jeder Verletzung und jedem Unbehagen schützen, das ihr je drohen sollte.

Absolut unmöglich – so viel wusste ich.

»Ritterlichkeit ist nicht ganz ausgestorben, weißt du«, sagte ich, während ich ihr den Rucksack wieder auf die Schulter schob.

»Ach nein?« Ihre Wangen leuchteten rosa. An diesem Morgen war es draußen kühl, aber ich nahm an, dass Verlegenheit der Grund für die Röte war, nicht die leichte Novemberkälte.

»Nein. Der Kerl ist nur ein Arschloch.« Ich wies mit dem Kinn auf den Idioten, der sie angerempelt hatte, ohne sich auch nur richtig zu entschuldigen, aber ich konnte nicht umhin, auch einen Blick auf diesen bescheuerten Ex von ihr zu werfen, bevor ich mich wieder zu ihr umwandte. »Geht's dir gut?«

In ihren Augen sah ich, dass sie diese immer wiederkehrende Frage erkannte, und ich hasste mich dafür, dass ich sie ständig an jenen Abend erinnerte, denn es war das absolut Letzte, was ich wollte.

Vielleicht wurde sie trotz allem immer wieder daran erinnert, egal, was ich sagte oder tat. Ich selbst brauchte schließlich auch keine Auslöser für meine persönlichen Albträume. Sie schlugen wahllos zu, egal, was ich tat, um sie zu vermeiden.

»Ja, es geht mir gut.« Ihre Stimme war ein ernüchtertes Flüstern, während sie einen Blick in Richtung Hörsaal warf. Moore und seine Möchtegern-Eroberung waren hineingegangen, und sie begann ihren Kommilitonen zu folgen. »Danke.«

Das erinnerte mich an jenen verregneten Tag, an dem ich ihr die Tür aufgehalten hatte. Das erste Mal, dass ich sie von Nahem gesehen, ihr in die Augen geblickt und mir eingestanden hatte, dass ich sie begehrte.

Verdammt.

Sie sah nicht zurück und bemerkte nicht, dass ich hinter ihr den Hörsaal betrat. In der letzten Reihe lehnte ich mich auf meinem Platz zurück und sah zu, wie sie sich Notizen machte, während Heller die Tafel mit neuem Stoff vollschrieb. Ihre gefurchte Stirn und allgemeine Körpersprache schrien: *Ich kapiere das nicht.* Ich hätte mir nicht wünschen sollen, dass sie Landon Maxfield brauchte, aber ich wusste, dass sie mir später eine E-Mail schreiben würde, und ich überlegte mir schon jetzt die Fragen, die ich ihr stellen wollte.

Dann bückte sie sich, um in ihren Rucksack zu greifen, und sah genau zu mir zurück.

Das hieß, sie wusste, dass ich in der Vorlesung war – und wo ich saß. Sie musste mich am Montag gesehen haben, bevor ich sie dort stehen sah. Sie musste entschieden haben, sich nicht neben mich zu setzen. Sie hatte es vorgezogen, einen Platz einzunehmen, für den sie über die ausgestreckten Beine eines Typen klettern musste, der mindestens einmal die Woche in der Vorlesung einnickte.

Aber sie wusste, wo ich war, und sie war neugierig genug, um sich zu mir umzusehen. Ich versuchte eine gleichgültige Miene zu bewahren, aber meine Mundwinkel verzogen sich zu einem Lächeln, obwohl ich dagegen ankämpfte. Sie wandte sich abrupt um und sah nicht mehr zu mir.

Als Heller die Vorlesung beendete, verschwand ich durch den Hinterausgang, während Jacqueline ihren Spiralblock durchblätterte und dem Typen neben ihr hinhielt.

Bevor ich aus dem Gebäude flüchten konnte, wurde ich von einer Studentin aufgehalten. Sie war im letzten Frühjahr in Hellers Kurs gewesen, hatte ihn aber abgebrochen. Sie hatte sich für einen zweiten Versuch eingeschrieben, würde in diesem Semester aber auch nicht besser abschneiden. Sie erschien nie zu den Tutorübungen, und das einzige Mal, dass sie mich um eine Einzelsitzung gebeten hatte, wollte sie sich außerhalb des Campus mit mir treffen. Ich hatte abgelehnt, wie man es uns beigebracht hatte.

»Das heißt, wir können uns nicht in meiner Wohnung treffen?«, fragte sie, als hätten wir *genau dieses Gespräch* nicht schon vor ein paar Monaten geführt.

Ich seufzte. »Nein. Tut mir leid. Tutorien nur auf dem Campus – Universitätsvorschriften.«

Sie nahm eine Strähne ihres langen Haars und wickelte sie sich um einen Finger, während sie die Unterlippe schmollend vorschob. Diese Nummer zog sicher bei manchen Typen oder vielleicht bei ihren Eltern, aber bei mir hatte sie genau den gegenteiligen Effekt. Mein Handy klingelte in der Vordertasche meiner Jeans. Jacqueline hatte den Hörsaal noch nicht verlassen, und ich wollte aus dem Gebäude verschwinden, bevor sie herauskam. Dazu würde es jetzt vermutlich nicht mehr kommen.

»Und das ist so ein Gruppentutor-Ding? Und das geht eine Stunde?«

Die Strähne fest um ihren Finger gewickelt, wippte das Mädchen vor mir leicht hin und her, was mich erst recht ärgerte. Ich wollte sie an den Schultern packen und zwingen, die dreißig Sekunden, die ich diesem Wortwechsel noch gab, stillzustehen. »Ja. Von eins bis zwei.«

Sie fragte mich, was ich nach der Tutorübung machte. Als ob sie wüsste, dass ich ihr zwar kein Tutorium außerhalb des Campus anbieten würde … aber vielleicht hätte ich ja Lust, sie abzuschleppen. *Mein. Gott.*

»Arbeiten.«

»Immer musst du arbeiten, Lucas.«

Ich konnte mich nicht erinnern, je das Gefühl gehabt zu haben, dass ich beobachtet wurde, daher war ich mir nicht sicher, ob es wirklich so war. Vielleicht war es nur so, dass ich wusste, dass *sie* da sein könnte. Aber ich könnte schwören, dass meine Haut sich erhitzte, meine Muskeln sich anspannten und mein Atem stoßweise ging. Ich konnte nicht verhindern, dass mein Blick sich hob und genau auf Jacqueline Wallace in der Menge fiel, während sie im Zickzack durch den Flur ging, als wüsste ich genau, wo sie sein würde. Als wäre sie der einzige andere Mensch um mich herum.

Sie war so nah, dass ich sie mit vier langen Schritten hätte erreichen können. Ich wusste, dass sie meinen Namen gehört hatte. Jetzt dachte sie, ich sei *Lucas*, während sie einem *Landon* E-Mails schrieb. Es gab für sie keinen Grund, die beiden miteinander in Verbindung zu bringen. In diesem Sekundenbruchteil war ich erst zutiefst erleichtert, dann angewidert von mir und schließlich genau in zwei Hälften zerrissen. Wieder einmal.

Bevor ich einen Schritt tun konnte, wandte sie sich ab und verschwand in dem Strom von Studenten, und ich könnte schwören, dass ich spürte, wie sie wegging.

10

LANDON

Ich ging zu Melody nach Hause, um ihr die Karten, die ich gezeichnet hatte, und das fertiggestellte Literaturverzeichnis zu geben. Ich dachte nicht darüber nach, wie mein Gesicht aussah, bevor ich losging. Ich hatte geduscht, um das Blut abzuwaschen, und Grandpa hatte mich mit ein paar Verbänden verarztet, aber meine Lippe war geschwollen und der Länge nach aufgeplatzt. Die Prellungen würden noch eine ganze Weile zu sehen sein.

Ihr älterer Bruder öffnete die Tür. Ich erkannte ihn von der Schule. Er war in der Oberstufe, im Schülerbeirat. Beliebt.

»Wer zum Teufel bist du?«

»*Evan*«, sagte eine Frauenstimme, und das mürrische Gesicht seiner Mom tauchte hinter ihm auf.

»O … mein Gott. Landon, richtig? Was – was willst du?«

Evan rührte sich nicht. Er stand da und funkelte mich an, während seine Mutter neben ihn trat, als wollten die beiden mir den Zutritt verwehren. Was sie auch taten.

»Ich, äh, wollte Melody das hier bringen. Für die Präsentation.« Ich hatte diese Sache nicht gut durchdacht. Ich hatte ihr keine SMS geschickt, um zu sagen, dass ich vorbeikommen würde. Ich wollte ihr persönlich erklären, dass ich sie nicht hängen lassen würde. Dass das Einzige, was mich an dieser Konsequenz – der Suspendierung – überhaupt ärgerte, genau diese Tatsache war.

Mrs. Dover zog die Augenbrauen hoch. »Und du kannst es nicht einfach selbst zum Unterricht mitbringen?«

Ich schüttelte den Kopf, während mein Blick auf ihre Schulter fiel. »Ich… werde am Freitag nicht in der Schule sein.«

»Verstehe.« Sie seufzte, als hätte sie von jemandem wie mir nichts anderes erwartet. Sie streckte die Hand aus. »Ich werde dafür sorgen, dass sie es bekommt.«

Ich schluckte und sah ihr in die Augen. »Dürfte ich sie vielleicht sehen? Sie wird auch meinen Teil der Präsentation übernehmen müssen. Wir sollten darüber diskutieren.«

Ihr Sohn verschränkte die Arme vor der Brust, während sie noch immer die Hand ausgestreckt hielt und darauf wartete, dass ich ihr das Material aushändigte. »Das glaube ich nicht.« In ihrem Lächeln lag die falscheste Freundlichkeit, die ich je gesehen hatte. Ihre Stimme war eisig. Sie sagte nichts weiter.

Ich reichte ihr den Ordner und ging.

Als ich eine Woche später wieder zur Schule ging, hatten alle wieder ihre alten Plätze in Weltgeografie eingenommen. Clark Richards grinste mich von seinem zurückeroberten Platz neben Melody an, die mich keines Blickes würdigte. Die Präsentationen waren alle vorbei, und Boyce Wynn und ich hatten null Punkte bekommen. Mrs. Dumont gab uns beiden einen Stegreiftest, um die verpasste Note zu »ersetzen«, aber ohne Kenntnis des

Stoffs oder die Möglichkeit, ihn zu lernen, fiel ich durch. Sie setzte uns im Flur auf den Boden, zu beiden Seiten der Tür, um den Test zu schreiben.

Wir durften dabei nicht reden. Natürlich verstieß Wynn gegen die Vorschrift, als wäre es ein Vorschlag, den er befolgen konnte oder auch nicht.

»Hey, Maxfield. Wir machen heute Abend ein Lagerfeuer, drüben bei der Bucht. Ricks älterer Bruder – wir nennen ihn Thompson senior – hat bei einem Deal ein bisschen Gras abgezweigt, und er bezahlt Rick dafür, dass er seine Haushaltsaufgaben übernimmt. In *Gras*.« Er kicherte.

Ich sah zu ihm und runzelte fragend die Stirn.

»Wir treffen uns so um elf. Sobald der Rest dieser Loser-Stadt dichtmacht, wird uns niemand sehen, um es anzuzeigen.« Die Prellungen in seinem Gesicht sahen genauso aus wie meine. Gelblich. Fast verschwunden. Sein Auge war noch immer ein bisschen ramponiert, ebenso meine Lippe. Ich fragte mich, ob diese Einladung irgendeine Art Trick war.

»Sind wir jetzt Freunde oder was?«, fragte ich, während ich ihn skeptisch beäugte.

Er zuckte die Schultern. »Ja, warum nicht? Du, äh, weißt doch, dass Richards mich dafür bezahlt hat, das zu machen, oder?«

Eine Million wirrer Gedanken schossen mir durch den Kopf. »Nein.«

Er grinste. »Ja, er hat herausgefunden, dass du seine heiße Puppe bei dir zu Hause hattest, und als er ihr eine SMS geschickt hat, hat sie behauptet, sie wäre daheim. Er hat sich gedacht, dass du dieses kleine Luder entweder flachgelegt hast oder kurz davor warst.«

»Soll das heißen, er hat dich dafür *bezahlt*, mich zu überfallen …«

»Der Typ ist ein reicher Schwachkopf, okay? Sein Geld habe ich gern genommen. Aber ehrlich gesagt hattest du mich sowieso schon irgendwie auf die Palme gebracht. Das musst du zugeben, Mann.« Er legte den Kopf auf die Seite und dachte nach. »Ich meine, an dem Tag in der Werkstatt – was ich da über Brittney Loper gesagt habe, kurz bevor du mir eine verpasst hast – stehst du auf sie oder so?«

Ich starrte kopfschüttelnd auf den Boden. »Nein. Ich kenne sie eigentlich gar nicht.« Ich kannte eigentlich niemanden. Ich dachte, ich würde Melody kennenlernen, aber das war eine jämmerliche Illusion gewesen.

»Was denn dann? Ich meine, *Mann*.«

Mein Herz hämmerte. Ich musste es sagen. Die Worte blieben mir im Hals stecken, aber ich zwang sie heraus, ein stockendes Murmeln in dem leeren Flur. »Du hast gesagt, du würdest sie *vergewaltigen*.«

»Was?« Er runzelte verwirrt die Stirn. »Das ist doch nur so eine Redensart – das hatte nichts zu bedeuten …«

»*Aber es bedeutet etwas*.« Ich starrte ihn an. »Dieses Wort ist – eine Art … Auslöser für mich.«

»Im Ernst?«, sagte er, und ich starrte zwischen meinen Knien auf den Boden. »Okay, na ja. Entschuldigung? Ich werde mir merken, dass das dein Horrorwort ist, Mann.«

Er hatte ja keine Ahnung.

Ich ging gegen Mitternacht von zu Hause los, nachdem Dad und Grandpa tief und fest schliefen, um ihnen nicht erklären zu müssen, wohin ich wollte. Die Luft war so kalt, dass mein Atem vor mir Wolken bildete und bei jedem Schritt, den ich den Strand hinunterging, über meine Schulter wehte. Die Bucht war nicht weit, aber sie war unerreichbar, ohne sich durch private Gärten oder Strände zu schleichen. Ein Grund mehr, weshalb Clark Richards' Daddy so scharf auf Grandpas Strandgrundstück war.

Ich hörte »Maxfiiiieeeeld«, als ich einen Felsvorsprung umrundete und auf das Lagerfeuer stieß, das ein bisschen klein ausgefallen war – vermutlich, um nicht die Aufmerksamkeit der örtlichen Behörden auf sich zu lenken. Aber weniger als ein Dutzend Leute saßen darum, daher war die Größe angemessen. Wynn tauchte aus dem Sand auf, klatschte mich ab und stieß mit mir die Knöchel aneinander, als wären wir lebenslange Kumpel, und ich atmete aus. *Kein Hinterhalt*. Mir war nicht bewusst gewesen, dass ich damit gerechnet hatte.

Eine Mondsichel war aufgegangen, der Himmel war klar, und meine Augen hatten sich auf dem Weg völlig an das Halbdunkel gewöhnt. Ich erkannte ein paar der Anwesenden – wie zum Beispiel Thompson, der wie eine Hyäne kicherte und sich wegen irgendetwas, das einer der anderen Typen gesagt hatte, auf die Schenkel schlug.

Auch Mädchen waren da, und ein paar von ihnen beobachteten mich neugierig. Oder vielleicht waren sie einfach so zugedröhnt, dass ich irgendwer oder irgendwas hätte sein können.

Wynn legte mir einen Arm um die Schulter. »Kennt jeder von euch Maxfield?«

Thompson reckte das Kinn in meine Richtung. »Hey.« Als hätte er Boyce Wynn nicht vor kaum mehr als einer Woche angestachelt, mich windelweich zu prügeln.

»Komm, setz dich zu uns«, sagte eines der Mädchen. Sie und ihre Freundin, Brittney Loper – die mit den Titten wie Wassermelonen –, hatten sich in eine große Decke gewickelt, die eher wie ein Deckbett aussah, das jemand von einem ihrer Betten gerissen hatte. Sie war daunenweich und geblümt, und sie roch nach Pot – aber das lag vermutlich daran, dass alles hier nach Pot roch. Der starke, süße Duft schwebte über der ganzen Szenerie. Ich fragte mich, ob ich überhaupt einen Joint rauchen musste, um high zu werden.

Die Mädchen rückten ein bisschen auseinander und luden mich ein, mich zwischen sie zu setzen. Als ich es tat, kuschelten sie sich zu beiden Seiten eng an mich, seufzten zufrieden auf und zogen die Decke über uns drei. Meine Kapuzenjacke war auf einmal der reinste Backofen. Ich zog den Reißverschluss auf, und das Mädchen zu meiner Rechten half mir, die Jacke auszuziehen. »Ooh, du bist ja *so warm.*« Ihre Hände streichelten meinen Unterarm und glitten unter dem Ärmel meines T-Shirts nach oben. Sie umfasste meinen Bizeps, und ich nahm mir vor, ab jetzt jeden Tag bis zum Umfallen Liegestütze zu machen, nicht nur drei- oder viermal die Woche.

»Ich bin übrigens Holly.« Sie presste sich noch etwas näher an mich und bot mir den Joint an, und ich nahm ihn.

»Landon«, antwortete ich.

»Mmm«, sagte Brittney, als wäre allein schon mein Name irgendetwas Appetitanregendes. Sie presste ihre Brust an meinen Arm, und mein Körper reagierte, als wüsste er aus Erfahrung, was er als Nächstes tun sollte. Er wusste es natürlich nicht.

Ich beobachtete, wie Thompson an seinem Joint zog, und ich ahmte seine Bewegungen nach – und dann musste ich husten, als würde ich eine Lunge hochwürgen. Oder sterben.

»Immer schön langsam, Landon«, sagte Holly. »Du musst nicht alles auf einmal einsaugen.«

»Das ist sein Text«, witzelte der Typ neben uns, und das Blut in meinem Körper wusste nicht, ob es mein Gesicht erhitzen oder meinen Schwanz noch härter machen sollte.

»Träum weiter«, sagte Holly zu ihm. Aber sie klang eher belustigt als beleidigt, und der Typ klopfte einladend auf seinen Schoß. Sie schüttelte den Kopf. »Ich bleibe lieber hier.« Als sie zu mir hochäugte, wehte eine leichte Windböe ein paar ihrer dunklen Haare hoch, und eine lose Strähne flatterte über meinen Mund und blieb dort kleben. Holly glitt mit den Fingern über meine Unterlippe und befreite sie.

Das Blut entschied sich für den Schwanz.

Ich hielt mir den Joint an die Lippen und nahm zögernd, vorsichtig noch einen Zug, während ich sie anstarrte.

»Na bitte«, ermunterte sie mich, nahm den Joint wieder an sich, legte ihre Lippen an die Stelle, an der eben meine gewesen waren, und zog etwas kräftiger, als ich es getan hatte, bevor sie ihn an Brittney weiterreichte.

Im Verlauf der nächsten halben Stunde zogen wir drei der Reihe nach immer wieder langsam an dem Joint, während die Hände der beiden Mädchen über meine Arme, meine Brust und meinen Rücken glitten. Oder sich hin und wieder gegen einen Schenkel pressten. Wenn ich nicht den Joint hielt, grub ich die Finger hinter mir in den Sand, denn ich konnte meinen Händen – und dem, was sie tun wollten – nicht trauen.

Irgendwann im Lauf dieser halben Stunde beugte sich Holly vor und presste ihren Mund auf meinen. Der Boden unter mir verwandelte sich in ein großes, weiches Kissen, und alles Klare schien auf einmal gedämpft – das Gerede und Gelächter um uns herum, die Sterne am Himmel, das nahe Schlagen der Wellen an den Strand. Zwischen meinen Zügen an dem Joint erwiderte ich ihren Kuss in der Hoffnung, meine Sache halbwegs gut zu machen. Sie leckte meine Unterlippe, und ich öffnete den Mund und berührte ihre Zunge mit meiner eigenen. Sie hielt mich an den Schultern fest, streckte sich auf dem Rücken aus und zog mich zu sich hinunter. Brittney seufzte, überließ uns die Decke und warf sie über unsere Köpfe, während wir uns darunter aneinanderschmiegten, und ich hatte keine Ahnung, wo ich danach war, und es war mir auch egal.

Mehrere Stunden später stolperte ich nach Hause, aß alle Reste im Kühlschrank auf, fiel ins Bett und hatte seltsame heiße, schmutzige Träume von Hollys Händen und Mund auf mir. Ich schaltete den Wecker meines Handys aus, als er mir meldete, dass es ein Wochentag und Zeit zum Aufstehen war. Da ich noch nie die Schule geschwänzt hatte, hatte ich einen Anflug von Schuldgefühlen. Aber ich war zu erschöpft, um mich darum zu scheren, und sagte mir, dass es nur dieses eine Mal war.

Ich schrieb eine gefälschte Entschuldigung von Dad und tauchte zur dritten Stunde auf. Ich wollte die Autowerkstatt nicht versäumen – das einzige Fach, das mir Spaß machte. Vor dem Mittagessen fingen Wynn und Thompson mich im Flur ab. »Hey, Maxfield, komm mit.

Thompson senior hat gesagt, wir können uns alle auf die Ladefläche seines Pick-ups zwängen. Einen Burger zum Mittagessen, Baby.«

Nach den vergangenen zwölf Stunden würde ein Verlassen des Schulgeländes in der Mittagspause – das nur der Oberstufe gestattet war – das geringste meiner Vergehen sein. Thompsons älterer Bruder Randy und zwei seiner Freunde aus der Oberstufe saßen Schulter an Schulter zusammengezwängt im Führerhaus des Trucks, während Boyce, Rick und ich uns auf der Ladefläche festklammerten, als hinge unser Leben davon ab, und dabei versuchten, cool auszusehen und so zu tun, als würden wir nicht zehn Meter weit in den Tod geschleudert werden, falls Randy aus irgendeinem Grund die Bremsen durchtreten musste.

»Mann, ich bin noch immer am Verhungern«, sagte Rick, als er Minuten später seinen Burger und eine große Portion Pommes frites verschlang.

»Ich möchte wetten, Maxfield hat dringend ein bisschen Brennstoff gebraucht, nachdem Holly mit ihm fertig war«, bemerkte Boyce. Sie lachten über meine verkniffene Miene. »Mann, Holly weiht gern die neuen Typen ein. Das ist irgendwie ihr *Ding*. Wir kennen das alle, falls du verstehst, was ich meine.«

Aha.

»Ja, Holly ist cool – *verknall* dich nur nicht in sie.« Rick steckte sich eine Handvoll Pommes frites in den Mund, während er weiterredete. »Das hasst sie. Wenn du ihr nicht auf die schnulzige Tour kommst, wird sie für eine Weile deine kleine Schlangenbeschwörerin sein, Mann.«

Sie lachten beide schallend auf, während ich mich sammelte. »Guter Witz, Mann«, sagte Boyce zu Rick.

Die Lagerfeuerpartys fanden jedes Wochenende statt, manchmal auch unter der Woche, mit einer wechselnden Gruppe von Leuten, die teils zum festen Stamm gehörten, teils von auswärts kamen. An den Wochenenden ging es etwas wilder zu, und in den Frühjahrsferien erreichte der Wahnsinn seinen Höhepunkt. Ich schlug die Warnungen dieser Typen in den Wind und verlor mein Herz mehr als nur ein bisschen an Holly, auch wenn sie sich in der Schule so benahm, als wären wir Freunde und nichts weiter.

Aber am Strand, und als sie high war – da wurde sie mein erstes Mal.

Dann kamen die Frühjahrsferien. Am Strand wimmelte es von neuen Typen, die alle um Holly herumscharwenzelten. Ihr Verrat schmerzte, auch wenn ich gewarnt worden war, dass das, was wir hatten, keine Beziehung war.

»Holly kriegt einen Anteil von Thompson senior – sie ist wie … eine Touristenfalle«, erklärte Boyce.

Mein Kiefer verhärtete sich, aber Rick lachte. »Mann – im Ernst. Wir haben's dir doch gesagt. Holly macht ihr eigenes Ding. Sie hat für diesen kitschigen Beziehungskram nichts übrig. Wenn du einen Ersatz suchst – *sieh dich um.*« Ich gehorchte und warf einen Blick auf die Mädchen in Bikinis, die um das Feuer tanzten, alle betrunken oder stoned oder auf dem Weg dahin. Mehr als eine von ihnen warf vielversprechende Blicke in meine Richtung. »Bring deine neu erworbenen Fähigkeiten zum Einsatz, Mann.«

Dann entdeckte ich Melody, die hoch oben auf einem Felsen kauerte. Allein. Clark stand sechs, sieben Meter von ihr entfernt, eine Zigarette in einer Hand und eine

Bierdose in der anderen. Er redete mit ein paar Typen und hatte ihr den Rücken zugewandt.

»Oh, Mann – doch nicht *da*«, stöhnte Boyce, aber es war zu spät. Ich ging bereits auf sie zu.

Als ich auf den Felsen kletterte, teilten sich ihre Lippen. Sie warf einen Blick hinüber zu ihrem Freund, der nicht auf sie achtete, und ich musterte sie rasch und unauffällig. Ihre glatten Beine, die blass im Mondlicht schimmerten, ragten aus ihren umgeschlagenen himmelblauen Shorts hervor, und sie trug ein winzig knappes Bikinioberteil unter einem dünnen weißen Tanktop. Ihr blondes Haar fiel in einem schweren Zopf über ihren Rücken, und ein paar lose Locken wehten ihr ums Gesicht. Wie Clark Richards sie ignorieren konnte, war mir ein Rätsel.

Ich setzte mich neben sie, und wir beobachteten und lauschten auf das Treiben genau unter uns.

»Du siehst aus, als ob dir hier oben irgendwie langweilig ist«, sagte ich schließlich. »Willst du ein bisschen spazieren gehen?«

Ihr Blick huschte hinüber zu Clark, der ihr noch immer den Rücken zuwandte. Sie nickte. »Okay.«

Ich nahm ihre Hand, um ihr hinunterzuhelfen, und sie ließ los, sobald sie den Sand erreicht hatte. Ich warf einen Blick über die Schulter, aber niemand folgte uns. Wir gingen den Strand hinunter, und es dauerte nicht lange, bis wir die Party nicht mehr hören konnten. Wir schlenderten an meinem Haus vorbei und standen schließlich vor ihrem. Sie ging in den seitlichen Garten, wo ein verwitterter alter Holzbau stand, der mir bis jetzt noch nie aufgefallen war.

»Cooles Fort.«

Sie schob einen Riegel zurück und zog an dem Seilgriff der Zugbrücke, und wir gingen hinein. Eine Leiter führte zu einer Plattform, die auf einer Höhe mit meinem Kopf war, aber es gab kein Dach. »Evan und ich haben hier mit den Nachbarskindern Cowboy und Indianer gespielt oder Drachenkämpferheld und gefangene Prinzessin.« Sie kletterte hinauf, und ich folgte ihr.

»Und wer war der Drache?«

Sie grinste und setzte sich, steckte sich ein paar Haarsträhnen hinter die Ohren und zog die Knie bis zur Brust an. »Der Drache war nur ausgedacht. Aber manchmal wollte ich der Drache sein. Oder der Held. Aber Evan hat mich nie gelassen.«

Ich setzte mich neben sie und lehnte mich zurück, die Hände hinter dem Kopf verschränkt. »Das kommt mir irgendwie gemein vor. Ich habe keine Schwester, daher weiß ich nicht, wie das ist. Aber wenn du ein Drache sein wolltest, dann hättest du ein Drache sein sollen.« Ich dachte an Carlie Heller, die als Zehnjährige einen tollen Drachen abgegeben und ihren zwölfjährigen Bruder zweifellos von einer Burgmauer gestoßen hätte, wenn er vorgeschlagen hätte, sie solle die Prinzessin spielen. Es sei denn, die Prinzessin durfte ein Schwert schwingen.

Melody sah zu den Sternen hoch. »Na ja, Evan war im Grunde schon immer ein Klon von Dad, selbst als wir noch klein waren. Sie bekommen ihren Willen. Immer.« Sie seufzte und schwieg einen Moment, und ich wollte ihr am liebsten mit den Fingern durch die Haare fahren und ihren Zopf lösen. Ihren Mund an meinen führen und sie küssen und sie diesen herablassenden Typen, der sie wie Dreck behandelte, vergessen lassen. »Meine Mom ist allen Leuten gegenüber eine richtig starke Frau, nur nicht gegenüber Daddy«, erzählte sie. »Sie sagt, so sollte eine Ehe sein. Es ist ein Geben und Nehmen, aber wenn es eine ernste Meinungsverschiedenheit gibt, trifft der Mann die Entscheidung.«

Ich dachte an meine Eltern und ihre Beziehung. Mein Dad war kein Mann von großen Worten, aber er lag meiner Mutter völlig zu Füßen. Sie hätte ihn um alles bitten können, und er hätte es ihr gewährt oder es zumindest versucht. *Was immer du willst, Rose.* Wie oft in dreizehneinhalb Jahren hatte ich das gehört?

Er weiß, dass ich ihn niemals um irgendetwas bitten würde, was ihm wehtun würde, weil ich ihn liebe, sagte Mom einmal zu mir. *Und ich vertraue ihm umgekehrt genauso, weil ich weiß, dass er mich auch liebt.*

»Oder der ältere Bruder?«, fragte ich Melody, die sich neben mir ausgestreckt hatte.

»Oder der ältere Bruder«, räumte sie ein. »Oder der Dad.«

Ich konnte jetzt deutlicher als bisher sehen, wie Clark Richards in dieses Bild passte. »Mit anderen Worten, der Mann.«

Sie zuckte die Schultern und sah mich an. »Ich nehm's an.«

Ich musterte sie stirnrunzelnd. Meine Mutter war der großherzigste Mensch, den ich je gekannt hatte, aber sie hätte niemals hingenommen, dass jemand Entscheidungen für sie traf, nur weil er ihr Ehemann war. Oder ihr Freund. »Das erscheint mir nicht richtig.«

Sie lächelte. »Vielleicht nicht. Aber jetzt ist es egal. Ich muss niemandes Prinzessin sein, wenn ich nicht will. Du kannst meine Mom fragen – ich bin eindeutig ein Feuer speiender Drache, wenn ich nicht bekomme, was ich will.«

Sie schien es gar nicht zu sehen. Sie war die gefangene Prinzessin ihres Freundes. In dieser Geschichte würde sie niemals der Drache oder der Held sein. Diese Rollen waren bereits vergeben.

LUCAS

Wie ich erwartet hatte, schrieb Jacqueline mir eine E-Mail und bat um zusätzliche Unterstützung, um den Stoff aufzuholen. Sie bedankte sich dafür, dass ich Dr. Hellers Anweisungen für sie übersetzt hatte, die manchmal unverständlich sein konnten. Seine fortgeschrittenen Studenten konnten ihm folgen, aber Studienanfänger wurden oft nicht aus ihm schlau. Dafür hatte er mich.

Ich berichtigte ihre Vermutung, ich hätte Wirtschaft als Hauptfach, und hängte mehrere der Arbeitsblätter an, die ich für die Tutorübungen entworfen hatte, an denen sie nicht teilnehmen konnte. Zum Schluss fragte ich sie, wie ihre Orchesterschüler bei den Regionalwettbewerben abgeschnitten hätten. Dann ergänzte ich: Und übrigens, Ihr Ex ist ganz offensichtlich ein Schwachkopf, bevor ich auf *Senden* drückte.

Was zum Teufel dachte ich mir eigentlich dabei? Es war absolut unangemessen, so etwas über irgendeinen Studenten zu sagen – *in einer E-Mail*, ausgerechnet – *und einer anderen Studentin gegenüber*. Ganz egal, ob es stimmte.

Ich atmete erleichtert aus, als sie in ihrer Antwort nicht auf diese unpassende Bemerkung einging, auch wenn sie offenbar glaubte, dass es mir lästig war, ihr zu helfen. Ich wollte sie überzeugen, wie falsch dieser Eindruck war. Ich hatte mich schon lange nicht mehr so sehr auf etwas gefreut wie darauf, ihren Namen in meinem Posteingang zu lesen oder sie im Hörsaal zu sehen. Sie war alles andere als lästig, sie drang in meine Träume ein und stahl sich in mein waches Verlangen.

Sie erzählte mir von ihren beiden Schülern, Neuntklässlern, die sie jeweils unter vier Augen in die Enge trieben, um sie zu fragen, wer von ihnen ihr Liebling sei. Ich lachte laut über ihre Antwort an jeden von ihnen – du natürlich – und ihre Frage an mich: War das falsch??

Als ich ihr die Arbeitsblätter zurückschickte und sie auf ein paar kleinere Fehler aufmerksam machte, gestand ich, dass es mir mit vierzehn bei einem Kontrabass spielenden Collegegirl auch die Sprache verschlagen hätte. Ich schloss die Augen und stellte sie mir so vor, wie sie jetzt war, neben dem stillen Desaster, das ich mit vierzehn gewesen war, als ich nur wollte, dass mich irgendjemand *einfach sah.* Ich hätte mich prompt und heftig in sie verknallt.

Und falls Sie es sich gefragt haben – ja, Sie sind mein Liebling, ergänzte ich am Ende dieser Nachricht.

Ein absolut unangemessenes Flirten, aber das war mir egal. Ich wollte, dass Landon sie eroberte, damit sie mir, wenn sie herausfand, wer ich war, meine Beteiligung an jenem Abend verzieh.

Die Sache war zum Scheitern verurteilt. Aber jetzt konnte ich sie nicht mehr aufhalten, selbst wenn ich es versucht hätte.

Die Schicht am Freitagnachmittag war oft verdammt monoton – der letzte Kunde war zehn Minuten her. Wir arbeiteten nur zu zweit hinter dem Tresen. Wenn Gwen da gewesen wäre, dann hätte ich mich gefreut, zum hundertsten Mal Anekdoten über ihr Kind zu hören – wie es zahnte oder krabbelte oder Koliken hatte –, nur um mir die Langeweile zu vertreiben. Aber ich arbeitete mit Eve, die eine SMS nach der anderen schrieb und Wochenendpläne machte und mir viel zu viel Zeit ließ, um über mein Jacqueline-Wallace-Dilemma nachzugrübeln.

Ins Gespräch vertieft, schlenderten zwei Mädchen zu dem freien Tresen. Ich erkannte in einer von ihnen den Rotschopf, der am Montag mit Jacqueline gekommen, aber vorzeitig gegangen war.

Nach den griechischen Buchstaben auf ihren T-Shirts zu urteilen waren sie zwei Verbindungsstudentinnen. Obwohl sie auf jener Party war und einen Verbindungsstudenten als Freund hatte, hatte ich Jacqueline nicht so eingeschätzt – aber natürlich war es durchaus möglich, dass sie einer Verbindung angehörte. Nicht dass ich mit diesen Leuten genügend herumhing, um zu wissen, wer dazugehörte und wer nicht. Oder um mich dafür zu interessieren.

Bis jetzt.

Eve trat an den Tresen, während ich den Kanister für den koffeinfreien Kaffee sauber machte. Ich hörte das Gespräch der beiden unbeabsichtigt mit an – und konnte nicht mehr weghören, sobald ich aufgeschnappt hatte, worum es ging.

»… wenn Kennedy nicht ein solcher Vollidiot wäre.«

»Wollt ihr bestellen?«, fragte Eve ohne einen Hauch von Freundlichkeit.

»So schlimm ist er nun auch wieder nicht – ich meine, immerhin hat er zuerst mit ihr Schluss gemacht«, entgegnete das dunkelhaarige Mädchen, bevor sie Eve antwortete. »Zwei Venti-Becher Grüntee-Limonade mit Eis.«

Meine Kollegin tippte die Getränke in die Kasse ein und nannte den Gesamtbetrag. Mit ihren geweiteten Ohrläppchen und mehr Piercings und Tattoos, als ich seit Jahren bei einem Mädchen gesehen hatte, war Eve kein Fan von Verbindungsstudentinnen. Ich bin mir nicht sicher, ob sie einen Grund dafür hatte. Falls ja, hatte sie ihn mir jedenfalls nicht mitgeteilt. Ich nahm an, dass wir beide miteinander klarkamen, weil sie, wie die meisten Leute, davon ausging, dass meine eigenen sichtbaren Piercings und Tattoos auf eine ebenso antisoziale Einstellung hindeuteten. In dem Punkt hatte sie wohl recht – ich hatte nur zufällig eine Schwäche für ein bestimmtes sozial aktives Mädchen.

Ich fragte mich, was Eve wohl tun würde, wenn irgendein attraktiver Verbindungsstudent Gefallen an ihr fand und ihr zu nahe kam.

Vermutlich würde sie ihn zuerst mit einem Augenbrauen-Piercing stechen und später Fragen stellen.

»Da bin ich anderer Meinung«, sagte der Rotschopf. »Er ist ein absolutes Arschloch. Ich habe es oft genug gesehen, auch wenn sie es nicht getan hat. Er hat den *rechten Weg* beschritten, weil er glaubt, wenn er Schluss gemacht hat, bevor er herumvögelt, spricht ihn das von jeder Verantwortung dafür frei, dass er ihr das *Herz* gebrochen hat. Sie waren fast drei Jahre zusammen, Maggie. Ich kann mir nicht einmal vorstellen, so lange mit jemandem zusammen zu sein.«

Maggie seufzte. »Was du nicht sagst. Ich bin seit drei Wochen mit Will zusammen, und wenn er nicht so gut bestückt wäre wie ein …«

»Deine *Karte*«, warf Eve angewidert ein, und mir blieb das allzu deutliche geistige Bild von *Will*, wer immer er war, erspart. Gott sei Dank.

»... dann wäre mir sterbenslangweilig. Ich meine, er ist süßer als Schokolade, aber wenn er anfängt zu reden ... *Schnarch.*«

Jacquelines Freundin lachte. »Gott, du bist ein solches Biest.«

Ich nahm die Limonade aus dem Kühlschrank, während Eve Sirup in einen Shaker pumpte.

»Ja, ja. Nette Mädchen werden *nie* fertig. Apropos, was wollen wir denn jetzt wegen Jacqueline unternehmen?«

Ihre Freundin seufzte. »Hmm. Na ja, sie ist letzte Woche früher von dieser Party gegangen, das heißt, das ist gründlich schiefgegangen – aber vermutlich nur deshalb, weil Kennedy genau vor ihrer Nase mit Harper herumgeschäkert hat. Harper ist doch schon seit letztem Frühjahr hinter ihm her – ich bin sicher, sie hat eine Riesenshow damit abgezogen, dass sie ihn sich geangelt hat. Gott. Ich hätte J niemals zu dieser verdammten Party mitnehmen sollen ...«

Eve schob ihre Getränke über den Tresen, wobei sie unbemerkt von den beiden die Augen verdrehte. Sie stachen Strohhalme durch die Deckel auf den Bechern und wandten sich zum Gehen, in ihre Intrigen vertieft.

»Wir sollten sie richtig schön in Schale schmeißen und mit ihr irgendwohin gehen, wo Kennedy nicht sein wird, damit sie wieder in Stimmung kommt.«

Als der Rotschopf einen Club vorschlug, der für seine beschissene Musik bekannt war – Musik, die auf jedem Top-40-Sender bis zum Erbrechen gespielt wurde –, wusste ich, dass ich ein neues Maß an persönlicher Idiotie erreicht hatte, denn ich würde hingehen. Ich musste Jacqueline auf neutralem Boden sehen, und ich war bereit, fast alles zu ertragen, nur um das zu erreichen. Sogar Popmusik.

In der Vorlesung heute hatte ich sie kaum angesehen. Ich versuchte mich gegen die Anziehung zu wehren, die ich wochenlang empfunden hatte, bevor ich der Typ wurde, der verhinderte, dass sie auf einem Parkplatz vergewaltigt wurde. Ich war an jenem Abend ihr Retter gewesen, ja, aber ich war auch Zeuge der Demütigung, die sie noch immer empfinden musste. Ich stand für sie für immer mit diesem Abend in Verbindung – eine zwangsläufige Erinnerung daran.

Denn so sah sie mich offensichtlich – wie der entsetzte Schock auf ihrem geröteten Gesicht verriet, als ich sie am Montag fragte, ob sie bestellen wolle; ihre hastige, abweisende Antwort auf meine Frage, ob es ihr gut ginge; wie sie die Hand zurückriss, als ich ihr ihre Karte gab und meine Finger ihre streiften.

Aber dann hatte sie am Mittwoch in der Vorlesung zu mir zurückgesehen, und die Hoffnung, die ich, wie ich wusste, aufgeben sollte, neu entfacht. Es war ein mattes Schimmern tief in meinem Herzen – dass dieses Mädchen irgendwie für mich bestimmt war. Und ich für sie.

Ihr aus dem Weg zu gehen wäre das Klügste gewesen, aber was sie betraf, war jeder logische Gedanke sinnlos. Ich war erfüllt von einem irrationalen Verlangen, das zu sein, was ich nie wieder sein, das zu haben, was ich nie haben konnte.

Ich wollte ganz sein.

Während ich aus der Ferne zusah, wie ihre Freundinnen ihr Drinks in die Hand drückten und sie ermunterten, mit jedem Typen zu tanzen, der sie aufforderte, hatte ich den Verdacht, dass sie ihnen nicht von jenem Abend erzählt hatte. Sie waren mit ihr hierhergekommen und drängten sie jetzt in die Arme irgendwelcher neuen Typen, um ihr über ihre Trennung hinwegzuhelfen, nicht damit sie sich von einem Überfall erholte. Grinsend und mit albernen Tanzschritten entlockten sie ihr immer wieder ein Lächeln, und ich freute mich, dieses Glück auf ihrem Gesicht zu sehen, egal, was es ausgelöst hatte.

Ich wusste, dass ich sie in Ruhe lassen sollte. Sie war eine Verlockung, der ich nicht widerstehen konnte, auch wenn sie das unmöglich wissen konnte. Sie konnte unmöglich wissen, dass ich aus sicherer Entfernung zugesehen hatte, wie ihre Beziehung in die Brüche ging. Sie konnte unmöglich wissen, dass ich mich zu dem Humor und der Intelligenz, die sie bei unserem E-Mail-Austausch an den Tag legte, ebenso hingezogen fühlte wie zu diesen faszinierenden Bewegungen, die ihre Finger machten, wenn sie in Gedanken bei ihrer Musik war und nicht bei dem, was um sie herum vor sich ging.

Ihr Ex hatte ihr einmal Vorhaltungen gemacht, weil sie nicht auf irgendein Gefasel achtete, das er von sich gab, und ich wollte ihm dafür am liebsten die Faust in die Kehle rammen. Was für ein verdammter Idiot er doch war, sie so lange gehabt und irgendwie nie *gesehen* zu haben.

Ich leerte mein Bier und räumte meinen Platz an der Bar. Ich war hin- und hergerissen. Ich wollte Charles' Vertrauen in mich nicht enttäuschen. Das hier war nicht meine Szene, daher ließ sich nicht bestreiten, dass ich *ihretwegen* hier war, dass ich bewusst missachtete, dass sie meine Studentin war. Ich würde mich am Rand des Clubs halten und zur Tür hinaus verschwinden. Oder ich würde nur kurz Hallo sagen und dann gehen.

Ich trat von hinten an sie heran. Mir fiel auf, dass sie in ihren hochhackigen Stiefeln größer war als sonst. Dennoch überragte ich sie. Während ich mit einem Finger über die weiche Haut ihres Arms glitt, wusste ich, dass jeder Anschein, als würde ich gegen diese Anziehung ankämpfen, aufgehoben war, zumindest in diesen wenigen Momenten. Ich nahm undeutlich ihre Freundinnen wahr, die mir zugewandt dastanden, aber ich konnte mich nicht lange genug vom Anblick ihrer nackten Schulter losreißen, um die beiden wirklich zur Kenntnis zu nehmen.

Jacqueline wandte sich um, und mein Blick fiel prompt auf den tiefen Ausschnitt ihres Tops. Ach. Du. Scheiße. Ich zwang mich, ihr wieder ins Gesicht zu sehen.

Sie reagierte mit hochgezogenen Augenbrauen auf meine kurze, aber unverhohlene Musterung ihrer Brüste. Sie schien den Atem anzuhalten, und ich ließ mich von ihrem faszinierenden Blick einfangen. Ich wollte ihr Vertrauen, auch wenn ich es nicht verdient hatte. Das hier war nicht der richtige Zeitpunkt, um sich vom *Dessert* ablenken zu lassen.

Sie hatte noch nicht wieder ausgeatmet, und ich musste an unseren faszinierenden E-Mail-Austausch denken – ihr witziges Eingeständnis, dass sie Freunde hatte, die sie in Bier dafür bezahlten, dass sie ihnen ihren Pick-up lieh, und die Art, wie sie von ihren Schülern gesprochen hatte – Jungen, die während jeder Musikstunde in eine wilde Schwärmerei von ihr ausbrechen mussten. Ich konnte mir das alberne Lächeln nicht verkneifen, das über mein Gesicht huschte, aber ich war nicht derjenige, mit dem sie diese E-Mails getauscht hatte.

Du wärst ihr schön unheimlich, Dummkopf.

Ich beugte mich nah zu ihr vor, mit der Absicht, einen Moment Zeit zu gewinnen, um mich zu sammeln, aber auch, um das harmlose *Hallo,* das ich eigentlich sagen wollte, bevor ich ging, nicht brüllen zu müssen. Stattdessen ertrank ich unwillkürlich in ihrem Duft – diesem zarten Geißblatt, das sich an jenem verregneten Tag vor Wochen in meine Geruchsnerven eingebrannt hatte. *So süß*. Mein Körper spannte sich an, und unter enormer Anstrengung murmelte ich ihr ins Ohr: »Tanzt du mit mir?«

Ich wich zurück und beobachtete sie. Sie rührte sich nicht, bis ihre Freundin sie anstieß und entschieden in meine Richtung schubste. Sie streckte die Hand aus, und ich ergriff sie und führte sie auf die Tanzfläche, während ich mir sagte: *Nur ein Tanz. Nur ein einziger Tanz.*

Na klar. Auch dabei blieb es nicht.

Die Musik jenes ersten Songs war laut, aber langsam. Seit ich Jacqueline beobachtete, hatte sie alle Aufforderungen zu langsamen Tänzen abgelehnt. Sie zuckte vor der Berührung jedes Typen zusammen, fast unmerklich, aber keiner von ihnen schien es zu bemerken. Vielleicht hatte der Alkohol ihre Sinne benebelt. Aber vermutlich hatten sie einfach kein Gespür für ihre Ängstlichkeit, und selbst wenn, hätten sie die Gründe dafür nicht gekannt. Sie wussten nicht, was ich wusste – was sie durchgemacht hatte. Außerdem hatte ich in meinem jahrelangen Taekwondotraining gelernt, selbst die leisesten physischen Reaktionen wahrzunehmen. Ihre waren für mich offensichtlich, genau wie das, was sie ausgelöst hatte.

Ich hasste die Angst, die dieses Arschloch ihr eingeflößt hatte, und ich wollte sie vertreiben.

Während wir tanzten, nahm ich ihre Hände sanft in meine und führte sie hinter ihrem Rücken zusammen. Ihre Brüste streiften meinen Oberkörper, und ich musste meine ganze Willenskraft zusammennehmen, um sie nicht näher an mich zu ziehen. Sie bewegte sich perfekt mit mir und schloss die Augen. Dieses kleine bisschen Vertrauen von ihr zu gewinnen führte nur dazu, dass ich noch mehr davon wollte.

Sie schwankte, vermutlich eher von dem billigen Tequila in dem halben Dutzend Margaritas, das ihre Freundinnen ihr verabreicht hatten, als davon, dass sie in meinen Armen lag. Als ich ihre Hände losließ, um ihren Körper fester zu halten, klammerte sie sich an meinen Armen fest, als sei sie im Begriff zu stürzen. Ihre Hände bahnten sich einen Weg nach oben, um die Finger hinter meinem Nacken zu verschränken, und ich wartete darauf, dass sie die Augen aufschlug. Sie reckte das Kinn, aber ihre Augen blieben geschlossen, bis sie sich ganz an mich gedrückt hatte – und dann starrte sie zu mir hoch.

Sie schluckte, als würde sie ihren ganzen Mut zusammennehmen, und presste sich noch fester an mich. Neugier lag in ihrem offenen Blick und auf ihrer leicht gefurchten Stirn. Sie kannte mich nicht – eine Tatsache, die von ihrer Frage bestätigt wurde: »U… und was ist dein Hauptfach?«

Ach du Scheiße.

Ich war nicht bereit dafür, dass diese Fantasie endete –

und sie würde enden, sobald ich ihr sagte, dass ich der Typ war, mit dem sie die ganze Woche E-Mails ausgetauscht hatte – ihr Tutor, der sie nicht auf diese Art berühren sollte und schon gar nicht auf all die anderen Arten, die ich mir so brennend wünschte.

»Willst du wirklich *darüber* reden?«, fragte ich, obwohl ich wusste, dass sie es nicht tat. Es war nur eine Eröffnung für mehr. Mehr von dem, was ich ihr nicht geben konnte.

»Anstatt *worüber*?«

Das bekam man, wenn man sich allzu viel darauf einbildete, wie prinzipientreu man war, wie redlich man handelte. Man knallte genau gegen die eine Sache, die man nicht haben konnte, nur weil sie einem über den Weg lief, während man mit seiner eigenen allmächtigen Unbescholtenheit beschäftigt war. Es stand mir nicht zu, Jacqueline Wallace zu erobern, und es stand mir nicht zu, ihre Bedürfnisse zu ergründen und zu erfüllen.

»Anstatt *gar nicht* zu reden«, sagte ich. Ich wollte ein kleines bisschen Zeit mit ihr, unverdorben von den Geheimnissen zwischen uns.

»Ich weiß nicht, was du meinst«, erwiderte sie, während ihr eine leichte Röte in die Wangen stieg. Aber sie ließ mich nicht los. Und sie wich auch nicht zurück.

Ich zog sie noch näher an mich und beugte mich vor, um ihren Duft noch einmal einzuatmen, ihn mir tiefer ins Gedächtnis einzuprägen. »O doch, das weißt du genau«, murmelte ich, während ich mit den Lippen die zarte Haut genau hinter ihrem Ohr streifte. Zu meiner Genugtuung stöhnte sie auf, aber ich konnte nicht sagen, ob diese Reaktion das Bezauberndste oder das Unfairste war, was ich je gehört hatte. »Lass uns einfach nur tanzen«, sagte ich, während ich den Atem anhielt und auf ihre Antwort wartete.

Sie nickte einmal kurz, während der nächste Song begann.

11

LANDON

Als ich immer öfter nachsitzen musste, weil ich verschlief und zu spät zur Schule kam, und es mit meinen Noten immer weiter bergab ging, blieben die Konsequenzen, mit denen ich gerechnet hatte, aus. Ich dachte, Dad würde mir Hausarrest verpassen oder mich anschreien. Ich dachte, er würde ein Elterngespräch mit Ingram verlangen oder mir das Taschengeld streichen. Aber nichts änderte sich.

Grandpa schimpfte manchmal mit mir, aber meistens nur dann, wenn ich nicht hinter mir aufräumte oder im Haushalt mithalf, daher lernte ich die Waschmaschine zu bedienen und beim Kochen zu helfen und behielt das meiste von meinem Zeug in meinem Zimmer.

Eines Abends sagte Grandpa beim Essen: »Du musst einen Beruf erlernen, mein Sohn. Könntest Fischer werden, wo der Golf hier so praktisch ist und alles.«

Während er sich einen Löffel Kartoffeln auf seinen Teller häufte, machte Dad ein mürrisches Gesicht, aber er widersprach ihm nicht – was seltsam war. Und so wurde ich, als der Sommer kam, dazu verdonnert, auf der *Ramona* zu arbeiten – so benannt nach meiner Großmutter.

Das frühe Aufstehen nervte, da ich an den meisten Abenden mit den Jungs am Strand feierte und erst spät nach Hause torkelte. Ich machte mir nicht mehr die Mühe, leise nach draußen oder zurück ins Haus zu schleichen. Ich bekam nur drei oder vier Stunden Schlaf, bevor Grandpa mich weckte, was er mit einer Pfanne und einem Servierlöffel tat, wenn mein Wecker nicht ausreichte. Nichts hallt so laut wie eine Metallpfanne in einem winzigen Raum ohne Fenster.

Dad nahm sich nie einen Tag frei. Er war dabei, Grandpas Fischereibetrieb nach und nach in ein Charterunternehmen für Angel- und Sightseeingtouren umzuwandeln. Er hatte eine langweilige Webseite entworfen, mit Bildern reicher Touristen, die vor der *Ramona* mit ihrem Fang prahlten – Typen, die gewillt waren, eintausend Dollar zu bezahlen, um sich einen Tag lang zu betrinken und auf eine an einem Boot befestigte Stange hingewiesen zu werden, sobald diese zuckte, weil irgendein armer Fisch angebissen hatte. Den ganzen Sommer über und bis in den Herbst hinein brachten wir geübte und Möchtegern-Fischer zu den besten Plätzen, um für Rotbarsche in der Bucht oder Königsmakrelen vor der Küste die Angeln auszuwerfen – Väter und Söhne oder Pärchen, die sich näherkamen oder den Tag damit verbrachten, sich gefangen zu fühlen und sauer aufeinander zu sein, elitäre Führungskräfte, die entweder allein kamen oder VIP-Kunden mitbrachten, Verbindungsstudenten, die mehr Zeit mit Trinken, Fluchen und Sonnenbaden verbrachten als mit Angeln.

Ich befestigte Köder an Angelhaken, füllte die Tanks und die Vorräte auf, säuberte Fische und nahm sie aus, spritzte das Deck mit einem Schlauch ab und machte Fotos. Am Ende des Sommers war ich dunkler, härter und mindestens zweieinhalb Zentimeter größer als mein Großvater, es sei denn, man zählte die dünnen weißen Haarbüschel, die wie Nebel über seinem Kopf schwebten, dazu. (Was Grandpa natürlich tat.)

Grandpa flippte fast aus, als Dad das Angebot um Sonnenuntergangsfahrten für Paare, Delfin-Beobachtungstouren für Familien und Schreikranich-Exkursionen für Gruppen kleiner alter Damen erweiterte. Aber es spülte mehr Geld in die Kasse und machte weniger Arbeit – vor allem mit mir als unbezahlter Hilfskraft, daher konnte er sich kaum beklagen.

»Ich habe nachgedacht.«

Ich befürchtete, Boyce würde gleich philosophisch werden, und ich war viel zu müde für diesen Scheiß. Obwohl ich nur ein einziges Bier getrunken hatte, schlief ich fast ein, während ich mit einer heißen Tussi herumknutschte, die morgen nicht mehr hier sein würde. Daher entschied ich, mit dem Trinken aufzuhören, bevor ich mit dem Gesicht nach unten im Sand landete. Boyce hörte aus Solidarität ebenfalls auf, da wir die beiden Einzigen in unserer Clique waren, die sich tagsüber den Arsch abarbeiteten. Ich auf dem Boot und er in der Werkstatt seines Vaters. Wir trugen abgewetzte Liegestühle in die Brandung, um den anderen zu entkommen, die lästige Idioten sein konnten – vor allem wenn sie high waren und wir nicht.

»Gefährlich, Wynn.«

»Haha.«

Ich konzentrierte mich auf die kühlen Wellen, die an meinen Füßen leckten, und auf das unablässige, besänftigende Murmeln und Tosen der rollenden Wogen. Die

Flut stieg noch immer. Wenn wir an dieser Stelle blieben, würde uns das Wasser um Mitternacht bis zur Taille reichen.

»*Ich habe nachgedacht*. Ich habe dich noch nie ohne bedeckte Handgelenke gesehen.«

Ich versuchte keine Reaktion zu zeigen, aber meine Hände umklammerten die Aluminiumlehnen des Stuhls. So sonnengebräunt ich auch war – meine Handgelenke waren so weiß wie mein Arsch. Sie sahen nie die Sonne. Nie. Ich umwickelte sie mit Halstüchern oder Armbändern oder der Armbanduhr, die ich inzwischen nur noch selten trug. Niemandem hier war je aufgefallen, dass dieses ganze Zeug etwas anderes verbarg. Zumindest ging ich davon aus, dass es niemandem aufgefallen war.

Ich wandte den Kopf, um ihn anzusehen. »Und?«

Er kaute auf einem trockenen Hautfetzen an seiner Lippe. »Ich dachte mir, du könntest dich vielleicht tätowieren lassen, um das zu überdecken – du weißt schon –, was du da … versteckst.« Er zuckte die Schultern und schloss die Augen.

Ich starrte auf das Spiegelbild des Mondes, das sich auf dem Wasser kräuselte, und spürte meine eigene Bedeutungslosigkeit bis ins Mark. Nichts war wichtig genug, um es zu erstreben – nichts bis auf das Bedürfnis, meine Vergangenheit so tief zu vergraben, dass ich sie nicht mehr spürte. Es gab keine andere Möglichkeit, sie hinter mir zu lassen. Ihr aus dem Weg zu gehen.

Ich hatte nie über seine Idee nachgedacht, die für Boyce untypisch genial war. »Muss ich dafür nicht achtzehn sein?«

Er lachte leise auf. »Nein, Mann – kennst du mich

denn gar nicht? Ich kenne ein Mädchen, das es machen würde.«

»Ich weiß nicht. Vielleicht.«

Er zuckte die Schultern. »Gib mir Bescheid. Ich mache euch bekannt.«

Ihr Name war Arianna, und sie war Mitte zwanzig. Einer ihrer Arme war vollständig mit farbiger Tinte bedeckt, und auf dem anderen war nur ein zweizeiliger Schriftzug auf dem inneren Unterarm, der lautete: *Neuanfänge sind oft als schmerzliche Enden verschleiert – Laotse.* Wir kamen eine Stunde nach Geschäftsschluss zu dem Studio, da ich noch nicht alt genug war, um mich ohne elterliche Zustimmung tätowieren zu lassen.

»Wenn das Tattoo die Narben abdecken soll, dann wird das Gewebe tätowiert. Aber du könntest die Narben auch in das Design integrieren – sie in den Leerstellen belassen. Sie wären offen sichtbar versteckt – wie eine Tarnbemalung.« Sie untersuchte meine Handgelenke, drehte sie hin und her und glitt mit den Fingern über das entstellte rosige Gewebe. Ich fühlte mich angewidert und entblößt, aber ich konnte mich nicht bewegen. Boyce war ungewohnt schweigsam. »Wir könnten die Tattoos auch ganz ringsum machen. Sodass sie wie Armbänder aussehen.«

Ich nickte. Diese Idee gefiel mir. Wir sahen uns ein paar Muster aus einem Vorlagenbuch an, dann zückte ich ein Blatt Papier aus meiner Gesäßtasche. »Ähm. Ich habe ein paar Ideen skizziert … ich weiß nicht, ob du sie verwenden kannst.«

Sie faltete das Blatt auseinander und lächelte. »Das kann ich auf jeden Fall machen, wenn du das willst.«

Ich nickte.

Sie zeichnete die beiden Designs auf meinen Handgelenken vor – eines für das rechte, eines für das linke, dann legte sie ihr Werkzeug bereit und streifte ein Paar Latexhandschuhe über. Es tat höllisch weh, aber es war ein erträglicher Schmerz. Boyce wurde speiübel – ich nahm an, wegen des Bluts, obwohl ihm mein Blut überall auf seinen Fäusten vor ein paar Monaten nichts ausgemacht hatte –, sodass sie ihn bat, sich in den Wartebereich zu setzen, bis wir fertig waren.

»Warum tust du das eigentlich?« Ich biss die Zähne zusammen, während sie über dem Knochen an der Seite meines Handgelenks arbeitete, und versuchte nicht an die Nadel zu denken, die immer wieder in mich eindrang. »Für mich, meine ich.« Ich wusste, dass Boyce sie ins Bild gesetzt hatte. Sie hatte nicht mit der Wimper gezuckt, als ich die Tücher abnahm.

Sie wandte den Blick nicht von ihrer Arbeit ab. »Weil die Fähigkeit, mir meine Haut wieder zu eigen zu machen, mir einmal das Leben gerettet hat.« Sie wischte das Blut ab und betrachtete das Verbindungselement, das sie eben ausgefüllt hatte. Sie fing meinen Blick auf. »Manche von uns können anfangen, von dem Leid zu genesen, das andere Leute ihnen zugefügt haben, indem sie vor der Situation fliehen, aber manche von uns brauchen mehr als das. Tattoos geben Erklärungen ab, die abgegeben werden müssen. Oder sie verbergen Dinge, die niemanden etwas angehen. Deine Narben sind Kampfwunden, aber so siehst du sie nicht. Noch nicht.« Sie trat mit einem Fuß auf die Maschine, pumpte wieder weiter.

Ich spürte den brennenden Stich der Nadel, als sie ein neues Verbindungselement begann. »Diese Tinte wird dafür sorgen, dass deine Haut wieder dir gehört. Eines Tages wirst du vielleicht sehen, dass deine Haut nicht du ist. Sie ist nur das, worin du wohnst, während du hier bist.« Sie hielt einen Augenblick inne, während mir ein kalter Schauder über den Rücken lief. »Du bist eine alte Seele, Landon. Alt genug, um diese Entscheidung zu treffen. Genau wie ich es war.«

Ich ging mit Verbänden um beide Handgelenke und strikten Pflegeanweisungen nach Hause. »Das hier ist jetzt selbst wie eine Wunde«, warnte sie mich. »Pass auf, dass du da keinen Sonnenbrand bekommst.«

Für den Rest des Monats verbarg ich meine Narben, so wie immer. Als die Sonne die Haut an meinen Handgelenken zum ersten Mal seit fast zwei Jahren berührte, fühlte ich mich nackt. Die Reaktionen der meisten meiner Bekannten waren positiv. Manche Leute nahmen an, dass ich sie die ganze Zeit unter meinen Tüchern verborgen hatte, worüber ich lachen musste. *Ja, na klar. Die Tattoos sind das, was ich verborgen habe.*

Die Mädchen fanden, dass sie sexy aussahen. Manchmal fragten sie: »Hat es wehgetan?«

Ich zuckte die Schultern. »Ein bisschen.«

Dad und Grandpa reagierten beide ähnlich – ein kurzer Blick auf die Tinte, als sie es bemerkten. Ein missbilligendes Knurren. Kein Wort wurde darüber verloren.

Mein nächstes Tattoo deckte keine Narbe ab – jedenfalls keine sichtbare. Arianna tätowierte eine Rose genau über mein Herz. Ich musste ihren Namen, *Rosemary Lucas Maxfield*, nicht hinzufügen, um zu sagen, an wen sie erinnern sollte. Auch Dad brauchte ihren Namen nicht. Violette Flecken zeigten sich auf seinem Gesicht, als er zum ersten Mal in die Küche kam und mich in meinen Boardshorts und ohne Shirt sah. Er starrte auf das Tattoo, das noch frisch war und vor antiseptischer Creme glänzte, und ballte die Fäuste. Er stürmte zur Hintertür hinaus und verlor kein Wort darüber, bis wir ein paar Wochen später mit dem Boot draußen waren.

Ich hatte eben einen Köder am Angelhaken eines kleinen Jungen befestigt. Er war vielleicht zehn, und er sah aus, als würde er ohnmächtig werden, wenn er es selbst tun müsste. Der arme Junge. Vermutlich würde er lieber am Strand Sandburgen bauen oder ein Eis essen, anstatt mit seinem Dad und seinem Onkel angeln zu gehen. Stattdessen würde er den ganzen Tag auf diesem Boot festsitzen. Ich wusste, wie er sich fühlte.

Als ich mich umwandte, um noch eine Köderdose zu öffnen, sagte Dad mit leiser Stimme: »Es ist verboten, sich ohne elterliche Zustimmung tätowieren zu lassen. Das habe ich überprüft.« Er starrte auf die Stelle, wo ein dunkelrotes Blütenblatt aus dem Ausschnitt meines weißen Tanktops hervorschaute.

Ich wartete schweigend, bis sein Blick, gespenstisch silbrig im grellen Sonnenlicht, meinen traf. »Es ist *meine* Haut, Dad. Willst du mir etwa sagen, ich bin zu jung, um sie *absichtlich* zu verunstalten?«

Er zuckte zusammen und wandte den Blick ab. »Verdammt, Landon«, murmelte er, sagte jedoch nichts weiter. Alle paar Monate fügte ich irgendetwas Neues hinzu. Schwarze Flammen, die an meinen Deltamuskeln leckten und den scharfen Konturen meines Bizeps folgten. Ein gotisches Kreuz zwischen meinen Schultern für meine katholischen Vorfahren mütterlicherseits, umrahmt von Psalm 23. Mom war nicht tief religiös, aber sie besaß eine angeborene Spiritualität, um die ich sie jetzt beneidete, und ich war oft genug mit ihr zur Messe gegangen, um einen Eindruck davon zu bekommen, worum es ging. Ich fragte mich, ob es mir Frieden bringen würde, sie mir im Himmel vorzustellen anstatt unter der Erde.

Vermutlich nicht.

Am zweiten Jahrestag ihres Begräbnisses ließ ich mir eine Augenbraue piercen. Dad rastete völlig aus, während mein Großvater nur verblüfft schien, dass sich irgendjemand freiwillig einen Körperteil durchbohren ließ. »Ich habe schon genug Haken an verschiedene Stellen meiner Anatomie bekommen, um mir nicht absichtlich noch ein Loch stechen zu lassen!« Er hatte eine Narbe in der Nähe eines Auges, wo ein Haken an der Stange eines unerfahrenen Fischers ihn um ein Haar halb blind gemacht hätte. »Ein Zentimeter mehr, und er hätte mir glatt den Augapfel herausgerissen!« Er erzählte die Geschichte gern, und ich hatte sie schon so oft gehört, dass ich es mir *fast* verkneifen konnte, bei dem Bild angewidert das Gesicht zu verziehen.

Im Herbst waren uns die Hellers auf einmal viel näher, da Charles eine feste Anstellung an der führenden Universität des Bundesstaates annahm – zweihundertfünfzig Meilen landeinwärts. Ihr neues Zuhause war zwar nicht die zwanzig Minuten entfernt, die wir gewohnt waren, als wir alle noch in Virginia lebten, aber es war keine unmögliche Entfernung für einen Wochenendausflug. Außer für Dad, der sich weigerte, vier Stunden Fahrt auf sich zu nehmen, um seine besten Freunde zu sehen. Seine Ausrede war Arbeit, wie immer.

Damals dachte ich mir, dass Leute sich nie ändern.

Dad hatte vielleicht seinen hoch bezahlten Bankerjob aufgegeben, aber er nahm seine Workaholic-Persönlichkeit mit, als wir Washington verließen.

Diese Lehrtätigkeit war für Heller ein weiterer Schritt auf der Karriereleiter, aber Cindy musste sich nach einem neuen Job umsehen, und Cole und Carlie mussten neue Freunde in der Schule und der Nachbarschaft finden. Ich wusste, dass sie bei ihrer Entscheidung an uns gedacht hatten, aber Dad verschloss die Augen vor dem Opfer, das sie alle erbracht hatten. Für ihn. Für mich.

Sein Schweigen schien ihnen die Schuld an dem zu geben, was passiert war, aber vielleicht wurde er einfach durch ihre Nähe daran erinnert. Vielleicht auch durch meine Gegenwart – die er nicht so leicht auslöschen konnte.

Ich brauchte keine Erinnerung. Ich wusste, wer schuld daran war, dass wir Mom verloren hatten. Ich selbst – und niemand sonst.

Dad drückte sich vor der Thanksgiving-Feier bei den Hellers – was keine Überraschung war. Da ich fünfzehn war und keinen eigenen Wagen hatte, fuhr er mich in aller Herrgottsfrühe zum Busbahnhof. Ich hätte mich weigern können, allein mit dem Bus zu fahren, nur um ein Arschloch zu sein, aber das wäre eine sinnlose Rebellion gewesen. Ich wollte dort sein, auch wenn ich dafür eine Busfahrt mit einem Haufen heruntergekommener Loser auf mich nehmen musste, die nur einen Blick auf mich warfen und zu dem Schluss kamen, dass ich der bedrohlichste Typ an Bord war. Positiv betrachtet: Niemand setzte sich neben mich.

Der Bus hielt in vier kleinen Drecknestern, um noch ein paar verkehrstechnisch aufgeschmissene Versager einzusammeln, bevor er San Antonio erreichte, wo ich in einen ebenso beschissenen Bus mit ebenso beschissenen Losern umstieg. Die ganze Fahrt hätte mit dem Auto keine vier Stunden gedauert – in einem Rutsch durch, ohne Zwischenstopps. Stattdessen kam ich nach sechs Stunden an einem Busbahnhof an, der wie eine Mischung aus einem schlecht geführten Pflegeheim und Gegenden von Washington D.C. roch, in die meine Freunde und ich uns damals nicht allein vorwagen durften. Charles holte mich ab.

»Fröhliches Thanksgiving, mein Sohn.« Charles begrüßte mich mit einer unbekümmerten Umarmung, bei der sich mein Herz mit einer einzigen plötzlichen Erkenntnis verkrampfte – mein Vater hatte mich seit der Beerdigung nicht mehr berührt. Und selbst damals hatte ich mich zwar an ihn geklammert, um meiner Trauer an seiner harten Brust freien Lauf zu lassen, aber ich konnte mich nicht erinnern, dass er bewusst die Arme nach mir ausstreckte.

Er hatte nie ein Wort des Vorwurfs geäußert, aber es fielen auch keine Worte der Vergebung.

Ich blieb einen Takt länger, als es angenehm war, in Charles' Umarmung, um meine feuchten Augen zu trocknen. Ich versuchte die unablässigen Schuldgefühle in meinem Verstand beiseitezuschieben und wünschte, sie würden einfach verstummen, nur für diesen Tag. Wenigstens für eine Stunde. Für ein paar Minuten.

»Du müsstest jetzt so groß wie Ray sein, schätze ich.« Charles wich ein Stück zurück, um meine Schultern mit beiden Händen zu umfassen und mich zu mustern. Ich war gewachsen, seit ich ihn zuletzt gesehen hatte, und wir standen uns auf Augenhöhe gegenüber. »Und du siehst ihm auch sonst sehr ähnlich – aber du hast Rose' dunkle Haare.« Er zog eine Augenbraue hoch. »Und das reichlich.«

Charles war bei der Armee gewesen, bevor er aufs College ging. Ich hatte seine Haare nie länger als zwei Zentimeter gesehen. Wenn sie auch nur annähernd so lang wurden, witzelte er, würde er aussehen wie ein verdammter Hippie, und ging zum Friseur. Er machte sich immer einen Riesenspaß daraus, mich und Cole wegen unserer Haarlänge aufzuziehen, sobald er die Gelegenheit dazu bekam.

»Du bist ja nur neidisch, weil wir Haare *haben*«, gab Cole das letzte Mal schlagfertig zurück, als sein Dad knurrte, er könne ihn schon gar nicht mehr von Carlie unterscheiden. Ich prustete Milch durch die Nase.

Meine Eltern lernten die Hellers auf der Duke University kennen. Dad und Charles absolvierten beide ein Aufbaustudium in Wirtschaft – Welten entfernt von Cindy und meiner Mutter, die Studentinnen und beste Freundinnen waren. Keiner von ihnen hätte seinen künftigen Ehepartner je kennengelernt, wenn meine Mutter nicht beschlossen hätte, durch ein Doktorandentreffen zu spazieren, das ihr Vater abhielt – ein angesehener Wirtschaftsprofessor und Mitglied von Charles' und Dads Promotionsausschuss.

Ich war acht oder neun, als ich die Geschichte zum ersten Mal hörte, aber in Erinnerung behalten habe ich sie aus der Zeit, als ich zum ersten Mal schwer verknallt war, in Yesenia, in der achten Klasse. Liebe und Schicksal waren auf einmal entscheidende Dinge geworden, die es zu begreifen galt.

»Ich habe deinen Dad von meinem Schlafzimmerfenster aus gesehen und fand ihn so niedlich.« Mom lachte, als ich die Augen verdrehte. Ich konnte mir nicht vorstellen, dass mein Vater je *niedlich* gewesen war.

»Ich war diese eingebildeten Kunststudenten so leid, mit denen ich normalerweise ausging, und ich dachte mir, jemand wie mein Vater würde vielleicht besser zu mir passen. Er hörte sich meine Meinungen immer an und redete mit mir wie mit jemandem, der selbst Köpfchen hat, und er verwöhnte mich nach Strich und Faden. Aber seine Studenten waren alle so streberhaft und verklemmt – bis dein Dad kam. Ich dachte, wenn ich seine Aufmerksamkeit wecken könnte, dann könnte ich ihn dazu bringen, mit mir zu reden. Und dann würde er sich natürlich in mich verlieben und mich bitten, mit ihm auszugehen.« Sie bekam Fältchen in den Augenwinkeln bei der Erinnerung.

»Ich habe bestimmt ein Dutzend Kleider anprobiert, bevor ich mich für eines entschied. Dann stolzierte ich die Treppe hinunter und ging lässig durchs Wohnzimmer in Richtung Küche. Mein cleverer kleiner Plan klappte natürlich, denn ich war damals selbst ziemlich niedlich.«

Diesmal war ich es, der lachte, denn meine Mutter war wunderschön. Es gab Zeiten, da ertappte ich meinen Vater dabei, wie er sie anstarrte, als könne er nicht glauben, dass sie in seiner Küche stand oder in seinem Haus lebte. Als sollte sie nicht echt sein, war es aber doch und gehörte irgendwie ihm.

»Er ist mir in die Küche gefolgt, um sich Eistee nachzuschenken.« Sie nickte, als sie meine verwirrte Miene sah. Dad konnte man um nichts in der Welt dazu bewegen, Eistee zu trinken. »Ich fand erst später heraus, dass er Eistee *hasste*. Er lehnte sich gegen den Tresen und sah zu, wie ich mir ein Sandwich machte. ›Du bist also Dr. Lucas' Tochter?‹, fragte er, und ich erwiderte mit völlig ernster Miene: ›Nein. Ich bin eben von der Straße hereinspaziert, um mir ein Sandwich zu machen.‹ Ich wandte mich um und sah zu ihm, um ihn anzugrinsen, und mir stockte fast der Atem, denn er hatte die schönsten Augen, die ich je gesehen hatte.«

Ich hatte die Augen meines Vaters – klar und grau wie Regen, daher galt dieses Kompliment auch mir. Ich wusste noch nicht, dass ich auch seine Größe, seine analytischen Fähigkeiten und die radikale Art erben würde, auf die er sich in sich selbst zurückziehen konnte.

»Und dann kam Charles in die Küche geschlendert. Dein Dad funkelte ihn wütend an, aber er grinste nur und sagte: ›Du musst Dr. Lucas' Tochter sein! Ich bin Charles Heller – einer seiner vielen Anhänger.‹ Einer der beiden fragte mich, was ich machte, und ich sagte, ich würde an der Duke University studieren. ›Welches Fach?‹, fragte dein Dad, und ich sagte zu ihm: ›Kunst.‹ Und dann, Landon, hätte er um ein Haar verhindert, dass du je geboren wurdest.«

Ich wartete verdutzt. *Den* Teil der Geschichte kannte ich noch nicht.

»Er stammelte: ›*Kunst?*‹, und dann fragte er mich, was ich mit einem solch nutzlosen Abschluss anfangen wollte.«

Mir blieb der Mund offen stehen.

»Ja, nicht wahr? Ich wollte ihm am liebsten mit der Faust in sein gut aussehendes, arrogantes Gesicht schlagen. Stattdessen sagte ich ihm, ich würde die Welt schöner machen – *was denn sonst*! Ich ließ ihn wissen, wie unbeeindruckt ich davon war, dass *er* nur ›Geld machen‹ würde. Ich stapfte wieder nach oben, kochend vor Wut und entschlossen, nie wieder einen Studenten meines Vaters anzusehen, egal, wie niedlich er war. Ich vergaß sogar, mein Sandwich mitzunehmen.«

Der Rest der Geschichte war mir bekannt: eine spontane Einladung – über Charles bei einer zufälligen Begegnung ausgesprochen – zu ihrer ersten Ausstellung. Ihre beste Freundin, Cindy, war zur Unterstützung dabei, für den Fall, dass Raymond Maxfield unausstehlich sein sollte. Aber mein Vater war das genaue Gegenteil. Er würdigte ihre Arbeit, er war tief beeindruckt. Meine Mutter sagte gern mit einem leichten Schmollen, in Wirklichkeit seien es ihre Gemälde und nicht ihr Charme, ihre Schönheit oder ihre Keckheit gewesen, die bewirkten, dass er sich in sie verliebte.

Er beharrte stets darauf, es sei eindeutig ihre Keckheit gewesen.

Ich wusste die Wahrheit. Er verliebte sich in all diese Dinge, und als sie starb, war es, als hätte jemand die Sonne ausgelöscht, sodass er nichts mehr hatte, worum er kreisen konnte.

LUCAS

Stunden nachdem ich am Samstagabend vom Club nach Hause kam, musste ich noch immer daran denken, wie ich Jacqueline dort gehalten hatte – wie sie sich an mich schmiegte, von meinen Armen umschlungen. Ihre Augen, dämmerblau in dem verräucherten Club. Ihr nervöses Schlucken. Ihre gestammelten Fragen. Als wären alle anderen in genau dem Augenblick verschwunden, in dem ich sie an mich zog, konnte ich die Mischung aus Schweiß und Eau de Cologne von dem Gedränge der Körper um uns herum nicht mehr riechen – nur noch ihren süßen Duft. Ich konnte die Musik, die lauten Rufe oder das Gelächter nicht mehr hören. Das Einzige, was ich wahrnahm, war der Rhythmus, der wild hämmerte, wie das Blut, das in einer Endlosschleife durch meinen Körper schoss.

Zu Hause angekommen, legte ich mich ins Bett und starrte träge an die Decke, während meine Fantasie mit mir durchging. Ich stellte mir Jacqueline ausgestreckt auf mir vor, die Knie gespreizt, ihr Körper im Einklang mit meinen rhythmischen Stößen, ihr Mund geöffnet für die streichelnden Berührungen meiner Zunge. Meine Hände kneteten meine Schenkel, und jeder Nerv in meinem Körper brannte. Ich spürte ihre weiche, nackte Haut. Ihr seidiges Haar, das die Seiten meines Gesichts streifte. Ihr völliges Vertrauen.

Ich drückte mir ein Kissen aufs Gesicht und stöhnte auf. Ich wusste, dass alles, was ich jetzt tat, um den sich aufbauenden Druck zu lindern, ein verdammt erbärmlicher Ersatz für das sein würde, was ich wirklich wollte. Ich konnte sie nicht haben, aus so vielen Gründen. Sie war tabu, als Studentin in meinem Kurs – was sie nicht wusste. Sie war dabei, sich von einer Trennung nach einer *dreijährigen* Beziehung zu erholen. Ich war Zeuge einer Demütigung gewesen, die niemand ertragen müssen sollte, und sie hatte Angst vor mir.

Aber jetzt vielleicht ein bisschen weniger, murmelte mein Verstand.

Ich konnte das Kribbeln nicht unterdrücken, das mich durchzuckte, daher ließ ich ihm freien Lauf.

Dann trat ich es aus und verschaffte mir diese zweitklassige Erleichterung, um ein bisschen Schlaf zu bekommen.

Am Sonntagabend trafen Joseph und ich uns in einer Bar im Warehouse District, um eine aufkommende Alternative-Band aus Dallas zu sehen, die wir beide mochten. Obwohl ich in der Nacht zuvor kaum geschlafen hatte und am Nachmittag zwei Stunden im Dojang trainiert hatte, war ich aufgekratzt und seltsam grüblerisch zugleich – zwei Dinge, auf die ich in einer guten Sparring-Session im Allgemeinen verzichten kann.

Master Leu hatte sich bereit erklärt, mit mir zu sparren, da sonst niemand da war. Es war die reinste Hölle für mich. Für einen eher kleinen Mann war er der krasseste Typ, dem ich je begegnet war. Bei einem Demo-Training hatte ich einmal zugesehen, wie er mit zwei Bewegungen einen größeren, aber ebenso durchtrainierten Gegner in einen Würgegriff nahm, der bei einem echten Angreifer dazu führen könnte, dass er das Bewusstsein verlor. Oder ihm die Luftröhre zerquetschte.

Jacquelines Angreifer hatte keine Ahnung, wie viel Glück er hatte, dass ich noch ein paar Stufen davon entfernt war, diese Bewegung lernen zu dürfen.

»Mann, du bist nicht mehr in Kansas.« Josephs Stimme riss mich aus meiner Tagträumerei.

Ich grinste. »Ehrlich gesagt war ich noch nie in Kansas.«

Er schüttelte den Kopf. »An was – oder *wen* – denkst du denn? So abwesend habe ich dich noch nie gesehen.

Ich habe dich dreimal gefragt, ob du über Thanksgiving nach Hause fährst, und du hast mich nicht mal bewusst ignoriert. Du hast einfach *gar* nichts gehört.«

Ich seufzte kopfschüttelnd. »Entschuldige, Mann. Ja, ich fahre nach Hause. Und du?«

Er schüttelte den Kopf und kippte den Rest des Tequilas, an dem er genippt hatte. »Ich fahre mit Elliott zu ihm nach Hause. Seine Mom liebt mich.« Er verzog die Lippen, während er sich mit einem Ellenbogen auf den Tresen stützte und mich ansah. »Meine – nicht.«

Joseph hatte schon früher Andeutungen über die Ablehnung seiner Familie fallen lassen, aber er hatte es nie offen ausgesprochen. Ich wusste nicht, was ich sagen sollte.

»Das heißt … sie sehen es nicht gern, dass du Elliott mit nach Hause bringst?«

»Nein, Mann. Sie sehen *mich* nicht gern daheim. Es ist eine *Schwuchteln-verboten*-Zone.«

»Oh, Gott. Das ist zum Kotzen.«

Er zuckte die Schultern. »So ist das eben. Elliotts Familie hat kein Problem damit, dass wir zusammen sind – seine Mom richtet uns ein Gästezimmer her, das es mit jedem Bed and Breakfast aufnehmen könnte, aber seine Familie musste erst einmal verkraften, dass er einen Arbeiterjungen mit nach Hause bringt. Sie sind alle so verdammt gebildet – die ganze Familie. Seine kleine Schwester studiert Medizin, mein Gott. Als ich seine Leute das erste Mal kennenlernte, hat er ihnen nur gesagt, wo ich arbeite. Du kannst dir vorstellen, wie verblüfft sie waren, als sie erfahren haben, dass ich der Campus-Klempner bin, anstatt Geschichte oder Mathe oder, du weißt schon, Frauenstudien zu unterrichten.«

Er lachte. »Ich kann es niemandem recht machen, Mann. Ich bin zu schwul, um prollig zu sein, und zu prollig, um schwul zu sein.«

Egal, was mein Dad von mir hielt, egal, was ich – selbst mit Absicht – tat, um ihn auf die Palme zu bringen, er hatte mir nie gesagt, dass ich zu Hause nicht willkommen war. Ich wusste, ohne zu überlegen, dass ich auf der Stelle zurück nach Hause ziehen könnte, wenn ich es wollte. Was ich nicht tun würde. Aber ich könnte es.

Die Band betrat die Bühne, und Joseph und ich genossen die Musik, die weder Pop noch ein Musical war, ein paar Drinks und mehr als ein paar aufmerksame Blicke von Mädchen.

»Ach ja«, sagte er, während er mit einer hochgezogenen Augenbraue zu einem lebhaften Studentinnentrio hinübersah, das immer wieder in unsere Richtung blickte. Die Hände im Nacken verschränkt, ließ er unter den Ärmeln seines weißen T-Shirts die Muskeln spielen. »Ich kann es noch immer haben, selbst wenn ich es nicht will.«

Ich schüttelte kichernd den Kopf und gab dem Barmann ein Zeichen für noch eine Runde. Ich sprach nie ein Mädchen an, wenn ich mit Joseph unterwegs war, aber ich wusste, dass sich der Boden unter meinen Füßen bewegt hatte, als mir bewusst wurde, dass ich mich kein bisschen dafür interessierte, ob eines dieser Mädchen niedlich war. Es gab nur einen möglichen Grund für dieses Desinteresse.

Ich konnte nicht aufhören, darüber nachzudenken, wie ich Jacqueline Wallace wieder in meine Arme bekommen könnte. Ich würde Himmel und Hölle dafür in Bewegung setzen. Beides kannte ich nur zu gut.

Am Montagmorgen hatte ich einen leichten Kater, und meine Stimmung war gedämpft. Jedes Mal wenn ich Charles sah, hatte ich Schuldgefühle. Jedes Mal wenn ich Jacqueline sah, erst recht. Sie hatte mir am Wochenende nicht gemailt. Ich hatte so eine Vorahnung, dass sie allmählich dahinterkam, dass ich Landon war, und sagte mir *noch einmal*, dass ich dieser Sache ein Ende setzen musste. Und zwar jetzt.

Sie ließ sich auf die Stuhlkante neben mir fallen.

Ich war so verblüfft, dass ich nichts sagte. Ich starrte sie nur an.

»Hey«, riss sie mich aus meinem benommenen Zustand. Vor Angst, mein Bauchgefühl von vorhin könnte nachlassen, konzentrierte ich mich auf das leise Lächeln, das ihre Mundwinkel umspielte.

»Hey«, erwiderte ich und schlug mein Lehrbuch auf, um die Skizze zu verbergen, an der ich arbeitete.

»Äh, mir ist gerade eingefallen, dass ich deinen Namen von dem Abend neulich gar nicht mehr weiß.« Sie war nervös. Nicht wütend. Nervös. »Zu viele Margaritas, schätze ich.«

Hier ist deine Chance. Während ihr im Wirtschaftskurs sitzt – was gibt es für einen besseren Ort, um diese … Verwirrung bezüglich deines Namens zu klären.

Ich starrte in ihre großen blauen Augen und sagte: »Mein Name ist Lucas. Und ich glaube nicht, dass ich ihn dir genannt habe.«

Verdammt.

Heller stürmte fluchend durch die Tür unten neben dem Podium herein, und Jacquelines Lächeln wurde breiter. »Und du … ähm, hast mich damals Jackie genannt?«, sagte sie. »Um genau zu sein, heiße ich Jacqueline.«

Ich hatte sie Jackie genannt? Wann denn … oh. An dem *Abend.* »Okay«, antwortete ich.

»Hat mich gefreut, dich kennenzulernen, Lucas.« Sie lächelte noch einmal, bevor sie zu ihrem Platz eilte, während Heller sich seine Unterlagen zurechtlegte.

Sie wandte sich während der ganzen Vorlesung nicht ein einziges Mal zu mir um, auch wenn sie abgelenkt schien – sie zappelte auf ihrem Platz herum, wenn sie nicht gerade mit dem Typen neben ihr redete. Sie lachten beide ein paarmal leise, und dabei musste ich unwillkürlich lächeln. Es war nicht das erste Mal, dass ich sie lachen hörte – doch jetzt spürte ich den Klang ihres Lachens bis in meine Stiefel und wieder hoch. Ich wollte sie zum Lachen bringen – etwas, was Landon zweifellos getan hatte.

Es war völlig absurd, eifersüchtig auf mich selbst zu sein, aber ich war es. Sie reagierte auf Landons scherzhafte E-Mails mit eigenen Neckereien. Als er ihr schrieb, dass er Ingenieurwissenschaft studierte, erwiderte sie: Kein Wunder, dass Sie so schlau klingen. Kokette Worte, an einen Tutor gerichtet. Vorsichtige, vielleicht harmlose Worte … aber kokett im Kontext.

Verdammt. Ich war eifersüchtig auf *Landon.* Von all den idiotischen Reaktionen, die ich in diesem Moment haben könnte, war das die lächerlichste.

Nach der Vorlesung schoss sie von ihrem Platz hoch und stürzte zur Tür hinaus, noch bevor ich meinen Rucksack packen konnte. Irgendein primitiver, draufgängerischer Impuls drängte mich, ihr nachzulaufen, als wäre das der vernünftigste Reflex auf ihren fluchtartigen Abgang. Völlig überrumpelt, stopfte ich meine Bücher und Unterlagen bewusst langsam in meinen Rucksack.

Sie trieb mich in den Wahnsinn. Und ich liebte es. Verdammt, ich steckte wirklich in der Patsche.

Ich hatte mich bereit erklärt, ein paar Stunden von Rons Schicht zu übernehmen, damit er einen Architekturprofessor sehen konnte, der nur einmal die Woche Sprechstunde hatte. Außerdem hatte ich an diesem Nachmittag eine Schicht als Parkplatzwächter – nach der Gruppentutorübung und meinem zweistündigen Teamprojektkurs. Ich würde nicht vor zehn Uhr abends Zeit zum Lernen haben. Dieser Tag war für mich – mit der einzigen Ausnahme, dass Jacqueline dieses einminütige Gespräch begonnen hatte – schon jetzt gelaufen.

Zwischen zwei Bestellungen warf ich einen Blick auf mein Handy. Noch eine halbe Stunde, und wir hatten alle Hände voll zu tun. Beide Kanister waren fast leer. Sobald es eine Unterbrechung in der Schlange gab, schloss ich meine Kasse. Und das gerade noch rechtzeitig – denn eine Gruppe Studenten stellte sich in Eves Schlange an.

»Eve – ich gehe nach hinten und hole Kaffee. Er wird langsam knapp.«

»Bring mir eine Flasche Wodka mit, wenn du sowieso gehst«, erwiderte sie. Eve war noch mürrischer, wenn viel los war. Was ungefähr neunzig Prozent der Zeit der Fall war.

»Bring mir auch einen mit, Lucas!« Die Verwaltungsangestellte der Ingenieurwissenschaften war die Nächste in der Schlange. Vickie Payton, dunkelhäutig und weißhaarig, war ein Organisationsgenie für Professoren, eine wertvolle Quelle von Campus-Informationen für Studenten und eine Schulter zum Ausweinen für jeden.

»Ein bisschen früh dafür, meinen Sie nicht, Mrs. Payton?«, erwiderte ich kichernd, während ich durch die Hintertür verschwand.

»Die Frühjahrseinschreibungen«, antwortete sie grinsend. »*Au weia.*«

»Ach.« Ich zwinkerte ihr zu. »Zwei Wodkas und eine Packung kenianischen, kommt sofort.«

»Schön wär's«, murmelte Eve, während sie Mrs. Paytons Bestellung entgegennahm.

Ich holte die Kaffeepackung und schlitzte sie auf. Die Schlange war länger geworden, aber Eve – deren Apathie gegenüber Leuten im Allgemeinen ihre Effizienz zum Glück nicht beeinträchtigte – hatte alles im Griff. Ohne zu überlegen, suchte ich die Schlange nach Jacqueline ab. In den zwei Wochen, die sie die Vorlesung versäumt hatte, war es mir zur zweiten Natur geworden, auf dem Campus nach ihr Ausschau zu halten – etwas, was ich jedes Mal tat, wenn ich einen Raum betrat, in dem auch nur die geringste Möglichkeit bestand, dass sie dort sein könnte.

Die Wahrscheinlichkeit, sie zu sehen, war hier größer als irgendwo sonst. Trotzdem war ich verblüfft, als ich sie entdeckte. Mein Blick glitt langsam über sie, verschlang jedes Detail, als wäre sie eine letzte Mahlzeit, die ich ganz hinunterschlingen und zugleich genießen wollte.

Sie war wieder mit ihrer Freundin da, die mich beobachtete. Jacqueline beobachtete mich bewusst *nicht*. Aber die beiden unterhielten sich angeregt, und Jacqueline errötete so tief, dass ich das fleckige Rosa ihrer Wangen aus drei Metern Entfernung sehen konnte. Mühsam wandte ich mich ab, um den Kaffee zu machen, aber die

Härchen auf meinen Armen stellten sich auf. Mein ganzer Körper war sich ihrer Blicke auf mir bewusst.

Meine Unterarme waren vollständig entblößt, und sie hatte meine Tätowierungen bis jetzt noch nicht gesehen. An jenem Abend in ihrem Truck hatte sie auf meinen Lippenring gestarrt, und ich hatte gewusst, dass sie eines dieser Mädchen war, die vor Typen wie mir aus Prinzip zurückschreckten. Ich sah wie das Paradebeispiel eines schlechten Lebenswandels aus. Von ihrem Kleidungsstil her wusste ich, dass sie ein adretter Typ war, genau wie ihre Freundinnen. Und ihr Ex. Verdammt, wenn mich irgendjemand neben diesen Scheißkerl, der sie überfallen hatte, gestellt und die allgemeine Öffentlichkeit gefragt hätte, welcher von beiden der Vergewaltiger war, hätte ich verdammt viel mehr Stimmen gekriegt.

Trotzdem beobachtete sie mich jetzt. Auf der Tanzfläche am Samstagabend war sie in meine Arme gekommen, als ob sie sich sicher fühlte, wider besseres Wissen. Sie war verwirrt, aber neugierig. Interessiert. Ich spürte diese eine Wahrheit in meiner Magengegend, und es war spannend und aufwühlend. Ich wollte ihre Aufmerksamkeit. Ihre ganze Aufmerksamkeit. Und ich hatte vor, sie zu bekommen.

Ich drückte bei dem Kaffee auf *Start* und stellte mich neben Eve an die Kasse, ohne aufzusehen. Sobald Eve den Typen vor Jacqueline drannahm, hob ich den Blick, um ihr in die Augen zu sehen. »Nächster?« Sie zuckte zusammen, als hätte ich sie bei einem schlechten Benehmen ertappt, aber sie kam näher. »Jacqueline«, sagte ich, als hätte ich sie eben erst bemerkt. »Americano heute oder etwas anderes?«

Sie wunderte sich, dass ich noch wusste, was sie vor

einer Woche bestellt hatte. Ich hätte ihre Vorlieben und Abneigungen leicht aufzählen können. Jede einzelne von ihnen. Wie sie ihren Kaffee trank, wie sie geküsst werden wollte, wie sie wo gestreichelt werden musste, um vom Kopf bis zu den Zehen zu erschaudern.

Sie nickte. Ich schnappte mir einen Becher und einen Edding, aber dann trat ich an die Espressomaschine und bereitete ihr Getränk selbst zu.

Eve sah mich mit einer hochgezogenen, doppelt gepiercten Augenbraue an, da sie wusste, was ich eben getan hatte. »Deine Masche, um deine Telefonnummer Verbindungstussis zu geben?«, murmelte sie. »Billig.«

»Es gibt für alles ein erstes Mal.«

Kopfschüttelnd wischte sie die Espressoventile ab und gab zwei Schuss in einen großen Becher. »Nein, gibt es nicht.«

Ich zuckte die Schultern. »Stimmt. Ist es akzeptabel, wenn sie keine Verbindungstussi ist?«

Sie verzog die Lippen, und ich hatte das Gefühl, dass sie sich alle Mühe gab, nicht zu lächeln. »Nein. Aber weniger *in*akzeptabel.«

Während Eve und ich Bestellungen entgegennahmen und die Schlange allmählich abarbeiteten, gestattete ich mir nicht zuzusehen, wie Jacqueline sich ihre drei Stück Zucker und einen Schuss Milch holte. Ich wusste genau, wo sie war, in jeder Sekunde, aber ich ignorierte sie, bis sie zur Tür hinausging. Das war der Augenblick, als ich nirgendwo anders mehr hinsehen konnte.

»Ach herrje. Da hat's aber jemanden schlimm erwischt«, meinte Eve lachend, sodass der Typ auf der anderen Seite des Tresens sie anlächelte.

Er trug ein Pike-T-Shirt.

»Was denn?«, knurrte sie und funkelte ihn an.

Sein Lächeln schwand, und er riss die Hände hoch. »Nichts – nur … nettes Lachen. Das ist alles.«

Sie verdrehte die Augen und schnellte herum, um sich eine neue Packung Sojamilch zu nehmen, ohne ihn weiter zu beachten.

Als er mich ansah, die blonden Brauen hochgezogen, zuckte ich die Schultern. Ich kannte Eves Vergangenheit nicht, aber dieses Minenfeld war einfach unüberwindlich. Die Hälfte der Zeit war sie schon zu mir kaum höflich, und mich *mochte* sie.

12

LANDON

Als das Frühjahrssemester begann, hatte ich in der vierten Stunde Biologie mit Melody Dover und Pearl Frank – die früher Pearl Torres gewesen war, Tischgenossin am Loser-Mittagstisch in der Mittelschule, als ich in die achte Klasse ging und sie in die siebte. Dann heiratete ihre Mom Dr. Thomas Frank, einen prominenten örtlichen Chirurgen und einen der hartnäckigsten Playboy-Junggesellen der Stadt – bis er seinesgleichen in Esmeralda Torres fand, die einen dicken Diamantring am Finger und eine gesicherte Existenz für ihre Tochter wollte.

Sie bekam beides.

Pearl, die ein streberhaftes und verklemmtes Kind war, als ich sie kennenlernte, machte ein paar Ferienkurse, um die neunte Klasse komplett zu überspringen, bekam eine Rundumerneuerung und einen Riesenhaufen Markenklamotten und erschien heißer und reicher, als sie je gewesen war, in der zehnten Klasse.

Melody verlor keine Zeit, um Pearl zu ihrer neuen besten Freundin zu machen.

Die beiden tauschten einen alles andere als euphorischen Blick, als sie dem einzigen nur halb besetzten Labortisch zugewiesen wurden – an dem Boyce und ich saßen.

»Wieso seid ihr denn jetzt hier in Bio? Seid ihr aus dem Unterricht geflogen, weil ihr zu sexy wart?«, fragte er.

Sie verdrehten beide die Augen, und ich starrte kopfschüttelnd auf den zerkratzten schwarzen Tisch, während ich versuchte, mir das Lachen zu verbeißen. Boyce war verrückt nach Pearl, seit er sie im letzten September im Flur gesehen hatte. Zu dumm, dass er ihr in der Mittelschule keine Aufmerksamkeit geschenkt hatte, als sie keine Freunde hatte. Jetzt erwiderte sie den Gefallen.

»Nein, *Blödmann*«, sagte Melody und legte den Kopf auf die Seite. »Wir haben es beide in die Tanztruppe geschafft, die sich in der letzten Stunde trifft. Da hatten wir letztes Semester Bio, daher mussten wir tauschen. Wir Glückspilze.«

Dann huschte ihr Blick über mich, registrierte rasch die Tattoos, die aus den Ärmeln meines Thermoshirts hervorschauten, das Piercing in meiner Augenbraue und den Stecker in meinem Ohr. Für eine Sekunde trafen sich unsere Blicke, bevor sie ihren abwandte.

»Mein Gott, Dover – kein Grund, so feindselig zu sein«, erwiderte Boyce kichernd.

Sie funkelte ihn zornig an. Ich nahm an, sie hatte etwas dagegen, mit ihrem Nachnamen angesprochen zu werden – vor allem von Boyce, der mir gegenüber zugegeben hatte, dass er sie auf der Grundschule ständig Rover Dover genannt hatte. Nachdem er alle Brücken, über die er je gegangen war, mehr oder weniger hinter sich abgebrochen hatte, war unsere Freundschaft wie eine Fehlfunktion seiner im Allgemeinen mangelhaften Sozialkompetenz.

Unser Tisch war in der hintersten Reihe des Klassenzimmers. Boyce und ich hatten uns gegen die Wand gelehnt und kippelten auf zwei Stuhlbeinen, aus Trotz gegen die Klassenzimmervorschriften. Entweder bemerkte Mr. Quinn den Verstoß nicht, oder er hatte keine Lust, uns deswegen zur Rede zu stellen. Melody und Pearl mussten sich umdrehen, um nach vorn zur Tafel zu sehen, und ihre Hefte und Taschen auf dem Tisch liegen lassen, wo sie Boyce' Inspektion ausgeliefert waren.

Die Mädchen hatten sich in Melodys Spiralblock Nachrichten hin- und hergeschrieben, und als sie uns den Rücken zuwandten, zog Boyce den Block auf unsere Seite des Tischs, um sie zu lesen.

»Lass den Quatsch, Mann«, flüsterte ich. »Ist doch scheißegal.« Ich streckte eine Hand aus, um den Block zurückzuschieben, aber er hob einen Ellenbogen, um es zu verhindern.

Mit weit aufgerissenen Augen zeigte er auf das feminine Gekritzel, das ich als Melodys erkannte. Ich schüttelte den Kopf, und seine Augenbrauen wanderten hoch. »*Sieh* dir das an, Kumpel. *Im Ernst*.«

Ich überflog die Seite und las: *Liegt es nur an mir, oder ist Landon Maxfield dieses Jahr einfach WAHNSINNIG heiß??? Ach. Du. Scheiße.*

Aber du hast CLARK, hatte Pearl unter diese Erklärung geschrieben.

Melody schrieb zurück: *Hinsehen ist nicht verboten, oder? ☺ Tausch den Platz mit mir. Ich will ihm gegenübersitzen.*

Ich sah auf Melodys Hinterkopf. Ihre seidigen blonden Haare fielen glatt und schwer über ihren Rücken und berührten die Tischplatte. Heute bedeckten sie ihre

Ohren und schützten die Seiten ihres Gesichts vor Blicken. Sie blieb auf dem Platz schräg gegenüber von mir sitzen. Pearl hatte irgendwann im Verlauf dieser schriftlichen Konversation stirnrunzelnd den Kopf geschüttelt – vermutlich an dieser Stelle. In dem Spiralblock stand keine Antwort von ihr.

Verdammt, Pearl. Was bist du denn für eine Anstandsdame?, schrieb Melody.

Die Art, die dich davor bewahren wird, einen großen Fehler zu begehen. Logo, schrieb Pearl zurück.

Ich drehte den Notizblock um und schob ihn zurück an seinen alten Platz. Meine Gedanken wirbelten wild durcheinander, während Boyce so tat, als würde er sich einen runterholen, komplett mit ekstatisch verzückter Miene. Ich boxte ihn in den Arm, und sein Stuhl geriet aus dem Gleichgewicht und rutschte unter ihm weg, fiel krachend zu Boden und rückte uns in den Mittelpunkt der Aufmerksamkeit. Boyce landete auf den Füßen, versuchte zurückzuschlagen, aber ich kippte mit meinem Stuhl nach vorn und beugte mich vor, außer Reichweite für ihn.

»Mr. Wynn hat offenbar beschlossen, uns zu demonstrieren, was passiert, wenn jemand gegen die Vorschrift verstößt, nach der alle vier Beine unserer Laborhocker fest und *sicher* auf dem Boden bleiben müssen«, seufzte Mr. Quinn laut. Der Rest der Klasse kicherte, während Boyce seinen Stuhl wieder aufstellte und sich mit mürrischer Miene setzte.

»Arschclown«, murmelte Melody.

»Benötigen Sie *ärztliche* Hilfe, Mr. Wynn?«, hakte Mr. Quinn nach. Er genoss den Moment von Interesse und Beliebtheit, den er mit seinem Unterricht nie erreichte.

»Nein, Sir, Mr. Quinn. Mein Arsch – und andere wichtige Teile – sind alle noch voll funktionsfähig. Es ist nur einfach WAHNSINNIG heiß hier drinnen. Ach. Du. *Scheiße.*« Die Klasse brüllte vor Lachen, und Mr. Quinn versuchte, wieder für Ruhe zu sorgen.

Melody kniff ihre blassen Augen zusammen und sah ihn an, und eine Sekunde später weiteten sie sich, als der Groschen fiel. Ihr Blick schnellte zu mir, und ihre Lippen teilten sich, während ihr Gesicht feuerrot anlief. Ich starrte auf ihre glänzenden rosa Lippen und dann wieder in ihre Augen. Sie schnappte sich ihren Notizblock, knallte ihn zu und wandte sich wieder um, den Block fest in ihren Händen.

Ich stieß Boyce noch einmal in die Seite, er fiel wieder von seinem Hocker, und Quinn schickte uns mit gelben Zetteln zur Schulleiterin, die ein Nachsitzen zur Folge haben würden.

»Mein Gott, Wynn.« Ich warf mir die Haare aus den Augen, während wir das Klassenzimmer verließen.

»Was denn? Wolltest du denn gar nicht wissen, dass dein kleiner Lieblingsarsch findet, dass du …«

Ich wandte mich um und schleuderte ihn gegen ein Schließfach, und er riss die Hände hoch. »Scheiße, Mann, flipp doch nicht gleich aus wegen einem Mädchen wie ihr …«

»Und Pearl Frank ist etwas anderes?«, gab ich zurück und wandte mich ab, um weiter in Richtung Büro zu gehen – und Richtung Ingram, die sich zweifellos riesig freuen würde, uns beide zu sehen.

Er seufzte und folgte mir, während unsere Stiefel in dem ansonsten leeren Flur widerhallten. »Ich bin realistisch, Mann. Ich will sie nur flachlegen. Ich weiß, dass ich nicht mehr bekommen kann als das.«

Ich verdrehte die Augen. »Oh, aber *sie flachlegen* ist absolut drin.«

Er grinste. »Verdammt, ja. Ich bin der große Boyce Wynn. Alles ist möglich.«

Ich musste unwillkürlich lachen, während ich die Bürotür öffnete. Er hörte gar nicht, was er eben gesagt hatte. In einem Atemzug behauptete er steif und fest, dass wir für Mädchen wie Melody und Pearl nur gut fürs Bett waren, und im nächsten war alles möglich.

Ich setzte auf Letzteres.

»Wirst du morgen nicht sechzehn?«, sagte Grandpa am Vorabend meines Geburtstags zu mir.

»Ja, Grandpa.« Ich wartete auf die Pointe. Bei Grandpa folgte auf Fragen dieser Art fast immer irgendeine Pointe.

»Ich wusste nicht, ob du lieber ein rosa Rüschenkleid oder irgendetwas Passendes zu diesem Ohrring hättest.« Er kicherte vor sich hin, und ich grinste.

»Rosa ist eigentlich nicht meine Farbe. Aber trotzdem danke.«

Er zeigte mir seine Geheimwaffe für saftige Backmischung-Brownies – ein Ei weniger.

»Deine Großmutter ist nie dahintergekommen, wieso meine Brownies besser wurden als ihre«, sagte er, und ich lachte.

»Du hast dein Geheimnis vor Grandma geheim gehalten?« Die Mutter meines Vaters starb, als Dad auf der Highschool war, daher hatte ich sie nie kennengelernt.

»Verdammt, ja, das habe ich! Und was hat sie nicht alles versucht, um es mir zu entlocken, Gott hab sie selig.« Seine Augen wurden glasig bei der Erinnerung. Ich starrte in die Schüssel und vermengte die Zutaten, ließ ihm seinen privaten Moment. Während ich rührte, beugte er sich näher zu mir vor. »Die Damen *lieben* Schokolade. Vergiss das nie, mein Junge. Und wenn du ihnen *selbst gemachte* Schokolade bieten kannst, umso besser. Dieses Geheimnis wird dir alle Türen öffnen, garantiert. Du wirst noch an meine Worte denken.«

»Grandpa, das hier ist nicht wirklich selbst gemacht.«

Er räusperte sich. »Annähernd genug.« Ich schichtete die cremige Masse in die Form, die ich nach seiner Anweisung mit bloßen Händen gebuttert hatte – was irgendwie eklig war. »Die Butter macht sie schön knusprig. Streich sie gut in alle Ecken«, hatte er gesagt.

Sobald die Brownies im Ofen waren, fragte er: »Wovon haben wir geredet? Ach ja. Dein fortschreitendes Alter.« Er kicherte, und ich verdrehte die Augen, als er nicht hinsah. *Ich warte noch immer auf die Pointe.*

»Ich dachte mir, wir könnten morgen vielleicht anfangen, dir das Autofahren beizubringen.« Ich riss die Augen auf. Als ich nicht gleich antwortete, ergänzte er: »Es sei denn, du willst nicht.«

»Und ob ich will!«, rief ich, als ich aus meinem benommenen Zustand zu mir kam. »Ich dachte nur … ich dachte nicht, dass du und Dad …«

»Freu dich nicht zu früh. Hinter diesem Vorschlag steckt kein Muscle-Car. Nur mein alter Ford-Truck, wenn ich ihn nicht selbst brauche. Ich dachte, vielleicht willst du damit mal zu einer Verabredung oder so fahren – solange es nicht mit diesem Boyce Wynn ist. Du kannst etwas Besseres haben als ihn.« Er lachte wieder vor sich hin, und diesmal fiel ich kopfschüttelnd mit ein.

»Danke, Grandpa. Das wäre wirklich toll.«

Er nahm ein Handbuch für Autofahrer aus der Schublade neben dem Besteck, voller Geheimnisse an diesem Abend. »Fang an, die Regeln zu lernen, und ich warne die Bevölkerung, dass sie die Nebenstraßen an diesem Wochenende räumen sollen.« Er grinste und klopfte mir auf die Schulter, dann verließ er die Küche. Ich ging in meine Vorratskammer, warf mich aufs Bett und schlug das Buch auf, während ich auf das Piepsen der Zeitschaltuhr für die Brownies wartete.

Mr. Quinn ging von Tisch zu Tisch und wies Krankheiten zu. »Jedes Team wird identifizieren, auf welche Weise seine spezielle Krankheit verursacht wird – genetisch, viral, bakteriell, chemisch et cetera. Ich will wissen, ob es vorbeugende Maßnahmen gibt, ob bekannte oder diskutierte Behandlungsmöglichkeiten existieren und ob sie ansteckend ist oder nicht.«

Dem Tisch neben uns wurde Milzbrand zugewiesen. Wir bekamen Laktoseintoleranz.

»Was für ein verdammt lahmarschiges …«

»Boyce, ich wäre dir dankbar, wenn du deine sprachlichen Unzulänglichkeiten für dich behalten würdest.«

»Aber, Mr. Quinn – *Laktoseintoleranz*? Was für eine Krankheit ist *das* denn? Leute, die Dünnpfiff kriegen, wenn sie Milch trinken?« Die Klasse johlte vor Lachen. Melody durchbohrte Boyce mit Blicken, als würde sie ihn am liebsten umbringen, und Pearl hielt sich mit aufgestützten Ellenbogen seufzend eine Hand vor die Augen. Das Gesicht unseres Lehrers verzerrte sich zu einer entnervten Grimasse. Wie zu erwarten, ließ sich mein Freund durch nichts von alledem abschrecken. »Trinkt keine Milch mehr – Problem gelöst!! Können wir nicht so etwas wie, ich weiß nicht, Ebola haben?«

Quinn ging zurück nach vorn, als die Schulglocke läutete. »Fangt heute Abend mit euren Recherchen an, und seid morgen bereit, eure Ergebnisse mit eurem Team zu erörtern!« rief er über den Lärm hinweg, während wir alle in die Mittagspause gingen.

»Wie *kannst* du nur mit diesem Idioten befreundet sein?«, fragte Melody, während wir hinausdrängten.

Ich hob eine Schulter und lächelte zu ihr hinunter. Ich fing die Tür an der Kante ab und hielt sie ihr auf. »Vielleicht ist er unterhaltsam?«

Sie legte den Kopf auf die Seite. »Wenn man absolute Idiotie amüsant findet«, räumte sie ein. Sie begann mein Lächeln zu erwidern, aber es schwand in dem Augenblick, in dem wir in den Flur traten und ihr Freund ihr den Arm um die Schultern legte. Im Allgemeinen wartete er nach dem Unterricht auf sie.

»Hey, Süße.« Er fixierte mich. »Hey, Psychofreak. Hast du dir schon deinen Schwanz piercen lassen?«

»Clark«, stöhnte Melody, während wir uns in den Strom von Schülern einreihten. Die meisten von uns konnten es kaum erwarten, dem Campus für eine halbe Stunde zu entkommen.

»Warum bist du eigentlich so fasziniert von meinem Schwanz, Richards?«, fragte ich.

Er wandte sich um, und dann sah er über meine Schulter, wo, wie ich wusste, Boyce stand. »Verpiss dich, Freak«, sagte er und führte Melody den östlichen Flur hinunter in Richtung Parkplatz.

»Ich glaube, Richards braucht ein neues Repertoire.« Ich sah Melodys wippenden Hüften nach, während der Arm ihres Freundes um ihren Hals lag wie ein Hundehalsband.

»Hä?« Boyce zog eine Augenbraue hoch. »Du weißt schon, dass er jetzt von Thompson kauft, oder?«

Ich lachte. »Perfekt. Dann ist er ein Scheinheiliger und ein Schwachkopf noch dazu.«

»Oh, Mann. Das hätte ich dir schon vor Jahren sagen können.« Er stieß über die Köpfe von ein paar Mädchen hinweg mit einem Freund die Knöchel aneinander, während ich zusah, wie Melody und Clark durch den Hinterausgang verschwanden. »Habe ich dir eigentlich erzählt, dass er noch mal versucht hat, mich dafür zu bezahlen, dass ich dich zusammenschlage?«

Ich blieb abrupt stehen, und ein jüngerer Schüler prallte gegen mich und landete auf dem Hintern. Ich streckte eine Hand nach seiner aus und zog ihn hoch. Vermutlich hatte er jedes Schulbuch, das man ihm zugeteilt hatte, in diesem Rucksack. Er wog zweimal so viel, wie er sollte.

»Was hast du zu ihm gesagt?«, fragte ich Boyce, während der Schüler ein Danke stammelte und davonhuschte.

Boyce grinste, eine Augenbraue hochgezogen. »Hab ihm gesagt, er soll sich verpissen, was denn sonst.«

LUCAS

Jacqueline schrieb mir keine SMS und rief mich nicht an, daher kam ich zu dem Schluss, dass sie entweder (a) die Nummer auf ihrem Becher nicht gesehen hatte oder (b) sie gesehen hatte, aber nicht interessiert daran war, mit mir zu reden.

Aber da sie mir freiwillig ihren Namen genannt und mich nach meinem gefragt hatte, war sie wohl eher nicht gleichgültig.

Sie schrieb eine E-Mail an Landon, aber in ihrer Nachricht ging es ausschließlich um Wirtschaft. Oder es hatte zumindest den Anschein. Sie erwähnte, dass sie am Samstag mit ein paar Freundinnen aus war. Als ich antwortete, ging ich darauf ein: Ich hoffe, Sie haben Ihren Ausgehabend genossen. Einen Abend, über den ich alles wusste. Sie würde *Landon* natürlich keine weiteren Details erzählen … aber ich wollte, dass sie es tat. Das Loch, das ich mir schaufelte, wurde mit jeder neuen E-Mail tiefer, aber ich konnte nicht aufhören.

Dann spielte ich auf ihre Trennung an und darauf, dass es nie unhöflich gemeint war, wenn ich so tat, als wollte ich keine Einzelheiten erfahren. Zwischen den Zeilen drängte ich sie: *Erzähl es mir*, aber ich nahm nicht an, dass sie auf diese ungeschriebene Aufforderung eingehen – dass sie einen solch ungeschützten Teil von sich preisgeben würde.

In einem einzigen Absatz legte sie mir alles zu Füßen – wie lange sie zusammen waren, die Tatsache, dass sie ihm hierher an die Uni gefolgt war, anstatt sich bei einer angesehenen Musikhochschule weit weg zu bewerben. Wie sie sich allein die Schuld daran gab, dass sie so dumm war. Dass sie an ihn geglaubt hatte.

Sie dachte, aufgrund dieser Entscheidung irgendwo festzustecken, wo sie nicht sein sollte.

Ich glaubte nicht an Schicksal oder höhere Mächte, so gern ich es auch wollte. Ich glaubte daran, Verantwortung zu übernehmen, und dieses Mädchen tat das ganz offensichtlich auch. Aber ich konnte nichts Falsches daran sehen, dass sie jemandem, den sie drei Jahre lang geliebt hatte, gefolgt war – es deutete auf eine Loyalität hin, für die sie sich selbst keine Anerkennung zollte. Wenn sie an Verantwortung glaubte, dann wäre es das Beste für sie, wieder die Kontrolle zu übernehmen. Zu der Entscheidung zu stehen, die sie getroffen hatte, egal, wie sie ausgefallen war. Und das Beste daraus zu machen.

Daher sagte ich ihr genau das.

Am Mittwoch kam sie früh zur Vorlesung, und ich traf eine spontane Entscheidung – offenbar das Einzige, wozu ich imstande war, wenn es um Jacqueline Wallace ging. Ich rutschte auf den Platz neben ihr und sagte ihren Namen. Sie zuckte leicht zusammen, als sie aufsah, erwartete vermutlich den Typen, der normalerweise dort saß. Aber sie wich nicht vor mir zurück.

»Ich nehme an, du hast die Telefonnummer auf deinem Becher nicht gesehen«, sagte ich.

»Doch, habe ich.« Ihre Stimme war leise für eine solch gewitzte Antwort, und aufrichtige Neugier lag in ihrem festen Blick.

Ich fragte sie im Gegenzug nach ihrer Nummer, und sie fragte, ob ich Nachhilfe in Wirtschaft bräuchte. Ich verschluckte mich fast zwischen einem inzwischen vertrauten Anfall von Schuldgefühlen und Belustigung über die absurde Ecke, in die ich mich selbst manövriert hatte. *Brauchst du Nachhilfe in Wirtschaft?* Ich fragte sie, wie sie denn auf die Idee käme, während ich zwei Herzschläge lang überlegte, ob sie vielleicht Bescheid wusste und mich verarschte.

Falls ja, dann hatte ich es absolut verdient.

»Ich schätze, das geht mich nichts an«, sagte sie pikiert.

Ich musste das Gespräch von diesem Gedankengang weglenken. Ich beugte mich näher vor und sagte ihr die aufrichtige Wahrheit – dass mein Wunsch, ihre Nummer zu haben, nichts mit Wirtschaft zu tun hatte.

Sie nahm ihr Handy und schickte mir eine SMS: Hi.

Ihr Kommilitone kam den Gang hoch und wollte auf seinen Platz. (Benjamin Teague, nach der Teilnehmerliste. Ich hatte seine Campus-Adresse, seinen Stundenplan, seine Noten und jeden möglichen Disziplinareintrag überprüft – es gab keinen. Er schien harmlos, abgesehen von seiner Vorliebe für *Bro*-T-Shirts, und er brachte sie zum Lachen – beides ein Punkt zu seinen Gunsten und ein Grund, weshalb ich ihn irgendwie ausschalten wollte.)

Ich räumte den Platz, während ich mir ein idiotisches Grinsen verbiss. Sie hatte mich nicht angerufen … aber sie hatte meine Nummer in ihr Handy gespeichert.

Und jetzt hatte sie mir ihre gegeben.

Als ich gegen Ende der Vorlesung aufsah, bemerkte ich, dass sie mich beobachtete – das war ja etwas ganz Neues. Ich hatte nicht genug auf den Unterricht geachtet, da ich darin vertieft war, alternative Formen der Gewebekonstruktion für Dr. Aziz' Forschungsprojekt zu entwerfen und zu skizzieren. Gedanken an Jacqueline waren das Einzige, was in meiner Aufregung noch zu mir durchdrang, nachdem ich gestern seine E-Mail mit der Nachricht bekommen hatte, dass ich angenommen war. Ich würde mit zwei führenden Mitgliedern der Ingenieurwissenschaftlichen Fakultät zusammenarbeiten, und die Studiengebühren für mein letztes Semester würden aus den Fördermitteln des Projekts bezahlt werden. Ich würde weiterhin als Tutor für Heller arbeiten und hin und wieder eine Schicht als Parkplatzwächter einlegen, aber ich konnte die Arbeit im Starbucks aufgeben, die im Moment noch fünfzehn Stunden meiner Woche in Anspruch nahm.

In den Sekunden, in denen Jacqueline und ich uns anstarrten, rückte Hellers Stimme in den Hintergrund, und alle anderen im Hörsaal verschwanden. Ich konnte mich Aziz' Projekt nicht wieder zuwenden oder mich an die Flut von Ideen erinnern, die mir noch vor einer Minute durch den Kopf wirbelten. Meine Vergangenheit verflüchtigte sich. Meine Zukunftspläne verschwammen. Jede Zelle in meinem Körper war sich ihrer Gegenwart bewusst, und nur ihrer.

Ich wusste, dass ich bei ihr vorsichtig sein konnte. Ihr Vertrauen würde schwer zu gewinnen sein, denn sie hatte Angst davor, wieder verletzt zu werden, aber ich konnte es gewinnen. Ich wusste, von diesen wenigen Sekunden, in denen wir uns in die Augen starrten, und von dem einen Mal, als ich sie gehalten hatte, dass sie auf mich, unter mir, reagieren würde. Dass ich ihren Körper zu Ebenen der Lust führen könnte, die sie von ihrem narzisstischen Ex unmöglich bekommen haben konnte, egal, wie lange sie zusammen waren.

Und danach konnte ich ihr nichts weiter bieten. Ende dieses Jahres – schon in wenigen Monaten – hatte ich vor, einen Job irgendwo weit weg von hier anzunehmen. Um diesem Bundesstaat und meinem Vater zu entkommen. Um mir eine Karriere und ein Leben aufzubauen, ohne emotionale Verwicklungen. Jedenfalls nicht in absehbarer Zeit, falls überhaupt je.

Ich wollte dieses Mädchen, aber ich würde mich nicht in sie verlieben.

Sie hatte jemandes ganzes Herz verdient. Sie hatte jemanden verdient, der aufrichtig und loyal war.

Und ich war nicht dieser Mann, so gern ich es auch sein wollte.

Landon,
wir machen morgen Abend Steak-Fajitas – komm vorbei, wenn du noch nichts vorhast. Außerdem werde ich am Freitagmorgen als Erstes einen Kurztest über den Verbraucherpreisindex abhalten – vielleicht willst du das in dein Arbeitsblatt am Donnerstag aufnehmen. Der Kurztest müsste etwa fünfzehn bis zwanzig Minuten dauern, also hol dir ruhig erst einen Kaffee und komm später.
CH

Jacqueline und ich waren den Verbraucherpreisindex noch nicht durchgegangen, daher schickte ich ihr das Arbeitsblatt per E-Mail, sobald ich es entworfen hatte. Außerdem fragte ich sie nach ihrer Interpretation von Vorbestimmung im Hinblick auf ihre Entscheidung, Kennedy Moore an die Uni zu folgen: Können Sie denn beweisen, dass Sie irgendwo anders besser dran wären?

Ich fragte sie nach ihrem Hauptfach. Ich überlegte, ob sie die Musik insgesamt aufgegeben hatte – und hoffte, dass sie es nicht getan hatte.

Ihre Antwort – Musikerziehung – war eine Erleichterung, aber sie beklagte sich über die Aussicht zu unterrichten, als würde sie das vom Musizieren abhalten. Ich konnte den Zusammenhang nicht sehen. Weh dem, der Heller zu sagen versuchte, dass er Wirtschaft nicht *machte,* weil er es unterrichtete. Er würde einiges darüber zu hören bekommen, wie er Forschungsprojekte für angesehene Fachzeitschriften durchführte, über globale Wirtschaftsereignisse auf dem Laufenden blieb und an einflussreichen Wirtschaftskonferenzen teilnahm.

Ich fügte ein strenges Postskriptum an, in dem ich ihr *befahl*, das Arbeitsblatt vor Freitag zu machen.

In ihrer Antwort nannte sie mich einen Sklaventreiber.

Ich klappte meinen Laptop zu und ging joggen, aber das dämpfte nicht den unkontrollierbaren Effekt ihrer vorwitzigen kleinen Antworten. Ich ging eine halbe Stunde in meiner Wohnung auf und ab, bevor ich mir mein Handy schnappte und ihre Nummer aufrief. Ich schlug alle Bedenken in den Wind und schickte ihr eine SMS: Hi. :)

Sie antwortete in gleicher Weise. Ich fragte sie, was sie gerade machte, und erwähnte ihr rasches Verschwinden nach der Vorlesung. Ich sagte ihr, sie solle am Freitagnachmittag im Starbucks vorbeischauen, wenn dort im Allgemeinen nichts los war, und fügte hinzu: Americano, aufs Haus?

Sie erklärte sich einverstanden, und mich durchzuckte ein kurzes Glücksgefühl, gefolgt von dem Wunsch, mich selbst zu blutigem Brei zu schlagen.

»Warum hast du das zugelassen?«, fragte ich Francis.

Er antwortete mit einem festen, katzentypischen Blick.

»Du hättest wenigstens *versuchen* können, mich aufzuhalten.«

Er leckte sich eine Pfote, fuhr sich damit übers Gesicht und starrte mich wieder an.

»Ist das der Anfang von Schizophrenie? Erst rede ich

als zwei verschiedene Typen mit einem Mädchen und dann mit meinem Kater. Das ist ein neuer Tiefpunkt.«

»Miau«, antwortete er und rollte sich zu einer Kugel zusammen.

Wenn Charles und Cindy grillten oder Fajitas machten, musste ich nie fragen, um wie viel Uhr es Essen gab – ich wartete einfach, bis der Geruch von gegrilltem Fleisch durch meine Wohnung zog.

Ich schnappte mir die Schale mit Brownies, die ich gebacken hatte, und ging hinüber. Das Gespräch drehte sich um Cole, der in ein paar Wochen zum ersten Mal von der Duke University nach Hause kommen würde, nur um mit dem Rest von uns in einen Wagen verfrachtet und an die Küste kutschiert zu werden. Wenn Raymond Maxfield zu Thanksgiving nicht kommen wollte, dann würde Thanksgiving eben zu ihm kommen.

»Cole wird ein schlecht gelauntes, stinkendes A-Loch sein – erst drei Stunden im Flugzeug und dann vier im Auto? Igitt!«, beschwerte sich Carlie.

»Er ist achtzehn«, sagte Charles. »Er wird schlafen.«

»Gute Idee. Betäubt ihn mit Schlafmitteln«, meinte Carlie, während sie einen Maischip zwei Zentimeter hoch mit Guacamole belud. »*Bitte*.« Ihr Appetit war zurückgekehrt, nachdem sie über ihre Trennung hinweg war. Beim Dessert tauschten ihre Eltern ein Lächeln, als sie sich einen Brownie nahm. »Mmm. Die sind wie Sex auf einer Wolke«, bemerkte sie, während sie sich einen Finger ableckte, und das Gesicht ihres Vaters verwandelte sich in Granit.

»*Carlie Heller*«, sagte Cindy. »Mit solchen Bemerkungen bringst du deinen Vater noch ins Grab.«

»Was denn? Dad, ich *rase* aufs Erwachsenenalter zu.« Sie kaute beim Reden. »Du bist doch den ganzen Tag von Collegestudenten umgeben. Das werde ich in knapp zwei Jahren auch sein! Find dich damit ab. Ich kann nicht ewig ein Kind bleiben.«

Calebs Augen schossen zwischen seiner Schwester und seinen Eltern hin und her. Er hatte während des ganzen Essens kein einziges Mal im Mittelpunkt der Unterhaltung gestanden. Für ihn als das Nesthäkchen der Familie grenzte das an Unsichtbarkeit. »Stephen Stafford hat eine Schlange geküsst«, sagte er.

»Ich hoffe, das ist kein Euphemismus, denn … *igitt*«, sagte Carlie.

»Was ist ein Euph …«

»Die Schlange in eurem Biologieraum?«, wandte sich Cindy an ihr jüngstes Kind. Caleb nickte. »Und wie ist das passiert?«

»Dale Gallagher hat gewettet, dass er sich nicht traut.«

»Ah.« Sie sah Charles über den Tisch hinweg an. »Na ja, Stephen Staffords Eltern tun mir wirklich leid.«

Caleb runzelte die Stirn. »Wieso denn? Wahrscheinlich hat er ihnen gar nicht gesagt, dass er eine Schlange geküsst hat.«

»Trotzdem, dieses Bild vor Augen zu haben und dabei essen zu wollen, *schönen Dank auch*«, murmelte Carlie.

»Außerdem musste ihm Dale Gallagher fünf Dollar geben, weil er es gemacht hat.«

»Dann nehme ich an, Dale Gallaghers Eltern können uns auch leidtun«, sagte Charles, während er Carlie mit einer besorgt hochgezogenen Augenbraue ansah. »Wenn er so dumm ist, jemandem *Geld* dafür zu geben, dass er ein Reptil küsst.«

Als ich damals in die Wohnung über der Garage der Hellers einzog, wusste ich nicht, was ich erwarten sollte – wie viel Umgang ich mit ihnen haben oder wie die Wohnung aussehen würde. Niemand hatte dort gelebt, seit sie eingezogen waren. Sie nutzten sie lediglich als zusätzlichen Lagerraum. Aber ich nahm an, egal wie sie aussah, es würde auf jeden Fall besser sein, als in einer Vorratskammer zu schlafen.

Carlie rannte hinaus zu dem SUV, als Charles und ich vorfuhren. Sie war eine Frühgeburt, daher war sie ihr Leben lang klein für ihr Alter gewesen. Neben meinem achtzehnjährigen Körper sah sie so winzig aus wie noch nie. Trotzdem warf sie mich fast um, als sie sich auf mich stürzte, die Augen so weit aufgerissen wie ein Kind am Weihnachtsmorgen.

»Landon, das *musst* du dir ansehen!« Sie packte mich bei der Hand und zog mich über die Auffahrt. Nach der vierstündigen Fahrt war ich reif für ein Bad, eine Mahlzeit und ein Nickerchen, außerdem musste ich meine Sachen aus dem Wagen laden, aber eine Carlie in voller Fahrt war nicht zu bremsen.

Ihre Brüder und ihre Eltern folgten uns die Treppe hoch, wo Carlie mir feierlich einen Schlüsselbund überreichte, an dem ein einziger Schlüssel hing und der das Logo der Universität trug, an der ich, so unglaublich es auch war, in einer Woche ein offizieller Student sein würde. Während sie auf den Zehen wippte, sperrte ich die Tür auf und fand eine spärlich möblierte Wohnung vor. Ich hatte keine Möbel erwartet. Oder frisch gestrichene Wände, neu angebrachte Jalousien, Geschirr in den Küchenschränken, Handtücher im Bad. Eine ganze Wand des Schlafzimmers war mit Kork bedeckt, bereit für die Zeichnungen, die ich vielleicht dort anheften wollte. Ein Stapel Bettwäsche lag auf dem Fußende eines Plateaubetts.

Ich schluckte schwer. Ich war außerstande, mich umzuwenden und irgendeinen von ihnen anzusehen. Ich konnte nicht sprechen. Es war zu viel.

Ich trat ans Fenster und drehte an der Stange, um die Jalousien zu öffnen, und Licht flutete ins Zimmer. Der Blick aus meinem Schlafzimmer ging auf Baumwipfel – dicht belaubte, echte Eichen – und den Himmel. Das Wohnzimmerfenster ging zum Garten, zum Pool und zum Haus der Hellers. Sie würden nur ein paar Meter entfernt sein. Nur ein paar Schritte.

Charles und alle drei Kinder verschwanden, ohne dass ich es bemerkte, und Cindy trat neben mich, während ich blind aus dem Fenster starrte. »Ich freue mich ja so, dass du hier bist, Landon«, sagte sie, während sie mir eine Hand auf den Rücken legte. »Charles und ich sind so stolz darauf, wie du es geschafft hast, dir das zu verwirklichen.«

Die Hellers waren wie eine Familie für mich. Das waren sie schon immer gewesen. Und das würden sie auch immer sein. Aber sie waren genau das – *wie* eine Familie. Sie waren nicht meine.

13

LANDON

»Der Frosch ist tot. Er kann dir nichts tun.«

Melody blinzelte hinter einer riesigen Schutzbrille. »Dieses Teil ist ekelhaft. Ich fasse das nicht an.« Die Laborschürze in Einheitsgröße reichte ihr bis zu den Knien und wickelte sich einmal ganz um ihren Körper, und sie hielt die Unterarme hoch, mit angewinkelten Ellenbogen, damit ihr die Handschuhe nicht von ihren kleinen Händen rutschten. Sie sah aus wie ein Kind, das OP-Schwester spielte.

Denk jetzt nicht an ihre Hände.

Ich zog eine Augenbraue vor ihr hoch – die mit dem Piercing, das sie letzte Woche angestarrt hatte, als Pearl vor Melodys Nase mit den Fingern schnippte, um ihre Aufmerksamkeit zu bekommen. »Hättest du das zu Pearl auch gesagt?«, fragte ich.

Sie zuckte mit einer Schulter, den Blick auf meine Augenbraue geheftet. Ihr dunkelgrüner Pullover sah ebenso weich aus wie ihr Haar. Die Farbe ließ den Rand ihrer Iris dunkler erscheinen und bildete einen starken Kontrast zu den hellen Strähnen, die sich über dieser Schulter teilten. »Ja«, sagte sie.

Denk nicht an ihre Augen. Oder ihre Haare.

Ich seufzte. »Okay. Ich werde sezieren. Du steckst fest und beschriftest.«

Sie schob ihre volle Unterlippe zu einem Schmollen vor, das bei einem sechzehnjährigen Mädchen lächerlich aussehen sollte. *Gott. Verdammt.*

Ich war dankbar für die schwere Leinenschürze, die ich trug. Und den hohen Tisch zwischen uns. »Na schön. Ich werde sezieren *und* feststecken … und du beschriftest?«

Sie nahm einen Stift und lächelte – gewährte mir positive Bestärkung dafür, dass ich so leicht einknickte. »Was zuerst?«

Wie eine Laborratte juckte es mich herauszufinden, wo sie diesen Hebel versteckt hatte. Ich würde ihn immer wieder umlegen, um dieses Lächeln genau auf mich zu richten.

»Ähm … na ja, sehen wir mal nach …« Ich sah auf das Anleitungsblatt.

»Ähm. Als Erstes sollen wir das Geschlecht bestimmen.«

Melody biss sich mit ihren makellos weißen, geraden Zähnen auf ihre glänzende Unterlippe, und ich spürte diesen Biss – als würde ich aus einem einzigen Nervenende bestehen – an einer konzentrierten Stelle. Mein Schwanz zuckte wie eine Flagge in einer plötzlichen Windböe. *Mein Gott, was bin ich – elf?*

Zum Teufel mit Boyce und seinem dämlichen Drüsenfieber. Zum Teufel auch mit Pearl und ihrem. Sie fehlten beide seit einer Woche. Ohne Pearls dämpfende Gegenwart – oder die von Boyce, der Melody alle fünf Sekunden auf die Palme brachte – hatten wir angefangen, jeden Tag miteinander zu reden, wie wir es seit über einem Jahr nicht mehr getan hatten. Seit jenem verhängnisvollen Geografieprojekt. Seit ihr Freund Boyce dafür bezahlt hatte, dass er mich zusammenschlug.

Melody beugte sich über die Sezierschale und starrte auf den armen toten Frosch, der aussah, als wäre er beim Tanzen gestorben – die Nase in der Luft, mit gespreizten Händen. »Ich sehe kein Ding. Dann ist es ein Mädchen?«

Ich lachte. »Frösche haben kein von außen sichtbares *Ding*.«

Sie machte ein mürrisches Gesicht, einen behandschuhten Handrücken an die Nase gedrückt, um sich vor dem beißenden Geruch der Balsamierflüssigkeit zu schützen. »Wie zum Teufel sollen wir es denn dann sagen können?«

Ich sah noch einmal auf das Anleitungsblatt. »Hier steht, dass das Männchen eine vergrößerte Daumenschwiele hat.«

Die Köpfe zusammengesteckt, starrten wir noch einen langen Moment auf den Frosch.

»Ich bitte dich, er macht es doch nicht mit dem Daumen!«, sagte sie.

O. Mein. *Gott*. Ich starrte sie an. Sie errötete und kicherte, und dann mussten wir beide lachen, und Mr. Quinn sah finster in unsere Richtung. Sezieren durfte offenbar keinen Spaß machen.

»Lassen wir den Teil erst mal weg«, sagte ich.

Und denk auch nicht an deinen eigenen gottverdammten Daumen, Herrgott noch mal.

Melody beschriftete gehorsam winzige Etiketten und steckte die Nadeln hindurch, während ich den Frosch der Länge nach aufschlitzte und auf die inneren Organe hinwies. Allmählich gewöhnten wir uns an den

Geruch des Formaldehyds, und ihre angewiderten Protestbekundungen wurden immer seltener. Sie begann die Nadeln auch durch die Teile zu stecken, die ich herausnahm, aber sie weigerte sich, ihr Skalpell oder ihre Zange auch nur in die Hand zu nehmen, es sei denn, Mr. Quinn machte die Runde, um sich zu vergewissern, dass sich auch alle beteiligten.

»Ooh, das ist ja alles so winzig«, sagte Melody völlig ernst. Als könnten die Organe in einer fünfzehn Zentimeter langen Amphibie irgendetwas anderes sein. Sie sah auf das Diagramm und dann wieder auf den Frosch. »Ooh, sind das etwa seine kleinen Eier?« Sie nahm die Nadel mit dem *Hoden*-Etikett in die Hand.

Ich kicherte. »Ja. Das sind seine Eier. Herzlichen Glückwunsch, wir haben einen Jungen.«

Sie runzelte die Stirn. »Das heißt, er hat gar keinen …« Ihre Stimme verlor sich, während mein Gehirn die Leerstelle ausfüllte: *Schwanz, Penis, Pimmel, Latte, Phallus, Monster*. Dieses letzte Wort war Boyce' Bezeichnung.

»Äh. Nein.« Hin- und hergerissen zwischen Bedauern und immenser Erleichterung darüber, dass Boyce nicht hier war, las ich das Blatt und gab es dann mit etwas anderen Worten wieder. »Das Männchen befruchtet die Eier, indem es …« *Scheiße*. »Ähm … das Weibchen besteigt, es mit den Vorderbeinen umklammert und Sperma über die Eier spritzt, nachdem das Weibchen sie abgelegt hat.«

Wir sahen uns hinter unseren Schutzbrillen an. Ich wunderte mich, dass meine noch nicht beschlagen war.

»Echt scheiße für ihn, oder?«, sagte sie.

Denk nicht daran, die Arme um Melody Dover zu legen. Von hinten.

O. Mein. Gott.

Da Boyce krank zu Hause lag, blieb mir keine andere Wahl, als wieder zu Fuß zur Schule und nach Hause zu gehen. Sein umgebauter Trans Am war vielleicht eine laute, hässliche potenzielle Todesfalle – aber es war ein fahrbarer Untersatz. Mich trennten noch vier Monate und ein paar Fahrstunden von meinem Führerschein. Grandpa und ich suchten uns jeden Sonntagnachmittag oder -abend freie Feldwege und kaum gepflasterte Straßen im Landesinneren, damit ich üben konnte, und fuhren mit der Fähre hin. Er war kurz davor zu entscheiden, dass ich so weit war, auf einer richtigen Straße zu fahren.

Ich hatte mein Gesicht verborgen, um die Augen zu verdrehen, und ich sagte ihm natürlich nicht, dass Boyce mich den Trans Am jedes Mal fahren ließ, wenn er ein Bier zu viel getrunken oder zu oft an einem Joint oder einer Pfeife gezogen hatte und ich noch relativ nüchtern war. Er hätte meine vorläufige Fahrerlaubnis vermutlich auf der Stelle zerrissen, und ich würde niemals allein hinter dem Lenkrad dieses alten Ford sitzen.

Es gab nur einen Grund, weshalb ich diesen Truck wollte.

Als ob Melody lieber in dieser alten Rostlaube fahren würde als in Clark Richards' schneeweißem Jeep – den er vor einem Jahr zu seinem sechzehnten Geburtstag geschenkt bekommen hatte. Ich hatte ihn damit prahlen hören, was Melody auf der Rückbank dieses Jeeps angeblich mit ihm gemacht hatte, und seine Worte machten mich wütend und verdammt hart. Wütend, weil er das nicht einem Haufen Idioten um ein Feuer am Strand erzählen sollte. Und hart, weil ich wollte, dass sie genau diese Dinge mit mir machte.

Auf dem Weg von der Straße in den Hof trat ich gegen

den Arm eines Kaktus, und ein scharfer Stachel bohrte sich genau durch die Spitze meiner schwarzen Vans. »Autsch! Scheiße!«

Das war der Augenblick, als ich Grandpas Truck neben dem Haus stehen sah. Zusammen mit Dads SUV.

Die Haustür war unverschlossen, aber vielleicht hatte Grandpa nur vergessen abzuschließen. Dad und er diskutierten ständig über Sicherheitsvorkehrungen und darüber, ob man das Haus unverschlossen lassen durfte – Grandpa beharrte darauf, er hätte das *verdammte Haus* in all den *verdammten Jahren*, die er nun schon dort lebte, nie abgeschlossen, und Dad beharrte, wir würden nicht mehr in den Fünfzigerjahren leben.

Als ein paar Ortsfremde in Wynns Werkstatt einbrachen und einen Riesenhaufen Werkzeug stahlen, gab sich Grandpa widerstrebend geschlagen. Aber manchmal vergaß er trotzdem noch abzuschließen.

»Grandpa?«, rief ich, während ich die Tür hinter mir schloss.

Das Innere des Hauses war düster nach dem hellen, wolkenlosen Nachmittag draußen, selbst als ich meine Sonnenbrille abnahm. Im ersten Augenblick bemerkte ich gar nicht, dass Dad auf der Sofakante saß, die Hände zwischen die Knie geklemmt. Er starrte auf den abgetretenen Teppich unter seinen Füßen.

So früh am Nachmittag war er fast nie zu Hause, und wenn, dann arbeitete er am Tisch und saß nicht auf dem Sofa. Ich runzelte die Stirn. »Dad?«

Er bewegte keinen Muskel. Sah mich nicht an. »Komm her und setz dich, Landon.«

Mein Herz hämmerte, steigerte langsam das Tempo, wie ein Motor, der warmläuft. »Wo ist Grandpa?« Ich warf meinen Rucksack auf den Boden, setzte mich aber nicht. »Dad?«

Dann sah er zu mir hoch. Seine Augen waren trocken, aber gerötet. »Dein Großvater hatte heute Morgen auf dem Boot einen Herzinfarkt...«

»Was? Wo ist er? Ist er im Krankenhaus? Geht es ihm gut?«

Dad schüttelte den Kopf. »Nein, mein Sohn.« Seine Stimme war sanft und leise. Ich fühlte mich, als hätte er mich mit diesen schonungslosen Worten geschlagen, hart und unwiderruflich. »Es war ein schwerer Infarkt. Es ging sehr schnell...«

»Nein.« Ich wich vor ihm zurück, schluckte dicke Tränen. »Gottverdammt, NEIN.« Ich flüchtete in mein Zimmer, knallte die Tür hinter mir zu und kam erst wieder heraus, nachdem Dad zu Bett gegangen war.

Barfuß ging ich in Grandpas Zimmer. Es war vom Mondlicht erhellt, das durch die halb offenen Vorhänge fiel. Meine Finger glitten über die Gegenstände, die auf seinem Nachttisch lagen: seine Lesebrille, zusammengeklappt auf einer ledergebundenen Bibel und einer Ausgabe von *Grashalme*, ein halb volles Glas Wasser, eine Timex-Armbanduhr mit zerkratztem Ziffernblatt, flach hingelegt. Auf seiner Kommode war ein Stapel zusammengefalteter Hemden und ein verblasstes Foto meiner Großmutter mit einem Baby auf dem Arm – meinem Dad. Der Rahmen war alt, stumpf und an einer Ecke geknickt.

In der Küche nahm ich mir eine Tupperdose mit kalten Käsemakkaroni aus dem Kühlschrank und aß sie, ohne sie zuerst aufzuwärmen.

Die Beerdigung war kurz und spärlich besucht –

Dad, ich, eine Gruppe alter Knaben und ein paar andere Fischer, die Grandpa gekannt hatte, die Freunde und Nachbarn gewesen waren. Dad trug den einen Anzug, den er behalten hatte – noch immer flott und perfekt geschnitten, auch wenn er ein bisschen lockerer saß als das letzte Mal, als er ihn trug, bei Moms Beerdigung. Er hatte abgenommen. Er war drahtiger, aber auch hagerer. Ich hatte keinen Anzug und keine Zeit, mir einen zu besorgen, daher trug ich zu der Trauerfeier ein schwarzes Hemd und schwarze Jeans.

Er wurde neben seiner Ehefrau beigesetzt, die dreißig Jahre vor ihm verstorben war. *Ramona Delilah Maxfield – geliebte Ehefrau und Mutter* stand auf ihrem Grabstein. Ich überlegte, was für eine Inschrift Dad für meinen Großvater in Auftrag gegeben hatte, aber ich fragte ihn nicht.

Am nächsten Tag gab Dad mir zwei Dinge von meinem Großvater: einen schweren Messinganhänger mit einem keltischen Symbol, das angeblich vor dem zwölften Jahrhundert für den Namen Maxfield stand, und den Schlüssel zu dem alten Ford-Truck.

Ich übertrug das Symbol vergrößert auf eine Skizze. Ich würde Arianna bitten, es auf meine Seite zu tätowieren, am Rand des Brustkorbs. Den Fordschlüssel befestigte ich an dem Ring, an dem mein Hausschlüssel und ein Kompass hingen.

Ich hatte den Truck, den ich mir gewünscht hatte, ein tausend Jahre altes Symbol meiner Abstammung, ein Geheimrezept für Brownies, ein Taschenmesser und Erinnerungen an meinen Großvater, die ich ohne den Verlust meiner Mutter nie gehabt hätte.

Ich konnte in all diesen Dingen oder ihrem Wert keinen Sinn erkennen, wenn jedes Einzelne mit dem Verlust von etwas verbunden war, das ich nicht verlieren wollte.

LUCAS

Heller sammelte gerade die Testbögen ein. Als ich auf meinen Platz rutschte, bat er darum, mich nach der Stunde zu sprechen.

»Ja, Sir«, antwortete ich, während ich angestrengt versuchte, nicht zu Jacqueline hinüberzusehen, die nicht allzu taktvoll lauschte, den Kopf schräg gelegt, das Kinn an der Schulter. Mein Atem wurde flach, da ich wusste, dass er einen Satz – verdammt, ein Wort – *Landon* – sagen könnte, das ihr verraten würde, wer ich war.

Ich wollte, dass sie es wusste.

Und ich wollte es nicht.

Sie sah bis zum Ende der Vorlesung nicht wieder in meine Richtung, als ich die Stufen hinunter nach vorn ging. Während Heller die Frage eines Studenten beantwortete, nutzte ich die Gelegenheit, um Jacqueline in der Menge der Studenten, die den Hörsaal verließen, zu suchen, aber sie saß noch immer auf ihrem Platz. Und sah mich an.

Ihre Augen waren dunkel, wegen der Entfernung zwischen uns und der Schatten, die die Deckenlichter warfen. Ich konnte das perfekte Blau nicht erkennen, ihren süßen Duft nicht riechen. Sie lachte nicht, lächelte nicht einmal. Sie war einfach nur ein hübsches Mädchen.

Aber ich konnte niemand anderen sehen.

»Bist du so weit?«, fragte Heller, während er Vorlesungsunterlagen in seine Aktentasche stopfte.

Ich riss mich von Jacquelines Anblick los. »Ja. Na klar. Ich bin so weit.«

Er sah mich mit einer hochgezogenen Augenbraue an, und ich folgte ihm aus dem Hörsaal. »Bist du sicher, dass du nicht zu hart arbeitest, mein Sohn? Du scheinst in letzter Zeit ein bisschen abgelenkt.«

Er hatte ja keine Ahnung.

Es war nicht mein Tag.

Erstens kam Gwen zum ersten Mal, seit ich sie kannte, schlecht gelaunt zur Arbeit. Sie war wie ausgewechselt. Sie war wie Eve.

Die ebenfalls die Nachmittagsschicht arbeitete.

Ich hatte keine Ahnung, wann Jacqueline auftauchen würde, ob überhaupt, aber ich wusste – als Landon –, dass sie ihre Musikstunden an der Highschool normalerweise am späten Freitagnachmittag gab. Sie würde entweder jeden Augenblick kommen – oder gar nicht. Als Heller auftauchte, einen Venti latte bestellte und ihn auf einem Stuhl in der Ecke abstellte, betete ich egoistischerweise, er möge seinen Kaffee möglichst schnell trinken und nach Hause fahren.

Er zückte das *Wall Street Journal* und begann auf der ersten Seite.

Keine fünf Minuten später hörte ich Eves vertraute, kaum höfliche Begrüßung: »Was darf's sein?«, mit einer doppelten Portion Herablassung. Als ich aufsah, entdeckte ich Jacqueline, die auf ihrer Lippe kaute, als würde sie ihre Entscheidung vorbeizuschauen noch einmal überdenken.

»Ich mach das schon, Eve«, sagte ich und trat an den Tresen.

Als ich ihren Kaffee holte und mich weigerte, sie bezahlen zu lassen, sahen meine Kolleginnen sie noch immer finster an, obwohl ich mir dafür keinen Grund vorstellen konnte. Sie wählte einen der Bistrotische in der entgegengesetzten Ecke von Heller und klappte ihren Laptop auf.

»Was zum Teufel ist denn los?«, fragte ich Gwen schließlich, während ich in ihr Blickfeld trat. »Warum starrst du sie an, als würdest du sie am liebsten in Asche verwandeln?«

Sie verschränkte die Arme und starrte zu mir hoch. »Bitte sag mir, dass du dieses Mädchen nicht wirklich *magst*, Lucas.«

Ich warf einen Blick auf Heller, der sich nicht gerührt hatte, außer um die Seite seiner Zeitung umzublättern. »Was meinst du damit? Wie kommst du denn darauf?«

Sie kniff die Lippen zusammen und verzog das Gesicht. »Du bist leichter zu durchschauen, als du denkst. Und außerdem glauben wir, dass sie mit dir spielt.«

»*Was?*«

Zum Glück standen keine Kunden an der Kasse, und Jacqueline war zu weit weg, um diese alberne Unterhaltung zu hören.

»Es stimmt«, zischte Eve, die in diesem Augenblick neben Gwen auftauchte. »Ihre Freundinnen waren neulich wieder hier – weißt du, welche beiden ich meine? Die Verbindungstussis?« Ihr Tonfall sagte allerdings *mit Krankheiten infizierte Nutten*. Großer Gott. Ich gab ihr fünf Sekunden, um mir mit einem Argument zu kommen, das ich in der Luft zerreißen könnte.

Ich nickte einmal kurz.

»Na ja, über diese verdammte Dampfdüse konnte ich nicht alles hören, was sie gesagt haben, aber ich habe deinen und ihren Namen gehört, und die Tatsache, dass sie dich benutzt, um ihre … äh …« Sie machte mit den Fingern Anführungszeichen. »… *Bad-Boy-Phase* zu sein. Etwas so verdammt *Lahmes* habe ich noch nie gehört.«

Meine Augenbrauen wanderten hoch. Bad-Boy-Phase. Okay. »Ihr seid ja beide übergeschnappt.«

Eve verschränkte die Arme vor der Brust. »Äh, nein. Sind wir nicht. Die beiden haben die ganze Geschichte ausgeheckt, und sie spielt nur mit. Du sollst so etwas sein wie – ein Lückenbüßer-Hengst, der ihr hilft, über irgendeinen anderen Typen hinwegzukommen. Das heißt – für eine Million Dollar und die Chance, in die nächste Runde aufzusteigen: *Magst* du sie, oder willst du sie nur vögeln?«

Sie standen da wie ein verrücktes Paar.

Lückenbüßer.

»Das geht euch gar nichts an.«

»Und ob es das tut.« Eve bohrte mir einen schwarz lackierten Fingernagel in die Brust. »Du bist unser Freund, und wir werden nicht zulassen, dass irgendeine eingebildete Schlampe mit dir spielt.«

Ich biss die Zähne zusammen. »Redet. Nicht. So. Über sie.«

Sie sahen sich an.

»Mist«, sagte Gwen, und Eve ergänzte im selben Augenblick: »Okay, scheiße.«

Nach einer Stunde verließen Jacqueline und Heller das Café, im Abstand weniger Minuten. Bevor Heller ging, blieb er an ihrem Tisch stehen und sagte ihr, wie sehr er sich freue, dass sie den Stoff fast aufgeholt hatte – was ich nur wusste, da er das heute Morgen nach der Vorlesung mit mir besprechen wollte.

Dann trat er an den Tresen, um mit *mir* über *sie* zu reden – während sie uns zusah –, und ich musste an eine alte Spruchweisheit denken, die mein Großvater gern zitierte: *Oh, welch verworren Netz wir weben, wenn wir nach Trug und Täuschung streben.* Ich bekam allmählich einen Vorgeschmack darauf, was *verworren* bedeutete.

Für den Rest des Nachmittags war so wenig los, dass unser Manager uns fragte, ob irgendjemand nach Hause gehen wollte, und ich meldete mich freiwillig. Eve und Gwen tauschten noch einen vielsagenden Blick. Ich hatte noch nie darum gebeten, früher weggeschickt zu werden.

Gwen folgte mir nach hinten und hielt mich auf, als ich in meine Jacke schlüpfte. »Lucas?«

Ich wandte mich seufzend um. »Ja?«

Sie kniff die Lippen zusammen und legte mir eine Hand auf den Arm. »Ich weiß, Eve kann ein bisschen hart sein …«

Ich grinste spöttisch. »Ach wirklich? Das ist mir noch gar nicht aufgefallen.«

In ihren Augenwinkeln bildeten sich Fältchen, als sie lächelte, und die Gwen, die ich kannte, kam wieder zum Vorschein. »Aber wir machen uns beide Sorgen um dich. Wir wollen nicht, dass du verletzt wirst.«

Ich zog meine Jacke halb zu – eine weiche, dunkelbraune Lederjacke, die ich mir selbst nicht hätte leisten können. Charles und Cindy hatten sie mir in meinem ersten Studienjahr zum Geburtstag geschenkt. Damals war sie mir ein bisschen zu groß. Jetzt passte sie wie angegossen. »Ich bin ein großer Junge, Gwen. Ich kann selbst auf mich aufpassen. Das tue ich schon lange.«

»Ja, ich weiß. Aber … pass einfach auf. Manche Dinge sind den Schmerz nicht wert, egal, ob man ihn überleben kann oder nicht.«

Sie redete nie viel über den Vater ihres Kindes, aber ich wusste, dass sie aus Erfahrung sprach. Ich konnte Jacqueline Wallace kaum mit einem Idioten vergleichen, der zu egoistisch war, um als Vater seinen Mann zu stehen. Aber ich hatte nicht das Recht weiterzusagen, was ich über Jacqueline wusste.

»Danke, Gwen. Ich werde aufpassen«, sagte ich zu ihr.

Glatte Lüge.

Ich machte mir ein Sandwich, als ich nach Hause kam, gab Francis ein paar Truthahnscheiben davon ab, genau wie an jenem Tag vor drei Jahren, an dem er das erste Mal bei mir auftauchte. Ich lebte erst seit einem Monat in der Wohnung, als Francis uneingeladen bei mir einzog. Obwohl die Hellers gleich auf der anderen Seite des Hofs lebten, fühlte ich mich unerwartet einsam. Mein Vater und ich hatten nicht viel miteinander geredet, als ich bei ihm wohnte, aber er war da, im Haus. Es war nicht so sehr das Reden, das ich vermisste, sondern die Anwesenheit eines anderen Menschen.

»Was meinst du?«, fragte ich ihn jetzt, während ich ihm eine letzte Truthahnscheibe in den Fressnapf warf. »Soll ich ihr *Bad Boy* werden? Qualifiziert bin ich für die Rolle auf jeden Fall.« Ich nahm mein Handy und rief ihre Kontaktdaten auf. »Sprich jetzt, oder schweige für immer.«

Er fraß seinen Truthahn auf und begann sich zu putzen.

»Das ist ein stillschweigendes Einvernehmen«, sagte

ich und schrieb Jacqueline eine SMS, um mich dafür zu entschuldigen, dass ich mich am Nachmittag nicht von ihr verabschiedet hatte.

War schwierig mit Dr. Heller dabei, schätze ich, schrieb sie zurück.

Sie hatte ja keine Ahnung, was für ein Understatement das war.

Ich sagte ihr, dass ich sie gern zeichnen würde. Während ich auf ihre Antwort wartete, starrte ich auf das Display. *Du willst einen Bad Boy, Jacqueline?*, dachte ich. *Na, dann komm. Versuch's mit mir.*

Okay, schrieb sie.

Ich sagte ihr, ich könnte in ein paar Stunden da sein, und bekam ihre Zimmernummer.

Sie hatte Landon – ironischerweise in genau der Stunde, in der sie im Starbucks saß – eine E-Mail geschrieben und sich dafür bedankt, dass er sie gedrängt hatte, das Arbeitsblatt zu machen. Ich war mir zu neunundneunzig Prozent sicher, dass sie den Kurztest, den Heller heute Morgen abhielt, glänzend bestanden hatte, daher wollte ich ihr zurückschreiben, aber ich tat es nicht. Sie würde heute Abend nicht von Landon hören.

Ihr Gebäude war viel zu leicht zu betreten. Ein schlichtes »Hey, Mann, halt mir die Tür auf« an einen ihrer Mitbewohner genügte. Ich nahm das hintere Treppenhaus zu ihrer Etage, während mein ganzer Körper brannte.

Ich hatte nicht gelogen. Ich wollte sie zeichnen. Vielleicht war das alles, was ich tun würde. Heute Abend.

Ich klopfte leicht, ignorierte die anderen Studenten, die draußen im Flur herumhingen. Sie antwortete nicht, und ich konnte keine Bewegung in ihrem Zimmer hören. Aber als ich noch einmal klopfte, öffnete sie die Tür, als hätte sie genau auf der anderen Seite gestanden und überlegt, ob sie mich hereinlassen sollte oder nicht.

Das Blau ihres Pullovers war etwas heller als das ihrer Augen und betonte sie dadurch erst recht. Der weiche Stoff, mit einem dezenten V-Ausschnitt, folgte ihren Rundungen, ohne an ihnen zu kleben, und flehte förmlich darum, gestreichelt zu werden. Ich schwor mir, dieses Bitten zu erhören.

Ihr Zimmer zu betreten war, als würde ich eine Tür zu meinem Gewissen zuschlagen. Aber das verhinderte nicht, dass es aus meinem Schädel heraus klopfte – eine gedämpfte, aber beharrliche Erinnerung, dass dieses Mädchen eine Studentin in Hellers Kurs und daher tabu war. Außerdem war sie im Moment dabei, über eine Trennung hinwegzukommen, sodass *sie* in einer Hinsicht verletzlich war ... und ich in einer anderen.

Noch schlimmer war, sie hatte keine Ahnung von meinem Konflikt. Ich warf meinen Zeichenblock auf ihr Bett.

Die Hände in den Hosentaschen vergraben, tat ich, als wäre ich fasziniert von der Einrichtung des Zimmers, während ich ihren musternden Blick auf mir spürte – von den abgewetzten Cowboystiefeln an meinen Füßen zu dem unscheinbaren Kapuzenpulli und dem Ring in meiner Lippe. Zum Teil Strandgammler, zum Teil Proll, zum Teil die perfektionierte *Leg-dich-nicht-mit-mir-an-*Fassade – ich war alles andere als ihr adretter Ex, falls ich der je hätte sein können, vor einer halben Ewigkeit. Damals legte ich keinen Wert darauf, was ich trug oder was es kostete. Die Labels, die Kennedy Moore und seine Freunde aus der gehobenen Mittelschicht zur Schau trugen, hätten meine Kumpel auf der Mittelschule nicht beeindruckt, deren Eltern einflussreiche Lobbyisten, Senatoren oder Vorstandsvorsitzende von Multimillionen-Dollar-Unternehmen waren.

Ich hatte mich nie davon einschüchtern lassen, dass ein Junge mit dem Geld seiner Eltern protzte; ich wusste, wie schnell das alles zerrinnen konnte, vor allem wenn es einem von Anfang an gar nicht gehörte. Das war eine Wahrheit, die ich gelernt hatte, und zwar auf die harte Tour: Wenn du etwas vom Leben willst, dann musst du dich auf dich selbst verlassen, um es zu bekommen. Und zu behalten.

Während Jacquelines Blick über mein Gesicht glitt, tat ich weiterhin, als würde ich ihr Wohnheimzimmer inspizieren, und stellte mir in Gedanken die verwirrte Miene vor, die sie in Hellers Vorlesungen manchmal aufsetzte: die Augen unkonzentriert und reglos, während ihre Finger auf ihr Bein oder die Tischplatte klopften oder unsichtbare Saiten zupften.

Seit Wochen hatte ich mich zu ihr hingezogen gefühlt, blieb aber auf Abstand bis zu dem Abend, an dem ich ihr Beschützer wurde. Wie bei jenem chinesischen Sprichwort, nach dem man, wenn man ein Leben rettet, für immer für diese Person verantwortlich ist, konnte ich offenbar nicht zulassen, dass sie sich einfach den Staub abklopfte und zur Tagesordnung überging. Nicht wenn ich nicht eine Sekunde glaubte, dass sie das nötige Rüstzeug hatte, um sich selbst zu schützen. Vielleicht hatte ich Jacqueline an jenem Abend nicht das *Leben* gerettet – aber ich hatte sie vor etwas bewahrt, das ihr einen Teil ihrer Seele geraubt hätte. Ich war besessen davon, auf sie aufzupassen, und um das erfolgreich tun zu können, musste ich sie besser kennenlernen.

Zumindest war das die frei erfundene Geschichte, die ich mir selbst auftischte.

Ich fing ihren Blick auf, als ich mich umwandte, und sah dann rasch hinüber zu den beiden kleinen Lautsprechern auf ihrem Schreibtisch. Sie hörte eine Band, die ich im letzten Monat gesehen hatte. Ich fragte sie, ob sie bei dem Konzert gewesen sei, und zu meiner Verblüffung nickte sie. Ich hatte sie dort nicht gesehen – aber schließlich wusste ich auch gar nicht, dass ich nach ihr Ausschau halten sollte. Ich redete mich damit heraus, dass ich etwas getrunken hatte, und wie düster es war. Wenn ich gewusst hätte, dass sie da war, hätte mich selbst noch so viel Bier oder Dunkelheit nicht davon abgehalten, sie zu finden.

Aber das behielt ich besser für mich.

Ich nahm meine Mütze ab, zog den Kapuzenpulli aus und warf beides auf ihr Bett. Ich bemühte mich, eine gefasste Miene aufzusetzen, bevor ich mich wieder zu ihr umwandte. Vermutlich war sie sowieso mit ihrem Freund da gewesen, während ich mit Joseph hingegangen war.

»Wo willst du mich haben?«, fragte sie, und mein Verstand setzte einen Takt aus und füllte sich dann mit Bildern, die ich nicht laut aussprechen konnte. Sie errötete, als hätte sie sie trotzdem gehört, und ihre Lippen öffneten sich, außerstande, die kokette Frage zurückzunehmen, die offensichtlich nicht als Verführungstaktik gemeint war.

Ich räusperte mich und schlug das Bett vor, womit ich ihrer unabsichtlichen Anmache eine eigene entgegensetzte. Ich fegte meinen Kapuzenpulli und die Mütze von ihrer Bettdecke, und sie setzte sich. Ich rief meinen neu erwachten Hormonen in Erinnerung, dass es eine Million Gründe gab, weshalb Jacqueline Wallace nicht für mich bestimmt war, angefangen damit, dass ich sie im Grunde darüber belogen hatte, wer ich wirklich war, bis hin zu dem Wissen, dass Mädchen wie sie sich nicht in Typen verknallten, die so aussahen wie ich.

Aber sie musste sich auch nicht in mich *verknallen*, oder, damit ich der Typ war, mit dem sie sich tröstete? Ihre Bad-Boy-Phase. Ihr Lückenbüßer. Gott steh mir bei, ich war nur allzu bereit.

Sie starrte mich mit weit aufgerissenen, ängstlichen Augen an, und ich wollte sie beschwichtigen, sie mit meinen Händen besänftigen. Stattdessen hörte ich mich sagen, wir müssten das nicht tun, wenn sie nicht wollte. Ich wartete darauf, dass sie den angehaltenen Atem ausstieß und mir sagte, dass es ein Fehler war. Ein Teil von mir hoffte auf diese Worte, denn dann könnte ich zurückrudern, bevor ich den monumentalen Fehler beging, meine Integrität auf allzu viele Arten zu kompromittieren.

Aber ich würde nicht gehen, solange sie mich nicht dazu aufforderte. Nicht während ich an nichts anderes denken konnte, als dass ich ihr näher sein wollte.

»Ich will aber«, sagte sie leise. Ihr Körper war noch immer steif, wie eines meiner hölzernen Skizzenmodelle – biegsam an den Gelenken, aber ansonsten unbeweglich. Ihre Erklärung passte nicht zu ihrer Körperhaltung, aber ich wusste nicht, wonach ich mich richten sollte – ihrem Körper oder ihren Worten.

»Welche Position wäre für dich am bequemsten?«, fragte ich, und sie errötete wieder, tiefer als noch vor einem Augenblick.

Ich biss mir auf die Lippe, wandte mich ab und setzte mich ein paar Schritte von ihr entfernt auf den Boden. Ich lehnte den Rücken an die einzige freie Stelle der Wand in ihrem Zimmer, schlug den Block auf meinen Knien auf und holte einmal langsam durch die Nase Luft. Ich verfluchte mich dafür, dass ich ihr diese SMS geschrieben hatte. Auch wenn meine Bitte, sie zu zeichnen, kein Trick gewesen war, war diese intime Nähe die reinste Hölle. In einem erschütternden Moment begriff ich, dass ich sie mehr begehrte als je irgendjemanden zuvor. Dieses Verlangen hatte sich wochenlang aufgebaut, und ich war ihm nie auf den Grund gegangen, da sie einen Freund hatte, da sie eine Studentin in einem Kurs war, dessen Tutor ich war, da sie unmöglich, unerreichbar war, eine Fantasie und nichts weiter.

Und dann war da jener Abend – der ihr noch immer Entsetzen einflößen musste –, aber ich hatte verhindert, dass noch so viel Schlimmeres passierte. Meine Hand umklammerte den Bleistift. Ich konnte mich nicht rühmen, sie gerettet zu haben, und *sie* mir dann als Trophäe dafür nehmen, nicht unter diesem falschen Anschein, nicht wenn sie niemals die Meine sein konnte.

Aber andererseits gab sie sich auch einen falschen Anschein, oder? Ich konnte ihr geben, was sie wollte.

Ich sagte ihr, sie solle sich auf den Bauch legen, mir zugewandt, und sie gehorchte.

»So?«

Ich nickte, und mir drehte sich der Kopf. *Gottverdammt* – was hatte ich mir da eingebrockt? Ich musste sie berühren.

Sie sah reglos zu, wie ich den Block und den Bleistift beiseitewarf und mich auf den Knien so weit vorstützte, dass ich ihr mit den Fingern durchs Haar fahren konnte. Sie schloss die Augen, während ich ihr Haar so arrangierte, dass es die Kante ihres Kiefers freilegte. Eine winzige, einzelne Sommersprosse wurde genau unter ihrem Kinn sichtbar, und ich zwang mich, meine Hand wegzunehmen, um nicht mit einem Finger darüberzugleiten. Sie schlug die Augen auf, und ich fragte mich, ob sie den Kampf sehen konnte, der in meinem Inneren tobte.

Wir schwiegen beide, während ich sie zeichnete. Ich wusste, dass sie mich beobachtete, auch wenn sie nicht sehen konnte, was ich zu Papier brachte. Ich spürte ihren Blick, aber ich erwiderte ihn nicht. Minuten später fielen ihr die Augen langsam zu, und sie wurde sehr still. Ich zeichnete sie zu Ende, nicht sicher, was ich tun sollte. Wieder auf den Knien, näherte ich mich dem Bett, hockte mich auf die Fersen und betrachtete sie mehrere Minuten lang. Ihr Atem ging tief und gleichmäßig. Ich legte Block und Bleistift beiseite, während ich gegen das Verlangen ankämpfte, sie zu berühren.

»Schläfst du?«, flüsterte ich schließlich, und sie schlug die Augen auf.

»Nein«, erwiderte sie, auch wenn ich wusste, dass sie sich täuschte.

Ich berichtigte sie nicht. Sie fragte, ob ich fertig sei, und ich hörte mich sagen, dass ich gern noch eine Zeichnung machen würde. Als sie sich einverstanden erklärte, bat ich sie, sich auf den Rücken zu drehen. Sie gehorchte. Ich sagte ihr, ich würde sie gern arrangieren, und sie war einverstanden. Mein Herz pumpte Leben durch meine Adern, als würde ich aus einem jahrelangen Koma aufwachen. Alles war klar und detailliert. Zart und empfindlich. Ich begehrte sie so sehr, dass es wehtat.

Anfangs wollte ich sie so arrangieren, als wäre sie vom Himmel gefallen und auf dem Rücken gelandet – ein Engel, der von seinem gebrochenen Herzen auf die Erde gezogen wurde. Aber als ich ihr Handgelenk nahm und ihren Arm angewinkelt über ihren Kopf legte, stellte ich sie mir in meinem Bett vor. Mit hämmerndem Herzen legte ich ihren anderen Arm erst auf ihren Bauch und dann über ihren Kopf, zu dem anderen. Ich kreuzte ihre Handgelenke und stellte mir vor, wie sie mich lachend herausforderte, sie zu fesseln, so klar wie eine Erinnerung. *Gottverdammt*.

Ich musste aufhören, sie zu berühren, sonst würde ich noch den Verstand verlieren, daher zeichnete ich sie so, wie sie war, konzentrierte mich auf Linien und Winkel, Schatten und Lichtreflexe. Mein Puls verlangsamte sich zu einem gleichmäßigen Rhythmus. Mein Atem wurde wieder normal.

Ich lenkte den Blick auf ihr Gesicht. Auf ihre Augen. Die mich weit aufgerissen anstarrten.

Ihre kleinen Hände, über ihrem Kopf noch immer gehorsam an den Handgelenken gekreuzt, ballten sich zu Fäusten und entspannten sich dann. Der Puls an ihrer Kehle pochte. Ihre Brust hob und senkte sich schneller. Ich war verloren in dem endlosen Blau ihrer Augen. Sie schien fast ängstlich, was mich wütend machte – wenn auch nicht auf sie.

»Jacqueline?«

»Ja?«

»An dem Abend, an dem wir uns kennengelernt haben …« *Ich bin nicht er. Ich bin nicht er.* »Ich bin nicht so wie dieser Typ.«

»Ich weiß, da …«

Ich legte einen Finger auf ihren weichen, vollen Mund, um sie zum Schweigen zu bringen. »Und deshalb will ich nicht, dass du dich unter Druck gesetzt fühlst. Oder bedrängt.« Selbst inmitten meines falschen Spiels meinte ich die Worte ernst. Ich wollte, dass sie mir vertraute. Und ich sehnte mich danach, sie zu küssen, mehr als nach dem nächsten Atemzug.

»Aber ich will dich jetzt küssen. Unbedingt.«

Ich war der Ängstlichere von uns beiden, denn ich wusste, dass sie Nein sagen würde. Ich würde ihr beweisen, dass sie mir vertrauen konnte, indem ich ging. Ich glitt mit einem Finger von ihren Lippen zu ihrer Kehle, über die Mitte ihrer Brust weiter nach unten, und wartete auf ihr *Nein*.

Aber sie sagte es nicht.

Ihre Stimme war kaum mehr als ein Seufzer. »Okay.«

14

LANDON

Meine erste Alleinfahrt war nicht das, was ich mir erträumt hatte. Ich hatte mir vorgestellt, ich würde mit Boyce an einem Samstagabend durch die Stadt kurven. Irgendein namenloses Mädchen aufgabeln, um ins Kino zu gehen oder einen Burger zu essen. Für Grandpa zum Laden fahren, um Milch zu holen.

Stattdessen fuhr ich hinunter zum Hafen und nahm die Fähre, die rund um die Uhr verkehrte, genau wie Grandpa und ich es so oft getan hatten – nur dass ich nie derjenige war, der den Truck auf die Rampe lenkte. Ich fuhr zum Friedhof, hatte vergessen, Blumen mitzubringen, und begriff erst bei meiner Ankunft, dass ich nur eine vage Vorstellung davon hatte, wo genau er beigesetzt war. Vor zweiundsiebzig Stunden. Der Tag war einfach an mir vorbeigerauscht. Er fühlte sich nicht echt an.

Ich fand den Grabstein meiner Großmutter und den Hügel mit frischer Erde daneben.

Vor einer Woche war ich nicht weit von hier auf einer Nebenstraße gefahren, mit Grandpa auf dem Beifahrersitz. Er erzählte mir, wie er selbst als Vierzehnjähriger Auto fahren lernte, als er von der Schule abging, um mit seinem Vater und seinem älteren Bruder zusammenzuarbeiten. »Ich hätte bei diesem alten Dodge fast die verdammte Gangschaltung rausgerissen, bevor ich das Ding in den Griff bekam.« Er kicherte bei dem Gedanken daran.

Ich versuchte mich zu erinnern, was wir als Letztes zueinander gesagt hatten, aber ich konnte es nicht. Vermutlich hatte es irgendetwas mit dem Abendessen oder den Haushaltsarbeiten oder dem Wetter zu tun.

Jetzt stand ich am Fuß dieses Erdhügels und wusste nicht, was ich tun sollte. Mit ihm reden? Weinen? Er war nicht da. Er würde mich nicht hören. Daher erschienen mir diese Dinge mehr als sinnlos, es sei denn, ich wollte mich selbst reden hören – und das wollte ich nicht.

Auf dem Friedhof waren hier und da ein paar einsame Besucher, so wie ich, und eine große Trauergemeinde war dabei, sich zu versammeln. Unter einem riesigen Zelt mit einer Unmenge stattlicher Kränze und Blumengestecke saßen Leute auf gepolsterten Klappstühlen dicht gedrängt beisammen und erwiesen dem Verstorbenen die letzte Ehre – der sehr reich gewesen sein musste. Ich warf einen Blick auf die Wagen, die die Straße in der Nähe der Versammlung säumten, und erkannte die Embleme – Cadillac, Mercedes, Audi, sogar ein Jaguar war dabei … und Clark Richards' strahlend weißer Jeep.

Was zum Teufel.

Als ich die Trauergemeinde überflog, fand ich ihn leicht – in der ersten Reihe. Seine dunkelblonden Haare waren nach hinten gegelt, und er trug einen schwarzen Anzug, ein weißes Hemd und eine dunkelrote Krawatte. Melody saß ganz in Schwarz zu seiner Linken und lehnte sich an ihn. Sein Arm lag um ihre Schultern, seine Miene war ausdruckslos. Selbst aus der Ferne war Melodys klägliche, zusammengesunkene Körperhaltung offensichtlich. Ihre Schultern bebten, und auch wenn ich ihr Gesicht oder ihre Tränen nicht sehen konnte, spürte ich ihre Trauer wie einen Schlag in die Magengrube.

Ihr älterer Bruder Evan saß auf ihrer anderen Seite. Neben ihm erkannte ich Evans und Melodys Mutter. Der Mann neben Mrs. Dover war vermutlich ihr Ehemann. Die engste Familie war vollzählig versammelt, und sie saßen alle in der vordersten Reihe. Sie mussten einen nahen Angehörigen verloren haben.

Ich dachte an die Erde zu meinen Füßen. *Staub zu Staub.* Meine Kehle schnürte sich zu. »Leb wohl, Grandpa. Danke für den Truck.«

Später an diesem Abend, als ich im Bett lag, schrieb ich Melody eine SMS: Geht's dir gut? Ich war heute auf dem Friedhof und habe dich gesehen.

Sie schrieb sofort zurück: Meine Großmutter ist am Freitag gestorben. Ihre Beerdigung war heute. Ich hasse meine Familie. Denen geht es nur um ihr Geld.

Das ist zum Kotzen, schrieb ich.

Dreißig Minuten verstrichen, bevor sie antwortete: Ich bin im Fort. Ich musste aus dem Haus und mir die Sterne ansehen. Du kannst vorbeikommen, wenn du willst.

Okay. Ich drückte auf *Senden* und schnappte mir meinen Kapuzenpulli von dem Haken an der Rückseite meiner Tür.

Dad sah blinzelnd von dem Tisch auf, auf dem er seine Geschäftsbücher und Stapel mit Akten ausgebreitet hatte. Er bemerkte die Stiefel an meinen Füßen und den Pulli, den ich mir über den Kopf zog. Er sagte nichts, aber ich konnte ihm die Enttäuschung an seinem angespannten Kiefer ansehen, bevor ich mich abwandte und zur Haustür hinausging. Wenn er geglaubt hatte, der Tod meines Großvaters würde mich in einen Musterbürger verwandeln, kannte er mich überhaupt nicht.

Es ging fast kein Wind – ungewöhnlich für März. Und es war wärmer als noch vor einer Weile. Als ich in das Fort schlüpfte, zog ich meinen Kapuzenpulli aus und kletterte die Leiter hoch. Mir stockte der Atem beim Anblick von Melody, die an die Wand gelehnt dasaß, die untere Körperhälfte in eine Decke gewickelt, die obere in einem dünnen Spaghettiträger-Top.

»Hey«, sagte ich.

»Hey.« Ihre Stimme klang kratzig, wie eine alte Plattenaufnahme. Sie hatte viel geweint, und das erst kürzlich.

Ich setzte mich neben sie, nah genug, um sie berühren zu können, aber ich tat es nicht. Ich wusste aus eigener Erfahrung, was ich nicht sagen sollte – *es tut mir leid*. Nicht weil irgendetwas an dem Satz falsch oder auch nur unaufrichtig war, sondern weil es keine gute Antwort darauf gab.

»Wie war deine Grandma denn so?«, fragte ich stattdessen.

Ihre Mundwinkel hoben sich ein klein wenig. Sie legte das Gesicht seitlich auf die Knie und sah mich an. »Sie war streitlustig. Rechthaberisch. Meine Eltern haben das gehasst. Sie fanden, sie war nicht *zurückhaltend* – das sagten sie immer zueinander. Sie war nicht anmutig und taktvoll und leicht zum Schweigen zu bringen. Sie wollten einfach nur, dass sie den Mund hielt, aber niemand konnte ihr Vorschriften machen, weil sie in Geldangelegenheiten das Sagen hatte.«

Das klang nicht nach einer Frau, die Melody gedrängt hätte, sich von einem großen Bruder oder einem Freund herumkommandieren zu lassen.

»Sie hatte haufenweise Enkelkinder, aber ich war ihr Liebling«, fuhr sie fort. »Das hat sie mir selbst gesagt.«

Ich erwiderte ihr leises Lächeln. »Ich war der einzige Enkel meines Großvaters, daher war ich wohl zwangsläufig sein Liebling.«

»Ich bin sicher, du wärst sein Liebling gewesen, selbst wenn er ein Dutzend Enkel gehabt hätte«, sagte sie.

Mein Herz verkrampfte sich. »Warum glaubst du das?«

Wir saßen im Dunkeln, keinen halben Meter zwischen uns. Jeder Teil von mir wollte ihr physisch näher sein, und jetzt zerrte sie auch noch an meinem Herzen. »Na ja … du bist schlau und entschlossen, und du kümmerst dich um andere Leute.«

Meine Lippen öffneten sich. »Du findest, ich bin schlau?«

Sie nickte kurz, das Gesicht noch immer auf ihr Knie gedrückt. »Ich weiß, dass du es bist. Aber du zeigst es nicht. Wegen Leuten wie Boyce?«

Ich hob eine Schulter, ein Knie angewinkelt und das andere Bein ausgestreckt. Die Sohle meines Stiefels reichte halb bis zur gegenüberliegenden Wand. Dieses Fort war für Sechsjährige gemacht. »Nein. Mit solchem Zeug zieht Boyce mich nicht auf.« *Boyce zieht mich nur damit auf, dass ich ein Mädchen haben will, das ich nicht haben kann.* »Ich sehe einfach keinen Sinn darin – Schule, Noten, das ganze Zeug. Mein Grandpa ist von der Schule abgegangen, als er zwei Jahre jünger war, als ich jetzt bin, und mein Dad hat einen Doktor in Wirtschaft – aber was hat das für einen Unterschied gemacht? Letztendlich haben sie beide auf einem Boot gearbeitet.«

Sie blinzelte. »Dein Dad hat einen *Doktor*? Warum ist er denn dann – ich meine, warum wollte er nicht etwas tun, was ein bisschen mehr …«

Ich presste die Lippen zusammen und wandte den Kopf, um zuzusehen, wie sie über dieses Wissen stolperte – etwas, das ich noch nie jemandem erzählt hatte, nicht einmal Boyce. »Ansehen genießt? Oder mehr Geld einbringt?«

Sie zuckte die Schultern, verlegen wegen ihrer unhöflichen Frage, aber dennoch neugierig.

»Das hat er ja getan. Aber dann ist meine Mom … gestorben.« Ich starrte zum Himmel. »Und wir sind hierhergezogen. Und alles, was er bis dahin gelernt oder getan hatte, war nur noch eine Riesenzeitverschwendung.«

»Das heißt, du willst nicht aufs College gehen?«

»Ich weiß nicht. Ich meine, ich wüsste gar nicht, wie ich es bezahlen sollte, selbst wenn ich es wollte.«

Ich spürte, wie mein Gesicht glühte, und ich war froh über die Dunkelheit. Das hier war Melody Dover, Herrgott noch mal, und Geldmangel war für Leute wie sie ein Zeichen von Schwäche. Und *schwach* war das Letzte, wie ich vor Melody dastehen wollte.

»Du könntest vielleicht ein Stipendium bekommen.«

Ich wollte ihr nicht sagen, dass ich mir diese Chance bereits gründlich vermasselt hatte. Mein Notendurchschnitt würde bei höheren Bildungseinrichtungen keine Bewunderung hervorrufen. Vermutlich würde ich gar nicht zugelassen werden, geschweige denn zum Nulltarif.

Ich fuhr mir mit den Fingern durchs Haar, um es mir

aus dem Gesicht zu streichen, und sie hob eine Hand, um mit einem Finger über das Tattoo auf dem Rücken meines Handgelenks zu gleiten. Ich ließ meine Hand langsam sinken und zwischen uns ruhen. »Das gefällt mir«, sagte sie, während sie über die leckende Flamme auf meinem Trizeps strich und ihr über die Konturen meines Bizeps und unter dem Ärmel meines T-Shirts weiter nach oben folgte. »Und das hier auch.«

»Danke.« Meine Stimmbänder ließen mich im Stich, und das Wort war nicht mehr als ein Flüstern. Unsere Blicke trafen sich, erhellt allein von den Sternen und dem Mondlicht.

Sie legte ihre Hand wieder in ihren Schoß. »Danke, dass du mir heute Abend diese SMS geschickt hast, Landon. Und dass du vorbeigekommen bist. Ich wollte nach diesem absolut beschissenen Tag nicht allein sein. Pearl muss spätestens um zehn zu Hause sein, und ich nehme an, Clark schläft – er hat mir nie geantwortet.«

Ich wusste ganz sicher, dass Clark Richards heute Abend einen Deal mit Thompson unter Dach und Fach brachte und in diesem Moment auf der anderen Seite der Stadt dabei war, high zu werden. »Kein Problem.«

LUCAS

Sie hat okay gesagt.

Ich warf den Zeichenblock auf Jacquelines Boden und presste sie auf die Matratze, behutsam, aber ohne zu zögern, und glitt mit den Fingerspitzen über die blassen Adern an ihren Handgelenken. Ihr Herzschlag vibrierte, tickte fast doppelt so schnell wie die Sekunden in einer Minute. Meine Finger folgten diesen bläulichen Spuren, bis sie in der Beuge ihres Ellenbogens verschwanden. Ihre Haut war zu empfindlich und zart, um echt zu sein.

»Du bist so schön.« Ich hatte die Worte laut oder vielleicht auch nur in Gedanken ausgesprochen. Ich war mir nicht sicher.

Meine Lippen schlossen sich über ihre, zärtlicher, als ich je zuvor irgendjemanden geküsst hatte. Ich hatte Angst, sie zu erschrecken. Angst, sie würde zurückweichen und mir diese Chance nie wieder ermöglichen. Angst, sie würde mich mit diesem Dreckskerl gleichsetzen, der ihr wehgetan hatte – der ihr noch so viel mehr angetan hätte.

Ich schob ihn aus meinen Gedanken, als würde ich ihn von einer Klippe stoßen. Er gehörte nicht hierher. Ich würde ihn nicht hineinlassen.

Ich glitt mit der Zunge über den Rand ihrer Lippen – eine stille Erkundung und ein Versprechen, mich zurückzuziehen, sollte es erwünscht sein. Aber sie öffnete den Mund, und mein Blut fing Feuer und flackerte unter meinen Tätowierungen wie winzige Flammen. Ihre Zunge berührte meine – eine Verbindung, von der ich nicht zu träumen gewagt hatte, und eine, die Sehnsucht nach mehr weckte. Sie seufzte und erbebte unter mir.

Ich legte eine Hand auf ihre Handgelenke und die andere an ihre Taille, als könnte ich sie an diesen Augenblick fesseln. Sie zu erkunden war auf einmal alles, wozu ich in diesem Leben bestimmt war. Als ich an ihrer vollen, so unerträglich süßen Unterlippe saugte, stockte ihr der Atem. Meine Zunge wurde härter, fordernder, und ihre Hände ballten sich unter meiner Hand zu Fäusten. Ich ließ sie prompt los, voller Angst, ich könnte sie mit der Intensität meiner Gefühle erschreckt haben. Ich betete, ich möge es nicht getan haben – aber dann schlug sie die Augen auf, und ich las nichts als Erstaunen in ihnen.

Ich legte ihre Hände um meinen Hals, setzte mich auf und zog sie auf meinen Schoß, und sie vergrub die Finger in meinem Haar. *Allmächtiger Gott*, sie hätte mich in diesem Augenblick um alles bitten können, und ich hätte es ihr gewährt.

Ihr Kopf passte genau in meine Hand, als ich sie sanft nach hinten drückte und ihr Kinn anhob, um diese Sommersprosse zu küssen. Meine Lippen wanderten ganz langsam weiter nach unten, während mein ganzer Körper angespannt auf irgendein Zeichen von ihr achtete, dass ich zu weit ging. Ihre Brust hob und senkte sich, und das leise Keuchen ihrer Atemzüge hallte im Zimmer wider und vermischte sich mit meinen über der Musik von ihrem Laptop, die in den Hintergrund gerückt war. Ich kannte die Songs, aber ich hätte nicht ihre Titel nennen können, und es kümmerte mich auch nicht, während ich meine freie Hand unter ihren Pullover schob.

Ich glitt mit den Fingerspitzen begierig über ihre Rippen und dem Satinstoff ihres BHs nach oben, schob ihren Pullover höher. Ihr Atem beschleunigte sich, während ich mit der Zunge über die Wölbung ihrer nackten Haut genau über dem Körbchen glitt.

Die winzige Schnalle war auf der Vorderseite. Einmal mit Daumen und Zeigefinger zusammengedrückt und dann einen Zentimeter weit zur Seite geschoben, und sie würde sich öffnen, aber mein Gehirn gewann die Oberhand. Das würde zu weit gehen. Mein Gewissen flüsterte mir von der anderen Seite der Tür aus zu, dass ich mir mit diesem mentalen Anschein von Ritterlichkeit etwas vormachte. Dieser *ganze Abend* ging schon zu weit, und ich wusste es verdammt gut.

Ich sollte gehen, dachte ich.

Und dann lachte sie. Eigentlich war es nicht einmal ein Lachen – eher ein ersticktes Kichern, das im unmöglichsten Moment durchs Zimmer hallte.

»Kitzelig?«, fragte ich sie, denn ich konnte mir keinen anderen Grund vorstellen, weshalb sie in einem solchen Augenblick lachte. Sie biss sich auf die Lippe, viel zu hart. Ich wollte einwenden, dass sie dabei war, einen Teil von sich zu verletzen, den ich eigentlich die nächste Stunde bewundern wollte. Ich hatte von ihren Lippen, ihrem Mund, ihrer Zunge geträumt … ich wollte nicht, dass sie irgendetwas davon aus dem Spiel nahm. Sie schüttelte den Kopf, *nein*, und ich starrte auf ihren sinnlichen Mund und fragte: »Bist du sicher? Denn es ist entweder das … oder du findest meine Verführungstechniken … amüsant.«

Sie lachte *wieder*, schlug sich zu spät die Hand vor den Mund.

Ich würde sie nicht damit davonkommen lassen, dass sie diese Lippen vor mir verbarg. Ich grübelte laut über die Idee nach, sie zu kitzeln, nur um ihre Hysterie hinter uns zu bringen, und ihre Augen weiteten sich.

»Bitte nicht«, flehte sie, als ob ich das wirklich tun würde. Wenn ich mit den Fingern über ihren Körper glitt, würde das eine völlig andere Art der Berührung sein, und verdammt sollte ich sein, wenn sie dann wieder lachte, so hinreißend und seltsam es auch war.

Ich nahm ihre Hand von ihren Lippen, legte sie auf mein Herz und schloss ihren Mund mit meinem – ich ließ ihr keine Zeit ängstlich zu werden, ließ mir selbst keine Zeit zu überlegen. Sie stöhnte leise auf – und brachte mich damit fast um den Verstand.

Ich zog ihren Pullover wieder herunter, aber ich musste sie nicht sehen, um sie zu fühlen, und meine Fantasie füllte jede visuelle Lücke aus. Ich glitt über die weiche Haut ihres Bauchs, schob die Hand träge nach oben – fünf Zentimeter hoch und zwei zurück – und umfasste schließlich eine Brust, rund und vollkommen, mit meiner Hand. Jacqueline stöhnte auf, als mein Daumen ihren Nippel streifte, und ich spürte durch den dünnen Stoff ihres BHs, wie er prompt hart wurde. Ich kniff sie sanft, genoss ihre Reaktion, bevor ich ihrer anderen Brust dieselbe Aufmerksamkeit widmete.

Ich könnte sie allein von der Berührung her zeichnen, ohne ihren nackten Körper je gesehen zu haben. Ihre Warzenhöfe mussten so groß wie Vierteldollarmünzen sein, schätzte ich – rosige Nippel, die sich nach meinem Mund recken würden, wenn ich Jacqueline über meinen Arm noch weiter nach hinten drückte und jeden von ihnen einmal kurz leckte und dann sanft über die Oberfläche ihrer Haut blies.

Gott. Verdammt.

Als hätte sie meine Gedanken gelesen, stöhnte sie wieder auf, öffnete sich weiter, und meine Zunge drang tief in ihren heißen kleinen Mund ein. Ich stöhnte vor Lust, als sie an meiner Zunge saugte, und verstärkte den Griff um sie. Ich musste meine ganze Willenskraft zusammennehmen, um sie nicht rittlings auf meinen Schoß zu setzen, ihr den Pullover über den Kopf zu ziehen, ihren BH abzustreifen und sie in meinen Mund zu saugen, während sie ihre erhitzte Mitte an meine steinharte, allzu bereite Erektion presste. Was für eine köstliche Folter das sein würde.

Leise wimmernd, gab sie sich ganz unseren Küssen hin, bestimmt ohne einen Gedanken daran, dass ich mir so viel mehr vorstellte als diese hitzigen Küsse, so mächtig sie auch waren. Als ich mit den Fingern über ihre Kehle glitt, war es, als würde ich meine Hand an ein Bahngleis legen und das Donnern eines Zuges spüren, den ich noch nicht sehen konnte, der aber rasch näher kam. Ich löste mich für einen Moment von ihren Lippen und drückte sanfte kleine Küsse auf ihren Hals – nicht fest genug, um Spuren zu hinterlassen, aber hart genug, um sie schwindelig zu machen. Hart genug, um ihr einen Vorgeschmack darauf zu geben, was für Gefühle ich in ihr auslösen könnte.

Ich drückte ihr eine Hand ins Kreuz, zog sie näher an mich und glitt mit den Fingern hinten in ihre Jeans. Ich legte meine Lippen wieder auf ihre und küsste sie erst langsam und sanft, dann langsam und innig, dann schnell und zärtlich und schließlich hart und innig, während ich sie nach und nach immer tiefer in mich hineinzog.

Meine Haut brannte, wo Jacqueline mich berührte, und meine Muskeln traten unter ihrer flachen Hand hervor, als wären sie bereit, ihr jeden Wunsch zu erfüllen, was immer es war. Ich hatte nur deshalb die Kontrolle, weil sie es mir gestattete. Meine Kontrolle war eine Illusion. Wenn sie *Aufhören* sagte, dann würde ich aufhören. Wenn sie sich zu meinem Ohr vorbeugte und *Nimm mich jetzt* sagte, dann würde ich es tun, obwohl ich wusste, dass es zu früh war und ein Fehler sein würde. Ich würde alles tun, worum sie mich bat, egal, *wie* sie mich darum bat. Ich würde ihr Bad Boy sein, wenn es das war, was sie wollte. Wenn es das war, was sie brauchte.

Ich wollte es ihr gut machen. *So gut*. Aber nicht diesmal. Noch nicht. Ausgestreckt auf ihrer schmalen Matratze, ohne ihr auch nur ein einziges Kleidungsstück auszuziehen, hatte ich uns beide an den Rand des Wahnsinns getrieben. Noch eine leichte Berührung mehr, und wir würden den Verstand verlieren. Ihre träge Körperhaltung und schweren Augenlider verrieten mir, dass sie trunken von Küssen und gefügig war. Sie würde meiner Führung folgen.

»Ich sollte gehen«, flüsterte ich.

Sie legte die Stirn in Falten. »Du willst gehen?«

Nein, schönes Mädchen. Ich will dich auf dieser verdammten Matratze festnageln und dich für den Rest der Nacht auf jede nur erdenkliche Art befriedigen.

»Ich habe gesagt, ich *sollte* gehen.« Ich drückte ihr einen Kuss auf den Mundwinkel. Ihre Lippen waren nass und geschwollen, und wenn ich nicht aufhörte, sie anzustarren, dann würde ich es niemals schaffen, dieses Zimmer zu verlassen. Ich beugte mich vor, um ihr Ohr zu liebkosen, und flüsterte: »*Sollen* ist etwas anderes als *wollen*.«

Sie seufzte zur Antwort. »Kann ich dann die Zeichnungen sehen?«

»Mmm, na klar.« Mein Körper protestierte gegen die Trennung, als ich mich von ihr löste, um mich aufzusetzen. Ich nahm ihre Hand und zog sie ebenfalls hoch. Denn wenn sie dort liegen geblieben wäre, mit den Haaren rings um ihr Gesicht und den verrutschten Kleidern, dann wäre mir der letzte Rest Selbstbeherrschung, den ich noch besaß, prompt entglitten.

Ich schnappte mir den Zeichenblock und setzte mich neben sie auf die Bettkante.

Ich zeigte ihr die beiden Skizzen – beide nur grob umrissen, noch nicht ausgearbeitet. Dennoch schien sie beeindruckt. Ich sagte ihr, ich würde sie vermutlich in Kohle nachzeichnen und an meine Schlafzimmerwand hängen. Ihre Reaktion war belustigtes Erstaunen, vor allem als ich hinzufügte: »Wer würde nicht gern dazu aufwachen?« Ich biss mir auf die Innenseite meiner Wange, um meine ausdruckslose Miene zu wahren.

Ich begriff zu spät, dass ich mir nicht die Hände gewaschen hatte. Unter dem Pullover war ihr Körper zweifellos mit grauen Schmierstreifen bedeckt, als hätte ich sie als die Meine markiert. Mein Körper spannte sich bei dem Gedanken an. Ich lehnte mich gegen ihre Tür und zog sie an mich, um sie ein letztes Mal zu küssen. Als sie sich auf die Zehenspitzen stellte und sich an mich presste, wusste ich, dass sie fünf Sekunden davor war, auf dem Rücken ausgestreckt mitten auf diesem Bett zu liegen.

»Ich muss jetzt los, sonst werde ich gar nicht mehr gehen«, stöhnte ich.

Sie sagte nichts, kein *Ja, geh,* erhob aber auch keinen Einwand gegen meinen Aufbruch. Ich ignorierte, was ich in ihren Augen sah – einen Moment des Zögerns, der besagte, dass ich mehr sein könnte als der Lückenbüßer, zu dem ihre Freundinnen mich auserkoren hatten. Als den sie mich zweifellos sahen. Ich küsste sie auf die Stirn und die Nasenspitze, aber nicht auf ihren verführerischen, sinnlichen Mund, und murmelte: »Später.« Dann verließ ich ihr Zimmer, während meine Gedanken in Aufruhr waren und mein Körper am Rande einer Rebellion.

15

LANDON

Da ich als Kind auf eine kleine Privatschule gegangen war, kannte ich mich aus mit Kleinstädten. Wie dort nichts geheim bleibt. Wie sich Geheimnisse wie ein Lauffeuer verbreiten. Wie dieses erst erlischt, wenn es von einem größeren Feuer verzehrt wird.

Über die Frühjahrsferien mieteten vier Collegemädchen ein Haus am Strand – ein Haus, das den Richards' gehörte. Clarks Vater schickte ihn hin, um die Schlüssel zu übergeben. Es ging das Gerücht, er sei mit ein paar Kumpeln von seinem Schul-Baseballteam hingegangen, und sie hätten das Haus erst nach einer Stunde wieder verlassen. Da war vielleicht nichts dabei – aber an jenem Abend kamen sie mit noch einem anderen Typen wieder. Und niemand ging bis zum nächsten Morgen.

Zumindest einer dieser Typen konnte sich nicht beherrschen, mit der angeblichen Tauschgeschäftorgie zu prahlen – nicht dass es ihm irgendjemand verdenken konnte, dass er redete. Strip-Poker mit Cuervo-Gläschen und Collegemädchen, zwei Typen und zwei Mädchen, die sich in ihre jeweiligen Schlafzimmer zurückzogen, und mehrfacher Partnertausch? Darüber würden die meisten Typen reden. Und reden. Und reden.

Manche wollen an dem Punkt nicht aufhören. Manche wollen zum Beweis Fotos und Videoclips davon aufnehmen und sie an Freunde schicken, im Allgemeinen wenn sie zu betrunken oder high sind, um zu begreifen, dass in einem dieser Videos ein Kumpel mit einer festen Beziehung zu sehen ist. In dem Video, auf dem ein fast nacktes Mädchen rittlings auf einem Stuhl auf ihm sitzt und sich so bewegt und stöhnt, dass man keine Fantasie benötigt, um zu wissen, was los ist.

Boyce und ich sahen das Video früh am nächsten Tag.

Melody hatte es gesehen, bevor Clark am nächsten Abend zu ihr nach Hause kam. Es gab einen Riesenkrach, und ihre Mutter drohte damit, seinen Dad anzurufen, wenn Clark sich nicht beruhigte und verschwand. Am Ende ihrer Auffahrt überschlug er sich um ein Haar mit seinem Jeep, als er scharf nach rechts abbog und dabei zwei parallele Reifenspuren hinterließ.

Ich wollte ihm am liebsten eine reinhauen, als er drei Stunden später bei einem der Lagerfeuer aufkreuzte, die den langen Strand sprenkelten, aber ich tat, als sei es nicht mehr als ein kleines Ärgernis, Melody zu verlieren. Boyce erzählte mir, Clark hätte schon früher mit Urlauberinnen gevögelt – er sei nur nicht dabei erwischt worden. »Manche Typen glauben, es zählt nicht, wenn es mit irgendeiner Tussi ist, die nicht lange hier ist. Es ist ein Kurzzeitfick.« Als wollte er Boyce' Behauptung untermauern, begann Clark fünf Minuten später mit einem fremden Mädchen herumzuknutschen. Sie sah aus wie dreizehn, mit weit aufgerissenen Rehaugen.

»Wow, Kumpel – sieh dir das an«, sagte Boyce und zeigte mit seiner Zigarette in die Richtung.

Melody stapfte über den Strand, flankiert von Pearl,

die einen Pappkarton trug. Sie trat im flackernden Schein des Feuers vor Clark hin, tauchte ihre Hände in den Karton und ließ zerrissene Fotos und etwas, was nach Teilen eines Teddybären aussah, über seinen Kopf regnen.

»Was soll das denn, Melody?«, sagte Clark. Er stand auf und ließ das verdutzte Mädchen in seinem Schoß auf den Sand fallen. Sie kroch davon wie eine Krabbe.

»Du. Betrügerischer. *Dreckskerl!*« Melody nahm ein Goldarmband aus dem Karton und schleuderte es ihm zu Füßen. Es traf ihn am Knöchel und rollte davon in Richtung Wasser.

»Das sind *Diamanten*, du durchgeknallte Schlampe!«, brüllte er und sprang auf, um es sich zu schnappen.

»Du kannst mich nicht kaufen!«, gab sie zurück.

»Wer würde das denn schon wollen?«, fauchte er, und sie brach in Tränen aus und stolperte davon. Pearl schleuderte den leeren Karton nach seinem Kopf – er duckte sich darunter hinweg – und folgte ihrer Freundin.

Ich zog an dem Seil zum Eingang des Forts und lauschte angestrengt. Ich glaubte ein kaum hörbares Schniefen zu hören, aber es konnte auch eine Windböe sein. »Melody?«, flüsterte ich.

Ihr Gesicht tauchte von oben auf, ihr Haar schimmernd im Mondlicht, wie ein Heiligenschein um ihren Kopf. Sie blinzelte, und dann sagte sie: »Oh – Landon. Was tust du denn hier?« Sie hickste. Die Szene am Strand war über zwei Stunden her, aber sie weinte noch immer.

»Ich wollte nur nach dir sehen. Kann ich hochkommen?«

Sie nickte. »Na klar.«

Wir saßen schweigend da, bis sie näher herüberrutschte und den Kopf an meine Schulter lehnte. »Die Hälfte meiner Freundinnen sagt, dass ich überreagiert habe, und die andere Hälfte will mir helfen, seine Leiche verschwinden zu lassen. Ich weiß nicht, was ich glauben soll.«

Ich schüttelte den Kopf. »Überreagiert? Weil er dich betrogen hat?«

Sie zog die Knie an die Brust und kuschelte sich an mich, und ich legte einen Arm um sie. »Er ist vorbeigekommen und hat sich entschuldigt«, erzählte sie. »Er hat gesagt, er sei nur wegen seiner Kumpel mitgegangen – die anderen Typen haben alle keine Freundin. Er hat gesagt, solche Dinge sollten Mädchen wie ich gar nicht erst erfahren. Er hat gesagt, er sei betrunken, und es sei ein Fehler gewesen.«

»Und du glaubst ihm?«

»Natürlich nicht, sonst hätte ich nicht die Füllung aus Beauregard herausgerissen.«

Ich prustete. »*Beauregard*?«

Sie kicherte, und dann hickste sie wieder, als wir beide in Gelächter ausbrachen. Aber wenig später ging ihr Lachen in Schluchzen über, und sie sackte an meiner Brust zusammen. »Warum will er denn Sex mit irgendeiner Schlampe haben, wenn er mich hat? Warum?«

Ich nahm an, dass sie von mir keine Antwort darauf hören wollte. Und ich nahm ebenfalls an, dass für Typen wie Clark Richards nichts und niemand je gut genug sein würde. Genau wie sein Vater würde er sich nie mit dem zufriedengeben, was er hatte. Er sah nur, was er nicht hatte. Und fühlte sich dazu berechtigt.

Nach ein paar Minuten beruhigte sie sich, holte ein

paarmal tief und schaudernd Luft. »Woher wusstest du überhaupt, dass ich hier draußen sein würde?«

»Als ich dir eine SMS geschrieben habe und du nicht geantwortet hast, habe ich es vermutet.«

Sie legte den Kopf in den Nacken und sah zu mir hoch. »Du bist ein guter Typ, Landon.«

Bin ich nicht, kam der automatische Gedanke.

Sie beugte sich näher zu mir herüber, mit offenen Augen, und drückte ihre Lippen auf meine. Nur eine leichte Berührung – zögernd und erkundend. Sie zog sich nur ein paar Zentimeter zurück, und unser Atem vermischte sich. Ich beugte mich langsam immer näher zu ihr, und sie wich nicht zurück. Ich küsste sie so, wie sie mich geküsst hatte, behutsam, langsam, nur mit den Lippen, und keiner von uns schloss die Augen.

»Melody?« Wir lösten uns mit einem Ruck voneinander – die Stimme ihrer Mutter war nah, genau vor den Wänden des Forts.

Ich legte mich flach auf den Rücken, während sie sich hinkniete, eine Hand auf die Mitte meiner Brust gepresst, um mein hämmerndes Herz besser spüren zu können. »Ja, Mama?«

Ihre Mutter seufzte entnervt auf. »Komm jetzt ins Haus. Du kannst nicht allein dort draußen bleiben. Es ist nicht sicher.« Melody sah zu mir hinunter, während ihre Mutter fortfuhr. »Außerdem ruft Clark jetzt auf dem Festnetz an, weil du nicht an dein Handy gehst.«

Sie reckte das Kinn. »Hast du ihm gesagt, er soll Scheiße fressen?«

»Melody Ann Do…«

»Hast du überhaupt eine *Ahnung*, was er *getan* hat, Mama? Wie er mich gedemütigt hat?«

Noch ein Seufzer. »Komm jetzt ins Haus, Melody.«

»Ja, Ma'am.« Sie wandte sich ab, um die Leiter hinunterzuklettern, während sie mir zuflüsterte: »Warte fünf Minuten, bevor du gehst. Und danke.«

Am nächsten Tag arbeitete ich mit Dad – eine vierköpfige Familie hatte eine ganztägige Angel- und Sightseeingtour gebucht. Sie standen an der Mündung des Hafens, als Dad und ich vorfuhren. Ein Mädchen etwa in meinem Alter machte ein mürrisches Gesicht, die Arme vor der Brust verschränkt. Ein anderes, das etwa so alt wie Carlie war, hüpfte von einem Fuß auf den anderen, das Gesicht gerötet vor Aufregung.

»Ach du Scheiße«, sagte ich leise. Meine Stimmung war schon jetzt auf dem Nullpunkt.

»Halt die Klappe«, sagte Dad, während er einen höflichen Blick auf die vier warf. Er war nie wirklich gesellig, daher war es keine radikale Verwandlung, aber seine Bordmanieren waren liebenswürdig und geduldig, selbst wenn er dieselben Dinge eine Million Mal erklären und vorführen musste.

Ich hatte nichts mehr von Melody gehört – aber das war kein Wunder. Schließlich war es erst acht Stunden her, seit ich von der Plattform des Forts gesprungen und nach Hause gegangen war, so berauscht von ihrem Kuss, dass ich kaum schlafen konnte.

Aber ich würde keinen Handyempfang haben, bis wir heute Abend wieder anlegten; außerdem musste ich mich mit einem mürrischen Teenager und einem überdrehten jüngeren Mädchen herumschlagen. Ich sah einem langen und elenden Tag entgegen.

Ich hatte recht, aber nicht unbedingt aus den Gründen, die ich angenommen hatte. Das jüngere Mädchen hörte tatsächlich auf meine Anweisungen und machte den größten Fang, den wir im ganzen Jahr gehabt hatten – auch wenn es hauptsächlich eine Frage des Glücks und der Lage des Bootes ist, einen Fisch an die Angel zu kriegen, nicht des Geschicks des Typen mit der Stange. Aber niemand erwähnte das ihr gegenüber. Dads Motto ist: »Unser Job ist es, dafür zu sorgen, dass der Kunde denkt, es wäre alles sein Verdienst.« Er half ihr, den Fang einzuholen, während ihre Eltern jubelten.

Das ältere Mädchen stieg aus dem Wagen seiner Eltern und streckte sich, als ich aus dem SUV kletterte, zog an ihren Ohrringen, spielte mit den Fransen ihrer abgeschnittenen Shorts und fummelte an ihren Haaren herum – steckte sie hoch und löste sie wieder. Das ging *den ganzen Tag* so weiter. Sie klebte praktisch an mir, stellte mir idiotische Fragen nach meinen Tattoos – die ich grundsätzlich niemandem erkläre, schon gar nicht wahllosen Fremden – und benutzte diese Erkundigungen als Ausrede, um sie zu befühlen. Sie fragte mich, was die Jugendlichen hier so machten, um Spaß zu haben, und beäugte mich, als würde sie erwarten, dass ich sie dazu einlud, was immer es war – und ich meine, *was immer* es war. Am seltsamsten war: Sie machte mit ihrem Handy Fotos von mir. Ich hatte den Verdacht, dass sie sie verschickte oder postete, und fühlte mich seltsam verletzt.

Auf dem Boot fühlte ich mich so eingeengt wie noch nie, und ich musste an Leute in Rettungsbooten denken, die tagelang auf dem Meer festsaßen. Ich würde das Schiff wechseln, nachdem ich ernsthaft darüber nachgedacht hatte, sie über Bord zu stoßen.

Sobald wir anlegten und ich wieder festen Boden unter den Füßen hatte, schaltete ich mein Handy ein. Ich hatte eine Nachricht von Melody bekommen, die mich fragte, ob ich heute schon etwas vorhätte. Sie hatte sie vor Stunden geschickt.

Ich stieß mit dem jüngeren Mädchen die Knöchel aneinander, zeigte dem älteren, das mich sexuell belästigt hatte, die kalte Schulter und rief den Eltern »Toller Fang, Leute!« zu, bevor ich auf den Beifahrersitz des SUV kletterte.

Ich: Hey. War den ganzen Tag mit dem Boot draußen. Arbeiten. Kein Empfang bis jetzt. Habe eben angelegt.
Melody: Ich hatte schon Angst, du bist sauer wegen dem, was ich gemacht habe.
Ich: Was denn??
Melody: Der Kuss.
Ich: Ich bin das Gegenteil von sauer, was immer das ist. Heute Abend im Fort?
Melody: Kann nicht. Übernachte bei Pearl. Arbeitest du morgen?
Ich: Nein. Dad wird den ganzen Tag weg sein. Komm vorbei.
Melody: Okay.

Sobald Dad am nächsten Morgen das Haus verlassen hatte, putzte ich das Bad, brachte die Küche in Ordnung und räumte die Haufen mit Kleidern weg, die ich im Allgemeinen neben meinem Bett fallen ließ oder irgendwie zusammengefaltet in die Regale stopfte. Ich machte mein Bett.

Melodys Klopfen war unsicher. Leise. Ich wischte mir nervös die Hände an meinen ausgeblichenen Boardshorts ab und holte einmal tief Luft, bevor ich die Tür öffnete.

»Hi«, sagte ich, ließ sie herein und schloss hinter ihr die Tür. Und sperrte ab.

»Hi«, sagte sie, während sie sich eine lange Strähne hinters Ohr steckte.

Sie folgte mir in die Küche, wo wir Limonade schlürften und uns Sandwiches machten, an denen wir knabberten, ohne sie wirklich zu essen. Wir wechselten kaum ein Wort.

Schließlich räusperte sie sich. »Du hast doch mal gesagt, du würdest mich zeichnen. Willst du das immer noch?«

Ich nickte. »Na klar. Ja.« Wir stellten das Geschirr in die Spüle, und ich öffnete die Tür zur Vorratskammer und schaltete das Deckenlicht ein. »Wo willst du …?«

»Da drinnen ist es gut«, sagte sie. »Wenn es für dich gut ist.«

Ich hoffte, dass sie auf diese Frage keine Antwort erwartete, denn an diesem Tag war für mich einfach alles gut.

Sie kickte ihre Flipflops von sich, und wir kletterten aufs Bett. Ich griff nach meinem Zeichenblock und den Stiften, und sie lehnte sich nach hinten, auf die Ellenbogen gestützt. »Und, arrangierst du mich jetzt, oder soll ich eine Pose einnehmen, vielleicht so, oder was?«

Ausgeschlossen, dass ich sie berühren und dann zeichnen könnte. »Mach's dir einfach bequem. Ich werde eine Weile brauchen. Versuch besser gar nicht erst, in einer unbequemen Position auszuharren.« Wie die, in der sie genau jetzt war, in der sich ihre perfekten Titten gegen ihr eng anliegendes Oberteil pressten, sodass Lücken zwischen den Knöpfen entstanden und der Saum höher rutschte und den Streifen sonnengebräunter Haut über ihren Shorts entblößte.

Sie wandte sich ab, um am Kopfende des Betts Kissen zurechtzulegen, und ich lehnte mich an die Wand. Sie lag auf der Seite, halb sitzend, halb in den Berg von Kissen zurückgelehnt, während ihr Haar wie ein goldener Wasserfall um sie herumfiel. Sie winkelte ein Bein an und streckte das andere aus, bis unsere Zehen sich berührten. Ich wartete darauf, dass sie still wurde. Den Blick auf mich geheftet, öffnete sie die beiden obersten Knöpfe ihres Oberteils, um den weißen Spitzen-BH darunter zu entblößen.

»Gut so?«, fragte sie mit leiser, bebender Stimme.

Meine Hände zitterten. *Oh, verdammt*. Ich atmete einmal langsam ein, dann noch einmal, gewann etwas Selbstbeherrschung wieder. »Perfekt«, sagte ich, und sie lächelte.

Keiner von uns sprach. Die einzigen Geräusche waren ein gelegentliches Räuspern und das Kratzen meines Bleistifts. Ihre Füße glitten über meine, als sie ihre Haltung verlagerte, und ich erwiderte den Druck reflexartig. Schließlich starrte ich auf die Skizze und reichte sie ihr dann.

»O mein Gott.« Sie sah von dem Block zu mir hoch und dann wieder nach unten. »Ich wusste ja, dass du gut bist … aber das hier … ist umwerfend.« Sie sah an sich hinunter, streckte beide Beine aus und suchte nach Unzulänglichkeiten. »Aber in Wirklichkeit sehe ich nicht so aus. Das ist hinreißend.«

Ich nahm ihr den Block aus der Hand und legte ihn auf das unterste Regal, genau über unseren Köpfen. »Glaub mir. Du siehst noch besser aus.« Ich rutschte neben sie.

Ohne meinen Blick zu erwidern, streckte sie eine Hand aus, um über meine Tätowierungen zu streichen. Ihre Berührung war völlig anders als die ungebetenen Streicheleinheiten des Mädchens gestern, das zu glauben schien, mich zu berühren sei Teil des Gesamtpakets, das ihr Dad bezahlt hatte.

»Willst du mich noch mal küssen?«, fragte Melody. Noch immer, ohne mich anzusehen.

Ich beugte mich über sie, glitt mit einer Hand genau unter ihrem Oberteil über ihre nackte Taille und wartete, bis sie den Blick zu mir hob. Wir wiederholten den zögernden, erkundenden Kuss, den wir vor zwei Tagen getauscht hatten. Wir behielten die Augen dabei offen, und die Berührung unserer Lippen schien fast halbherzig. Und dann zog sie mich zu sich herunter. Mein Knie glitt zwischen ihre Beine, und die harte Latte, die sich an ihren Schenkel presste, ließ sich nicht mehr verbergen. Sie schloss die Augen und öffnete den Mund, und ich verschwendete keine Zeit damit, Optionen abzuwägen, denn ich konnte nicht mehr klar denken. Ich stieß meine Zunge in ihren Mund und schloss die Augen, während meine Hände über alles glitten, was sie erreichen konnten.

Ich öffnete die letzten drei Knöpfe ihres Shirts, und wir setzten uns auf. Wir versuchten unsere Lippen aufeinander zu lassen, während sie aus ihrem Oberteil schlüpfte und es ans Fußende des Betts warf, wo auch mein T-Shirt landete. Sie streckte die Hände nach hinten aus, um ihren BH zu lösen, und ich sah ihr mit begierigen Blicken dabei zu. Ich griff nach den Trägern, um sie über ihre Arme hinunterzuschieben, und sie zitterte, als meine Daumen über ihre Rundungen glitten. Ihre Tänzerinnen-Gliedmaßen, geschmeidig und athletisch, bildeten einen starken Kontrast zu ihren üppigen, vollen Titten. Ich warf den BH zu unseren restlichen Klamotten, streckte mich aus und zog sie auf mich, hoch genug, um an ihren Nippeln zu knabbern, während ich ihr Gesäß umfasste und sie fest an mich presste. Sie drückte die Arme durch und stützte sich über mir ab.

Als Melodys Wimmern in benommene Schreie überging, saugte ich einen Nippel in meinen Mund, und sie schrie auf und presste sich an mich. Ich rollte mich herum, bis ich mit der Hüfte gegen die Wand stieß, zerrte sie auf der schmalen Matratze unter mich, schob einen Schenkel zwischen ihre Beine und presste dagegen. Sie umklammerte meine Arme und küsste mich wild.

Dann glitt ihre Hand in meine Shorts, und ich hob mich gerade weit genug, um ihr Zugang zu gewähren, verloren in der warmen, weichen Umklammerung ihrer Handfläche und ihrer Finger. Ich stützte mich auf einen Ellenbogen auf, zog sie mit mir mit und drückte meine Hand unten auf ihre Shorts. »Oh, Gott, Melody«, stöhnte ich, während ich mit den Fingern so leicht in sie hineinglitt. Sekunden später kam sie, zitternd an mich gepresst, und ich folgte gleich darauf.

Während wir allmählich in die Wirklichkeit zurückschwebten, zogen wir unsere Hände langsam aus der Kleidung des anderen zurück. Ich schnappte mir mein T-Shirt und benutzte es, um unsere Hände abzuwischen. Ich wollte an den Fingern saugen, mit denen ich in sie hineingeglitten war, wollte wissen, wie sie schmeckte, aber in diesem Moment war sie seltsam schüchtern. Ich wickelte uns in meine Bettdecke und zog sie an mich, und dann lagen wir da und starrten uns an, bis wir einschliefen.

Als ich aufwachte, war sie verschwunden. Die Zeichnung hatte sie mitgenommen.

LUCAS

Ich schickte Jacqueline erst am Sonntagabend eine E-Mail – vier kurze Sätze, ausschließlich Anweisungen, kein Flirten. Sie antwortete in gleicher Weise, erkundigte sich aber nach meinem Wochenende. Ich konnte es mir nicht verkneifen, ihr zu sagen, dass mein Wochenende schön war – *vor allem der Freitag.* Wie war Ihres?, fragte ich.

Drei Worte stachen aus ihrer knappen Antwort hervor – *gut, einsam* und *produktiv.*

Wir alle brauchen unsere Momente des Alleinseins, aber dieses Mädchen sollte niemals einsam sein.

Ich zückte ein dickes Blatt Papier und meine Kohlestifte und wählte die Pose aus, in der sie zurückgelehnt dalag – auf dem Rücken, die Arme über dem Kopf. Während ich ihre schlanken Gliedmaßen nachzeichnete, erinnerte mich jeder Strich über das Papier an die Küsse und Liebkosungen, die in meinem Körper das Verlangen nach mehr von ihr geweckt hatten. Ich verschmierte die Schatten unter ihren Brüsten mit einem Finger, während ich an ihre weiche Haut und die Art, wie ich sie berühren durfte, zurückdachte. Trotz meines Bedürfnisses, eine Mauer zwischen ihr und mir aufrechtzuerhalten, bröckelte sie schneller, als ich sie wiederaufbauen konnte.

In meinem Schlafzimmer heftete ich die Zeichnung an die Wand, gegenüber meinem Kissen.

Spätestens nach dem Wirtschaftskurs am Mittwoch rang mein Bedürfnis, Jacqueline die Wahrheit darüber zu sagen, wer ich war, erbittert mit meinem Wunsch, unser Spiel fortzusetzen – in dem ich der sexuelle Söldner war, der ihr half, wieder in Stimmung zu kommen. Es schien das ideale Szenario zu sein – ich durfte mit dem ersten Mädchen zusammen sein, das seit Jahren meine Aufmerksamkeit fesselte, und sie konnte ihre Flügel ausbreiten, ihren selbstgefälligen Ex vergessen und ihren eigenen Körper wieder in Besitz nehmen.

Ich brachte die Stimme in meinem Kopf zum Schweigen, die mir sagte, dass nichts von alledem genug war.

Jacqueline schien ebenfalls Bedenken zu haben – sie schickte Landon die ganze Woche keine E-Mail und mir keine SMS. Sie kam nicht zum Starbucks, und im Kurs sah sie nur ein paarmal zu mir zurück. Am Freitag kam ihr Ex nach dem Unterricht auf sie zu. Er lächelte zu ihr hinunter, eine Hand in der Hosentasche, selbstsicher in seinem Charme.

Ihr Gesicht konnte ich nicht sehen, während sie miteinander sprachen, aber ihre Körperhaltung schien angespannt. Ich wollte ihm dieses selbstgefällige Grinsen am liebsten aus dem Gesicht schlagen, und ich verließ den Hörsaal, bevor ich irgendetwas Dummes sagte oder tat.

Am Freitagnachmittag bekam ich eine E-Mail von Ralph Watts, dem stellvertretenden Polizeichef auf dem

Campus. Watts war für die von der Universität gesponserten Selbstverteidigungskurse zuständig, die die Abteilung in jedem Semester ein paarmal anbot. Nachdem ich im letzten Herbst den Flyer an unserem Schwarzen Brett gesehen und ihn danach gefragt hatte, schickte er mich zu einem Trainings- und Zertifizierungsprogramm. Ich hatte mich inzwischen zweimal freiwillig gemeldet, um ihm zu assistieren – hatte mir Polster angelegt und mich bereit erklärt, mich von Studentinnen, Professorinnen und Verwaltungsangestellten schlagen und treten zu lassen, die drei Samstagvormittage opferten, um die Grundlagen der Selbstverteidigung zu lernen.

Lucas,
Sgt. Netterson sollte mir im nächsten Selbstverteidigungskurs assistieren, aber sie hat sich gestern Abend an einer Kletterwand das Schlüsselbein gebrochen. Ich weiß, es ist kurzfristig, aber falls du es einrichten kannst – ich brauche dich morgen Vormittag. Außerdem noch zwei Sitzungen nach den Thanksgiving-Ferien, wenn du das übernehmen kannst. Wenn du nur morgen kannst, wäre auch das schon eine große Hilfe. Gib mir so bald wie möglich Bescheid.
Danke,
R. Watts

Ausnahmsweise hatte ich am Samstag keine Zehn-bis-drei-Schicht im Starbucks. Ich schrieb Watts zurück und sagte für alle drei Samstage zu.

Außerdem bekam ich eine E-Mail von Jacqueline. Kein Flirten – nur ihr Projekt für Heller. Ich hatte ihr versprochen, es durchzusehen, bevor sie es einreichte.

Ich konnte mich nicht beklagen, wenn ich gar nicht

wollte, dass sie mit *Landon* flirtete … oder? Ich antwortete ihr, ich würde mir alles ansehen und ihr bis Sonntag zurückschicken.

Minuten später bekam *Lucas* eine SMS von ihr: Habe ich irgendwas falsch gemacht?

Ich ging in der Wohnung auf und ab, bevor ich antwortete, ich sei beschäftigt gewesen, und ein beiläufiges Was gibt's? ergänzte. So gleichgültig, während ich für dieses Mädchen das genaue Gegenteil empfand. Anstatt pikiert zu klingen, erkundigte sie sich in ihrer Antwort voller Neugier nach den Kohlezeichnungen, von denen ich gesagt hatte, ich würde sie nach den Skizzen von ihr anfertigen. Ich schrieb, ich hätte eine gemacht und würde sie ihr gern zeigen. Sie erwiderte, sie würde sie gern sehen.

Daher sagte ich ihr, ich sei im Moment unterwegs und würde später mit ihr reden.

»Gottverdammt«, murmelte ich, warf mein Telefon auf den Tresen und ging zum Sofa. Ich presste mir die Handballen auf die Augen, aber die Erinnerung an ihre wundervolle Hingabe in meinen Armen vor einer Woche ließ sich nicht ausblenden. *Sie vertraut mir*. Es lag kein Triumph in diesem Wissen, denn ich vermittelte ihr gemischte Signale – ganz zu schweigen davon, dass ich sie als zwei verschiedene Leute vermittelte.

»Ich bin ein verlogenes Arschloch«, sagte ich zu Francis, der darauf nur gähnte.

Als ich am Samstagmorgen um neun in einem kalten Kursraum des Freizeitgebäudes stand, war der letzte Mensch, den ich zu sehen erwartete, Jacqueline Wallace. Während Sergeant Don Ellsworth unsere zehn Teilnehmerinnen anwies, sich in die Anwesenheitsliste einzutragen, und Watts die Kursbroschüren verteilte, schnürte ich meine knöchelhohen Taekwondoschuhe zu und breitete die Matten aus. Ich verlangsamte mein Tempo, als ich Jacquelines rothaarige Freundin zur Tür hereinkommen sah – und erstarrte, als Jacqueline genau hinter ihr folgte.

Ich hatte überlegt, ihr den Kurs vorzuschlagen, aber ich nahm nicht an, dass sie schon bereit dafür war – vor allem wenn sie niemandem sonst erzählt hatte, was an jenem Abend passiert war. Wenn sie zu früh teilnahm und sich eingeschüchtert oder überfordert fühlte, würde sie vielleicht nicht mehr wiederkommen.

Aber sie musste es ihrer Freundin erzählt haben, die nicht weiter als einen halben Meter von ihrer Seite wich, mit einer Hand beschwichtigend über ihr Schulterblatt strich und sie entschieden am Ellenbogen festhielt, als sie drauf und dran schien, zur Tür hinauszustürmen. Als Jacqueline aufblickte und *mich* an Lieutenant Watts' Seite entdeckte, wäre sie beinahe wirklich davongelaufen. Ihr Blick huschte von mir zu der Broschüre, die sie umklammert hielt. Ihre Knöchel waren weiß verfärbt, und sie flüsterte ihrer Freundin etwas zu. Diese legte ihr eine Hand aufs Bein und murmelte etwas zurück.

Watts begann mit seiner Eröffnungsansprache, mit der er den Teilnehmerinnen ihre Ängste nehmen wollte, bevor er sich selbst und dann *Ich-kann-beim-Bankdrücken-dreihundert-Pfund-stemmen*-Ellsworth und mich auf seine übliche Weise vorstellte: »Dieser schmächtige Typ zu meiner Linken ist Sergeant Don, und der hässliche ist Lucas, einer unserer Parkplatzwächter.« Als alle kicherten, lobte er sie dafür, dass sie ihren Samstagmorgen opferten, und gab ihnen dann einen Überblick über den dreiwöchigen Kurs.

Nach einer Einführung in die Grundlagen der Selbstverteidigung begannen wir einstudierte Angriffe und Abwehrtechniken durchzuspielen, damit die Frauen eine Vorstellung davon bekamen, welche Bewegungen wir ihnen beibringen würden. In Zeitlupe führte Ellsworth die Angriffe aus, während ich mich verteidigte und Watts Schwachstellen des Angreifers hervorhob – ein paar offensichtliche wie zum Beispiel die Leistengegend, ein paar weniger offensichtliche wie zum Beispiel die Mitte des Unterarms. Er betonte das Ziel des Opfers: *entkommen*.

Die Teilnehmerinnen bildeten Zweiergruppen, um individuelle Bewegungen zu üben, und wir drei gingen durch den Raum, um sicherzustellen, dass sie korrekt ausgeführt wurden. Um Jacqueline nicht noch mehr Stress auszusetzen, ließ ich Ellsworth auf ihre Seite des Raums gehen, aber ihre marineblaue Yogahose und ihr weißes T-Shirt waren dennoch ständig am Rand meines Blickfelds. Ich hielt nach Anzeichen von Stress Ausschau, die bei Teilnehmerinnen, die einem Angriff ausgesetzt gewesen waren, häufig auftreten. Ich wusste, welches Szenario Erinnerungen an ihren eigenen Überfall auslösen würde, und mir graute schon jetzt davor.

Dank ihrer Freundin, die Erin hieß, war sie bei den Handschlägen gut, brüllte dazu jedes Mal *Nein!*, wie sie es gelernt hatte, und grinste beim Hammerfaustschlag.

Schließlich kamen wir zur letzten Abwehrtechnik des Tages. Ich konnte Jacquelines Reaktion nicht einschätzen, während wir die Übung vormachten, aber sobald sich die Teilnehmerinnen wieder paarweise aufteilten, waren ihre steife Haltung, ihre weit aufgerissenen Augen und das sanfte Heben und Senken ihrer Brust deutliche Panikindikatoren. Erin hielt ihre Hand, während sie, die Köpfe zusammengesteckt, leise miteinander sprachen. Jacqueline schüttelte den Kopf, ließ die Hand ihrer Freundin, die sie fest umklammert hielt, jedoch nicht los. Sie wechselten noch ein paar geflüsterte Worte, und dann betraten sie die Matte.

Erin legte sich auf den Bauch, und Jacqueline kniete sich über sie. Ihre Hände bebten, als sie den Angriff ausführte. Anstatt beim nächsten Mal die Plätze zu tauschen, behielten sie ihre Positionen bei und wiederholten die Übung noch zweimal. Außerstande, den Blick von den beiden abzuwenden, achtete ich kaum auf das Paar, dem ich eigentlich zusehen sollte. Als sie die Plätze schließlich tauschten, spürte ich ihre Panik von der anderen Seite des Raums, und ich befürchtete schon, sie könnte hyperventilieren und das Bewusstsein verlieren.

Komm schon, Jacqueline, beschwor ich sie im Stillen. *Du schaffst das.*

Eine Welle von Stolz durchflutete mich, als sie die Bewegungen ausführte. Sie zwang sich, sie trotz ihres Unbehagens genau zu befolgen. Danach lobte und umarmte Erin sie, und ich atmete erleichtert aus, auch wenn Jacqueline in den letzten Minuten des Kurses und auf dem Weg zur Tür hinaus nicht in meine Richtung sah.

Ich wollte nicht, dass ihre Angst – oder meine Anwesenheit – sie davon abhielt wiederzukommen. Ich wollte sicherstellen, dass das nicht passierte.

Bevor ich es mir ausreden konnte, schrieb ich ihr an jenem Abend eine SMS und fragte sie, ob sie die Kohlezeichnung noch immer sehen wolle. Sie schrieb zurück, ja, daher sagte ich ihr, sie solle sich die Haare zusammenbinden und sich etwas Warmes anziehen. Dann sprang ich auf meine Harley und fuhr los, um sie abzuholen.

Vor ihrem Wohnheim lehnte ich mich gegen das Motorrad und beobachtete den Eingang. Um mich herum kamen und gingen ständig Leute, aber ich konnte auf keinen von ihnen achten. Als sie auftauchte, wunderte ich mich wieder einmal, wie verschieden wir aussahen. Ich verdiente inzwischen genug Geld, um meine Klamotten nicht mehr im Wohlfahrtsladen kaufen zu müssen, aber mein Stil hatte sich dennoch kaum verändert. Dieses Mädchen hingegen war eine Mischung aus klassischen und angesagten, aber teuren Kleidern – sie waren wie eine zweite Haut, die sie bequem trug. Sie verlangsamte ihr Tempo, während sie eine kleine schwarze Jacke zuknöpfte, die aus einem typischen Sechzigerjahrefilm hätte stammen können – genau die Art, die meine Mutter liebte.

Sie brauchte nicht lange, um mich zu entdecken.

Ihre Schritte stockten, und ich fragte mich, warum. Ich wollte sie am liebsten in meine Arme reißen und küssen, als hätte es keine Unterbrechung gegeben, seit ich sie das letzte Mal hielt. Ich wollte die Rolle, für die mich ihre Freundinnen vorgesehen hatten – ihre *Bad-Boy-Phase* –, auslöschen, denn sie war ein unbedeutender Zeitabschnitt zwischen zwei ernsten, wichtigen Phasen: Kennedy Moore und wer immer als Nächstes kam.

»Ich schätze, das ist der Grund für die Haarrichtlinien«, sagte sie, während sie den Helm, den ich ihr hinhielt, inspizierte, als wäre er irgendein komplexes, seltsames Teil. Sie hatte noch nie auf einem Motorrad gesessen, eine Tatsache, die mich irgendwie antörnte. Als ob ich *dabei* Hilfe bräuchte.

Sie sah zu mir hoch, während ich ihr den Helm auf den Kopf setzte und die Riemen anpasste und befestigte. Ich ließ mir absichtlich viel Zeit dabei, verschlang in Gedanken die süßen Lippen, die ich noch immer schmecken konnte, und starrte ihr in die Augen, die so tief und blau waren wie das offene Meer.

Die Vorsicht, mit der ich fuhr, entging ihr, nahm ich an, denn sie vergrub ihr Gesicht in der Mitte meines Rückens und klammerte sich in Kurven an mich, als wäre sie andernfalls nach Oklahoma geflogen – nicht dass ich mich darüber beklagt hätte.

Als wir ankamen, waren ihre Hände eiskalt, daher massierte ich sie, um sie zu wärmen. Ich fragte mich, wie sie mit solch kleinen Händen ein so großes Instrument wie einen Kontrabass spielen konnte, aber ich biss mir auf die Lippe, bevor ich diese Frage laut aussprach.

Sie hatte nur Landon von ihrem Instrument erzählt.

Sie verstärkte meine Schuldgefühle, indem sie mich fragte, ob meine Eltern in dem Haus auf der anderen Seite des Hofs lebten. »Nein. Ich habe die Wohnung gemietet«, sagte ich, während wir die Treppe hochstiegen und ich die Tür aufsperrte.

Francis schien weder besorgt noch beeindruckt davon, dass ich jemanden mit nach Hause brachte. Er stolzierte nur vom Sofa zur Tür und hinaus, als wollte er mir ein paar Augenblicke Privatsphäre gewähren. Jacqueline lachte über den Namen, den ich ihm gegeben hatte, und fand, er sähe eher wie ein Max oder ein King aus. Ich erklärte ihr, mein Kater sei auch ohne einen Machonamen hochnäsig genug.

»Namen sind wichtig«, sagte sie, während sie langsam ihre Jacke aufknöpfte.

Bei ihren Worten und der möglichen Doppelbedeutung dahinter lief mir ein eiskalter Schauder über den Rücken, aber er legte sich mit der hypnotischen Anziehungskraft ihrer kleinen Finger, die in einem Tempo Knöpfe durch Knopflöcher schoben, das zum Glück alles andere aus meinen Gedanken verbannte und meinen Herzschlag prompt beschleunigte. Als sie schließlich den untersten Knopf löste, ging meine Geduld in Flammen auf. Ich glitt mit den Daumen hinein und über ihre Schultern und zog die Jacke sanft über ihre Arme hinunter.

»Weich«, flüsterte ich.

»Das ist Kaschmir«, flüsterte sie zurück, als hätte ich sie gefragt.

Ich wollte sie an mich ziehen, mit den Händen über diesen Pullover gleiten und sie küssen, bis sie keine Luft mehr bekam. Ich wollte mit der Zunge über ihr geschwungenes, spitz zulaufendes Ohr gleiten, ihr entzückendes Gesicht mit meinen Händen umfassen und ihren vollen, sinnlichen Mund küssen. Ihre Augen weiteten sich in dem matt erhellten Zimmer, und sie starrte erwartungsvoll zu mir hoch. Jeder Muskel in meinem Körper spannte sich vor Sehnsucht und Verlangen nach ihr an. Aber ich hatte ihr etwas Wichtigeres zu sagen, und ich platzte damit heraus, bevor ich die Nerven verlor, die Hände nach ihr ausstreckte und alle noblen Absichten in den Wind schlug.

»Ich hatte einen Hintergedanken, weshalb ich dich hierhergebracht habe.«

16

LANDON

Diejenigen von uns, die Menschenmengen hassten, wurden in den Wintermonaten mit mildem Wetter und weniger Touristen verwöhnt. In den Frühjahrsferien dagegen sind die Strände hier überfüllt.

Nachdem er im letzten Jahr mit Ach und Krach seinen Abschluss geschafft hatte, begann Thompson senior auf härtere Drogen umzusteigen – die er sowohl verkaufte als auch konsumierte –, während Rick nach und nach das Geschäft mit dem Gras, den Gelkapseln und den kleinen lila Pillen vom Unternehmen seines großen Bruders übernahm. Sein Lebensunterhalt hing von Käufern ab, daher waren Menschenmengen etwas Gutes.

»Aber dieser Vollidiot raucht die Hälfte seiner Gewinne selbst, Mann«, sagte Boyce. Von einem der Felsen mit Blick über den Strand sahen wir zu, wie Rick im Gedränge der Leute seine Runde machte. Er verkaufte eine schöne Zeit in einem Beutel, und das Geschäft blühte.

»Oder er verschenkt sie.« Als wollte sie meinen Punkt verdeutlichen, schlang Brittney Loper von hinten die Arme um ihn, presste ihre Brust an seinen Rücken und flüsterte ihm irgendetwas ins Ohr. Ohne sein Gespräch mit ein paar potenziellen Kunden zu unterbrechen, schob er sie mit einem Arm nach vorn und nahm dann mit der anderen Hand einen kleinen Beutel aus der Tasche seines Kapuzenpullis und steckte ihn in die Vordertasche ihrer Jeans.

Sie lehnte sich an ihn und küsste ihn, während sich die beiden Typen einen Blick zuwarfen. Einer von ihnen sagte etwas, und Rick schüttelte den Kopf, drehte Brittney herum und legte ihr einen Arm um den Brustkorb. Die Typen starrten auf ihr üppiges Dekolleté. Sie streckte eine Hand aus, und die beiden schüttelten sie. Bargeld und Beutel wechselten die Besitzer, und Brittney schlenderte zwischen den beiden auswärtigen Typen über den Strand davon.

»Oh, Mann, dieses Mädchen lebt gefährlich«, sagte Boyce, während er ein letztes Mal an seiner Zigarette zog.

»Aber echt.« Ich kippte den letzten Rest meines Biers und kaute auf einem Mundwinkel. Nach einer Minute fügte ich hinzu: »Ich überlege, mir die Zunge piercen zu lassen.«

Er tat, als würde er schaudern. »Oh, verdammt, Maxfield, warum zum Teufel willst du das denn tun?«

Boyce hatte keine Piercings und nur ein einziges Tattoo – *Semper Fi* über einem Adler-Globus-und-Anker-Emblem auf seiner Schulter, zum Gedenken an seinen einzigen Bruder, einen Marine, der im Irak gefallen war. »Bis zu dem Augenblick wusste ich gar nicht, wie sehr ich Nadeln hasse. Hat höllisch gebrannt«, sagte er einmal zu mir. »Wenn es nicht für Brent gewesen wäre, hätte ich Arianna gesagt, sie soll bei dem verdammten Vogelkopf aufhören.«

»Ich habe gehört, mit einem Zungenpiercing ist es für

das Mädchen schöner, wenn du sie leckst«, antwortete ich.

Er zog eine Augenbraue hoch, das Bier auf halbem Weg zum Mund. »Ist das so?« Er nahm einen Schluck. »Aber trotzdem. Vielleicht, wenn es für *mich* schöner wäre …«

Ich zuckte die Schultern und grinste. »Wenn es für sie schöner ist, dann ist es das für mich auch.«

Er beäugte mich. »Das klingt verdächtig danach, als ob du jemanden vögelst, der dir etwas bedeutet, Maxfield.« Ich schwieg, und nach ein paar Sekunden stöhnte er auf und warf den Kopf zurück. »Oh, Mann – im Ernst? Scheiße. Warum hörst du eigentlich nie auf deine Stimme der Vernunft – den großen Boyce?« Ich knurrte kopfschüttelnd, und er seufzte. »Du weißt aber schon, wenn *ich* es bin, der vernünftig redet, steckst du tief in der Scheiße.« Er suchte die Menge ab. »Also, wo ist sie?«

»Für ein paar Tage in Houston. Sie und ihre Mom fahren jedes Jahr in den Frühjahrsferien zum Shoppen dorthin.«

Boyce ließ die Kippe in seine leere Flasche fallen. »Pass bloß auf. Du weißt doch, dass Richards ein Riesenarschloch ist.«

»Ich glaube, das ist ihm scheißegal.«

»Das mit ihr? Vermutlich ja. Aber der äußere Schein ist ihm *nicht* scheißegal, und er steht nicht gern als Verlierer da.«

»Ich auch nicht.« Mein Handy vibrierte, und ich öffnete eine SMS von Melody, zusammen mit zwei Selfies vor dem Spiegel einer Umkleide in irgendwelchen hauchdünnen Spitzen – einmal schwarz, einmal rot. Ich streckte mich auf dem Felsen aus und starrte die Bilder an. »Ach du heilige, heilige Scheiße.«

Melody:	Dessous-Shoppen. Das hier? Oder das hier?
Ich:	BEIDE. EGAL. Ist das eine Fangfrage?
Melody:	Ich werde eines davon am Freitag tragen, falls du immer noch ausgehen willst.
Ich:	A. Natürlich will ich ausgehen. B. Du kannst darin nicht ausgehen, es sei denn, du willst, dass ich den ersten Typen umbringe, der dich anfasst.
Melody:	Unter meinen Kleidern, Dummkopf. Du wirst es wissen, aber niemand sonst. ;)
Ich:	Das Dinner halte ich nicht durch.

»Was? Hat sie dir etwa gesextet?« Boyce streckte die Hand nach meinem Handy aus. »Zeig mal her.«

Ich steckte es rasch ein. »Nein. Das ist nur für mich bestimmt.«

»Du verdammter Glückspilz.«

Ich setzte mich kopfschüttelnd auf. »Ich dachte, ihr beide könnt euch nicht leiden?«

Er breitete die Arme aus und fragte: »Wer muss sie denn leiden können, um sich an ihrer Nacktheit zu erfreuen?«

Ich kniff die Augen zusammen. »Du solltest besser hoffen, dass das nie passiert.«

Er hob die Hände. »Schon gut, schon gut – bleib entspannt.«

Ich holte einmal tief Luft, die Hand in der Hosentasche auf meinem Handy. Es juckte mich, diese Fotos hochzuladen und jedes Detail zu begutachten. Eingehend. »Ich brauche ein Bier – oder fünf.«

Boyce sprang auf den Sand hinunter. »Ich bin dabei, Kumpel. Gehen wir.«

Melodys Eltern waren nicht begeistert, mich am Freitag vor ihrer Tür zu sehen, um sie abzuholen, ganz zu schweigen von dem alten, blau-weißen Ford F-100 am Ende ihrer Kiesauffahrt. Ich trug Stiefel, Jeans und ein Westernhemd mit Druckknöpfen, das ich mir von Grandpas Sachen genommen hatte, bevor Dad den Rest davon weggab. Das Hemd war verwaschen blau, verdammt weich und wesentlich älter als ich. An einem Aufschlag war es eingerissen, daher hatte ich die Ärmel bis zu den Ellenbogen hochgekrempelt. Ich dachte nicht an meine Tätowierungen, bis ihre Mom den Blick darauf heftete – zwei Sekunden nachdem sie die Tür geöffnet und sobald sie ihn von meinem Truck losgerissen hatte.

Sie befingerte die Kette um ihren Hals, als könnte ich sie ihr herunterreißen und damit zur Tür hinausrennen, während sie mit zusammengebissenen Zähnen sagte: »Landon. Hallo. Melody wird gleich unten sein.«

Ihr Vater war weniger zurückhaltend. Er warf nur einen Blick auf mich und wandte sich dann an seine Frau: »Barb, können wir uns kurz in der Küche sprechen?«

»Warte hier, bitte«, sagte sie zu mir. Ich nickte.

Melody kam einen Augenblick später die Treppe herunter, in einem kurzen roten Sommerkleid und Stiefeln, und mir blieb prompt die Spucke weg, als ich mir diese roten Spitzenteile vorstellte, die sie darunter tragen wollte. Ich wusste jedes Detail darüber, nur nicht, wie sie sich anfühlen würden, denn ich hatte die Fotos so viele Stunden lang angestarrt, dass sie sich fast in meine Netzhaut eingebrannt hatten.

»Ooh, cooles Vintagehemd«, sagte Melody und glitt mit einer Hand über meine Brust. Mein ganzer Körper reagierte auf ihre Berührung, und alles verkrampfte sich auf einmal. Mit diesem Mädchen steckte ich wirklich tief in der Scheiße.

Wir konnten ihre Eltern in der Küche streiten hören: »Hast du ihr etwa erlaubt, mit diesem Maxfield-Jungen auszugehen?«, fragte ihr Vater.

»Natürlich nicht …«

»Was zum Teufel hast du dir eigentlich dabei gedacht? Was ist denn aus Clark geworden?«

Die Antwort ihrer Mutter war nicht zu verstehen.

Melody verdrehte die Augen. »*Gott*. Verschwinden wir von hier.«

Ich widersprach ihr nicht.

Wir nahmen die Fähre und fuhren zu einer peruanischen Meeresfrüchtebude, um Ceviche und Fisch-Tacos zu essen.

»Und du schraubst also gern an Autos herum?«, fragte Melody, während sie ihren Eistee schlürfte.

Ich hatte ein paarmal bei Boyce herumgehangen, als er in der Werkstatt seines Dads arbeitete. Er mochte das Schmierfett unter seinen Fingernägeln, den Geruch der Abgase und das Gefühl, sich die Hände schmutzig zu machen, wenn er sich unter der Motorhaube in das Innere eines Wagens beugte. Aber das war nicht ich. »Irgendwie schon, aber eigentlich nicht. Ich stelle es mir cool vor, Autos zu *entwerfen*. Ich meine, ich finde gern heraus, wie mechanische Dinge funktionieren, aber nur, damit ich dieses Wissen verwenden kann, um etwas anderes zu bauen. Sobald ich weiß, wie alles zusammenhängt, ist es nicht mehr so faszinierend. Als Kind habe ich ständig irgendwelche Sachen auseinandergenommen – Radios, Uhren, Toaster, eine Türklingel …«

Sie lachte. »Eine Türklingel?«

»Ja. Damit habe ich meine Mom in den Wahnsinn getrieben. Ich habe die Klingel wieder zusammengesetzt, aber meine Mom hat gesagt, danach hätte sie immer geklungen wie ein verwundeter Elch.«

Sie lächelte. »Das waren also einige dieser Zeichnungen an deiner Wand. Das mechanische Zeug. Ich dachte schon, vielleicht stehst du auf, na ja, Steampunk oder so.«

»Das ist cool in der Fantasie.« Ich zuckte die Schultern. »Aber ich interessiere mich mehr dafür, neue Technologien zu entwerfen.«

Sie nahm meine Hand und glitt über das Tattoo auf meinem rechten Handgelenk. »Und was ist mit deinen Tätowierungen? Was haben sie zu bedeuten?« Als sie meine Hand umdrehen wollte, verhakte ich stattdessen meine Finger in ihren. Ich war nicht bereit dafür, dass sie die getarnten Narben entdeckte.

»Genug von mir. Was ist mit dir? Was machst du gern?« Ich zog eine Augenbraue hoch und beugte mich näher vor. »Außer mir Bilder zu schicken, die mich zwei Tage lang um den Verstand bringen.«

Sie presste die Lippen zusammen, grinste und starrte dann auf den Tisch. Sie zuckte mit einer fast nackten Schulter und ließ einen Fingernagel in einer Lache aus Kondenswasser kreisen. »Ich weiß nicht. Ich mag Mode. Ich bin gern Mitglied der Tanztruppe.« Sie sah zu mir hoch und kaute auf ihrer Unterlippe. »Geschichte mag ich irgendwie. Zum Beispiel Kunstgeschichte oder so.«

Ich nickte. »Das ist cool.«

Sie blickte zweifelnd. »Meinst du?«

»Ja – aber was ich meine, sollte nicht so wichtig sein.« Ich drückte die Hand, die ich hielt. »Wenn du es magst, dann magst du es eben. Willst du das als Hauptfach wählen, wenn du aufs College gehst?«

Sie seufzte. »Vielleicht. Aber meine Eltern erwarten von mir, dass ich Buchhalterin oder Ärztin oder so werde. Sie waren ganz aufgeregt, als Pearl und ich beste Freundinnen wurden, weil Pearl Medizin studieren will. Aber ich bin nicht so wie sie.«

Ich konnte mir das Grinsen nicht verkneifen, das über mein Gesicht huschte.

»Was denn?« Sie legte die Stirn in Falten und begann ihre Hand zurückzuziehen.

Ich umklammerte ihre Hand fester und lächelte. »Nichts! Ich musste nur daran denken, wie superaufgeregt du warst, als wir diesen Frosch seziert haben. Nein. Ich denke, ein Medizinstudium ist vielleicht nicht das Richtige für dich.«

Sie verdrehte die Augen und seufzte. »Im Ernst. Ich konnte mich absolut nicht dafür begeistern, dieses Ding aufzuschneiden, und Pearl war stocksauer, dass sie an dem Tag krank war und es verpasst hat. Aber du warst gut.«

Ich zuckte die Schultern. »Ich habe mich nur dafür interessiert, wie das Zeug darin funktioniert.«

»Wie bei der Türklingel und dem Radio?«

Ich nickte. »Apropos Radio – willst du irgendwo parken und ein bisschen Musik hören?«

Wir ließen die Fenster heruntergekurbelt, um das Radio hören zu können, und ich nahm zwei Schlafsäcke, eine

Quiltdecke und ein Kissen aus dem Werkzeugfach auf der Ladefläche des Trucks.

»Das ist der Friedhof, oder?« Melody sah sich um, während sich unsere Augen an das spärliche Licht gewöhnten, das der Mond und ein Himmel voller Sterne warfen. »Hier ist es irgendwie unheimlich. Als ob die ganzen Geister uns vielleicht ausspionieren.«

Ich betrachtete sie durch die Strähnen, die mir in die Stirn fielen. »Die Strände sind voller betrunkener Touristen. Hier wird uns niemand belästigen. Es sei denn, es macht dir etwas aus, dass diese Geister dabei zusehen, wie ich dich küsse.«

Sie verzog die Lippen zu einem Lächeln. »Ich nehme an, so viel macht es mir nicht aus.« Sie streifte ihre Stiefel ab und kletterte auf die Ladefläche des Trucks, und ich folgte ihr.

Fünf Minuten später ging ich in die Hocke und bereute, dass ich hierfür zu Hause keine Trockenübung gemacht hatte. Die Schwellen der Ladefläche bohrten sich durch unsere dünnen Kleiderschichten. Dieser Truck war zum Transport von Sachen gedacht, nicht um darauf herumzuknutschen. »Nicht die bequemste Oberfläche …« Ausgeschlossen, dass ich sie hier flachlegen konnte. *Verdammt*.

»Das ist schon gut so.«

Ich schüttelte den Kopf. »Ist es nicht.«

Sie drückte auf meine Brust, bis ich mich hinlegte, und rutschte auf den Knien näher an mich heran. »Doch.«

Ich entschied, mich nicht mit ihr zu streiten, vor allem als sie die Druckknöpfe meines Hemds aufreizend langsam öffnete, einen nach dem anderen, und mit den Händen über meine Brustmuskeln und das Rosentattoo und dann weiter hinunter zu meinen Bauchmuskeln glitt, die prompt hart wurden – genau wie jeder andere Teil meines Körpers.

Sie löste die Träger ihres Kleides. Der Stoff rutschte herunter und gab den Blick auf das rote Spitzendessous frei, von dem ich im wachen und schlafenden Zustand träumte, seit sie mir diese Bilder geschickt hatte. Als das Kleid bis zu ihrer Taille herunterfiel, war ich froh über den Vollmond und den wolkenlosen Himmel. Ich stützte mich auf einen Ellenbogen auf und glitt mit einem Finger über die schattige Vertiefung zwischen ihren Brüsten, die kaum von den Spitzen verhüllt war.

»Darf ich dich hier berühren?«, fragte ich, während ich ihr in die Augen starrte. Sie nickte. »Und hier?« Ich setzte mich wieder auf, legte beide Hände an ihre Taille und zog das Kleid sanft über ihre Hüften hinunter. Sie nickte wieder, während ihr Atem immer abgehackter ging.

Sie stand auf und ließ das Kleid zu ihren Füßen fallen. Mir blieb die Spucke weg, als sie es hinter sich kickte. Ihr durchscheinender roter Push-up-BH und der Schlüpfer verbargen absolut nichts. Selbst im Halbdunkel war es besser als die Bilder auf meinem Handy. Sie kniete sich hin, drückte mich wieder flach auf den Boden und setzte sich rittlings auf mich. Meine Hände umklammerten ihre Schenkel.

»Findest du es immer noch zu unbequem?«, fragte sie.

»Ähm. Nein. Ich glaube, im Augenblick könnte ich auf heißen Kohlen liegen und es gar nicht spüren. Ein bisschen unebenes Metallblech ist gar nichts.«

Einer ihrer BH-Träger fiel wie von selbst herunter, und ich streckte eine Hand aus, um den anderen herunterzuziehen. Ihre Titten waren kurz davor, aus den kaum vorhandenen Körbchen zu quellen. »Ach du heilige Scheiße«, sagte ich.

Sie beugte sich vor und öffnete den Reißverschluss meiner Jeans. »*Ja.*«

Sie ließ die Spitzendinger an. Ich spürte, wie der Stoff sanft an meiner Brust scheuerte, als sie sich vorbeugte, um mich zu küssen. Ich spürte ihn an meinen flachen Händen auf ihrem Arsch, als ich mit den Fingerspitzen über die nackte Haut genau darunter glitt. Und dann konnte ich nichts mehr spüren bis auf die Stellen, an denen unsere Haut sich berührte. Minuten später stöhnte sie meinen Namen, und als ich meine Hüften anhob, um mich mit ihr zu vereinen, war es, als würde rings um uns ein Feuerwerk explodieren.

»Ich glaube, ich bin dabei, mich in dich zu verlieben, Melody«, flüsterte ich, als sie eingeschlafen war, ein Ohr auf das Rosentattoo über meinem Herzen gelegt.

LUCAS

Mein Hintergedanke machte Jacqueline genauso viel Angst, wie ich befürchtet hatte. Ich wollte ihr die Bodenverteidigung hier zeigen, wo uns niemand zusah – die eine Bewegung, die sie heute Morgen nicht ausführen konnte, ohne zu zittern –, und ihr beibringen, sie zu machen, ohne zu überlegen.

Zu wissen, dass sie das konnte, würde ihr Kraft verleihen. Wenn sie diese Bewegung an jenem Abend beherrscht hätte und aus dem Truck entkommen wäre, dann wäre er vielleicht zu betrunken gewesen, um ihr nachzulaufen. Dann hätte sie damit eine Chance gehabt, von ihm wegzukommen.

Ich konnte noch immer nicht daran denken, wie ich ihn auf ihr gesehen hatte, ohne dass die Ränder meines Blickfelds rot wurden, gefolgt von quälenden Schuldgefühlen, weil ich ihm nicht sofort zur Tür hinaus gefolgt war, als er die Party verließ. Meine eigene Unsicherheit hinsichtlich meines Verlangens nach ihr hatte meine Wahrnehmung, dass irgendetwas an ihm *komisch* war, getrübt. Ein Riesenfehler. Ich schwor mir, ihn nicht noch einmal zu begehen.

Konzentrier dich.

»Vertrau mir, Jacqueline. Es funktioniert. Willst du es dir von mir zeigen lassen?« Ich hielt ihre Hände – sie waren wieder kalt – und sah, wie ein Schwarm von Emotionen über ihr Gesicht huschte. Angst war die stärkste davon, und ich betete, sie möge von diesen Erinnerungen herrühren und nichts mit mir zu tun haben. Wenn sie mir hier nicht vertrauen konnte, dann konnte ich nicht zu ihr durchdringen. Dann konnte ich ihr nicht helfen. *Vertrau mir*.

Sie nickte fast unmerklich.

Ich führte sie in die Mitte meines Wohnzimmerbodens und zog sie neben mir auf die Knie, während wir Blickkontakt hielten. Wenn ich sie falsch las … ich wollte gar nicht an die Folgen denken. Ich kannte dieses Mädchen. Ich vertraute meinen Instinkten, dass ich das Richtige tat. »Leg dich flach hin. Auf den Bauch«, sagte ich, und sie gehorchte.

Ich erinnerte sie an alles, was Lieutenant Watts im Kurs gesagt hatte. Ich wusste, dass sie einen Teil davon nicht gehört hatte, als sie innerlich abgeschaltet hatte. Ich hatte sie dabei beobachtet. »Das Entscheidende ist zu entkommen«, sagte ich, und sie nickte.

Ich fragte sie, ob sie die Bewegungen noch wüsste, und sie schüttelte den Kopf und schloss die Augen, als würde sie sich schämen. Ich holte einmal tief Luft und zwang meine Fäuste, sich zu öffnen. Meine Wut über die Erniedrigung, die sie erlitten hatte, würde *ihr* nicht helfen, und das war das Einzige, worauf es ankam. Wenn das hier funktionieren sollte, dann musste sie diese Übung mehrmals durchgehen. Es musste eine einprogrammierte Reaktion sein, die ihr Körper fast automatisch ausführte.

»Wenn du dich in dieser Position befindest, solltest du diese Bewegungen automatisch machen, ohne Zeit oder Energie damit zu verschwenden, dass du ihn abzuwerfen versuchst.«

Als sie sich versteifte, fragte ich: »Was ist?« Ich überlegte, welches meiner Worte diese Reaktion bei ihr ausgelöst haben könnte, aber ich kam nicht darauf.

»Ich musste nur eben an Buck denken«, sagte sie kaum hörbar.

Ich kämpfte wieder um die Beherrschung, und ich wusste, dass es das Beste wäre, wenn ich *Buck* niemals auf dem Campus – oder irgendwo sonst – über den Weg lief. Aller Wahrscheinlichkeit nach würde er eine erneute Begegnung nicht überleben. »Ich werde es mir merken.«

Bei der Bewegung ging es um Hebelkraft, verstärkt durch schlichte Physik – etwas, was mir selbst völlig klar war, den meisten Leuten jedoch nicht unbedingt. Um einen größeren, stärkeren Gegner abzuschütteln, musste man zunächst *seine* Hebelkraft beeinträchtigen. Ich ließ sie die Bewegung ohne mein Gewicht auf ihr ausführen, dann schlug ich ihr vor, es zu versuchen, während ich sie nach unten drückte. Ich versprach ihr, sie beim Signalwort sofort loszulassen.

Sie war sichtlich panisch, ihre Schultern hoben und senkten sich unter meinen Händen, und sie schloss die Augen, um die Tränen zu verbergen, die ich bereits bemerkt hatte. *Gottverdammt*, ich wollte diesen Dreckskerl am liebsten umbringen.

Ich war jedes Mal vorsichtig, aber ich erhöhte den Druck, als sie selbstsicherer wurde, bis ich mich schließlich mit meinem ganzen Gewicht auf sie legte. Sie wurde nervös und stemmte sich versehentlich mit der Hüfte hoch, anstatt sich auf die Seite zu rollen – was sie kurz zuvor perfekt beherrscht hatte. Ich rief ihr in Erinnerung, dass sie gegen diese Neigung ankämpfen musste. »Ja. Okay.« Ihre Stimme war deutlich kräftiger, und darauf baute ich auf.

»Bist du bereit, es in echt zu versuchen?«, fragte ich, während ich sie genau beobachtete. Sie nickte. »Ich werde dir nicht wehtun, aber du wirst die Kraft dahinter stärker spüren als bisher. Es wird schnell und hart sein – bist du sicher, dass du bereit dafür bist?« Sie nickte wieder. Ihr Puls pochte, genau unter ihrem Ohr, und ich betete, sie möge es schaffen. Ich musste wissen, dass sie es konnte. *Sie* musste wissen, dass sie es konnte.

Ich packte sie bei den Schultern und drückte sie nach unten, und ein Arm schoss über ihren Kopf hoch, aber sie konnte den anderen nicht befreien. Sie setzte sich zur Wehr, und ich wartete auf ihr Zeichen, dass sie sich ergab, aber es kam nicht. Stattdessen wechselte sie die Arme, streckte den, der unter ihr war, über ihren Kopf aus, bekam den freien Arm flach auf den Boden und warf mich ab.

Ich lag auf der Seite, staunend und lachend. »Scheiße! Du hast einfach die Seiten gewechselt!«

Sie lächelte, und mein Blick fiel auf ihre Lippen.

Fehler.

Ich sagte ihr, das sei der Moment, wo sie aufstehen und wegrennen müsse, aber sie verstand die Anspielung nicht.

»Aber wird er mir nicht nachlaufen?«, fragte sie, und ich gab ihr dieselbe Antwort, die Watts immer gab – dass die meisten Vergewaltiger keinem schreienden, flüchtenden Opfer nachlaufen wollen. Sie wollen keine Herausforderung. Ich wusste aus meiner Erfahrung als Mann, dass *Buck* vermutlich nicht zu dieser Sorte gehörte, aber das würde ich ihr nicht sagen. Aller Wahrscheinlichkeit nach wusste sie es bereits.

»Ich sollte dir dein Porträt zeigen, glaube ich«, sagte ich. Ich nahm ihre Hand, während wir beide auf der Seite lagen und uns ansahen.

Mit leiser, neckender Stimme meinte sie: »Damit es nicht ganz so aussieht, als ob du mich unter Vorspiegelung völlig falscher Tatsachen hierhergelockt hast?«

Ich sagte, dass ich wirklich wollte, dass sie die Kohlezeichnung sah, aber ich gab zu, dass das zweitrangig gegenüber dem war, was wir eben getan hatten. Ich fragte sie, ob sie sich jetzt selbstsicherer fühlte, und sie antwortete: »Ja.«

Ihre Hand umfasste meine. Mein Daumen lag über ihrem Handgelenk, und ich wurde besänftigt von dem gleichmäßigen Rhythmus ihres Herzschlags. Der Ausdruck in ihren Augen – das Vertrauen und die Erwartung – war zu stark, um ihn zu ignorieren. Ich führte meine freie Hand zu ihrem Gesicht. »Ich hatte noch einen anderen Hintergedanken, weshalb ich dich hierhergebracht habe.« Langsam, zögernd beugte ich mich zu ihr vor und starrte ihr in die Augen, während ich ihre Reaktion abzuschätzen versuchte.

Als mein Mund ihren berührte, schloss sie die Augen und erwiderte den Kuss. Sie öffnete ihre Lippen, lud mich ein, und ich glitt mit der Zunge sanft über ihre. Ich wollte nichts weiter, als ihren Mund zu erkunden – an ihrer vollen, süßen Unterlippe und dann an der Oberlippe saugen und mit meiner Zunge über diese herzförmigen Kurven gleiten, bevor sie wieder in ihren Mund eintauchte und über ihre Zähne strich.

Sie stöhnte auf, und ich ließ ihre Hand los, um sie an meine Schulter zu drücken. Ich glitt mit beiden Händen hinunter zu ihren Hüften und hielt sie nah bei mir. Nicht ein Millimeter Platz war zwischen uns, aber ich konnte sie dennoch nicht nah genug bei mir haben. Ich knetete ihre Hüfte, und sie presste sich an mich, während meine Finger über ihren Rücken wanderten. Ich spürte ihre Hand auf der nackten Haut meines Bauchs, kurz bevor sie sich auf einen Ellenbogen aufstützte und darum bat, meine Tätowierungen sehen zu dürfen.

Als ich feststellte, dass sie mein Flanellhemd aufgeknöpft hatte, ohne dass ich es bemerkte, lachte ich leise, und ihre Wangen nahmen einen rosigen Ton an. Ich warf das Hemd beiseite, zog mir das dünne Thermoshirt, das ich darunter trug, über den Kopf und warf es ebenfalls beiseite. Ich streckte mich wieder aus, damit sie mit ihren Augen und Fingern die Tinte unter meiner Haut begutachten konnte.

Meine ersten Tätowierungen – die, die sich um meine Handgelenke ringelten – waren sieben Jahre alt. Seitdem waren noch ein paar dazugekommen, aber nicht mehr viele, seit ich zu Hause ausgezogen war, und gar keine mehr in den letzten paar Jahren. Tattookünstler sind wie Ärzte. Man muss ihnen vertrauen – nicht nur ihrem Geschick mit der Nadel, sondern ihrer Fähigkeit, dich persönlich zu lesen. Zu wissen, was du brauchst und was nicht. Ich hatte nie wieder jemanden gefunden, dem ich so sehr vertraute wie Arianna.

Ich wartete auf Fragen, die nicht kamen, als wüsste Jacqueline, dass die Tätowierungen für mich mehr waren als nur Körperkunst. Als wüsste sie, dass ihre Bedeutung für mich tiefer ging als die Tinte.

Schließlich glitt sie mit den Fingern über die Haarlinie unterhalb meines Bauchnabels, und ich war prompt bereit, auf diese Berührung zu reagieren – eine Reaktion, die sie vielleicht gar nicht auslösen wollte. Ich setzte mich auf. »Jetzt bist du an der Reihe, denke ich.« Ich wollte, dass sie diesen Pullover auszog. Ich wollte mit den Fingern über sie gleiten und sie erkunden.

Sie runzelte die Stirn. »Ich habe keine Tätowierungen.«

So eine Überraschung, Jacqueline. Ich grinste. Sie hatte keine Ahnung, was ich meinte, und ich würde es ihr bestimmt nicht plump erklären, während ich ausgestreckt auf meinem Wohnzimmerboden lag. »Das dachte ich mir schon. Möchtest du jetzt die Zeichnung sehen?«

Die Emotionen, die über ihr Gesicht huschten, waren erstaunlich leicht zu lesen – Verwirrung auf ihrer leicht gefurchten Stirn, Verlangen in ihren erweiterten Pupillen. Und auch ein Hauch von Empörung – auch wenn ich mir nicht sicher war, warum. Als sie eine Hand hob und meine nahm, war ihr Griff entschlossen. Eines stand fest: Sie hatte mich als den Bad Boy akzeptiert, den sich ihre Freundinnen für sie wünschten, und ich wäre ein Idiot, mich dagegen zu wehren.

Ich führte sie in mein Zimmer und schaltete eine Lampe ein, während sie den Raum und meine Wand mit Zeichnungen betrachtete. Ich hatte nicht viele Mädchen mit in diese Wohnung genommen und noch weniger in mein Bett – und wenn, dann hatte ich mich nicht um die Lampe gekümmert. Ich kannte das Zimmer in- und auswendig – wo die Bücherschränke und der Schreibtisch standen. Der Nachttisch, wo ich Bleistifte und einen kleinen Skizzenblock, eine Brille, um nachts zu lesen oder zu lernen, und Kondome aufbewahrte. Und schließlich das Bett, bei dem man nur die Mitte finden musste. Völlige Finsternis – ich ging voran, und sie folgten.

Oder wir verließen gar nicht erst das Sofa.

Aber das war nicht das Richtige für Jacqueline.

»Die sind ja unglaublich«, murmelte sie. Ich sah zu, wie ihr Blick über die Wand schweifte, und wartete darauf, dass sie die Zeichnung fand, die sie suchte. Als sie sie schließlich entdeckte, setzte sie sich und starrte sie an. Ich setzte mich neben sie, in dem allzu deutlichen Bewusstsein, dass ich halb ausgezogen war.

Sie wandte sich zu mir um und beobachtete mich. Ich hatte mir noch nie so sehr gewünscht, jemandes Gedanken lesen zu können. *Jetzt bist du an der Reihe, Jacqueline,* dachte ich. Ich fragte mich, wie weit sie wollte, dass ich ging. Ich wollte nicht einen Zentimeter darüber hinausgehen. Oder einen Zentimeter zu früh aufhören.

Ich beugte mich vor und glitt mit der Zungenspitze

über ihr Ohr, folgte seinen geschwungenen Konturen und nahm schließlich ihren Diamantstecker in den Mund. Meine Zunge presste sich gegen den Metallstift und glitt sanft über die Haut hinter ihrem Ohr, und sie stöhnte leise auf. Ich schob ihr Haar mit dem Mund beiseite und küsste ihren Hals, leckte nach jedem Kuss leicht ihre Haut und glitt dabei immer tiefer hinunter, bis ich den breiten Ausschnitt ihres Pullovers erreichte.

Ich kniete mich mit einem Bein auf den Boden und zog ihr die Stiefel aus, setzte mich wieder aufs Bett und streifte meine eigenen ab. Dann hob ich sie genau auf die Mitte der Matratze, stützte mich über ihr ab und wartete, bis sie die Augen aufschlug. Sie blinzelte langsam, hob eine Hand und umfasste meinen Arm, berauscht von meinen Küssen und voller Sehnsucht nach mehr. Genau, wie ich sie wollte.

»Sag mir, dass ich aufhören soll… wann immer du willst, dass ich aufhöre. Okay?«

Sie nickte.

Ich fragte sie, ob sie jetzt wollte, dass ich aufhöre, und dankte Gott, als sie den Kopf schüttelte. Sie umklammerte meine Arme, als ich mit der Zunge in ihren Mund drang, und brachte mich fast um den Verstand, als sie sie noch tiefer hineinsog. Ich riss mich nur lange genug von ihr los, um ihr den Pullover über den Kopf zu ziehen und ihn beiseitezuwerfen, dann glitt ich mit meinen Fingern und dem Mund wieder über die wunderschöne Wölbung ihrer Brust über den schwarzen Satin ihres BHs.

Ihre Hand an meiner Schulter bremste mich, und ich schüttelte mich innerlich. *Hör auf.*

Ich zog mich zurück, aber noch bevor ich ergründen

konnte, was sie brauchte, setzte sie sich auf, schob ein Bein auf die andere Seite meiner Hüfte und beugte sich über mich. Ich zog sie hinunter, um sie zu küssen, und glitt mit den Händen über ihre Schultern und an ihrem Rücken nach unten. Sie wippte auf mir, und ich konnte das Stöhnen nicht unterdrücken, das diese Bewegung auslöste, ein knurrendes Geräusch tief in meiner Brust, das sie weiter anspornte. Den Mund weit geöffnet zu heftigen, berauschenden Küssen, wippte sie wieder vor, und meine Finger fanden und lösten die Schnalle ihres BHs und zerrten die Träger über ihre Schultern. Ich umfasste ihre Taille, schob sie noch etwas höher und nahm einen Nippel in den Mund. *Gottverdammt*, sie schmeckte süßer als alles, was ich je zuvor gekostet hatte.

Ihre Arme zitterten, als sie lustvoll aufstöhnte, und ich rollte sie unter mich und glitt mit der Zunge über ihre andere Brust, neckte den Nippel, bis er hart wurde, und nahm ihn dann wieder in den Mund. Ich vergrub meine Finger in den Haaren in ihrem Nacken und hielt ihren Mund, um ihn zu küssen, während ich mit der anderen Hand an ihrer Seite hinunterglitt und meine Lippen wieder auf ihre presste. Als sie sich mir entgegenreckte, knöpfte ich ihre Jeans auf und hielt den Reißverschluss zwischen meinen Fingern.

Sie riss ihren Mund von meinem los und stöhnte: »Warte«, und ich erstarrte und beobachtete sie. Sie sah keuchend zu mir hoch, und eine besorgte Falte zeigte sich auf ihrer Stirn.

»Aufhören?«, fragte ich, und sie nickte und biss sich auf ihre geschwollene Lippe. »Ganz aufhören oder nur nicht weiter?«

Sie hielt einen Moment inne, bevor sie antwortete,

und ich wollte ihr sagen, wie weit ich gehen würde, um ihr genau das zu geben, was sie brauchte – dass ich tun oder nicht tun würde, was immer sie von mir verlangte.

Ihre Antwort war fast unhörbar. »Nur … nur nicht weiter.«

Mein Körper begann gegen diese Unterdrückung zu rebellieren, aber mein Verstand jubelte. »Okay.« Ich nahm sie wieder in die Arme und behielt meine Hände und meinen Mund über ihrer Taille oder über ihrer Jeans. Ich umklammerte ihre Hüften, um sie über meinen Schenkel zu ziehen, Reibung zu erzeugen und die Vorteile der Schwerkraft zu nutzen. Sie hatte nichts dagegen.

Ich drehte sie auf den Bauch und schob ihre Haare beiseite, um ihren Nacken zu küssen, und sie seufzte und entspannte sich. Die weichen Haare kitzelten mich in der Nase, und ich lächelte und strich mit der Zunge über die leichte Erhebung jedes einzelnen Wirbels. Ich kniete mich über sie, glitt mit den Händen tiefer an ihr hinunter und massierte sie mit langen Bewegungen – über ihre Hüften und Schenkel hinunter zu ihren Waden und wieder hoch. Ich knetete ihre Hüfte, und sie kicherte, daher drückte ich ihr einen Kuss auf den Rücken, rollte sie wieder herum und nahm einen Nippel in den Mund. Ihr Lachen verstummte, und sie vergrub die Hände in meinen Haaren und hielt mich zitternd.

Als ich neben sie rutschte, musste ich sie nicht erst auffordern, mir zu folgen – sie rollte sich zu mir herum und drückte ihr Knie zwischen meine Beine, während wir uns küssten. Meine Hand glitt langsam von ihrer Hüfte zu ihrem Schenkel, drängte sie, flehte nur um genug Platz, um zwischen uns zu versinken. Sie verlagerte das Gewicht, und ich glitt mit den Fingern zwischen ihre Beine. »Ist das okay für dich?«, fragte ich, und sie nickte und presste sich an mich, ihre kleinen Finger fest um meinen Bizeps gelegt.

Ich strich mit den Fingerspitzen über den Jeansstoff, und sie stöhnte zur Antwort auf. *Komm, Schatz,* drängte ich sie im Stillen, während ich mich vorbeugte, um sie zu küssen. Ich öffnete ihren Mund weit und glitt hinein. Hitze strömte von ihrem Körper auf meine Hand, und ich wusste, dass ihre Fantasie die Lücken ausfüllte, während ich meine Zunge in ihren warmen Mund stieß und meine Finger genau die Stelle fanden, die ich mit sanften, kreisenden Bewegungen massieren musste, mit genau dem Druck, der sie an den Rand des Wahnsinns trieb.

Als sie über diesen Rand taumelte, riss sie ihren Mund von meinem los und dämpfte ihre Schreie an meiner Schulter. Ihre Fingernägel kratzten über meine Arme, ihr Atem wurde langsamer und sanfter, und sie schauderte ein letztes Mal, als ich meine Hand zurückzog.

Augenblicke später berührte sie mit den Fingern den Knopf meiner Jeans. Ohne den Blick zu heben, sagte sie: »Ich sollte, ähm …«

Ich hob ihr Kinn an und starrte in diese blauen, blauen Tiefen. »Lass mir etwas, worauf ich mich freuen kann«, flüsterte ich und küsste sie sanft.

17

LANDON

»Du warst nur ein Lückenbüßer«, sagte Clark Richards am Montagmorgen, kurz bevor die Schulglocke läutete. »Kapierst du es nicht, Maxfield? Okay, ich habe Mist gebaut – aber ich bin wieder zur Vernunft gekommen. Sie gehört mir. Mädchen wie Melody bleiben nicht bei Typen wie dir, Freak.«

Typen wie dir.

Unter seinem Arm starrte Melody auf die Fliesen des Flurs und sagte nichts. Keine Erklärung. Kein *Wir sehen uns*. Nichts.

»Soll ich ihm den Arsch aufreißen?«, fragte Boyce, als ich zehn Minuten später auf der Jungentoilette einen Metallabfalleimer gegen eine Kabinentür schleuderte, sie eindellte und fast aus den Angeln riss.

Ich umklammerte den Rand des Waschbeckens und schwor mir, nicht zu weinen oder zu kotzen oder die Flüche zu schreien, die mir durch den Kopf schossen. Ich schüttelte einmal kurz den Kopf. Clark Richards war einfach der Vollidiot, der er schon immer gewesen war.

Melody war die, die ich in mein Herz gelassen hatte. Wenn irgendein Arsch aufgerissen werden sollte, dann meiner.

Als ich am nächsten Tag in meinem Bett aufwachte, hatte ich keine Ahnung, wie ich dorthin gekommen war. Mein Handy-Akku war leer, daher wusste ich nicht, wie spät es war, aber unter der Tür der Vorratskammer sah ich Licht, und das Haus war still. Der gestrige Schultag war verschwommen, und die Stunden nach Einbruch der Dunkelheit wie ausgelöscht. Ich schloss die Augen und konzentrierte mich.

Boyce und ich hatten nach der Werkstatt die Schule geschwänzt und waren zum Strand gefahren, der noch immer übersät mit den Hinterlassenschaften der Frühjahrsurlauber war – Verpackungen, Plastiktüten, Getränkedosen, hier und da auch ein vergessenes Strandtuch oder ein Bikinioberteil. Der Himmel war hellgrau. Bedeckt.

Wir setzten uns auf einen Felsen in der Nähe eines unserer üblichen Treffpunkte und starrten aufs Wasser hinaus.

Boote tuckerten durch mein Gesichtsfeld, aber meine Augen verfolgten nichts. Eine Familie mit einer Decke, einem Picknickkorb und einer Kühlbox hatte eine Stelle nahe beim Wasser in Beschlag genommen. Bruder und Schwester waren gleich groß – vielleicht Zwillinge. Vorschulalter. Sie stachelten sich gegenseitig immer wieder dazu auf, in das noch kalte Meer zu tauchen. Beide hatten sich ein paarmal bis an den Rand des Wassers vorgewagt, aber keiner von ihnen ging tiefer als bis zu den Knöcheln hinein, bevor sie wieder hinausschossen, als wären im Wasser Eiswürfel.

»Mein Angebot, ihm den Arsch aufzureißen, steht, Mann.« Boyce zog an seiner Zigarette.

Ich schüttelte den Kopf. »Sie ist es nicht wert.« Die

Worte waren nicht wahr. Ich wusste es, aber es war egal, daher berichtigte ich sie nicht.

Ich konnte mir nicht denken, was sie von mir gewollt hatte. War ich nur ein Trick gewesen, um ihn eifersüchtig zu machen? Ihn zurückzuerobern? Wollte sie ihrem Leben entkommen, war aber nicht furchtlos genug, um es wirklich zu tun? Vielleicht war ja auch alles viel einfacher. Vielleicht hatte ich mir nur eingebildet, dass zwischen uns irgendetwas war, und war nie gut genug für sie gewesen. Ich war ihr Lückenbüßer, sonst nichts.

»Überlegst du dir noch immer, dir die Zunge piercen zu lassen?«, fragte Boyce. Der Rauch seiner Zigarette lichtete sich auf einmal dank einer Windböe vom Golf, die meine Haare aufwühlte und nach vorn wehte. Ich warf sie mir mit einer Kopfbewegung aus den Augen. Boyce' militärisch kurzes Haar blieb unbewegt.

Die kleinen Kinder am Wasser rissen kreischend die Hände in die Luft und jagten einander im Kreis. Es war schwer zu glauben, dass ich selbst einmal so klein gewesen war. So jung. So glücklich und ahnungslos. Sie hatten den ganzen Schmerz noch vor sich. Den Liebeskummer. Den Verlust. Sie wussten es nicht, und ich wollte auch nicht, dass sie es wussten – aber gleichzeitig hasste ich die Tatsache, dass ich es nicht gewusst hatte. Ich hatte alles als selbstverständlich angesehen – meine Mutter, meine Freunde in Alexandria, das Eishockey. Ich träumte von der Zukunft, da die Leute einem einreden, dass man das tun soll, wenn man ein Kind ist, aber das ist die größte Lüge von allen – dass man planen kann. In Wirklichkeit hat man nicht die geringste Ahnung, was auf einen zukommt, und sie auch nicht.

Vor ein paar Wochen brachte mir Grandpa an Sonntagnachmittagen das Autofahren bei. Er war jeden Abend da, um das Essen zu machen und die trostlose Verzweiflung zwischen mir und Dad abzufedern. Gestern dachte ich, ich würde mich in Melody Dover verlieben. Jetzt war er nicht mehr da und ebenso wenig dieses ahnungslose, naive Gefühl, das ich für sie empfunden hatte. Und ich hätte es besser wissen sollen. Ich kam mir vor wie der größte lebende Idiot, denn *ich hätte es besser wissen sollen.*

»Scheiße, nein«, antwortete ich Boyce und leerte den letzten Rest meiner Limonade. »Lippe, denke ich.«

Boyce machte ein entsetztes Gesicht. Der Typ hatte vor nichts Angst – außer vor Nadeln. Es war irgendwie witzig.

Ich zeigte auf ihn. »Das da – deshalb. Jeder, der es ansieht, wird genau so reagieren.«

»Das heißt… du machst es, um allen zu sagen, dass du durchgeknallt bist und Schmerzen magst?«

»Okay.« Ich bot ihm meine leere Dose an, und er warf seine Kippe hinein. Boyce war unerklärlicherweise ein entschiedener Müllgegner – ein seltsames, bemerkenswertes Überbleibsel aus seinen Pfadfinderzeiten. Bevor seine Mutter diese Stadt, seinen Vater, seinen Bruder und ihn verließ. Bevor sein Dad begann, seine Söhne als Sandsäcke zu benutzen, und sowas wie Pfadfinderei keine Option mehr war.

»Hm. Ergibt auf eine seltsame Weise irgendwie Sinn. Ich mag es.«

Er bekam eine SMS von Rick, der von der Ware der letzten Woche genug abgeschöpft hatte, um heute Abend umsonst zu feiern. »Thompson hat jede Menge Ecstasy und Gras. Er sagt, bringt Bier mit. Wie wär's?«

»Scheiße, ja. Warum nicht?«

Wie Boyce mit seinen Neandertalerdaumen irgendetwas Verständliches tippen konnte, war mir ein Rätsel, aber seine Finger flogen über die Tastatur seines Handys. »Geht klar. Wir haben noch ein paar Stunden totzuschlagen. Lass uns deinen Truck vom Parkplatz holen und etwas zu essen besorgen.«

Ich hatte den Truck ganz vergessen. Er stand allein auf dem Schulparkplatz, als wir ankamen. Das Wort FREAK war mit einem Schlüssel in die Fahrertür geritzt.

»Jetzt reicht's«, sagte Boyce, während er daraufstarrte. »Ich schlage ihn zu Brei.«

Es war mir egal, was Clark Richards zu mir sagte oder mir antat, aber mein Truck war ein verlängerter Arm meines Großvaters, und er hatte ihn respektlos behandelt. »Sorg dafür, dass er heute Abend eingeladen wird, Wynn.«

Boyce grinste gehässig, was mir aus der neunten Klasse nur allzu vertraut war – wenn ihm auch noch Hörner und ein Schurkenschnurrbart gewachsen wären, hätte ich mich nicht gewundert.

»Gut so, Mann«, sagte er und tippte rasch noch eine SMS. »Betrachte es als erledigt.«

Nach dem Badspiegel zu urteilen hatte ich eine höllische Nacht hinter mir. Blaues Auge. Geschwollene Nase. Geprellter Kiefer. Nach der Wanduhr in der Küche war es früher Nachmittag, daher war die Schule für den Tag offiziell gelaufen. Ich stöpselte mein Handy ein, trank eine Cola, schaltete die Kaffeemaschine an und ging duschen, während der Kaffee durchlief.

Auch meine Rippen waren wund und geprellt und meine Knöchel aufgeschürft. Ich schmierte Wundsalbe auf alles, was nach der Seife und dem Wasser noch immer blutig war, dann schlüpfte ich in eine graue Jogginghose und ein rot-weißes Baseball-T-Shirt, wobei ich mich die ganze Zeit vor heftigen Schmerzen in der Seite wand. Tiefe Atemzüge waren eine Qual, und Husten war noch schlimmer. Ich fragte mich, ob ich mir eine Rippe gebrochen hatte. Den Kopf am Küchentisch in die Hände gestützt, starrte ich in meine leere Tasse und versuchte mich zu erinnern, wie ich mir diese spezielle Verletzung zugezogen hatte.

Als wir loszogen, um Bier zu kaufen, war unser üblicher Kassierer nicht da. Die Frau hinter dem Tresen wollte uns nicht glauben, dass wir älter waren, als wir aussahen. »Verschwindet«, sagte sie und wuchtete den Zwölferpack Bud Light zu sich. Die mürrische, horizontale Linie, die ihr Mund bildete, blieb unbewegt.

Stattdessen klauten wir eine Flasche Jim Beam aus Bud Wynns Wandschrank.

»Bist du sicher?«, fragte ich Boyce, der dafür bezahlen würde, auf die eine oder andere Weise.

Boyce zuckte die Schultern. »Vielleicht hat er vergessen, dass er sie überhaupt hatte.«

Ich zog eine Augenbraue hoch. »Ja, na klar.« Sein Vater war ein hundsgemeiner Alkoholiker. Und er vergaß nie etwas.

Mateo Vega, einer von Boyce' Kumpeln, begrüßte uns als Erster, als wir am Strand ankamen. Er hob das Kinn, als Boyce fragte, ob Richards da sei. »Ja, Mann – hab ihn vor fünf Minuten gesehen.« Boyce fragte noch etwas anderes, was ich nicht hören konnte, aber ich war mir ziemlich sicher, dass es etwas damit zu tun hatte, ob er seine Freundin angeschleppt hatte oder nicht. Vega schüttelte kurz den Kopf. »Aber er hat ein paar Kumpel vom Team mitgebracht«, warnte er uns.

»Verstanden«, sagte Boyce.

Wir überreichten Thompson die Flasche und zweigten genügend Shit für uns ab, um uns später ordentlich zuzudröhnen. »Ich will nicht high werden, bevor ich Richards gefunden habe«, sagte ich. Bevor ich die Worte laut aussprach, war mir gar nicht bewusst gewesen, dass ich Kleinholz aus ihm machen *musste*, und ich wollte nicht, dass irgendetwas meine Wut dämpfte.

Zehn Minuten später wurde mir mein Wunsch erfüllt. Richards kauerte auf einer Kühlbox, einen blauen Becher in der Hand. Sobald ich ihn erblickte, sah ich nichts anderes mehr. Weder seine Freunde noch meine.

Boyce: Bist du wach?

Ich: Ja. Ich versuche mich an gestern Abend zu erinnern. Bist du in der Schule?

Boyce: Ja. Richards ist heute auch nicht gekommen. Mann, den hast du fertiggemacht. Ich wusste ja, dass du es in dir hast, aber scheiße, Mann.

Ich: Besteht vielleicht die Möglichkeit, dass ich eine gebrochene Rippe habe?

Boyce: Scheiße. Kann sein. Ich komme nach der Schule vorbei.

Ich schenkte mir noch eine Tasse Kaffee ein und öffnete die Tür zu Grandpas Zimmer. Es roch schon jetzt moderig. Sonnenlicht fiel durch winzige Ritzen in den uralten Metalljalousien herein, die an ein paar Stellen, wo die Farbe abgeblättert war, verrostet waren. Staubkörnchen tänzelten in den Sonnenstrahlen, aufgewirbelt von meinem Hereinkommen. Die Möbel waren kahl – das Bett nicht bezogen, keine Brille auf dem Nachttisch. Dad hatte ein paar Kartons mit Hauptbüchern an einer Wand aufgestapelt. Die Jahreszahlen waren in seiner krakeligen Handschrift darauf notiert.

Ich war gar nicht auf die Idee gekommen, ihn zu fragen, ob ich in dieses Zimmer ziehen könnte, anstatt in der Vorratskammer zu bleiben. Offenbar war es Dad auch nicht eingefallen.

Ich setzte mich auf den Rand der kahlen Matratze und trank meine zweite Tasse Kaffee, während mein Kopf allmählich ein bisschen klarer wurde. Nach meiner Schlägerei mit Boyce hatte mir Grandpa beigebracht, wie man eine Faust richtig ballte und damit zuschlug.

Ich hatte mich gestern Abend an Richards herangepirscht und ihn mit beiden Händen an seinem T-Shirt hochgezerrt. Er ließ seinen Becher fallen und riss sich los, wobei er einen Schritt nach hinten taumelte. Falls seine Freunde ihm zu Hilfe kommen wollten, überzeugten Boyce und Mateo sie, es besser nicht zu tun. Niemand mischte sich ein.

»W-w-was zum Teufel, Maxfield?«

Ich trat näher und beugte mich zu ihm vor. »Du bist ein gottverdammtes, feiges Weichei, Richards.«

Er richtete sich auf, wandte den Blick in die Menge, die uns rasch umringte, und lachte. »Was ist los, Freak – bist du beleidigt, weil meine Freundin deinen Schwanz nicht lutschen wollte?« Er schubste mich mit beiden Händen nach hinten, oder er versuchte es zumindest.

Ich spürte, wie sich mein Mund zu einem spöttischen halben Grinsen verzog. »Oh, und ob sie ihn gelutscht hat.«

Seine Augen loderten wild auf, und er verpasste mir einen Hieb an den Kiefer, der wirkungslos abprallte. Ich wich zurück und rammte ihm eine Faust auf den Mund, sodass seine Zähne meine Knöchel streiften. Er versuchte einen Körpertreffer zu landen, aber ich blockte ihn mit einem Ellenbogen ab und schlug ihm mit voller Wucht in den Bauch, und er stöhnte zu meiner Genugtuung auf. Wir lösten uns voneinander und umkreisten uns.

»Du bist ein erbärmlicher Loser, Freak«, keuchte er. »Du musst lernen, nicht zwischen einen anderen Typen und das, was ihm gehört, zu geraten.« Er wiederholte den Schlag gegen meinen Kiefer mit demselben Abpralleffekt.

Ich lachte bissig. »Du glaubst, hier geht es um *Melody*?« Ich rechnete nicht mit dem stechenden Schmerz, der mich durchzuckte, als ich ihren Namen laut aussprach. Er nutzte meine Pause aus und landete einen besseren Treffer. Meine Nase knirschte, und ich sah Sterne. Er holte zum nächsten Schlag aus, aber ich duckte mich und ging wieder auf ihn los und streckte ihn zu Boden.

»Natürlich geht es um *Melody*«, sagte er. Wir rollten herum und hieben noch ein paarmal aufeinander ein, hart genug, um Blut fließen zu lassen. »Du willst, was du nicht haben kannst und wofür du nie gut genug sein wirst.«

Sobald wir wieder auf den Beinen waren, holte ich etwas zu weit aus und verfehlte ihn. Er ging erneut zum Angriff über, und ich landete auf der Kühlbox, aber ich riss ihn dabei mit und nutzte seine Schwungkraft aus, um ihn über meinen Kopf nach hinten zu schleudern.

Bevor er wieder aufstehen konnte, sprang ich auf ihn und verpasste ihm noch zwei Faustschläge.

»Sie ist mir *scheißegal*, du eingebildetes *Arschloch.*« Ich schlug noch einmal zu, und sein Blick wurde verschwommen. Bevor ich ihn bewusstlos prügeln konnte, spürte ich, wie Hände mich hochrissen und von ihm wegzerrten, während er versuchte, sich mithilfe seiner Freunde hochzurappeln. Ich hielt mir keuchend die Seite, wobei jeder meiner flachen Atemzüge einen stechenden Schmerz erzeugte, und zeigte mit einem Finger auf ihn. »Aber wenn du meinen Truck noch *einmal* anfasst, bist du ein toter Mann.«

Als Boyce auftauchte, schleppte er ausgerechnet *Pearl* an. Ich hatte keine Ahnung, dass die beiden überhaupt miteinander redeten. »Ich werde frühestens in zehn Jahren Ärztin sein, weißt du«, sagte sie mit einem entnervten Blick auf Boyce. »Er gehört in die Notaufnahme. Was ist denn schon dabei? Es ist ja nicht so, dass er Messerwunden von einer Gang-Initiation hat.«

Boyce seufzte. »Aber du bist hier. Kannst du ihn dir bitte einfach ansehen?«

»*Meinetwegen.*« Sie verdrehte die Augen und wandte sich an mich. »Leg dich aufs Sofa.«

Nachdem sie auf mehrere Stellen gedrückt – was schmerzhaft, aber zum Aushalten war – und meine Lungen mit einem Stethoskop abgehört hatte, das sie sich aus der Kommode ihres Stiefvaters geborgt hatte, sagte sie, sie glaube nicht, dass sonst noch irgendetwas verletzt sei. »Du könntest dir eine Rippe gebrochen haben – aber dafür gibt es keine Behandlung. Sie muss einfach heilen. Es wird sechs Wochen dauern. Keine *Schläge-*

reien und keine *Raufereien*.« Sie warf noch einen finsteren Blick auf Boyce.

»Was denn? Ich war's nicht. Und sollten wir ihn nicht, na ja, irgendwie verbinden?«

»Ich bin sicher, du hast es angezettelt. Und nein.« Sie sah mich an. »Atme möglichst oft tief durch, und huste mehrmals täglich, um sicherzustellen, dass deine Lungen sauber bleiben.« Sie verstaute das Stethoskop in ihrer Handtasche, während sie sich an Boyce wandte. »Wenn wir ihn verbinden, würde ihn das nur davon abhalten, genau das zu tun. Er könnte einen Eisbeutel gegen die Schmerzen gebrauchen – du kannst einen aus einem Gefrierbeutel und Eis herstellen – zerstoßen, wenn möglich.«

Boyce meinte: »Bin dran«, salutierte und steuerte auf die Küche zu.

»Danke fürs Vorbeikommen«, sagte ich, noch immer verwirrt. Pearl und Boyce redeten in der Schule nie miteinander, es sei denn notgedrungen in Biologie, und auch wenn er eindeutig scharf auf sie war, schien sie nie auch nur im Geringsten interessiert zu sein. Außerdem hatte ich eben aus dem Freund ihrer besten Freundin Kleinholz gemacht.

Während Boyce Eis aus dem Gefrierfach holte, setzte sie sich zu mir aufs Sofa, ihre dunklen Augen auf einer Höhe mit meinen. »Nur fürs Protokoll, ich habe mich in Clark getäuscht. Er ist ein echter Vollidiot, und ich kann nicht glauben, dass sie ihn zurückgenommen hat.« Sie seufzte und starrte aus dem Fenster zur Straße. »Er ist das Übel, das sie kennt, nehme ich an.«

Als ich Jacqueline bei ihrem Wohnheim absetzte, hatte ich nur Augen für sie. Erst als sie die Stufen vor dem Eingang erreichte, sah ich ihren Ex am oberen Ende stehen. Er sah zwischen uns beiden hin und her, aber sie bemerkte ihn nicht, bis sie beinahe gegen ihn prallte.

Ich bewegte mich nur, um die Arme zu verschränken und die beiden genau zu beobachten.

Während sie miteinander redeten, warf er immer wieder einen Blick über ihren Kopf auf mich, bis sie sich schließlich umwandte und winkte, als wollte sie mir zu verstehen geben, dass alles in Ordnung war. Ich fuhr nicht weg, denn ihre Körpersprache verriet, dass sie erregt war – sie hatte die Hände in die Hüften gestemmt, während sie sich unterhielten, und dann die Arme abwehrend verschränkt. Sie standen zu weit von mir entfernt, um einzelne Worte zu verstehen, aber ich konnte ihren Tonfall hören. Ihrer war zornig, seiner beschwichtigend.

Ich kannte sie gut genug, um zu wissen, dass *beschwichtigend* nicht willkommen sein würde.

Drei Worte hörte ich sie deutlich sagen: »Es heißt *Jacqueline.*« Und mit diesen Worten löste sie ihre verschränkten Arme und ballte die Hände an den Seiten zu Fäusten.

Er trat näher, und sie rührte sich nicht, aber als er eine Hand zu ihrem Gesicht hob und sie einen Schritt zurückwich, schwang ich mich vom Motorrad und stürmte den Weg hoch. Sie zog ihre Karte durch und riss die Tür auf, und er folgte ihr. Ich schnappte mir die Tür im letzten Moment, bevor sie ins Schloss fiel, und Jacqueline schnellte mit offenem Mund zu ihm herum. Dann sah sie mich.

»Alles okay, Jacqueline?«, fragte ich, während ich neben sie trat und bei ihm nach Anzeichen von Aggression Ausschau hielt. Er strotzte nur so vor Herablassung – die noch zunahm, als er mich als den Typen erkannte, der die Klimaanlage in seinem Verbindungshaus repariert hatte. »Was würde die Verwaltung wohl davon halten, dass du dich bei den Studenten herumtreibst?«, spottete er, und ich musste jedes bisschen Selbstbeherrschung zusammennehmen, das ich besaß, um nicht darauf einzugehen.

Ich wandte mich an Jacqueline, ohne ihn eines Blickes zu würdigen – die eine Reaktion, die Typen wie er nicht gut verkraften können, und die eine, der ich freien Lauf lassen konnte.

Sie sagte mir, es sei alles in Ordnung, während ihr Blick zu der sich versammelnden Menge huschte, die ich erst jetzt bemerkte. Irgendetwas an diesem Mädchen sorgte dafür, dass in ihrer Nähe alles andere für mich unsichtbar wurde. Manchmal war das ideal, aber zu anderen Zeiten konnte es gefährlich sein.

Dann zeigte Kennedy Moore auf mich und sagte genau das Falsche. »Machst du mit *dem Typen* etwa auch rum?«

»Auch?«, fragte sie. Ihre Stimme klang so verletzlich, und ich wollte ihm am liebsten mit der Faust auf den Mund schlagen, um die hässlichen Worte aufzuhalten, bevor er sie sagte.

»Neben Buck«, sagte er.

Ihr blieb der Mund offen stehen, es hatte ihr die Sprache verschlagen.

Moore hielt sie am Arm fest und begann sie wegzulotsen, und ohne zu überlegen, packte ich ihn am Handgelenk und riss seine Hand von ihr weg. Ich wollte sie ihm am liebsten brechen.

»Was zum Teufel?« Er plusterte sich auf, und in diesem Augenblick wusste ich, dass er noch nicht fertig mit ihr war. Er dachte, er könnte sie zurückgewinnen – oder vielleicht wusste er auch, dass er es könnte.

Aber Jacqueline legte ihm eine Hand auf den Arm und bat ihn zu gehen. Er stritt sich mit ihr – betonte seine Überzeugung, ich sei ein *Klempner*, was ich nicht widerlegen konnte, ohne Josephs Job zu gefährden.

»Er ist ein *Student*, Kennedy«, fauchte sie. Er sagte irgendetwas davon, dass er nächste Woche mit ihr reden würde, wenn sie zu Hause waren. Sie gab keine Antwort, und ihre Miene war nicht zu deuten.

Ich wusste, dass die Bemerkung über Buck Jacqueline aus der Fassung gebracht hatte, aber nicht aus den Gründen, die er beabsichtigt hatte. Er stellte es so hin, als solle sie sich Sorgen um ihren guten Ruf machen, was Schwachsinn war. Die Vorstellung, dass Leute darüber reden könnten, dass sie mit dem Arschloch *rummachte*, das sie angegriffen hatte, sorgte erneut dafür, dass ich ihn ausfindig machen und zu Brei schlagen wollte.

Moore funkelte mich an, als könnte er mich einschüchtern. Ich hoffte, dass er jetzt nichts Dummes tat, denn er würde mit Sicherheit weitaus leichter zu erledigen sein als sein Vergewaltigerkumpel. Er schien zu glauben, dass sein feindseliges Auftreten bedrohlich war, aber seine Haltung war untrainiert und ließ ihn völlig ungeschützt dastehen. Zwei Faustschläge, und er läge am Boden. Vermutlich war er noch nie in eine richtige Schlägerei geraten. Ich hielt seinem Blick stand, bis er sich abwandte und zur Tür hinausging.

Dann berührte mich Jacqueline, und mein Körper entspannte sich. Sie zog mich mit meinen vielen Jobs auf, und ich sagte ihr, der Klempnerjob käme eher selten vor, und die Selbstverteidigungskurse seien eine ehrenamtliche Tätigkeit.

»Ich denke, wir sollten noch einen Job hinzufügen, oder?«, sagte sie, und ich versteifte mich. Ich dachte an *Wirtschaftstutor*, während ich angestrengt versuchte, eine ausdruckslose Miene zu bewahren. »Persönlicher Leibwächter von Jacqueline Wallace?«, fuhr sie fort. Ich schwankte zwischen Erleichterung und Enttäuschung. Ich wollte es ihr nicht sagen, aber ich wollte, dass sie es wusste. »Noch ein ehrenamtlicher Job, Lucas?« Sie beugte sich näher vor, verspielt, hypnotisierte mich mit diesen Augen. »Wie findest du da überhaupt noch Zeit zum Studieren? Oder für irgendetwas, das Spaß macht?«

Ich streckte die Arme aus und zog sie an mich. *Gottverdammt*, dieses Mädchen weckte mein Verlangen nach ihr. »Es gibt ein paar Dinge, für die ich mir Zeit nehmen werde, Jacqueline«, flüsterte ich und küsste ihren Hals – diese empfindliche Stelle in der Nähe ihres Ohrs, bei der sie schwach wurde, sobald ich sie ganz sanft mit den Lippen berührte. Ihr Atem wurde flacher, als ich die empfindliche Haut leckte und an ihr saugte, wobei ich aufpasste, dass ich ihr keinen Knutschfleck verpasste. Sie war ein sinnliches, aber zurückhaltendes Mädchen. Spuren würden nur dort willkommen sein, wo sie vor allen außer ihr selbst verborgen waren.

Vorläufig küsste ich sie nur und ließ sie dann los.

Ich schrieb Jacqueline eine E-Mail mit meinen Anmerkungen zu ihrem Aufsatz und erwähnte, dass ich ihr, auch wenn sie den Stoff jetzt aufgeholt hatte, für die letzten zwei Kurswochen weiterhin die Arbeitsblätter schicken würde. Und ich gab ihr Bescheid, dass ich am Mittwoch nach Hause fahren würde – wo es kein WLAN gab, sodass ich praktisch unerreichbar sein würde. *Als Landon.*

Wenn Grandpa mich jetzt sehen könnte, dann würde er den Kopf schütteln und tief aufseufzen. Und wenn er mich erreichen könnte, dann würde er mich am Ohr ziehen und einen Vollidioten nennen.

Sie antwortete auf die E-Mail und sagte, ihre Eltern würden Skifahren gehen, aber sie würde trotzdem nach Hause fahren und allein dort sein. In all den Szenarien, die ich mir je vorgestellt hatte, kam nie vor, dass dieses Mädchen Eltern hatte, die etwas so Gedankenloses tun würden.

Ich würde im SUV der Hellers mit an die Küste fahren, eine Strecke von etwa vier Stunden. Sie hatten ein Strandhaus angemietet und planten, dort ihr Thanksgiving-Dinner abzuhalten. Ich würde bei Dad wohnen und ein paar Tage mit Schweigen verbringen, abgesehen von unserem Dinner mit Charles und Cindy, Carlie und Caleb.

Cole hatte an der Duke University eine Freundin an Land gezogen und entschieden, in seinen ersten Ferien mit ihr zu ihren Eltern nach Florida zu fahren, anstatt nach Hause zu kommen. Sein Vater neckte ihn eine Woche lang mit Peitschen schwingenden Schwiegermüttern und fragte ihn per SMS: »Wann läuten die Hochzeitsglocken?« Cole leugnete entschieden eine bevorstehende

Heirat oder künftige Schwiegereltern, während sich Heller über jede aufgebrachte SMS von seinem ältesten Sohn kaputtlachte.

Ich wünschte, ich könnte es Jacqueline erzählen.

Wie zu erwarten weckte die Auseinandersetzung mit Kennedy Moore meine Hassgefühle aufs Neue und schürte sie noch ein wenig mehr. Der Kurs am Montag war die Hölle. Er bestand hauptsächlich aus fehlgeschlagenen Versuchen, ihn entweder zu ignorieren oder wenigstens dem Drang zu widerstehen, ihm telepathische Beleidigungen an den Hinterkopf zu schleudern. Als er sich nach der Vorlesung umwandte und Jacqueline anlächelte, verließ ich den Hörsaal, bevor ich die Stufen hinuntergehen und eine Delle in sein Zahnpastareklame-Lächeln schlagen konnte.

Ich lehnte mich neben Jacquelines üblicher Fluchttür an die Wand und sah zu, wie sie mit dem Typen herauskam, der in der Vorlesung neben ihr saß. Er war zu Beginn des Semesters, vor drei Monaten, zwei- oder dreimal zu meinen Übungen gekommen. Sie schienen mich beide gleichzeitig zu bemerken, und ich hätte schwören können, dass sie über mich redeten, während sie näher kamen. Nachdem er ihr schöne Feiertage gewünscht hatte, steuerte er auf den gegenüberliegenden Ausgang zu, und ich suchte in Jacquelines Miene nach Anzeichen dafür, dass er ihr gesagt hatte, dass ich der Kurstutor war. Sie wirkte verwirrt, als sie zu mir hochstarrte, und auf ihrer Stirn zeigte sich eine leichte Furche. Außerstande, ihren Gesichtsausdruck zu lesen, passte ich mich ihren Schritten an, als sie vorbeikam, und hielt ihr die Tür auf, als wir zusammen hinausgingen. Ihr Ellenbogen streifte meinen, und ihr Geruch weckte aufs Neue meine Erinnerungen an den Samstagabend.

»Kann ich dich heute Abend sehen?«, fragte ich.

»Ich habe morgen einen Test in Astronomie«, sagte sie. Sie würde den ganzen Abend mit ihren Kommilitoninnen lernen. Daran war nichts Seltsames, bis auf die kurze Pause, durch die es eher nach einer Ausrede als nach einem Grund klang.

Ein Gefühl der Bloßstellung nagte an mir, und ich suchte in dem Gewühl von Leuten nach seiner Ursache. Meine Intuition sagte mir, dass die Ursache genau neben mir stand – aber das musste falsch sein. »Dann morgen Abend?«

»Morgen habe ich eine Ensembleprobe«, antwortete sie, und das Summen in meinen Ohren wurde lauter. Sie redete davon, dass sie das Üben am Sonntagmorgen hatte ausfallen lassen, ihren Bass aber über die Feiertage mitnehmen würde – vertrautes Terrain –, aber mein Gehirn kam ins Straucheln. Es verstand, dass es für *Landon* vertraut war – nicht für *Lucas*.

Ich war drauf und dran, mit dem Kopf gegen eine Betonwand zu rennen, und ich war schon einmal gegen diese Wand geknallt, hart. Ich musste dieses erbärmliche Knirschen, wenn alles in Trümmer zerbrach, nicht noch einmal spüren, um zu wissen, wie es sich anfühlen würde. Ich brauchte diese Feiertage. Ich brauchte die Wellen an der Küste und die stille Gegenwart meines Dads. Ich musste sehen, ob ich diese Besessenheit durchbrechen konnte.

Ich starrte ihr in die Augen und bat sie, mir eine SMS zu schicken, falls ihre Pläne sich ändern sollten. Mit aller

Willenskraft, die ich aufbringen konnte, sagte ich: »Bis später, Jacqueline«, und ging weg, ohne sie zum Abschied zu berühren oder zu küssen.

18

LANDON

Ich dachte, wenn ich Clark Richards zusammenschlug, würde ich mich besser fühlen – und so war es auch. Es fühlte sich *zu gut* an, falls es so etwas wie *zu gut* überhaupt gibt. Jeder Treffer, den ich landete, und selbst die Schläge, die ich einsteckte, betäubten und verwandelten den jämmerlichen Freak, der ich gewesen war, und erweckten an seiner Stelle einen gefühllosen Scheißkerl zum Leben.

Meine Schlägerei mit Boyce im letzten Jahr hatte mich auf den Geschmack gebracht, aber Richards' Gesicht zu Brei zu schlagen war der Wendepunkt. Ich hatte etwas Besseres gefunden, als Ecstasy und Gras zu kombinieren, etwas Besseres als Alkohol, etwas Besseres als Sex, um die Stimmen in meinem Kopf zu ersticken – denn selbst wenn diese Dinge funktionierten, und manchmal taten sie das, war die Stimme, die ich noch immer hörte, meine eigene, und sie würde mich nie völlig vergessen lassen. Nie.

»Ich werde nur für drei Tage fort sein«, hatte Dad gesagt, während er ihr Gesicht in seinen Händen hielt. »Wir sehen Charles und Cindy dieses Wochenende, richtig? Wir werden diese Weihnachtsreise nach Rio planen, mit der ihr Frauen uns seit Jahren in den Ohren liegt.«

Sie sah ihn mit einer gespielten Schmollmiene an. »Oh, in den Ohren liegen wir euch, ja? Vielleicht kannst du dann einfach zu Hause bleiben, du Griesgram.«

Er glitt mit den Händen von ihren Schultern zu ihren Ellenbogen, löste ihre verschränkten Arme und zog ihre Hände an seine Brust, bevor er meine Mutter an sich drückte und ihr Kinn anhob. »Du kannst mich nicht so zurücklassen, Rosie«, murmelte er. »Nicht nach gestern Nacht.« Er beugte sich hinunter, um sie zu küssen, als würde ich nicht ein paar Schritte weiter sitzen.

»Gott, *sucht euch doch ein Zimmer*.« Ich umklammerte den Kontrollhebel in meiner Hand und starrte entschlossen auf den Bildschirm, während mein Skateboarder über Häuserschluchten flog, Luftsprünge von Wänden machte und Rolltreppen hinunterraste – was mich im wirklichen Leben alles umbringen würde. Ich versuchte das linke Auge zuzukneifen, um meine Eltern nicht sehen zu müssen, die neben der Tür standen und sich mit langen Zungenküssen verabschiedeten.

»Genau deshalb haben wir dir einen Fernseher und eine Spielekonsole für dein Zimmer gekauft, mein Sohn. Damit deine Mutter und ich in aller Ruhe …« Er sah lächelnd zu ihr hinunter. »… den Rest des Hauses genießen können.«

Ich drückte auf die Pausetaste, lehnte mich in die Sofakissen zurück und hielt mir beide Hände vor die Augen. »Oh, Mann. Im *Ernst*?«

Mom lachte. »Hör auf, ihn zu necken.«

»Ich kann nicht. Es ist zu leicht«, sagte Dad.

Seufzend rückte sie seine völlig gerade Krawatte zurecht. »Eigentlich dachte ich, wir sollten dieses Weihnachten deinen Dad besuchen. Er ist immer allein, Ray …«

Die Beziehung meines Dads zu seinem Vater war kompliziert. »Er ist lieber allein. Es gefällt ihm.«

»Aber Schatz, er freut sich so, wenn wir ihn besuchen. Er liebt Landon über alles, und er wird nicht ewig da sein.«

Die Eltern meiner Mom waren Anfang vierzig, als sie zur Welt kam – ein Überraschungsbaby, nachdem sich die beiden längst damit abgefunden hatten, kinderlos zu bleiben. Als berühmte Professoren auf analytischen Gebieten hatten sie ihre seltsamerweise künstlerisch veranlagte Tochter nach Strich und Faden verwöhnt – ihre Worte. Sie lebten beide nicht mehr, als ich fünf oder sechs war. Mom vermisste sie sehr, aber ich erinnerte mich kaum an meine Großmutter und an meinen Großvater überhaupt nicht.

Grandpa – Dads Dad – war der einzige Großelternteil, den ich noch hatte.

»Er denkt nur, dass er endlich einen Schwachkopf gefunden hat, der das *Familienunternehmen* der Maxfields weiterführt«, sagte er, wobei er das Wort mit den Fingern in Anführungszeichen setzte, »weil Landon gern mit dem Boot mit ihm hinausfährt. Außerdem haben wir ihn erst vor ein paar Monaten besucht, im Juli.« Trotz dieser Erklärungen hörte ich die Ergebung in seiner Stimme, denn er knickte bei allem ein, was Mom wollte. Das tat er so ziemlich immer. »Als ich aus dieser Stadt geflüchtet bin, hatte ich nicht vor, je wieder dorthin zurückzukehren. Und dann zwingst du mich, jeden Sommer dort zu verbringen. Und jetzt auch noch Weihnachten?«

»Weil es das Richtige ist. Und weil du kein schmollender achtzehnjähriger Junge mehr bist – sondern ein erwachsener Mann.«

Er küsste sie noch einmal, schlang die Arme um sie und knurrte: »Verdammt, und ob ich das bin.«

»Es ist ein Minderjähriger im Zimmer, dessen Unschuld verdorben wird. *Von seinen eigenen Eltern.*«

»Mach dich für die Schule fertig, Baby Boy«, sagte Mom. So nannte sie mich nur vor Dad oder wenn wir allein waren. Dreizehnjährige durften nicht zulassen, dass ihre Moms solchen Schwachsinn vor Freunden oder der allgemeinen Öffentlichkeit sagten.

Ich schloss das Spiel, und meine Eltern küssten sich *noch immer*.

»Sehr gern.« Ich bildete mit meinen Händen Scheuklappen, als ich an ihnen vorbeiging.

»Umarme zuerst deinen Vater zum Abschied.«

Ich drehte mich am Fuß der Treppe um und umarmte ihn kurz. Er klopfte mir auf die Schulter, während er zu mir hinuntersah, noch immer ein paar Zentimeter größer als ich, auch wenn ich ihn allmählich einholte.

Ein paar Tage zuvor hatte ich Mom hochgehoben, nur um zu beweisen, dass ich es konnte, und sie kreischte und lachte. »Früher habe ich dir die Windeln gewechselt!«

Ich verzog das Gesicht. »Mom, wirklich – ist *das* etwa die Erinnerung an meine Kindheit, die du wachhalten willst?«

Sie stieß mich mit einem Finger in die Brust und zog eine Augenbraue hoch. »Es sei denn, du willst, dass ich erwähne, wie ich dich gefüttert habe?«

Ich setzte sie ab. »Igitt, *nein*.«

»Sei schön brav in der Schule, und trainiere anständig für das Spiel am Sonntag gegen diese Arschgesichter von Annandale«, sagte Dad. »Ich bin am Donnerstag wieder da.« Er fuhr mir durchs Haar. Er wusste, dass ich das hasste – und genau deshalb tat er es.

Ich wand mich unter seiner Hand hervor. »Guter Gebrauch von Arschgesicht, alter Mann. Dein Wortschatz bessert sich.«

Er grinste. »Okay, mein Großer.« Er umfasste meine Schultern und sah mir in die Augen. »Du bist der Mann im Haus, solange ich nicht da bin. Pass gut auf deine Mutter auf.«

»Okay, Dad. Mache ich.« Ich salutierte und rannte die Treppe hoch, während ich an das Spiel an diesem Wochenende dachte, und an Yesenia, die ich noch heute fragen wollte, ob sie mit mir ausgehen würde, falls ich den Mut dafür aufbrachte.

LUCAS

Am Strand waren über zwanzig Grad, der Durchschnitt für diese Jahreszeit. Die Hellers setzten mich bei Dad ab, bevor sie mit einem auftauenden Truthahn und einer Kiste mit Süßkartoffeln, grünen Bohnen, Paniermehl und Cranberrys weiter zu ihrem Ferienhaus fuhren. »Wir sehen uns morgen«, sagte Cindy zu uns. »Wir essen gegen eins. Und wenn der Truthahn noch nicht fertig ist, dann *trinken* wir um eins.«

Boyce: Bist du da?
Ich: Ja. Gib mir zwei Stunden.

Ich warf meinen Seesack aufs Bett. Das Zimmer war mir noch nie so klein vorgekommen. Es war wie ein Kokon. Ich war vor über drei Jahren aus ihm geschlüpft und weggeflogen, und jetzt war es nur noch ein enger, zu klein gewordener Ort, vertraut und fremd zugleich.

Die leere Wand war voller Reißnagellöcher, und die Regale gegenüber waren fast leer. Dad hatte die Lampe nicht wieder in der Küche angebracht – sie hing noch immer dicht unter der Decke und warf ihr indirektes Licht über den Raum. Ein paar alte Schulbücher lagen auf einem der Regale, neben Grandpas Bibel und einem Highschool-Verzeichnis. Außerdem lag dort ein Umschlag, der bei meinem letzten Besuch nicht da gewesen war. Er enthielt etwa ein Dutzend Schnappschüsse, die ich noch nie gesehen hatte.

Einer war an meinem ersten Tag in der achten Klasse entstanden, als ich in meiner neuen Schuluniform aus dem Wagen stieg. Ich war aus jedem Kleidungsstück herausgewachsen, das mir drei Monate zuvor noch gepasst hatte. Ich grinste in die Kamera – zu meiner Mom –, während ein Typ auf dem Gehsteig hinter mir eine Fotobombe machte und die Zunge seitlich aus dem Mund streckte. Tyrell. Von jedem Lehrer gehasst oder geliebt, war er einer der witzigsten Typen, die ich je gekannt hatte. Im Hintergrund, in der Nähe des Schulgebäudes, standen drei Mädchen und unterhielten sich. Eines von ihnen stand mit dem Gesicht zur Kamera da, die dunklen Haare zu einem Pferdeschwanz gebunden, die dunklen Augen auf meinen Hinterkopf gerichtet. Yesenia. Sie fing wahrscheinlich gerade mit dem Jurastudium an oder machte ein Praktikum in einer Buchhaltung oder bewarb sich um ein Masterstudium in Filmwissenschaft oder Soziologie. Ich hatte sie nicht gut genug kennengelernt, um ihre Interessen oder Ziele zu kennen, abgesehen von ihrem Interesse an mir. Mit dreizehn war das alles, was zählte.

Ich ging die anderen Fotos durch, hielt bei einem inne, auf dem Mom malte, und dann bei einem anderen, auf dem wir beide im Garten herumtollten. Ich unterdrückte den Schmerz in meiner Brust und steckte sie weg, um sie mir später genauer anzusehen, in der Annahme, dass Dad sie für mich dort hingelegt haben musste. Vielleicht waren diese Bilder auf einer Speicherkarte in einer alten Kamera gewesen, die er ein letztes Mal überprüft hatte, bevor er sie wegwarf.

In der Küche lag ein Beutel Spinat im Kühlschrank, und eine Schale mit Obst stand auf dem Küchentisch. Ich war mir nicht sicher, ob Dad sich einen gesünderen Lebenswandel angewöhnt hatte oder ob er sich dem beugte, was ich gern essen würde, während ich zu Hause war.

»Wie läuft's auf dem College?«, fragte er, während er sich ein Bier aus dem Kühlschrank nahm. Seine Haare waren nass von der Dusche. Er war mit dem Boot draußen gewesen, bevor wir heute ankamen, natürlich. Ich nahm an, er würde sich den morgigen Tag ganz freinehmen, aber ich hatte Angst zu fragen. Es würde Cindys Gefühle verletzen, wenn er es nicht tat.

»Gut. Ich habe fürs nächste Semester einen Platz in einem Forschungsteam an Land gezogen. Ein Projekt mit einem meiner Professoren vom letzten Jahr. Es gibt ein Stipendium.«

Er setzte sich an den kleinen, uralten Tisch – der Lack war längst abgeblättert, das Holz völlig zerkratzt.

»Glückwunsch. Das heißt – ein Ingenieurprojekt? Rennwagendesign?«

Mein Mund zuckte. Meine Interessen hatten sich seit der Highschool von Rennwagen verlagert – nicht dass er das wusste. Dieser Wortwechsel musste das längste Gespräch über meine akademischen Ziele sein, das wir seit Moms Tod führten. »Nein – strapazierfähige weiche Materialien. Medizinisches Zeug im Grunde. Zeug, das in der Gewebekonstruktion verwendet wird.«

Er zog die Augenbrauen hoch. »Ah. Interessant.« Er starrte über den Tisch hinweg aus dem Fenster, das die beste Aussicht auf den Golf bot, abgesehen von dem Blick aus Grandpas Zimmer – in dem niemand wohnte. Ich wollte die Küche eben verlassen, um zu duschen und die wenigen Dinge auszupacken, die ich mitgebracht hatte, als er fragte: »Pläne fürs Abendessen?«

»Ich, äh, werde später mit Boyce ausgehen.« Ich nahm mir ein Bier aus dem Kühlschrank und öffnete den Verschluss mit der Kante meines eingeklappten Taschenmessers.

»Hast du noch deinen Schlüssel?«

»Ja.«

Er nickte, ohne den Blick vom Fenster abzuwenden, und wir verfielen wieder in unser gewohntes Schweigen.

Boyce und ich wählten einen Tisch an einem der Fenster. In dieser Stadt gab es eine einzige halbwegs anständige Bar, und in der saßen wir. Sie war zu laut und zu verräuchert, und ich vermisste die Treffpunkte am Strand, die jetzt, wie er sagte, von Highschool-Rabauken überlaufen waren. Wir mussten lachen, denn es war noch nicht allzu lange her, da waren *wir* die Highschool-Rabauken.

»Hast du noch immer die Sportster?«, erkundigte er sich. In den letzten paar Monaten, bevor ich die Stadt verließ, hatten wir zwei die schlecht gepflegte Harley auf Vordermann gebracht, die sein Vater von einem seiner Saufkumpane als Bezahlung für Reparaturarbeiten akzeptiert hatte. Als ich den Truck verkaufen musste, um die Collegegebühren fürs erste Semester aufzubringen, hatte Boyce ihn irgendwie überredet, mir das Motorrad billig zu überlassen.

»Ja. Sie wird noch ein paar Monate halten, bis ich meinen Abschluss in der Tasche habe.« Ich dachte an Jacquelines Arme, fest um mich geschlungen, ihre Hände, tief über meinem Bauch verschränkt. Ihre Brust, die sich an meinen Rücken presste. Ihre Schenkel, die meine Hüften umklammerten. »Aber vermutlich werde ich sie auch behalten, nachdem ich mir einen Wagen gekauft habe.«

Die Bedienung brachte unsere Getränke und ein Körbchen mit verschiedenem gebratenem Zeug. Boyce nahm sich eine in Bierteig panierte Avocadoscheibe und tunkte sie in die Salsasauce. »Pearl in letzter Zeit gesehen?«

Ich schüttelte den Kopf. »In den letzten Monaten nicht. Es ging ihr gut, glaube ich – vermutlich bewirbt sie sich jetzt um einen Medizinstudienplatz. Aber du wirst ihr wahrscheinlich eher über den Weg laufen als ich. Es gibt dort ungefähr vierzehnmal so viele Studenten, wie dieser Ort hier Einwohner hat, und ich weiß, dass sie ihre Eltern oft besucht.«

»Stimmt.« Er nippte an seinem Tequila.

»Das heißt – du hast sie gesehen?«

Er zog einen Mundwinkel hoch. »Ein paarmal.«

Ich schüttelte den Kopf und grinste. »Ihr zwei habt

eine seltsame Beziehung, Wynn. Irgendwann musst du mir mal davon erzählen.«

»Egal, Mann«, tat er das Thema Pearl Frank ab. »Gibt's bei dir irgendwelche neuen Abenteuer? Flotte Dreier? Orgien? Professorinnen-Vamps, die dich sexuell belästigen?« Er wackelte hoffnungsvoll mit den Augenbrauen.

Ich glitt mit der Zunge über den Ring in meiner Lippe und schüttelte lachend den Kopf. »Du weißt doch, dass ich die ganze Zeit studiere oder arbeite.«

»Ja, Mann – du und deine einhundertundein Jobs. Erzähl mir nicht, dass du dich nicht ab und zu mit ein paar Titten und Ärschen amüsierst, nur um die Monotonie zu unterbrechen.« Er sah hinter uns in die Bar, die sich allmählich füllte. »Verdammt, du bist einfach zu wählerisch, sonst würde ich ein oder zwei der Mädchen hier vorschlagen. Was ist denn mit diesem Tutorjob? Sind da nicht ein paar heiße Tussis dabei, denen man Angebot und Nachfrage aus nächster Nähe demonstrieren muss?« Ich starrte eine Sekunde zu lange in mein Bier, und er schlug mit einer Hand auf den Tisch und beugte sich näher vor. »Maxfield, du bist ja ein ganz …«

Ich stützte den Kopf in die Hände. »Ich bin irgendwie dabei, über etwas hinwegzukommen. Oder ich versuche es zumindest.«

Er schwieg ungefähr fünf Sekunden. »Eine dieser Studentinnen, deren Tutor du bist?«

Verdammt – woher wusste er das? Aber Boyce wusste immer alles. Ich nickte.

»Hmm. So, wie ich dich kenne – und das tue ich –, hast du ein Problem. Ich an deiner Stelle? Ich würde völlig ausflippen bei diesem Scheiß. Ein Glück, dass ich nie irgendjemandes Tutor sein werde. Oder Boss.« Er kippte den Rest seines Tequilas und gab der Bedienung ein Zeichen für noch eine Runde. »Weißt du, *ich* – ich muss mich von irgendeiner heißen Tussi anheuern lassen, damit *ich* derjenige sein kann, der belästigt wird.«

Auf einmal stellte ich mir vor, wie Jacqueline und ich die Rollen tauschten – wenn sie die Tutorin wäre und ich der Student. Wenn ich ein Kontrabassist auf der Highschool wäre und sie, das Collegemädchen, seine Kontrabasslehrerin … Jeder Muskel in meinem Körper verkrampfte und verhärtete sich. *Gottverdammt*, ich würde sie so schnell verführen, dass ihr schwindelig wurde.

Die Bedienung brachte unsere zweite Runde, und Boyce lachte und stieß mit seinem Schnapsglas gegen mein eiskaltes Bier. »Auf das, was du denkst, Kumpel, was immer es ist. So sieht ein Typ aus, der sich etwas gönnen wird. Kann ich dir irgendwie helfen?«

Ich schüttelte den Kopf, verblüfft von der Intensität dieser einminütigen Fantasie.

Und genau das war es natürlich. Eine Fantasie.

Noch zwei Wochen Wirtschaftskurs. Noch zwei Selbstverteidigungsmodule. Und das war's.

Als Boyce mich gestern Abend nach Hause fuhr, bemerkte ich das umgestaltete Schild des Geschäfts für Köder & Angelbedarf, auf dem jetzt auch noch »Kaffee & WLAN« stand. Der alte Joe hatte die Erweiterung des Schildes bestimmt selbst gemalt – und genau so sah es auch aus. Ich überlegte, ob ich anhalten und mich in meinen Campus-Account einloggen sollte, um zu sehen, ob Jacqueline mir gemailt hatte. *Landon*.

Sobald ich an sie dachte – allein zu Hause, ihre Eltern im Skiurlaub, der Hund in Pflege gegeben –, konnte ich nicht mehr aufhören, mir Sorgen zu machen. Ich rief mir in Erinnerung, dass wir für diese Feiertage in entgegengesetzte Richtungen gereist waren. Sie war vier Stunden weit nach Norden gefahren, während ich mich vier Stunden weit nach Süden geschlängelt hatte. Wenn sie in Schwierigkeiten steckte, konnte ich ihr nicht helfen.

Wenn es ihr gut ging, konnte ich mich entspannen. Ich musste mich nur vergewissern.

Aber ich hatte sie vor drei Tagen vor dem Gebäude der sprachwissenschaftlichen Fakultät stehen lassen, als ich entschied, dieses Verlangen wenigstens über die Feiertage in die Warteschleife zu legen. Wenn ich ihr jetzt eine SMS schrieb, würde alles wieder von vorne anfangen. Und das wäre für keinen von uns fair.

Dann schlief Caleb auf meinem Bett ein, nachdem er mindestens zwei Pfund Truthahn und von allem anderen einen Nachschlag verputzt hatte. Dad, Charles und Cindy klebten alle vor dem Fernseher und verfolgten ein hart umkämpftes Footballspiel, auf das ich mich überhaupt nicht konzentrieren konnte, und Carlie winselte zwischendurch zweimal: »*Mir ist sooooooo langweilig.*«

Meine Überzeugungen lösten sich in Luft auf, und ich bot an, Carlie auf einer Erkundungstour durch die Stadt zu begleiten. Ihr Vater überließ uns gern die Schlüssel zu seinem SUV. Wir kurbelten die Fenster herunter, und ich ließ einen Popsender über mich ergehen, wofür wir im Gegenzug bei dem Geschäft für Köder & Angelbedarf & Kaffee & WLAN hielten.

»Na, das ist ja ein toller Laden«, sagte Carlie. Sie zog eine Augenbraue mit der Art Überheblichkeit hoch, die nur eine Sechzehnjährige aufbringen kann. Sobald wir drinnen waren, bemerkte sie: »Das sieht ja aus wie ein Bühnenbild. Sind diese Sessel mit dem Blümchenmuster wirklich ernst gemeint?« Ihre Meinung über den Kaffee: »*Igitt*. Der schmeckt ja nach *Fisch*.«

Sie sah sich die Souvenirregale an, während ich mich einloggte und ein Dutzend nutzlose E-Mails vorfand, aber nichts von Jacqueline. Landon hatte keinen plausiblen Grund, ihr zu schreiben. Es gab keine Arbeitsblätter zu schicken. Keinen bevorstehenden Kurztest. Daher beschrieb ich ihr das neue, verbesserte Geschäft für Köder & Angelbedarf und ergänzte über meiner üblichen Unterschrift, LM, ein beiläufiges: Sie schließen Ihr Haus doch jeden Abend ab und schalten die Alarmanlage an, oder? Ich will Sie nicht nerven, aber Sie sagten, Sie würden ganz allein nach Hause fahren.

Ich wartete fünfzehn Minuten, aber sie antwortete nicht.

Carlie, der die herablassenden Sprüche zu der Einrichtung inzwischen ausgegangen waren, kaufte sich ein knallrosa T-Shirt mit der Aufschrift *Köder* über der Brust – das ihre Mutter vermutlich prompt konfiszieren würde – und eine Schneekugel mit sandfarbenem »Schnee« und einer winzigen Nachbildung des ursprünglichen Geschäfts für Köder & Angelbedarf, ohne Kaffee und WLAN.

»Komm schon, Lucas, setzen wir uns an den Strand«, sagte sie. »Wenn es in dieser Stadt irgendwelche süßen Jungs in meinem Alter gibt, sind sie eindeutig *nicht hier drinnen*.« Ich entschied, ihr lieber nicht zu sagen, dass sich süße Jungs in ihrem Alter vermutlich nicht einmal in ihre Nähe wagen würden, wenn ich dabei war.

Sechs Stunden später warf das Display meines Handys einen grünlichen Schimmer in meinen Vorratskammerkokon. Meine Willenskraft war erschöpft.

Ich: Wann bist du wieder auf dem Campus?

Jacqueline antwortete Sekunden später: Vermutlich Sonntag. Und du? Ich atmete erleichtert aus. Es ging ihr gut. Ich schrieb ihr, ich würde am Samstag zurückkommen. Dann ergänzte ich aus heiterem Himmel: Ich muss dich noch einmal zeichnen, und bat sie, mir eine SMS zu schicken, wenn sie wieder da war.

Am Freitag fuhren Dad und ich mit Charles und Caleb mit dem Boot hinaus, während Carlie und Cindy auf der Veranda ihres Ferienhauses saßen, Virgin Daiquiris tranken und lasen. Als wir zurückkamen, borgte ich mir Dads Truck und fuhr zum Geschäft für Köder & Angelbedarf. Jacqueline hatte auf Landons E-Mail geantwortet – Minuten nach unserem SMS-Austausch. Mein Lächeln über die Tatsache, dass sie jeden Abend die Alarmanlage anschaltete, währte nicht lange.

Ich habe den Tag bei meinem Ex verbracht, schrieb sie. Er wollte sie am Samstag sehen, um zu *reden*. Ich konnte mir schon denken, was für ein *Reden* das sein würde. Ich klappte den Laptop zu, ohne zu antworten.

Als Caleb erklärte, er müsse am Montag den Entwurf für ein Wissenschaftsprojekt einreichen – für das er sich noch kein Thema ausgesucht hatte –, entschieden die Hellers, am Samstagmorgen zurückzufahren. Dad hatte an dem Tag ohnehin eine ganztägige Bootstour, daher verabschiedeten wir uns vor Sonnenaufgang, und ich war gegen Mittag wieder zu Hause.

Ich rief noch einmal Jacquelines E-Mail auf, während ich mir vorstellte, dass sie den Abend – wenn nicht sogar die Nacht – vielleicht mit Kennedy Moore verbrachte. Er hatte sie behandelt, als wäre sie entbehrlich, ersetzbar, während sie alles andere als das war. Sie war stärker, als ihr bewusst war, aber ihre Beziehung mit ihm hatte sie geschwächt. Sie hatte seine Meinung über sie akzeptiert. Sie war seinen Träumen gefolgt, nicht ihren eigenen. Sie hatte zugelassen, dass er ihren Namen änderte, und wer weiß, was noch alles an ihr.

Ich drückte auf *Antworten* und schrieb ihr, das klänge, als ob er sie wiederhaben wollte. Dann fragte ich: Was wollen Sie? Ich überlegte, ob irgendjemand sie das je fragte.

Die Hellers gingen essen, dann ins Kino und schließlich zu einer Lichterprozession durch die geschlossenen Wohnanlagen auf den Hügeln am südlichen Ende der Stadt, wo viele prächtige, professionell geschmückte Villen standen. Ich verabschiedete mich, um meine Wäsche zu waschen, und redete mir ein, dass ich allein sein wollte. Ich machte eine Koriander-Limetten-Marinade für den Roten Schnapper, den ich gestern gefangen hatte, stellte sie in den Kühlschrank und ging joggen. Jacqueline Wallace war eine Endlosschleife in meinem Verstand. Die Vorstellung, dass sie mit Moore zusammen war, weckte eine gewalttätige Seite in mir, von der ich geglaubt hatte, sie sei tot und begraben. Es war sinnvoll zu kämpfen, um sie zu beschützen, aber ich konnte jemanden schlecht verprügeln, nur weil sie ihn mir vorzog. Aber Scheiße, ich *wollte* es.

Joseph: T-Day überlebt? Was machen die Cowboys!? Ich darf das nicht noch mal zu Elliott sagen, unter Androhung einer Strafe, die sich Kinky Boots nennt – alles andere als sexy, wenn du mich fragst –, in einer Endlosschleife auf dem ganzen Weg von Cleveland nach Hause. Es ist eine verdammt lange Fahrt.

Ich: Hab's überlebt. Bin zu Hause. Na los, Cowboys. Dein Freund ist ein Kontrollfreak, Kumpel.

Joseph: Wem sagst du das. Steh voll unter seiner Fuchtel. :P

Als mein Telefon wieder vibrierte, nahm ich an, dass es noch einmal Joseph war, aber nein. Es war Jacqueline, die sagte: Ich bin wieder da. Und so lud ich sie natürlich zum Abendessen zu mir ein.

Ich bereitete mir mein Essen schon so lange selbst zu, dass ich nichts Seltsames dabei fand. Als Kind hatte ich den Hilfskoch für meine Mutter gespielt, für die Kochen eine andere Kunstform war. Nachdem Grandpa gestorben war, kochte ich notgedrungen für Dad und mich. Sonst hätten wir uns nur noch von Toast, Fisch und Eiern ernährt. Wir wären beide an Skorbut erkrankt, bevor ich mit der Highschool fertig war.

Eine komplette Mahlzeit für irgendjemanden außer mich selbst zu kochen war selten geworden. Ich lebte allein, und Carlie hatte vor ein paar Monaten recht gehabt – ich bekam im Allgemeinen keinen Besuch. Ich hatte keine Zeit für einen Freundeskreis, und ich hatte keine Dates. Ich schleppte fast nie Mädchen ab.

Jemanden zu einer selbst gekochten Mahlzeit zu sich

nach Hause einzuladen spricht von kulinarischem Selbstbewusstsein und weckt gewisse Erwartungen, aber ich war kein Meisterkoch. Ich überging Gourmetrezepte und alles mit komplizierten Schritten. Ich kochte schlichte, anspruchslose Gerichte.

Ich hatte keine Ahnung, was Jacqueline mochte.

»Für mich hat noch nie ein Mann gekocht«, sagte sie, die Ellenbogen auf die andere Seite des Küchentresens gestützt. Sie sah zu, wie ich Gemüse klein hackte und eine Basilikumvinaigrette darüberträufelte. Ihre Unerfahrenheit mit Collegejungen, die für sie kochten, war ein gutes Omen für den Schnapper und die Backkartoffeln. Sobald alles im Ofen war, stellte ich die Zeitschaltuhr und führte sie zum Sofa.

Ich wollte gern wissen, zu welchen Entscheidungen sie und ihr Ex gekommen waren, aber ich würde nicht danach fragen. Sie war hier, und ich durfte gar nicht darüber nachdenken, dass sie zu ihm zurückkehren könnte.

Ich nahm ihre magische Hand in meine und musterte jeden Millimeter davon. Ich glitt über die Linien in ihrer flachen Hand, die empfindlichen Vertiefungen zwischen den Fingern und die schneckenförmigen Wölbungen ihrer Knöchel. Sie hatte ihre Nägel kurz geschnitten, um ihren Bass spielen zu können, um die Saiten ungehindert drücken und zupfen zu können.

Landon weiß das. Lucas nicht.

Ich musste es ihr sagen. Bald.

Ich zog sie auf meinen Schoß und drückte sie sanft in die Kissen in der Ecke des Sofas, legte ihren Kopf nach hinten und küsste ihren Hals. Ich war berauscht von Verlangen, als sie schluckte, und glitt mit der Zunge über diese winzigen bebenden Muskeln, während sich ihr Puls und ihr Atem beschleunigten. Ich knöpfte ihre weiße Bluse auf – erst einen Knopf, dann zwei, und folgte jedem Zentimeter neu eroberten Terrains mit den Lippen, bis ich oben an ihrem BH innehielt. Wenn ich sie noch weiter auszog, würde unser Abendessen im Ofen verkohlen.

Eine ihrer Hände war zwischen uns gefangen, die Finger gespreizt an meiner Brust. Ihre freie Hand umklammerte meinen Bizeps, raffte den schweren Strickstoff unter ihren Fingern. Als meine Zunge begann, die kaum sichtbaren Rundungen zwischen ihren Brüsten zu streicheln, knetete sie meinen Arm wie ein Kätzchen – und schnurrte auch wie eines. Das Gewicht ihres Körpers war genau richtig, und die Rundung ihrer Hüfte presste sich in die Vertiefung meines Schoßes. Ich versuchte angestrengt, die Fantasie, die mit mir durchzugehen drohte, im Zaum zu halten – wie sich ihr weicher, nackter Körper in meinen Händen anfühlen würde. Ich wollte sie zu mir herumdrehen und ihre Hitze, wenn sie sich an mich presste, spüren …

Die Zeitschaltuhr meldete sich, und Francis stimmte mit seinem eifrigen Miauen in das Piepsen mit ein.

Ich war in meinem ganzen Leben noch nie so angetörnt und bereit zu verhungern gewesen.

»Zeit zu essen.« Diese Worte lösten noch eine Flut kühner, hemmungsloser Gedanken über Jacquelines schönen Körper aus.

Ihr verwirrtes, frustriertes Stöhnen war wie eine Art berauschende Musik in meinen Ohren – ein Refrain, der mir klar sagte, dass sie mich begehrte. *Was sie von dir weiß*, stellte mein Gehirn klar. Selbst besessen von Lust, konnte ich mich offenbar nicht von meinem Gewissen losreißen.

Beim Essen erwähnte ich, dass ich für Dad und mich gekocht hatte, bevor ich aufs College ging.

»*Du* hast gekocht? Nicht deine Mom oder dein Dad?« Ihr Blick war fest unter leicht gefurchten Brauen.

»Meine Mom ist gestorben, als ich dreizehn war.« Ich bemühte mich um einen leichten Ton, als ich ergänzte, dass ich danach das Kochen übernahm – als hätte ich nur dafür gesorgt, dass Dad noch etwas anderes außer Toast und Fisch aß.

»Das tut mir leid.« Ihr aufrichtiges Mitgefühl zeigte sich in der leisen Besorgnis ihrer Stimme, und ich fühlte mich von widersprüchlichen Begierden zerrissen – meiner gewohnten Zurückhaltung zu gehorchen, was meine Mutter betraf, oder Jacqueline alles zu erzählen. Wie üblich blieben mir die Worte im Hals stecken. Ich nickte und sagte nichts.

Während wir aßen, verschlang Francis ungefähr sein Körpergewicht an Rotem Schnapper und miaute dann, um hinausgelassen zu werden. Während ich die Tür hinter ihm verriegelte, nahm ich an, dass er heute Abend einfach eine Runde durch die Nachbarschaft joggen wollte und keine Jagdexpedition unternahm.

Ich ging zurück zum Tisch und nahm Jacquelines Hand. Sie stand auf und folgte mir zu meinem Bett, wo wir uns hinlegten und uns in die Augen starrten, als wäre es eine alte Gewohnheit von uns. Ich streckte eine Hand aus, um sie zu berühren, um mich zu vergewissern, dass sie echt war, keine grausame Fantasie meines Herzens. Ihre Haut war so zart, und ihr Gesicht wurde jedes Mal, wenn ich sie sah, noch schöner. Sie machte mir höllisch Angst, aber ich konnte mich nicht von ihr fernhalten.

Ich knöpfte ihre Bluse vollständig auf, langsam, den Blick auf ihr Gesicht geheftet, bereit aufzuhören, sobald sie mir das Zeichen dafür gab, egal, was wir vorher getan hatten. Sie schluckte nervös, während ich die Rundung ihrer Schulter entblößte und mich vorbeugte, um sie mit den Lippen zu berühren. Ich spürte ihren warmen Atem in meinem Ohr, während sie ihre kühlen Hände unter mein T-Shirt schob und damit über meinen Bauch und dann langsam höher hinaufglitt. Ich konnte mir das T-Shirt nicht schnell genug vom Leib reißen.

Ich schob ein Bein zwischen ihre, presste meinen Schenkel fest gegen sie und drang mit meiner Zunge in ihren süßen Mund, als sie nach Luft schnappte. Mein Verlangen nach ihr war stärker als mein Bedürfnis nach Sauerstoff, und sie belohnte mich mit einem leisen Aufstöhnen und reckte sich mir entgegen, glitt mit den Händen über meine Haut und strich über das Gedicht, das auf meiner Seite geschrieben stand und das ich jetzt endlich vollständig verstand. Mein Gehirn war in einem Aufruhr aus Verlangen und Angst. Ich hatte mich noch nie so sehr vor meinen eigenen Begierden gefürchtet, denn sie gingen weit über Jacquelines Körper hinaus. Ich zitterte bis ins Mark, und meine Seele legte sich beschützerisch um sie, während mein Verstand die logische Berechnung zu finden versuchte, mit der ich sie zu der Meinen machen könnte. Ich wollte ebenso der Ihre sein – mehr noch, als dass ich sie besitzen wollte, während ich verdammt gut wusste, dass keines von beidem möglich war.

Sie bewegte sich über mir, sodass ihr Haar über ihre

Schultern fiel und die seidigen Spitzen mein Kinn berührten, und ihre Bluse und ihr BH rutschten unter meinen bewundernden Fingern herunter. Ich schob meine Bedenken für diese hingebungsvollen, kurzlebigen Momente beiseite, verehrte Jacqueline mit gemurmeltem Flehen und leise geflüsterten Liebkosungen. Ich war mir sicher, dass sich die Nervenenden meiner Haut in der Woche davor vervielfacht hatten, denn ich brannte an jeder Stelle, an der sie mich mit ihrem Mund oder ihren Fingerspitzen berührte.

Da ich nicht über Jacquelines früheren Punkt des Widerstands hinausgehen würde, waren die Stunden, die wir in meinem Bett verbrachten, heißer, als ich mir ausgiebiges Knutschen je vorgestellt hätte, und sie auch nur zu küssen war ein luxuriöses, sinnliches Schwelgen. Während mein Körper das akzeptierte, verweilte meine Zunge bei jeder streichelnden Berührung. Ich lockte Jacqueline allein mit meinem Mund weiter, während ich ihre Hände flach auf die Matratze drückte, sodass sie mich nicht mehr berühren konnte. Sie krümmte und wand sich unter mir, schlang ihre Beine um meine und verriet mir mit jedem Wimmern, dass ihr Körper das Instrument war, das ich zu spielen verstand, und zwar gut.

Als ich ihre Hände schließlich losließ, vergrub sie ihre Finger in meinen Haaren, und ich küsste ihre Brust und ihren Bauch, glitt mit der Zunge in ihren Bauchnabel und hielt sie zwischen Taille und Hüfte fest, als würde ich überlegen, ob ich ihr die Jeans ausziehen sollte. Sie kratzte mit den Fingernägeln über meine Schultern, und ich wusste, wenn ich den Knopf genau unter meinem Kinn berührte, dann würde sie Ja sagen. Jede provozierende Berührung ihrer Fingerspitzen, ihrer Lippen, ihrer

Zunge, und jeder Laut, den sie ausstieß, steigerten sowohl mein Verlangen als auch meine Genugtuung – was keinen logischen Sinn ergab, aber das war mir egal.

Ich kehrte langsam zurück zu ihren Lippen und kümmerte mich um jeden Teil ihres Körpers, der auf dem Weg nach oben meine Aufmerksamkeit verlangte. Sie zitterte und klammerte sich an mich, als ich uns auf die Seite rollte. »Ich sollte dich nach Hause fahren.«

An meine Brust gedrückt, waren ihre Finger in meinen verhakt, und obwohl sie nickte, verstärkte sie ihren Griff um meine Hand und bewegte sich mehrere Minuten lang nicht einen Zentimeter aus meinen Armen. Ich verspürte ein zwingendes Verlangen, diesen Augenblick zu bewahren, als würden die letzten Sandkörner durch den Hals einer Sanduhr rinnen, die ich am liebsten auf die Seite kippen wollte, nur um noch ein paar kostbare Sekunden zu gewinnen.

Wir zogen uns wortlos an, und ich knöpfte ihr die Bluse zu, wobei ich bei jedem Knopf bewusst lange verweilte, dann beugte ich mich vor, um sie ein letztes Mal zu küssen.

Ich wollte die Harley eben anlassen, als Charles mit einer Tüte Küchenabfälle aus dem Haus kam. Außerstande, mich von der Stelle zu rühren, folgte ich mit den Augen seinen Schritten von der Tür zur Mülltonne und wieder zurück. Ich beschwor ihn in Gedanken, ins Haus zu gehen, ohne sich umzudrehen, aber ich wusste, dass er das nicht tun würde. Eine Hand auf dem Türknauf, wandte er sich um und sah mich direkt an. Jacqueline ebenso.

»Landon? Miss Wallace?«, fragte er, als könnte er seinen Augen nicht trauen. Oder als wünschte er bei Gott, er würde sich täuschen. Er seufzte und bat mich, zu ihm in die Küche zu kommen, sobald ich zurück war. Ich nickte kurz, und er verschwand ins Haus.

Jacqueline sagte kein Wort. Ich wusste nicht, ob sie sprachlos vor Schock war oder ob sie, so wie ich, dieses drohende Finale bereits geahnt hatte. Die zehnminütige Fahrt zu ihrem Wohnheim erschien mir wie zehn Sekunden, aber es war lange genug für mich, um eine klärende Wahrheit hinsichtlich meiner doppelten Persönlichkeit und Jacqueline zu begreifen: Sie wusste es bereits.

19

LANDON

Nach den Frühjahrsferien nahm mein Schulschwänzen neue, ungeahnte Ausmaße an. Die Schule war mir einfach scheißegal. Mr. Quinn war enttäuscht von mir – das sagte er mir jedes Mal, wenn er mir einen nicht oder fast nicht bestandenen Test zurückgab oder mich wegen unentschuldigten Fehlens nachsitzen ließ. Aber manchmal gab es eben Tage, an denen ich einfach nicht *gewillt* war, Melody Dover gegenüber an einem Tisch zu sitzen.

Die Schule zu schwänzen führt irgendwann zum Ausschluss vom Unterricht, aber mit Anwesenheitspflicht im Gebäude, denn auf einer öffentlichen Schule bedeutet eine nachweislich anwesende Schülerschaft Geld vom Staat. In einen abgeschiedenen Raum verbannt, bekommt man einen Riesenhaufen Arbeit, die zu erledigen einen niemand zwingen kann. Eine Sekretärin ist dein Babysitter. Du darfst den ganzen Tag schlafen, auch wenn sie dich gelegentlich an der Schulter rütteln und dir sagen, dass du nicht schlafen sollst. All das ist natürlich *zu deinem eigenen Besten*.

Als ich das letzte Mal zu diesem Unterrichtsausschluss verurteilt wurde, informierte mich Ingram, dass noch ein einziges unentschuldigtes Fehlen zu meinem

Schulverweis führen würde, und selbst ein entschuldigtes Fehlen dazu, dass ich ein Jahr zurückgestellt wurde, anstatt in die nächsthöhere Jahrgangsstufe aufzurücken. Ausgeschlossen, dass ich noch ein Jahr länger dort herumhängen würde. Im letzten Schulmonat musste ich in jeder Unterrichtsstunde anwesend sein, was höllisch nervte. Ich bestand mit Hängen und Würgen, wie Grandpa gesagt hätte.

Ich arbeitete für meinen Dad auf dem Boot, aber er zahlte mir weniger als den Mindestlohn, daher sah ich mich nach einem zweiten Job um. Rick Thompson war inzwischen einer der begehrtesten Typen in der Stadt. Seine Beliebtheit beruhte auf zwei Dingen: Drogen und Mädchen, die er *Party-Mitbringsel* nannte – die gut fürs Geschäft waren und mit Drogen bezahlt wurden. Mit Verbindungsstudenten, Teenagern, die in ihrem Familienurlaub gern irgendetwas *ohne die Familie* unternehmen wollten, und erwachsenen Männern, die dumm genug waren, sich von Highschool-Mädchen verführen zu lassen, machte Thompson richtig Kasse.

Er begann einheimischen Leuten Kreditlinien einzuräumen. Hin und wieder verschuldete sich irgendjemand entweder zu tief oder verkaufte in Thompsons Revier weiter, ohne ihm einen Anteil abzugeben.

Das war der Punkt, an dem Boyce und ich ins Spiel kamen.

Boyce hatte im Wesentlichen aufgehört, Mädchen und jüngere Teenager zu drangsalieren, auch wenn das wenig damit zu tun hatte, dass er einfühlsamer wurde. Erstere bekam er auf die Weise öfter ins Bett – ein offensichtlicher Anreiz –, und bei Letzteren war der einzige Grund der, dass es mir nicht gefiel. Aber sein Ruf als ehemaliger Schikanierer eilte ihm voraus, und nach meinem Ausraster während meiner Schlägerei mit Richards wirkte ich mit dem zusätzlichen Vorteil geistiger Instabilität fast ebenso bedrohlich wie mein bester Freund. Zum Glück hatte Thompson nicht viele Probleme, daher mussten wir meistens nur sicherstellen, dass die Leute taten, was er von ihnen wollte – ihn bezahlen.

Im Gegenzug bezahlte er uns. Manchmal mit Drogen, manchmal mit Geld. Um auf seiner Gehaltsliste zu stehen, mussten wir nichts weiter tun, als einschüchternd aufzutreten und hin und wieder irgendeinen Schwachkopf zu Brei zu schlagen. Boyce, größer als ich, kümmerte sich im Allgemeinen um Ersteres. Mein Part war Letzteres – und ich genoss es.

»Du musst nicht dabei sein«, sagte ich. »Wir können nicht gebrauchen, dass du hier drinnen in Ohnmacht fällst oder irgend so ein Scheiß.«

Boyce riss die Hände in die Luft, als hätte er keine würgenden Geräusche gemacht, während Arianna die riesige gebogene Nadel ansetzte. »Wenn du nicht willst, dass ich bleibe, werde ich das auch nicht«, sagte er.

Ich starrte ihm ernst und ausdruckslos ins Gesicht, das noch bleicher war als sonst.

Er verdrehte die Augen und ging wieder hinaus.

Fünf Minuten später hatte ich einen Ring in meiner Lippe.

»Sexy Maaa-ann«, sang Boyce, während ich bezahlte. Es ging ihm wieder gut, sobald die Nadeln weggeräumt waren.

»Willst du auch einen, Wynn? Geht auf mich.«

»Scheeeiii-ße, neeeiii-en«, sang er und wiegte sich

dazu mit einem kleinen Tanzschritt in den Hüften. »Ich bin der sexy Wynn, auch ohne dass ich mir Löcher in die Haut stechen lasse.«

Arianna schüttelte den Kopf und reichte mir mein Wechselgeld.

»Oh, Gott. Hör schon auf«, sagte ich.

»Hast du gesehen, was ich da gemacht habe?«, fragte er ohne eine Spur von Reue.

LUCAS

»Du hast es längst gewusst, stimmt's?« Ich konnte sie nicht ansehen.

»Ja.«

Ich wollte wissen, wie lange sie es schon wusste und wie sie es herausgefunden hatte, aber nichts davon schien wichtig. Ich zwang mich, mich ihrer Wut zu stellen. »Warum hast du nichts gesagt?«

»Warum hast du nicht?«

Ich konnte ihr keinen Vorwurf machen. Ich konnte ihr nicht antworten.

Sie wollte wissen, wieso ich unter zwei Namen bekannt war.

»Landon ist mein erster Vorname, Lucas mein zweiter. Man kennt mich als Lucas … also jetzt. Aber Charles – Dr. Heller – kennt mich schon lange. Er nennt mich noch immer Landon.«

Meine Kehle schnürte sich zu, während ich nach den Worten suchte, um ihr zu erklären, warum ich diese Veränderung vorgenommen hatte, daher schwieg ich. Es blieb dabei, dass ich es ihr hätte sagen können und es nicht getan hatte.

»Du hast mich *belogen.*« In ihren Augen loderte ein blaues Feuer.

Ich stieg vom Motorrad und umfasste ihre Schultern. Ich wollte ihr unbedingt klarmachen, dass es nie meine Absicht war, sie zu verletzen. Ich beharrte darauf, dass ich mich nie Landon genannt hatte – das war allein ihre Annahme gewesen –, aber *mein Gott*, es war wirklich die erbärmlichste Ausrede, die ich je vorgebracht hatte. Ich wusste die ganze Zeit, was sie für die Wahrheit hielt, und ich hatte ihre Wahrnehmung nicht berichtigt.

Sie schüttelte meine Hände ab, und ich sah ihr in die Augen. Der Verrat, den ich darin sah, riss mich entzwei. *Ich musste sie gehen lassen.*

»Du hast recht, es war meine Schuld. Und es tut mir leid.« Meine Hände bebten, und ich ballte sie an meinen Seiten zu Fäusten. Ich nahm meinen Mut zusammen und holte einmal tief Luft. »Ich wollte dich, und das durfte ich als Landon nicht zulassen. Alles, was zwischen uns ist, ist gegen die Vorschriften, und ich habe dagegen verstoßen.«

Ich musste diese Geschichte Charles gegenüber richtigstellen – in erster Linie, um ihre Note nicht aufs Spiel zu setzen. Sie hatte die Arbeit selbst angefertigt, und ich durfte nicht zulassen, dass sie für mein Täuschungsmanöver bestraft wurde. Mein Wunsch, das Vertrauen des Mannes zurückzugewinnen, der in meinen dunkelsten Stunden mein Retter war, war zweitrangig. Im Augenblick konnte ich nicht darüber nachdenken, was ich tun würde, wenn ich dieses Vertrauen komplett verloren haben sollte.

»Dann ist es also einfach aus«, sagte sie, und ich kam wieder zu mir.

»Ja«, erwiderte ich niedergeschmettert. Meine Ohren dröhnten. Ich wusste, dass ich das Wort ausgesprochen hatte, aber ich konnte es nicht hören.

Aber sie konnte es.

Sie wandte sich um und ging ins Gebäude, und als sie verschwunden war, fuhr ich nach Hause, um mich den Konsequenzen meines Tuns zu stellen.

Ich wollte dich … ich wollte dich … ich wollte dich. Ich hörte den Refrain meiner Worte auf der ganzen Fahrt, wie eine zerkratzte Schallplatte, die immer dasselbe wiederholte. Und dann ihre Worte: *Dann ist es also einfach aus … aus … aus.*

Es war fast ein Uhr morgens, als ich durch die Hintertür ins Haus schlüpfte. Heller saß vor einer Tasse Tee, seinem Benotungsheft und Jacquelines Arbeit am Küchentisch. Das einzige Licht kam von der Herdplatte und der kleinen Lampe über dem Tisch. Der Rest des Hauses war still.

Ich nahm ihm gegenüber Platz und wartete. All die Male, die ich mir vor einem entnervten Lehrer oder meiner kleingeistigen Schulleiterin die Beine in den Bauch stehen musste, hatte ich nie eine solch abgrundtiefe Reue oder diese erschöpfende Enttäuschung von mir selbst empfunden.

Sobald ich Platz genommen hatte, fragte er: »Warst du ihr bei der Erstellung dieser Arbeit behilflich?«

Ich schüttelte den Kopf. »Ich habe ihr ein paar Hinweise zu Forschungsquellen gegeben und ihre Schlussfolgerungen und Zitate überprüft. Aber die Arbeit ist ihre.«

»Genau, wie du es für jeden anderen getan hättest, den ich mit diesem Projekt beauftragt hätte.«

Ich seufzte. »Ja.«

»Mein Sohn, lass dir von mir aus der Patsche helfen, wo ich kann.« Er schnitt eine Grimasse, und unsere Blicke trafen sich. »Wenn ich einen anderen Studenten im Kurs mit diesem Projekt beauftragt hätte, hättest du diesem dieselbe Hilfe angeboten?«

Ich nickte. »Ja.«

»Hat sie dich um zusätzliche Vorteile oder eine Überprüfung ihrer Note gebeten, weil ihr beide irgendeine Art… Beziehung hattet?« Er wandte den Blick nicht von mir ab.

Ich leckte mir die Lippe und saugte den Ring in meinen Mund. »Sie… wusste gar nicht, dass ich der Kurstutor war.«

Sein Stirnrunzeln vertiefte sich, und er kniff verwirrt die Augen zusammen.

»Ich habe Jacqueline außerhalb des Kurses kennengelernt, bevor du ihr die Nachholarbeit gestellt und ihr meine E-Mail-Adresse gegeben hast. Sie kannte mich als Lucas, aber du hast mich Landon genannt. Als ihr Tutor habe ich sie nie persönlich kennengelernt – wir haben alles per E-Mail abgewickelt, da sich unsere Terminkalender für ein Treffen nicht koordinieren ließen.«

Er zog eine Augenbraue hoch, und mein Gesicht erhitzte sich.

»Ähm, zu den üblichen Zeiten tagsüber.«

»Das heißt, bis ich dich bat, ihr zu helfen, den Stoff aufzuholen, wusstest du nicht, dass sie in dem Kurs war…«

»Ich wusste es.«

Er seufzte. »Sie dachte, du wärst in dem Kurs – aber sie wusste nicht, dass du der Tutor warst.«

Ich nickte.

Er nahm seine Brille ab, schloss die Augen und seufzte tief auf. »Das heißt, du hast diese ganze doppelte – *Beziehung* – geführt, indem du sie darüber belogen hast, wer du warst. Und sie wusste bis heute Abend nichts davon.«

»Richtig.« Ich schluckte, aber die Schuldgefühle rutschten nicht leicht hinunter. Ich hatte nicht vorgehabt, heute Abend *noch mehr* zu lügen, aber diese Lüge schützte Jacqueline. Ich wusste nicht, warum sie mich nicht damit konfrontiert hatte, sobald sie es wusste oder den Verdacht hatte. Ich wusste nicht einmal, wie lange sie es schon wusste. Aber es würde nicht gut aussehen, dass sie die Beziehung dennoch fortgeführt hatte.

Ich hatte keine andere Wahl, als sie zu schützen – es war zu einer Notwendigkeit geworden, wie Atmen.

»Landon …« Er machte eine Handbewegung und verbesserte sich. *»Lucas – warum?«*

Wie oft hatte ich mir diese Frage selbst schon gestellt? »Anfangs war es, weil sie Angst vor mir hatte – als Lucas. Aber nicht als Landon. Durch unsere E-Mail-Korrespondenz hat sie mich so wahrgenommen, wie du mich ihr vorgestellt hattest – als einen fachkundigen höheren Studenten, der ihr helfen würde, den Unterrichtsstoff aufzuholen. Sie war witzig und schlau, und als Landon habe ich …« Ich sah stirnrunzelnd auf meine Hände. »Als Landon habe ich ihr keine *Angst* gemacht.«

Er räusperte sich. »Ich will deine Gefühle ja nicht in Zweifel ziehen … aber vor ein paar Minuten sah sie nicht unbedingt so aus, als ob sie *Angst* vor dir hätte.«

Meine Lippen verzogen sich zu einer schmalen Linie. »Gibt es sonst noch irgendetwas, was du mir beichten möchtest, bevor ich entscheide, wie ich hier verfahren werde?«

Scheiße, dachte ich, während mir noch eine Indiskretion durch den Kopf schoss. »Der Kurztest – ich habe ihr nicht ausdrücklich etwas davon gesagt … aber ich habe vielleicht *angedeutet*, dass du einen abhalten würdest.«

Er hielt sich eine Hand vor die Augen und seufzte. »Na schön. Ich werde am Montag mit ihr reden …«

»Charles.« Ich beugte mich über den Tisch vor, die Hände vor mir gefaltet wie ein Bittsteller. »Es ist meine Schuld. Alles. Sie hat nichts Unrechtes getan – sie hat hart gearbeitet, um den Stoff aufzuholen. Sie hat diese Arbeit ohne meine Hilfe verfasst, wie du es verlangt hast. Wenn sie ein Problem damit gehabt hätte, wäre ich vielleicht in Versuchung gewesen, eine Grenze zu überschreiten, um ihr zu helfen. Aber das war nicht der Fall. Bitte bestrafe sie nicht für mein schlechtes Urteilsvermögen.«

Er legte den Kopf auf die Seite, und seine Miene wurde sanfter. »Du magst dieses Mädchen sehr, habe ich recht?«

Ich nickte einmal kurz.

»Du hast sie da in eine etwas missliche Lage gebracht, mein Sohn. Wenn ich dich nicht schon dein ganzes Leben kennen würde … könnte ich eine Disziplinarentscheidung zu jedem von euch beiden fällen, die sich darauf gründet, wie sich die Situation darstellt. Der äußere Schein fällt oft mehr ins Gewicht als die Wahrheit – aber ich denke, das weißt du selbst.« Er seufzte noch einmal und legte eine Hand über meine, die ich noch immer fest umklammert hielt. »Na ja. Kann ich mich darauf verlassen, dass du dich für die letzten paar Wochen dieses Semesters auf den für einen Tutor angemessenen Umgang beschränkst? Ich brauche dein Wort dafür.«

Ich nickte noch einmal. Meine Augen brannten. Ich war seine Vergebung nicht wert. »Ja. Versprochen. Es tut mir leid, dass ich dich enttäuscht habe, Charles. Und sie.«

Er tätschelte meine Hand und raffte dann seine Unterlagen zusammen. »Ich gebe zu, dass ich mich in Frauen oft täusche – aber zu lügen, um aktuellen Ärger zu vermeiden, nur um ihn auf später zu verschieben, scheint mir keine gute Idee zu sein. Lügen neigen dazu, das Problem zu verschärfen – oder dich irgendwann in die *Eier* zu beißen, wie Caleb sagen würde.«

Wir kicherten beide. »Ich denke, in dem Punkt gebe ich Caleb recht.«

»Ja, er ist inzwischen ziemlich schlau. Gib ihm noch ein, zwei Jahre. Sobald die Pubertät bei ihm hart genug zuschlägt, wird sie die Hälfte seiner Gehirnzellen einfach wegspülen.«

Ich sah Jacqueline nicht an, als sie am Montag den Hörsaal betrat. Ich sah sie, soweit ich es vermeiden konnte, während der ganzen Vorlesung nicht an. Und ich sah sie nicht an, als Heller sagte: »Miss Wallace, kommen Sie nach dem Kurs bitte noch kurz zu mir.«

Aber Benjamin Teague warf über die Schulter einen Blick auf mich. Gleich darauf beugte er sich nah zu Jacqueline vor, wies mit dem Kopf in meine Richtung und fragte sie etwas. Sie schüttelte den Kopf, wandte sich aber nicht um.

Ich schickte ihr weiterhin die Arbeitsblätter und beschränkte mich in meinen E-Mails auf: Neues Arbeitsblatt im Anhang, LM. Sie schrieb nicht zurück; und ich erwartete auch nicht, dass sie es tun würde. Ich sah nicht zu, wie sie den Hörsaal betrat oder verließ, bemerkte nur, dass Moore sie hinausbegleitete und ihr auch aus dem Gebäude folgte. Sie würdigte mich keines Blickes, und das konnte ich ihr nicht verdenken.

Am Mittwoch und Freitag gestattete ich mir ein paarmal, sie unverhohlen zu mustern. Sie hörte der Vorlesung aufmerksam zu – ohne herumzuzappeln oder über ihre Schulter zu sehen. Außer um sich Notizen zu machen, hielt sie die Hände still. Sie war wie ein verzaubertes Wesen, das auf einmal erdgebunden und seiner magischen Kräfte beraubt war, während nichts der Wahrheit ferner liegen könnte. Sie hatte Liebe im Herzen eines Mannes heraufbeschworen, dessen Seele jahrelang eingefroren war, betäubt von zu viel Schmerz und zu vielen Schuldgefühlen, um es zu ertragen.

Jacqueline und Erin stellten sich in Ellsworths Gruppe, als es darum ging, Fußtritte zu üben. Ich sah ihr nicht zu, aber ich konnte ihre Stimme über allen anderen hören, auch wenn sie nicht lauter war als irgendjemand sonst, wenn sie »*Nein!*« brüllte und einen Kniestoß oder Tritt landete oder mit ihrer Freundin lachte.

Als Watts eine kurze Pause verkündete, konnte ich mich nicht beherrschen, sie mit den Augen zu suchen und mich an ihrem Anblick zu weiden. Sie sah auf, unsere Blicke trafen sich, und alle anderen wurden unsichtbar. Es gab nur noch Jacqueline, die auf der anderen Seite des Raums stand, ihre Augen ein wolkenloser

Himmel, ihr Gesicht gerötet von der Anstrengung. Sie in diesem Moment zu erblicken war, als würde man aus einem Fenster sehen und zufällig einen Blick auf einen Sonnenuntergang erhaschen – unbeabsichtigt, atemberaubend, schöner als je zuvor oder danach.

Erin nahm ihren Arm und lotste sie in den Flur hinaus zu der Damenumkleide oder dem Wasserspender, und ich riss mich aus meinem benommenen Zustand, um Ellsworth zu helfen, die Ausrüstung für die nächsten Drillübungen vorzubereiten, bevor wir unsere Polster anlegten.

»Pass bloß auf, dass du alles gut festschnallst«, ermahnte er mich. »Fairfield hat im letzten Herbst eine ordentliche Abreibung bekommen, als er sich nicht richtig gepolstert hat. Wir bringen diesen Damen bei, sich nicht zurückzuhalten, und sie *tun* es auch nicht. Ich glaube, er konnte eine Viertelstunde lang nicht mehr aufrecht stehen, der arme Kerl. Ich habe natürlich Tränen gelacht.«

Nach der Pause teilten sich die Frauen in zwei Gruppen auf, bereit für die Bärenumklammerung, einen Angriff, der genau so war, wie er sich anhörte. Dann sagte Watts: »Don, Lucas, ihr zwei tauscht bei dieser Übung die Gruppen. Wir werden die Taktik des Angreifers ein bisschen aufmischen.«

Damit war Jacqueline bei mir gelandet, ebenso die Verwaltungsangestellte meiner Abteilung, die sich freiwillig meldete, um die Übung vorzumachen – eine Reihe möglicher Abwehrtechniken, wenn der Angreifer sein Opfer mit dem ganzen Körper zu umklammern versuchte. Kein Wunder, dass Jacqueline verängstigt und drauf und dran schien, Reißaus zu nehmen. Mir selbst ging es nicht anders. Innerhalb der nächsten fünf Minuten würde ich die Arme ganz um sie legen müssen, vor allen anderen.

Ich erklärte die Bewegungen – wie man einen Kopfstoß oder Schienbeintritt ausführte, dem Angreifer auf den Fuß stampfte oder ihm den Ellenbogen in die Seite rammte, und die absolute Lieblingsnummer in jedem Kurs – den *Rasenmäher*, bei dem man den Angreifer an den Eiern packte, sie verdrehte und herumriss. Watts kam herüber und führte es an mir vor. »Greifen Sie nach hinten, schnappen Sie sich seine Kronjuwelen, verdrehen sie und reißen sie dann nach vorn, als würden Sie einen Rasenmäher anlassen.«

Er beendete die Übung mit einem lauten »*Wwwwrrrumm!*«. Die Frauen brüllten vor Lachen, und ich biss mir auf die Lippe und errötete vermutlich, als Watts die Frauen bat, die Bewegung nicht mit voller Kraft auszuprobieren, um Ellsworth und mich nicht zeugungsunfähig zu machen.

Die sechs Frauen in meiner Gruppe stellten sich der Reihe nach vor den anderen auf, und ich trat von hinten an eine nach der anderen heran, umklammerte sie und drückte ihre Arme fest. Sie durften jede Abwehrtechnik verwenden, die sie wollten, wobei die meisten den Rasenmäher nachahmten, komplett mit dem Soundeffekt. Jacquelines Freundin Erin ließ es sich nicht nehmen, jede einzelne Abwehrtechnik mit voller Wucht auszuführen. Ich lächelte, während ich mir vorstellte, wie ihr Angreifer auf dem Boden lag und sie *anflehte* wegzulaufen. Ihre Gruppe jubelte, als sie völlig ernst fragte, ob sie ihn treten sollte, bevor sie wegrannte.

Ich mochte dieses Mädchen.

Schließlich war Jacqueline an der Reihe. Ich wusste,

dass sie meinetwegen nervös war, und ich war entschlossen, dass ihr das nicht zum Nachteil gereichen sollte. Sie musste diese Bewegungen lernen. Sie musste die Kraft dahinter spüren, wenn sie sie ausführte. Sie brauchte Vertrauen in sich selbst, und es war meine Aufgabe, ihr das zu vermitteln.

Als ich die Arme um sie legte, erstarrte sie. *Verdammt. Meine Schuld, meine Schuld, meine Schuld.*

»Schlag mich, Jacqueline«, forderte ich sie sanft auf. »Mit dem Ellenbogen.«

Sie gehorchte.

»Gut. Und jetzt stampf mit dem Fuß auf meinen Spann. Kopfstoß.« Ich führte sie leise durch die Bewegungen, und sie folgte. »Rasenmäher.« Sie machte die Bewegung, ohne den Soundeffekt.

Ich ließ sie los, und sie stolperte zurück zu ihrer Gruppe, die jubelte, als hätte sie soeben eine Medaille bei einer Olympiade errungen. Erin legte beschützerisch die Arme um sie, und ich kam zu dem Schluss, dass sie die wertvollste Freundin war, die mein Mädchen haben könnte.

Mein Mädchen.

Die Bärenumklammerung von vorn überrumpelte mich. Selbst mit den Polstern und dem Publikum und dem Ziel hinter der ganzen Übung spürte ich, als ich ihr so nah in die Augen sah, mein Verlangen nach ihr wie einen Tritt in die Magengegend. Zum Glück ging mein Körper roboterartig in Aktion, um einen frontalen Ganzkörperangriff auszuführen, und sie wandte unaufgefordert die Verteidigungstechniken an und achtete auf die Stimmen ihrer Gruppe, die ihr begeistert Anweisungen und aufmunternde Worte zuriefen.

Noch eine Woche Wirtschaftskurs.
Noch ein Selbstverteidigungsmodul.
Und das war's.

20

LANDON

»Hör zu, Standish, der Deal sieht so aus …« Boyce klang manchmal wie ein leidgeprüfter Elternteil, was in gewisser Weise noch gemeiner war. Denn dann glaubten die Leute, dass die Lage nicht so ernst war, wie sie tatsächlich war. »Du hast dich da tief in die Scheiße geritten.«

Ich verdrehte die Augen, die Arme vor der Brust verschränkt, eine Hüfte gegen ein angeschlagenes Waschbecken gelehnt.

Eddie Standish stand mit dem Gesicht zu Boyce da, aber er beäugte mich von der Seite, ohne sich zu mir umzuwenden, wie ein Vogel. Um mich besser im Blick zu behalten … ohne mir in die Augen zu sehen. »Ich brauche nur noch ein bisschen Zeit, okay?«

»Ah«, sagte Boyce mit zusammengekniffenen Lippen. »Siehst du, genau das ist das Problem. Deine Zeit – die ist irgendwie abgelaufen.«

Standish blinzelte, und sein Gesicht bekam rote Flecken. Gott, ich hoffte, er würde nicht anfangen zu weinen. Ich hasste es, wenn sie weinten. »Abgelaufen? Was soll das heißen? Ihr kennt mich doch alle. Thompson kennt mich. Kann ich nicht, na ja, eine Verlängerung oder so kriegen?« Er wandte sich ab, fuhr sich mit beiden Händen durch die Haare und zog an ihnen – aber als er sich wieder umwandte, war es, als hätte er eine Maske aufgesetzt. »Komm schon, Wynn. Sei kein Idiot.« Eine hochnäsige, herablassende Maske, mit der er sich zwangsläufig eine blutige Nase holen musste.

Wynn sah mich an. *Tut er, was ich glaube, dass er tut?*

Ich zuckte die Schultern. *Ja, Mann.*

Ein jüngerer Schüler kam zur Toilettentür herein, warf einen Blick auf uns drei und ging mit hervorquellenden Augen prompt rückwärts wieder hinaus.

Wynn legte den Kopf auf die Seite und trat auf Standish zu. »Du meinst also, *ich* bin der Idiot, ja? Nicht der Typ, der zweihundert Schulden hat – es sind doch zweihundert, oder, Maxfield?«

»Ja.«

»Zweihundert Dollar Schulden für Shit, den er für eine Muschi eingetauscht hat.« Boyce lachte, und Standish lachte ebenfalls. *Idiot.* »Ich könnte an dieser Stelle erwähnen, dass Maxfield und ich für eine Muschi nicht bezahlen müssen – nie. Ich könnte erwähnen, wie traurig und erbärmlich es doch ist, dass du a) dafür bezahlen musst, flachgelegt zu werden, oder dass das b) den Kreis der Mädchen, die es einem Typen gegen kostenlosen Shit besorgen würden, einschränkt, aber ich werde es nicht tun.«

Boyce starrte auf seine Füße, während er sich mit den Fingern aufs Kinn klopfte – was hieß, dass er im Begriff war, philosophisch zu werden. *Scheiße.* Ich musste zum Unterricht.

»Na ja, ich habe nichts gegen ein Mädchen, das seinen Körper genauso genießt wie ich meinen, auch wenn es ein Unterschied ist, ob sie – so wie ich – nur schamlos ist oder eine Prostituierte.« Boyce sah wieder zurück zu Standish. »Ich verurteile sie nicht. Ein Mädchen muss schließlich – et cetera, et cetera. Aber Typen wie du – denen man es nur besorgt, wenn sie dafür bezahlen? *Das* ist einfach nur tragisch. Auf eine wirklich witzige Art, wenn du den Spieß umdrehen und *mich* einen Idioten nennen willst.«

Eine Pause trat ein, während Standish das verdaute. »Ich gebe diesen Schlampen doch gar nichts von meinem Shit, Mann«, sagte er. Er lachte nervös auf, als wären wir alle stockbesoffen. »Ich *sage* ihnen nur, dass ich es tun werde, und dann lege ich los und ficke sie durch. Was wollen sie denn machen? Schreien, dass sie vergewaltigt werden? Das sind doch nur Drogensüchtige und Nutten.« Er sah zwischen uns beiden hin und her und schluckte. »Ich – äh, ich habe den meisten Shit gegen einen Vergaser getauscht.«

»Ich wünschte wirklich, du hättest das nicht gesagt«, bemerkte ich leise.

»Standish, *Mann* … erstens, du tauschst einen beträchtlichen Teil Shit gegen Autoteile? *Das ist Dealen*, du Idiot. In Thompsons Revier.« Boyce sah mich an. »Und was diese andere Sache angeht – du hast dich da eben tief in die Scheiße geritten, Mann. Mein Freund Maxfield hier – er hat Probleme mit dem V-Wort.«

Ich beobachtete, wie sich Standish angestrengt zu erinnern versuchte, was für ein V-Wort er benutzt hatte. »A-aber, eine Junkie-Nutte kann man doch gar nicht *vergewalti* …«

Er brachte den Satz nicht zu Ende. Ich hatte wirklich nicht vor, ihm einen Zahn auszuschlagen – das war ein zusätzlicher Bonus. Ich wollte ihn motivieren, sich etwas einfallen zu lassen, wie er Thompson seine zweihundert Dollar zurückzahlen könnte, und ich wollte es so tun, dass er einen Monat lang nicht normal sprechen oder essen konnte. Beides hatte ich erreicht.

Er beglich die Schuld am nächsten Tag. Boyce hörte, dass er die Rolex seines Dads verpfändete, und mit der Flüssigdiät, auf der er danach sechs Wochen lang war, nahm er zwanzig Pfund ab, wofür er eigentlich ohnehin schon zu schmächtig war.

Das Problem rührte daher, dass wir uns auf dem Schulgelände befanden, als Standish sein Motivationstraining bekam. Obwohl wir Auseinandersetzungen dieser Art lieber außerhalb des Campus führten, hatte er sich tagelang rar gemacht. Aber der Schulbesuch war Pflicht, und es ist nicht schwer, jemanden zu finden, wenn die gesamte Schülerschaft aus weniger als zweihundert Schülern besteht. Wir fanden seinen Stundenplan heraus und lockten ihn in einen Hinterhalt – Boyce legte ihm einen Arm um die Schultern und lächelte und lachte, als wären sie beste Kumpel, während wir ihn zu einer abseits gelegenen Toilette lotsten.

Standishs unglücklicher Unfall brachte uns erneut auf Ingrams Radar. Wir wurden aus der Autowerkstatt in ihr Büro zitiert. Boyce nahm an, dass der jüngere Schüler gepetzt hatte, denn er war sich ziemlich sicher, dass sich Standish eher in die Hose machen würde, bevor er uns als die Typen verpfiff, die Kleinholz aus ihm gemacht hatten.

»Abgesehen von dieser Jekyll-und-Hyde-Nummer von ihm – vielleicht ist er *doch* dumm genug«, bemerkte ich.

»Was für einer Nummer?« Boyce runzelte die Stirn. »Das ist doch ein Buch, oder? Egal. Streite es einfach ab.«

»Okay.«

Wir mussten auf denselben Stühlen Platz nehmen, auf denen wir schon zwei Jahre zuvor saßen, nach der berüchtigten Schlägerei im Flur, bei der nie jemand Zeuge gewesen sein wollte. Ingram kniff die Augen zusammen. »Ich finde es interessant, dass Sie beide mit Edward Standish zusammen gesehen wurden, kurz bevor er diese Schule mit einem Schneidezahn in seiner Hand, einem blutigen Mund und einem ruinierten Gebiss, das jahrelang und kostspielig kieferorthopädisch behandelt wurde, verlassen hat.«

Boyce täuschte einen spontanen Hustenanfall vor, um sein Lachen zu verbergen. Wenn es etwas gab, das Boyce Wynn nicht gut konnte – abgesehen von Lesen mit Textverständnis –, dann war es, so zu tun, als würde er nicht lachen, wenn er lachte. Ich konzentrierte mich darauf, eine ausdruckslose Miene zu wahren. Sie konnte uns nicht von der Schule verweisen, weil wir einen Typen zu Brei geschlagen hatten, der schwor, dass wir nichts damit zu tun hatten, und seltsamerweise zog ihr Augenzeuge seine Geschichte ebenfalls zurück. Ich war mir sicher, dass Boyce dahintersteckte, aber ich fragte ihn nicht danach.

Wir waren seit zwei Stunden draußen auf dem Wasser, bevor das Mädchen in dem rot-weiß gestreiften Bikini sich dazu herabließ, mit mir zu reden. Sie erinnerte mich an einen heißen kleinen Pfefferminzlutscher. Versnobt, aber heiß. Aber ich war nicht wählerisch bezüglich ihrer Geisteshaltung, denn ein niedliches Mädchen auf dem Boot war selten. Zumindest ließ es den Tag in einem besseren Licht erscheinen als meilenweit nichts als Wasser, Küste und Fische.

»Typen auf meiner Schule, die irgendwie, na ja, psycho oder gothic oder was auch immer sind, sind viel … *blasser* als du. Und weniger muskulös. Ich dachte, dieser blutarme Look gehört zum Lebensstil. Oder was auch immer.«

Ich kniff ein Auge zusammen, um sie zu mustern. Sie war an mich herangerutscht, als ich damit beschäftigt war, die Rute auf der Steuerbordseite zu beködern. Wir würden heute im tiefen Wasser angeln.

»*Lebensstil?*«, kicherte ich. »Ich habe eigentlich keine Zeit, eine Philosophie zu entwickeln.« *Süße*, hätte ich hinzugefügt, wenn sie nicht die Tochter eines Kunden gewesen wäre. »Ich bin einfach, was ich bin.«

»Und was genau ist das?« Sie hatte ein schelmisches Funkeln in den Augen, das mir in den ersten zwei Stunden dieses Ausflugs gar nicht aufgefallen war. Aber schließlich hatte sie diese Zeit auch damit verbracht, hinter der dunklen Sonnenbrille, die jetzt oben auf ihrem Kopf saß, an ihrer Sonnenbräune zu arbeiten, während sie ihre Eltern zu ignorieren versuchte, die sich am Heck des Boots verschleierte und weniger verschleierte Beleidigungen an den Kopf warfen.

Ein Lächeln zuckte an einem meiner Mundwinkel. »Was willst du denn, dass ich bin?«

Sie verdrehte die Augen. »Diese Masche zieht bei den Mädchen hier?«

Ich glitt mit der Zungenspitze über meinen Lippenring und kauerte mich hin, um eine Köderdose aufzureißen, eine Bewegung, die die Muskeln vorführen sollte, die sie bemerkt hatte. »Und wie.«

Sie zog eine Augenbraue hoch. »Und was zieht noch bei ihnen?«

Ich sah über die Schulter, wo mein Dad am Steuerrad stand und mir in diesem Moment ausnahmsweise keinen bösen Blick zuwarf. »Was hältst du davon, wenn ich dir beibringe, wie man diesen Haken beködert und diese Rute hält, während wir uns darüber genauer unterhalten?« Ich sah sie über den Rand meiner Sonnenbrille hinweg an. »Wenn du die Antwort auf diese Frage wirklich hören willst, könnte es nämlich eine Weile dauern, die Punkte einzeln aufzuzählen.«

Als ich mich aufrichtete, stellte sie sich vor mich hin, mit gespreizten Beinen, um auf dem schwankenden Deck nicht das Gleichgewicht zu verlieren. Das Meer war kabbelig heute, und es wäre besser gewesen, in die Bucht zu fahren, aber ihr Dad wollte unbedingt auf dem offenen Wasser fischen.

»Ich weiß alles über böse Jungs und Lockmittel und wie man Haken beködert …« Sie legte beide Hände an die Reling und starrte aufs Wasser hinaus. Aber von meiner Position über ihrer Schulter hatte sie eben ein perfekt gewölbtes Dekolleté so fest zusammengepresst, dass es fast aus ihrem knappen Bikinioberteil quoll. Lockmittel, allerdings. »… und wie man *Ruten hält* – wie war gleich wieder dein Name?«

»Landon.«

»Freut mich, dich kennenzulernen, Landon. Ich bin Chastity.«

Ich wusste ihren Namen, da ich zugehört hatte, als ihre Eltern sich selbst und sie vorstellten, bevor wir alle zu diesem Ausflug aufbrachen. Bevor klar wurde, dass ihre Eltern den Tag damit verbringen würden, sich gegenseitig an die Gurgel zu gehen, gehässige Bemerkungen zu zischeln oder einander zu ignorieren. Verdammt, ihre Mom hatte sogar mit meinem Dad geflirtet. Nicht dass er auf sie achtete.

»Chastity.«

Wir hörten die Wörter *Bescheid wissen* und *Hure* und *Arschloch* über die Wellen und Möwen hinweg. Mein Dad machte sich rar, soweit das angesichts der Tatsache, dass wir alle zusammen auf einem zehn Meter langen Boot festsaßen, überhaupt möglich war. Chastity und ich waren in der Mitte gefangen.

»Deine Eltern haben Probleme?«, fragte ich.

»Mein Dad und das Stiefmonster. Und *ja*. Sie beschuldigt ihn, nebenbei etwas am Laufen zu haben. Und so, wie ich meinen Dad kenne … ist das gut möglich. Reden wir nicht über die beiden. Sie sind sterbenslangweilig, und ich will in diesem dämlichen Urlaub ein bisschen *Spaß* haben. Und du, Landon, siehst mir nach Spaß aus.« Sie wand sich um die Rute, umfasste sie und presste sich mit der Hüfte an mich.

»Und, Chastity, dein Name bedeutet doch ›Keuschheit‹, oder – trifft das auf dich zu, oder ist das eine Fehlbezeichnung?«

Sie lachte leise, lehnte sich mit einer Schulter an meine Brust und glitt mit beiden Händen über die Rute. »Das weiß nur ich, aber du kannst es …«

»Oh, sei ganz unbesorgt. Ich habe die volle Absicht, es herauszufinden.«

»Du bist ein ganz schön eingebildeter Scheißkerl, oder?«

Ich lächelte zu ihr hinunter. »Ich bevorzuge *selbstbewusster* Scheißkerl … aber ja. Und was hast du gesagt, dass du heute Abend vorhast?«

»Mm, wie wär's mit *dir*?«

Trotz dem, was ich Chastity über Anmachsprüche und einheimische Mädchen erzählte, schleppte ich nur selten welche ab. Sie wollten Rendezvous und Schulbälle und Beziehungen – und nichts davon hätte mich weniger interessieren können. Die meisten Mädchen, mit denen ich etwas am Laufen hatte, waren nur für kurze Zeit hier. Ich lernte sie am Strand kennen, in dem Geschäft für Köder & Angelbedarf oder irgendwo in der Stadt. Wir trieben es in ihren Ferienwohnungen oder Hotelzimmern – oder am Strand, wenn es dunkel war und die Mädchen willig.

Chastity war durchaus willig – allerdings nicht in der Öffentlichkeit, egal, ob es dunkel war oder nicht, und nicht in der Nähe ihrer Eltern. Als ich sie abholte, sagte sie, sie hätte sie überzeugt, sie sei zufällig ein paar Freundinnen von ihrer Schule in Fayetteville über den Weg gelaufen. »Ich habe ihnen gesagt, dass sie mich spätestens um Mitternacht zu Hause absetzen, nach gegrilltem Fisch und gerösteten Marshmallows am Strand.«

Ich konnte nicht glauben, dass sie darauf hereingefallen waren.

»Lass uns zu dir fahren«, drängte sie, nachdem wir uns geküsst hatten und mit ein paar Dutzend anderen Leuten am Strand entlangspaziert waren. »Ich kann ganz leise sein. Versprochen.«

Und so tat ich etwas, was ich sonst nie tat – ich schmuggelte ein Mädchen ins Haus. Es war erst gegen zehn Uhr, aber Dad war ein Frühaufsteher und ging auch zeitig zu Bett. Sein Zimmer war von meiner Vorratskammer aus am anderen Ende des Flurs. Wir schlichen durch das dunkle Wohnzimmer und in die Küche, wobei wir jedes knarrende Dielenbrett vermieden.

Sobald wir es in mein Zimmer geschafft hatten,

schloss ich die Tür, und sie flüsterte: »Ach du Scheiße, ist das klein. Ist das eine … eine *Vorratskammer*?«

Ich knipste ein Nachtlicht an, das ich an der Wand befestigt hatte, und schaltete das Deckenlicht aus. Ich kickte meine ramponierten Deckschuhe neben ihre.

»Willst du über mein Zimmer diskutieren oder …?«

»Ich dachte nur, alles wäre größer in …«

Ich zog mein T-Shirt aus, und ihr blieb der Mund offen stehen. Ich beugte mich vor, um sie zu küssen, zog ihr das Tanktop über den Kopf, löste die Schleife dieses Pfefferminz-Bikinioberteils im Nacken und fing ihre Titten mit meinen Händen auf. Sie streckte sich wieder auf dem Bett aus, und ich folgte ihr.

»Was hast du eben gesagt?«, fragte ich, und sie schüttelte den Kopf und zog mich auf sich.

Wir wachten gegen ein Uhr morgens auf, was allein schon schlimm genug gewesen wäre, da sie vor einer Stunde zu Hause sein sollte und jede Menge entgangene Anrufe, Voicemails und SMS-Nachrichten auf ihrem Handy hatte – das sie stumm geschaltet hatte.

Aber der Grund, weshalb wir aufwachten, war Dad. Ich habe keine Ahnung, warum er auf einmal beschloss, die Tür zu meinem Zimmer zu öffnen. Falls er das schon früher einmal getan hatte, wusste ich jedenfalls nichts davon. Vielleicht wollte er aus irgendeinem Grund nachsehen, ob ich zu Hause war. Aber mein Gott, fünf Sekunden später waren wir alle hellwach.

»*Landon Lucas Maxfield* – was zum *Teufel* tust du da?«, brüllte er, und dann wandte er sich abrupt ab, denn Chastity hatte sich aufgesetzt, noch immer oben ohne. »Großer Gott im Himmel! Kann ich davon ausgehen, dass ihre *Eltern* nicht wissen, dass sie *hier* ist?«

Ich räusperte mich, während wir uns unsere Kleider schnappten und uns anzogen, unbeholfen auf meinem Doppelbett, während Dad die Tür blockierte. »Nein, Dad, sie wissen es nicht.«

»Wissen sie, dass sie mit dir zusammen ist?«

Ich sah sie an. Sie schüttelte den Kopf. »Nein, Dad, das wissen sie nicht.«

»Bring sie zurück zu ihrem Hotel. *Sofort. Gottverdammt*, Landon. *Gottverdammt*.«

So oft hintereinander hatte ich ihn noch nie fluchen hören. Als wir an ihm vorbeikamen, spannten sich die Muskeln an seinem Hals an, und seine Miene verriet pure Wut.

Ich setzte sie am Eingang ihres Hotels ab. Sie hatte ihrem Dad eine SMS geschrieben, dass sie ihr Handy versehentlich ausgeschaltet hatte. Er wartete mit finsterer Miene in der Lobby, als wir vorfuhren.

»Scheiße«, sagte ich.

»Darum kümmere ich mich. Er hat verdient, was immer er von mir bekommt. Vertrau mir.« Sie wandte sich um und beugte sich vor, um mich zu küssen. »Danke, dass du diesen Ausflug so viel schöner gemacht hast, als ich erwartet hatte. In meinem Literaturkurs ist so ein grüblerischer Typ mit ein paar Piercings. Ich fand ihn immer irgendwie unheimlich, aber jetzt muss ich es vielleicht mal mit ihm versuchen.« Sie grinste und sprang aus dem Wagen.

Am Sonntagabend schickte ich Jacqueline das letzte Arbeitsblatt, zusammen mit meiner inzwischen standardmäßigen Nachricht: Neues Arbeitsblatt im Anhang, LM. Ich wollte so viel mehr sagen, aber was ich ihr am meisten sagen wollte, ließ sich nicht auf Worte reduzieren.

Es war fast zehn Uhr abends, als mein Handy klingelte. Jacquelines Gesicht füllte das Display aus – ein Schnappschuss von ihr, den ich auf diesem Sofa aufgenommen hatte. Sie grinste zu mir hoch, als hätte sie ein Geheimnis.

Wir hatten – abgesehen von dem Selbstverteidigungskurs gestern – seit über einer Woche nicht mehr miteinander kommuniziert. Was noch wichtiger war, sie hatte mich bis jetzt noch nie angerufen.

Als ich abnahm, sagte sie: »Ich brauche dich.«

Ich stand auf, warf meinen Stift und mein Lehrbuch neben Francis aufs Sofa und ging ins Schlafzimmer. »Wo bist du?« Ich schob meine Schnürstiefel beiseite und schnappte mir die Nocona-Cowboystiefel, die ich hatte, seit ich siebzehn war – die einzigen Schuhe, die ich mir auf der Highschool neu gekauft hatte.

»In meinem Zimmer.«

Ich schlüpfte in die Stiefel und schnappte mir auf dem Weg nach draußen meinen Kapuzenpulli. »Bin in zehn Minuten da.«

Ihre Antwort, bevor sie auflegte, war kaum mehr als ein Flüstern. »Danke.«

Ich gelangte ebenso leicht in ihr Wohnheim wie schon beim letzten Mal, stürmte, zwei Stufen auf einmal nehmend, die Treppe hoch und klopfte leise an ihre Zimmertür. Ein Schauder durchlief mich. Ich hatte keine Ahnung, was mich auf der anderen Seite dieser Tür erwartete, aber egal, was ich für sie sein musste, ich war bereit, es zu sein.

Sie öffnete die Tür einen Spalt. Ihre Augen füllten sich mit Tränen, als sie zu mir hochsah.

»Jacqueline, was …«

»Er hat es wieder getan, Lucas – und es ist meine Schuld.«

»*WAS?*«

»Psst.« Sie schüttelte den Kopf, legte mir eine Hand auf den Arm und suchte den leeren Flur ab. Ich hörte Stimmen aus ihrem Zimmer, während sie leise fortfuhr: »Ein anderes Mädchen. Auf einer Party, gestern Abend. Sie ist hier. Erin und ich wissen nicht, was wir als Nächstes tun sollen.« Sie schluckte. »Sie ist ein Erstsemester. Sie ist so aufgewühlt und verängstigt, und wir wussten nicht, wen wir sonst anrufen sollten. Es tut mir leid.«

Ich berührte ihr Gesicht mit einer Hand. »Entschuldige dich nie dafür, dass du mich um Hilfe rufst. Ich werde tun, was immer du brauchst. Wird sie mit mir reden?«

Sie nickte. »Ich denke schon. Erin hat ihr erzählt, dass du den Selbstverteidigungskurs gibst und der Campuspolizei angehörst. Kleine Notlügen, aber sie ist einfach so verängstigt …«

»Verstehe.« Ich holte einmal tief Luft, um mich zu beruhigen, und setzte eine gefasste Miene auf. »Wie heißt sie?«

»Mindi.«

Jacquelines Mitbewohnerin saß auf ihrem Bett, einen Arm fest um ein Mädchen gelegt, das mich an Carlie erinnerte – hellblonde Haare, herzförmiges Gesicht – alle Gesichtszüge klein und zart bis auf ihre riesigen Augen. Aber Carlie hatte ich nie so gesehen.

»Hi, Mindi. Ich bin Lucas.« Ich trat langsam auf sie zu.

»D-du siehst nicht aus wie ein P-Polizist«, stammelte sie. Ihr Atem ging abgehackt, und ihre Stimme war gebrochen vom Weinen.

Lippenring, lange Haare, Kapuzenpulli – ich sah nicht unbedingt vertrauenerweckend aus und mit Sicherheit nicht offiziell. Ich kauerte mich in angemessenem Abstand vor sie hin. »Genau genommen bin ich ein Student. Aber ich jobbe bei der Polizei.«

Sie schien das zu akzeptieren.

»Wir müssen dich ins Krankenhaus bringen, damit du mit einem Therapeuten und einem Arzt sprechen kannst, und wir müssen uns darum kümmern, dass du ihn anzeigst.« Ihre Augen füllten sich mit Tränen. »Dafür musst du sehr tapfer sein, aber Erin und Jacqueline glauben, dass du das schaffst, und ich auch.«

»Absolut«, sagte Erin und nahm ihre Hand. »Und ich werde dich nicht eine Minute allein lassen.«

Mindi schniefte und wischte sich die Augen mit dem Handrücken. »Okay.« Ihre Stimme war schrill, wie die eines Kindes.

»Leben deine Eltern hier in der Nähe?«, fragte ich, während ich angestrengt versuchte, meinen Kiefer zu entspannen. Ich hätte zwischen meinen Zähnen Glas zermahlen können.

Sie schüttelte den Kopf. »Sie leben in Pennsylvania. Aber ich kann sie nicht anrufen. Das *kann* ich einfach nicht.« Ihre Hysterie stieg mit jedem Wort. »Sie werden stocksauer sein, weil ich getrunken habe …«

»Du musst sie noch nicht anrufen«, sagte ich. »Aber sie werden bestimmt nicht wütend auf dich sein.« Ich hoffte, dass ich recht hatte. Wenn es Carlie wäre oder Jacqueline… darüber sollte ich im Moment lieber nicht nachdenken. Ich holte noch einmal tief Luft, um mich zu beruhigen. »Du kannst mit dem Therapeuten darüber reden, wie du es ihnen sagen sollst, okay?«

Sie nickte, holte ebenfalls tief Luft, schauderte und ergriff dann Erins Hand.

»Sollen wir jetzt zum Krankenhaus fahren, Lucas?«, fragte Erin. »Wir können meinen Wagen nehmen.«

»Wirst du auch da sein?«, fragte mich Mindi dann mit heiserer Stimme. Sie musste fast den ganzen Tag geweint haben. Ich dachte an Jacqueline am Abend der Halloweenparty. An die Tränen in ihren Augen. Ihre zitternden Hände. Wenn ich wüsste, wo dieses Arschloch wohnte, wäre er noch heute Abend tot.

Ich warf einen Blick auf Erin, und sie nickte. »Wenn du willst«, antwortete ich. Mindi nickte. Eine Viertelstunde später betraten wir vier die Notaufnahme, und ich stellte fest, wie schwer es ist, es zu *sagen*.

Ich setzte mein Pokerface auf, während die Details der gestrigen Party ans Licht kamen, noch bevor wir das Zimmer verließen. Es war ein Riesenereignis gewesen – eine offizielle Party vieler Verbindungen, bei der sowohl Buck als auch Kennedy Moore waren – und Jacqueline *war hingegangen*. Sie war keine Verbindungsstudentin, und niemand erwartete, dass sie dort sein würde.

»Erin brauchte mich als Puffer zwischen ihr und ihrem Ex«, erklärte sie unterwegs von der Rückbank. Ihre Stimme war nicht mehr als ein Murmeln. Ich hatte sie nicht gefragt, warum sie hingegangen war.

Sobald wir allein im Warteraum saßen, musste ich wissen, ob Buck sich *ihr* genähert hatte. »Das heißt, er hat mit dir geredet? Gestern Abend?« Ich sah sie dabei nicht an und verband die Frage nicht mit einem Namen. Ich war mir sicher, dass sie wusste, wen ich meinte.

»Ja. Er hat mich zum Tanzen aufgefordert.«

Ich saß stocksteif da. Ich konnte sie nicht ansehen. Ich war nicht wütend auf sie – das nicht. Aber der Gedanke, dass sie ihm so nahe gekommen war, ohne dass ich dabei war, machte mir höllisch Angst. Schließlich hob ich den Blick.

»Ich habe Nein gesagt«, sagte sie, als wäre irgendetwas von alledem ihre Schuld. Als würde sie ein Gefühl von Eifersucht beschwichtigen, während das Einzige, was ich empfand, *Entsetzen* war – und ein bedingungsloses, allumfassendes Bedürfnis, sie zu beschützen.

»Jacqueline«, begann ich leise, »ich musste mich wirklich schwer zusammenreißen, um jetzt hier zu sitzen und darauf zu warten, dass sich die Polizei um diese Sache kümmert, anstatt ihn selbst zur Strecke zu bringen und *Kleinholz* aus ihm zu machen. Ich mache dir – oder ihr – keinen Vorwurf. Keine von euch hat um das gebeten, was er getan hat – um so etwas kann man gar nicht bitten. Das ist eine gottverdammte Lüge, die von Psychopathen und Vollidioten als Argument benutzt wird. Okay?«

Sie nickte, ohne etwas zu sagen, und ich fragte, ob er ihr *Nein* akzeptiert hätte. Meine Wut drohte mit mir durchzugehen. Ich konnte spüren, wie sie zuckte und an mir zerrte, sich loszureißen versuchte und Rache und Vergeltung versprach, die zu verüben mir nicht zustand. Ich konnte sie kaum noch im Zaum halten.

Jacqueline erzählte mir, ihr Ex sei mit ihr zusammen gewesen, und ihm sei ihr Unbehagen aufgefallen. Sie berichtete ihm, was an jenem Abend passiert war. »Ich habe ihn noch nie so wütend erlebt. Er ist mit Buck rausgegangen und hat ihn zur Rede gestellt, hat ihm gesagt, er soll sich von mir fernhalten … weshalb Buck sich vermutlich wie ein Schwächling gefühlt hat, und deshalb …« Ihre Stimme verlor sich.

Jacqueline vermutete, nachdem er von Moore zur Schnecke gemacht wurde, sei Buck so sauer gewesen, dass er deswegen Mindi vergewaltigt hatte. Die traurige Wahrheit war, dass das durchaus möglich war – Typen wie er sind Schwächlinge, die ausrasten, wenn sie sich machtlos fühlen –, aber was Jacqueline nicht verstehen konnte, war, dass sein Tun dennoch *niemandes Schuld außer seiner eigenen* war.

»Was habe ich eben gesagt?«, fragte ich eindringlich. »Es ist nicht deine Schuld.«

Ich wünschte, ich könnte sie dazu bringen, mir zu glauben.

Irgendjemand klopfte um 1.15 Uhr morgens an meine Tür – es sei denn, Francis hatte gelernt, eine Faust zu ballen. Ich spähte durch den Türspion, einen Baseballschläger in der Hand, den ich sofort zur Seite warf und die Tür aufriss.

»Jacqueline? Warum …?« Ich zog sie in die Wohnung und schloss die Tür wieder ab. »Was ist los?«

Sie starrte zu mir hoch, die Augen weit aufgerissen und verängstigt, und mein Herz hörte fast auf zu schlagen.

»Ich wollte dir nur sagen, dass ich – dass ich dich vermisse«, platzte sie heraus. Ihre Stimme klang hektisch, fast atemlos. »Und es klingt vielleicht albern – als würden wir uns kaum kennen –, aber zwischen den ganzen E-Mails und SMS-Nachrichten und … allem anderen hatte ich das Gefühl, als hätten wir uns doch gekannt. Als würden wir uns kennen. Und ich vermisse – ich weiß nicht, wie ich es anders ausdrücken soll – ich vermisse euch beide.«

Die Besorgnis auf ihrem Gesicht … weil sie mich vermisste?

Sie sollte nicht hier sein. Heller war gleich auf der anderen Seite des Hofs. Ich hatte ihm versprochen, für den Rest des Semesters einen *angemessenen* Umgang mit ihr zu pflegen, aber das Verlangen, das mich durchflutete, war alles andere als angemessen. Es war Feuer und Besitzergreifen, Bewunderung und Begehren, Hunger und Durst und eine unmögliche, unerträgliche Hoffnung. Ich konnte den Gedanken nicht ertragen, dass sie mich auch nur für fünf Minuten verließ, geschweige denn für immer. Ich konnte sie nicht haben, aber ich wollte sie so unbedingt.

Ihre Bad-Boy-Phase. Ihr Lückenbüßer.

Ich spürte ihn wie eine physische, innere Fehlfunktion – jenen Sekundenbruchteil, in dem ich die Kontrolle verlor. In dem es mich nicht mehr kümmerte, was ich außerhalb dieses Augenblicks verlor, da ich es nicht ertragen konnte zu verlieren, was genau vor mir war.

»*Scheiß drauf*«, sagte ich, drückte sie gegen die Tür und schlang die Arme um sie. Ich küsste sie, als könnte ich sie hinunterschlucken und so verhindern, dass sie mich zerbrach.

Ich löste mich nur lange genug von ihr, um ihr aus ihrer Jacke zu helfen und sie zum Sofa zu ziehen, auf meinen Schoß, mit meinen Händen hinter ihren Knien, um sie zu beiden Seiten meiner Hüften in Position zu bringen und Jacqueline fest an mich zu drücken. Meine linke Hand presste sie näher an mich heran, während ich ihr schönes Gesicht mit der rechten hielt und sie küsste. Ich wollte sie ewig küssen. Sie die ganze Nacht lieben. Sie vögeln, bis sie mir und niemandem sonst gehörte, ohne an die unzähligen Folgen zu denken.

Ich warf die Brille, die ich spätabends trug, beiseite – ohne darauf zu achten, ob sie auf dem Nachttisch landete oder quer durchs Zimmer flog. Ich riss mir das T-Shirt über den Kopf und zog ihr dann etwas langsamer ihr eigenes aus. Meine Hände zitterten vor einer Sanftheit, zu der ich mich zwingen musste. Als ich mit den Händen an ihre Seiten glitt, presste sie sich näher an mich, schlang mir die Arme um den Hals und vergrub die Hände in meinen Haaren. Als ich ihren Mundwinkel küsste, entfuhr ihr ein Seufzer, ein leises, sanftes Stöhnen, und ich glitt mit den Lippen unter ihr Kinn, um die empfindliche Haut an ihrem entzückenden Hals zu küssen und zu lecken – dem Ursprung der leidenschaftlichen Laute und undeutlichen Worte, die sie ausstieß, während sie den Kopf nach hinten legte.

Ich achtete insbesondere auf die einzelne Sommersprosse, die mich in den Wahnsinn trieb – sie war wie ein winziger Hinweis, eigens für mich dort angebracht, damit ich ihn fand – der Startpunkt auf einer Schatzkarte. Ich glitt mit der Zunge darüber, und sie presste sich an mich und hielt mich an den Haaren fest. Fantasien explodierten in meinem Verstand, zu gut, zu perfekt. Ich wollte sie, genau so – alles von ihr.

Alles verlangsamte sich.

Ich zog ihr den BH aus, nahm ihre Brüste in meine Hände und neckte sie mit den Fingern – mit sanften, kreisenden Bewegungen um jeden Nippel, während ich sie gleichzeitig mit den Daumen von unten streichelte. Sie beugte sich hinunter, um mich zu küssen, strich mit ihrer Zunge immer wieder über meine, während sie mit der Hand von meiner Brust zu meinem Bauch glitt, zu den noch immer zugebundenen Kordeln meiner Pyjamahose – dünner, weicher Flanellstoff, der nicht verbergen konnte, was mein Körper von ihr wollte.

Aber ich hatte ein Versprechen gegeben. *Ich hatte ein Versprechen gegeben.*

Meine Finger gruben sich in die Haare in ihrem Nacken, und ich presste die Stirn an ihre Schulter und schloss die Augen. »Sag mir, dass ich aufhören soll«, hauchte ich.

»Ich will nicht, dass du aufhörst«, flüsterte sie. Ich spürte ihren Atem in meinem Ohr, die Fleisch gewordene Versuchung.

Eine schier endlose Minute lang ließ ich mich durch ihre honigsüßen Worte von dem Versprechen entbinden, das ich brechen *wollte*, von der Moral, die ich mit Füßen trat, von dem Herzen, das ich sie aufschlitzen ließ – meinem eigenen. Ich rollte uns auf die Seite, öffnete den Reißverschluss ihrer Jeans und glitt mit den Fingern hinunter und in sie hinein. Ich rollte die Finger ein und drückte sie zusammen, und sie stöhnte meinen Namen und umklammerte meinen Arm, als würde sie ihn nie wieder loslassen.

Ich könnte sie dazu bringen, mich zu lieben. Ich könnte dieser nächste Mann für sie sein …

Ah, ich wusste es besser.

»Jacqueline. Sag mir, dass ich aufhören soll«, flehte ich sie an, außerstande, mich von ihr loszureißen.

»Hör nicht auf«, sagte sie noch einmal und küsste mich, und ich suchte verzweifelt nach Halt, während ich mir nichts mehr wünschte, als in sie hineinzugleiten. Sie öffnete den Mund und küsste mich, gab mir einen Vorgeschmack darauf, was mir gehören könnte, wenn ich einfach losließ.

Ich habe ein Versprechen gegeben.

Fünf Sekunden. Ich würde ihr die Jeans ausziehen und sie gleich hier auf dem Sofa nehmen. »Sag mir, dass ich aufhören soll, bitte.« Drei Sekunden. Ich würde sie in mein Zimmer tragen, auf mein Bett werfen und mit meinem Mund auf ihrem Schenkel beginnen. »*Bitte.*« Eine Sekunde. Ich würde das Vertrauen der einen Person verraten, die mich nie aufgegeben hatte.

»Hör auf«, sagte sie.

Danke, erwiderte ich. Oder ich wollte es zumindest, bevor ich mit ihr in meinen Armen einschlief.

21

LANDON

Als die Sonne unterging, fiel die Temperatur ab, das Licht schwand, und die Partystimmung der Frühjahrsferien wurde aufgeheizter.

Der Rotschopf, der rittlings auf meinem Schoß saß, zog ein letztes Mal an dem Joint, den wir uns geteilt hatten, und die Glut versengte die Spitzen ihres Zeigefingers und Daumens. »Autsch!« Ihre Stimme war ein mausartiges Piepsen. Sie warf den Stummel in den Sand, wo er verglühte und unsichtbar wurde.

»Hey!« Ich runzelte die Stirn, während ich von meinem erhöhten Platz auf einem zerklüfteten Stück Treibholz hinunterblinzelte und die unmittelbare Umgebung wie ein Idiot mit einer Zehe abtastete. Das Letzte, was ich wollte, war, mit meinem gottverdammten Fuß auf einen möglicherweise noch brennenden Joint zu treten.

»Was denn? Er war doch sowieso schon aufgeraucht.« Ihre weinerliche Stimme war nervtötend, obwohl ich verdammt gut wusste, dass nicht mehr genug für einen ganzen Zug darin gewesen war.

Ich wollte schon etwas erwidern, aber als ich aufsah, saugte sie an ihrem verletzten Daumen. Der Joint verschwand aus meinen Gedanken, die zu anderen Begierden abschweiften. Ich zog das Mädchen näher an mich, nahm ihren Zeigefinger in den Mund, während sie weiter an dem Daumen daneben saugte, mit geschlossenen Augen, ebenso high wie ich. Mein Kiefer ruhte auf ihrem Handballen, und ich verstärkte den Druck meines Mundes, als sie die Finger einrollte und die spitzen Nägel in meine Wange grub. Ich wollte spüren, wie diese Nägel über meinen Rücken kratzten, und ich wollte nicht länger warten oder mich bewegen. Ein kurzer, lauter Streit mit meinem Dad wegen einer weiteren Runde nicht bestandener Kurse, der lange, seltsam heiße Nachmittag und das Gras – all das hatte mich träge und benommen, aber auch geil gemacht. Ich öffnete die Lippen und glitt mit der Zunge über das V zwischen dem Finger in meinem Mund und dem Daumen in ihrem. Sie schloss die Augen.

Ich zog ein dünnes Körbchen ihres Bikinioberteils herunter und legte eine Titte frei. Ihre Augen öffneten sich schlagartig, aber sie wich nicht vor mir zurück. Wenn sie gegen das hier nichts einzuwenden hatte, dann würde ich sehen, wie bereit sie war, es gleich hier mit mir zu treiben, zwanzig Schritte von dem Lagerfeuer und den zwei Dutzend anderen Leuten entfernt, die rings um dieses Feuer tranken, rauchten und/oder herumknutschten. Mit etwas Glück war sie ebenso träge und geil wie ich.

Ich ließ ihren Finger mit einem leisen Schnalzen los, neigte den Kopf und nahm ihren Nippel in den Mund. Sie stöhnte auf und reckte sich mir entgegen, vergaß ihren verbrannten Daumen. Ich glitt mit einer Hand zwischen uns und schob ihr Bikiniunterteil im Schritt zur Seite. Sie stöhnte wieder auf und legte die Arme um mich wie Ringe, bevor sie die magischen Worte sagte: »*Oh, Gott – ja. Jetzt. Jetzt.*«

Verdammt, ja. Ich hatte sie noch nicht einmal geküsst. Vielleicht würde ich das gar nicht tun. Ficken ohne Küssen – *das wäre eine Premiere*, dachte ich –, und ich suchte immer nach Premieren. Sie wurden immer weniger und immer seltener.

Das war der Moment, als ich Amber Thompson aufschreien hörte.

Überzeugt, dass es einer ihrer üblichen Schreie war, mit denen sie die Aufmerksamkeit auf sich zu lenken versuchte, wollte ich sie ignorieren. In ihrer Stimme lag ein Anflug von Panik, den ich noch nie gehört hatte, aber vermutlich hatte sie nur eine paranoide Wahnvorstellung, die daher rührte, dass ihr bescheuerter Bruder ihr einen Joint gegeben hatte. Spindeldürre Vierzehnjährige sollten kein Gras rauchen. Sie kannten ihre Grenzen nicht. Dieselbe Menge, die mich bereit machte, dieses Mädchen auf meinem Schoß zu vögeln, etwas zu essen zu finden und dann in einen erlösenden, traumlosen Schlaf zu fallen, könnte ihnen höllisch Angst einjagen.

Ich hatte eben ein Kondom aufgerissen – das einzige, das ich bei mir hatte –, als ich noch einen Schrei hörte.

Zum Teufel mit Ambers nichtsnutzigem Bruder. Eine große Bierdose in einer Hand und einen Joint in der anderen, war er im Schein des Feuers deutlich zu sehen. Er schwankte hin und her, während er mit zwei anderen Typen lachte.

Das Mädchen auf meinem Schoß stöhnte und presste sich an mich. Ich umklammerte das Kondom mit einer Faust und einen dicken Pferdeschwanz aus weichen roten Haaren mit der anderen, während ich brüllte: »Hey, Thompson!«

Rick sah sich einmal kurz um, bevor er sich wieder seiner Unterhaltung zuwandte. »*Scheiße*, Mann«, versuchte ich es noch einmal. »Thompson, du Arschgesicht!« Diesmal taumelte er nur in die entgegengesetzte Richtung, auf die andere Seite der fast zwei Meter hohen Flammen zu.

»Was brüllst du denn so?«, winselte der Rotschopf.

Dann hörte ich Amber ein drittes Mal – aber diesmal klang ihre Stimme höllisch verängstigt und weiter entfernt. Nicht ein einziger gottverdammter Mensch achtete auf sie – bis auf mich.

Ich stand auf, schob das warme, willige Mädchen von meinem Schoß und reichte ihr das Kondom. Ich setzte sie auf den Boden, und ihre Hände griffen prompt nach den Kordeln meiner Shorts. In dieser Sekunde begriff ich, dass sie glaubte, sie sollte mir einen blasen, bevor ich sie vögelte, und sie war drauf und dran, es zu tun.

Was für ein *beschissener* Abend.

Ich umfasste ihre Schultern und sagte: »Bin gleich wieder da.« Sie schürzte leicht die Lippen und blinzelte verwirrt. Ich konnte es ihr nicht verdenken. Ich war zwar high, aber mir war durchaus bewusst, dass ich soeben das absolut Dümmste gesagt hatte, was mir je über die Lippen gekommen war.

Amber schrie wieder, klang zum Glück nicht weiter entfernt als noch vor wenigen Sekunden, und ich wandte mich um und rannte los. Ich folgte ihrer Stimme – fort von dem Lagerfeuer, fort von dem Mädchen, das ich für diesen Abend klargemacht hatte –, während ich Rick Thompson und mein Gewissen verfluchte.

Während sich meine geschwächten Augen langsam an die Dunkelheit außerhalb des Feuerscheins gewöhnten, konnte ich zwei Gestalten erkennen, die sich küssten. *Na toll*, dachte ich. *Verdammt toll*. Ich hatte das heißeste Mädchen, dem ich seit Wochen begegnet war, sitzen lassen, um den Strand hinunterzulaufen und festzustellen, dass Thompsons kleine Schwester ein Schreihals war, wenn sie knutschte. Dann riss sich die kleinere Gestalt los, die größere setzte ihr nach und hielt sie fest, und beide gingen auf dem Sand zu Boden. Das war kein Lust-, sondern ein Hilfeschrei.

Ich rannte auf die beiden zu, während ich den Joint verfluchte, der mich so benebelt hatte, dass ich im Zickzackkurs über den gottverdammten Sand stolperte. Das Letzte, was ich bei vollem Bewusstsein tat, war, den Typen mit der linken Hand vom Boden hochzureißen und ihm einen rechten Haken zu versetzen. Der erste Aufprall meiner Faust auf seinen Wangenknochen fühlte sich schmerzhaft und beeindruckend zugleich an. Als er nicht gleich zu Boden ging, schlug ich noch einmal zu. Und noch einmal. Und noch einmal. Bis Euphorie und Wut zusammenkamen und mir einen Dämpfer verpassten und mir irgendwie schwarz vor Augen wurde.

Die meisten Blutgefäße auf meinem Handrücken waren aufgeplatzt, und ein paar Knöchel waren gebrochen. Ich wusste gar nicht, dass so etwas überhaupt möglich war. Meine rechte Hand sah übel zugerichtet aus, tat höllisch weh und war geschient. Abgesehen davon hatte ich nicht einmal einen blauen Fleck.

Der andere Typ erlitt eine Gehirnerschütterung, die für ein paar Stunden an ein Koma grenzte. Ich hätte ihn umbringen können. Ich hätte ihn umbringen können, und ich konnte mich nicht einmal erinnern, es getan zu haben.

Woran ich mich erinnerte: Handschellen. Die Rückbank eines Streifenwagens. Auf dem Revier festgehalten zu werden. Eine Gefängniszelle, in der es nach ungewaschenen Körpern und Pisse stank, in der ich aber zum Glück der einzige Insasse war. Weil ich nicht im Jugendknast war. Siebzehnjährige werden wie Erwachsene behandelt, daher kommen sie in ein normales Gefängnis. Während ich von dem ganzen Gras und der Schlägerei schließlich zusammenbrach, begann ich zu zittern und konnte nicht mehr aufhören.

»Maxfield!«, bellte ein Beamter irgendwann später, und ich riss den Kopf hoch. »Kaution. Komm schon, beweg deinen Arsch raus da – es sei denn, du willst bleiben.«

Ich rappelte mich von der Bank hoch.

Ich erwartete, Dad zu sehen. Er war da, aber Charles stand neben ihm. Ich hatte ganz vergessen, dass die Hellers über die Frühjahrsferien zu Besuch waren. Ich hatte sie nicht oft gesehen, seit sie hier waren. Hatte mir nicht die Zeit genommen.

Auf der Rückbank auf dem Weg nach Hause gab ich keinen Laut von mir. Keiner von uns dreien sprach ein Wort. Anstatt uns abzusetzen und weiter zu seinem Hotel zu fahren, folgte Heller Dad ins Haus.

»Ich brauche eine Dusche«, murmelte ich, und niemand erhob Einwände.

Als ich das Wasser abstellte, hörte ich ihre Stimmen durch die hauchdünne Tür.

»Du bist dabei, ihn zu verlieren, Ray.« Eine Pause trat ein, und ich hielt den Atem an. »Du bist mein Freund,

und du bedeutest mir sehr viel – und genau deswegen werde ich dir die Wahrheit sagen. Du hast diese Sache von Anfang an vermasselt. Cindy hat dich angefleht, ihm eine Therapie zu besorgen, und du hast dich dagegen entschieden. Wir haben dich angefleht, ihn nicht von seinen Freunden – von uns – wegzubringen und durchs halbe Land zu verfrachten, aber du wolltest ja nicht auf uns hören. Er war auf einer privaten Vorbereitungsschule fürs College, und jetzt … gibt er alles auf. Diese Schlägerei gestern Abend war nicht seine erste, stimmt's? Und die Drogen – und Alkohol ist bestimmt auch mit im Spiel. Er nutzt jede Fluchtmöglichkeit, die es gibt. Weil *du* es getan hast.«

Dad murmelte irgendetwas.

»Ich weiß. Aber das ist nicht genug. Er braucht ein Ziel. Er muss seinen eigenen Wert erkennen.« Noch eine Pause trat ein. Ich schluckte, und meine Augen brannten. Heller dämpfte seine Stimme, und ich konnte nicht hören, was er als Nächstes sagte. Ich verließ das Bad, ein Handtuch um die Taille gewickelt, und sah die beiden – am Küchentisch sitzend – nicht an, bevor ich mich in meine Vorratskammer zurückzog.

Ich schlüpfte in Sportshorts, wofür ich mit nur einer gesunden Hand dreimal so lange brauchte. Es bedeutete etwas zu wissen, dass Charles Heller sich um mich sorgte. Es änderte nichts, aber es bedeutete etwas.

Ein Ziel. Er sagte, ich bräuchte ein Ziel. Vielleicht war es an der Zeit, dass ich von der Schule abging – mein Kiefer verkrampfte sich bei dem Gedanken, Ingram diese Genugtuung zu verschaffen –, um auf dem Boot zu arbeiten. Falls ich wegen der Schlägerei nicht im Gefängnis landete. Ich wusste genug über Kaution, um zu wissen, dass ich nur so lange draußen war, bis ich einen Prozesstermin bekam.

Komisch, dass von all den Schlägereien, in die ich geraten war, ausgerechnet die, für die ich einen guten Grund hatte, mich ins Gefängnis bringen konnte. Wenn Amber sich weigerte auszusagen, war ich geliefert. Der Typ, den ich fast umgebracht hätte, war ein reiches Collegekid. Er hatte gestern mit genügend Bargeld geprotzt, um bei Thompson mächtig Eindruck zu schinden – hatte haufenweise gekauft, was immer wir hatten, und es an seine Freunde verteilt wie Halloween-Süßigkeiten. Typen in seinem Alter, die sich so kleideten wie er und Range Rovers fuhren, kamen nicht allein zu so viel Geld.

Du hast deinen Wunsch bekommen, Grandpa, dachte ich. Das Boot würde meine Rettung sein. Meine Zukunft. Mein Ausweg. Es war besser als das Gefängnis. Ich schloss die Augen. *Besser als das Gefängnis. Oh, Mann, das ist vielleicht beschissen.*

In der Sekunde, in der mein Kopf aufs Kissen sank, schlief ich ein.

LUCAS

Ich konnte es mir nicht verkneifen, Jacquelines Blick wenigstens für einen Moment aufzufangen, als sie den Hörsaal betrat.

Ihr Lächeln war zögernd, unsicher, und nach dem gestrigen Abend konnte ich ihr das nicht verdenken. Als ich aufwachte und feststellte, dass sie im Begriff war zu gehen, brachte ich sie zu ihrem Truck und küsste sie zum Abschied. Während ich zusah, wie ihre Rücklichter immer kleiner wurden, wusste ich, dass ich ihr geben konnte, was sie wollte, sobald ich von den Beschränkungen befreit war, die mir als ihrem Tutor auferlegt waren. Ich wollte sein, was sie brauchte, und dann würde ich sie gehen lassen.

Weil ich in sie verliebt war.

Nach der Vorlesung fragte mich die Blondine, die sich zu Beginn des Semesters für Kennedy Moore interessiert hatte, nach meiner Tutorübung. Ich konnte mich nicht an ihren Namen erinnern. »Sie ist am Donnerstag, gewohnte Zeit«, antwortete ich, während ich zusah, wie Jacqueline ihre Sachen zusammenpackte. Sie redete mit diesem Benjamin, der einen kurzen Blick in meine Richtung warf, verdrehte die Augen und sah mich ebenfalls an.

Ich bekam eine klare Antwort darauf, wie viel er darüber wusste, was zwischen Jacqueline und mir los war, als er mit einem Augenaufschlag sagte: »Ich wähle die Kategorie *Heiße Tutoren* für 200 Dollar, Alex«, bevor er ihren Gang verließ. Jacqueline lief knallrot an, während er die Titelmelodie der *Jeopardy*-Quizshow summte und die Stufen zum Ausgang hinunterging. Er grinste mich an, bevor er verschwand.

Keiner von uns sprach, bis wir draußen waren.

»Ist er, äh, weiß er es? Das mit…?« Meine Zähne streiften über den Ring, während sie mir erzählte, dass sie es durch ihren Kommilitonen herausgefunden hatte.

»Ihm ist aufgefallen, wie wir… uns angesehen haben. Und er hat mich gefragt, ob ich zu deinen Tutorübungen gehen würde.« Sie zuckte die Schultern, als wäre ihr das alles egal.

Ich konnte mir dieses Gespräch gut vorstellen und

auch, wie sie sich, nach Moores Verrat, dabei fühlen musste, schon wieder belogen zu werden. »Gott. Es tut mir so leid.« Aber Worte konnten diese Lügen nicht ungeschehen machen, und ich wusste es.

Wir gingen zu ihrem Spanischkurs, schweigend und in unsere Jacken eingemummt. Meine alten Freunde in Alexandria würden lachen und behaupten, dieser sonnige Spätherbsttag sei *Shorts-Wetter*.

»Du bist mir schon in der ersten Woche aufgefallen«, sagte ich dann. Wie eine Sturzflut nach einem unerwarteten Sommergewitter gestand ich ihr alles – wie ich sie im Unterricht beobachtet und ihre Eigenheiten katalogisiert hatte, von der Art, wie sie sich das Haar hinters linke Ohr steckte, bis hin zu ihren musikalischen Fingern. Ich erzählte ihr von jenem verregneten Tag – ihrem *Danke*, ihrem Lächeln, und wie diese beiden Dinge mich aufwühlten. Ich erzählte ihr von meiner Eifersucht auf Moore, bevor sie mich überhaupt kannte.

»Und dann war da die Halloweenparty.«

Sie wurde ganz still. Wir hatten nie darüber geredet, was an jenem Abend passiert war – über meine Sicht der Dinge.

Ich gab zu, dass ich beobachtete, wie sie ging. Dass ich zusah, wie Buck ihr folgte. »Ich dachte, vielleicht … vielleicht habt ihr zwei beschlossen, gemeinsam früher zu gehen, ohne dass es alle erfahren. Dass ihr euch draußen treffen wollt oder so.« Mein Herz hämmerte unter meinen Rippen, während ich ihr dieses Versagen gestand – die Tatsache, dass ich im Haus war und überlegte, ob ich ihr überhaupt folgen sollte, während ein Vergewaltiger ihr über den Parkplatz nachlief.

Wie ich vermutet hatte, war Buck mehr als ein Typ,

den sie nur dem Namen nach kannte. Er war jemand, den sie für einen Freund gehalten hatte. »Er ist der beste Freund des Freundes meiner Mitbewohnerin«, sagte sie, ohne mich oder meine allzu langsame Reaktion an jenem Abend zu verurteilen. Ich erinnerte mich aus meiner Kindheit an die symbolische Geste der Vergebung des Priesters, und ich hatte das Gefühl, dass sie sie mir eben erteilt hatte.

Im selben Moment wurde uns bewusst, dass wir nicht mehr von Scharen von Studenten umgeben waren. Es war kurz nach der vollen Stunde – sie kam zu spät zu ihrem Kurs. »Ich stehe auf einer Eins. Ich brauche die Wiederholung eigentlich gar nicht«, sagte sie. Ich hatte eine Stunde bis zu meinem nächsten Seminar. Ich starrte auf ihre vor Kälte geröteten Lippen und stürzte mich kopfüber in unangemessenes Terrain. Ich wollte sie küssen, gleich hier, mitten auf dem Campus.

»Du hast mich nie wieder gezeichnet«, sagte sie. Sie leckte sich die Lippen, strich einmal kurz mit der Zungenspitze darüber, und wie durch ein Wunder riss ich mich von ihrem Anblick los, anstatt sie ins Gebüsch zu zerren und von diesem Mund Besitz zu ergreifen.

»*Kaffee*«, sagte ich.

Ich ging selten als Kunde ins Starbucks des Studentenwerks. Es gab eine Schlange, aber Gwen und Ron waren ein gut eingespieltes Team.

»Lucas.« Gwen lächelte angespannt, weigerte sich aber, Jacqueline in die Augen zu sehen. Zweifellos war sie nicht glücklich darüber, dass ihre weisen Worte auf taube Ohren gestoßen waren.

»Hey, Gwen. Zwei Americanos. Du kennst Jacqueline noch nicht, oder?«

Wie eine Eule riss Gwen den Kopf zu Jacqueline herum, um sie zu mustern. »Freut mich, dich kennenzulernen«, sagte sie mit zusammengebissenen Zähnen.

Jacqueline lächelte zurück, als würde meine im Allgemeinen entzückende Kollegin nicht eisige Kälte verströmen. »Freut mich, dich kennenzulernen, Gwen. Ich liebe deine Nägel – so niedlich!«

Gwens Fingernägel waren wie bunt verpackte Weihnachtsgeschenke bemalt. Ich fand sie irgendwie abscheulich. Aber Gwen richtete ihre großen dunklen Augen auf Jacqueline, sodass sie noch mehr wie eine Eule aussah. »Oh. Danke. Habe ich selbst gemacht.«

»*Wirklich?*« Jacqueline streckte eine Hand flach aus, und Gwen legte ihre linke in Jacquelines, damit sie sie genauer betrachten konnte, während sie mit der rechten unsere Bestellung eintippte und meine Karte durchzog. »Ich bin ja so neidisch! Ich kann bei mir nicht mal eine Farbe auftragen, ohne ein Riesenchaos anzurichten. Außerdem spiele ich Kontrabass, daher muss ich meine Nägel so kurz schneiden, dass ich gar nichts Witziges mit ihnen machen kann.«

Gott sei Dank, dachte ich.

»Aah, wie blöd!«, sagte Gwen angetan. Ich war beeindruckt. Und ich war froh, dass Eve nicht arbeitete, denn sie misstraute Komplimenten so weit, dass sie sie als Angriff auffasste.

Sobald wir an einem Tisch in der Ecke saßen, brachte Jacqueline die Tatsache zur Sprache, dass ich eine Brille trug, womit sie eine Flut unangemessener Überlegungen auslöste, dank meiner grausamen, lebhaft detaillierten Erinnerung an die Gründe, weshalb ich diese Brille beiseitegeworfen hatte.

Ich will nicht, dass du aufhörst.

»Ich könnte dich jetzt zeichnen«, sagte ich und holte meinen Skizzenblock aus dem Rucksack, als wäre er ein Rettungsring, der mich vor dem Ertrinken bewahren sollte. Ich nahm den Bleistift vom Ohr, balancierte den Block auf meinen übereinandergeschlagenen Knien und lehnte mich zurück, um sie anzusehen. Sie errötete, als könnte sie meine Gedanken lesen.

Lies das, Jacqueline. Mein Stift glitt über die Seite, und ich stellte mir vor, wie meine Finger über ihre Haut strichen. Ich sah, wie sich ihre Brust hob und senkte, genau wie gestern Abend. Sie starrte auf meine Hände, die die Kurven ihres Körpers interpretierten und auf dem Papier in Linien und Schattierungen verwandelten.

Ich stellte mir vor, sie ausgestreckt auf mein Bett zu legen, ihre Handgelenke über dem Kopf zu kreuzen, genau wie auf der Zeichnung an meiner Wand. Ich würde sanft mit den Fingerspitzen über sie gleiten. Sie nur so leicht streifen, dass sich die winzigen, unsichtbaren Härchen aufrichteten und ihr Körper lernte, meine Berührung zu erkennen und sich ihr hinzugeben. Sie würde kehlig stöhnen, so wie gestern Abend, rastlos, vor allem wenn meine Finger über ihre Schenkel glitten, angefangen an den Knien, und dann weiter hinaufwanderten.

Verdammt. Sie zu zeichnen war eine *schreckliche* Idee.

»Woran denkst du?«, fragte ich in einem Versuch, mich abzulenken.

»Highschool«, antwortete sie.

Okay. Das klappte. Sie hätte genauso gut ihren Kaffee nach mir werfen können. Ich nahm an, dass sie an Moore dachte, bis sie sagte: »Ich habe nicht an ihn gedacht.«

Sie fragte, wie die Highschool für mich war, und ich sah

diese Jahre in einer Reihe von Blitzaufnahmen – Boyce' unerwartete Freundschaft, Melodys Zurückweisung, der Schmerz über den Verlust meines Großvaters, Dad und sein Schweigen, die Schlägereien, die gesichtslosen Mädchen und Arianna, die meine Narben und meine Haut in eine Erzählung von Verlust verwandelt hatte. Ich hatte meinen Namen geändert, als ich zu Hause auszog, aber von der Person, die ich gewesen war, konnte ich mich nicht so leicht lösen.

»Völlig anders als für dich, schätze ich«, sagte ich. Sie fragte nach dem Grund, und ich erzählte ihr das Erste, was mir durch den Kopf schoss – dass ich nie eine Freundin hatte. Sie schien skeptisch, aber schließlich konnte sie nicht verstehen, was für ein Junge ich gewesen war. Die Partys und die unverbindlichen Affären, die Hoffnungslosigkeit. In wenigen Sätzen erzählte ich ihr von Amber und jener letzten Schlägerei – als die Wut von meinem Gehirn und meinen Fäusten Besitz ergriff und mir schwarz vor Augen wurde. Ich erzählte ihr von der Festnahme. Ich erzählte ihr von Charles und dem Ausweg, den er mir bot.

»Er ist ein richtiger Schutzengel für dich.«

»Du hast ja keine Ahnung«, sagte ich.

Ich schickte Jacqueline die Wiederholungsübung – zwei Tage bevor ich sie in meiner Tutorsitzung austeilen würde, nachdem ich hin und her überlegt hatte, ob ich damit noch eine ethische Grenze überschritt. Es war eindeutig eine Bevorzugung. Aber was nützte es, meine Bad-Boy-Seite anzunehmen, wenn ich keinen Liebling haben durfte?

Sie schrieb zurück, es würde sich komisch anfühlen, eine Wirtschafts-E-Mail von mir zu bekommen, als wären Landon und ich noch immer zwei verschiedene Leute. Sie gab zu, dass sie *Lucas* um ein Haar *Landon* als Tutor empfohlen hätte, da Lucas ein absoluter Faulpelz zu sein schien, der in der Vorlesung nie zuhörte und Kurztests schwänzte. Ich war froh, dass sie mir das nicht persönlich sagte, denn ich lachte schallend auf.

Sie und Mindi waren zur Polizei gegangen, um ihre Aussagen zu Protokoll zu geben und Buck anzuzeigen – gesetzlicher Name: Theodore Boucker III, wie ich herausfand, als ich von dem Detective kontaktiert wurde. Ich berichtete meine Version seines Übergriffs gegen Jacqueline und unserer Schlägerei. Buck hatte seiner ganzen Studentenverbindung und jedem, der es sonst noch hören wollte, erzählt, er hätte mit Jacqueline einvernehmlichen Sex in ihrem Truck gehabt und wäre von »obdachlosen Schlägertypen« angegriffen worden, nachdem sie weggefahren war – auch wenn er den Überfall weder der Campus- noch der Stadtpolizei gemeldet hatte.

Morgen war meine letzte Vorlesung mit Jacqueline. Ihre Abschlussprüfung in Wirtschaft war nächste Woche, und in der Woche danach würden die Wohnheime über die Winterferien geschlossen werden.

Sie schrieb mir eine SMS: Und nach der Abschlussprüfung nächsten Mittwoch, was dann?

Ich klickte das Display immer wieder an und aus. *Was dann?* Wusste sie denn nicht, wie so eine Bad-Boy-Geschichte ablief? Es gab kein *Was dann*. So viel hatte ich mit zu vielen Mädchen bewiesen, um mich zu erinnern. Knutschen und das war's, oder ein Blowjob und das war's, oder vögeln und das war's.

Anders als jedes Mädchen davor oder danach würde

ich Jacqueline Wallace verehren und genießen, wenn sie in mein Bett kam. Es wäre eine Premiere für mich. Sich lieben und das war's.

Schließlich schrieb ich eine SMS zurück: Winterferien. Es gibt Dinge über mich, die du nicht weißt. Ich habe mir gesagt, ich werde dich nicht noch einmal belügen, aber ich bin auch nicht bereit, alle Karten offen auf den Tisch zu legen. Ich weiß nicht, ob ich das kann. Es tut mir leid.

Ich erwartete keine Antwort. Ich bekam auch keine.

22

LANDON

Ich wachte zum Geruch von Kaffee auf. Was seltsam war, denn Dad war fast immer schon aus dem Haus gegangen, wenn ich aufwachte. Ich konnte mir nicht vorstellen, dass er Exkursionen abgesagt hatte, um meine Festnahme zu erörtern – er sagte seinen Kunden nie ab.

Als ich aus meinem Zimmer auftauchte, saß Charles Heller am Küchentisch, Dad war nirgends zu sehen. Er hatte einen Schreibblock vor sich liegen, neben seinem Laptop und einem örtlichen Telefonbuch. Er lehnte sich zurück und sah zu mir hoch, als ich in die Küche kam.

»Landon – ich würde gern mit dir reden, wenn du bereit dazu bist. Ich habe getoastete Bagels mitgebracht und gerade frischen Kaffee aufgesetzt. Ich gebe dir ein paar Minuten Zeit, um wach zu werden, und dann unterhalten wir uns. Okay?«

Stirnrunzelnd nickte ich und ging ins Bad, wo ich mir ein paar rezeptfreie Schmerzmittel aus dem Schränkchen über dem Waschbecken nahm. Ich bekam den kindersicheren Verschluss kaum auf. Meine Hand war so geschwollen, dass sie aussah, als würde sie einer Zeichentrickfigur gehören, und sie tat höllisch weh. Jede meiner Bewegungen war linkisch, vom Zähneputzen bis hin zum An- und Ausziehen. Ich schlüpfte in ein Tanktop und Boardshorts – bei denen ich schließlich aufgab und die Kordel offen ließ.

Ich ließ mich auf die Sitzbank gegenüber Heller fallen, und er schob mir einen dick mit Frischkäse bestrichenen Bagel und einen Becher schwarzen Kaffee hin. Er nahm seine Lesebrille ab und sah mich an, mit einem offenen, durchdringenden Blick, der in meinem Gesicht und meinen Augen forschte. Ich war eine solch eingehende Musterung von jemandem, dem ich etwas bedeutete, nicht gewohnt. Ich wusste, dass ich ihn enttäuscht hatte. Die Scham war erdrutschartig, so rasch und überwältigend, dass ich unter ihr begraben wurde, bevor ich weglaufen konnte.

Ich sah hinunter auf den Becher in meinen Händen, während ich mit den Tränen kämpfte und darauf wartete, was er zu sagen hatte.

»Ich habe einen Vorschlag, und du kannst ihn annehmen oder ablehnen«, begann er. »Was ich dir anbieten werde, ist kein Geschenk. Es ist eine Herausforderung. Wenn du sie nicht annehmen willst, kann dich niemand dazu zwingen, und niemand wird es versuchen. Hast du verstanden?«

Ich hatte es nicht verstanden, aber ich nickte schweigend.

»Ich habe eine Liste mit all den Dingen erstellt, die ich von dir will. Und daneben habe ich geschrieben, was ich tun werde, wenn du diese Dinge nach deinen besten Fähigkeiten tust.« Er schob mir den Block hin, und ich starrte darauf, während er fortfuhr. »Erstens: Schule. Ich will, dass du anfängst, zum Unterricht zu gehen, jeden Tag, zu jeder Schulstunde. Ich will, dass du dein Bestes gibst, denn ich will, dass du aufs College gehst. Du wirst dich im nächsten Jahr für ein paar anspruchsvolle Kurse einschreiben müssen, um dich aufs College vorzubereiten, und du wirst sehr hart arbeiten müssen, um deinen derzeitigen Notendurchschnitt zu verbessern, denn du hast dir selbst ein tiefes Loch geschaufelt, Landon.«

Ich fragte mich, ob er irgendeine Ahnung hatte, wie schlimm es war. Ich konnte es ihm nicht sagen.

»Zweitens: Such dir einen Job. Irgendeinen. Etwas, womit du einen Gehaltsscheck bekommst, kein Bargeld von deinem Dad. Etwas, womit du Erfahrung darin bekommst, für jemand anderen zu arbeiten. Drittens: Hör mit den Drogen und dem Trinken auf. Mit den Drogen vollständig. Mit dem Trinken – nun ja, ich wäre scheinheilig, wollte ich dich schwören lassen, kein Bier mehr anzurühren, bis du einundzwanzig bist. Aber ich will, dass du es versuchst, und ich will, dass du dich im Griff behältst. Und zu guter Letzt will ich, dass du dich für einen Taekwondokurs anmeldest. Wenn du kämpfen willst, dann musst du wissen, wie man es richtig macht, und du wirst die Gründe lernen, warum du es tust, und, noch wichtiger, die Gründe, warum du es nicht tust.«

Ich schluckte, und mein erster Gedanke war, dass ich das alles unmöglich schaffen konnte. Das war keine Herausforderung. Das war unmöglich.

Aber ich wollte es schaffen. Ich *wollte* es.

»Wenn du all diesen Dingen zustimmst, werde ich mich im Gegenzug zu Folgendem bereit erklären: Ich werde die Taekwondokurse bezahlen. Sie haben mir als jungem Mann den Arsch gerettet und mich geerdet, und ich glaube, sie werden für dich dasselbe tun. Zweitens, ich werde jeden verdammten Kontakt nutzen, den ich habe, damit du dich unter Vorbehalt auf der Universität einschreiben kannst.« Mein Blick schnellte zu ihm hoch. Er arbeitete für die beste Hochschule des Bundesstaats. »Falls das nicht klappen sollte«, fuhr er fort, »gibt es immer noch das Community College. Wir haben bei uns ein sehr gutes. Du erzielst dort ein Jahr lang Topnoten, und dann dürftest du in der Lage sein, auf die Uni zu wechseln. Wie auch immer, Cindy und ich wollen, dass du bei uns wohnst. Über der Garage haben wir eine Wohnung, in der im Augenblick nur jede Menge Krempel lagert, den wir nicht brauchen. Du wirst dir einen Job suchen müssen, um die Studiengebühren zu bezahlen, aber für deine Unterkunft wird gesorgt sein. Ich habe heute Morgen ein bisschen herumtelefoniert und ein Dojang mit einem guten Ruf etwa zwanzig Minuten entfernt gefunden. Wenn du meine Herausforderung annimmst, werden wir dich noch heute dort anmelden. Ich werde deine Unterschrift am Ende dieser Liste als Einverständnis ansehen.« Er legte einen Stift oben auf den Block und stand auf. »Iss dein Frühstück, und denk darüber nach. Ich werde jetzt Cindy und die Kinder verabschieden – sie fahren heute nach Hause. Ich komme etwas später wieder.«

Er legte mir eine Hand auf die Schulter und sagte: »Außerdem habe ich bei dem Detective angerufen, der mit deinem Fall von Körperverletzung befasst ist. Dein Dad und ich werden sehen, was wir deswegen unternehmen können, unabhängig davon, zu welcher Entscheidung du hier kommst.«

Er konnte nicht ahnen, wie verängstigt ich gewesen war, wie verzweifelt ich mich gefühlt hatte, als ich in dieser Zelle saß. Ich sah zu ihm hoch, voller Dankbarkeit für alles, was er gesagt hatte, und brachte kein Wort heraus. Ich nickte nur. Er klopfte mir auf die Schulter und war verschwunden.

Ich unterzeichnete dieses Blatt Papier, noch bevor er eine ganze Minute fort war.

LUCAS

Als ich am Mittwochmorgen zum Wirtschaftskurs kam, redete Jacqueline im Flur mit Moore. Die verkrampfte Haltung seiner Schultern verriet Frustration, und sein Tonfall bestätigte es. »Ich hätte nie gedacht, dass er *so etwas* tun würde.«

Jacqueline entdeckte mich über seine Schulter, als ich näher trat, um mich neben sie zu stellen. »Geht's dir gut?«, fragte ich.

»Es geht mir gut«, erwiderte sie mit einem Nicken. Ich funkelte Moore kurz an, bevor ich mich abwandte, um den Hörsaal zu betreten. Er erkannte mich, und er reimte sich die Dinge zusammen, noch bevor ich außer Hörweite war. »Der Typ ist in unserer Vorlesung? Und was zum Teufel sollte dieser Blick?«

Er wollte lieber nicht wissen, was dieser Blick sollte, oder dass ich mehr als imstande war, ihm Nachdruck zu verleihen.

Jacqueline sah nicht in meine Richtung, als die beiden fünf Minuten später den Hörsaal betraten. Heller hatte bereits mit der Vorlesung begonnen. Moore ging mit grimmiger Miene an mir vorbei, und Jacqueline schlüpfte gefasst auf ihren Platz. Ich holte einmal lässig Luft.

Jacqueline und Mindi hatten vor, an diesem Nachmittag einstweilige Verfügungen zu beantragen. Ich bot an, jemanden zu bitten, meine Schicht für mich zu übernehmen, um die beiden zu begleiten, aber sie sagte, Mindis Eltern würden sich gut um sie kümmern. »Erin sagt, sie werden sie vielleicht endgültig vom College nehmen.«

Zum hundertsten Mal wünschte ich, ich hätte diesen Dreckskerl getötet, als ich die Gelegenheit dazu hatte.

Ich sah, wie mein Atem Wolken bildete, und sehnte mich zum ersten Mal überhaupt nach einer Zigarette. Ich hatte immer nur geraucht, während ich trank – und vielleicht war es das, was ich wirklich wollte. Irgendetwas, um dieses Gefühl zu betäuben. Zu sehen, was dieses Mädchen – nur zwei Jahre älter als Carlie – durchmachen musste, um anzuzeigen, was ihr passiert war, war einfach unglaublich. Sie hatte die Unterstützung ihrer Eltern und ihrer Studentinnenverbindung – aber als ich sie später noch ein einziges Mal sah, sah sie noch immer innerlich leer und ausgehöhlt aus.

Jacqueline hatte es ihren Eltern nicht erzählt. Nach dem Abtauchen der beiden über Thanksgiving konnte ich mir den Grund dafür gut vorstellen.

Als wir ihr Gebäude erreichten, wandte sie sich zu mir um. Trotz meiner düsteren Gedanken dreißig Sekunden zuvor lächelte ich hinunter auf ihr hinreißendes Gesicht. Es war kaum zu sehen hinter einer Wollmütze, einem Kapuzenpulli und einem flauschigen Schal, den sie sich mehrmals um den Hals geschlungen hatte, so hoch, dass er ihren Mund verbarg.

Ich legte einen kalten Finger an ihr Gesicht, strich damit über die Kante ihres Kiefers und schob ihn in diesen lächerlichen Schal, sodass ihre vollen Lippen zum Vorschein kamen. »Ich würde dich gern noch einmal sehen, bevor du nach Hause fährst«, sagte ich.

Sie erinnerte mich an ihren Soloauftritt an diesem Abend, das Pflichtkonzert, an dem sie am Freitag teilnehmen musste, und ihren Ensembleauftritt am Samstagabend. Musikstudenten hatten wirklich mehr Verpflichtungen außerhalb des Hörsaals als alle anderen Studenten.

»Aber ich kann morgen Abend bei dir vorbeikommen, wenn du willst«, sagte sie.

Oh, und ob ich das wollte. Ich nickte. »Das wäre schön.«

Ihre Augen waren unglaublich groß und blau, und ihre dunkelrosa Lippen flehten förmlich darum, geküsst zu werden. *Ich will dich küssen, Jacqueline*, dachte ich. *Genau hier, genau jetzt, vor Gott und allen anderen*. Sie würde es mir gestatten. Ich konnte es in ihren Augen sehen. Um uns beide zu retten, zog ich ihr den Schal wieder übers Kinn. »Du siehst aus wie eine halbe Mumie. Als wäre jemand dabei unterbrochen worden, wie er dich in dein Leichentuch gewickelt hat.«

»Vielleicht habe ich ihm ja mit einem Hammerfaustschlag die Nase demoliert, bevor er mir dieses ganze fiese Mumienzeug antun konnte«, sagte sie, und ich lachte. Als sie sich zu mir vorbeugte, konnte ich nicht widerstehen, sie auf die Stirn zu küssen und tief einzuatmen. *Verdammt*.

»Schickst du mir eine SMS, wenn du heute Nachmittag fertig bist?«, fragte ich und wich einen Schritt zurück.

Jacqueline: Alles erledigt. Einstweilige Verfügungen eingereicht. Er darf sich keiner von uns mehr als 300 Meter nähern.
Ich: Gut.
Jacqueline: Ich fahre jetzt zu meinem Solokonzert. Wünsch mir Glück!
Ich: Das wirst du nicht brauchen. Du hast magische Finger, schon vergessen?
Jacqueline: ☺

Ich klopfte immer an die Hintertür der Hellers, bevor ich eintrat. Charles und Cindy waren nie so freizügig gewesen wie meine Eltern, aber man konnte nie wissen. Ich wollte uns nicht alle traumatisieren, indem ich sie überraschte, wenn ihre Kinder nicht zu Hause waren und sie sich allein glaubten.

Heller öffnete die Tür. »Landon, alles in Ordnung?«

Landon. Ich seufzte. »Ja. Alles bestens. Ich wollte mit dir über … Jacqueline reden.«

Er zog die Augenbrauen hoch, und dann grinste er. »Komm herein. Ich bin eben dabei, meine Abschlussprüfungen für die nächste Woche zu entwerfen. Meine höheren Studenten werden mich *hassen*, wenn sie fertig sind.« Er rieb sich die Hände, viel zu amüsiert von dieser Vorstellung. Die jüngeren Studenten liebten Heller fast ausnahmslos. Höhere Studenten hielten ihn für den Satan – aber die, die er betreute, beherrschten ihren Stoff.

Wir setzten uns mit ein paar Flaschen Bier an den Küchentisch.

»Zweierlei. Erstens, ich muss dich über meine Beziehung zu ihr aufklären …«

Er wappnete sich. »Okay.«

»Ich habe dir ja gesagt, dass ich sie schon kannte, bevor ich ihr Tutor wurde, als Lucas. Was ich dir nicht gesagt habe, ist, wie wir uns kennengelernt haben.« Ich holte einmal tief Luft. »Sie wurde überfallen, vor einer Verbindungsparty auf dem Campus. Ich… habe es verhindert. Sie wollte keine Anzeige erstatten.«

»Mein Gott.« Er schob seinen Laptop beiseite und stützte sich mit den Ellenbogen auf die Notizbücher, die er auf dem Tisch ausgebreitet hatte. »Sie wurde von einem *anderen Studenten* überfallen?«

Ich nickte.

»Warum wollte sie keine Anzeige erstatten? Er ist doch zweifellos gefährlich…«

»Ich… bin noch nicht fertig.«

Er runzelte die Stirn und schwieg.

»Charles, ich habe es verhindert, bevor – bevor es so weit kam, dass sie es hätte beweisen können, *physisch*. Keine Prellungen und keine…« Ich biss die Zähne zusammen. »…keine Penetration. Der Typ ist ein Mitglied der Verbindung ihres Ex. Du weißt doch, wie diese Typen sein können – sie würden entweder nicht glauben, dass er es getan hat, oder sie würden trotzdem eine widerliche Schmutzkampagne gegen sie führen. Ich konnte sie nicht dazu überreden, Anzeige zu erstatten, auch wenn ich es, ehrlich gesagt, nicht allzu sehr versucht habe. Das heißt, vielleicht ist es meine Schuld. Vielleicht hatte ich gehofft, wenn ich ihn blutig schlage, würde ihn das abschrecken. Doch das hat es nicht.«

»Oh, Gott. Er hat es wieder getan.«

»Ja. Er hat ein anderes Mädchen vergewaltigt.«

»Was zum…«

»Sie hat Anzeige erstattet, wie auch Jacqueline. Und ich ebenfalls.«

»Ist er hochkant rausgeflogen?« Seine Augen loderten. »Ich will nicht, dass dieser kleine Scheißkerl auf *meiner Uni* herumspaziert.«

Meine Lippen zuckten. »Bei der Polizei geht das Gerücht, dass die Verwaltung ihn bis zur Prüfungswoche bleiben lässt, vorausgesetzt, dass er nur zu seinen Abschlussprüfungen auf den Campus kommt und dabei ständig von einem Mitglied seiner Verbindung begleitet wird.«

»Das ist doch Blödsinn …«

»Unschuldig, bis die Schuld bewiesen ist, Charles.«

»Ich weiß. *Ich weiß.*« Er seufzte tief auf, ebenso frustriert, wie ich es gewesen war. »Ich – ich muss dabei nur an Carlie denken, und es macht mich so verdammt wütend …« Er brach ab.

Ich glitt mit einem Finger über die Narbe auf der Innenseite meines linken Handgelenks, und einen Moment lang schwiegen wir beide.

»Jacqueline und die andere Studentin haben heute einstweilige Verfügungen beantragt. Er darf sich keiner von ihnen mehr als dreihundert Meter nähern, weder auf dem Campus noch außerhalb, und sie in keiner Weise kontaktieren.«

Er nickte, und ich wusste, dass er dasselbe dachte wie ich: *Nicht gut genug*. Aber es war immerhin etwas.

»Du hast gesagt, es gebe zweierlei?«, fragte er.

Ich saugte an dem Ring in meiner Lippe, und er bemerkte es. Wenn ich nervös war, musste ich einfach an diesem verdammten Ding herumspielen. Ich holte einmal tief Luft. »Ich wollte fragen, ob die … äh, Student/

Tutor-Beschränkung jetzt aufgehoben werden kann? Wir wollen morgen Abend zusammen abhängen. Nachdem ich die Wiederholungsübung ausgeteilt habe und meine Tutorverpflichtungen sozusagen erledigt sind …«

Er zog eine Augenbraue hoch. »Hmm. Lebt sie hier in der Gegend, oder wird sie den Campus über die Winterferien verlassen?«

»Sie wird ihn verlassen.«

»Ah, gut. Ich würde vorschlagen, dass ihr beide bis nach den Prüfungen nächste Woche die Öffentlichkeit meidet. Aber heimlich ein bisschen abhängen …«

Er grinste durchtrieben. »Ich schätze, das schafft ihr.«

Er glaubte, Jacqueline sei im Begriff, meine Freundin zu werden – oder sie sei es bereits. Außerdem schien er begeistert von der Aussicht. Ich brachte es nicht übers Herz, ihn zu berichtigen.

Jacqueline war nervös während des Essens. Ich kochte Pasta, was sie wieder zu beeindrucken schien – aber ich nahm an, sie war nervös wegen der Dinge, die letztes Mal passiert waren. Es würde keine Wiederholung geben, aber das konnte ich ihr nun wirklich nicht sagen, ohne wie ein Idiot zu klingen. *Hey, weißt du noch, wie ich letztes Mal aufhören wollte? Na ja, diesmal werde ich nicht aufhören, bis du damit fertig bist, meinen Namen zu schreien.*

Nein, auf keinen Fall.

Nachdem ich unsere Teller in den Geschirrspüler geräumt hatte, zog ich sie an mich und tat, als würde ich ihr eine spontane Selbstverteidigungsstunde geben – ich nahm ihre Hände und drückte sie hinter ihren Rücken. »Wie würdest du dich aus dieser Umklammerung befreien, Jacqueline?«

Sie flüsterte, dass sie es gar nicht wollen würde.

»Aber wenn – wie würdest du es anstellen?«, hakte ich nach. Sie schloss die Augen und gab mir lauter richtige Antworten – in die Leistengegend treten, auf den Fußspann stampfen.

»Und wenn ich dich küssen würde und du es nicht wolltest?«

Ich erwartete, dass sie irgendetwas einsetzen würde, was sie im Kurs gelernt hatte – einen Kopfstoß vielleicht. Aber nein. Sie sagte mir, sie würde *mich beißen*, und gottverdammt, ich verlor fast die Beherrschung.

Ich küsste sie zögernd, während ich halb hoffte, sie *würde* mich beißen. Stattdessen glitt sie mit der Zunge über die Innenseite meiner Lippe und den Ring, und ich hob sie auf den Tresen, sodass sie nun über mir war. Sie schlang die Arme und Beine um mich und schob ihre kleine Zunge in meinen Mund. Unsere Zungen umspielten einander immer leidenschaftlicher, bis Jacqueline sich zurückzog.

»Oh, Gott«, keuchte sie. Ich hob sie hoch und trug sie zu meinem Bett, legte sie in der Mitte hin und küsste sie, bis sie keine Luft mehr bekam. Ich zog ihr den Pullover über den Kopf, und sie knöpfte mein Hemd auf, während ich sie wieder zu küssen begann. Als ich einen Finger an den Reißverschluss ihrer Jeans legte, sagte sie: »Ja.«

Ich erklärte ihr, ich hätte das schon lange nicht mehr mit jemandem Wichtiges versucht, und sie fasste es falsch auf und dachte, ich hätte noch nie Sex gehabt. Ich lachte fast, aber es war nichts Witziges dabei. »Noch nie mit einer, die mir etwas bedeutet hat oder … die ich kannte«, berichtigte ich mich. »Einmalige Angelegenheiten. Mehr nicht.« Ich war besorgt, sie würde davon angewidert sein. Drei Jahre mit Kennedy Moore – vermutlich hatte sie genau das bei ihm erlebt. Und vermutlich würde er sich nie ändern.

»Das war alles – was du je hattest?«

»So viele waren es sowieso nicht.« Ich hatte das Gefühl, ich sollte meine Finger hinter dem Rücken verhaken. »Früher, auf der Highschool, hatte ich mehr als hier in den letzten drei Jahren.« So viel stimmte.

Ich stützte mich über ihr ab und starrte sie an, während sie mir sagte, dass sie es wollte. Dass sie *mich* wollte. »Sag mir nicht, dass ich dich bitten soll aufzuhören«, ergänzte sie.

In *dem* Punkt konnte sie ganz unbesorgt sein. Mir war es nur wichtig, es so langsam anzugehen, dass sie es auch genießen konnte. Ich wollte, dass sie sich schön und begehrt und absolut, vollkommen, durch und durch befriedigt fühlte.

Ich streifte ihre Jeans über ihre Beine hinunter und zog sie ihr aus. Ich gestattete mir einen Blick über ihren entzückenden Körper, während ich mein Hemd und meine Jeans auszog. Ich glitt mit den Fingern sanft über ihre Haut – die Rundungen ihrer Brüste über einem rosa Spitzen-BH, die winzige ovale Vertiefung ihres Bauchnabels über den rosa Spitzen – und nicht viel mehr – darunter. Sie war so unglaublich heiß, während sie die Hände nach mir ausstreckte und über die Konturen meines Bizeps und meiner Schultern und über meinen Bauch glitt – und dann schoss ihre Zunge hervor, um ihre Lippen zu befeuchten.

Ich schnappte mir ein Kondom aus der Nachttischschublade, aber als ich mich wieder über sie beugte, zitterte sie. Ich wusste, dass es nicht an der Kälte lag, obwohl sie das behauptete, als ich sie fragte. Sie war angespannt, fast panisch, und ich war mir nicht sicher, warum. Ich betete, es möge eher etwas mit Unerfahrenheit zu tun haben als mit dem, was ihr an *jenem Abend* passiert war. Ihrer Unerfahrenheit konnte ich abhelfen. Angst oder Schrecken, die Erinnerungen an etwas so Entsetzliches wie das, was ihr passiert war, wachriefen – ich war mir nicht sicher, wie ich dagegen angehen sollte.

Ich könnte aufhören. Ich könnte sie einfach nur halten. Wenn ihre Angst sich nicht legte, würde ich genau das tun.

Ich lehnte mich zurück und legte die Bettdecke über sie. Das Bettzeug war kalt, sodass sie erst recht zitterte, bis ich die Decke noch einmal anhob und über uns beide breitete. Dann beugte ich mich über sie, küsste sie sanft und wärmte sie mit meinem Körper. Ich spürte, wie sich ihre Muskeln unter meinen Fingerspitzen entspannten und ihre Atemzüge schneller, aber auch tiefer gingen. Langsam und sanft nahm ich ihren Mund, während ich mit den Händen ihren Kopf hielt, und lockte sie zurück zu dem erhitzten Zustand, in dem wir waren, als wir die Küche verließen. Sie kuschelte sich an mich, vertrauensvoll, warm, entspannt.

»Besser so?«, fragte ich, und sie antwortete mit Ja. »Du weißt, dass du es mir sagen kannst. Aber diesmal bitte ich dich nicht darum.«

Ich beugte mich hinunter, um sie wieder zu küssen, und sie öffnete sich für mich, umspielte meine Zunge mit ihrer und leckte meine Lippe, saugte leicht an dem Ring und vergrub die Finger in meinen Haaren. Sie hielt meinen Kopf in genau dem Winkel, in dem sie mich haben wollte. Als sie mit ihren kurzen kleinen Nägeln zwischen meinen Schulterblättern hinunter bis zu meinen Hüften glitt und ihre Finger unter das Gummiband meiner Boxershorts schob, während wir uns noch immer küssten, wusste ich, dass sie bereit war, aber ich behielt unser langsames Tempo dennoch bei, bestrebt, jedes Verlangen, das sie hatte, zu erfüllen. Unter Küssen zog ich ihr den BH aus, schob ihren Schlüpfer über ihre Beine hinunter, entledigte mich meiner Boxershorts und streifte das Kondom über.

Eine Hand an ihrer Hüfte, beugte ich mich über sie und öffnete ihren Mund mit einem tiefen, eindringlichen Kuss, während ich in sie hineinglitt und genau so lange blieb, dass wir beide die Verbindung vollständig spüren konnten. Sie war warm und fest und genau passend. *Natürlich war sie das*. Ich küsste ihr Kinn, ihren Kiefer, den Haaransatz genau neben ihrem Ohr. »Schönes Mädchen«, murmelte ich, während ich mich zurückzog und dann wieder in sie hineinglitt. Ich strich über die Innenseite ihres Mundes und sagte ihr ohne Worte, wie sehr ich sie liebte.

Sie stöhnte auf, vergrub die Finger in meinen Haaren und hielt sie fest, saugte an meiner Zunge, schlang ein Bein um meines und stützte sich mit dem anderen Fuß auf der Matratze ab, sodass sie sich meinen Stößen entgegenrecken konnte, während ich immer wieder in sie eindrang.

Ich schauderte über ihr – es tat *so gut, so gut*. Ich bewegte mich in einem Rhythmus mit ihr, glitt mit meiner Hand über ihren weichen Körper und knetete und streichelte ihn. Als ich ihre Brust mit einer Hand umfasste und mich hinunterbeugte, um ihren Nippel in den

Mund zu nehmen, murmelte sie meinen Namen, während sie sich wand und leise wimmerte. Sie brauchte das hier, brauchte mich.

Ich rollte mich auf den Rücken, wobei ich sie mitnahm, die Hände um ihre Taille gelegt. Ich zog sie nach unten, als ich mich aufrichtete, und führte sie, bis sie die Kontrolle übernahm und das Tempo vorgab, das sie brauchte, die Knie an meine Hüften gepresst, mit zitternden Armen. Ihr Haar fiel um uns herum, während meine Hände zu ihren Schenkeln glitten, und unter dem Vorhang ihrer seidigen, nach Geißblatt duftenden Haare folgte ich den Rundungen ihrer Brüste mit der Zunge, glitt an der weichen Haut darunter entlang, über die vollen äußeren Konturen und die Vertiefung in der Mitte. Ich spürte das Summen in ihrer Kehle, als ich meine Wange an ihre Brust drückte.

»Komm, Jacqueline«, flüsterte ich. »Komm jetzt, Baby.« Sie wimmerte wieder, frustriert, als wäre sie sich nicht ganz sicher, was sie tun sollte, daher rollte ich sie unter mich, drückte ihre Hände zu beiden Seiten ihres Kopfes flach auf die Matratze und drang wieder in sie ein.

»Oh, Gott«, stöhnte sie, die Finger über meinen eingerollt. »Lucas«, keuchte sie mit geschlossenen Augen.

»Ich bin genau hier«, sagte ich und beugte mich wieder hinunter, um sie zu küssen, während sie sich anspannte und verkrampfte.

Ich folgte ihr, so befriedigt wie noch nie zuvor in meinem Leben.

Unterhalb ihrer entblößten Schulter konnte ich nichts von ihr sehen, da sie sich unter die Decke gekuschelt hatte, aber ich konnte sie auf jeden Fall spüren. Sie war warm und weich, in meinen Armen geborgen, während unsere Beine ineinander verschlungen waren. Ich versuchte mich auf die Teile zu konzentrieren, die ich sehen konnte – Teile, die ich ebenso gut kannte wie die Muster, die unter meiner Haut eingeritzt waren. Ich entschied, dass ihre Augen mein Lieblingsteil waren. Und sie waren am schwersten auf Papier festzuhalten. Unmöglich, diese vielfarbigen Facetten und die Art, wie sie mich ansah, zu illustrieren. Oder vielleicht ihr Mund … ich berührte ihre Lippen, und sie starrte mich an, während sie wartete.

Es war unfair, wie sehr ich sie begehrte. Ich küsste sie und schob die Bettdecke bis zu ihrer Taille hinunter. Männer sind visuell veranlagt, genau wie Künstler, daher spürte ich das Verlangen, ihre entblößte Haut zu sehen, doppelt so heftig. Gottverdammt, sie war einfach so unglaublich schön. »Ich will dich so zeichnen«, sagte ich. Ich versuchte mir das Lachen zu verbeißen, als sie im Scherz fragte, ob es an meiner Wand enden würde. Dann würde ich nie einschlafen können. Ich würde sie entweder in meinem Bett haben und wiederholen, was wir eben getan hatten, oder ich würde meine sehr lebhafte Fantasie benutzen, um sie mir dort vorzustellen.

»Ich habe mehrere Zeichnungen von dir gemacht, die nicht an der Wand hängen«, sagte ich. *Hoppla.*

Sie wollte sie natürlich sehen. Ich glitt mit den Fingerspitzen über ihre Brust, bevor ich sie an mich zog. »Jetzt?«, fragte ich. *Bitte nicht.*

Sie lenkte ein, obwohl sie, nehme ich an, neugierig war, und ich beugte mich über sie und kuschelte mich zu ihr unter die Decke.

Ich drückte Küsse an ihrem Brustbein entlang nach unten, langsam und immer tiefer. Ihr stockte der Atem, und ihre Finger gruben sich in meine Haare und spannten sich an, als ich über ihren Bauchnabel und dann noch tiefer glitt. Ich rollte mich auf die Seite, um die Innenseite ihres Schenkels zu küssen, atmete ihren süßen Duft ein und blies sanft, als wollte ich ihr den Weg zeigen, den meine Zunge zu nehmen gedachte. In ihren kleinen Händen verwandelten sich meine langen, dunklen Haare in etwas, was sie nie gewesen waren – Zügel.

Führe mich, Jacqueline. Zeig mir, wo du mich haben willst.

Sie tat es.

Ich schlüpfte in meine Boxershorts, bevor ich Francis hereinließ und ihm etwas zu fressen gab, damit er uns in Ruhe ließ. Ich schenkte ein Glas Milch ein, legte ein paar Brownies auf einen Teller und reichte beides Jacqueline, als ich zurück in das schwach erhellte Zimmer kam.

Sie hatte sich die Decke bis zur Brust hochgezogen, was in Anbetracht der letzten paar Stunden witzig und verführerisch zugleich aussah. Ich knipste die Schreibtischlampe an, nahm meinen Skizzenblock, kroch hinter ihr ins Bett und forderte sie auf, sich mit dem Rücken an meine Brust zu lehnen. Ihre nackten Hüften pressten sich gegen das, was in nicht allzu ferner Zukunft eine harte, fordernde Erektion sein würde. Aber im Augenblick wollte ich vor Zufriedenheit nur schnurren oder knurren oder was immer Typen taten, wenn jedes nur erdenkliche Bedürfnis befriedigt war.

Sie knabberte an einem Brownie, während ich die Skizzen durchblätterte, die ich in diesem Semester angefertigt hatte – Campusgebäude mit bemerkenswerter Architektur, mechanische Objekte, Landschaften und Leute, die ich interessant fand. Bis wir zu der Zeichnung kamen, die ich an jenem verregneten Tag von ihr gemacht hatte, hatte sie zwei Brownies aufgegessen und eben mit dem dritten begonnen.

Ich sah zur Decke. *Volltreffer, Grandpa. Und jetzt wende den Blick ab.*

Ich fragte sie, ob sie es schlimm fände, dass ich sie beobachtet hatte, bevor sie mich überhaupt kannte, aber sie schien zu glauben, dass sie nur eine der interessanten Fremden war, die ich gezeichnet hatte.

»Ich weiß nicht, ob ich mich damit besser oder schlechter fühlen soll«, sagte ich.

Sie lehnte sich gegen meinen Arm nach hinten. »Ich bin nicht mehr sauer, weil du mir nicht gesagt hast, dass du Landon bist. Ich war nur wütend, weil ich dachte, dass du irgendein Spiel mit mir treibst, dabei war genau das Gegenteil der Fall.« Sie berührte mein Gesicht, während die Bettdecke weiter hinunterrutschte. »Ich könnte niemals Angst vor dir haben«, flüsterte sie.

Ich stellte den Brownieteller auf den Nachttisch und drehte sie zu mir um, sodass sie rittlings auf meinem Schoß saß. Während ich ihre Brüste berührte und küsste und an ihnen saugte und sie mit ihren magischen Fingern durch meine Haare fuhr und über meine Haut glitt, wachte mein Körper vollständig auf.

»Soll ich, äh…«, flüsterte sie, und ich nickte. Sie beugte sich zum Nachttisch hinüber und holte ein quadratisches Zellophanpäckchen. »Kann ich … oder ist das zu …?«

»Gott, ja … bitte.« Ich hatte noch nie erlebt, dass ein Mädchen mir ein Kondom überstreifte. Während sie es mit ihren kühlen, kleinen Fingern fachmännisch aufsetzte und abrollte, hatte ich das Gefühl, dass ich in diesem Augenblick der Unerfahrene von uns beiden war. Und, *mein Gott*, ich hatte überhaupt nichts dagegen.

23

LANDON

Einen Teilzeitjob an Land zu ziehen war problematischer, als ich dachte. In einer Kleinstadt, mit einer Vorstrafe wegen Körperverletzung in meiner nicht allzu fernen Vergangenheit rissen sich die Manager nicht darum, mich auf ihrer Gehaltsliste zu haben.

Ich erreichte einen neuen Tiefpunkt, als ich um ein Bewerbungsformular bei der allerletzten Fastfoodbude bat, bei der ich je arbeiten wollte, und dennoch zu hören bekam: »Du kannst das hier ausfüllen, aber im Moment stellen wir eigentlich nicht ein.« Es war fast Sommer – die umsatzstärkste Zeit des Jahres für jedes Geschäft in dieser Strandstadt. *Wir stellen nicht ein* – dass ich nicht lache. Ich starrte auf das kurzärmelige Anzughemd und die Polyesterkrawatte des Managers, während ich das Blatt Papier entgegennahm, das auszufüllen mich eine Viertelstunde kosten würde. Für nichts.

»Bist du nicht Rays Junge? Edmonds Enkel?«

Als ich mich umwandte, sah ich einen dieser schrulligen alten Typen unserer Stadt zu mir hochäugen. Sie waren in dieser Gegend weit verbreitet. Dieser hier war kleiner und breiter gebaut als ich, in einem roten Leinenoverall, der einer Gefängniskluft allzu ähnlich sah –

abgesehen von dem *Hendrickson Electric & AC*, das auf seine Brust gestickt war. Er kippte die zerknüllten Verpackungen und Kartons von seinem Tablett in den Abfalleimer und wandte sich wieder zu mir um.

»Ja, Sir.« Ich streckte eine Hand aus. »Landon Maxfield.«

Sein Händedruck war verblüffend fest, sodass meine Knochen knirschten. »W. W. Hendrickson«, sagte er, wobei er mit seinem schleppenden einheimischen Akzent die Initialen fast verschluckte. »Und du brauchst einen Job, was? Du willst doch wohl nicht in diesem beschissenen Laden hier arbeiten.« Er warf einen Blick auf den Manager, der errötete. »Nichts für ungut, Billy.«

Ich hatte das Gefühl, dass Bill Zuckerman seit mindestens zwanzig Jahren nicht mehr *Billy* genannt worden war. Er räusperte sich und versuchte erfolglos, keine finstere Miene aufzusetzen. »Äh, schon gut, Mr. Hendrickson.«

»Hmph«, meinte dieser nur. »Lass uns kurz rausgehen, Landon. Wir müssen uns unterhalten.« Er machte eine Handbewegung, und ich folgte ihm. »Ich dachte, du arbeitest bei deinem Dad auf dem Boot?« Wir gingen zu seinem Truck hoch, und er lehnte sich mit einem Ellenbogen auf die Seitenwand der Ladefläche.

Ich nickte. »Ja, Sir. Aber ich habe vor, in etwas über einem Jahr aufs College zu gehen, und ich brauche Arbeitserfahrung mit einer Referenz.«

»Hast vor, dich aus unserer kleinen Stadt zu verkrümeln, so wie dein Dad, was?«, fragte er, aber ich konnte keinen boshaften Unterton heraushören.

»Ja, Sir. Ich habe vor, Ingenieurwissenschaft zu studieren.«

Er zog seine buschigen Augenbrauen hoch. »Ah, das nenne ich ein vernünftiges Studium. Ich habe ja nie verstanden, wieso dein Dad so lange zur Schule gehen musste, um dann ein solches Blendwerk zu studieren.«

Ich kniff die Lippen zusammen. Ich wusste, dass ich besser nicht versuchen sollte, die Mehrfachabschlüsse meines Vaters in Wirtschaftswissenschaft Typen wie Mr. Hendrickson zu erklären.

»Ich will gleich zur Sache kommen. Ich brauche einen neuen Assistenten. Bevor du die Gelegenheit beim Schopf packst, sollte dir klar sein, dass du vermutlich ein-, zweimal eine gewischt kriegen wirst, bevor du lernst, welche Drähte du besser vermeidest. Und ich werde dich in dunkle, fünfzig Grad heiße Dachböden hochschicken, wo du eimerweise schwitzen und Glasfaser in die Knie und den Arsch kriegen wirst und vielleicht ab und zu irgendwelches Ungeziefer über deine Füße krabbelt.« Er lachte, ein fast lautloses Schnauben durch die Nase. »Ein Assistent von mir ist einmal glatt durch die Decke eines Kunden gegangen, wegen einer fauchenden Beutelratte. Ist zum Glück mitten im Wohnzimmer gelandet.«

Zum Glück? »Ähm, okay.« Ich wusste nicht, was ich sagen oder fragen sollte.

»Kriegst ein paar Dollar über dem Mindestlohn. Kein Trinken, Rauchen oder Herumschäkern mit den Töchtern von Kunden – ich habe das Gefühl, das erwähnen zu müssen, wo du so ein Hingucker bist wie dein Dad, und außerdem war ich selbst auch mal jung.«

Mein Gesicht begann zu glühen.

»Ich nehme an, mit Computern und so kennst du dich aus?« Als ich nickte, sagte er: »Gut. Ich könnte ein bisschen Hilfe gebrauchen, um meine Bücher zu übertragen.

Im einundzwanzigsten Jahrhundert ankommen, bevor es vorbei ist. Also, was meinst du?«

Ich habe einen Job, dachte ich.

»Nun, Mr. Maxfield. Hier sind wir – am Beginn Ihres letzten Schuljahres. Ich muss zugeben, ich hätte nie gedacht, dass Sie es so weit bringen würden.«

Ich starrte meine Schulleiterin an und dachte: *Im Ernst. Vor allem, da Sie alles getan haben, was in Ihrer Macht stand, um das wahr zu machen*. Trotzdem, dass sie den Nerv hatte, mich in ihr Büro zu zitieren, nur um mir das ins Gesicht zu sagen, konnte nichts Gutes verheißen. Sie glaubte, über allem und jedem zu stehen, und innerhalb der Grenzen dieser Schule hatte sie in dem Punkt durchaus recht.

Neun Monate, sagte ich mir. Neun Monate, und ich war weg von hier. Ich würde nicht einmal stehen bleiben, um mir den Staub von den Stiefeln zu schütteln.

Daher sagte ich nichts und sah sie nur unbewegt an. Sie studierte ein Blatt Papier, auf dem mein Stundenplan ausgedruckt war. »Wie ich sehe, haben Sie sich für Integralrechnung und Physik eingeschrieben.« Sie sah mich über den Rand der Brille auf ihrem Nasenrücken hinweg an. »Wie … *ehrgeizig* von Ihnen.« Sie hatte die Lippen fest zusammengepresst, die Brauen hochgezogen, die Augenlider gesenkt – ihre ganze Miene verriet ihre Skepsis, dass ich zu der Veränderung imstande war, mit der ich in den letzten paar Wochen des vergangenen Jahres begonnen hatte.

Ich wollte ihr Brille und Herablassung am liebsten aus dem Gesicht schlagen.

Anstatt etwas zu erwidern, wiederholte ich nur im

Stillen mein Mantra – die Grundsätze, die ich im ersten Monat meines Taekwondokurses im letzten Frühjahr gelernt hatte: *Höflichkeit, Anstand, Beharrlichkeit, Selbstbeherrschung, unbezwingbarer Geist*. Oft verschwammen die Funktionen dieser Begriffe ineinander – weil jeder mit den anderen verwoben war. Wenn ich in einem von ihnen scheiterte, könnte ich in allen scheitern. Was nützte mir Anstand, wenn ich keine Selbstbeherrschung hatte?

Und so saß ich nun da und wartete darauf, dass Ingram mit mir fertig war.

Sie war nicht glücklich über mein Schweigen – so viel war allzu offensichtlich. Ihre dünnen Lippen zuckten. »Soweit ich weiß, hat eine unserer Musterschülerinnen Ihnen im letzten Frühjahr geholfen, Ihre Kurse zu bestehen.«

Ah, Pearl.

Abgesehen von dem Tag, an dem sie mich auf eine punktierte Lunge untersuchte, hatten Pearl Frank und ich noch nie ein Wort miteinander gewechselt, ohne dass Melody dabei war, oder irgendetwas gesagt, das über ein *Kannst du das bitte nach vorn durchreichen?* im Klassenzimmer hinausging. Daher reagierte ich fast nicht, als sie mir im letzten Frühjahr in der Bibliothek eine Hand auf den Arm legte und fragte: »Landon, geht es dir gut?«

Da mir nur noch sechs Wochen Schule blieben, um die dreißig Wochen Stoff aufzuholen, die ich versäumt hatte, zusätzlich zu dem neuen Material, würde ich Schiffbruch erleiden. Aber ich hatte nicht das Bedürfnis, das Melodys bester Freundin zu beichten, die zufällig auch die schlaueste Schülerin in meiner Klasse war.

Ich blinzelte und ließ die Schultern kreisen und den Nacken knacken. »Ja. Alles in Ordnung.« Ich saß schon die ganze Freistunde in einer völlig verrenkten Position da und starrte auf einen Abschnitt in meinem Chemielehrbuch.

Sie legte die Stirn in Falten und zeigte auf meinen aufgeschlagenen Text. »Warum siehst du dir das an? Daltons Gesetz haben wir vor sechs Wochen behandelt.«

Ich klappte das Buch zu, verzog finster das Gesicht und stand auf. »Ja, na ja, ich habe es damals nicht kapiert, und ich kapiere es auch jetzt nicht.« Ich lockerte meine Grimasse und zuckte die Schultern. »Egal.«

Pearls Blick entging nur sehr wenig. »Aber du lernst es jetzt, weil ...«

Ich schluckte. Ich wollte es nicht laut aussprechen – dass ich einen Versuch in letzter Minute unternahm, um meiner Zukunft eine Wende zu geben. Dass ich Angst hatte, ich würde es vielleicht nicht schaffen.

»Wenn du willst, kann ich dir meine Mitschriften von den letzten sechs Wochen schicken, und du kannst mir Fragen stellen.« In ihren dunklen Augen lag Herausforderung, kein Mitleid.

Ich nickte. »Okay.«

»Und scheu dich nicht, auch deine Lehrer um Hilfe zu bitten. Das sind auch nur Menschen, weißt du.« Ich zog eine Augenbraue hoch, und sie grinste. »Na ja, die meisten von ihnen.«

Im Laufe der nächsten paar Wochen bewahrte sie mich davor, in meinem vorletzten Schuljahr durchzufallen – nicht nur in Chemie, sondern auch in Literatur und Algebra. Dank ihrer Hilfe wachte mein Gehirn nach drei Jahren Winterschlaf wieder auf.

»Pearl Frank?«, sagte Mrs. Ingram jetzt, als könnte ich mich an die Nachhilfe oder die Person, die sie mir gegeben hatte, nicht erinnern. Ich war mir nicht sicher, woher sie es wusste, aber ich war mir verdammt sicher, dass ich nicht danach fragen würde.

»Ja«, antwortete ich.

In diesem Augenblick hasste sie mich. In den ersten paar Monaten meines Taekwondokurses hatte ich gelernt, die Anzeichen zu erkennen, wenn bei jemandem Ärger in Wut umzuschlagen drohte. Die Wahrscheinlichkeit einzuschätzen, dass jemand im Begriff war, im nächsten Augenblick auszurasten, war schließlich notwendig für die Selbstverteidigung. Ingrams physische Anzeichen waren eher gering, aber sie waren da.

»Soweit ich weiß, wurden Sie im letzten Frühjahr wegen Körperverletzung festgenommen. Die Strafe wurde zur Bewährung ausgesetzt, zum Glück.« *Zum Glück* war nicht das, was sie eigentlich sagen wollte.

Ich schwieg.

Pearl sagte einmal zu mir, Ingram sei der Typ Anführer, der an *Addition durch Subtraktion* glaubte. »Es ist halb Genie, halb Betrug. Sie entfernen die Schüler mit den schlechtesten Noten, Mitarbeiter mit negativen Arbeitsbeurteilungen, et cetera, und erhöhen so die Gesamtpunktzahl oder den Stellenwert der Organisation.«

Schließlich scherte Ingram aus und fixierte mich mit einem zornig funkelnden Blick. »Warum antworten Sie mir nicht, Mr. Maxfield?«

Ich zog eine Augenbraue hoch. »Sie haben mir keine Frage gestellt.«

Ihre Augen loderten. »Lassen Sie mich eines klarstellen. Ich weiß nicht, was für ein Spiel Sie hier treiben oder was Sie mit Miss Frank zu tun haben, aber ich will nicht, dass Miss Frank ihre kostbare Zeit mit Ihrem Unsinn verschwendet. Ich glaube nicht eine Sekunde, dass Sie die grundsätzliche Arbeits- oder Lebensmoral und die zwischenmenschlichen Fähigkeiten besitzen, die nötig sind, um diese Schule und ihre beispielhaften Bildungsstandards zu vertreten.«

Ich biss mir auf die Lippe, um sie nicht zu berichtigen. Nach Ansicht des Staates war ihre Schule alles andere als *beispielhaft*.

Ich schaltete auf Durchzug, während sie von meinem Mangel an Anstand und kritischem Denkvermögen und Respekt vor Autorität schwafelte. Komisch, wie Leute, die sich gern über den Mangel an Respekt anderer Leute ausließen, im Allgemeinen nicht bereit waren, selbst Respekt zu erweisen.

Als sie aufhörte, dröhnten mir die Ohren. »Haben wir uns verstanden, junger Mann?« Sie erwartete eindeutig eine Antwort auf mehr als diese Frage – oder eine hitzige Reaktion. Sie war dazu verdammt, enttäuscht zu werden.

»Ich denke schon. War's das, Mrs. Ingram?« Ich erhob mich, wobei ich, da ich das Fenster nach Osten im Rücken hatte, einen breiten Schatten über ihren Schreibtisch warf. »Ich muss zum Unterricht. Es sei denn, Sie möchten, dass ich gleich am ersten Tag zu spät komme.« Wie aufs Stichwort ertönte das erste Läuten der Schulglocke.

Sie erhob sich, musste aber trotzdem den Hals recken, um zu mir hochzusehen. Ich hatte im Laufe des Sommers die stattliche Größe meines Dads erreicht, und sie war nicht begeistert davon, dass ich sie um dreißig Zentimeter überragte. Ich steckte eine Hand in meine vordere Hosentasche und verlagerte das Gewicht auf eine

Seite – das Äußerste, was sie an Waffenstillstand von mir bekommen würde. Ich war keine vierzehn mehr, und diese Frau würde mir nicht meine Chance vermasseln, aus dieser Stadt und aufs College zu verschwinden.

»Sie dürfen gehen. Aber ich behalte Sie im Auge.«

Ganz was Neues, dachte ich, während ich mich wortlos abwandte und ging.

Ich fragte mich, warum zum Teufel jemand wie sie überhaupt eine Karriere im Schulwesen anstrebte, aber ich würde nicht danach fragen. Nicht jeder ist logisch. Nicht alles ergibt letztendlich Sinn. Manchmal darf man nicht nach Erklärungen oder Entschuldigungen suchen und muss Leute und Orte einfach hinter sich lassen, weil sie einen sonst nur in den Abgrund reißen.

LUCAS

Am Samstagmorgen war es über dreißig Stunden her, seit ich Jacqueline zuletzt gesehen hatte. Sergeant Ellsworth und ich zogen uns im Umkleideraum für das letzte Selbstverteidigungsmodul um. Wir beide sollten erst zur zweiten Hälfte des Kurses erscheinen, da wir heute nur einem einzigen Zweck dienen würden: der Rolle der »Angreifer«, was emotionale Distanz von den »Opfern« erforderte.

Als wir den Raum vollständig gepolstert betraten, fiel mein Blick prompt auf Jacqueline. Sie trug, genau wie alle anderen, ihre Schutzbekleidung. Die Frauen ähnelten einem Stamm Mini-Sumoringer. Als sie aufsah und mich bemerkte, schlug Jacqueline rasch die Wimpern nieder und biss sich auf die Lippe, und ich erinnerte mich bildhaft an die Stunden, die wir in meinem Bett verbracht hatten. Nach ihrem schüchternen Grinsen zu urteilen, tat sie dasselbe.

Emotionale Distanz. *Ja, na klar*.

Ich wünschte zu spät, ich hätte Jacqueline offen gebeten, nicht gegen mich anzutreten. Wir konnten zusammen Abwehrtechniken üben, aber das hier war etwas anderes. Als Angreifer würden Ellsworth und ich hörbare Kommentare abgeben. Wir würden nach Gelegenheiten zum Angriff suchen. Wir würden ein »Opfer« nicht loslassen, bevor eine Abwehrtechnik nicht richtig ausgeführt wurde – und wir waren beide dafür ausgebildet, diesen Punkt einzuschätzen.

Dieser Teil des Kurses war nervenaufreibend für mich. Wenn ich so tun musste, als wäre ich ein Sexualstraftäter, hatte ich danach immer das Bedürfnis nach einer kochend heißen Dusche.

Sobald die Frauen die Techniken mit Watts noch einmal durchgegangen waren, würden sie bereit sein, das zu tun, was Jacquelines Freundin Erin *voll in die Eier treten* nannte.

»Sie ist nur so aufgeregt, weil sie es üben kann, ohne euch Jungs dabei zu verletzen, wegen der Polster«, sagte sie, als wir uns am späten Donnerstagabend anzogen, damit ich sie zurück zu ihrem Wohnheim fahren konnte.

»Oh-oh«, meinte ich todernst, und sie lachte.

Sie streifte ihre Handschuhe über, und während ihr Blick von meinem weghuschte, sagte sie: »Erin war die Erste, der ich es erzählt habe.« Ihre Stimme war kaum zu hören. »Ich wünschte nur, ich hätte es schon früher getan.«

Ich hob ihr Kinn an und zog sie an mich. »Es gibt keine richtige oder falsche Art, damit umzugehen, Jacqueline. Es gibt kein Drehbuch dafür.« Sie schluckte und nickte, nicht völlig überzeugt, wegen Mindi. »Du hast es überlebt, und sie wird es auch tun.«

Ich war als Erster dran. Als ich zur Matte ging, spürte ich Jacquelines Blick auf mir, und ich betete, dass wir bei dieser Übung keine Partner sein würden. Vickie meldete sich als Erste freiwillig, und sie machte mich auf bestmögliche Weise fertig. Ich hatte damit gerechnet, dass Erin sich vielleicht als Erste oder Zweite melden würde, aber sie blieb bei Jacqueline, die es überhaupt nicht eilig zu haben schien, die Übung überhaupt zu machen. Während Ellsworth auf der Matte war, sah ich, wie die beiden ihren Kurskameradinnen die Daumen drückten, während Erin aus vollem Hals Vorschläge schrie – »Kopfstoß! *RASENMÄHER!* Tritt ihn! *HÄRTER*!« – und Jacqueline jubelte und klatschte.

Schließlich drückte Erin Jacquelines Hand und trat vor, um gegen Ellsworth zu kämpfen, sodass nur noch Jacqueline und eine andere, extrem schüchterne Frau übrig waren, die im studentischen Gesundheitszentrum arbeitete. Ellsworth beäugte Erin und murmelte: »Wenn die hier mir die Eier bis zum Hals hochtritt, bist du mir was schuldig, Kumpel«, bevor er die Matte betrat. »Ich bin mir nicht sicher, ob ich meinen Polstern bei ihr trauen kann.«

Wenn das »Opfer« einen richtig guten Treffer landete, würden wir es – hoffentlich – kaum spüren. In unserer Ausbildung hatte man uns gesagt, wir sollten unseren inneren Schauspieler finden. Aber als Erin weit ausholte und Ellsworth einen perfekten Tritt in die Eier verpasste und er prompt zu Boden ging, war ich dennoch leicht besorgt. Elf Stimmen schrien »*LAUF WEG!*«, aber Erin hatte offenbar selbst eine innere Schauspielerin. Sie stieß sich von seiner Brust los, schnellte herum und trat ihn noch zweimal, bevor sie in die Sicherheitszone rannte, wo sie herumhüpfte, als hätte sie soeben die Meisterschaft im Schwergewicht gewonnen.

Ellsworth rollte sich auf die Füße und gab mir ein Daumen-hoch-Zeichen. *Puh.*

Ich ging zur Matte und wartete. Gail vom Gesundheitszentrum trat jetzt vor, vor Nervosität zitternd. An diesem Punkt wären manche vielleicht in Versuchung gewesen, ihr zu sagen, sie müsse das nicht tun. Aber jetzt hatte sie es schon so weit gebracht. Es war Zeit, ihr zu beweisen, dass sie etwas gelernt hatte. Watts gab ihr anfangs leise Anweisungen und ermunterte sie, härter zuzuschlagen. Ich machte es ihr leicht, aber während sie Faustschläge und Tritte landete und von den anderen Frauen angefeuert wurde, trat und schlug sie immer härter zu und brüllte dazu lautstark *Nein* und *Hau ab*. Sie weinte und lächelte, als wir fertig waren, umgeben und beglückwünscht von den anderen.

Für mich gab es nichts Schöneres, als Jacqueline zuzusehen. Ohne Anweisung führte sie eine Reihe von Bewegungen aus, und egal, ob sie einen Treffer landete oder nicht, wechselte sie immer wieder zwischen den einzelnen Techniken. Einmal schien sie in einer Bärenumklammerung von vorn festzustecken, bis Erin so laut »*IN DIE EIER!*« brüllte, dass man es vermutlich bis in den nächsten Bundesstaat hören konnte, und Jacqueline riss ihr Knie hart hoch. Ellsworth ging prompt zu Boden, und Jacqueline stürzte davon in die Sicherheitszone, wo Erin sie begeistert umarmte. Ich war so stolz auf sie – und ich hoffte bei Gott, dass sie nichts von dem, was sie soeben gelernt hatte, je würde anwenden müssen.

Am Sonntagnachmittag nahmen Jacqueline und ich uns eine letzte Pause vom Lernen für die Abschlussprüfungen. Ich bereitete Kaffee in Thermoskannen vor, und wir fuhren an den See. Ich wollte Kajakfahrer zeichnen, die, wie Jacqueline behauptete, eindeutig verrückt waren, bei diesen Temperaturen draußen auf dem Wasser zu sein. Sie kuschelte sich auf der Bank an mich, von Kopf bis Fuß dick eingemummt, zitterte aber immer noch. Ich trug meinen Kapuzenpulli, aber keine Handschuhe, und ich hatte meine Lederjacke ausgezogen, da ich sie nicht brauchte.

Ich nannte sie Weichei, weil sie eine solche Frostbeule war, worauf sie mich in die Schulter boxte. Ich sah es kommen und hätte sie abwehren können, aber ich tat es nicht. »Oh, Gott – ich nehme alles zurück! Du schlägst ja knallhart zu. Ein echter Hammer.« Ich zog sie an mich, um sie zu wärmen.

»Meine Hammerfaustschläge sind verdammt hart.« An meine Brust gemurmelt, waren ihre Worte fast unhörbar.

»Das sind sie allerdings.« Ich hob ihr Gesicht zu meinem. »Ehrlich gesagt, habe ich sogar ein bisschen Angst vor dir.« Meine scherzhaften Worte enthielten mehr Wahrheit, als sie wusste.

»Ich will nicht, dass du Angst vor mir hast.« Beim Sprechen stieß sie kleine Atemwolken aus, und ich küsste sie, bis ihre Nase warm an meiner Wange war.

Wir fuhren zurück zu meiner Wohnung, wo sie mich

an meine Bitte vor ein paar Wochen erinnerte, sie solle mir etwas lassen, worauf ich mich freuen könnte. »Und, hast du … dich darauf gefreut?«, fragte sie. Unsere Kleider waren verrutscht, aber wir waren nicht weiter gegangen als bis zu hitzigem Knutschen auf dem Sofa, mit Francis als gelangweiltem Zuschauer.

Hatte ich mich auf ihre Hände und ihren Mund auf mir gefreut? Äh … ja.

Während sie auf meine Lippe starrte – ich hatte den Ring vollständig in meinen Mund gesaugt –, breitete sich langsam ein Lächeln über ihrem Gesicht aus. Sie küsste mich, und dann rutschte sie von meinem Schoß auf die Knie, zwischen meine Beine. Während sie den Knopf und den Reißverschluss meiner Jeans öffnete, war ich mir ziemlich sicher, dass ich träumte. Ich wollte mich nicht bewegen und riskieren aufzuwachen, aber ich konnte mich nicht beherrschen, mit den Fingern durch ihr weiches Haar zu fahren, um sie nicht nur berühren, sondern auch alles sehen zu können, was sie tat.

Während sie die Zungenspitze herausstreckte und damit vom Schaft bis zur Spitze glitt, schloss ich nur für einen Moment die Augen. Ich glaubte vor Ekstase den Verstand zu verlieren. Sie reckte sich nach oben, um mit den Zähnen an mir zu knabbern, während sie mich gleichzeitig erst mit den Fingerspitzen und dann mit der Zunge streichelte. Ich stöhnte auf, was offenbar genau die richtige Reaktion war. Als sich ihr warmer Mund über mir schloss – *heilige Mutter Gottes* –, sackte mein Kopf auf dem Sofa nach hinten, und ich schloss wieder die Augen, die Hände noch immer in ihren Haaren, die Handballen an ihren Wangenknochen. Und dann summte sie – einen einzigen langen, tiefen Ton.

»Oh, Gott, Jacqueline«, stöhnte ich.

Diesmal ließ sie sich von mir nicht aufhalten.

Am Mittwochnachmittag schrieb sie mir eine SMS: Abschlussprüfung Wirtschaft: PWNED! Ob sie diesen Ausdruck von Videospielen oder Katzen-Memes kannte, war mir egal. Es war einfach zu niedlich. Alles wegen mir, stimmt's?, schrieb ich zurück. Nein, wegen diesem Landon, antwortete sie. Ich lachte schallend auf, womit ich mir eine hochgezogene Augenbraue von Eve einhandelte, mit der ich eine Doppelschicht arbeitete. Sowohl Gwen als auch Ron hatten heute zwei Abschlussprüfungen, weswegen wir uns bereit erklärt hatten, praktisch den ganzen Tag zu arbeiten, zusammen mit unserem Manager.

»Ich brauche etwas Heißes und Süßes.« Ich erkannte Josephs Stimme, als er bei Eve seine Bestellung aufgab. Er rieb die Hände in seinen Fäustlingen aneinander, um sie zu wärmen. Seine Jacke war das Universitätsmodell, mit seinem Namen versehen. Seine Wollmütze, die er sich tief über die Ohren gezogen hatte, trug unser Maskottchen.

Sie funkelte ihn an. »Ich brauche den *Namen* des von Ihnen gewünschten *Getränks*, Sir.« Sie sprühte vor Gehässigkeit. Das konnte ja heiter werden. Oder richtig schmerzhaft. Wie auch immer, ich konnte es nicht über mich bringen dazwischenzugehen und der Sache ein Ende zu setzen.

Joseph kam selten zu Starbucks. Er erklärte entschieden, es sei ein einziger Hype – überteuert und übervermarktet.

Er beäugte Eve über den Tresen. »Irgendwelche Empfehlungen? Ich bin mit diesen ganzen schicken Getränken, die ihr hier habt, nicht vertraut. Wie ich bereits sagte – ich will etwas *Heißes* und *Süßes*. Aber ich bin mir nicht sicher, ob du die Richtige bist, um mir das zu geben.«

»*Wirklich?* Das ist dein Anmachspruch?«

Er zog die Augenbrauen hoch, und sein Mund zuckte. »Süße, wenn du auf einen Anmachspruch hoffst, wirst du ihn von *mir* nicht zu hören kriegen. Du bist weit, weit davon entfernt, mein Typ zu sein.«

Eve schäumte vor Wut. »Ach, und ›Ich will etwas Heißes und Süßes‹ heißt mit anderen Worten ›nichts‹?«

»Äh, *nein*.« Sein Blick war eisig. »Es heißt, dass ich gern ein *heißes* Getränk hätte, im Gegensatz zu einem kalten, und dass ich gern etwas *Süßes* hätte – im Sinne von *mit Sirup darin*. Gottverdammt. Hast du vielleicht einen Kollegen oder so, bei dem ich bestellen könnte?« Er sah sich mit zusammengepressten Lippen um und entdeckte mich.

»Lucas, verdammt, gib mir etwas« – er beäugte Eve – »*Heißes* und *Süßes*.«

»Klingt gesalzener Karamellmokka gut?«

Lächelnd sagte er: »Verdammt, ja – das klingt perfekt.« Sein Lächeln schwand, als er zurück zu Eve sah, obwohl er noch immer mit mir sprach. »Und danke für deine Professionalität.« Ich bereitete das Getränk zu, während er einen Geldschein über den Tresen reichte und Eve seinen Betrag schweigend eintippte.

»Wir sehen uns nächste Woche auf diesem Air-Review-Konzert«, sagte er, während er seinen Becher in die Hand nahm. »Elliotts Schwester kommt übrigens in der Woche danach zu Besuch. Wenn du an einem der

Abende zum Essen zu uns kommen willst, kann ich mit meinem einzigen superschlauen Freund angeben.«

»Na klar«, antwortete ich lachend. »Klingt gut, Joseph.«

Als er gegangen war, funkelte Eve mich an und sagte tonlos: »Er ist schwul, stimmt's?«

»Ja.«

»Und du stehst einfach nur da und siehst zu, wie ich mich lächerlich mache ...«

»Eve, es dreht sich nicht alles nur um dich.« Ich tippte ihr mit einem Finger an die Nase, um die harten Worte abzumildern. »Vielleicht solltest du darüber mal nachdenken.« Ich wandte mich ab, um Krüge abzuspülen, bevor die nächste Welle prüfungsgestresster Kunden über uns hereinschwappte.

Sie seufzte, erwiderte jedoch nichts.

Mein Telefon piepste, als ich wieder eine SMS von Jacqueline bekam, die zwischen jetzt und Samstag noch drei Prüfungen vor sich hatte: Chinesisch am Samstag? Ich brauche etwas Heißes und Scharfes, um das Ende des Semesters zu feiern. Kung-Pao vielleicht? *zwinker* Nach dem Wortwechsel zwischen Joseph und Eve vor ein paar Minuten musste ich wieder laut kichern. Jacqueline und ich hatten vor, in ihrem Wohnheimzimmer zu feiern, nachdem Erin über die Winterferien weggefahren war.

Ich: Ich glaube, heiß und scharf könnte ich schaffen
Jacqueline: Toll, ja bitte

»Wie bist du eigentlich dazu gekommen, Kontrabass zu spielen?«, fragte ich, während ich in meinem Karton nach einem Stück Brokkoli stocherte. Wir saßen nebeneinander in Jacquelines Wohnheimzimmer auf dem Boden, mit dem Rücken an ihr Bett gelehnt.

»Übers Kinder-Football«, antwortete sie. Ich verzog das Gesicht, als ich sie mir in einer Footballkluft vorstellte, und sie lachte. »Einer unserer Bassisten hat sich bei einem Spiel das Schlüsselbein gebrochen, und unser Orchesterleiter hat uns angefleht, dass eine der Violinen wechselt. Ich habe mich freiwillig gemeldet. Ein zusätzlicher Bonus war, dass meine Mutter nicht froh darüber war.«

»Das heißt, deine Beziehung zu deiner Mom – ist nicht so gut, nehme ich an?«

Sie seufzte. »Ehrlich gesagt, habe ich es ihr eben erzählt – das mit Buck. Alles. Und sie hat *geweint*. Sie weint sonst nie. Sie wollte herkommen.« Eine Furche zeigte sich auf ihrer Stirn. »Ich habe gesagt, es ginge mir gut, ich sei stark, und dann ist mir bewusst geworden, dass ich es wirklich bin.« Sie stützte den Kopf auf das Bett, das Gesicht zu mir gewandt. »Wegen Erin – und dir.«

Mein Verstand nahm an, dass das, was sie hier lobte, keine *Bad-Boy*-Eigenschaft war.

Ich tippte mir an einen imaginären Hut. »Stets gern zu Diensten, Ma'am.«

Sie lächelte. »Sie macht für mich einen Termin bei ihrem Therapeuten. Anfangs habe ich nur zugestimmt, weil es ihr eine Aufgabe gibt – eine Möglichkeit, mir zu helfen. Aber als ich darüber nachdachte, war ich froh. Ich will mit jemandem über das reden, was passiert ist. Jemandem, der mir helfen kann, mit der ganzen Geschichte umzugehen.«

Unsere Gesichter waren sich nah, und ich hätte schwören können, dass sie *meinetwegen* traurig aussah. Vielleicht weil ich keine Mutter mehr hatte. »Das ist ja toll. Ich bin froh, dass deine Mom für dich da war.«

So hatte ich mir den Verlauf dieses Abends eigentlich nicht vorgestellt. Ich hatte nur noch so wenig Zeit mit ihr.

»Und was ist mit dir? Wie bist du darauf gekommen, Ingenieurwissenschaft zu studieren? Ich meine, du hättest vermutlich auch Kunst als Hauptfach wählen können.«

Ich zuckte die Schultern. »Ich kann zeichnen, wann immer ich will. Es beruhigt mich – das war schon immer so. Aber das will ich für niemanden außer mich selbst tun. Und was Kunst im Allgemeinen anbelangt – ich bin eigentlich kein Maler, Bildhauer oder sonst irgendetwas. Meine Interessen bei den Ingenieurwissenschaften einzugrenzen fiel mir dagegen schwer. Ich wollte alles machen.«

Sie lächelte. »Und wie hast du dich dann entschieden?«

»Na ja, Geschick und Gelegenheit. Eigentlich hatte ich mir gar nicht überlegt, in Richtung Medizin zu gehen. Ich dachte, ich würde Autos entwerfen oder futuristisches Zeug wie Luftkissenfahrzeuge erfinden. Aber die Gelegenheit bot sich, als Dr. Aziz mich aufgefordert hat, mich zu bewerben, daher bin ich jetzt dabei.«

Ich scrollte meine iTunes-Liste nach der Playlist durch, die ich ihr vorspielen wollte, und reichte ihr beide Kopfhörer. Wie zu erwarten, reagierte sie stärker auf Musik als jeder andere, den ich je gekannt hatte – eine endlose Reihe von Emotionen spiegelte sich in ihren Augen, während sie mich anstarrte und der Musik zuhörte. Ich beugte mich vor, um sie zu küssen, und dann hob ich sie hoch, legte sie aufs Bett und streckte mich neben ihr aus, einen Arm unter ihrem Kopf, den anderen flach auf ihrem Bauch.

Als ich mit dem Finger über ihr Ohr streichen wollte, nahm sie einen der Kopfhörer heraus und reichte ihn mir. Ich suchte auf der Playlist einen Song heraus, den ich gefunden hatte, kurz bevor ich mir mein letztes Tattoo machen ließ – vier Zeilen, die jetzt auf meiner Seite eingraviert waren, ein Gedicht, das meine Künstlermutter für den analytisch veranlagten Mann geschrieben hatte, der sie liebte. Der Song hatte die Erinnerung an ihre Worte ausgelöst, daher suchte ich auf dem Dachboden nach den Notizbüchern mit ihren Gedichten, als ich das nächste Mal zu Hause war. Ich schrieb die Zeilen ab und nahm sie mit zu Arianna, und vor zwei Jahren übertrug sie das Gedicht auf die Leinwand meines Körpers.

Liebe ist nicht die Abwesenheit von Logik,
sondern Logik, die untersucht und neu berechnet,
erwärmt und geschmiedet wird, um in die Konturen
des Herzens zu passen.

Unsere Hände begannen, über den Körper des jeweils anderen zu wandern – meine Finger glitten unter ihren Rock, während ich sie küsste. Sie warnte mich, dass Erin jeden Augenblick wiederkommen könnte – offenbar war ihre Mitbewohnerin noch nicht in die Winterferien gefahren. Hatte irgendetwas mit ihrem Freund zu tun, der versuchte, sie zurückzugewinnen.

»Weswegen haben sie sich getrennt?«, fragte ich.

Ich nahm ihre Brust in eine Hand, im Begriff, nach der Schnalle zu suchen – vorn oder hinten diesmal?

»Wegen mir«, sagte sie, und ich erstarrte. »Nein – nicht *das*. Chaz war … Bucks bester Freund.« Ihr ganzer Körper verkrampfte sich, allein schon davon, dass sie seinen Namen aussprach, und ich zog sie an mich.

Buck sollte nicht mehr hier sein, und vermutlich würde er im nächsten Semester nicht mehr wiederkommen – mit Sicherheit nicht, wenn Charles etwas damit zu tun hatte. Er kannte irgendjemanden im Disziplinarausschuss, und ich war mir ziemlich sicher, dass er jede Gefälligkeit einfordern würde, die er konnte.

»Ich habe dir das mit dem Treppenhaus nie erzählt, oder?«, sagte Jacqueline jetzt.

Ich spannte mich ebenso an wie sie. »Nein.«

Sie schluckte. »Vor etwa einem Monat waren alle Waschmaschinen auf meiner Etage belegt, daher bin ich hinunter in den ersten Stock gegangen, um zu sehen, ob dort eine Maschine frei war.« Ihre Stimme war so gedämpft, dass ich meine Haltung nicht verlagern konnte, ohne sie nicht mehr zu hören. »Auf dem Weg zurück nach oben hat Buck mich im Treppenhaus abgepasst. Er hat mir gedroht …« Sie schluckte wieder, schwer diesmal, und überließ es mir, den Satz in Gedanken zu Ende zu führen. »Daher habe ich zu ihm gesagt: ›Mein Zimmer.‹ Ich dachte, wenn ich ihn in den belebten Flur bringen könnte, dann hätte ich Zeugen, wie ich ihm sagte, er solle gehen, und er würde gehen müssen.«

Ich hielt sie zu fest an mich gedrückt. Das war mir klar, aber meine Muskeln waren wie erstarrt. Ich konnte den Griff um Jacqueline nicht lockern.

»Im Flur waren fünf Leute. Ich habe ihm gesagt, er solle gehen. Er war wütend, als ihm klar wurde, was ich getan hatte. Er hat es so hingestellt, als hätten wir es im

Treppenhaus miteinander getrieben. Und nach den Gesichtern der anderen zu urteilen … und nach den Geschichten, die danach im Umlauf waren … haben sie ihm geglaubt.«

Er war nicht in ihr Zimmer gelangt. Aber er hatte sie angefasst. Und ihr Angst gemacht. *Wieder*.

Ich spürte ein Gefühl von beschützerischer Wut und quälender Machtlosigkeit in mir aufsteigen, und ich wusste nicht, wie ich damit umgehen sollte. Ich wollte Jacqueline nicht verletzen oder ihr Angst machen, aber ich wusste nicht, wie ich mit der Wut umgehen sollte, die in mir hochkochte und überzuquellen drohte.

Ich legte Jacqueline auf den Rücken und küsste sie, während ich ein Knie zwischen ihre Beine drückte. Ich spürte, wie sie sich zur Wehr setzte, und mein Gehirn schrie: WAS ZUM TEUFEL TUST DU DA? Ich versuchte mich zurückzuziehen – aber ihre Hände, die jetzt nicht mehr zwischen uns eingeklemmt waren, schnappten sich meine Haare und hielten sie fest. Sie öffnete den Mund, zog mich hinein und küsste mich ebenso hart zurück.

Ich schauderte vor Liebe. Ich liebte sie so sehr, dass ich kaum noch Luft bekam. Ich fragte mich, ob es sich so anfühlen sollte, jemanden zu lieben, oder ob ich einfach völlig verkorkst und unfähig war, jemanden richtig zu lieben, da das Einzige, was ich fühlte, dieses geisteskranke, unstillbare Verlangen war, dieses leere, schwarze Loch in meiner Seele. Ich war dabei, in ihren Händen auseinanderzubrechen, zu nichts zu zerfallen.

Ich musste aufhören. Das hier musste aufhören. Ich hatte ihr gegeben, was sie wollte, was sie brauchte – und jetzt lag ich zerbrochen zu ihren Füßen. Wie konnte sie das nicht sehen? Ich konnte dieses Spiel nicht länger spielen. Ich musste das wenige retten, das von mir noch übrig war.

Ich wollte sie ausziehen und sie ein letztes Mal besitzen. Ihre Beine spreizen und sie bewundern. Sie dazu bringen, meinen Namen zu schreien und unter mir zu schaudern. Ich wollte noch eine Nacht lang so tun, als könnte ich ihr gehören und sie mir. Ich lag über ihr und küsste sie, und ich wusste, dass es nicht passieren würde. Ihre Mitbewohnerin würde jeden Augenblick wiederkommen, und das war gut so. Der Raum, von dem ich wollte, dass sie ihn ausfüllte, ließ sich nicht ausfüllen.

Wir verlangsamten unser Tempo, lagen nebeneinander da, und ich begann meine Ausstiegsstrategien zu entwickeln.

Dann erkundigte sie sich nach den Hellers und meinen Eltern, und ich rollte mich auf den Rücken und beantwortete ihre Fragen.

Und dann: »Wie war deine Mutter?«

»Jacqueline …«, sagte ich in dem Augenblick, in dem Erins Schlüssel ins Schloss gesteckt wurde.

Ich stand auf, als sie hereinkam, und Jacqueline tat dasselbe. Erin versuchte so zu tun, als hätte sie Wäsche zu erledigen, aber ich sagte: »Ich wollte sowieso gerade gehen«, und schnürte meine schwarzen Arbeitsstiefel zu. Ich wünschte, ich hätte meine alten Noconas getragen, damit ich einfach hineinschlüpfen und gehen könnte.

»Morgen?«, sagte Jacqueline an der Tür, die Arme um sich geschlungen.

Ich zog den Reißverschluss meiner Jacke zu und sagte: »Jetzt ist offiziell Winterpause. Vielleicht sollten wir sie nutzen, um uns auch eine Pause voneinander zu nehmen.«

Sie wich verblüfft zurück. Sie fragte mich, warum, und ich wurde rein logisch, ohne Emotion – sie würde die Stadt verlassen, und ich würde dasselbe tun, zumindest für ein paar Tage in der Weihnachtswoche. Sie musste noch packen, und Charles brauchte Hilfe, um die Abschlussnoten zu verschicken – was Schwachsinn war, aber sie hatte keine Möglichkeit, es zu überprüfen, und das wusste ich.

Ich bat sie, mir Bescheid zu geben, wenn sie wieder in der Stadt war, und beugte mich hinunter, um ihr einen Kuss zu geben – einen schnellen, flüchtigen Kuss. Nicht das, was sie verdient hatte. Nicht das, was ich fühlte. Ich verabschiedete mich und ging.

24

LANDON

Ich wusste, dass ich nicht der einzige Schüler auf der Schule ohne Computer war, aber es fühlte sich so an. Normalerweise loggte ich mich in der Bibliothek ins Internet ein, während meines Programmierkurses im Computerraum oder bei Hendrickson. Aber heute musste ich weder zum Programmierkurs noch zur Arbeit, daher benutzte ich den vorsintflutlichen Computer in Wynns Werkstatt.

»Kauf dir endlich einen billigen Laptop«, drängte mich Boyce. »Du arbeitest die ganze gottverdammte Zeit, daher weiß ich, dass du die Knete hast, und ich weiß verdammt gut, dass du sie nicht mehr für Kippen oder einen Schuss ausgibst.«

Nachdem ich die Seite aufgerufen hatte, auf der, wie ich hoffte, irgendwann meine Prüfungsergebnisse erscheinen würden, wartete ich darauf, dass sich der Computer keuchend weiter zu der Log-in-Seite schleppte, wo ich mein Passwort eingab. Boyce hielt durch das Flachglasfenster nach seinem Vater Ausschau. Es war völlig verschmiert von Fingerabdrücken, Klebebandresten, Klecksen mit weiß Gott was und Jahrzehnten, in denen niemand auf die Idee gekommen war, Glasreiniger zu kaufen.

»Ich spare fürs College.« Ich nannte die Ausrede, die ich jedes Mal vorbrachte, wenn ich mich weigerte, für irgendetwas Geld auszugeben. »Und ich habe mir noch nie einen Schuss gesetzt.«

»Ja, ja.« Er drückte meinen Bizeps. »Deine großen, harten, tugendhaften Arme sind ausschließlich Tattoonadeln vorbehalten.«

Ich schüttelte ihn ab. »Halt die Klappe, Mann …«

Fast unerreichbare Punktzahlen bei den Prüfungsergebnissen waren meine einzige Hoffnung, um meinen erbärmlichen Arsch an dem jämmerlichen Notendurchschnitt, den ich nur noch begrenzt verbessern konnte, vorbei aufs College zu retten. Nicht einmal ein »Sehr gut« in diesem Jahr würde genügen. In den letzten acht oder neun Monaten hatte ich jeden kostenlosen Online-Vortest und jede Lernhilfe in der Bibliothek genutzt. Wenn meine Punktzahl bei dieser gottverdammten Aufnahmeprüfung nicht lächerlich hoch war, war ich geliefert, und es gab keine Beziehungen, die Heller dann noch spielen lassen konnte, um etwas an dieser Tatsache zu ändern.

Ich drückte auf *Enter*, der Bildschirm flackerte ein paarmal auf, und dann waren sie da: die Zahlen, die über meine Zukunft entschieden. Ich lehnte mich auf dem Stuhl zurück und starrte auf den Bildschirm, während mein Herz zu rasen begann.

Ich hatte es geschafft.

»89. Perzentil?« Boyce zog die Augenbrauen hoch und johlte. »Heißt es das, was ich vermute? Scheiße, Mann. Ich wusste ja, dass du ein Superhirn bist, aber *großer Gott*.« Er packte mich lachend bei den Schultern und schüttelte sie. Boyce war – abgesehen von Heller – der Einzige, der wusste, wie sehr ich diese Flucht wollte. Wie sehr ich sie brauchte. »Mann, du hast es geschafft.«

Ich nickte, noch immer fassungslos.

»Oh, Mann.« Er boxte mich in die Seite. »Das *nervt*. Ich werde in dieser beschissenen Stadt festsitzen, während du die Fliege machst und jede Menge *Collegemädchen* vögelst.«

Ich schüttelte lächelnd den Kopf. Ich überließ es Boyce, sich auf den einzigen Aspekt des Colleges einzuschießen, der ihm vielleicht gefallen hätte.

Zu spät hörten wir, wie eine Trucktür zugeschlagen wurde. »Scheiße«, sagten wir einstimmig.

Die Glocke über der Tür läutete, kurz nachdem ich den Suchverlauf gelöscht und den Computer heruntergefahren hatte und von meinem Stuhl hochgesprungen war. Aber Boyce' Dad war kein Vollidiot.

»Seht ihr zwei Schwachköpfe euch etwa schon wieder einen Porno auf *meinem Computer* an?«, donnerte er. Er wartete nicht einmal ab, bis die Tür hinter ihm zugefallen war. Schüttere Haare standen senkrecht von seinem Kopf ab, als hätte er eben einen Stromschlag bekommen.

Genau genommen hatten wir uns auf seinem Computer nur ein einziges Mal Pornos angesehen, auch wenn ich mir ziemlich sicher war, dass Boyce es noch immer tat, sobald sich die Gelegenheit dazu bot. Wir waren zu einer stillschweigenden Übereinkunft gekommen, dass es zu seltsam war, sich so etwas zusammen anzusehen.

»Wir haben die Ergebnisse der Aufnahmeprüfung fürs College abgerufen«, sagte Boyce, während er die Schritte seines Vaters genau verfolgte. Ich wusste gar nicht, dass er diese Worte in einem zusammenhängenden Satz aussprechen konnte.

»Du verlogenes Stück Scheiße«, knurrte Mr. Wynn und machte einen Satz auf uns zu. Wir duckten uns zur Seite, und Boyce wich der fleischigen Faust aus, die auf seinen Kopf zuschoss, halbherzig, ungefähr so, wie man mit der Hand nach einer Fliege schlagen würde, um sie zu verscheuchen. Sein Dad fluchte hinter uns her, bis wir zur Tür hinaus verschwanden.

Boyce und mich verbanden unzulängliche Väter und abwesende Mütter, aber das war auch schon alles an Gemeinsamkeiten. Sein Vater war ein gewalttätiger Deckskerl, während meiner schweigsam und distanziert war. Seine Mutter verließ seinen Vater – und ihre beiden Söhne –, als er fast noch zu jung war, um sich an sie zu erinnern. Er schien ihr nie übel zu nehmen, dass sie gegangen war. *Ich an ihrer Stelle hätte diesen Scheißkerl auch sitzen lassen,* war alles, was er je zu dem Thema sagte.

»Zeit zu feiern, Mann.« Er lotste mich zu seinem Trans Am, während sein Vater ihm von der Tür der Werkstatt aus noch immer hinterherfluchte.

»Feierabend ist um *sechs*!«, bellte er, wobei er die Tatsache ignorierte, dass er am Nachmittag für zwei Stunden zugemacht hatte, um eine »befreundete Dame« in der nächsten Stadt zu besuchen – eine Person, bei der Boyce und ich uns nicht sicher waren, ob sie überhaupt existierte. Wie irgendeine Frau Bud Wynn attraktiv finden könnte, überstieg unsere Vorstellungskraft. »Du nutzloses Stück …«

Wir knallten die Türen hinter der altbekannten Tirade zu, und Boyce drehte den Schlüssel in der Zündung und ließ die Stereoanlage an, während ich für die gesündere Schweigsamkeit meines Vaters widerwillig dankbar war.

LUCAS

Jacqueline würde in zwei Tagen zurück nach Hause ziehen. Der Raum zwischen uns war magnetisiert – ich wusste keine andere Art, es zu beschreiben. In den letzten vierundzwanzig Stunden hatte ich jede Sekunde gegen ihre Anziehungskraft angekämpft. Ich wusste genau, wo sie war, und ich wollte ebenfalls dort sein. Ich hoffte, dass ich, wenn sie erst einmal abgereist war, wenn sie weiter von mir entfernt war, eine Verschnaufpause bekommen würde.

Carlie und Caleb waren in meiner Wohnung und spielten Videospiele. In zwei Wochen Ferien gab es für sie nichts als Essen, Ausschlafen und Geschenke, so weit das Auge reichte – denn mit sechzehn und elf reicht das Auge nicht allzu weit. Man denkt, das tut es … aber das tut es eben nicht.

Ich kann nicht behaupten, dass ihre Sichtweise ansteckend war, aber es war witzig, dabei zuzusehen.

Es klopfte an der Tür, aber ich erwartete niemanden. Bevor ich überlegen konnte, war Carlie schon aufgesprungen und schob den Türriegel zurück.

»Wer ist da, Carlie?« Ich sprang auf und griff nach dem Baseballschläger. »Mach nicht die Tür auf …«

»Es ist ein Mädchen.« Carlie verdrehte ihre großen, dunklen Augen.

Ein Mädchen? Was denn für ein Mädchen? Carlie riss die Tür auf. »Jacqueline?«, sagte ich überflüssigerweise, denn *natürlich* war es Jacqueline, die auftauchte, nachdem ich mich von ihr verabschiedet hatte. »Was tust du hier?«

Sie schnellte herum, um die Treppe hinunterzustürmen, und ohne zu überlegen, streckte ich eine Hand aus, hielt sie am Arm fest und zog sie an meine Brust. Mein Herz setzte einen Takt aus, begann wieder zu schlagen, drehte auf und ratterte dann wie eine Zuglokomotive. Während sie sich in meinen Armen wand, als wollte sie sich von mir losreißen, wurde mir bewusst, dass ein hübsches Mädchen meine Tür geöffnet hatte.

»Das ist Carlie Heller«, flüsterte ich ihr ins Ohr. »Ihr Bruder Caleb ist auch hier. Wir spielen Videospiele.«

Sie ließ sich gegen mich fallen, während sie unnötige Entschuldigungen an meine Brust murmelte.

Das Letzte, was ich empfinden konnte, während ich sie in meinen Armen hielt, war Bedauern. »Vielleicht hättest du nicht kommen sollen, ohne mir vorher Bescheid zu geben, aber es tut mir nicht leid, dich zu sehen.«

Ich verwirrte sie. So viel war offensichtlich. Ich brachte irgendeine unplausible Entschuldigung vor, dass ich sie mit dieser Trennung zu schützen versuchte, und mein Gehirn spottete – *Lügner* –, während sie mir sagte, dass das keinen Sinn ergab.

»Es sei denn … du willst nicht«, sagte sie.

Es sei denn, ich will nicht? Mein ganzer Körper war bereit zur Meuterei, sollte ich sie in dem Glauben von hier weggehen lassen, dass ich sie nicht wollte. Ich fuhr mir mit beiden Händen durchs Haar.

»Brrr! Kommt ihr rein oder was?«, sagte Carlie hinter mir. »Ich mache die Tür nämlich gleich wieder zu.«

Jacqueline fröstelte, und ich stand barfuß mitten im Dezember auf dem Treppenabsatz vor meiner Wohnung. Ich nahm Jacquelines Hand in meine und führte sie hinein. Ich weigerte mich, Carlies Hundert-Watt-Lächeln zur Kenntnis zu nehmen, und sie zog sich in ihre Sofaecke zurück, wo sie Francis hochraffte und ihn so auf ihrem Schoß zurechtlegte, dass er bei jedem anderen auf diesem Planeten gefaucht und gekratzt hätte.

Caleb, der gegen die Unterbrechung protestierte, da er im Begriff gewesen war, Carlie und mich haushoch zu besiegen, machte irgendeine säuerliche Bemerkung und bekam von seiner Schwester einen Ellenbogen in die Rippen, während ich Jacqueline in meine Ecke des Sofas setzte. Nachdem ich alle miteinander bekannt gemacht hatte, setzte ich mich vor ihr auf den Boden und fragte mich, was zum Teufel ich jetzt tun sollte. Unerforschtes Terrain – genau das war es. Ich hatte ihr jeden Grund gegeben loszulassen, und sie tat es nicht.

Minuten später zwinkerte Carlie mir zu und scheuchte ihren Bruder gegen seinen Willen über den Hof. Sie schien entschlossen, dass alles nach ihren romantischen Vorstellungen ablaufen sollte. Ich verriegelte hinter den beiden die Tür und lehnte mich dagegen.

»Also. Ich dachte, wir hätten gesagt, wir nehmen uns eine Pause?«, sagte ich.

»*Du* hast gesagt, wir nehmen uns eine Pause.« Sie war noch immer verärgert.

Ich rief ihr in Erinnerung, dass sie spätestens am Dienstag abreisen musste – die Pause war schließlich von der Universität vorgeschrieben –, und sie gab mir recht.

Ich starrte zu Boden. Ich wusste verdammt gut, was ich für sie war. Ich musste es ihr sagen. Ich musste alle Karten offen auf den Tisch legen, denn sie hatte alles so falsch verstanden. Ich hatte mich selbst zu gut geschützt. So gut, dass sie die Wahrheit nicht sehen konnte.

»Es ist nicht so, dass ich dich nicht will. Ich habe vorhin gelogen, als ich sagte, ich würde dich schützen.« Ich hob den Blick, während sie noch immer zusammengerollt schweigend in der Ecke meines Sofas saß. So unmöglich, so schön. »Ich schütze mich *selbst*.« Die Hände flach gegen die Tür gedrückt, zwang ich mich, die eine Sache auszusprechen, die ich befürchtete, und den Wunsch, der den richtigen Augenblick abgewartet hatte, um mich zu erdrücken. »Ich will nicht dein Lückenbüßer sein, Jacqueline.«

Ich konnte ihre Gedanken an ihrer Miene ablesen, selbst aus dieser Entfernung. Sie war sich nicht sicher, woher ich es wusste, aber sie sah, dass ich es tat. Ich wartete darauf, dass sie versuchen würde zu erklären, dass ich ihr etwas bedeutete – denn ich wusste, dass es so war. Ich wartete darauf, dass sie einwenden würde, sie sei nur im Moment noch nicht bereit dazu, dass sie behaupten würde, sie würde mir geben, was sie konnte, und dass sie fragen würde, warum ich mich damit nicht zufriedengeben konnte.

»Warum willst du dann diese Rolle annehmen?«, sagte sie stattdessen. Sie stand auf und kam über den Teppich auf mich zu, den Blick fest auf mich geheftet. »Ich will auch nicht, dass es so zwischen uns ist.«

Ich nahm ihren Körper an, der in meinen Raum eindrang, als wäre sie in mein Herz eingedrungen. Sie hatte an der Wand zwischen uns herumgemeißelt, bis sie eingestürzt und zu meinen Füßen zu Staub zerfallen war.

»Was soll ich nur mit dir anfangen?«, fragte ich. Ich legte meine Hände um ihr Gesicht, und sie sagte, da wüsste sie ein paar Dinge. Ich wollte nicht abwarten, um herauszufinden, was sie damit meinte. Stattdessen hob ich sie hoch und trug sie zu meinem Bett.

Ich liebte ihre albernen Stiefel mit dem Fellrand. Weg damit.

Ich liebte ihr blusenartiges Stricktop mit den rosa und weißen Schnörkeln, wie ein Aquarell-Sonnenuntergang, den meine Mutter an Grandpas Strand gemalt hatte, als ich klein war. Weg damit.

Ich liebte ihre niedliche, figurbetonte Jeans, die nicht einfach über ihre Hüften hinunterrutschte – man musste sie herunterziehen, während sie sich wand. Ich zog sie herunter. Sie wand sich. Weg damit.

Ihr BH und ihr Schlüpfer waren seidig weich und passten genau zu dem cremefarbenen Ton ihrer Haut. Vorderschnalle. BH, weg damit. Das letzte, dünne Stückchen Stoff bedeckte den Teil von ihr, den ich bald schmecken wollte. Schlüpfer, weg damit.

Sie lag nackt in der Mitte meines Betts, während ich vollständig bekleidet, aber barfuß war. Ich stand da und starrte auf sie hinunter, zog den Augenblick in die Länge. Sie wand sich, während sich ihre Brust hob und senkte und ihre Hände die Decke unter ihr kneteten.

Ich begann in aller Ruhe, mein langärmeliges T-Shirt auszuziehen. Sie wand sich heftiger, als ich die Arme anspannte, um die Ärmel darüber hinunterzuziehen. Ich strich mir die Haare aus dem Gesicht und holte einmal bedächtig Luft, als würde ich leicht auf die Bremse treten. *Langsam. Langsamer*. Meine Jeans waren zerschlissen – ich trug sie nicht mehr außer Haus, da sie jederzeit spontan zu zerfallen drohten. An drei oder vier Stellen eingerissen, ausgefranst an den Säumen und Nähten und dem Hosenbund, der locker auf meinen Hüftknochen saß. Ein Knopf, geöffnet. Zwei.

Jacquelines Brust hob und senkte sich immer wieder. Ihre Brüste waren zwei üppige Handvoll, die ich an meiner Brust, zwischen meinen Händen und Fingern und auf meinem Gesicht spüren wollte, während ich an diesen harten, knopfartigen Nippeln saugte.

Als hätte ich den Gedanken laut ausgesprochen, wimmerte sie leise.

»Bald, Baby«, flüsterte ich.

Beim dritten Knopf hätte ich mir die Jeans herunterziehen können – sie saß locker genug. Ich hielt inne. Jacqueline stöhnte. Vierter Knopf. Ich zog mir die Jeans aus. Jacquelines Blick wanderte über meinen Körper. Sie leckte sich die Lippen. *Ja*. Die Hände geballt, harte Fäuste an ihren Seiten. Ein Knie erhob sich rastlos.

Boxershorts, ausgezogen und weg damit.

Sie begann sich mir entgegenzurecken, aber ich zeigte auf sie und schüttelte den Kopf. *Bleib. So*. Sie las den stillen Befehl in meinen Augen, streckte sich wieder aus und biss sich auf die Lippe.

Ich griff nach meiner Brieftasche, die hinter mir auf dem Schreibtisch lag, nahm das Kondom heraus und streifte es über. Mit einem Knie auf dem Fußende des Betts. Ihre weiche Haut war ein Festmahl, und ich wollte sie verschlingen. Sie spreizte die Beine, nur weit genug, um mich willkommen zu heißen. Ich wollte mit der Zungenspitze von ihrem Knöchel hoch zu ihrem Schenkel gleiten, wollte sie lecken und meine Zunge einen langsamen, quälenden Lauf nehmen lassen. Ich wollte sie schmecken, aber das würde warten müssen, denn ich musste sie besitzen. *Jetzt.* Ich kroch weiter vor, während mein Körper vor Vorfreude bebte, genau wie ihrer.

Als ich über ihr war, streckte sie die Hände nach mir aus, und ich hielt inne, starrte ihr in die Augen und glitt dann ganz in sie hinein. Sie schlang die Arme um meine Schultern, und ihre Finger vergruben sich in meinen Nackenhaaren, als sie aufschrie. Ich küsste sie, hielt ganz still. *Meins,* dachte ich. *Deins,* antwortete ihr Körper. Ich begann mich zu bewegen, und sie klammerte sich an mir fest, stöhnte und wimmerte, schrie und zog mich immer tiefer in sich hinein, überallhin, wo ich sein wollte. Sekunden später kam sie, und ich drang mit der Zunge in ihren Mund, schluckte ihre Lust und machte sie zu meiner eigenen. Ich knurrte schaudernd ihren Namen und zog sie mit mir mit, als ich an ihrer Seite zusammenbrach.

Ich liebe dich, dachte ich, aber ich hörte nichts zur Antwort.

Ihre Finger glitten über die tätowierten Rosenblätter über meinem Herzen.

»Der Name meiner Mutter war Rosemary. Aber sie wurde Rose genannt.« Ich starrte an die Decke.

»Und das hier hast du zur Erinnerung an sie machen lassen?«

Ich nickte ins Kissen. »Ja. Und das Gedicht auf meiner linken Seite. Sie hat es geschrieben. Für meinen Dad.«

Sie glitt mit den Fingern über die Zeilen, und ich schauderte. »Sie war Dichterin?«

»Manchmal.« Das Gesicht meiner Mutter lächelte zu mir hinunter – eine Erinnerung, die ich jetzt nicht genau einordnen konnte. Ich hielt mich einfach an allem fest, was ich von ihr noch wusste. »Meistens war sie Malerin.«

Jacqueline machte irgendeine Bemerkung über *Künstlergene* und *Ingenieurteile*, aus denen ich bestand, und ich lachte über dieses Bild, während ich mich laut fragte, was denn die Ingenieurteile waren.

Sie fragte, ob ich irgendwelche Gemälde von meiner Mom hätte. Ich sagte ihr, ein paar würden bei den Hellers zu Hause hängen, da sie sich früher so nahestanden. Diese Bilder würde ich ihr vielleicht einmal zeigen. Andere waren bei den Hellers oder Dad auf dem Dachboden eingelagert.

Sie begann mich nach ihrer Freundschaft zu fragen, und anfangs dachte ich, sie würde sich nur für die langjährige Beziehung zwischen den Hellers und den Maxfields interessieren.

»Sie standen sich alle *richtig* nahe – davor.«

Davor war ein unkompliziertes Wort, und es würde niemals all das ausdrücken können, was ich verlor, als meine Zeitschiene in zwei Hälften zerbrach und mich in ein *Danach* schleuderte, dem ich niemals entkommen würde. Ich konnte diesen Vorhang niemals beiseiteschieben und meine Mutter so sehen, wie sie war. Sie berühren. Ihre Stimme so hören, wie ich sie hören sollte.

»Lucas, ich muss dir etwas sagen«, begann Jacqueline beklommen. Ich wandte den Kopf zu ihr um und betrachtete ihr Gesicht, während sie mir sagte, sie sei neugierig gewesen und hätte im Internet den Nachruf meiner Mutter gesucht.

Ich wusste nur zu gut, was sie gefunden hatte. Den Albtraum, aus dem ich niemals aufwachen konnte. Mein Herz wurde eiskalt, und ich bekam kaum noch Luft. »Hast du deine Antwort gefunden?«, fragte ich.

»Ja«, flüsterte sie.

Mitleid. Das war es, was ich in ihren Augen sah. Ich streckte mich auf dem Bett aus. Meine Augen brannten, während ich an die Zeitungsartikel dachte, die sie gelesen haben musste. Ich fragte mich, ob sie die Fakten so weit durchgegangen war, dass sie meine Rolle dabei gesehen hatte. Meine Schuld.

Ich nahm meine ganze Kraft zusammen, um damit klarzukommen. Niemand außer den Hellers und Dad kannte die Details. Ich hatte nie mit irgendjemandem darüber gesprochen. Ich konnte es nicht einmal ertragen, darüber nachzudenken – wie könnte ich dann darüber sprechen?

Dann wurde mir bewusst, was sie soeben gesagt hatte – dass sie mit Charles gesprochen hatte.

»*Was?*«

»Lucas, es tut mir leid, falls ich deine Privatsphäre verletzt habe …«

»*Falls?* Warum musstest du denn unbedingt mit ihm reden? Waren dir die grauenhaften Details in den Nachrichten nicht entsetzlich genug? Oder nicht persönlich genug?« Ich sprang vom Bett auf und schlüpfte in meine Jeans. Meine Stimme war eisig, wie eine Rasierklinge, die in meine Haut schnitt. Meine Handgelenke brannten. Ich weiß nicht, was ich zu ihr sagte und was nicht – die Details, die ich nie laut ausgesprochen hatte. Es war egal. Sie kannte sie alle.

Ich saß da, den Kopf in die Hände gestützt, während

ich um Atem rang und alles noch einmal durchlebte – *bitte, Gott, nein …*

Ein fernes Geräusch weckte mich, aber ich rollte mich wieder herum und schüttelte die Decke ab. Ich war durchgeschwitzt, aber zu träge, um aufzustehen und den Deckenventilator einzuschalten. Ich lag auf der Seite und starrte durchs Fenster auf den Hof. Ich dachte an Yesenia und das kommende Wochenende. Ich würde ihre Hand halten. Sie vielleicht küssen, falls ich sie allein abpassen konnte. Falls sie mich ließ.

Gott, es war so heiß. Ich rollte mich wieder auf den Rücken. Dreizehn zu sein war der reinste Hochofen. Ich verbrannte Essen und Energie wie eine Flamme, die Sauerstoff verzehrte. *Du wirst uns die Haare vom Kopf gefressen haben, bis du fünfzehn bist!*, sagte meine Mutter, während sie zusah, wie ich die Essensreste verschlang, die sie eigentlich zum Abendessen aufwärmen wollte. Wir hatten uns stattdessen Takeaway bestellt. Sie aß ihres nicht auf, daher verputzte ich das auch noch.

Ich hörte wieder das Geräusch. Mom streifte manchmal durchs Haus, wenn Dad nicht da war und sie ihn vermisste. Ich sollte nach ihr sehen … Nach meiner Uhr war es 4.11 Uhr. *Gott*. Noch vier Stunden, bis ich Yesenia sehen würde. Ich könnte früher aufstehen, früher zur Schule gehen. Vielleicht könnte ich sie ohne ihre ganzen kichernden Freundinnen abpassen, und wir könnten reden … über irgendetwas. Zum Beispiel über mein bevorstehendes Spiel. Vielleicht würde sie irgendwann einmal mitkommen und mich spielen sehen wollen.

Ich wandte mich um, als sich jemand über mich beugte. Dad? Aber er war verreist.

Ich wurde aus dem Bett hochgerissen und taumelte. Irgendetwas wurde mir in den Mund gestopft, als ich ihn öffnete, um zu schreien – ich würgte, und ich konnte keinen Laut von mir geben oder es ausspucken. Ich schlug und trat um mich, aber ich konnte mich nicht befreien. Konnte meine Handgelenke nicht bewegen. Ich wurde auf den Knien ans Fußende des Betts gezerrt, und dann war er verschwunden. Ich versuchte aufzustehen, loszulaufen, mir mein Telefon zu schnappen, um den Notruf zu wählen, aber ich hing fest.

Meine Handgelenke waren gefesselt. Ich versuchte die Fessel mit den Fingernägeln loszukratzen, aber sie saß zu fest. Plastik. Es war *Plastik.* Ich zerrte daran, aber sie ließ sich nicht bewegen. Ich versuchte, meine Hände zu drehen, um zu sehen, ob ich sie so befreien könnte, oder sie zu falten und herauszuwinden wie Houdini, aber das Plastik bohrte sich nur noch tiefer in meine Handgelenke. Meine Hände waren zu groß. Mom sagte immer, meine Hände und Füße seien wie die großen, weichen Pfoten eines Welpen, der einmal ein riesiger Hund werden würde.

Von ihrem Zimmer am anderen Ende des Flurs hörte ich meine Mom schreien. Ich erstarrte. Sie rief meinen Namen. »Landon!« Ich hörte ein Krachen und Rumpeln, und ich versuchte noch angestrengter, mich zu befreien. Es war mir egal, ob es wehtat. Ich konnte ihr nicht antworten. Ich konnte ihr nicht sagen, dass ich kommen würde. Meine Zunge presste sich gegen den Stoff in meinem Mund.

»Was haben Sie mit ihm gemacht? *Was haben Sie mit ihm gemacht? LANDON!*«

Dann folgten noch mehr Worte, ein klatschendes Geräusch – eine flache Hand auf nackter Haut, noch mehr Schreie, und ich hörte sie alle, aber sie drangen nicht zu mir durch, da meine Ohren dröhnten und mein Blut rauschte und mein Herz hämmerte. Sie weinte. »Oh, Gott. Gott. Nicht. Nein. *Nein-nein-nein-nein-nein!*« Schreien. *»NEIN! NEIN-NEIN-NEIN!«* Weinen. *»Landon …«* Ich zerrte fester an den Fesseln, zog das Bett mit mir mit, den ganzen Weg bis zur Tür. Ich stemmte mich mit den Füßen gegen den Boden und spannte die Beine an. Das Bett prallte gegen die Kommode, klemmte sie an der Wand ein. Ich konnte meine Hände nicht mehr spüren.

Ich konnte sie nicht mehr hören. Ich konnte sie nicht hören. Der Stofflappen in meinem Mund löste sich endlich. *»Mom!* MOM!«, schrie ich. *»FASS SIE NICHT AN! MOM!«* Meine Handgelenke brannten. Warum war ich nicht kräftig genug, um mich von diesen verdammten Plastikriemen zu befreien? Ich schrie, bis ich heiser war, und schrie dann immer noch weiter.

Pistolenschuss.

Mir stockte der Atem. Meine Gliedmaßen bebten. Meine Brust verkrampfte sich. Ich konnte nichts mehr hören außer meinem eigenen Herzschlag. Mein Blut. Mein schweres Schlucken. Meine sinnlosen Schluchzer. »Mom … Mommy …«

Ich übergab mich. Verlor das Bewusstsein. Die Sonne ging auf. Meine Handgelenke und Arme waren blutverschmiert, ebenso die Kabelbinder an meinen Handgelenken. Es war alles braun, getrocknet, juckend.

Ich rief nach meiner Mutter, aber ich hatte zu viel geschrien. Ein Krächzen kam aus meiner Kehle, sonst nichts. Nutzlos. Ich war nutzlos. Verdammt, verdammt, verdammt nutzlos.

Du bist der Mann im Haus, solange ich nicht da bin. Pass gut auf deine Mutter auf.

»Willst du, dass ich gehe?«, fragte sie.

»Ja«, antwortete ich.

25

LANDON

In meiner Abschlussklasse waren dreiundvierzig Schüler.

Es hätten leicht zweiundvierzig sein können. Ich war seit dem ersten Tag auf der Highschool einer der vorbestimmten Schulabbrecher. Vermutlich schon davor. In dieser Stadt gab es so etwas wie einen Neuanfang nicht; wir trugen unsere Geschichten von Jahr zu Jahr weiter mit uns herum wie ein Sündenregister, das uns an die Hemden geheftet war. Der einzige Grund, weshalb ich schließlich mit Hut und Robe über den Boden der Turnhalle schritt, war der Mann in der dritten Reihe der Tribüne, der neben meinem Vater saß.

Meine Klassenkameraden und ich traten nacheinander durch die Seitentür ein, während unsere Band – abzüglich der Schüler der Abschlussklasse – die Prozessionshymne spielte. In einem einheitlichen Meer aus Königsblau zappelten wir auf unseren Plätzen herum, während Mrs. Ingram, unsere hochgeschätzte Schulleiterin, uns eine strahlende und glänzende Zukunft voraussagte. Ich wusste, dass ihr ganzes optimistisches Geschwafel nur Scheiße war. Ich starrte auf die zwei senkrechten Furchen zwischen ihren Augen, fest eingraviert von Jahrzehnten feindseliger Blicke auf untragbare

Schüler. Mit diesen Furchen sah ihr Grinsen bei ihrer Abschlussansprache fast unheimlich aus.

Viele meiner gehirngewaschenen Klassenkameraden – die, die fast perfekte Noten erzielten, seit sie gelernt hatten, ihren eigenen Namen zu schreiben – dachten, sie würden im Herbst einfach aufs College verschwinden und dort ebenso leicht ebenso gut abschneiden. Sie litten unter Wahnvorstellungen, diese Idioten. Meine College-Vorbereitungskurse damals in der achten Klasse waren anspruchsvoller als fast alles, was hier von uns verlangt wurde. Auf ein gutes College zu kommen bedeutete keinen Hauptgewinn im Lotto. Es bedeutete das Recht, sich die nächsten vier Jahre den Arsch abzuarbeiten.

Als Abschiedsrednerin hielt Pearl die von ihr erwartete Ansprache über Chancen und Entscheidungen und darüber, die Welt zu einem besseren Ort zu machen – das waren tatsächlich ihre Worte: *die Welt zu einem besseren Ort zu machen*. Als eine der »besten zehn Prozent« unserer Klasse – vier Leute – hatte sie sich die automatische Zulassung zu einer staatlichen Universität ihrer Wahl erworben, während ich mir mit Ach und Krach eine Zulassung unter Vorbehalt auf demselben Campus, für den sie sich entschied, erkämpft hatte. Ich mochte Pearl mehr als die meisten Leute, die um mich herumsaßen, und ich bezweifelte nicht, dass sie wusste, was harte Arbeit bedeutete. Ich hoffte nur, dass sie nicht ernsthaft vorhatte, die Welt zu verbessern.

Auf der zweiten Seite des Programmheftes für unsere Abschlussfeier erschien mein Name am Ende der ersten Spalte. Mein Nachname war dem Alphabet nach in der Mitte meiner Klasse – Schüler Nummer zweiundzwanzig von insgesamt dreiundvierzig. Die Platzierung war passend. Im Vergleich mit fast allen anderen hier war ich durchschnittlich. Mittelmäßig. Nicht außergewöhnlich, aber auch kein völliger Versager, auch wenn manche – wie zum Beispiel Schulleiterin Ingram – meinten, das würde sich noch zeigen.

Als mein Name aufgerufen wurde, überquerte ich den abgelaufenen Eichenholzboden vor der Band, während ich über die Schulter meiner Schulleiterin auf den riesigen Fisch – unser berühmtes Maskottchen – starrte, der detailliert auf der hinteren Wand dargestellt war. In seiner Maskottchenform sollte seine Miene aggressiv und zum Sieg entschlossen aussehen, aber tatsächlich sah es nur aus wie ein dämlicher, stinkbeleidigter Fisch.

Ich war entschlossen, auf dem Weg über das Podium auf dieses Biest hinunterzustarren, das mir fast vier Jahre lang das Leben zur Hölle gemacht hatte. Ihr zu zeigen, dass sie mich nicht gebrochen hatte, egal, ob das stimmte oder nicht.

Und dann, über den obligatorischen Beifall und Lärm der Menge hinweg, hörte ich Coles lauten Aufschrei: »*LANDOOON*«, Carlies fröhliches Kreischen und Calebs durchdringenden Pfiff.

»Das hat er *die ganze verdammte Woche* geübt, Kumpel«, sagte Cole an diesem Morgen zu mir, als Caleb sein neues ohrenbetäubendes Kunststück vorführte, keine fünf Minuten nachdem die Hellers eingetroffen waren. »Mom hat ihn nur nicht geknebelt, weil er ein kleines Kind ist. Ich an seiner Stelle wäre geliefert gewesen.«

Die Herrschaft meiner Schulleiterin über mich war beendet. Nach diesem Moment konnte sie mir nichts mehr anhaben.

Ich streckte eine Hand nach dem zusammengerollten Zeugnis aus und schüttelte ihre kalte Hand mit der anderen, wie man uns angewiesen hatte. Ich starrte in die Kamera, ignorierte das Flehen des Fotografen um ein Lächeln. Nach einem blendenden Blitzlicht ließ ich ihre Hand los und ging weg, ohne je wieder Blickkontakt aufzunehmen.

Sie spielte keine Rolle mehr.

Während ich mich wieder auf den Metallklappstuhl zwischen Brittney Loper und PK Miller fallen ließ, warf ich einen verstohlenen Blick auf meine Klassenkameraden. Von uns dreiundvierzig würden einunddreißig in drei Monaten die Stadt verlassen, um aufs College zu gehen. Ein paar von ihnen würden es mit Baseball oder Leichtathletik oder Cheerleading versuchen und feststellen, dass sie nicht einmal gut genug für die B-Auswahl irgendeines beschissenen Colleges waren. Ein paar sahen sich schon in Studentenvertretungen auf einem Campus, wo sie ein Niemand unter Tausenden anderen wären. Sie würden einer von Hunderten von Studienanfängern sein, die in der ersten hektischen Woche verzweifelt versuchten, eine feste Gruppe Gleichgesinnter zu finden.

Ein paar würden begreifen, wie der Hase läuft, und lernen zu überleben. Manche würden ihr Studium abbrechen, und einige würden mit eingezogenem Schwanz in diese Stadt zurückkehren.

Ich würde mit Sicherheit keiner von diesen Leuten sein.

Zwölf meiner Mitabsolventen planten hierzubleiben und Jobs in der Fischerei, dem Einzelhandel, dem Tourismus oder dem Drogengeschäft anzunehmen oder zu behalten. Sie würden heiraten und schwanger werden –

vorzugsweise in dieser Reihenfolge, aber nicht unbedingt.

Ihre Sprösslinge würden die Schulen besuchen, die sie nach dreizehn Jahren ins Erwachsenenleben entlassen würden, mit nichts vorzuweisen als einem nahezu wertlosen Abschluss. In zehn oder vielleicht schon fünf Jahren würden manche von ihnen sich fragen, warum zum Teufel sie überhaupt zur Schule gegangen waren – warum sie sich durch Algebra, Sport, Literatur und eine Band hindurchgequält hatten. Sie würden eine Antwort wollen, aber es würde keine geben.

»Maxfield.« Boyce Wynn warf mir eine Dose aus der Kühlbox zu. Sie war nass von schmelzendem Eis. Sein Name war der letzte, der an diesem Nachmittag aufgerufen wurde, sein Abschlusszeugnis das letzte, das Ingram widerwillig überreichte. Er würde hierbleiben und so tun, als wäre dieser Golf der Ozean, diese Stadt sein Königreich. Er würde für seinen Dad in der Werkstatt arbeiten, am Strand Partys feiern oder für ein bisschen Tapetenwechsel in die Stadt fahren … Für Boyce würde sich nicht viel ändern.

»Hey, Wynn.«

Er drückte mir die Hand, und wir beugten uns vor, bis wir mit den Schultern aneinanderstießen – ein rituelles Hallo und weit entfernt von dem Tag, an dem wir uns grün und blau geprügelt hatten, um anschließend Freunde zu werden. Ich hatte noch immer eine Narbe von seiner harten Faust auf meiner Wange, und er trug seine Entsprechung von meiner in einem Augenwinkel.

»Wir sind draußen, Kumpel.« Er reckte seine Dose zum Himmel, als wäre er ein Runningback mit einem

Football, der Gott zum Dank für einen wundersamen Touchdown die Ehre erwies. Er ließ die Hand sinken und nahm einen kräftigen Schluck. »Wir sind *frei*. Scheiß auf diese Schule. Scheiß auf Ingram. Scheiß auf diesen Fisch.«

Ein paar Umstehende lachten – jüngere Schüler, die noch ein oder zwei Jahre vor sich hatten. Einer von ihnen wiederholte: »Scheiß auf diesen Fisch«, und kicherte. Ich versuchte mir das mögliche Graffiti nicht vorzustellen.

Boyce sah den Strand hinunter zum äußeren Rand der Gruppe. »Und scheiß auf die Schlampen, Mann«, ergänzte er etwas leiser. Ich wusste, wohin sein Blick gerichtet war, und auf wen. Er war einer der wenigen Leute, die die wirkliche Geschichte von Landon Maxfield und Melody Dover kannten.

Die Zeit kann verdammt wählerisch sein, wenn es darum geht, wie schnell sie Wunden heilt. Vor zwei Jahren spürte ich den Stachel der Demütigung jedes Mal, wenn ich ihren Namen hörte oder sie ansah. Ich hatte nicht vergeben, und ich hatte mit Sicherheit nicht vergessen, aber bis Clark Richards sie endgültig abservierte – am Abend bevor er die Stadt verließ, um aufs College zu gehen, vor neun Monaten –, kümmerte es mich einen Scheißdreck.

»*Scheißdreck*«, wiederholte Boyce laut meinen letzten Gedanken. Er fluchte auf den Sand unter unseren Füßen, so leise, dass nur ich es hören konnte. »Pearl und Melody kommen in unsere Richtung.« Pearl Frank war noch immer Boyce' persönlicher Dämon.

Ich nickte einmal kurz, dankbar für die Warnung.

»Hey, Landon.« Melodys zuckersüßer, gedehnter Tonfall und der Fingernagel, den sie über meinen nackten Arm gleiten ließ, ließen mich zusammenzucken. Wie konnten sich diese beiden Dinge je wie Luft in meinen Lungen anfühlen?

Ich sah zur Seite und leerte das Bier zur Hälfte, bevor ich antwortete. »Miss Dover.«

Sie lachte und legte eine kleine, weiche Hand auf meinen Unterarm, als wären meine Worte verschämt anstatt verächtlich, als wollte sie mich ermuntern fortzufahren. Ich fragte mich, ob sie vergessen hatte, was fortfahren bei mir bedeutete. Ich starrte hinunter in ihre hellgrünen Augen, und sie erwiderte meinen Blick durch dichte Wimpern und zog ihre Hand dann langsam zurück.

Sie schlang die Arme um sich, obwohl es warm war, und ihre Körperhaltung lud zu genauerer Betrachtung ein. Sie trug einen schwarzen Stringbikini unter einem durchsichtigen Stück Stoff, das sich den Anschein eines Strandkleides gab. Ihr blondes Haar quoll gewollt unordentlich aus der Twistfrisur, die sie sich anlässlich der Abschlussfeier beim Friseur hatte machen lassen. An ihren goldenen Ohrringen und dem goldenen Glücksbringer-Armband an ihrem Handgelenk blitzten winzige Diamantbotschaften, die mir verrieten, wie weit außerhalb meiner Liga sie war.

Nicht dass ich diese Hinweise brauchte. Sie hatte mir diese Botschaft vor zwei Jahren eindeutig klargemacht, und ich hatte sie gelernt. Auf die harte Tour.

»Wir geben in einer halben Stunde eine spontane Abschlussparty an Pearls Pool«, sagte Melody nach einer stillen Kommunikation zwischen den beiden Mädchen. »Ihre Eltern sind gleich nach der Abschlussfeier nach Italien geflogen – sie werden nicht da sein. Falls ihr vorbeikommen wollt – das wäre cool. PK und Joey bringen Wodka mit. Bringt mit, was immer ihr wollt.«

Melody presste sich so nah an mich, dass ich die Wärme ihrer wunderbar straffen Haut spüren und ihren noch immer vertrauten Geruch einatmen konnte, irgendetwas Würziges und Blumiges, Künstliches. Diesmal glitten ihre Fingerspitzen an meiner nackten Brust hinunter, und ihr Daumen streifte meinen Nippelring.

»Eine Poolparty?« Ich machte mit der Dose eine ausladende Armbewegung. »Wir haben hier einen *Strand*, falls es euch noch nicht aufgefallen ist. Ein brennendes Lagerfeuer, ein Bier in der Hand. Wofür brauchen wir denn einen *Pool*?«

»Es ist eine *private* Party. Nur ein paar Leute.« Sie rümpfte die Nase über ein paar jüngere Typen in der Nähe, die gefährlich nah am Feuer furzten, wo eine längere Debatte darüber geführt wurde, ob *Gas Gas* war. Die Wahrscheinlichkeit, dass sich irgendein Idiot den Arsch verbrennen würde, war durchaus gegeben. »Nur für *Absolventen*.«

Pearl beobachtete ebenfalls die jüngeren Schüler, während sie kopfschüttelnd an ihrem Becher nippte, mit dem Anflug eines Lächelns im Gesicht. Boyce' Blick huschte von Pearl zu mir, und er zog eine Augenbraue hoch, um mir zu verstehen zu geben, dass er mit dieser Entwicklung der Ereignisse durchaus einverstanden wäre. Ich zuckte die Schultern. *Warum nicht?*

»Na schön«, sagte Boyce – an Pearl gewandt. »Wir kommen bald nach. Fangt die Party nicht ohne uns an.«

Melody verdrehte die Augen, aber Boyce bemerkte es nicht und selbst wenn, wäre es ihm egal gewesen. Er hatte nur Augen für Pearl, der arme Idiot.

Der Wohnwagen, in dem Boyce mit seinem Dad lebte, schien sich gegen die Werkstatt zu lehnen, als würde der rostige weiße Kasten betrunken torkeln und könne sich selbst nicht mehr aufrecht halten. Zwei von Boyce' drei Schlafzimmerfenstern befanden sich nur wenige Zentimeter vor der äußeren Backsteinwand der Werkstatt, sodass die Vorstellung, dass der Wohnwagen den Halt des Gebäudes brauchte, durchaus plausibel war.

Sobald wir drinnen waren, drückten wir uns sofort auf die rechte Seite, um Mr. Wynn aus dem Weg zu gehen, der vor dem Flachbildfernseher klebte, der den Großteil der »Wohnzimmer«-Wand einnahm. Wie zu erwarten hatte er sich bei der Abschlussfeier seines Sohns nicht blicken lassen. Boyce' Vater: abends sternhagelvoll, morgens verkatert, den ganzen Tag über gemein und stocknüchtern, immer dieselbe Tour. In dem Punkt war er auf jeden Fall zuverlässig.

»Was habt ihr zwei kleinen Scheißer während des Spiels denn hier zu Hause verloren?«, brüllte er, ohne sich von seinem zerschlissenen Sessel zu bewegen, in dem er an den meisten Abenden einschlief. Boyce gestand mir einmal, er hätte schon ein Dutzend Mal gegen den Drang angekämpft, diesen Sessel in Brand zu stecken.

Bud Wynns Drohungen stießen inzwischen meistens auf taube Ohren. Vor einem Jahr hatte Boyce bei einer Prügelei einmal zurückgeschlagen, und seitdem war von seinem Vater nur noch ein zahnloses Knurren zu hören. Jetzt, wo er achtzehn war, könnte Boyce ihn vermutlich umbringen, und beide wussten es. Das sorgte für einen beklemmenden Waffenstillstand, den ich nie begreifen würde.

Nachdem wir genug Shit für ein leichteres Vergehen, aber nicht genug für eine schwere Straftat eingepackt hatten, saßen wir wieder im Trans Am meines besten Freundes und fuhren zu der Villa der Franks auf der anderen Seite der Stadt.

»Ich mache das Ding klar«, verkündete Boyce, während er auf Stereoknöpfe einhämmerte, als würde er eine Rakete programmieren.

»Soll heißen?«

»Heute Abend. Ich. Pearl. Mache. Das. Ding. Klar. Wobei *das Ding* für ihre gespreizten Schenkel und mich dazwischen steht.« Er warf mir einen Blick zu, als ich keine Antwort gab. »Was denn?«

Ich biss auf meinen Lippenring, hasste die Tatsache, dass ich gleich etwas sagen musste, was ich lieber nicht sagen würde – vor allem nicht zu meinem besten Freund. »Es ist nur – stell klar, dass sie es auch … du weißt schon …«

»Landon, Scheiße, Mann.« Er nahm seine Baseballmütze ab, schüttelte den Kopf und setzte sie verkehrt herum wieder auf. Er stöhnte einmal tief auf, ohne den Blick von der Straße abzuwenden. »Kennst du mich denn *gar* nicht? Nicht dass ich irgendeine echte, du weißt schon, *Moral* habe …« Er grinste. »Aber, ich meine, ich verstehe dich. Ich habe dich verstanden. *Ich hab's geschnallt*. Ich weiß ja nicht, was für einen Dachschaden du hast, und ich bin mir ziemlich sicher, dass ich es auch nicht wissen will. Aber falls und wenn ich sie vögele, diese hochnäsige, superschlaue kleine …« Er brach ab, außerstande, Pearl etwas zu nennen, was sie nicht war. »Sie wird zuerst darum betteln, sonst fasse ich sie gar nicht erst an. *Okay?*«

Er warf mir einen mürrischen Blick zu, und ich nickte kurz, zufrieden mit seiner Antwort.

Ich hätte ihm nicht gesagt, was ich für einen Dachschaden hatte, wenn er mich gefragt hätte. Aber er fragte mich nie.

Meine Gedanken schweiften zurück zu Melody. Wenn sie jetzt darum betteln würde, würde ich es tun?

Die Antwort war ein leises, entschiedenes Flüstern. *Nein*.

»Hey, Wynn. Setz mich wieder am Strand ab, Mann.«

Er stellte die Musik leiser. »Du willst nicht mehr zu der Party?«

Ich schüttelte den Kopf, und er seufzte. »Na klar, Mann. Wer braucht schon einen Pool, wenn wir den verdammten *Ozean* haben?«

»Ich verlange nicht von dir, dass du deine letzte Chance auf eine Nummer mit Pearl sausen lässt.«

Seine Mundwinkel verzogen sich zu einem verschlagenen Lächeln, und er hob eine Augenbraue. »Oh, ich lasse sie nicht sausen. Wenn ihre Eltern heute abgefahren sind – dann werden sie *mindestens* eine Woche verreist sein.«

»Mann, wir haben eben unseren Abschluss gemacht, und sie geht in ein paar Monaten weg aufs College. Du hattest *drei Jahre* Zeit …«

»Sag niemals nie, Maxfield. Das ist das Coole daran, wenn man ein sturer Dreckskerl ist. Ich gebe verdammt noch mal *nie* auf.« Wir lachten, während er auf einem breiten Seitenstreifen wendete, die Stereoanlage wieder aufdrehte und zurück in Richtung Strand fuhr.

Stille ist nie völlig ohne Geräusch. Hat irgendetwas mit dem menschlichen Ohr zu tun, das angestrengt zu hören versucht. Selbst wenn kein Geräusch da ist, gibt es immer noch eine Frequenz, ein Summen. Wie ein Satellit, der nach Lebenszeichen sucht, wo keine sind.

Die Stimme meines Vaters war verstummt. *Pass gut auf deine Mutter auf.* Die Stimme meiner Mutter war verstummt. *Landon!* Meine erstickten Atemzüge, keuchend und laut, waren schwächer geworden. Ich atmete langsam ein. Stieß krächzend eine Lunge voll Luft aus. Schluckte. Holte wieder Atem. Hörte jede dieser Bewegungen in meinem eigenen Kopf.

Dann hörte ich ein Miauen. Francis sprang aufs Bett und stolzierte genau auf mich zu. Er stieß meinen Oberarm mit dem Kopf an, und ich ließ die Hände, die mein Gesicht umklammert hielten, sinken. Meine Unterarme ruhten auf meinen Knien, die Ellenbogen bohrten sich in meine Schenkel. Er stieß mich noch einmal an, hart diesmal, als versuchte er mich aufzuscheuchen, und ich setzte mich auf.

Barfuß. Alte Jeans. Kein Hemd. Bett.

Jacqueline.

Ich wandte mich um, aber sie war verschwunden. Das Bett war ein Meer aus Laken, Decken und Kissen, die einen Sturm überstanden hatten. Einen sehr guten Sturm. Und dann sagte sie mir, was sie getan hatte. Ein Schmerz bohrte sich mitten durch meine Brust, und ich presste die Augen zusammen und drückte die Finger dagegen. Ich würde das nicht noch einmal durchmachen.

Willst du, dass ich gehe?

Ich schlug die Augen auf. Oh, Gott. Ich hatte Ja gesagt.

Rasch stand ich auf, fand mein T-Shirt umgekrempelt auf dem Boden. Ich drehte es auf die richtige Seite und streifte es mir eilig über den Kopf. Ich griff nach Socken und Stiefeln und schlüpfte hinein. Schnappte mir meine Jacke von der Lehne eines Küchenstuhls und meine Schlüssel vom Tresen.

Ich konnte das wieder einrenken. Ich *würde* das wieder einrenken.

Ich schlüpfte in die Jacke und stürmte zur Tür hinaus und die Treppe hinunter. In ihr Wohnheim zu gelangen würde diesmal nicht so einfach sein – es waren kaum noch Leute da. Fast jeder hatte den Campus nach den Abschlussprüfungen verlassen. Ich würde sie anrufen, wenn ich dort ankam. Ich würde sie überreden müssen, mich hineinzulassen. Mich entschuldigen. Sie anflehen, wenn es sein musste. Auf den Knien.

Ich hoffte bei Gott, sie würde abnehmen. Ich würde auf der Ladefläche ihres Trucks zelten, wenn nicht.

Ich wollte auf mein Motorrad steigen, als ich Schritte hörte, die über die Auffahrt hämmerten. Jacqueline rannte in meine Richtung – aber sie bemerkte mich nicht. Sie starrte auf das untere Ende der Treppe zu meiner Wohnung. Ich wollte schon ihren Namen rufen, sie abfangen – aber dann ging sie zu Boden, und ich sah Buck, der ihre Haare mit einer Faust umklammert hielt. Oh, *scheiße*, nein.

Er landete auf ihr, aber sie stieß ihn zur Seite und warf ihn aus dem Gleichgewicht. Als sie von ihm wegkroch, setzte er ihr nach.

Ich packte ihn in dem Moment, in dem er die Hände nach ihr ausstreckte, drückte ihn zu Boden und stellte mich zwischen die beiden. Als ich einen Blick auf Jacqueline warf, sah ich, dass ihre Brust blutverschmiert war. Ein riesiger dunkelroter Fleck, wie eine Schusswunde, triefend, tödlich. *Scheiße, nein, scheiße, nein, scheiße, nein* – aber dann kroch sie auf allen vieren rückwärts, die Augen weit aufgerissen. Wenn sie an dieser Stelle von einer Kugel oder einem Messer getroffen worden wäre, würde sie sich nicht mehr bewegen.

Als er aufstand, sah ich, dass sein Gesicht unter seiner Nase blutverschmiert war. *Sie hatte ihn blutig geschlagen.*

Ich würde ihn noch viel schlimmer zurichten.

Meine Augen hatten sich fast an die Dunkelheit gewöhnt, aber die Hellers hatten Hoflichter mit Bewegungsmeldern, und wir aktivierten eines davon. Ein trüber kleiner Scheinwerfer für unsere Kampfszene.

Bucks dunkle Augen waren konzentriert und entschlossen, seine Koordination nicht von Alkohol beeinträchtigt. Er versuchte mich zu umrunden – als ob ich ihn je wieder in ihre Nähe lassen würde. Ich folgte jeder seiner Bewegungen, ihm zugewandt, während ich mir Jacquelines Gegenwart und ihrer genauen Position stets bewusst war. Ich spürte sie hinter mir, als wäre sie ein Teil von meinem Körper. Fleisch von meinem Fleisch. Blut von meinem Blut.

»Ich werde dir deine Visage gründlich aufreißen, du Schwuchtel«, sagte er. »Diesmal bin ich nicht besoffen. Ich bin stocknüchtern, und ich werde dir in den Arsch treten, bevor ich deine Hure richtig durchficke – noch einmal.«

Schwache Worte von einem schwachen Mann. Er wusste nicht, dass er bereits tot war. »Da irrst du dich gewaltig, *Buck*.«

Ich zog meine Jacke aus und schob die Ärmel hoch,

und er holte zum ersten Schlag aus. Ich wehrte ihn ab. Er wiederholte die Bewegung – weil dieses Arschloch nichts dazugelernt hatte –, und ich wehrte sie wieder ab. Er stürzte sich auf mich und versuchte es mit einer seiner absehbaren Wrestlingtechniken.

Ein Nierenschlag und eine linke Ohrfeige.

Er taumelte und deutete auf Jacqueline. »Du Schlampe. Du denkst, du bist zu gut für mich – aber du bist nichts als eine *Hure.*«

Ich konnte mich nur mit Mühe beherrschen. Er wollte, dass ich ausrastete, denn die Leute vergessen, was sie tun, wenn sie ihrer Wut freien Lauf lassen. Sie begehen die dummen, entscheidenden Fehler, die ich nicht zu begehen gedachte. Ich würde meine Wut im Zaum halten, bis er orientierungslos am Boden lag.

Als er mich wieder zu packen versuchte, schnappte ich mir seinen Arm und riss ihn herum, um ihm die Schulter auszurenken. Er folgte der Bewegung, sodass ich sie ihm nicht ganz aus dem Gelenk riss, aber ich landete meinen ersten befriedigenden, knirschenden Faustschlag gegen seinen Kiefer. Sobald sein Kopf wieder herumschnellte, verpasste ich ihm noch einen auf den Mund. Er blinzelte, starrte mich an, suchte nach einer verwundbaren Stelle. Die würde er nicht finden.

In Rage gebracht, brüllte er laut genug, um die ganze Nachbarschaft zu wecken, und stürzte sich erneut auf mich. Während wir beide zu Boden gingen, verpasste ich ihm noch ein paar harte Faustschläge, bevor ich herumschnellte, ihn packte und seine eigene Vorwärtsbewegung so nutzte, dass er mit dem Schädel aufschlug. Erstaunlich, wie viele Typen zu tollpatschig sind, um das kommen zu sehen.

Ich verschwendete keine Zeit damit, mein Werk zu bewundern. Während er kopfschüttelnd versuchte, klar zu sehen, ging ich erneut auf ihn los – bedauerlicherweise im Gras, nicht auf dem Beton – und schlug auf ihn ein. Ich dachte an das Entsetzen in Jacquelines Augen. An ihre Haare, die er mit der Faust umklammert hielt. An meinen Namen – *Landon* –, das letzte Wort, das meine Mutter sprach.

Ich rastete aus.

Ich schlug wieder zu. Immer und immer wieder. Und ich würde nicht aufhören.

Irgendetwas zerrte mich hoch, fort von ihm. Nein. *NEIN*. Ich versuchte mich loszureißen, und ich hatte es fast geschafft, als Worte zu mir durchdrangen: »*Hör auf*. Sie ist in Sicherheit. Sie ist in Sicherheit, mein Sohn.«

Charles. Ich hörte auf, mich zur Wehr zu setzen, und er lockerte den festen Griff seiner Arme, ließ sie aber um mich gelegt und stützte mich, als ich zu zittern begann. Buck rührte sich nicht vom Fleck.

Ich sah mich nach Jacqueline um, aber ich wusste genau, wo sie war. Charles ließ mich los, und ich taumelte auf sie zu und ließ mich neben ihr auf die Knie fallen, am ganzen Körper zitternd. Ihre Augen waren noch immer weit aufgerissen, ihr schönes Gesicht voller blauer Flecke, und ihr Kinn und ihre Wangen von Blut verschmiert.

Ich legte eine Hand unter ihren Kiefer, aus dem rasch alle Farbe wich. Sie zuckte zusammen, und ich riss meine Hand rasch fort. Sie hatte Angst vor mir. Vor dem, was eben – *wieder* – passiert war. Es war mir nicht gelungen, sie zu beschützen.

Dann richtete sie sich auf die Knie auf. »Bitte berühre mich. Ich brauche deine Berührung.«

Ich streckte die Arme aus und drückte sie vorsichtig an mich, lehnte mich zurück und zog sie auf meinen Schoß, die Arme um sie geschlungen. Ihr Shirt klebte an ihrer Brust. »Ist das sein Blut?«, vergewisserte ich mich. »Aus seiner Nase?«

Sie lehnte sich an meine Brust und nickte, während sie angewidert an sich hinuntersah.

Sie war eine Kriegerin, mit dem Blut ihres Feindes besudelt. Ich wollte mir vor Stolz auf die Brust schlagen, und das sollte sie auch tun. »Gut gemacht, Mädchen. Gott, du bist so verdammt toll.«

Sie zupfte panisch an ihrem Shirt. »Ich will das ausziehen. *Ich will das ausziehen.*«

»Ja. Bald«, versprach ich. Ich berührte ihr Gesicht, wobei ich die blauen Flecken vermied.

Ich flehte sie an, mir zu verzeihen, dass ich sie weggeschickt hatte. Mein Herz hämmerte wild unter ihrem Ohr. Ich konnte mich selbst kaum sprechen hören. Wenn sie mir nie vergab, konnte ich es ihr nicht verdenken.

»Es tut mir leid, dass ich im Internet nach ihr gesucht habe«, sagte sie. »Ich wusste nicht …«

»Schscht, meine Kleine … nicht jetzt. Lass dich einfach halten.« Sie zitterte. Meine Jacke lag in der Nähe im Gras. Ich wickelte sie darin ein und zog sie näher an mich, ließ meinen Körper zur Ruhe kommen.

Die Polizei war mittlerweile eingetroffen und ein Rettungswagen. Sie verfrachteten Buck auf einer Bahre in den Wagen – was hieß, dass er nicht tot war. Charles rief uns, damit wir bei dem Polizisten, mit dem er redete, unsere Aussagen zu Protokoll gaben, und ich stand langsam auf und half dann Jacqueline hoch. Wir schwankten beide und stützten uns gegenseitig.

Cindy, Carlie und Caleb kauerten in Mänteln und Decken über ihren Pyjamas an der Hausecke. Nachbarn standen in ihren Gärten oder starrten neben erleuchteten Weihnachtsbäumen aus ihren Fenstern. Fröhliche Festtagsbeleuchtung blinkte neben den Lichtern des Streifen- und des Rettungswagens.

Charles berichtete der Polizei von Jacquelines einstweiliger Verfügung gegen Buck und nannte mich ihren Freund, ohne einen Moment zu zögern. Jacqueline bestätigte alles, was er sagte, auch die Bemerkung mit dem Freund, und lehnte sich mit dem Rücken an meine Brust. Sie hielt meine Arme um ihre Taille fest, während sie ihre Aussage machte – wie Buck sie in den Truck gestoßen und dann die Tür hinter ihnen geschlossen hatte. Wie sie die Bewegungen angewandt hatte, die sie in ihrem Selbstverteidigungskurs gelernt hatte, um aus dem Truck zu entkommen.

Ich legte die Arme fester um sie, und mir wurde fast schlecht. Ich konnte es kaum ertragen, die Details zu hören. Ich wollte Buck am liebsten von dieser Bahre zerren und den Job zu Ende bringen.

Nachdem die Polizei und die Sanitäter abgefahren waren, waren wir von den Hellers umringt. Sie boten uns Erste-Hilfe-Material, Tee und etwas zu essen an – aber ich versicherte ihnen, dass ich das alles selbst hatte und dass ich mich gut um Jacqueline kümmern würde. Charles und Cindy umarmten mich ungeniert, und ihre Umarmung schloss auch Jacqueline mit ein – vielleicht weil ich sie nicht mehr als ein paar Zentimeter von mir wegließ.

Als wir die Wohnungstür öffneten, huschte Francis hinaus. Auf dem Treppenabsatz hielt er noch einmal inne.

»Danke«, murmelte ich und tätschelte ihn kurz, bevor er die Stufen hinunterschlich und wieder auf seinen nächtlichen Streifzug ging.

Im Bad inspizierte ich Jacquelines Gesicht. Ich starrte ihr in die Augen und fragte, ob er sie geschlagen hätte. Ich bekam die Worte kaum heraus. Sie schüttelte den Kopf und sagte, er hätte sie nur richtig hart angepackt.

»Die Stelle, wo ich ihn mit dem Kopf gestoßen habe, tut mehr weh.« Sie strich sich mit den Fingern über die Stirn.

»Ich bin so stolz auf dich. Ich will, dass du mir alles erzählst, sobald du kannst… und sobald ich ertragen kann, es zu hören. Im Moment bin ich noch immer zu wütend.« Ich hatte genau neben ihr gestanden, als sie ihre Aussage machte, aber ich konnte es nicht ertragen, die Details zu hören. Seine Hände auf ihrem Körper. Der Schmerz, den er ihr zugefügt hatte.

Ich zog sie sanft aus, vorsichtig, auf eine andere Art langsam als Stunden zuvor. Ihr Oberteil, ihr BH und mein Hemd landeten alle im Müll, und ich trug sie unter die warme Dusche. Sie war durchaus imstande, diese Dinge selbst zu tun, aber sie schien zu verstehen, dass ich sie für sie tun musste. Ich seifte sie ein und küsste jeden blauen Fleck und jede Schramme. Ich hasste die Tatsache, dass sie verletzt worden war. Ich stützte mich mit den Armen an den Fliesen ab und schloss die Augen, während sie dasselbe für mich tat.

Die Muskeln ihrer Arme waren wund, daher wickelte ich sie in ein Badetuch und setzte sie auf den Rand der Wanne. Während ich ihr die Haare trocken rieb, Strähnen mit den Fingern kämmte und das Wasser mit einem Handtuch herausdrückte, erzählte sie mir, das letzte Mal habe ihr jemand die Haare in der sechsten Klasse abgetrocknet, als sie von einem Baum gefallen war und sich den Arm gebrochen hatte. Sie lächelte, und ich lachte – zwei Dinge, die herrlich unpassend zu diesem Abend waren.

»Ich glaube, es hatte irgendetwas mit einem Jungen und einer Mutprobe zu tun«, sagte sie.

Der Glückliche.

Aber nicht so glücklich wie ich.

Ich kauerte mich vor sie hin und bat sie, bei mir zu bleiben, wenigstens in dieser Nacht. Sie berührte mein Gesicht und starrte mir in die Augen. Ihr Blick war besorgt und voller Mitgefühl. Sie wusste, was mit meiner Mutter passiert war, aber ich musste ihr beichten, was sie noch nicht wusste. Ich konnte sie nicht länger unter einem falschen Anschein bei mir behalten. Sie musste alles erfahren.

»Das Letzte, was mein Vater zu mir gesagt hat, bevor er wegfuhr, war: ›Du bist der Mann im Haus, solange ich nicht da bin. Pass gut auf deine Mutter auf.‹« Ich schluckte, oder ich versuchte es zumindest. Meine Kehle schmerzte, während ich versuchte, Tränen zu unterdrücken, die sich nicht aufhalten ließen. Ich spürte sie in mir aufsteigen, während ihre eigenen Tränen aus ihren Augen quollen und über ihr Gesicht liefen. »Ich habe sie nicht beschützt. Ich konnte sie nicht retten.«

Sie zog mich an sich und hielt mich fest, und ich brach zusammen, das Gesicht an ihrem Herzen vergraben.

Minuten später sagte sie: »Ich werde heute Nacht bleiben. Wirst du auch etwas für mich tun?«

Ich holte einmal tief Luft, außerstande, ihr irgendetwas abzuschlagen. »Ja. Was immer du willst.«

»Gehst du morgen Abend mit mir zu Harrisons Konzert? Er ist mein Lieblings-Achtklässler, und ich habe ihm versprochen hinzugehen.«

Ich erklärte mich einverstanden, zu erschöpft, um mich zu fragen, was sie im Schilde führte – denn inzwischen kannte ich sie gut genug, um in diese Augen zu sehen und zu wissen, wann sie Hintergedanken hatte. Es war mir egal. Ich würde alles tun, worum sie mich bat.

Es war lange her, seit ich zuletzt im Auditorium einer Mittelschule war.

Die Orchesterschüler waren alle ungefähr so groß wie Caleb, auch wenn er eher zu den kleineren gehört hätte. Die Jungen stolzierten überheblich in ihren schwarzen Smokings herum und beugten sich über die Zuschauerplätze, um mit den Mädchen zu flirten – die alle knöchellange Kleider im Violett der Schulfarbe trugen.

»Miss Wallace?«, rief ein blonder Junge im Smoking aus der Gruppe. Er winkte aufgeregt – bis er *mich* bemerkte. Seine dunklen Augen weiteten sich. Jacqueline winkte zurück, aber er schien am Boden zerstört, die Liebe seines Lebens neben einem anderen Typen sitzen zu sehen. Ich konnte es ihm schlecht verdenken.

»Das ist sicher einer dieser Jungs, die für dich schwärmen«, sagte ich. Ich biss mir auf die Lippe, um eine neutrale Miene bemüht. Wenn Jacqueline diesen Jungen mochte, dann wollte ich ihn nicht lächerlich machen, indem ich über seine niedergeschlagene Reaktion darauf lachte, dass *Miss Wallace* nicht mehr zu haben war. Die ich in ein paar Stunden wieder haben würde, wenn es nach mir ging.

»Was soll das denn heißen? Sie schwärmen *alle* für mich. Ich bin schließlich ein heißes Collegemädchen, schon vergessen?« Sie lachte.

Ich beugte mich ein bisschen näher zu ihr hinüber, um ihr zu sagen, wie heiß sie tatsächlich war, und bat sie, heute Nacht wieder bei mir zu bleiben.

»Ich hatte schon Angst, du würdest mich gar nicht fragen«, sagte sie. Dummes Mädchen.

Harrison war ein tapferer Junge, der meinem Mädchen nach dem Konzert ein Dutzend Rosen überreichte. Er war verdammt schüchtern und lief so rot an wie die Rosen, die er ihr hinstreckte, aber ich bewunderte seine Ritterlichkeit im Angesicht dieser Angst.

Sie bedankte sich bei ihm, hielt sich die Blumen ans Gesicht und schnupperte glückselig an ihnen. Sie sagte ihm, sie sei heute Abend sehr stolz auf ihn gewesen, und er machte sich etwas größer und plusterte sich auf wie ein Pfau.

Strahlend sagte er: »Aber das habe ich alles nur Ihnen zu verdanken«, worüber sie lächeln musste.

»Das warst du ganz allein. Du hast fleißig geübt.«

Ich hatte selbst schon Ähnliches zu dankbaren Studenten gesagt, die glaubten, sie hätten den Wirtschaftskurs nur meinetwegen bestanden.

»Du warst super, Mann. Ich wünschte, ich könnte ein Instrument spielen«, fügte ich hinzu.

Die Augen des Jungen schätzten mich ab, und ich kämpfte gegen den jugendlichen Drang an, ihm zu sagen, dass er ganz bestimmt nicht so werden wollte wie ich. »Danke«, sagte er, während er mich neugierig beäugte. »Hat das wehgetan? An Ihrer Lippe?«

Ich zuckte die Schultern. »Nicht besonders. Aber ein

paar dreckige Worte sind mir dabei schon herausgerutscht.«

»Cool«, meinte er grinsend.

Jacqueline wusste, wie man sich seine Lieblinge aussuchte.

Und ich wusste es auch.

Wir packten alles, was sie für die Winterferien mit nach Hause nahm, in ihren Truck, und sie gab ihren Wohnheimschlüssel ab. Sie würde ihre letzte Nacht bei mir in der Stadt verbringen.

»Ich will eigentlich gar nicht nach Hause fahren. Aber wenn ich es nicht tue, werden sie kommen und mich holen.« Sie stand in einem meiner T-Shirts am Waschbecken im Bad und putzte sich die Zähne. Sie spülte sich den Mund aus, während sie mich im Spiegel beobachtete. »Was gestern passiert ist, war für Mom der Tropfen, der das Fass zum Überlaufen gebracht hat. Sie war nicht so aufgewühlt, als ich von diesem Baum gefallen bin.«

Ich schlang die Arme um sie. »Ich werde hier sein und auf dich warten. Versprochen. Komm früher zurück, wenn du willst, und bleib hier bei mir, bis die Wohnheime wieder aufmachen. Aber fahr nach Hause, gib ihr eine Chance.«

Sie sah mich im Spiegel an, während ihr die Tränen in die Augen traten. Sie wusste, was für eine Karte ich ausspielte, egal, wie verstohlen ich es tat. »Und du wirst deinem Vater auch eine Chance geben?«

Sehr gerissen, Jacqueline.

Ich verzog das Gesicht und starrte ihr im Spiegel in die Augen. »Ja. Das werde ich tun.«

Sie seufzte und zog einen Schmollmund. »Bekomme

ich jetzt, wo du mich dazu drangsaliert hast, dich zu verlassen, vielleicht einen richtigen Abschied?«

Ich zog die Augenbrauen hoch und glitt mit den Händen zum Saum des T-Shirts, während ich murmelte: »Verdammt, ja.« Ich sah mir selbst im Spiegel zu – wie ich ihr das Shirt über den Kopf zog, ihre entzückenden Brüste in meine Hände nahm und mit den Daumen ihre Nippel streichelte. Eine Hand glitt hinunter zu ihrem Bauch und in ihren Schlüpfer, einfach an den Spitzen vorbei. Sie öffnete den Mund, als ich sie streichelte, und lehnte den Kopf nach hinten an meine Schulter, aber sie schloss die Augen nicht. *So schön*. Ich liebte es, ihr dabei zuzusehen, wie sie auf meine Berührung reagierte. Davon würde ich niemals genug bekommen.

Sie streckte eine Hand nach hinten und schloss die Finger um mich. Ich stöhnte auf und presste mich gegen ihre Hand, während ich ihren Körper mit meinem näher an mich drückte. Ich beugte mich vor, um ihren Nacken zu küssen, schloss die Augen und atmete sie ein. »Bereit fürs Bett?«

»Bett, Sofa, Küchentisch, was immer dir vorschwebt…«, antwortete sie, und ich stöhnte auf.

Als ich mich so weit gefangen hatte, dass ich die Augen wieder aufschlagen konnte, hatten sie sich zu dem bleiernen Graublau eines verregneten Tageshimmels verdüstert, in einem starken Kontrast zu ihrem tiefen Sommerblau. Mein Badezimmerspiegel war zum heißesten interaktiven Video aller Zeiten geworden. »Na schön«, sagte ich und glitt mit den Fingern in sie hinein. »Dann lass uns gleich hier anfangen, Baby.«

»Mmm…«, murmelte sie, während sich ihre Augen langsam schlossen.

Sie lag in meinen Armen. Wir waren beide erschöpft. Badezimmerwaschbecken, abgehakt. Schreibtischstuhl, abgehakt. Sofa, zweimal abgehakt. Aber ich stellte mir vor, in ein paar Stunden in diesem Bett mit ihr aufzuwachen, und kam zu dem Schluss, dass sie noch einen *Abschied* auf Lager hatte.

Noch immer wach, den Blick auf mich geheftet. *Hmm.*

»Wie fandest du Harrison?«, fragte sie.

»Er scheint ein netter Junge zu sein.«

»Das ist er.« Ihre Augen folgten ihren Fingerspitzen, die meinen Hals streichelten.

Ich zog sie näher an mich und erkundigte mich nach dem Grund für diese Frage. »Willst du mich etwa wegen Harrison verlassen, Jacqueline?«

Ich erwartete, dass sie die Augen verdrehen und lachen würde, aber stattdessen sah sie mir fest in die Augen. »Wenn an jenem Abend auf dem Parkplatz Harrison da gewesen wäre und nicht du, meinst du, er hätte versucht, mir zu helfen?«

Der Parkplatz. Mit Buck.

»Wenn jemand ihm gesagt hätte, er solle auf mich aufpassen«, fuhr sie fort, »meinst du, man würde es ihm je vorwerfen, wenn er nicht hätte verhindern können, was an dem Abend passiert ist?«

Meine Lungen schnürten sich zu. »Ich weiß, was du mir zu sagen versuchst …«

Sie würde mich nicht so leicht davonkommen lassen, auch wenn sie in meinen Armen zitterte. »Nein, Lucas. Du hörst es, aber du weißt es nicht. Es ist ausgeschlossen, dass dein Vater das tatsächlich von dir erwartet hat. Es ist ausgeschlossen, dass er überhaupt noch weiß, dass er es zu dir gesagt hat. Er gibt sich die Schuld, und du gibst dir die Schuld, aber keiner von euch beiden ist in irgendeiner Weise dafür verantwortlich.« Ihre Augen glänzten, aber sie ließen mich nicht los.

Ich hielt sie fest, als würde ich vom Erdboden verschluckt werden, und ich bekam keine Luft mehr – ich hatte keine Schwerkraft und keinen Sauerstoff mehr. »Ich werde nie vergessen, wie sie in dieser Nacht geklungen hat. Wie kann ich mich nicht verantwortlich fühlen?« Meine Augen füllten sich mit Tränen, während ihre überquollen.

Ihre rechte Hand lag noch immer an meinem Gesicht. Zwischen uns gepresst, ergriff ihre linke Hand meine und gab mir Halt. Ihre Tränen rannen aufs Kissen, während sie mir den Jungen zeigte, der ich damals war. Ich hatte meinen Vater nie gefragt, ob er mir die Schuld gab; ich war einfach davon ausgegangen, dass er es tat. Aber Jacqueline hatte recht mit ihm – er steckte in ständiger Trauer fest und gab sich die Schuld, während niemand sonst es tat. Und ich war seinem Beispiel gefolgt.

»Was hast du mir immer wieder gesagt? *Es war nicht deine Schuld*«, sagte sie.

Sie sagte, ich müsse mit jemandem reden, der mir helfen würde, mir selbst zu verzeihen. Ich wollte nur mit ihr reden – aber das konnte ich nicht von ihr verlangen. Cindy hatte mir hundertmal eine Therapie vorgeschlagen; sie hatte geschworen, es hätte ihr geholfen, über den Verlust ihrer besten Freundin hinwegzukommen, aber ich verstand mich inzwischen hervorragend darauf, beharrlich zu erklären, es ginge mir gut.

Es geht mir gut. Es geht mir gut.

Doch das stimmte nicht. Es ging mir alles andere als gut. Jene Nacht hatte mich erschüttert. Ich hatte eine

Mauer um mich herum errichtet, um nicht noch mehr zu zerbrechen, aber kein Schutzwall wird dich vor jedem möglichen Schmerz bewahren. Ich war noch immer ebenso zerbrechlich wie jeder andere – das Mädchen in meinen Armen eingeschlossen. Aber ich konnte hoffen. Und ich konnte lieben. Und vielleicht konnte ich heilen.

26

LANDON

Lange Zeit hatte ich keine Angst vor irgendetwas gehabt.

Jetzt hatte ich höllische Angst, aber das würde ich nicht zeigen. Das hier war nichts. *Gar nichts.*

»Bist du so weit, Landon?«, fragte Heller, und ich nickte.

Alles, was ich besaß, türmte sich auf der Ladefläche seines SUV. Ich besaß keine Koffer, nur einen Seesack und einen Rucksack, daher waren die meisten meiner Kleidungsstücke in große schwarze Plastiksäcke gestopft, wie der Müll, der sie waren. Ich hatte ein paar leere Kartons von dem Geschäft für Köder & Angelbedarf für meine Bücher und Zeichenblöcke ergattert. Sie stanken nach Fisch. Was hieß, dass das Innere von Hellers Truck und alles, was ich besaß, nach Fisch riechen würde, bevor wir auch nur fünf Meilen von der verdammten Küste entfernt waren.

Es war es wert. Nichts wie weg. Ich wollte nie wieder hierher zurückkommen.

Dad hielt seinen angeschlagenen *Nur-Angeln-ist-schöner*-Becher in der Hand und stand mit gespreizten Beinen auf der durchhängenden und völlig verwitterten Veranda. Es war ein Wunder, dass irgendetwas aus Holz hier überleben konnte, und doch hatte dieser Ort irgendwie Jahrzehnte überdauert – hatte Wind, Regen, Tropenstürmen und dem unaufhörlichen Salzwasser getrotzt, das die ganze Stadt tagein, tagaus mit seinem brackigen Geruch durchzog.

Als Kind, als dieser Ort das Haus meines Großvaters war, liebte ich die alljährlichen Sommerbesuche, die mein Vater verabscheute, auf denen Mom jedoch bestand. »Er ist dein Vater«, sagte sie immer zu ihm. »Er ist Landons *Großvater*. Familie ist wichtig, Ray.«

Jetzt blieb Dad zurück, und ich fuhr weg.

In dem heruntergekommenen Haus am Strand konnte man die Wellen des Golfs ständig hören, Tag und Nacht. Als ich klein war, fühlte ich mich hier, als würde ich eine Woche in einem Baumhaus oder einem Gartenzelt leben – ohne die meisten Annehmlichkeiten meines Zuhauses, aber so meilenweit entfernt von meinem echten Leben, dass es unglaublich und überirdisch erschien. Ein primitives Leben, wie auf einer einsamen Insel.

Wenn ich einen Tag lang die Küste erkundet und mich in der Sonne geaalt hatte, streckte ich mich auf einem der Handtücher aus, die Mom vor unserem Urlaub immer kaufte und dann bei Grandpa zurückließ. Die weichen Badetücher waren lang genug für meinen kindlichen Körper und breit genug, um die Muscheln anzuhäufen und zu sortieren, die ich an langen, heißen Tagen an einem Strand sammelte, der alles andere als die weiße Küste war, die ich meinen Freunden zu Hause in Alexandria vorgaukelte.

Während ich zu der riesigen Weite des dunklen Himmels und den Tausenden von Sternen hochstarrte, die in einem fort blinkten, als würden sie miteinander kommunizieren, träumte ich oft davon, wer ich sein würde, wenn ich erwachsen war. Ich zeichnete gern, aber ich war auch gut in Mathe – so gut, dass man mich als Nerd abgestempelt hätte, wenn ich nicht so viel Talent auf dem Eis gehabt hätte. Ich könnte ein Künstler werden, ein Wissenschaftler, ein Eishockeyprofi. Umgeben von dieser schier endlosen Weite des Himmels und des Sandes und des Meeres glaubte ich, die ganze Welt stünde mir offen.

Was für ein naiver Idiot ich doch war.

Diese Badetücher waren jetzt so wie alles andere hier. Zerschlissen. Verbraucht. So wertlos, wie etwas sein kann, ohne völlig wertlos zu sein.

Dad sah älter aus, als er war. Er war knapp fünfzig – ein bisschen jünger als Heller –, aber er sah gut zehn Jahre älter aus.

Salzwasser und Sonne tun dir das an.

Ein wortkarges, herzloses Arschloch zu sein tut dir das an.

Zu weit, Landon. Zu weit.

Na schön.

Die Trauer tut dir das an.

Er sah zu, wie ich meinen Krempel in den Truck seines besten Freundes verlud, als wäre es ganz normal, dass ein Vater seine elterlichen Verpflichtungen – wie zum Beispiel an dem Tag, an dem sein einziges Kind zu Hause auszog, um aufs College zu gehen – an jemand anderen übertrug. Aber das tat er jetzt schon seit einer ganzen Weile. Es lag an mir zu scheitern, zu straucheln oder aus dem Loch herauszukrabbeln, in das ich mich zum Sterben verkriechen wollte, seit ich dreizehn war. Fünf Jahre Überleben von einem Tag zum nächsten. Mich zu entscheiden, ob ich aufstehen sollte oder nicht. Ob ich zur Schule gehen sollte oder nicht. Ob ich mich einen Dreck um irgendetwas oder irgendjemanden kümmern sollte oder nicht.

Heller hatte mir eine Chance auf einen Ausweg gegeben, und ich würde einen Teufel tun und mich dafür entschuldigen, dass ich sie ergriff.

»Umarme deinen Vater zum Abschied, Landon«, murmelte Heller, als wir die Heckklappe schlossen.

»Aber er wird nicht… wir sind nicht…«

»Versuch es. Vertrau mir.«

Ich stieß einen Seufzer aus, wandte mich um und ging noch einmal die Verandastufen hoch.

»Tschüs, Dad.« Ich sprach die Worte pflichtschuldig aus – Heller zuliebe, nichts weiter. Er stellte seinen Becher auf dem Geländer ab. Seine Hände waren leer.

Ich überließ ihn seinem Schweigen und seiner Einsamkeit, und auf einmal dachte ich, wie anders dieser Augenblick abgelaufen wäre, wenn meine Mutter noch am Leben wäre. Sie hätte geweint und mir die Arme um den Hals geschlungen, während ich sie zum Abschied umarmte und küsste. Sie hätte mir gesagt, sie sei stolz auf mich, und mir das Versprechen abgenommen anzurufen, bald wieder einmal nach Hause zu kommen, ihr alles zu erzählen. Ich hätte geweint und sie gehalten.

Um der einzigen Frau willen, die wir beide je geliebt hatten, schlang ich die Arme um meinen Vater, und er legte wortlos seine um mich.

Ich starrte in den Seitenspiegel und sah zu, wie die Stadt immer kleiner wurde. *Objekte im Spiegel sind näher, als sie erscheinen*. Trotz einer beklommenen Neugier würde ich nicht zurückblicken, um zu sehen, ob das stimmte. Diese beschissene Stadt und die Jahre, die ich dort verbracht hatte, würden in fünf Minuten außer Sichtweite und aus meinem bewussten Verstand gelöscht sein, sobald ich sie vergessen konnte.

»Mach mit dem Radio, was du willst«, sagte Heller, und ich richtete meine Aufmerksamkeit wieder nach vorn. »Solange es nichts von diesem erbärmlichen Geschrei ist, mit dem Cole seine Ohren missbraucht. Kann diese Lärmverschmutzung nicht ausstehen, die er Musik nennt.«

Sein ältestes Kind war jetzt fünfzehn. Jedes Mal wenn wir zusammen waren, ahmte er nach, wie ich angezogen war und was für Musik ich hörte, folgte mir überallhin und machte alles nach, was ich sagte oder tat – zugegeben, nicht immer eine gute Idee. Seine Lebenseinstellung schien zu sein: Wenn irgendetwas seine Eltern ärgerte, war er dafür.

Ich blinzelte, als wäre ich überrascht. »Wie, kein Bullet for My Valentine? Kein Slipknot?«

Ich lachte über Hellers verärgerte Miene – ich war mir sicher, dass er nicht überzeugt war oder sich dafür interessierte, ob das echte Bandnamen waren oder nicht. Das war die einzige Antwort, die ich bekam, abgesehen von seinem üblichen stoischen Seufzen. Ich stöpselte meinen iPod in die Stereokonsole und stellte ihn auf eine Playlist ein, die ich am Abend zuvor zusammengestellt und mit *Fuck you and Goodbye* betitelt hatte. Die Tracks waren weitaus weniger gewalttätig, als der Titel vermuten ließ, aus Respekt vor meinem Reisegefährten. Ich teilte Coles Ansicht vielleicht im Hinblick auf meinen eigenen Vater, nicht jedoch auf seinen.

Ich sah die Kinder der Hellers nicht oft – auch wenn

sich das jetzt ändern dürfte, da ich gleich nebenan wohnen würde. Meine neue Bleibe würde das Zimmer über ihrer Garage sein, das sie als Lagerraum für Kartons mit Büchern und Weihnachtsschmuck, Sportgeräte und alte Möbel genutzt hatten. Ich erinnerte mich nur undeutlich daran. Wenn ich die Hellers besuchte, schlief ich immer auf einer Luftmatratze in Coles Zimmer. Dad machte jedes verdammte Mal im letzten Moment einen Rückzieher und setzte mich in einen Bus, mit meinem Seesack und der strengen Anweisung, nichts Dummes anzustellen, solange ich dort war.

Ich war kein Kind mehr, und das hier war kein einwöchiger Besuch. Ich war ein Collegestudent, der für vier Jahre eine Bleibe benötigte. Ein volljähriger Erwachsener, der sich neben den Studiengebühren keinen Wohnheimplatz oder eine Wohnung leisten konnte. Heller hatte gesagt, ich würde ihm Miete bezahlen, aber es war nicht viel. Ich erkannte ein Almosen, wenn ich es bekam, aber ausnahmsweise in meinem erbärmlichen Leben ergriff ich es mit beiden Händen, wie das verknotete Ende einer Rettungsleine.

LUCAS

»Ich übernehme die ersten paar Stunden, und du kannst die letzten beiden fahren.« Jacqueline schob sich ihre dunkle Sonnenbrille vor die Augen und grinste mich vom Fahrersitz ihres Trucks aus an. »Aber schlaf nicht ein, sonst könnten wir auf halbem Weg nach El Paso enden. Du musst mich navigieren.«

Während sie den Truck rückwärts aus der Auffahrt lenkte, winkte ich Carlie und Charles zum Abschied zu und setzte meine Sonnenbrille auf. »Das ist ein völlig anderer Highway«, kicherte ich. »*So* schlimm bist du nun auch wieder nicht.«

Sie schüttelte seufzend den Kopf. »Im Ernst. Stell dein Schicksal nicht auf die Probe. Es würde dir leidtun. Wir könnten uns verfahren und die ganzen Frühjahrsferien ziellos durch die Gegend kurven.«

Als ich innehielt, um darüber nachzudenken, dass Jacqueline mit zu mir nach Hause an die Küste kam, klang die Vorstellung, stattdessen eine Woche lang ziellos durch die Gegend zu kurven, gar nicht so schlecht. Ich schüttelte den Kopf. »Ich nehme an, ich hätte dir zum Geburtstag ein neues Navi schenken sollen.«

Sie rümpfte die Nase. »Das klingt nach einem vernünftigen Geschenk.«

»Ach ja, das hatte ich vergessen – wir schenken uns ja nichts Vernünftiges.«

Sie hatte mir erzählt, ihre Eltern hätten sich (und ihr) schon immer erbärmlich pragmatische Geschenke gemacht, aber jetzt einen neuen Tiefpunkt erreicht – sie kauften sich ihre Geschenke selbst. »Mom hat sich einen neuen Stepper gekauft und Dad einen *Grill*«, sagte sie, als wir uns an Heiligabend unterhielten. »Es ist ein großer Grill, mit Seitenbrennern und Wärmeschubladen, und – aber mein Gott, *wen kratzt das denn* – ich meine, wie kann man sich denn bloß an Weihnachten sein *eigenes Geschenk* kaufen?« Ich sagte ihr nicht, dass ich das für eine tolle Idee hielt. Wenn sie der Ansicht war, dass praktische Geschenke blöd waren, dann stand mir ein Leben voller unpraktischer Dinge bevor. *Na toll.*

Wir hatten beide in den letzten zwei Monaten Geburtstag gehabt. Mein Geschenk von ihr: einen Tag lang einen Porsche 911 zu fahren. Absolut unpraktisch. Heller und Joseph waren beide *total* neidisch. Ich schickte Boyce ein Bild davon aufs Handy, und er schrieb zurück: Scheiß auf den Bro-Code. Ich schnappe dir deine Frau weg. Du bist gewarnt.

Für Jacquelines Geburtstag hatte ich eines der Aquarelle meiner Mutter – eine verregnete Skyline von Paris – von dem Stapel auf dem Dachboden meines Dads ausgewählt, als ich über die Winterferien zu Hause war. Ich ließ es für sie aufziehen und rahmen. Sie wurde sehr still, nachdem sie es ausgepackt hatte, und Tränen liefen ihr übers Gesicht. Ich war mir sicher, dass mein Sinn für passende Geschenke soeben zu Schutt und Asche zerfallen war, und dass man mir nie wieder gestatten sollte, ein Geschenk für irgendjemanden auszusuchen.

Und dann warf sie sich in meine Arme, und eine Stunde später vergrub ich die Finger in ihren Haaren und küsste sie. »Warte«, sagte ich. »Mein nächster Geburtstag ist erst in elf Monaten. Wie konnte *das* denn eben passieren?«

Jacqueline saß zusammengerollt auf dem Beifahrersitz und schlief, während ich mich der Tatsache stellte, dass wir nur noch eine Viertelstunde von der Küste entfernt waren. Dass ich meine Freundin mit *nach Hause* brachte, wo sie meinen unkommunikativen Vater und meinen oft peinlichen besten Highschoolfreund kennenlernen würde. Und, *verdammt*, würden wir etwa in der Vorratskammer schlafen? *Scheiße*. Ich hätte ein Hotelzimmer buchen sollen.

»Mmm…« Sie wachte zunächst langsam auf, gähnend, streckte Arme und Beine, bevor sie sich auf einmal blinzelnd aufsetzte. »Sind wir da?«

Ich nickte. »Fast.«

An der Fähre war eine Warteschlange. Willkommen zu den Frühjahrsferien an einem billigen Küstenstrand. Wohin ich eben mit meiner Freundin, mit der ich seit drei Monaten zusammen war, gefahren war. Ein schweres Gefühl machte sich in meiner Magengegend breit, als hätte ich eine Eisenstange verschluckt. Wenn sie nicht aufgewacht wäre, hätte ich vielleicht kehrtgemacht, bevor wir an Bord fuhren. Ein Typ in einer orangefarbenen Weste dirigierte uns zu der Fähre ganz links, und wir fuhren über die Rampe an Bord. Als wir auf der anderen Seite wieder herunterfuhren, waren wir fünf Minuten von meinem Zuhause entfernt, vielleicht zehn wegen des gestiegenen Touristenverkehrs, der nach den flauen Wintermonaten wieder etwas Geld in diese Gemeinde spülte.

Dieser Ort hatte für mich nichts Außergewöhnliches oder Bemerkenswertes, aber Jacqueline setzte sich aufrecht hin, die Augen weit aufgerissen, um alles aufzunehmen – die mit Wandgemälden in sonnigen Farben verzierten Gebäude, die Touristenläden und Diners, die Asphaltstraßen, die ohne Bordsteinkanten in Gärten übergingen, das Wasser und die Boote, die dahinter fast immer zu sehen waren.

»Palmen!« Sie grinste. »Sind die süß.«

Ich zog eine Augenbraue hoch.

»Ich meine, verglichen damit, wie sie zum Beispiel in L.A. aussehen – dort sind sie so hoch und dünn. Die hier scheinen zu wissen, dass es hier nicht viele hohe Gebäude oder Hügel gibt, mit denen sie konkurrieren müssen. Sie sind …«

»Verkümmert?«

Sie lachte. »*Süß*.«

Nach ein paar reflexartigen Abzweigungen parkte ich in der Kiesauffahrt vor Grandpas – jetzt Dads – Haus. Ich schluckte und wandte mich zu Jacqueline um. »Ich weiß nicht, wie er zu dir sein wird – ich meine, er wird nicht unhöflich oder so sein. Zu Kunden ist er immer höflich gewesen, und ich bin sicher, das wird das Schlimmste sein, was …«

»Lucas.« Sie nahm meine Hand und drückte sie. »Er ist bestimmt nett. Ich erwarte keine Umarmungen und keine Willkommensparty. Er ist ein stiller Typ – so wie du. Ich verstehe das.«

Ich verzog das Gesicht. *So wie ich?*

Sie drehte meine Hand um und küsste den Handrücken, wobei sie kicherte, als könnte sie meine Gedanken lesen – was sie vermutlich tatsächlich konnte.

Ich legte die linke Hand in ihren Nacken und zog sie näher an mich. Während wir schief über der Mittelkonsole hingen, fuhr ich ihr mit den Fingern durch die Haare und küsste sie, und das beklommene Gefühl, das sich in meinem Verstand breitmachte, legte sich. Sie war hier bei mir, weil sie es wollte. Wir hatten über meinen Dad geredet; sie war vorbereitet. Dank meiner wöchentlichen Therapiesitzungen kam ich allmählich damit klar, wie er mit seiner Trauer umgegangen war, selbst wenn es für uns beide alles andere als ideal gewesen war.

Dad würde vielleicht nicht den roten Teppich für uns ausrollen, aber er würde höflich sein. Boyce konnte ein Vollidiot sein, aber sie würde ihn vermutlich trotzdem lieben. Und das Bett in der Vorratskammer war auch nicht kleiner als ihr Bett in ihrem Wohnheimzimmer – einer meiner Lieblingsorte auf der Welt.

»Danke«, sagte ich.

Ich drückte meine Stirn gegen ihre, während ich zusah, wie sie mit den Fingern ihrer freien Hand über die Tattoomuster auf meinem Arm glitt. Sie legte den Kopf schräg und küsste mich noch einmal, strich mit der Zunge über meinen Ring. Sie liebte es, damit zu spielen, wenn wir uns küssten, und hatte einen Schmollmund gezogen, als ich ihr sagte, ich würde ihn herausnehmen müssen, sobald ich anfing, mich um Jobs zu bewerben.

»Gern geschehen«, hauchte sie an meine Lippen.

Unsere Blicke trafen sich, und ich strich ihr übers Gesicht. *Ich liebe dich,* sagte ich im Stillen zu ihr. Ich war bereit, es ihr zu sagen, aber ich war mir nicht sicher, wie. Es war nichts, was ich je zu einem Mädchen gesagt hatte. Nichts, was ich je gefühlt hatte. Nicht wirklich. Nicht so. Jetzt erschien es mir albern, dass ich je gedacht hatte, ich könnte Melody Dover lieben. Was ich für sie empfunden hatte, war echt gewesen – aber so, als würde ich auf der untersten Sprosse einer Leiter stehen verglichen damit, wo ich jetzt war, auf halbem Weg nach oben.

Als ich klopfte, kam Dad an die Fliegentür, mit dem Anflug eines Lächelns, das ich seit Jahren nicht mehr bei ihm gesehen hatte. »Mein Sohn«, sagte er und nahm mir die Taschen ab. »Komm herein.«

Die Fenster standen alle offen, und das ganze Haus war erfüllt vom salzigen Geruch des Golfs, der auf der anderen Seite des Strandes genau vor der Hintertür lag. Dad hatte die Wände und das Gebälk elfenbeinfarben gestrichen und die alten Teppiche entfernt, sodass jetzt ausgetretene Holzböden zu sehen waren, die irgendwie hundertmal besser aussahen. Eines von Moms Gemälden hing über dem Sofa. Ich stand da und starrte es an, während er sagte: »Du musst Jacqueline sein.« Sie hielt noch immer meine Hand.

»Ja. Freut mich, Sie kennenzulernen, Mr. Maxfield.«

Mühsam wandte ich mich von dem Gemälde ab und sah zu, wie mein Vater meiner Freundin die Hand gab, wieder fast mit einer Art Lächeln. »Bitte nenn mich Ray. Ich freue mich, dass du mit Landon, äh, Lucas gekommen bist.«

Das war ja was ganz Neues.

Er nahm beide Taschen und ging … zu seinem Zimmer? Jacqueline folgte ihm mit einem Blick auf die spärliche, aber saubere Einrichtung, ungefähr so, wie sie auf dem Weg hierher die Stadt gemustert hatte – sie nahm Details wahr, ohne irgendetwas zu übersehen. Ich bog um die Ecke in Dads Zimmer – nur dass es nicht mehr sein Zimmer war. Grandpas Bett stand an der hinteren Wand, flankiert von seinem Nachttisch und einer neuen Lampe. Seine Kommode stand gegenüber. Das Bettzeug war neu, und die Wände waren in einem zarten Blauton gestrichen. Noch eines von Moms Gemälden hing über dem Bett, und ein Spiegel war über der Kommode an einer Schnur aufgehängt.

Dad stellte beide Taschen neben dem Bett auf dem Boden ab. »Ich dachte mir, ihr beide braucht doch ein bisschen Privatsphäre … wenn ihr zu Besuch kommt. Ich bin vor ein paar Wochen zurück in das Zimmer deines Grandpas gezogen. Jetzt kann ich morgens als Erstes einen Blick auf den Golf werfen und mir vorstellen, wie das Segeln an dem Tag sein wird.«

»Was für ein entzückendes Zimmer.« Jacqueline sah aus dem Fenster auf die dichte Gruppe von Palmen neben dem Haus. Der Strand war in der Ferne zu sehen. »Ich liebe es. Das hier ist eines der Gemälde Ihrer Frau, richtig?« Sie trat näher, um es zu begutachten, und ich starrte weiter meinen Vater an.

»Ja, so ist es«, antwortete er. Er wandte sich wieder zu mir um und sagte: »Nachdem du über Weihnachten ein paar von ihren Sachen durchgegangen bist, habe ich gedacht, sie wäre bestimmt traurig, wenn sie wüsste, dass ihre Gemälde verpackt auf dem Dachboden liegen, anstatt dort zu sein, wo man sie sehen kann.« Dad presste die Lippen zusammen. »Na ja. Ich lasse euch beide jetzt allein, damit ihr euch von eurer Fahrt erholen könnt. Für heute Abend habt ihr schon Pläne, nehme ich an?«

Ich schüttelte den Kopf. »Heute Abend nicht. Wir treffen uns morgen mit Boyce.«

Er nickte. »Ich werde sehen, was ich zum Abendessen dahabe, falls ihr hier essen wollt. Ein paar Pfund Rotbarsch, gestern gefangen. Damit könnten wir etwas machen.«

»Ja. Na klar. Klingt gut.«

Er nickte noch einmal und zog die Tür hinter sich fast vollständig zu.

Ich ließ mich aufs Bett fallen. »Ach du heilige Scheiße.«

»Wir haben nie über Mom geredet – Sätze, die mit *sie wäre* begannen.«

Jacqueline lag auf dem Bauch, und ich lag ihr zugewandt da und zeichnete mit einem Finger unsichtbare Muster auf ihren Rücken.

Beim Abendessen hatten wir drei über meinen bevorstehenden Abschluss gesprochen und über das Forschungsprojekt mit Dr. Aziz, das meine ganze Einstellung zu dem, was ich in den vergangenen vier Jahren gelernt hatte, verändert und in eine völlig unerwartete Richtung gelenkt hatte.

Deine Mutter wäre stolz auf dich gewesen, hatte Dad gesagt, und Jacqueline ergriff unter dem kürzlich neu lackierten Tisch meine Hand, da sie das Gewicht dieser Worte kannte.

Jetzt lagen wir im Bett, in dem Zimmer, das sich meine Eltern immer teilten, wenn wir in meinen ersten dreizehn Lebensjahren hier zu Besuch waren. Dad war wieder in Grandpas Zimmer, das er meerschaumgrün gestrichen hatte. Noch ein paar von Moms Gemälden hingen dort.

In der Vorratskammer wurden jetzt wieder Lebensmittel aufbewahrt, neben ordentlichen Stapeln mit Lagerkartons, die alte Akten enthielten. Die Löcher in der Wand waren übermalt, die dreiarmige Lampe war durch eine normale Deckenbeleuchtung ersetzt worden. Ich kicherte, als ich in diesem gemütlichen Alkoven stand, wohin Dad mich geschickt hatte, um eine Knoblauchzehe zu holen. Ich fühlte mich geborgen, und ich war verblüfft von der Erkenntnis, dass ich mich dort immer geborgen gefühlt hatte. Irgendwie hatte das geklappt, während alles andere den Bach runterging.

»Danke, dass du mit mir hierhergefahren bist.« Jacqueline wandte sich im Dunkeln zu mir um. In ihren Augen spiegelte sich das schwache Mondlicht vom Fenster. Das Geräusch der Wellen, die gegen den Strand schlugen, drang zum Fenster herein wie ein langsamer, sanfter Herzschlag.

»Danke, dass du mitgekommen bist.«

Sie rutschte ein bisschen näher an mich heran. »Du wirst mir nicht sagen, wo du dich um Jobs bewirbst, oder?«

»Nein. Und du weißt, warum.«

»Du willst, dass ich auf die beste Musikhochschule wechsele, auf die ich kommen kann, unabhängig davon, wo du sein wirst«, rezitierte sie in einem Ton, der ein hörbares Augenrollen war. »Aber … ich kann den Gedanken nicht ertragen, dass wir beide in sechs Monaten – *fünf* Monaten – an entgegengesetzten Ecken des Landes sein könnten.«

Ich hatte nicht die Absicht, für die nächsten zwei Jahre Distanz zwischen uns zu bringen – aber ich würde ihr nicht von meinem Plan erzählen, bis ich die Sache gedeichselt hatte. Es gehörte zu viel Glück dazu, und ich wollte nicht, dass sie enttäuscht wurde. Ich strich mit den Fingern an ihrer Haarlinie entlang. »Du wirst mich nicht verlieren. Aber ich werde dir nicht antun, was er dir angetan hat. Du hast Träume, und ich will, dass du sie verfolgst. Du *musst* sie verfolgen, mir zuliebe. Denn …« Ich holte einmal tief Luft. »Ich liebe dich, Jacqueline Wallace.«

Sie schluckte, und ihre Augen füllten sich mit Tränen. »Ich liebe dich auch, Landon Lucas Maxfield.«

Mein Herz schwoll an, und ich beugte mich zu ihr vor und küsste sie, liebte sie, nahm sie in Besitz. In ihren förmlichen Worten hörte ich das Echo meiner Zukunft – einer Zukunft, derer ich mir so sicher war, dass keine Distanz mich von ihr abbringen würde: *Ich nehme dich, Landon Lucas Maxfield …*

Glück konnte man sich verdienen und schaffen. Man

konnte es entdecken. Man konnte es wiedergewinnen. Schließlich – hatte ich dieses Mädchen gefunden. Ich hatte meine Zukunft gefunden. Ich hatte Vergebung gefunden. Meine Mutter hätte sich für mich gefreut. Zum ersten Mal seit langer Zeit hatte ich keine Schuldgefühle deswegen.

EPILOG

Jacqueline wurde an drei der fünf Musikhochschulen, bei denen sie sich beworben hatte, angenommen, aber als sie die Zusage von Oberlin bekam, spielten alle anderen keine Rolle mehr. Zehn Sekunden nachdem sie sich in ihren E-Mail-Account eingeloggt hatte, sprang sie kreischend von meinem Sofa auf, sodass Francis prompt unter das Bett flüchtete. Sobald ich mir sicher war, dass sie vor Glück und nicht wegen einer riesigen Spinne oder so etwas kreischte, breitete ich die Arme aus, und sie sprang genau hinein.

»Herzlichen Glückwunsch, Schatz«, murmelte ich an ihren Lippen. Ich freute mich zu sehen, wie überglücklich sie war.

Sie schickte Erin eine SMS. Sie rief ihre Eltern an. Sie schrieb ihrem Highschool-Orchesterleiter eine E-Mail.

Und dann rechnete sie aus, wie weit voneinander entfernt wir sein würden, wenn sie umzog und ich hierblieb. Zwei Ingenieurfirmen in der Stadt waren sehr an mir interessiert, und ich zog sie ernsthaft in Betracht. Ich hatte ein zweites Vorstellungsgespräch für eine tolle Position bei einer Firma an Land gezogen, die auf Halbleiter-Robotertechnik spezialisiert war – einen Designjob, so cool, wie ich es mir vor vier Jahren nicht einmal hätte vorstellen können, als ich all meine Energie darauf konzentrierte, überhaupt aufs College zu kommen.

Zur Feier des Tages führte ich Jacqueline aus, und ich weigerte mich, über die Meilen und Stunden und Jahre, die vor uns lagen, zu diskutieren. »Nicht heute Abend«, sagte ich immer wieder, bis sie schließlich einlenkte. Wenn wir zwei Jahre eine Fernbeziehung führen mussten, dann würden wir das eben tun. Aber Jacquelines Zusage von Oberlin hatte mir ein neues Ziel gegeben.

Im Dezember war ich mit Joseph, Elliott und Elliotts kleiner Schwester, Reni, essen gegangen. Reni war aus Cleveland zu Besuch, wo sie an der Case Western im dritten Jahr Medizin studierte. Die offensichtlichen Versuche der anderen, uns zu verkuppeln, schlugen fehl, aber sie brachten uns beide in anderer Hinsicht zusammen. Fasziniert von den Details des Forschungsprojekts, dem ich in den nächsten fünf Monaten angehören würde, erzählte mir Reni von einem ihrer Mentoren, dessen Forschungsgebiet Biotechnologie war.

Als ich ihr eine E-Mail schrieb und mich nach möglichen Jobs erkundigte, leitete sie meinen Lebenslauf an diesen Professor weiter. Er war einer der drei Gründer eines kleinen Biotechnologie-Start-ups in Cleveland. Eine der anderen Gründerinnen kannte Dr. Aziz, und sie entdeckte seinen Namen in meiner Liste mit Referenzen. Eine Woche später bekam ich einen Anruf mit der Aufforderung, mich zu bewerben.

Glück hatte den Stein ins Rollen gebracht. Der Rest lag bei mir.

»Warum willst du mir nicht wenigstens sagen, wohin du für dieses Vorstellungsgespräch fahren wirst?« Seit einer Dreiviertelstunde versuchte Jacqueline in den Werbepausen des Zombiedramas, das wir uns ansahen, immer wieder, mir Hinweise zu entlocken. »Sollten wir uns denn nicht alles sagen?« Ihr zuckersüßer Ton und die ernste Miene, mit der sie das Geheimnis zu ergründen versuchte – weit aufgerissene blaue Augen, die in meine hochstarrten –, sorgten dafür, dass ich fast einknickte. Sie war zu gut darin.

»Netter Versuch«, meinte ich grinsend, und sie verzog das Gesicht.

»Dann werde ich eben Cindy fragen.«

»Was genau der Grund ist, weshalb ich es ihr auch nicht gesagt habe.«

Sie stampfte mit dem Fuß auf, sodass ich lachen musste, bis sie mich in eine Ecke meines Sofas drückte und sagte: »Ich liebe es, wenn du lachst. Du bist so hübsch.« Sie schlang mir die Arme um den Hals, hielt mich an den Haaren fest und zog mich zu einem Kuss an sich.

Ich schüttelte den Kopf und glitt mit der Zunge über ihre Lippen, bevor ich in ihren Mund drang. Während ich begann, sie um den Verstand zu küssen, flüsterte ich: »Mit Schmeicheleien wirst du gar nichts ausrichten … aber bitte, bitte versuch es weiter.«

Meine Abschlussfeier war eine Grillparty im Garten der Hellers. Nachdem er sein Zuhause seit über acht Jahren nicht mehr verlassen hatte, nahm sich Dad drei Tage frei, um an der Zeremonie teilzunehmen. Sein Erscheinen war auch ein Vertrauensbeweis für seine besten Freunde. Während ich die drei zusammen beobachtete, hoffte ich, dass dieses Wochenende der Beginn einer neuen Gewohnheit für ihn war.

Ich hatte noch niemandem von meinen Zukunftsplänen erzählt, aber Charles, Cindy und Dad wussten von den Angeboten, die ich bekommen hatte, und sie tauschten heute Morgen beim Frühstück wissende Blicke, als ich ihnen sagte, ich hätte meine Entscheidung getroffen. Aber es gab noch einen anderen Menschen, dem ich es sagen musste, bevor ich ihnen meine endgültige Entscheidung bekannt gab, und dieser Mensch stand jetzt in meiner Küche und packte die Reste der Grillparty in den Kühlschrank.

»Ich habe am Freitag einen Job angenommen«, sagte ich, und sie reagierte kaum. Ich fragte mich, was ihr durch den Kopf ging, bis sie schließlich aufsah, außerstande, die kleinen Behälter noch weiter umzuräumen. Mein tapferes Mädchen hielt die Tränen nur mühsam zurück.

Ich führte sie zum Sofa und zog sie in meine Arme. »Es ist ein Start-up – im Augenblick weniger als zehn Mitarbeiter. Die Gründer sind Kardiologieforscher, die nichtinvasive Methoden entwickeln, um elektrokardiografische Aktivität aufzuzeichnen, die bei der Diagnose und Behandlung von Herzkrankheiten helfen sollen. Außerdem wollen sie bessere invasive Geräte entwickeln – und sie wollten jemanden mit Grundkenntnissen in strapazierfähigen weichen Materialien.«

Die Falte zwischen ihren Augenbrauen verriet mir, dass ich sie verloren hatte. Daher erzählte ich ihr von dem Gehalt, das durch Aktienoptionen aufgestockt werden würde. »Wenn die Firma Erfolg hat – und das *wird* sie –, werden auch die Angestellten davon profitieren. Mein Eintrittstermin ist in der Woche nach dem vierten Juli.«

Sie sah zu mir hoch, um ein Lächeln bemüht, mit dem

sie mir nicht eine Sekunde etwas vormachen konnte. Ich wusste, was sie dachte – *zwölfhundert Meilen voneinander getrennt.*

Ich holte einmal tief Luft. »Meine einzige Frage ist daher – will ich in Oberlin leben und nach Cleveland pendeln oder in der Nähe von Cleveland leben und zu dir pendeln?« Ich sah, wie sich ihre Miene veränderte, als ihr bewusst wurde, was ich soeben gesagt hatte. Ihre Augen weiteten sich und füllten sich mit Tränen. Sie stammelte etwas Unverständliches. »Ach – habe ich dir das gar nicht erzählt? Die Firma hat ihren Sitz in Cleveland.« Eine halbe Stunde von Oberlin entfernt.

Wir würden sechs Wochen getrennt sein, die ich vor ihr nach Ohio zog, aber ich schob diesen Gedanken beiseite, als sie in meine Arme kam. Heute war meine Feier, und ich trug Jacqueline in mein Zimmer, um ihr all die Arten zu zeigen, auf die ich zu feiern gedachte.

Die sechs Wochen Trennung waren die Hölle.

Sobald mein Flugzeug landete, war ich drauf und dran, eine Scheibe einzuschlagen, um hinauszuspringen und durch den Flughafen und ins Freie zu Jacquelines Truck zu stürzen.

Nach einem Mittagessen mit ihren Eltern würden wir beide zu einem zweitägigen Roadtrip zurück nach Ohio aufbrechen. Wir hatten vor, in Kentucky zu übernachten und morgen fast den ganzen Tag zu fahren, um am Abend den Umzugswagen vor ihrem neuen Wohnheim zu treffen.

Wie immer verschwand alles und jeder, sobald ich sie sah. Sie sprang aus dem Truck und begrüßte mich davor, in einem weißen Sommerkleid und einer durchscheinenden, kurzärmeligen kleinen Strickjacke, die sie aufgeknöpft darüber trug. Meine Tasche fiel zu Boden, und ich zog sie in meine Arme. »Hast du mich vermisst?«, fragte ich sie, während sich unsere Lippen beinahe berührten. Ich legte ihr eine Hand ins Kreuz und drückte sie fest an mich, während ich mit der anderen Hand unter ihre Jacke glitt und nackte Haut berührte.

Ihr knappes Kleid war rückenfrei. *Großer Gott*, das würde ein langer Tag werden – es war noch nicht einmal Mittag, und ich stellte mir schon jetzt vor, wie ich heute Abend die Tür zu unserem Hotelzimmer schließen und absperren würde.

»Küss mich, und finde heraus, wie sehr.« Sie stellte sich auf die Zehenspitzen, und ich sah den Schalk in ihren Augen aufblitzen, während meine Fingerspitzen über ihre Schulterblätter glitten.

Ich führte sie rückwärts zur Beifahrerseite und drückte sie gegen die Tür ihres Trucks. Ich wollte diese kleinen Haken in ihrem Nacken lösen, und sie wusste es.

Was sie nicht wusste: Ich hatte meine eigene Foltermethode für sie.

Ich schloss diesen letzten Zentimeter zwischen uns und drückte meinen Mund auf ihren. Ich strich mit der Zungenspitze über ihre vollen Lippen und glitt zögernd in ihren Mund, während wir uns küssten.

»Mmm …«, stöhnte sie und saugte meine Zunge in ihren Mund. Ich vertiefte den Kuss nach und nach, während unsere Zungen einander umspielten, und auf einmal wich sie zurück. Sie stellte die Füße flach auf den Boden, und ihre Hände umklammerten meine Oberarme unter den Ärmeln meines T-Shirts, während sie mich mit weit aufgerissenen Augen anstarrte.

»Lucas.«

»Hmm.«

Sie starrte auf meinen Mund. »Hast du etwa ...? Ist das etwa ...?«

»Gefällt es dir?«, fragte ich, und sie schauderte sichtlich von Kopf bis Fuß. »Ich wusste, dass du den Lippenring vermisst hast. Ich dachte mir, du brauchst etwas anderes, womit du spielen kannst, wenn wir uns küssen.«

Sie nickte. »Zeig mal her.«

Gehorsam öffnete ich den Mund, und sie beäugte die kleine Kugel, die genau auf der Mitte meiner Zunge saß. »Oh ... Oh, Gott ...« Sie leckte sich ihre süße Unterlippe, während sie zu mir aufsah. »Stimmt es, was man darüber sagt?«

Ich zog einen Mundwinkel und eine Augenbraue hoch. »Ich schätze, das werden wir heute Abend herausfinden, oder?« Ich küsste sie wieder. Sie stöhnte auf – ein ungeduldiges, gehauchtes Flehen. Ich unterbrach den Kuss, legte eine Hand um ihren Nacken und flüsterte ihr ins Ohr: »Und jetzt sag mir, wie lange hält diese *Bad-Boy-Phase* eigentlich an? Ich versuche nämlich mein Bestes, um sie zu verlängern.«

Sie holte einmal tief Luft und vergrub ihr Gesicht an meiner Schulter. »Oh, *Gott*. Ich kann nicht glauben, dass du davon weißt.«

Ich hob ihr Kinn an. Ihr Gesicht war gerötet.

»Und wie mache ich mich so, Jacqueline? Erfülle ich dir jeden deiner *Bad-Boy*-Wünsche, oder habe ich irgendetwas übersehen? Ich habe vielleicht einen festen Job und bin bis über beide Ohren verliebt in meine Freundin ...« Ich küsste sie, während sie sich an mich klammerte. »Aber ich habe eine *schlimme* Fantasie.«

Es gab einmal einen Zeitpunkt, der das *Davor* von dem *Danach* trennte. Auf der einen Seite lag alles Gute und Schöne – ein Traum, der in wachen Momenten nicht berührt werden konnte. Erinnerungen an meine Mutter waren dort gefangen, und ich versuchte angestrengt, sie zu vergessen, da sie nichts weiter taten, als mich zu verletzen und zu verurteilen. Auf der anderen Seite war der Kampf. Das Durchhalten. Mein *Danach* war grausame Wirklichkeit, und ich konnte nichts tun, als sie zu überleben.

Und dann kam Jacqueline. Diese Liebe. Dieses Heilen. Diese neue Wirklichkeit, wo das Davor und das Danach nicht mehr durch eine einzelne Kluft getrennt waren. Wo jeder Moment eine greifbare Erinnerung und ein Versprechen von dem, was kommen würde, war. Jeder Moment war ein Davor und ein Danach. Jeder Moment war ein *Jetzt*, das gelebt werden musste – und ich würde jeden einzelnen davon auskosten, angefangen mit dieser Sekunde, mit dem Mädchen in meinen Armen.

DANKSAGUNG

Ich danke den Lesern, die mir nach der Lektüre von *Einfach. Liebe* geschrieben haben. Eure Geschichten waren herzzerreißend, inspirierend, aufwühlend und kraftspendend. Ich danke denjenigen, die mir sagten, sie hätten sich danach zu Selbstverteidigungskursen angemeldet, therapeutische Hilfe gesucht oder das Buch an eine Freundin, Tochter, Schwester oder Nichte weitergegeben. Ich umarme jede Einzelne von euch.

Danke, Kim, Schwester meines Herzens, dafür, dass du meine Erin bist.

Ich danke meinem Großvater, meinem Dad und meinem Bruder, die die Art Männer sind, die sich für die Frauen in ihrem Leben einsetzen und sie respektieren, beschützen und verteidigen. Ihr habt mir an jedem Tag meines Lebens beigebracht, was ein Mann sein und wie er mich behandeln sollte. Dank euch habe ich mich mit nichts Geringerem zufriedengegeben.

Ich danke Paul, meinem wundervollen Ehemann, der einer dieser Männer ist. Deine Liebe und Unterstützung bedeuten mir alles, und ohne dich hätte ich das hier nicht geschafft.

Alles Liebe für meine Eltern und Schwiegereltern. Ich bin glücklich und dankbar, jeden Einzelnen von euch in meinem Leben zu haben.

Ich danke meinen brillanten Kritikpartnerinnen und Beta-Leserinnen: Colleen Hoover, Tracey Garvis Graves, Elizabeth Reyes, Robin Deeslie und Hannah Webber sowie meiner Lektorin, Cindy Hwang. Eure Anregungen und Beiträge waren von entscheidender Bedeutung, um Lucas auf diesen Seiten zum Leben zu erwecken und seiner Geschichte Gerechtigkeit widerfahren zu lassen.

Ein besonderer Dank gilt meinen Agentinnen, Jane Dystel und Lauren Abramo, die mir unverzichtbare Ratschläge erteilt und mir geholfen haben, nicht den Verstand zu verlieren, während ich mich in dieser noch immer neuen Laufbahn zurechtfinde. Ich bin euch beiden sehr verbunden.

Schließlich ein Hoch auf jeden, der etwas Albtraumhaftes überlebt hat, das das eigene Selbstvertrauen erschüttert und die eigene Welt auf einen Schlag verzerrt hat. Ob ihr dabei tapfer wart oder zusammengebrochen seid oder es jahrelang beiseitegeschoben habt – es ist mir egal, wie ihr an diesen Punkt gelangt seid. Man wird mit jedem Tag stärker. Man heilt jeden Tag. An jedem Tag, den man überlebt, erklärt man diesem Ereignis, dieser Person, dieser Krankheit, dieser Erinnerung: DU DEFINIERST MICH NICHT. Weiter so.